Jasmin Romana Welsch

Teach me love

ONCE & TWICE

New Adult

STERNENSAND

www.sternensand-verlag.ch I info@sternensand-verlag.ch

1. Auflage, März 2018
© Sternensand Verlag GmbH, Zürich 2018
Umschlaggestaltung: Jasmin Romana Welsch & Sarah Buhr
Korrektorat: Sternensand Verlag GmbH I Martina König
Satz: Sternensand Verlag GmbH
Druck und Bindung: Smilkov Print Ltd.

Alle Rechte, einschließlich dem des vollständigen oder auszugsweisen Nachdrucks in jeglicher Form, sind vorbehalten.
Dies ist eine fiktive Geschichte. Ähnlichkeiten mit lebenden oder verstorbenen Personen sind rein zufällig und nicht beabsichtigt.

ISBN-13: 978-3-906829-25-8
ISBN-10: 3-906829-25-8

Ein dekadentes Internat,
zwei junge Lehrer
und eine Studentin,
die verspricht,
diskret zu sein ...

INHALTSVERZEICHNIS

Wer bin ich? Wo bin ich? Und wieso?	9
Zweites Kapitel und schon Schweinereien	19
Die Sache mit der Übergangslösung …	36
Ich weiß, wer du bist!	45
Der Wolf und die Mülltonne	54
Das Foto	65
Montag: Möge der Alltag beginnen!	72
In eine Bar, bitte!	88
Ein Code im Umschlag	96
Der Aristokrat und sein Reich	103
Ich bin nackt!	110
Hab ich bestanden?	117
Willst du mein Spielzeug sein?	130
Gute Nacht, schlaf gut, Schätzchen	154
Süß – sauer – süß – sauer – süß …	162
Ein Safeword ist kein Zauberwort	178
Ein Korb und viele Jungs	188
Mathe-Nachhilfe: Rechne mit allem!	203
What the fuck?	213
Ich suche, suche, suche	222
WhatsApp-Jedi	248

Glüh-Level 40 Prozent	257
Trainingsstunde mit Wolf	273
Kannst du mal aufmachen?	287
Die tiefste Stimme der Welt	300
Uhhhh	310
Running Real Talk	321
Das Einhorn und die Fangirls	334
Knutschen?	348
Pro und Kontra	364
Ice, Ice, Baby	372
Nein, oder? Doch?!	386
Ein steiniger Weg	404
Auf ein Neues	426
Zwei Wölfe	434
Der Schnee, das Board und die Männer	443
Das geheime Rezept	459
Die Reise nach Jerusalem	469
Entspann dich …	483
Episoden einer Nacht	501
Das Leben und sein mieses Spiel	519
Schneeflocke und Emojis	530
Lass uns so tun, als ob	543
Der letzte Punkt	565
Das Ende	584
Teach me Love	595
Über die Autorin	611

WER BIN ICH?
WO BIN ICH?
UND WIESO?

Ich bin eine Prinzessin. Anmutig ohne Ende und von meinen Untertanen ebenso geliebt wie von den Tieren, die tanzen, sobald ich singe.

Am meisten liebt mich aber mein Prinz. Was ist der Mann schön! Und aufmerksam. Er bemerkt, wenn ich meine Haare mal anders trage, und hört mir gern zu, wenn ich beim Fernsehen rede.

Im Bett ist er ein dominanter Sexgott, den nichts heißer macht, als mich kommen zu hören. Außerdem ist er verzaubert – ein alter, unbrechbarer Fluch: Sobald er bei einer anderen Frau einen Ständer bekommt, verwandelt er sich in eine Motte. Wieso kein Frosch? Weil Frösche zu süß sind, um sie mit der Zeitung an die Wand zu klatschen.

So viel zur Märchenstunde, zu der ich im Übrigen von dem Buch des kleinen Mädchens inspiriert wurde, das mir gegenübersitzt.

›Prinzessin Raffaella und der Feen-Prinz‹ steht auf dem Cover. Ich hätte jetzt gern ein Raffaello. Auf den Feen-Prinzen verzichte ich, der klingt so winzig.

Ich drehe den Kopf zur Seite und sehe aus dem Fenster. Gegend ... viel Grün und hohe Berge.

Beim Zugfahren geht die Fantasie gern mit mir durch – aus Langeweile. Außerdem reflektiert sich das Leben leichter, wenn man es nicht todernst nimmt.

Natürlich bin ich keine Prinzessin. Niemand tanzt, wenn ich singe, schon gar keine Tiere. Der erwähnenswerteste Tribut, der mir jemals aus dem Tierreich gezollt wurde, war eine scheißende Taube, die mir beim Freiluft-Karaoke im Sommercamp aufs Mikrofon gekackt hat.

Jetzt zu dem Prinzen. Oder sollte ich ihn ›die Motte‹ nennen? Ja, der Spitzname passt zu ihm.

Die Motte und ich haben uns eineinhalb Jahre lang einen Netflix-Account geteilt. Und eine Wohnung, die gerade einen neuen Zweitmieter sucht. Nette Bude: drei Zimmer, Küche, großer Balkon, Eckbadewanne, voll möbliert. Nur der Lichtschalter im Schlafzimmer muss erneuert werden. Die ehemalige Mieterin hat einen Bluetooth-Lautsprecher zum Wurfgeschoss umfunktioniert, dabei ging er kaputt.

Total psycho, oder?

Zu meiner Verteidigung: Wer seinen Freund im eigenen Bett mit dem Kopf zwischen den Beinen einer anderen erwischt, der reagiert noch verhältnismäßig gechillt, wenn er einfach den Lautsprecher in der Hand gegen die Wand donnert und davonstürmt.

Normalerweise bin ich eher der passiv-aggressive Typ. Passiv-aggressiv war mir aber in diesem Moment zu passiv. Die Motte hätte eine hochgezogene Augenbraue und einen Spruch à la ›Ich wusste nicht, dass du dir mit gynäkologischen Untersuchungen etwas dazuverdienst‹ auch gar nicht zu schätzen gewusst.

Der Mann hat keinen Sinn für Sarkasmus oder schwarzen Humor. Als ich ihm mal gesagt habe, dass ich Donald Trump für einen angemessenen Spielgefährten für das fette totalitäre Baby, das in Nordkorea Bomben baut, halte, hat er mich angesehen, als hätte ich mir aus dem Bettlaken eine Ku-Klux-Klan-Mütze gebastelt.

Die Motte ist sehr empfindlich, was politische Scherze angeht. Er studiert Politikwissenschaften. Das mit der Gynäkologie ist mehr ein Hobby.

Ich war wirklich stinksauer. Bin ich noch immer. Die Aktion war unheimlich dreist und fies. Und so unnötig!

Auch auf die Gefahr hin, dass ich dabei etwas zu überzeugt von mir selbst klinge: Ich halte mich für eine sehr pflegeleichte feste Freundin. Ich klammere nicht, mir ist es egal, ob er mal mit Freunden einen trinken geht, und ich täusche nie Migräne vor, weil ich auf Sex stehe.

Auszuhalten, oder? Nicht für die Motte, und das, obwohl das mit der Beziehung seine Idee war.

Wenn er mir von Anfang an gesagt hätte, dass das mit uns locker bleibt, weil er als Kind nie den so heiß ersehnten Lolli von seinen Eltern bekommen hat und jetzt als Kompensation die ganze Welt lecken möchte, hätte ich mich damit arrangiert.

Ich war nicht auf der Suche nach einer Beziehung. Meine Studienzeit sollte immer ein denkwürdiges Abenteuer werden, gespickt mit Erfahrungen, die man lieber in seinen Zwanzigern macht, weil sie spätestens in den Vierzigern den Beigeschmack von Verzweiflungstat haben könnten: mal am Vormittag mit Freunden im Pub landen, nach Amsterdam fahren und sich vollkommen stoned fragen, warum man noch gleich hier ist, und Freundschaften mit heißen Typen schließen, deren Namen man zehn Jahre später vergessen hat, von denen man aber noch immer weiß, wie süß sie gelacht haben und welche nennenswerten Merkmale ihre Penisse hatten.

Nein, ich bin so was von keine Prinzessin.

Ich wollte aber auch nie eine sein. Ein Märchen wäre mir zu langweilig.

Eigentlich mag ich die Realität, auch die metaphorischen Faustschläge, die sie verteilt. Ereignisarmut und Eintönigkeit frustrieren auf Dauer.

Dass die Motte unseren Monogamie-Pakt gebrochen hat, ist vielleicht das Beste, das mir passieren konnte. Nach den Winterferien bleibt mir noch ein Semester bis zu meinem Abschluss – zwei, wenn ich mich dämlich anstelle. Noch ein letztes Jahr ohne bindende Verpflichtungen, bevor ich zum Workaholic mutiere und die Frage nach der Energiesparklasse meiner Waschmaschine für wichtig halte.

Das hier wird ein Neustart. Ich drücke den Resetknopf, aber mein Leben fährt im Moment ein Update und steckt im Buffering-Modus fest. Deshalb auch die lange Zugfahrt und die riesige Tasche.

Ich bin auf dem Weg zu einer unkonventionellen Übergangslösung. So unkonventionell, dass ich mich seit Tagen frage, ob ich sternhagelvoll war, als ich zu der Sache ›Ja‹ gesagt habe. Ich war aber nicht blau, nur verzweifelt. So verarscht zu werden und dann alles umkrempeln zu müssen, ist erst mal schockierend und ziemlich unangenehm – da geht man auch auf die schrägsten Vorschläge ein.

Was die Motte abgezogen hat, hat mir wirklich wehgetan. Das tut man niemandem an.

Ich bin absolut dafür, dass jeder sein Leben so gestaltet und seine Neigungen so lebt, wie es ihn glücklich macht, aber nicht um den Preis, andere damit runterzuziehen oder zu verletzen. Das unterscheidet Egoisten von Philanthropen – der Grat kann schmal sein, aber die Grenzen sind für mich trotzdem in Stein gemeißelt: Respekt vor den Gefühlen anderer und Vertrauensverhältnisse nicht missbrauchen.

Tu, was du willst, aber schlag dabei nicht rücksichtslos um dich.
Wie schwer kann das sein?!

Okay, das artet in Vorwürfe aus, die ich mir selbst in Gedanken zubrülle, obwohl sie eigentlich der Motte gelten.

Unnötiges In-Rage-Denken – ich lasse das Reflektieren erst mal gut sein.

Meine Übergangslösung ist vielleicht unkonventionell, tut mir aber bestimmt gut. Wunschdenken oder nicht, meine innere Stimme lässt sich beschwichtigen.

Ich will etwas Süßes. Da sind M&M's in meinem Koffer, aber ich müsste mich wahrscheinlich durch all meine Klamotten wühlen, nur um dann festzustellen, dass die Packung aufgerissen ist und ich den Süßkram aus meinen Turnschuhen picken muss.

Irgendwo im Zug schiebt eine Frau einen kleinen Snackwagen herum. Sie war vor einer Stunde in unserem Abteil, aber da habe ich noch *Breaking Bad* auf meinem Handy gestreamt und nicht über mein Leben nachgedacht.

Ich schlendere durch den Zug und werfe dabei einen Blick auf die anderen Passagiere. Der Großteil sieht aus, als würde er geschäftlich reisen. Ein paar Senioren sind auch dabei – die meisten davon blättern in Zeitungen oder Magazinen, nur eine Oma hält Opa gerade ihr Tablet unter die Nase und durchbohrt ihn mit fragenden Blicken.

Ich muss grinsen. Meine Großeltern sind auch sehr bemüht darum, die Vorteile des Internets für sich zu nutzen. Sie dabei zu beobachten, ist Comedy in Reinkultur. Die allererste Sucheingabe meiner Oma bei Google lautete: ›Wann läuft Tatort? Danke im Voraus.‹

Ich muss zu ihrer Verteidigung sagen, dass ich ihr das Suchprinzip mit den Worten ›Gib einfach ein, was du wissen möchtest‹ erklärt habe. Und Oma stellt eben keine Fragen, ohne sich für die Antwort zu bedanken. Das wirkt erst mal drollig, aber aus verhaltenspsychologischer Sicht würde dem Internet eine Portion Gesprächskultivierung nicht schaden.

Ich finde die Frau mit dem Snackwagen. Und unerwarteterweise auch den jüngsten der Hemsworth-Brüder. Den, den sie nicht vor die Kamera gestellt und vor der Welt und Miley Cyrus versteckt haben.

Was für eine Augenweide!

Er kauft gerade Lakritzschnecken und ist dabei groß, blond und schlichtweg umwerfend. Sein Gesicht ist absolut symmetrisch und eine Mischung aus markant und jugendlich sanft – so perfekt, als hätte Michelangelo ihn an einem besonders schwulen Tag aus Stein gemeißelt.

Während die Verkäuferin ihm die Lakritzschnecken reicht, hebt er zufällig den Blick und sieht mich an. Diese hübschen Gesichtszüge sind wirklich sehr jung – entweder, weil er so glatt rasiert ist, oder aber, weil es mir von Gesetzeswegen verboten ist, mir vorzustellen, ich wäre seine Lakritzschnecke.

Bitte das mit dem fehlenden Bartschatten!

»Ich darf nicht zufällig in Dollar bezahlen, oder?«, fragt er die Verkäuferin in schuldbewusstem Tonfall, nachdem er den Blick von seinem Portemonnaie hebt und sie mit engelsweicher Miene mustert.

»Leider nein. Euro oder Franken«, entgegnet sie und klingt so enttäuscht, als würde ihr Glück vom Verkauf der Lakritzschnecken abhängen.

Er legt das Päckchen zurück auf den Wagen und lässt den peinlich berührten Blick dabei gesenkt.

Keine Angst, mein Schöner! Ich eile zur Rettung deines Blutzuckerspiegels.

»Ein Twix und die Lakritzschnecken, bitte«, sage ich und strecke der Verkäuferin einen gelben Schein hin. Sie gibt mir ein paar silberne Münzen raus, die für mich wie Spielgeld aussehen, weil ich mich erst an Franken gewöhnen muss.

Er ist sich nicht sicher, ob er gehen oder stehen bleiben soll – ich könnte die Lakritzschnecken schließlich auch für mich gekauft haben. Süß, wie er sich in Zeitlupe umdreht, den Blick gespielt zufällig, aber doch sehnsüchtig auf den Süßkram gerichtet.

»Hier«, sage ich und strecke ihm die Packung hin.

Er seufzt erleichtert und drückt sich dann kurz an die Sitze, damit die Frau mit dem Wagen an ihm vorbeigehen kann.

»Vielen Dank. Ich war mir nicht sicher, ob du sie für mich oder dich gekauft hast. Du behältst mich aber zum Glück nicht als den Typen in Erinnerung, der deine Lakritzschnecken wollüstig angestarrt hat«, scherzt er und grinst mich an.

Ich schmunzele und ziehe eine Augenbraue hoch. »Schon gut, du hast sie nicht angestarrt, der Süßkram hat dich abgelenkt.«

Er lacht, dann huscht sein Blick natürlich zu meinen Brüsten. Ich hatte vergessen, wie gut es sich anfühlt, so offenherzig zu flirten.

Zu offenherzig für den hübschen Jungen mit der glatten Haut? Ich muss nachfragen.

»Ich hoffe, du bist alt genug für den Zuckerschock, den dir die Dinger bescheren?«

Ja, während ich ihn das gefragt habe, habe ich es noch für eine kreative, lustige Möglichkeit gehalten, sein Alter zu erfahren. Der perverse Subtext war wirklich keine Absicht, aber ich höre ihn jetzt auch heraus.

»Ich bin dreiundzwanzig«, entgegnet er sachlich klingend, ohne über meine ungewollte Anspielung zu grinsen. Zum Glück hat er sie nicht herausgehört. Und zum Glück ist er nur ein Jahr jünger als ich! Das hätte auch unangenehm werden können.

Alles im grünen Bereich – zweideutige Anspielungen dürfen gemacht und Lakritzschnecken verzehrt werden.

Er sieht einfach etwas jünger aus, als er ist. Ich weiß, wie das ist. Ich muss auch noch den Ausweis zeigen, sobald ich Alkohol im Supermarkt kaufe oder in einen Club möchte.

»Wie heißt du?«, will er wissen und mustert mich mit einem leichten Glanz in den Augen.

Ich bin so stolz auf mich, dass ich mich gegen die Yogahose und für die Skinny Jeans entschieden habe. Und das, obwohl es vier Uhr morgens war und ich nicht wissen konnte, dass mir im Zug ein blonder Gott mit einer Liebe zu Lakritzschnecken begegnet.

»Mel«, antworte ich ihm und warte den leicht irritierten Blick gar nicht erst ab, sondern beantworte seine Frage gleich. »Eigentlich Melanie, aber Mel ist mir lieber.«

Er nickt. »Paul«, stellt er sich vor. »Kann man nicht abkürzen, nur verniedlichen, aber bitte nicht Paulchen! Und frag mich bitte auch nicht, wer an der Uhr gedreht hat – *Paulchen Panther*-Anspielungen verfolgen mich schon seit dem Kindergarten.«

Ich grinse und frage mich im selben Moment, warum dieser Typ hier frei herumläuft. Paulchen ist nicht nur eine Augenweide, er hat ganz offensichtlich auch Humor und nimmt sich selbst nicht zu ernst.

Wo sind die Frauen, die sich an ihn klammern? Die Arbeitskolleginnen oder Kommilitoninnen? Und die eine, die ihn aus Kindertagen kennt und schon ganz müde und keuchend hinter ihm hertrottet, in der Hoffnung, dass man nur Ausdauer braucht, um aus der Friendzone zu entkommen?

Bist du vielleicht einer von den rosaroten Panthern, Paulchen?

»Ich habe ein Abteil für mich – meine Freunde steigen erst später zu. Wenn du mitkommst, kann ich mich für die Lakritzschnecken revanchieren«, schlägt er vor und lächelt dabei so unschuldig, als wüsste er gar nicht, wie sein Angebot klingt. Er weiß es aber. Seine Augen glänzen noch immer.

Paulchen ist definitiv nicht rosarot.

Ich will ihn in die Kategorie ›heißer Typ, der weiß, was er will, und es auch ausspricht‹ stecken, aber er passt da irgendwie nicht ganz rein – ich bekomme die Schublade einfach nicht zu.

»Ich glaube, ich habe noch ein paar Franken in meiner Reisetasche. Wenn du mitkommst, kann ich dir dein Geld zurückgeben«, sagt er, vielleicht weil ich eine Sekunde zu lange geschwiegen habe.

Das zweite Angebot soll das erste relativieren – vorsichtshalber. Ich könnte ja auch schockiert von zu viel Offenheit sein.

Keine Angst, Paulchen, bin ich nicht – ich will nur noch meinen Gedankenmonolog zu Ende führen, dann bekommst du ein Nicken und ein Schmunzeln.

Er sieht mich forschend an, während in meinem Kopf die *Sex and the City*-Melodie ertönt.

Wenn dich das Leben mit betrügerischen Motten überrascht und dich zwingt, neu anzufangen, bekommt man Lakritzschnecken naschende Paulchen als Wiedergutmachung.

Jap – damit kann ich arbeiten. Guter Neustart!

ZWEITES KAPITEL
UND SCHON SCHWEINEREIEN

Ich folge Paul in sein Abteil. Es sieht aus wie meines, nur ohne die fremden Menschen. Sehr angenehm, für sich zu sein. Etwas dekadent, aber er hat vorhin erwähnt, dass seine Freunde noch zusteigen.

»Was hat dich in den Zug verschlagen? Auf dem Weg zur Arbeit oder ins Vergnügen?«, will ich wissen, während ich mich setze und die Lehne, die die beiden Sitze trennt, nach oben klappe.

Paul wühlt gegenüber in seiner Tasche und schmunzelt über meine Frage. »Im Moment fühlt es sich nach Vergnügen an«, entgegnet er und schüttelt dann den Kopf. »Sorry, ich habe wohl doch keine Franken dabei«, gibt er zu und mustert mich entschuldigend.

Schon gut. Ich habe dich auch nicht begleitet, weil ich meine vier Franken wiederhaben will.

»Ich kann dir dein Geld aber in Dollar wiedergeben«, schlägt er vor und verstaut seine Tasche wieder in dem Fach über den

Sitzen. Mir spendiert er dabei eine tolle Aussicht auf seinen Hintern – für die er übrigens viel mehr als vier Franken verlangen könnte.

Sein Körper ist klasse. Schlank, aber nicht schlaksig – ich kann Andeutungen von Muskeln unter dem Stoff des dünnen dunkelgrauen Pullovers erkennen, als er sich umdreht und ihn glatt streicht. Das Highlight bleibt aber dieses hübsche Gesicht.

»Du warst in Amerika?«, will ich wissen und ignoriere sein lieb gemeintes Angebot, mir das Geld zurückzugeben.

Paul nickt, setzt sich auf den Platz gegenüber und will etwas sagen, es bleibt aber beim Luftholen. Er steht wieder auf, macht eine halbe Drehung und lässt sich dann beschwingt neben mich fallen.

Während er einen Arm auf die Lehne legt, grinst er mich schief an. »Besser. Nicht so weit weg«, meint er und zwinkert mir zu, bevor er meine Frage beantwortet. »Meine Familie lebt in Amerika. Ich war auf der Hochzeit meiner Schwester.«

»Das war dann aber eine lange Zugfahrt.«

Paul lacht. Er versteht einen Scherz, wenn er ihn hört. Die Motte hätte mir nur im schockierten Tonfall erklärt, dass es keinen Transatlantik-Tunnel gibt, und mich angesehen, als würde ich ›Transatlantik‹ für ein Deo halten.

Ja, ich frage mich in letzter Zeit oft, wieso ich überhaupt mit ihm zusammen war.

»Ich bin vorgestern in München gelandet und habe zwei Tage bei einer Freundin übernachtet«, erzählt er, will den Satz beiläufig klingen lassen, schafft es aber nicht. Ich höre den Sex heraus.

»Bist du in einer Beziehung?«, will ich wissen.

Diese Frage sollte man so direkt stellen. Sicher ist sicher.

»Nein«, antwortet er und schüttelt den Kopf. »Sie ist nur eine Freundin.«

Friendship with benefits – ich verstehe.

Gut so. Ich will nie wieder etwas mit Vertrauensbrüchen zu tun haben, auch nicht auf der anderen Seite des Dramas.

»Deine Familie lebt in Amerika und du in der Schweiz?«, stelle ich fest und klinge begeistert, weil ich Weltenbummler klasse finde – und sexy.

»Ja, solange ich noch zur Uni gehe. Ich studiere hier. Was ist mit dir? Du klingst nicht, als würdest du aus der Schweiz kommen.«

»Ich komme aus Wien«, verrate ich und zucke mit den Schultern. »Das hier wird nur … eine Übergangslösung.«

»Übergangslösung?«, wiederholt er und zieht fragend die Brauen nach oben.

»Ich musste aus meiner Wohnung ausziehen – Mottenproblem.«

»Und deshalb bist du in einen Zug in die Schweiz gestiegen?«

»Nein, das war wegen des Telefonats.«

»Welches Telefonat?«

Ich könnte an dieser Stelle erzählen, warum ich hier bin und wohin mich meine Reise führt, oder ich könnte mich endlich von dem heißen blonden Typen küssen lassen, der angefangen hat, mit den Fingerspitzen sanft meinen Nacken zu streifen. Ein erotisches Abenteuer im Zug? Mein Kopfkino hat die Vorstellung schon gestartet, als er zum ersten Mal ›Lakritzschnecke‹ gesagt hat.

»Willst du jetzt wirklich etwas zu meiner momentanen Wohnsituation hören?«, stelle ich Paul eine offene Frage, die ihn in der ersten Sekunde überrascht.

Er sieht mich mit großen Augen an und blinzelt zweimal, dann schmunzelt er.

Ich weiß wirklich zu schätzen, dass er Interesse an mir und meinem Leben zeigt, aber ich bin nicht auf der Suche nach einem Kummerkasten, in den ich meine Sorgen wimmern kann – ich komme klar, ich kann mich selbst wieder glücklich machen. Aber gegen eine Hand, die mir kurzzeitig dabei hilft, habe ich nichts einzuwenden.

»Wenn du so fragst: Ich würde mich viel lieber bei dir bedanken«, gibt Paul zu und beugt sich zu mir. Er legt seine Hand auf meine Wange und küsst mich.

Seine Lippen schmecken nach Pflegestift, sein Mund nach Minze. Er küsst ungestüm, aber genau danach ist mir gerade.

Ich lasse meine Finger durch seine Haare gleiten, die andere Hand will sich unter seinen Pullover schieben, aber er beendet den Kuss und steht auf.

Paul versichert sich, dass die Glasschiebetür des Abteils geschlossen ist, und zieht die Vorhänge zu.

Gute Idee. Ich will die Frau mit dem Snackwagen auch nicht schockieren.

Als er sich wieder zu mir setzt, finden sich unsere Lippen sofort. Seine linke Hand rutscht von meiner Wange auf mein Schlüsselbein. Mit der anderen greift er meine Taille und zieht mich näher. Ich gebe seinem Impuls nach, mich auf ihn zu setzen.

Während seine Lippen hinunter zu meinem Hals wandern, lässt er die Hand auf meine Brüste gleiten.

Paul ist ein guter Küsser. Er weiß definitiv, was er mit seinen Lippen und seiner Zunge machen muss, damit es sich gut auf meiner Haut anfühlt. Der leichte Unterdruck, den er erzeugt, lässt mich ein angenehmes Ziehen fühlen, das meine Stimmung anheizt. Seine Hände sind sanft, obwohl ich spüre, dass er ungeduldig ist.

Sein Mund löst sich von mir und sein glänzender Blick schweift zu den kleinen Knöpfen, die an meinem schwarzen Shirt verlaufen. »Darf ich?«, fragt er und beißt sich erwartungsvoll auf die Unterlippe.

Deshalb konnte ich ihn vorhin also nicht in die ›heißer Typ, der sich nimmt, was er möchte‹-Schublade stecken. Er gehört ins ›heißer Typ, der vorher fragt‹-Fach. Sehr süß. Er ist ein sexy Engel mit dämonischen Gelüsten, die ich gerade unbedingt stillen will.

Ein Quickie mit einem Fremden ist definitiv nichts für jeden. Wenn man aber den Reiz verspürt, sich auf ein freizügiges Abenteuer einzulassen, und es mal ausprobieren möchte, ist jemand wie Paul der Hauptgewinn: gut aussehend, nicht schüchtern, aber rücksichtsvoll.

Man fühlt sich in jeder Sekunde wohl und kann trotzdem der prickelnden Spannung des Unbekannten frönen. Eine besondere oder frivole Grenzerfahrung macht man dabei nicht wirklich, aber das will man bei seinem ersten Quickie mit einem Fremden auch gar nicht. Da reicht das elektrisierende Gefühl von schlichter Begierde.

Das ist nicht das erste Mal für mich. Ich hatte schon spontane Abenteuer: eines im Urlaub auf Kos, eines an der Uni nach einem Tutorium und eines auf unserer WG-Einweihungsfeier, was irgendwie nicht zählt, weil ich nur vorhatte, es bei einem einmaligen Abenteuer zu belassen, und dann doch mit ihm zusammengezogen bin.

Ich lehre Samantha Jones nicht das Fürchten, aber ich fühle mich wohl mit meiner Sexualität. Außerdem wollte ich sowieso immer Carrie Bradshaw sein – wer nicht?

Anstatt Paul zu versichern, dass es okay ist, wenn er mein Shirt aufmacht, greife ich selbst nach den Knöpfen. Er lehnt den Kopf an den Sitz und beobachtet meine Bewegungen. Meine Finger drücken die kleinen runden Plastikknöpfe betont langsam durch die Schlitze. Seine Hände gleiten von meinen Oberschenkeln zu meinem Hintern, während er weiter auf seiner Lippe herumbeißt.

Ich finde Gefallen an der lustvollen Ungeduld, in der er gerade versinkt. Dass der BH, den ich entblöße, nicht blickdicht ist, lässt ihn noch heißer aussehen.

Passiv zu bleiben, wird ihm zu viel. Er hebt den Kopf von der Lehne und drückt seine Lippen auf meinen Busen. Eine seiner Hände gleitet unter meinen BH und schiebt dabei meine Hand zur Seite.

Ich kann das Shirt nicht ganz aufknöpfen, aber er sieht, was ihn heiß macht, und ich spüre die Erregung, die durch meinen Körper gleitet, als er meine Brustwarze streift.

Paul zieht die Körbchen meines BHs nach unten und stoppt seine Küsse, um mich wieder zu mustern.

»Awesome …«, haucht er mir zu, dann schnellt sein Blick zur Tür.

Ich höre auch, dass jemand einen schweren Koffer an seinem Abteil vorbeischiebt, aber die Angst, überrascht zu werden, ist Teil dieses Quickies. Wobei ich mich in einem privaten Abteil mit vorgezogenen Vorhängen und ›Bitte nicht stören‹-Schild schon relativ sicher fühle.

»Alles okay?«

Das fragt nicht er, sondern ich, weil Paul mit einem Mal nervös wirkt.

Mal ehrlich: Dein Gesicht wurde mit Photoshop entworfen, dein Körper ist nicht ohne und du flirtest offensiv fremde Frauen an – das kann unmöglich dein erster Quickie in der Öffentlichkeit sein.

»Ja. Schon gut. Warte«, entgegnet er etwas atemlos, weil ihm seine Erregung zu schaffen macht. Das ist auch nicht zu übersehen, als er mich vorsichtig von sich schiebt und aufsteht, um sich nach seinem Koffer auf der Ablage zu strecken.

Was suchst du denn? Reist du mit Sextoys? Oder wühlst du nach Kondomen? Du kannst mir doch nicht erzählen, dass du kein Kondom in deiner Geldbörse hast. Darf auch gern amerikanischer Herkunft sein, ich bin da nicht so strikt wie die Frau mit dem Snackwagen.

Ich liege mit allem falsch. Paul zieht eine dünne blauschwarze Patchworkdecke aus dem Koffer und kommt wieder auf mich zu.

»Kannst du kurz aufstehen?«, fragt er und sieht mich mit erwartungsvoll glänzenden Augen an.

Ich tue, worum er mich bittet, und etwas mehr. Nach dem Aufstehen gehe ich auf ihn zu und küsse ihn. Die Bewegungen unserer Zungen spiegeln die aufkommende Ungeduld wider. Paul schlingt die Decke von hinten um mich und stoppt den Kuss.

»Kannst du dich umdrehen?«, haucht er fragend.

Kann ich, ja.

Die korrekte Sex-Deklination wäre übrigens ›Dreh dich um!‹ gewesen, aber er ist zu süß, um Befehle zu knurren. Oder zu rücksichtsvoll.

So oder so, Paul bekommt den ›Sex mit Fremden – für Anfänger geeignet‹-Stempel von mir. Jede noch so befangene, unerfahrene Frau, die trotzdem Lust hat, mal etwas auszuprobieren, würde sich bei ihm wohlfühlen.

Die Decke ist dafür gedacht, dass wir so tun können, als würden wir nur schlafen, falls wirklich jemand hineinplatzt. Absicherung auf der ganzen Linie, auf die ich auch verzichten könnte, aber er meint es lieb. Ich kann jetzt schlecht so etwas sagen wie: ›Schon gut, lass es uns hier schmutzig und riskant treiben – ich bin eines dieser offenen Flittchen‹. Das könnte ihm zwar gefallen, aber es könnte auch die Stimmung killen oder dazu führen, dass er Angst vor mir bekommt.

Nicht alle Männer können mit sexuell offenen Frauen etwas anfangen. Genau wie manche Frauen einfach nicht auf dominante Männer stehen. Alles Geschmackssache. Mit etwas Rücksichtnahme auf den anderen kann man aber in jeder Konstellation Spaß haben.

Ich drehe Paul den Rücken zu, er drückt mich an sich und setzt sich dann wieder. Er lehnt sich in den Sitz zurück und ich mich an seine Brust.

Die Decke, die über uns liegt, hat seltsamerweise auch ihren Reiz. Fühlt sich irgendwie nach Oberstufen-Sommerlager an. Es ist Nacht und du schleichst dich heimlich ins Zimmer des neunzehnjährigen Typen, der im ersten Semester Theologie studiert und eigentlich dein Aufpasser ist. Natürlich wollt ihr nur reden, weil ihr euch so gut versteht, dann beginnt ihr aber doch, unter der Decke zu fummeln, und müsst leise stöhnen, weil ihr nicht erwischt werden dürft.

Heiß. Ist mir aber nie so passiert. Es gab diesen hübschen Theologie-Studenten wirklich, aber kein verbotenes Sommercamp-Abenteuer mit ihm. Die Vorstellung hat aber lange zu meinen liebsten Sexfantasien gezählt – und ja, man darf auch welche während des Sex haben. Die eigenen Gedanken zum Stimulieren einzusetzen, macht manchmal den Unterschied zwischen Libido erschütterndem Hammer-Sex und einem reizlosen ›hoffentlich ist er bald fertig, gleich läuft meine Serie‹-Erlebnis.

Mir ist die nächste Folge von *Breaking Bad* gerade egal. Paul öffnet den Knopf meiner Jeans und zieht den Reißverschluss nach unten. Seine rechte Hand verschwindet zwischen meinen Beinen, während sich die andere auf meinen Busen legt. Ich werfe den Kopf zurück und bette ihn auf seiner Schulter, weil ich die Berührungen genießen will.

Seine Finger tasten nach meiner empfindlichsten Stelle. Als sie zu kreisen beginnen, stöhne ich leise gegen seinen Hals.

»Gut so?«, will er wissen. Seine Stimme klingt plötzlich einige Oktaven tiefer – angeturnt rau, obwohl er nur meinen Körper reizt und seiner erst mal auf der Strecke bleibt.

Ich mag seine Art, Dankeschön zu sagen. Die Investition in die Lakritzschnecken erweist sich als überaus lukrativ.

»Etwas fester ...«, stöhne ich Paul leise ins Ohr, öffne die Augen und sehe, wie sich die kleinen feinen Härchen auf seiner Haut aufstellen.

Er erhöht nicht nur den Druck, sondern auch das Tempo. Mein Körper reagiert mit wohltuenden Stromstößen auf meine steigende Erregung.

Ich genieße die Stimulation, neige den Kopf zur Seite und atme den Duft seiner Haut ein. Paul riecht toll – sehr frisch, mit einer süßlichen Note.

Ich drücke meine Lippen an seinen Hals und gleite dann mit der Zungenspitze über seine Haut. Das leise Knurren aus seiner Kehle turnt mich an, auch weil er es mit einem angeheizten Stöhnen ausklingen lässt, das er beibehält, weil meine linke Hand zu seinem Schritt gewandert ist.

Meine Finger drücken gegen den Stoff seiner Jeans und erfühlen seine Härte. Ich will den Knopf seiner Hose öffnen, aber er greift mein Handgelenk.

»Nicht. Ich will mich auf dich konzentrieren«, erklärt er mit rauer Stimme in weichem Tonfall und küsst mich kurz, bevor er seine Berührungen wieder intensiver werden lässt.

Ich mag seinen Rhythmus, das Kreisen seiner Finger wird schneller und trifft den Punkt, der meine Muskeln dazu bringt, sich in wohliger Erwartung anzuspannen.

Ich schalte meine Gedanken auf erotischen Durchzug, verbanne alles Alltägliche, Banale aus ihnen. Es gibt nur noch dieses heiße Kribbeln zwischen meinen Beinen und den scharfen

Typen mit dem Engelsgesicht, dessen schlanke Finger mir ein erlösendes Aufstöhnen entlocken wollen.

Mein Körper verfällt Pauls Händen. Ich bin mir sicher, er fühlt die Hitze und die Feuchte meiner Erregung und es gefällt ihm. Er lässt mich immer mal wieder ein leises, angeheiztes Knurren hören, das mir versichert, dass er Spaß daran hat, mich zu befriedigen.

Als sich die ersten Vorwellen meines Orgasmus ankündigen, spannt sich mein Körper an. Paul hält mich plötzlich fester, seine Finger üben noch mehr Druck aus und die Hitze in mir entzündet ein Feuerwerk.

Ich stöhne ihm ins Ohr und sehe seinen erregten Blick auf meinem Gesicht ruhen, während ich komme. Mit dem Erschlaffen meiner Muskeln stoppt er seine Bewegungen und löst die feste Umarmung.

»Du siehst unheimlich heiß aus, wenn du kommst«, brummt er mir zu und haucht mir einen Kuss auf die Lippen.

»Danke«, entgegne ich und streiche mit der Hand über die Konturen dieses perfekten Gesichts. »Darf ich jetzt auch sehen, wie du aussiehst, wenn du kommst?«

Paul nickt kurz, aber energisch. In seinen Augen glänzt die Lust, aber er hat trotzdem etwas sehr Süßes an sich. Irgendwie unverbraucht, nicht abgebrüht und trotzdem unheimlich sexy.

Ich rutsche von ihm runter, bleibe aber unter der Decke, während ich aus meinen Jeans und meinem Höschen steige.

»Hast du ein Kondom?«, frage ich überflüssigerweise. Natürlich hat er eines, bereits in der Hand, weil er es aus seiner Hosentasche gezaubert hat.

Während er es aufreißt, halte ich die Decke fest und schwinge ein Bein über ihn. Ich will mich auf ihn setzen.

Er öffnet seine Hose und hantiert gekonnt mit dem dünnen Latex. Die Decke wirft einen Schatten über seinen Schritt – ich kann nicht sehen, wie gut er bestückt ist, aber ich spüre es gleich.

Als er meine Oberschenkel greift, weiß ich, dass er bereit ist. Ich taste mit der Hand nach seiner Erregung und fühle seine Härte unter meinen Fingern. Paul ist definitiv nicht schlecht bestückt, wovon ein kleiner analytischer Teil in mir eigentlich ausgegangen ist. Männer mit kleinen Penissen sind in der Regel sehr zuvorkommende Liebhaber.

Das beruht jetzt nicht unbedingt nur auf meiner Erfahrung, sondern auf unzähligen Frauengesprächen mit Freundinnen, in denen sehr viele Cocktails geflossen sind. Betrunkene Frauen sagen meistens die Wahrheit – erst recht, wenn es um Penisse geht.

Paul ist ein gut bestückter sehr zuvorkommender Liebhaber. Wir hätten auch nur vögeln können, er wäre auf seine Kosten gekommen und es wäre trotzdem ein netter Quickie gewesen. Dass er mir einen Orgasmus im Vorhinein spendiert hat, weiß ich zu schätzen.

Ich lasse mich langsam auf ihm nieder. Seine Härte beginnt, in mich zu gleiten – angenehm heiß und prickelnd, weil mein Körper noch so erregt ist. Als ich ihn halb in mir spüre, hebe ich das Becken noch mal, bevor ich mich etwas schwungvoller ganz auf ihm niederlasse.

Do you like it, Swiss-American-Boy?

Er wirft den Kopf in die Lehne und verengt die Brauen, während er seine Lust hinausstöhnt. Der strenge, angeturnte Gesichtsausdruck lässt ihn noch besser aussehen. Mit Pornos für Frauen könnte Paul ein Vermögen machen. Ihn erregt zu sehen, bringt jede Libido in Schwung.

Seine Finger drücken sich fester an meine Hüften, weil er das Tempo mitbestimmen möchte.

Ich mag den Rhythmus, weil er das schnelle, feste in mich Stoßen sichtlich genießt und ich seinen Anblick dabei so heiß finde.

»Kannst du. Langsamer machen?«, fragt er abgehackt und sieht mich mit angespannter Miene, aber flehendem Blick an. Seine Augen sind voller Glitzer.

»Magst du mein Tempo nicht?«, will ich wissen und lege meine Hand unter sein Kinn, um seinen Kopf zu mir zu ziehen. Ich küsse ihn kurz, lecke mit der Zunge über seine Unterlippe und beiße dann sanft zu.

Paul knurrt gegen seine Lust an und verfestigt dann wieder den Griff um meine Hüften. »Du fühlst dich. Hammer. An. Aber …«

Aber er kommt gleich und er will niemand sein, der nach drei Minuten vögeln kommt. Sein Durchhaltevermögen ist vielleicht nicht das beste, aber ich nehme das mal als Kompliment.

»Du kannst gern kommen. Genieß es.«

Meine Worte sind so was wie ein Erlösungsschlag für ihn. Er lässt seinen Höhepunkt zu, drückt mir sein Becken entgegen. Ich fühle ihn in mir pulsieren, sehe, wie er den Kopf wieder nach hinten wirft und die Augen schließt.

Paul stöhnt etwas zu laut auf, aber er bemerkt es in der nächsten Sekunde selbst und presst die Lippen zusammen.

Er reißt die Augen auf und starrt sofort zur Tür.

Ich streiche ihm über die Wange und lasse mich entspannt auf ihm nieder. »Schon gut. Hat keiner gehört. Und wenn doch, kannst du immer noch sagen, du hättest ein Tennismatch auf deinem Handy gestreamt – die stöhnen doch immer, als würden sie eine Orgie feiern.«

Paul grinst und entspannt sich unter mir. Bevor er sich zu sehr entspannt und ein Missgeschick passiert, erhebe ich mich vorsichtig und stehe auf.

Ich drehe ihm den Rücken zu, während ich in mein Höschen und meine Jeans steige und er sich um das Kondom kümmert. Mal ehrlich: Das Adjustieren und Säubern nach dem Sex will man selbst beim schönsten Menschen nicht sehen – deshalb enden Pornos auch mit dem Orgasmus.

Als ich höre, wie er aufsteht, drehe ich mich wieder um. Paul kommt auf mich zu, lächelt mich an und sieht kurz so aus, als ob er mich küssen wollte, dann stoppt er doch.

Ja, das ist gefährliches Terrain.

Kurz nach zwanglosem Sex ist der Pool an Intimitäten, aus dem man wählen kann, sehr begrenzt. Ein Kuss oder eine zu lange Umarmung killen das ›zwanglos‹ und könnten ›Beziehung‹ schreien.

Ein Händedruck wiederum wäre absolut bescheuert, resultiert aber manchmal aus einer unbeholfenen Panikreaktion, wenn man nicht weiß, wie man sich bedanken soll.

Paul macht alles richtig.

Er stoppt, bricht die Sache mit dem Kuss ab, verlagert kurz peinlich berührt das Gewicht von einem Bein aufs andere und spricht es dann einfach aus: »Danke.«

Ich nicke, lächle und verkacke dann beinahe, weil mir danach ist, ihm die Hand zu schütteln.

Kurzer Aussetzer, weil er so süß und unbeholfen dasteht.

Ich überlege, was ich zum Abschied sagen könnte. »Lass dir deine Lakritzschnecken schmecken«, meine ich schließlich und zwinkere.

Ja. Das war gut.

Am Ende den Anfang noch mal aufgreifen.

1-a-Konversationsverlauf.

Ich will mich schon abwenden und das Kapitel abhaken, aber Paul holt noch mal Luft.

Hast du auch noch einen Spruch wegen des Süßkrams auf Lager?

»Kann ich deine Nummer haben?«, fragt er.

Ich starre ihn eindeutig zu irritiert an. Da wächst Verlegenheit in seinem hübschen Gesicht.

»Ich meine ...«, setzt er relativierend an und zuckt mit den Schultern. »Nur, falls wir beide mal nichts vorhaben und ... Bist du länger in der Schweiz? Wenn du bleibst ...« Paul beseufzt seine eigenen Worte und schüttelt dann resignierend den Kopf.

Als er sich selbst zur Genüge getadelt hat, wird seine Miene wieder beherrschter und seine Sätze vollständiger.

»Ich will nicht anhänglich wirken, aber der Sex war klasse und vielleicht können wir das irgendwann wiederholen, wenn wir beide Zeit und Lust haben. Ganz zwanglos. Wenn nicht, ist das auch kein Ding.«

Ich fühle mich geschmeichelt, auch wenn es nur um Sex geht. Ich bin nicht auf der Suche nach einer Beziehung, aber Friendship with benefits will ich nicht ausschlagen. Ich kenne hier niemanden und Paul ist eine überaus nette Bekanntschaft, also …

Ich öffne einen neuen Chat in seinem WhatsApp und lege einen neuen Kontakt an, während durch die Lautsprecher die Durchsage für die nächste Haltestelle ertönt. Ich glaube, ich muss in zwei Stationen aussteigen, aber ich bin mir nicht sicher.

»Melde dich, wenn dir in den Winterferien langweilig ist«, biete ich an.

Es sind zwar noch ein paar Wochen, aber ich bin mir sicher, dass an den Schweizer Universitäten auch bald Ferien bevorstehen. Für mich ist das Semester jetzt schon gelaufen, weil ich meine Prüfungen in den Frühling verschoben habe. Hauptsächlich deshalb, weil ich plötzlich keine Wohnung mehr hatte und es sich ohne Dach über dem Kopf eher schlecht lernt. Ich habe zwar eine neue Wohnung in Aussicht, aber ich kann sie erst im Januar beziehen. Da wären wir wieder bei meiner kleinen Misere und dem Grund für meine Reise.

Ich bekomme keine Antwort von Paul und sehe von seinem Handy auf. Er hat der Ansage gelauscht und wirkt mit einem Mal gehetzt.

»Ja! Danke! Ich melde mich«, verspricht er und streckt die Hand nach seinem Telefon aus. Er beginnt, die Decke zu falten, mit auffallend schnellen Handbewegungen.

»Musst du aussteigen?«, will ich wissen und ernte ein Kopfschütteln und ein nervöses Lächeln von ihm.

»Nein. Das Abteil wird nur gleich etwas voll. Meine Studienkollegen steigen zu und …«

Ich soll gehen, aber er ist zu höflich, um es auszusprechen. Ist ihm die Sache mit dem Quickie peinlich? Sind seine Freunde so prüde? Geht er auf eine katholische Universität? Gibt es so was überhaupt? Gott, vielleicht wird er Priester und hat gerade sein Zölibat gebrochen! Nein, das sind nur meine seltsamen Sexfantasien …

»Na dann. Man sieht sich«, verabschiede ich mich mit einem Lächeln, weil ich ihm keinen Stress machen will.

Wenn du doch eine Freundin haben solltest und deshalb gerade Panik schiebst, dreh in der Hölle an der Uhr, Paulchen Panther!

Falls du mich aber nicht angelogen hast und deine Freunde einfach Spießer sind: See you later, pink alligator.

DIE SACHE
MIT DER
ÜBERGANGSLÖSUNG

...

Der Taxifahrer stellt den Koffer neben mir ab und wünscht mir einen schönen Tag. Oder er hat zum Abschied meine Schuhe als hässlich bezeichnet – so genau kann ich das nicht sagen, heftiges Schweizerdeutsch irritiert mich noch.

Ich stehe wie angewurzelt da und lasse meinen Blick prüfend über das neue Szenario gleiten.

Wäre das ein Film, würde die Kamera jetzt hinter mir eine Panoramaaufnahme machen, um diesen monumentalen Anblick in all seiner Pracht einzufangen.

Wirklich schön. Riesig. Ein wenig kitschig ist es auch, aber das hätte man erwarten können. Die Natur in der Schweiz setzt auf ›In your face‹-Präsenz.

Als der Taxifahrer die überraschend schmale Bergstraße hinaufgefahren ist, habe ich mich erkundigt, ob er sich sicher ist, dass er die richtige Adresse anfährt. Er hat mir dann aber gesagt, dass er mein Ziel kennt, so wie alle in der Schweiz. Oder er hat gesagt, dass Schweine die klügeren Hunde sind – einmal mehr: Dialektproblem.

Ja, das Gebäude vor mir kennt man wohl. Es steht auch schon seit über hundert Jahren hier rum. Oder zweihundert? Ich höre nicht immer zu, wenn mein Vater den Geschichts-Modus anhat.

Neben mir hält ein weiteres Taxi. Ich bin nicht die Einzige, die gerade ankommt, aber die Einzige, die sich erst an den beeindruckenden Anblick gewöhnen muss.

Die beiden Mädchen, die aus dem Taxi hüpfen, kichern um die Wette. Der Junge, der nachkommt, brummt vor sich hin.

Ich folge den dreien mit etwas Abstand über den gepflasterten Weg, hin zu dem großen rostroten Gebäude, das in dem naturbelassenen Ambiente thront.

Die Eingangstür ist einschüchternd breit und hoch, dafür ist die Aula überraschend freundlich. Heller Marmorboden, gelbe Wände, fehlende Beschilderung.

Großartig. Verlaufen liegt mir. Ich stand schon im Kindergarten desorientiert im Raum mit den Spielgeräten, wenn ich mal musste.

Als meine Erzieherin meinen Vater darauf aufmerksam gemacht hat, hatte sie Sorge, dass ich möglicherweise etwas zurückgeblieben bin. Die Unterstellung macht mich heute noch sauer.

Ich konnte schon den Unterschied zwischen Planeten und Sonnen erklären, bevor ich in die Unterstufe gekommen bin. Ich wusste dabei zwar nicht, wo ich bin und in welche Richtung es nach Hause geht, aber hey, ich war eine Denkerin.

Der Himmel ist mein Ding. Im astrologischen Sinn, nicht im spirituellen, aber das ergibt sich wohl schon allein aus der Tatsache, dass ich vorhin im Zug gegen ein Gebot verstoßen habe. Du sollst nicht begehren eines Fremden Penis – oder so ähnlich.

Das Weltall und die Sterne haben mich schon als Kind fasziniert. Ich konnte alle Planeten unseres Sonnensystems aufzählen, bevor ich alle Buchstabenkombinationen problemlos aussprechen konnte. Mit dem R hatte ich meine Schwierigkeiten. Dem Uranus hat das nicht gerade geschmeichelt.

Eigentlich wollte ich Astronomie studieren, aber dafür hätte ich ins Ausland gehen müssen und das passte damals einfach nicht in meine Lebenssituation. Ich bin also nicht ins Weltall entschwebt, sondern auf der Erde geblieben, und weil ich schon mal da war, dachte ich mir: Wieso nicht studieren, was hier so abging? So bin ich bei der Archäologie gelandet. Eine schöne Wissenschaft, aber wer dabei Lara Croft vor Augen hat, ist leider auf dem falschen Dampfer.

Ich schieße nicht in alten Grabstätten auf Skorpione und reibe mir auch keine Medi-Packs in Pyramiden auf die Haut. Obwohl ich mal in einer war. Sich in Ägypten zu verlaufen, kann ich übrigens nicht empfehlen.

Ich steuere zielsicher auf einen der Gänge zu, nicht weil ich denke, dass er mich in die richtige Richtung führt, sondern weil ich etwas Interessantes erspähe. Eine Wand mit einer Foto-Collage. Viele Gesichter, aber ich finde das mir bekannte sofort.

Mein Vater sieht auf Fotos immer ernst aus. Obwohl er im echten Leben meistens ein Lächeln im Gesicht trägt. Er ist ein sehr positiver Mensch, sehr geradlinig und etwas spießig. Aber das hat meiner Erziehung gutgetan. Ich bin ihm unendlich dankbar für alles, was er für mich getan und mir ermöglicht hat. Und ich bin ihm auch dankbar für das Angebot, bei ihm unterzukommen, bis meine neue Wohnung frei wird.

Zurück zu Papa zu ziehen, weil dein Freund sich als kolossaler andere Frauen begattender Fehlgriff entpuppt hat, klingt erst mal nicht allzu unkonventionell. Könnte man schon mal gehört haben. Was mich das nette Angebot trotzdem hat überdenken lassen, ist die Tatsache, dass mein Vater viel arbeitet. So viel, dass er an seinem Arbeitsplatz lebt. Mit ungefähr sechshundert anderen Menschen. Viele davon waren schon mal auf einem Justin-Bieber-Konzert. Die meisten kennen Kassetten nur von iPhone-Hüllen im Retrodesign.

Das hier ist quasi ein Wohnhaus voller Pubertierender – insofern man ein Internat so beschreiben kann.

Der Mann, der auf dem Schwarz-Weiß-Foto so streng aussieht, ist der Direktor. Professor Morgenthaler, Leiter des Ingenium-Gymnasiums – mir aber geläufiger als ›Papa‹ oder ›Vater‹, wenn ich ihn damit auf den Arm nehme, dass er sich manchmal ausdrückt, als hätten wir 1902.

Jetzt könnte man sich fragen, ob mein Vater nicht eine private Wohnung besitzt, in der ich hätte unterkommen können. Ja, aber die hat im Moment kein fließendes Wasser. Mein Vater lässt renovieren und hat mich davon überzeugt, dass es kein Problem ist, wenn ich eine Weile hier wohne. Es stehen ein paar

Zimmer frei. Das Essen soll lecker sein und am Wochenende gibt es Schoko-Waffeln am Frühstücksbuffet. Man kann mich durchaus mit kulinarischen Versprechungen locken. Da ich nicht kochen kann, dreht sich zu Hause eigentlich nur die Mikrowelle. Der Ofen schmort auch manchmal Kartoffeln – oder er verschmort sie, die Chancen stehen 50:50.

Es gibt Menschen, die von Tieren oder Kindern gemieden werden, weil sie eine suspekte Ausstrahlung haben. Mir ergeht es so mit Küchengeräten. Sie hassen mich und sind einfach nicht kooperationsbereit. Das frustriert, hält aber zumindest schlank.

Dass hier für einen gekocht wird, finde ich großartig. Außerdem ist die Gegend wirklich schön. Mit den vielen Teenagern komme ich klar. Ich habe zwei Jahre lang an einem Nachhilfe-Institut gearbeitet.

Die beiden Mädchen, die auch vor den Fotos stehen bleiben, sehen schon ziemlich erwachsen aus. Wahrscheinlich Abschlussklasse, das bedeutet, sie sind siebzehn oder achtzehn.

»Oh mein Gott, er sieht so nice aus!«

»Total! Ich will das Foto auch!«

Sie zücken die Smartphones, sehen sich prüfend um und fotografieren dann kichernd eines der Fotos. Ich will wirklich nicht lauschen, aber sie stehen einfach in Hörweite. Was ich mit Sicherheit will, ist nachsehen, wen sie so ›nice‹ finden – ich schätze, das steht in diesem Zusammenhang nicht für ›nett‹, sondern für ›hübsch‹ oder ›heiß‹. Teenie-Sprache ändert sich immer verdammt schnell. Kaum ist man sechs Jahre älter als jemand, lebt man auf einem anderen Planeten.

»Seit wir Professor Braun in Französisch haben, könnte ich kotzen! Ich will ihn nicht nur in Musik sehen! Ich will ihn Französisch sprechen hören!«

»Ich will endlich sein Instagram-Profil sehen! Wieso stellt er das denn auf privat?«

»Weil du ihn stalken würdest.«

»Du doch auch! Außerdem hat man doch Instagram, um Fotos von sich zum Stalken zur Verfügung zu stellen.«

Gutes Argument.

»Er nimmt nicht mal die Anfrage meiner Schwester an. Obwohl sie nicht hier zur Schule geht.«

»Du meinst wohl, die Anfrage von deinem Fake-Profil. Du hast keine Schwester.«

»Ja, aber das weiß er doch nicht. Ich könnte eine haben. Und sie könnte total hübsch sein und er könnte sich in sie verknallen und dann könnte ich ihm gestehen, dass ich das war, und … Sieh mich nicht so vorwurfsvoll an! Der Plan war gut!«

»Er ist doch viel zu schlau, um sich catfishen zu lassen.«

»Wer ist zu schlau, um sich catfishen zu lassen?«, will der rothaarige Junge mit den Sommersprossen wissen, der sich hinter die Mädchen gestellt hat. Ich habe ihn kommen sehen, die beiden nicht.

»Geht dich gar nichts an, Kevin!«, faucht die Blonde mit dem Fake-Profil und sieht desinteressiert zur Seite.

Das braunhaarige Mädchen hält noch ihr Smartphone in der Hand, auf dem das Foto leuchtet. Als der Junge ihr über die Schulter späht, beginnt er zu lachen.

»Ihr seid ja so dämlich! Als ob er sich mit einer Schülerin einlassen würde!«

Die Brünette stößt den lachenden Jungen zur Seite und funkelt ihn an. »Kümmer dich um deinen Scheiß!«

Er schüttelt amüsiert den Kopf. »Hattet ihr letztes Jahr nicht nur eine Drei bei ihm in Französisch? Konzentriert euch lieber darauf, bei den Abschlussprüfungen besser abzuschneiden, und schmachtet nicht nach irgendwelchen Lehrern. Widerlich.«

»Niemand braucht deine Klugscheißer-Tonspur, du Streber!«, giftet die Blondine.

Der Rothaarige grinst noch immer. »Also ich war immer sein bester Schüler – vielleicht steht er ja auf mich«, scherzt er und zieht provozierend die Brauen nach oben.

»Angeber ...«, murmelt die Braunhaarige.

Der Junge stellt sich vor die Fotos und posiert. »Nein, DAS wäre angeben! Wollt ihr ein Foto von mir vor meinem Foto machen?«

Die Mädchen überdrehen die Augen und setzen sich in Bewegung.

»Du bist ja so bescheiden und witzig, Kevin!«, ruft die eine und fuchtelt dabei mit der Hand.

»Kappa!«, fügt die andere hinzu.

Ich habe keine Ahnung, was das heißen soll, aber als der Junge ihnen folgt, kann ich mir endlich den scharfen Lehrer ansehen.

Bevor ich ihn finde, schweift mein Blick über das Foto des Jungen.

Kevin Ferdinand Reichalt – Schulsprecher.

Er ist eigentlich ganz niedlich, aber als Klugscheißer mit großer Klappe badet man während der Schulzeit nicht gerade in Beliebtheit beim anderen Geschlecht. Seine Zeit kommt aber spätestens an der Uni. Es gibt ganze Studiengänge für Klugscheißer. Jura zum Beispiel. Für die ist Klugscheißen so was wie Flirten.

Zurück zu dem Lehrer. Weil ich etwas weiter weg gestanden habe, bin ich mir nicht sicher, welches der Fotos sie angeschmachtet haben. Mein Blick schweift über die Reihe, die zumindest in der richtigen Höhe liegt.

Alt. Frau. Frau. Übergewicht. Frau. Glatze. Alien. Holy Moly! Ist der Typ echt?

Zwischen dem Foto des Aliens und dem von Einsteins Reinkarnation hängt ein Gott. Hätte ich das Gespräch der Mädchen nicht mitbekommen, wäre ich nicht sicher, ob das Bild in dem Rahmen nicht schon im Geschäft als Model-Beispielbild geklebt hat.

Er wäre aber selbst für ein Model auffallend schön. Dichte weizenblonde Haare – kurz rasiert an den Seiten. Ein markant symmetrisches Gesicht, wunderschöne Lippen – voll, aber nicht schwülstig. Gerade Nase – nicht zu groß, nicht zu klein.

Unter den Augenbrauen, die etwas dunkler als seine Haare sind und schlichtweg in der perfekten Form wachsen, leuchten zwei blaue Augen. Ein wirkliches intensives Blau, so als ob man eine glänzende Eisschicht über den Himmel zieht.

Selbst sein Hals ist sexy. Ich schätze ihn auf Ende zwanzig, Anfang dreißig. Und ich schätze, dass es so was wie eine Liste gibt, in die man sich eintragen muss, wenn man sich in ihn verknallt, um eine Massenpanik zu verhindern.

Pascal Favre, M.A., M.Ed. – was für ein klangvoller Name.

Die akademischen Titel stehen für ›Master of Arts‹ und ›Master of Education‹.

Ich nenne ihn aber liebend gern auch nur ›Meister‹, wenn er darauf besteht.

Schade, dass ich den Spruch niemandem unter die Nase reiben kann. Dann zwinkere ich mir eben selbst zu.

Ich setze mich wieder in Bewegung. Zum einen, um das Büro meines Vaters zu finden, und zum anderen, um herauszubekommen, wo diese Liste ausliegt.

Ich würde dem französischstämmigen blonden Gott gern begegnen. Dass er aus Frankreich stammt, unterstelle ich jetzt mal, weil sein Name danach schreit. Oder er wurde als Horst Schweinsberger geboren und die Welt hat dann beschlossen, dass er einfach zu schön ist, um so zu heißen, und ihn postnatal zum Franzosen gemacht.

ICH WEIß,
WER DU BIST!

Die Gänge sind sich alle ähnlich und verdammt lang. Klassenzimmer, Säle, Toiletten, alles sieht im ersten Stock genau gleich aus wie im Erdgeschoss. Irgendwann erreiche ich einen weitläufigeren Bereich, der voller Schüler ist.

Ich bin nicht die Einzige, die heute hier angereist ist. Es ist der Sonntag an einem verlängerten Wochenende. Anscheinend haben viele die Gelegenheit dazu genutzt, nach Hause zu fahren.

Ich weiß von meinem Vater, dass manche Schüler auch an den Wochenenden hierbleiben. Nicht alle kommen aus der Schweiz und die Eltern mancher arbeiten und leben im Ausland. Das Internat schließt nur im Sommer und zu Weihnachten.

Ich stelle es mir ziemlich hart vor, in so jungem Alter schon lange und regelmäßig von seiner Familie getrennt zu sein. Die Jüngsten hier sind gerade mal zwölf. Sie wirken aber alle fröhlich und gut gelaunt. Vielleicht auch, weil es Frozen Joghurt gibt. Die Eismaschinen werden von Erwachsenen bedient. Lehrer oder Betreuer, ich weiß nicht, aber die Stimmung ist ausgelassen.

Hinter den Rundfenstern erstreckt sich der Sportplatz. Das Lachen und Geplauder hallt von den hohen Wänden wider. Wahrscheinlich ist das hier so was wie eine Willkommensveranstaltung nach dem verlängerten Wochenende.

Ich stelle meinen Koffer neben einer der Säulen ab und sehe mich um. Es könnte sein, dass mein Vater hier irgendwo herumstreunt. Süßkram zieht ihn an.

Ich entdecke keinen älteren Mann mit Schnurrbart, der so aussieht, als würde er gern naschen. Er würde hier definitiv auffallen. Das Kollegium ist ziemlich jung.

Mein Blick bleibt an drei Schülern haften, die mich sowieso schon die längste Zeit anstarren und tuscheln, also gehe ich auf sie zu. Die Jungs sind eindeutig schon älter und kennen sich hier bestimmt aus.

»Könnt ihr mir helfen? Ich suche das Büro des Direktors.«

»Woher kommst du?«, fragt der Schwarzhaarige und macht einen Schritt auf mich zu. Er bleibt grinsend und mit verschränkten Armen vor mir stehen.

Hübscher Junge, aber den koketten Glanz in den Augen und das Aufreißer-Grinsen kann er sich sparen – ich bin keine neue Schülerin, auch wenn er das gerade denkt.

»Ich komme aus Wien. Und ich suche den Direktor, also …«

Mein Tonfall wird strenger und ich lasse einen Hauch Ungeduld darin mitschwingen. Ich denke, das verunsichert ihn genug, um mir einfach zu verraten, in welchen Stock ich muss. Ich will nicht erklären, dass ich die Tochter des Direktors bin und jetzt hier wohne, weil mein Exfreund eine Motte ist. Too much information.

»Soll ich dir nicht erst mal das Internat zeigen? Du kannst mit auf mein Zimmer kommen, dann kann ich dich gebührend begrüßen«, entgegnet er ungetrübt selbstbewusst.

Er zieht nicht mal in Erwägung, dass ich eine neue Lehrerin oder Betreuerin sein könnte – ich sehe wohl einfach zu jung aus. Das nervt manchmal.

»Ach, wie willst du mich denn begrüßen?«, frage ich und verschränke ebenfalls die Arme vor der Brust. Ich lege den Kopf schief, verfinstere den Blick und ziehe eine Augenbraue nach oben.

Ich bin mir sicher, du bist eine ganz große Nummer bei all deinen achtzehnjährigen Mitschülerinnen, aber wenn du jetzt erwartest, dass ich rot anlaufe oder kichernd mein Gesicht vor dir verstecke, wird das hier gleich ein sehr enttäuschendes Erlebnis für dich.

Meine Taktik zeigt Wirkung. Seine Miene wird unsicher und er ringt nach Worten. Offensiv zu sein funktioniert für ihn nur, solange sein Gegenüber schüchtern oder unsicher darauf reagiert. Eine offensive Gegenfrage bringt ihn aus dem Konzept. Natürlich spricht er nicht aus, was er gern mit mir machen möchte.

Machen wir uns nichts vor: Jungs in dem Alter können es schon faustdick hinter den Ohren haben, aber sie legen bestimmt nicht die Abgebrühtheit oder das Selbstbewusstsein eines Christian Greys an den Tag. So reich ist der Erfahrungsschatz dann doch nicht. Erst recht nicht, was erwachsene Frauen betrifft.

»Ich … na ja … Also …«

Bevor er in seinem Unbehagen ertrinkt, lasse ich meine Miene wieder neutral werden und strecke ihm die Hand hin. Er starrt sie an und sieht dann irritiert zu mir auf.

»Versuch's mal mit konventionellem Begrüßen. Wenn du die Basics draufhast, kannst du flirten üben, aber vorzugsweise an jemandem in deinem Alter und ohne mit der Tür ins Haus zu fallen.«

Jetzt macht es klick. Ich könnte vielleicht doch älter sein, als er glaubt. Und ich könnte möglicherweise doch eine Lehrerin sein.

Als er meine Hand schüttelt, schluckt er merklich. »Manuel Winter«, stellt er sich vor.

»Mel«, entgegne ich kurz und knapp. Das bringt ihn natürlich noch mehr durcheinander. Keine Lehrerin stellt sich mit Spitznamen vor. Meinen Nachnamen will ich ihm aber nicht sagen, sonst fällt der arme Junge noch in Ohnmacht.

Ich schenke ihm ein Schmunzeln. Ich habe eigentlich nichts gegen offensive Menschen, aber man kann seine Offenheit nicht jedem so unverblümt an den Kopf werfen. Erst recht nicht, wenn man damit nur schockieren will. Manche Menschen empfinden das als unangenehm. Ein Gespür dafür zu bekommen, wann es angebracht ist, bedarf einer gewissen Reife. Hat man die noch nicht, tut man besser daran, seine Anspielungen subtil zu halten. Paul hat das im Zug gut abgeschätzt. Er ist aber auch älter. Und die Situation war eindeutiger.

Was ich hier gerade klarmachen wollte, ist übrigens ein persönlicher Grundsatz, den ich eigentlich gar nicht aussprechen muss, weil er auf der Hand liegt. Ich bin zwar keine Lehrerin und verschwinde in ein paar Wochen wieder, aber mich mit einem Schüler einzulassen, ist ein Tabu.

Abgesehen davon, dass jeder unter einundzwanzig auch im Alltag nicht in mein Beuteschema fällt, wäre es höchst unangebracht, hier eine Liebelei anzufangen – egal ob die Jungs aus der Abschlussklasse volljährig sind oder nicht.

Das gilt natürlich nur für Schüler! Ich suche nach wie vor die Liste des postnatalen Franzosen!

Nachdem mein pädagogischer Abschreckungsauftrag erfüllt ist, wende ich mich von den Jungs ab. Ich steuere auf die Frozen-Joghurt-Maschine zu, neben der jemand steht, der definitiv kein Schüler ist. Ich will nicht sagen, dass er alt aussieht, aber zumindest so, als hätte er die Schule und die Uni schon hinter sich.

Dass er so breit grinst und so fröhlich mit der Schokoladensoße hantiert, lässt darauf schließen, dass er auch ganz gern nascht. Unter dem hellblauen Hemd versteckt er ein kleines Bäuchlein. Das rundliche Gesicht rahmt ein perfekt gestutzter kurzer Bart entlang des Kinnbereichs.

Er hat eines dieser sympathisch wirkenden Lächeln, das ›Gutmensch‹ schreit.

»Entschuldigen Sie.« Als ich ihn anspreche und er sich zu mir dreht, wechselt sein Gesichtsausdruck von fröhlich über das Frozen Joghurt zu gut gelaunt verwirrt über mich.

Ich will Luft für meine Frage holen, aber er unterbricht mich mit einer theaterreifen Handgeste.

»Warte!«, tönt er mit heller, jugendlicher Stimme und mustert mich eindringlich. »Nein, entschuldige. Ich komme nicht auf deinen Namen. 8B? Oder A? Nein, 7B, oder?«

Großartig. Der Nächste, der mich für eine Schülerin hält. Ich schüttle den Kopf und verkneife mir das Seufzen. »Weder noch. Ich bin gerade angekommen und suche das Büro des Direktors. Ich bin …«

»Ja! Ja! Ja! Na klar!«, unterbricht er mich und stellt seinen Becher zur Seite. »Ich weiß, wer du bist. Entschuldige, ich hatte vergessen, dass du heute ankommst! Willkommen am Ingenium-Gymnasium!«

Ich nicke schmunzelnd, muss aber aufpassen, dass mein Schmunzeln nicht zu einem Grinsen wird. Diese Überschwänglichkeit ist auf eine sehr liebenswerte Weise witzig.

»Ich bin Herr Stark. Ich unterrichte Deutsch und Geografie«, stellt er sich vor und wendet sich dann rasch wieder der Frozen-Joghurt-Maschine zu. »Möchtest du einen Becher? Eine gute Art, deinen ersten Tag hier zu feiern! Schokosoße oder Karamell?«

»Habt ihr ein Wodka-Topping? Ich hatte eine verdammt lange Anreise.«

Als er sich wieder zu mir umdreht, sieht er mich an, als würde er mich für eine Alkoholikerin halten.

Das war nur ein Witz! Ich weiß, dass hier keine Flasche Wodka rumsteht.

»Alkohol ist auf dem gesamten Schulgelände verboten«, klärt er mich mit anhaltend freundlicher Stimme auf, in der aber sehr wohl eine dezente Note Autorität mitschwingt.

Okay, okay. Notiert. Kein Alkohol und keine Scherze darüber. Jetzt ist mir erst recht nach einem Shot. Zeig mir das Bett, unter dem ich in nächster Zeit meinen Wein verstecken werde.

»Es gibt einige Regeln, die einfach wichtig für die Gemeinschaft sind und an die sich gehalten werden muss. Aber du wirst sehen, es ist wirklich schön hier und wir haben eine Menge Spaß in der Freizeit«, erklärt er und schüttet mein Frozen Joghurt mit Karamell und Schokolade voll.

Sie schenken zwar keinen Alkohol aus, aber zur Begrüßung gibt es einen kleinen Massen-Zuckerschock. Mir machen überdrehte Teenager mit nervösen Zuckungen mehr Angst als leicht beduselte, aber hey, nicht ich mache hier die Regeln.

»Danke«, sage ich und nehme den Becher an. Er nickt mir zu und setzt sich dann in Bewegung.

»Komm, ich zeige dir den Weg. Am Anfang verläuft man sich hier leicht.«

Ich folge ihm über den Sportplatz auf die andere Seite des uförmigen Gebäudes.

»Es ist wirklich großartig, dass du dich entschlossen hast, herzukommen«, tönt er begeistert und sieht zu, wie ich mich mit Schokosoße bekleckere.

Er klingt zwar happy, aber auffallend mitfühlend. Wie viel hat mein Vater seinen Lehrern denn bitte über mich erzählt?

»Ich denke, das war die absolut richtige Entscheidung«, fügt er hinzu und lächelt verständnisvoll.

Papa?! Wir müssen reden!

»Ja. Ähm. Shit happens«, entgegne ich peinlich berührt und starre auf mein Eis.

Wenn hier jeder über achtzehn weiß, dass mein Freund mich betrogen hat und ich den Lichtschalter im Schlafzimmer kaputt gedonnert habe, lege ich mir den versteckten Alkoholvorrat noch heute Abend an.

»Ich bin mir sicher, der Neuanfang tut dir gut«, spekuliert der rundliche freundliche Pädagoge – der im Übrigen schwuler ist als jeder Nicholas-Sparks-Film.

Er läuft mit angewinkelter Hand, mit der er bei jedem Satz gestikuliert. In meinem Freundeskreis sind viele homosexuell. Ich habe ein Näschen für schwule Männer entwickelt, auch für die, die sich nach außen hin sehr hetero geben.

Bei ihm ist meine Nase aber überflüssig. Ich könnte sie mir Michael-Jackson-mäßig aus dem Gesicht plumpsen lassen und würde trotzdem noch erkennen, dass er Brüste absolut überflüssig findet.

»Warte hier bitte kurz«, bittet er mich und verschwindet hinter einer auffallend großen Holztür.

Seltsamer Platz für ein Büro – direkt vor dem Sportplatz. Aber bitte. Die Schweiz ist anders.

Anti-Alkohol-Pro-Knackarsch-Stark taucht nach zwei Minuten wieder auf und macht eine auffordernde Geste.

Ich lasse meinen Blick an ihm vorbei in den Raum gleiten und sehe ihn dann verwirrt an. »Ich wollte in das Büro des Direktors«, erinnere ich ihn. »Das ist ein Turnsaal«, füge ich hinzu, für den Fall, dass er mich vorhin verarscht hat und doch schon fünf Frozen Joghurt mit Wodka-Topping intus hat.

Mein Vater ist bestimmt nicht hier. Das letzte Mal, als er einen Fuß in einen Turnsaal gesetzt hat, waren Filme noch ohne Ton.

»Entschuldige, hatte ich das vorhin nicht erwähnt? Der Direktor ist im Moment in einer Besprechung«, bekomme ich erklärt und werde sofort mit einer beschwichtigenden Geste abgespeist. »Aber Herr Morelli kümmert sich um dich und zeigt dir dein Zimmer. Der Direktor hat deine Situation mit ihm besprochen – er kann gut nachvollziehen, was dir passiert ist. Ich denke, er ist der beste Ansprechpartner für dich. Der Direktor sieht das auch so.«

Nein, oder? Da drin steht jetzt kein Lehrer, der auch von seiner Freundin betrogen wurde und eine Selbsthilfegruppe mit mir gründen möchte? Es hört sich aber verdammt danach an!

Ich weiß, dass mein Vater ein sehr friedliebender Mensch ist, der immer um Problemlösungen und Konfliktbeseitigung bemüht ist, aber er kann doch nicht … Oder?!

Ich seufze und nicke dem freundlichen Deutsch- und Geografielehrer dankend zu.

»Einfach gerade durch, bis in den Sportgeräteraum. Er schreibt gerade eine Inventarliste.«

Klar. Wieso eigentlich nicht? Wenn schon ein peinliches Zusammentreffen mit einem emotional labilen Pädagogen, der glaubt, ich wäre eine weichgespülte betrogene Trulla, dann bitte zwischen Gymnastikbällen und Springböcken.

Der Tag kann gar nicht besser werden …

DER WOLF UND DIE MÜLLTONNE

Turnsäle sind der Albtraum meiner Schulzeit. Kaum betrete ich einen, höre ich Stimmen aus meiner Vergangenheit, die so etwas sagen wie: ›*Oh, wieso liegt Mel denn am Boden und blutet aus der Nase?*‹

Ich habe nichts gegen Sport, solange ich ihn allein machen kann und keine Bälle dabei durch die Luft fliegen. Egal welche Größe, Härte oder Farbe, sie knallen mir immer gegen den Kopf.

Bälle, ich spreche noch immer von Bällen …

Hinter den Sprossenwänden befindet sich ein Raum. Ich zwänge mich durch dicht aneinander stehenden Schwebebalken, schleiche an einem Stapel Matten vorbei und sehe mich um.

Wo versteckt sich der Lehrer denn? Ich würde gern mit der peinlichen Begegnung beginnen.

»Hallo?«

»Hinter dir«, tönt es monoton und ziemlich plötzlich zurück. Ich wirble auf dem Absatz herum und frage mich, wie ich ihn übersehen konnte. Er steht neben den Matten, hat mir den Rücken zugewandt und den Blick auf sein Klemmbrett gerichtet. Als ich auf ihn zugehe, ergibt das Übersehen doch Sinn. Er steht so reglos da wie eine Statue.

Atmest du überhaupt?

»Hallo. Ich bin ...«

»Ich weiß, wer du bist. Warte! Ich bin noch nicht fertig«, blafft er gegen das Klemmbrett.

Ich weiß auch, wer du bist: Ein Arschloch. Überrascht mich die Tatsache? Ja! Ich hatte mit einem sensiblen, Sportgeräte zählenden Lehrer gerechnet, der mich ebenso freundlich angrinst wie der naschende Alkohol-Witze-Phobiker, der mich hergebracht hat. Die Statue versprüht aber den launischen Charme eines Militärausbildners.

Ich löffle noch etwas Frozen Joghurt und lehne mich dabei gegen einen der Böcke.

Während er sein Klemmbrett totstarrt, mustere ich ihn und weigere mich, seinen Körper zu bewundern. Wenn mir jemand unsympathisch ist, kann ich ihn auch nicht attraktiv finden. Das rede ich mir zumindest gerade ein.

Seine Schultern sind leider toll. Gerade, breit, die schmale Taille betonend. Verdammtes enges graues Shirt! Ich kann gar nicht anders, als ihn anzustarren.

Die Muskeln an seinen Oberarmen sind eher sehnig als aufgeblasen. Sein Körper sieht aus, als wäre er steinhart, und seine Haut hat einen wirklich schönen dezent gebräunten Ton.

Vielleicht ist er gar kein Arschloch, sondern hatte nur einen Arschloch-Moment. Wir alle haben das manchmal. Schlecht gefrühstückt, leere Batterien in der Fernbedienung, ein platter Reifen am Fahrrad und jemand fragt, ob man einen schönen Tag hatte – zack, bumm: Arschloch-Moment. Man faucht manchmal schneller, als man denkt, das ist eigentlich nur menschlich.

Wer weiß, vielleicht ist ihm ein Gymnastikball abhandengekommen und das strapaziert seine Nerven. Nein, dann wäre er auch ein Idiot.

Ich gebe ihm trotzdem eine zweite Chance. Wenn er den Blick endlich mal von dem Klemmbrett löst und sich zu mir dreht, ist er vielleicht sympathisch. Falls nicht, hat er hoffentlich eine Hackfresse.

Er knurrt seine Liste an, so tief und brummig, dass er mir damit im Wald Angst machen würde, weil er sich wie ein Wolf anhört.

Als er sich endlich umdreht, begradige ich die Haltung und lecke mir schnell die Lippen sauber, für den Fall, dass dort noch irgendwo Schokolade klebt.

Das freundliche, begeisterte Lächeln auf meinen Lippen ist einer automatisierten Spontanreaktion geschuldet, die man zum Besten gibt, sobald sich das Gegenüber als attraktiv herausstellt. Die Entscheidung, ihn anzulächeln, treffe ich nicht mal selbst, sondern der evolutionsbedingt paarungswillige Teil in mir, der ungefragt Folgendes analysiert: Schöner Mann! Groß! Muskulös! Knurrt! Ergo: gesund und kann Feinde in die Flucht schlagen. Umgehend wegen Vögeln fragen!

Das Lächeln gefriert mir trotzdem, als er den Blick verfinstert und die Hand ausstreckt, um mit dem Finger auf die Tür zu meiner Rechten zu deuten.

»Kein Essen in meinem Turnsaal!«, tönt er herrisch und durchbohrt mich mit einem strengen Blick. »In den Umkleidekabinen steht ein Mülleimer. Wirf den Becher weg und komm wieder.«

Ich hasse meine Libido dafür, dass sie mich vorhin hat grinsen lassen. Dämliche Triebe. Ich sollte auf meinen Verstand hören, der ganz andere Dinge analysiert: Böser Mann! Mürrisch. Finster. Knurrt. Ergo: Arschloch mit Autoritätsdrang. Umgehend die kalte Schulter zeigen.

Ich ziehe eine Augenbraue nach oben und funkle zurück. Dann setze ich mich in Bewegung und verschwinde durch die Tür.

Ich verstehe durchaus, dass er nicht will, dass jemand im Turnsaal isst, aber man könnte das Ganze auch als Bitte formulieren, nicht als Befehl.

Im Grunde will ich aber nicht streiten. Der Wolf soll mir zeigen, wo mein Zimmer ist, und dann wieder seine Turngeräte zählen. Außerdem war mir das Frozen Joghurt sowieso zu süß. Es wegzuwerfen, war meine Entscheidung. Nicht seine. Ganz echt.

Als ich zurück in den Geräteraum gehe, lehnt er mit verschränkten Armen an einer Sprossenwand. Er mustert mich so akribisch und skeptisch beim Gehen, als würde er gleich in seine Trillerpfeife pusten und mir zubrüllen, ich solle die Knie mehr durchdrücken.

»Ich hatte eine wirklich lange Anreise«, seufze ich genervt und lehne mich gegen die hoch gestapelten Matten gegenüber der Sprossenwand – auch mit verschränkten Armen.

»Wenn du mir einfach sagst, wo mein Zimmer ist und wo ich später das Büro des Direktors finde, verschwinde ich.« Ich halte das für ein faires Angebot auf unblutige Beendigung unseres Zusammentreffens. Er sieht das offensichtlich anders.

»Mein Name ist Herr Morelli, nicht ›Du‹«, stellt er klar.

Gott, ihr seid hier aber empfindlich mit dem ›Du‹! Du bist doch höchstens drei oder vier Jahre älter als ich! Idiot ...

»Ich unterrichte Sport und Mathematik. Außerdem bin ich Vertrauenslehrer für die Oberstufe.«

Echt? Vertrauenslehrer? Du? Hat sich außer dir nur Freddy Krüger für die Stelle beworben?

»Ich bin dein Ansprechpartner für Fragen jeglicher Art. Du kannst zu mir kommen, wenn du reden möchtest – egal, worum es geht. Ich behandle unsere Gespräche vertraulich und kann dir versichern, dass du mich mit nichts schockieren kannst. Ich war früher in einer ähnlichen Situation wie du, ich weiß, wie sich das alles anfühlt, und nein, das ist keine leere Pädagogikerphrase. Reden hilft und ich höre dir gern zu. Dass dir meine Meinung immer gefällt, kann ich dir nicht versprechen, aber meine Tür steht dir offen.«

Was wird das denn bitte? Gesprächstherapie mit Wolf? Nein danke! Was er sagt, klingt zwar plötzlich gut gemeint und ich kaufe ihm die eindringlichen Worte sogar ab, weil er wie ein ziemlich direktes, ehrliches Arschloch wirkt, aber das ist schon etwas dick aufgetragen, oder?

Ich habe mich von meinem Freund getrennt und keine Essstörung oder ein Drogenproblem.

»Danke, aber ich denke, ich komme allein klar. Ich bin erwachsen«, entgegne ich und hebe etwas skeptisch die Brauen, als sein Blick wieder strenger wird.

»Gut. Das hoffe ich. Mein Angebot gilt übrigens nur, solange du dich auch an die Hausregeln hältst. Wenn es Vorfälle mit Alkohol gibt, kann ich dir nicht mehr helfen.«

Okay, jetzt reißt mir der Geduldsfaden. Ich muss mir Luft machen.

»Oh mein Gott, was habt ihr Leutchen denn bloß gegen Alkohol?! Und wieso macht mich jeder darauf aufmerksam?! Was hat euch mein Vater denn erzählt?!«, brülle ich und werfe dann erst recht den Theatralik-Modus an.

Er will etwas sagen, aber ich muss mich erst mal über Papa beschweren.

»Ein einziges Mal auf einer Familienfeier! Da schießt man sich einmal ins Aus – und auch nur, weil Tante Susi diesen spanischen Wein dabeihatte! – und schon ist man die Lindsay unter den Lohans! Ich fasse es nicht, dass er euch davon erzählt hat! Außerdem hatte er selbst ganz schön einen in der Krone! Schon mal einen alten Akademiker mit Schnauzbart gesehen, der Celine Dion singt?! Ich hab's als Video auf dem Handy!«

Der Wolf bekommt große Augen und mustert mich perplex. Ich bin aber noch nicht fertig mit Ausrasten.

»Ich torkle schon nicht um drei Uhr morgens betrunken im Schulflur herum! Aber ich bin eine erwachsene Frau, die sich ihr Recht auf Wein und Wodka spätestens mit dem Verlieben in einen absoluten Vollhorst verdient hat! Im Übrigen: Die Sache mit meiner Trennung macht mich nicht zu einem Fall für dein seltsames Gesprächstherapie-Angebot. Vielleicht solltest du selbst mal mit jemandem über deine Trennung reden – wenn das noch immer so eine große Sache für dich ist.«

Jetzt bin ich fertig. Hat gutgetan. Ich weigere mich übrigens, ihn zu siezen. Und ich mag den verblüfften Ausdruck in seinem strengen Gesicht.

»Wie bitte? Meine Trennung?«, wiederholt der Wolf monoton klingend und stößt sich von der Wand ab.

»Ja. Du hast doch gesagt, du hättest dasselbe ›durchgemacht‹ wie ich.« Ich muss Gänsefüßchen mit den Fingern zeigen, weil ich den Satz sonst bescheuert finde. »Ich weiß nicht, wie mein Vater auf die Idee kommt, dass ich so etwas wie einen emotionalen Betreuer brauche, aber das ist absolut nicht der Fall. Zeig mir einfach, wo ich schlafen kann, und ich komme klar.«

Die braunen Augen des Wolfs mustern mich wieder eindringlich, aber anders als vorhin. Als er fertig ist, knurrt er ein Seufzen, schließt die Augen und lacht dann tonlos. »Wie heißt du?«, will er wissen.

Ich erspare mir das patzige ›Ich dachte, das weißt du‹. »Mel. Melanie Morgenthaler.«

Kaum spreche ich meinen Namen aus, macht es auch bei mir klick.

Dieses ganze Gespräch hätte gar nicht stattfinden sollen, oder? Er hat jemand anderen erwartet.

»Du bist die Tochter des Direktors«, stellt er fest und schmunzelt schwach. »Nicht die neue Schülerin.«

Daher weht der Wind. Jetzt machen auch meine Begegnung mit Herrn Stark und seine kleine Motivationsrede viel mehr Sinn. Von wegen ›Ich weiß, wer du bist!‹. Er hat mich verwechselt und mich dann dem Wolf als neue Schülerin angekündigt. Das Mädchen muss im Übrigen eine unschöne Vorgeschichte haben. Klar tadelt man eine Schülerin, die nach Wodka fragt und einen Lehrer duzt. Ich bin aber keine! Ich sollte ein Schild um den Hals tragen: ›Ist erwachsen und macht nur Spaß.‹

Ich schnaube. Jetzt, da das Missverständnis aus der Welt ist, wird der Wolf bestimmt zum Hündchen.

»Hat euch mein Vater nicht erzählt, dass ich eine Weile hier wohnen werde?«, will ich wissen und sehe ihn eine Augenbraue nach oben ziehen. Sein Blick wird nicht weniger streng, aber seine Stimme klingt irgendwie amüsierter.

»Doch. Ich wusste, dass du kommst, nur nicht, wann. Und ich dachte, du würdest anders aussehen.«

»Anders? Wie denn?«

»Dicker. Älter«, erwidert er wie aus der Pistole geschossen.

Es gibt Menschen, bei denen man vergessen hat, einen Nettigkeitsfilter einzubauen – er gehört zu diesem schonungslos ehrlichen Menschenschlag. Schön, dass er mit Teenagern arbeitet – die hören gern die schonungslose Wahrheit.

Ich weiß nicht, ob ich beleidigt sein soll oder doch lieber happy, dass ich nicht dicker und älter bin.

Der Wolf – nein, er wird auch jetzt, da er weiß, wer ich bin, nicht zum Hund – macht eine auffordernde Geste und setzt sich dann in Bewegung. Ich folge ihm, weil er mich mit Sicherheit endlich zu meinem Vater bringt.

Kaum angekommen und schon in Missverständnissen gebadet worden.

Zum Glück ist heute Sonntag. An einem Wochentag hätte ich es bestimmt zustande gebracht, in einer Klasse zu landen und einen Test mitzuschreiben.

Wir laufen wieder über den Sportplatz. Mozzarelli legt ein beachtliches Schritttempo an den Tag. So hieß er doch, oder? Nein. Mozzarella.

»Remo«, tönt es plötzlich von links oben.

Er ist ziemlich groß, ich muss zu ihm aufschauen.

»Was?« Ich habe wirklich keine Ahnung, was er gerade gesagt hat.

Er schielt mit strengem Blick zu mir rüber. »Mein Name. Ich heiße Remo.«

Jetzt darf ich ihn also doch beim Vornamen nennen – geht doch.

»Mel«, erwidere ich automatisiert.

»Ich weiß. Das hatten wir vor zwei Minuten geklärt. Mein Kurzzeitgedächtnis hat keine Aussetzer.«

Blasierter Pfosten.

»Entschuldige. Du hast mich vorhin für eine Schülerin gehalten – ich dachte, einmal mehr auf die Sprünge helfen kann bei dir nicht schaden.«

Ja, Arschloch-Moment, aber mit voller Absicht. Er hat das verdient, jedes Wort aus seinem Mund hat bis jetzt unfreundlich geklungen.

»Du siehst nicht aus wie Mitte zwanzig. Und ich hatte ein anderes Bild von dir vor Augen – wie jeder hier«, entgegnet er.

Ich schenke ihm ungläubig vorwurfsvolle Blicke. Nein, ich sehe nicht aus wie mein Vater. Hat es ihn irritiert, dass ich keinen Weihnachtsmannbauch und keinen Schnurrbart trage?

Seine Miene gefriert wieder und er sieht nach vorn. Auch im Profil fallen seine markanten Wangenknochen auf. Irgendwie erinnert er mich an Buffy. Also nicht an Sarah Michelle Gellar, sondern an den Typen, der ihren Lover-Vampir gespielt hat. Spike. Der hatte ein ähnlich markantes Gesicht. Nur dass Remo nicht platinblond ist, sondern dunkle Haare hat. Wie Cole aus *Charmed*. Die große Fernsehliebe meiner Teenagerzeit.

Wenn ich die Augen zusammenkneife, erinnert mich Mozzarella auch irgendwie an diesen heißen ...

Mülltonne! Scheiße! Gerammt! Gleichgewicht!

Ich stolpere nach hinten und warte eigentlich nur mehr darauf, dass mein Hintern auf dem Boden aufschlägt, tut er aber nicht. Statt weiter nach unten werde ich plötzlich wieder nach oben befördert, auch viel schneller, als mir lieb ist. Ich knalle gegen etwas, das noch härter ist als der bescheuerte Mülleimer, der sich vorhin spontan vor mir manifestiert hat – ein Sportlehrer, an dessen Brust ich mir beinahe die Nase breche.

Aua. Was hast du unter dem T-Shirt? Eine Metallplatte?

Als er meinen Arm loslässt, taumle ich einen Schritt von ihm weg und lege mir die Hände auf die Nase.

»Augen nach vorn beim Gehen! Nicht mich anstarren«, giftet er.

»Ich starre dich nicht an! Ich habe mir das Gebäude angesehen!«, erwidere ich mit dumpfer Stimme, weil ich die Hände nicht runternehmen will. Meine arme Nase!

Ich höre ihn wieder knurren und sehe zu ihm auf. Als er näher kommt, will ich das Gesicht wegdrehen, aber er greift danach.

»Hände runter! Kopf hoch!«, lautet der Befehl, dem ich nicht nachkommen will, aber er packt zuerst meine Handgelenke und greift dann unter mein Kinn.

»Blutet es?«, will ich wissen. Wenn er schon nachsieht, kann ich auch fragen.

»Nein. Aber deine Nase ist jetzt schief.«

»Was?!«

Er zuckt mit den Schultern, macht wieder einen Schritt zurück und wendet sich zum Weitergehen ab. Ich sehe das diabolische Grinsen aber noch kurz auf seinen Lippen aufblitzen.

Von einem Lehrer verarscht worden – klasse.

Ich murre eine Runde, bevor ich mich auch wieder in Bewegung setze.

Als wir vor der braunen Flügeltür im zweiten Stock ankommen, hat meine Nase aufgehört, zu kribbeln.

Das sieht schon eher nach Büro aus. Da kleben auch Buchstaben auf der Tür: ›Direktion. Doktor Norbert Morgenthaler – Leitung‹.

Der Wolf klopft und wartet, bis ein »Herein« von der anderen Seite zu hören ist. Er öffnet die Flügeltür und ich entdecke sofort meinen Vater, der mich von seinem Schreibtisch aus anstrahlt. Darauf kann ich mich aber nicht lange konzentrieren.

Vive la France!

DAS FOTO

»Melanie! Ich wusste nicht, dass du so früh ankommst!«, schallt es mir freudig entgegen, als ich das Büro betrete.

Mein Vater erhebt sich von seinem Stuhl und kommt auf mich zu. Die Umarmung tut gut, wir haben uns viel zu lange nicht gesehen.

»Ich habe einen früheren Zug genommen«, erkläre ich.

»Hast du gut hergefunden?«, will er wissen und zieht skeptisch eine Braue nach oben. Er weiß, dass ich mich ganz gern verlaufe.

»Die Schule zu finden, war kein Problem. Dein Büro liegt schon versteckter. Wieso habt ihr nirgends Schilder angebracht?«

»Da sind Schilder, mein Schatz. Sie leuchten nur nicht, dafür fehlt uns leider das Budget.«

Der nächste Lehrer, der mich auf den Arm nimmt. Mein Vater darf das aber.

Ich brumme gespielt beleidigt und lächle ihn dann doch wieder an. »Der Weg wurde mir netterweise gezeigt«, erkläre ich und lasse ein dankbares Nicken in Richtung Wolf folgen.

Mozzarella steht hinter mir. Mein Vater nickt ihm auch freundlich zu.

»Vielen Dank, dass Sie meine Tochter hergebracht haben, Herr Morelli.«

Ja, er hat mich hergebracht. Und angeschnauzt. Und mir mit seinem steinharten Körper beinahe die Nase gebrochen, aber das lasse ich weg, ich bin schließlich keine Petze.

»Gern geschehen. Ich habe Ihre Tochter zuerst für eine Schülerin gehalten«, gibt er zu.

Mein Vater lacht. Er sagt irgendwas von wegen ›Sie hat schon mit zehn ausgesehen wie sieben‹, aber ich kann mich nicht mehr auf das Gespräch der beiden konzentrieren – auch wenn es mit väterlichen Peinlichkeits-Anekdoten gespickt ist.

Der Raum ist wirklich schön: ein antiker Schreibtisch, ein Regal voller alter ledergebundener Bücher, ein Kristallluster. Wenn ich mir aber etwas von hier für zu Hause aussuchen dürfte, wäre es der blonde Gott, der so freundlich schmunzelnd dasteht und mich mit seiner Erscheinung schon ablenkt, seit ich durch die Tür gekommen bin.

Er ist in Natur noch umwerfender als auf seinem Foto. So umwerfend, dass man daran zweifeln könnte, dass er real ist.

Vielleicht ist er nur Deko. Ein Roboter, gebaut von schwulen Japanern, die das mit der Ästhetik echt raushaben. Oder er ist einem Buch entsprungen. Eine zum Leben erweckte Romanfigur aus einer Fantasywelt, in der sich Einhörner personifizieren können, hammer aussehen und dann mit Engeln Kinder zeugen, die auch hammer aussehen.

Personifiziertes Einhorn + scharfer Engel = postnataler Franzose.

Sein Lächeln wird breiter und meines gleicht sich natürlich an. Da meldet sich wieder mein triebgesteuertes Unterbewusstsein, aber diesmal ist es okay.

Er sieht aus wie der netteste Mensch der Welt. Außerdem knurrt er nicht oder herrscht mich an, er ist einfach nur schön, höflich und still.

Seine blitzblauen Augen blicken plötzlich richtungsweisend zur Seite. Jetzt zuckt er auch noch dezent mit dem Kopf. Ich mag, wie eindringlich er mich nach all diesem Deuten und Zucken mustert.

Mein Grinsen wird noch breiter.

»Melanie! Schatz! Hast du einen Hörsturz?«

Die Stimme meines Vaters macht mir bewusst, dass ich wohl etwas zu tief in der Franzosen-Trance versunken war.

Mein Vater sieht mich an, als würde er auf eine Antwort warten. Ich habe keine Ahnung, was er gefragt hat, aber ich weiß jetzt, dass der schöne Mann nicht grundlos zur Seite geblickt hat. Im Gegensatz zu mir hat er mitbekommen, dass mir eine Frage gestellt wurde. Das waren Signale, die mir so etwas hätten sagen sollen wie: ›Augen dort rüber! Ich weiß, ich bin schön, aber da spricht jemand mit dir!‹

Durchaus peinlich. Wie komme ich da jetzt wieder raus?

»Entschuldige. Ich habe gerade überlegt, wo ich meinen Koffer stehen gelassen habe«, flunkere ich und schiebe in der nächsten Sekunde Panik, weil ich es wirklich vergessen habe. Gut, nein – ich weiß es wieder.

»Ich denke, er steht noch dort, wo es das Frozen Joghurt gibt«, führe ich meinen Gedanken weiter und wende mich meinem Vater zu.

»Ich wollte wissen, ob du es für möglich hältst, den Schülern während deines Aufenthalts ein wenig Nachhilfe zu geben«, fragt er.

Seine Bitte überrascht mich, aber ich bin froh darüber, weil ich sowieso keinen Plan habe, was ich hier in den nächsten Wochen machen soll.

Die Schule liegt auf einem Berg, abseits von allem, was ich als Unterhaltungsmöglichkeit einstufen würde.

»Sicher. Kein Problem. Zumindest was Mathe und Physik betrifft«, versichere ich.

In diesen Fächern habe ich Erfahrung als Nachhilfelehrerin – am Institut war genau das mein Job.

Mein Vater nickt dankend. »Mathematik reicht aus. Wir haben in den Abschlussklassen ein paar Schüler, die sich mit gewissen Bereichen des Stoffs schwertun. Ich bin mir sicher, sie wären dir sehr dankbar, wenn du ihnen zusätzliche Hilfe anbietest.«

Klar doch. Gern. Euer Mathematikprofessor ist anscheinend ein Versager. Wer macht das noch gleich? Ach stimmt! Mozzarella!

Ich suche kurz Blickkontakt mit ihm, bevor ich meinem Vater antworte. Er steht noch immer da wie die selbstbewussteste Statue der Welt.

»Ich gebe gern Nachhilfe. Manchmal hilft es schon, wenn die Schüler es noch mal von jemand anderem als ihrem Lehrer erklärt bekommen.«

Eigentlich will ich den Wolf anfunkeln, für den Fall, dass der Vorwurf in seine Richtung zu subtil war, aber er macht einen Schritt zur Seite und mein Blick bleibt an etwas haften, das mich … Oh mein Gott, bin ich schockiert!

Ich vergesse alles, was mir gerade noch durch den Kopf gegangen ist, und fühle meinen Mund austrocknen, weil er aufgeklappt ist.

»Papa …?«, flüstere ich fassungslos und gehe auf das sagenhaft hässliche Foto zu, das ich bisher übersehen habe. Wie das passieren konnte, ist mir schleierhaft. Es ist einen Meter hoch und eineinhalb breit. Hinter dem Acrylglas grinst mir ein Gesicht entgegen, dessen Anblick ich eigentlich aus meiner Erinnerung verbannt hatte.

»Was hast du … Wieso?!« Mein Blick schnellt von dem Foto zu meinem Vater und wird unsagbar finster.

Er zuckt mit den Schultern und sieht dabei so unschuldig aus wie ein altes Monchhichi. »Ich mag das Foto! Es ist aus unserem Urlaub in Hawaii, weißt du nicht mehr?«, fragt er und schwelgt dabei fröhlich in Erinnerungen.

Ja, ich erinnere mich an Hawaii. Ich war dreizehn, hatte fünfzehn Kilo Übergewicht und habe mir den ganzen Tag Kokosnuss-Eis am Strand reingezogen. Das alles ist aber überflüssig, zu erwähnen, weil das Foto diese Geschichte sowieso erzählt.

Ich weiß nicht, was mich dem Wunsch, unmittelbar aus dem Fenster zu springen, näher treibt: mein kugelrundes, rot verbranntes Gesicht oder die Speckrollen an meinem Bauch, die nur zur Hälfte von der Kokosnussschale mit dem Liter Eis darin verdeckt werden.

War ich vorhin sauer, als ich dachte, mein Vater hätte jedem hier erzählt, ich würde gern zu tief ins Glas schauen? Ich bin lieber die beduselte Winzerkönigin als das verbrannte Moppelchen!

Warum finden Eltern eigentlich immer die beknacktesten Fotos von einem süß?! Was ist das?! Ein hormoneller Schutzreflex, der sie dazu bringt, ihre Kinder erst recht lieb zu haben, wenn der Rest der Welt sich die Hände vor die Augen reißt und kreischend davonläuft?!

Mein Blick huscht zu dem makellosen Franzosen. Er lächelt mich noch immer milde an, ist höflich genug, so zu tun, als würde er das Foto gar nicht sehen. Und Mozzarella? Der grinst sich mit einem diabolischen Glanz in den Augen besoffen.

Er wusste von dem Foto, so wie wahrscheinlich jeder, der schon mal im Büro des Direktors war. Die Anspielungen von wegen ›Ich dachte, du siehst anders aus‹ hat er nicht weiter ausgeführt. Er hätte mich darauf vorbereiten können! Hat er aber nicht. Was er gerade zum Schießen findet.

»Ach, Melanie. Das ist übrigens Herr Favre«, wechselt mein Vater das Thema und schiebt mich quasi vor den bislang stillen Franzosen.

Ja, Papa, das hast du gut erkannt! Das ist ein fantastischer Zeitpunkt, um mir den schönsten Mann der Welt vorzustellen!

Hallo! Ich bin Mel und das hinter mir ist mein fettes rotes Alter Ego!

»Hallo. Mel.« Mir bleibt nichts anders übrig, als ihm die Hand zu reichen und so zu tun, als hätte ich einen ganz normalen, überhaupt nicht seltsamen Tag.

»Pascal«, entgegnet er. Der Raum wird heller, als er beim Lächeln Zähne zeigt. »Je suis contente de te rencontrer – freut mich, dich kennenzulernen«, ergänzt er und ich schmelze.

Klar klingt Französisch immer scharf, aber aus diesem Mund könnte auch tiefstes Bergbauern-Steirisch oder Sächsisch dröhnen, es würde sexy klingen.

›*Ollo, isch bin da Pascal* ...‹

›*Okay. Schlaf mit mir!*‹

»Wir lassen Sie jetzt am besten Ihr Wiedersehen genießen. Oder können wir noch etwas für Sie oder Ihre Tochter tun, Herr Direktor?«, will der französische Gott wissen, der im Übrigen keinen Dialekt durchklingen lässt, wenn er Deutsch spricht.

»Nein, mein Lieber. Vielen Dank für Ihre Zeit. Wegen des Lehrplans können wir uns auch morgen noch zusammensetzen«, erklärt mein Vater und lässt noch mal ein dankbares Nicken in Richtung Wolf folgen.

Der Idiot grinst nicht mehr, aber er funkelt mich an, als hätte er irgendetwas gewonnen.

Als die beiden verschwinden, beginne ich, meinen Vater davon zu überzeugen, das Foto von der Wand zu nehmen.

MONTAG: MÖGE DER ALLTAG BEGINNEN!

Ich habe dem Bett gedanklich unrecht getan. Als ich mich gestern das erste Mal auf die federweiche Matratze habe fallen lassen und mit dem Kopf im Daunenkissen versunken bin, war ich mir sicher, dass ich kein Auge zubekomme. Ich habe aber beide zubekommen, und das ziemlich lange.

Die Anreise und die ereignisreiche Ankunft haben mich ausgelaugt. Vielleicht auch das Binge-Watching der letzten *The Big Bang Theory*-Staffel bis zwei Uhr morgens. Das Zimmer hat keinen Fernseher, dafür gibt es hier wirklich gutes WLAN.

Ich bin im Mädchenwohnheim der Oberstufe untergekommen. Das Haus steht gleich neben dem Schulgebäude und entspricht eher meiner Vorstellung eines Hotels als der eines Internats. Es gibt Einzel- und Doppelzimmer, einen großen, gemütlichen Aufenthaltsraum im Erdgeschoss und überall liegen iPads rum. Wirklich. Die liegen einfach herum. Mein Vater hat anklingen lassen, dass das hier eine Schule für Snobs ist – das hat er natürlich nicht so gesagt, aber wie man es auch umschreibt, es läuft auf dasselbe hinaus. Wer hier Schüler ist, kommt aus einer wohlhabenden Familie oder hat eines der wenigen Stipendien ergattert.

Mein Vater hat die Stelle als Direktor vor zwei Jahren angenommen. Er war auch zuvor schon Schulleiter eines Gymnasiums, aber nicht im Ausland. Hierherzuziehen ist ihm nicht leichtgefallen, in erster Linie wegen mir. Ich war damals zwar schon ausgezogen, aber in verschiedenen Ländern zu wohnen, ist für eine Familie immer ein großer Schritt. Ich bin froh, dass er sich für die Stelle entschieden hat. Nicht, dass ich ihn nicht vermissen würde, aber er ist hier sehr glücklich.

Er war immer ein positiver Mensch, aber die alte Schule hat ihn ausgelaugt. Budgetprobleme, Streit im Kollegium, Schüler, die Feuer gelegt haben. Hier gibt es Frozen Joghurt im schönen Ambiente und genügend Budget, um ein eigenes Waschküchen-iPad anzuschaffen. Von wegen, sie haben kein Geld, um die Wegweiserschilder zu beleuchten …

Ich raffe mich auf, werfe einen Blick auf mein Handy und steige dann in meine Joggingklamotten. Ich will eine kleine Runde drehen, bevor ich dusche. Die WhatsApp-Nachricht, auf die ich warte, ist noch nicht gekommen.

Die Gegend ist der reine Wahnsinn. Malerisch ohne Ende, aber auch ausgestorben. Was ein Paradies für jeden Jogger oder Wanderer ist, entpuppt sich für sozial unternehmungslustige Menschen als Exil. Auf diesem Berg gibt es nur das Ingenium-Gymnasium und die dazugehörigen Gebäude – sonst nichts, und der Berg ist ziemlich hoch. Um in die Stadt am Fuß zu gelangen, braucht man ein Taxi.

Ich laufe an vielen hübschen hölzernen Bungalows vorbei, von denen mein Vater mir gestern beim Abendessen erzählt hat. Die Lehrer wohnen hier wirklich schick. Das Areal am Waldrand erinnert an eine teure Ferienanlage.

Ich will später auch mal einen Job, in dem meine Dienstwohnung ein Achtzig-Quadratmeter-Haus in Aussichtslage ist. So was gibt es aber wahrscheinlich nur in der Schweiz. Die Dienstwohnung meines Vaters liegt als einzige im Hauptgebäude. Auch sehr großzügig geschnitten, aber die modernen Holzbungalows wären eher mein Fall.

Ich laufe so langsam wie möglich daran vorbei, um durch die Fenster spähen zu können. Mich interessiert, wie es im Inneren aussieht, aber überall sind die Vorhänge zugezogen oder die Rollläden wurden runtergelassen. Es ist Montag und die Lehrer halten gerade Unterricht. Ich habe meinen ersten Nachhilfetermin erst um 16:00 Uhr, also habe ich erst mal genügend Zeit für mich.

Nach einer langen Dusche und einem ausgiebigen Pflegeprogramm checke ich mein Handy. WhatsApp kündigt endlich eine Nachricht an. Von Tante Susi.

Ich habe ihr gestern ein Foto aus Papas Büro geschickt. Darauf zu sehen: die monströse Augenbeleidigung, die er zwei Jahre lang der gesamten Internatsbelegschaft vorgeführt hat.

Sie hat erst mal drei Emojis zurückgeschickt: das, das dem *Schrei* von Edvard Munch nachempfunden ist, das, das Tränen lacht, und den Kackhaufen.

Nachvollziehbare Reaktion, mir ging es ähnlich. Gelacht habe ich zwar nicht, aber es gibt kein Emoji, das peinlich berührt zu einem Franzosen schielt.

Die nächste Nachricht von ihr bringt mich zum Schmunzeln.

Mel, Schatz, ich liebe
dich sehr, aber dein Vater
liebt dich eindeutig
mehr. XD Sonst alles in
Ordnung? Verguck dich
nicht in einen Schüler!

Ich sehe, dass sie online ist, und schreibe zurück.

Ja, abgesehen von meinem dicken
roten Gesicht, das eine ganze
Wand geziert hat, ist es hier schön.
Etwas ruhig, aber super Gegend
zum Joggen! Ich vergucke mich
sicher nicht in einen
Achtzehnjährigen! Aber hier läuft
ein französischer Gott herum, für
den ich glatt noch mal die
Schulbank drücken würde! XD
Außerdem hatte ich eine ganz nette
Begegnung im Zug. Es geht
bergauf. Ich bin froh, dass ich
Sascha los bin. Nicht mehr so

> festgefahren zu sein, fühlt sich super an.

Das klingt spitze! Enjoy life, mein Engelchen. <3
Aber immer mit Gummi! ;)

Ich grinse ihren Hinweis auf Safer Sex ab und schicke noch ein Herzchen.

Tante Susi ist klasse, war sie immer. Cool, wild, bunt und einfach wunderbar. Manche würden sie vielleicht als schrill oder skurril bezeichnen, aber Frauen, die offenherzige Freidenker sind, hatten schon immer mit Vorurteilen zu kämpfen.

Für mich ist sie der Inbegriff der positiven Emanzipation. Fokussiert auf ihre Wünsche und Träume, ohne andere zu verurteilen oder jemandem ihre Meinung aufzudrängen.

Live and let live – verläuft übrigens als Tattoo über ihr Schlüsselbein. Ich war immer sehr offen zu ihr. Sie zu mir ebenso, zumindest, seit ich erwachsen bin.

Sie ist eine starke, unabhängige Frau, trotzdem hat sie eine ausgeprägte Schwäche für Bad Boys. Bad Boys ist in diesem Fall eine Umschreibung für SM-Fetischisten. Details lässt sie natürlich aus, aber sie hat mir trotzdem einen wichtigen Grundsatz vermittelt, den ich auch so in meine Weltanschauung übernommen habe: Sexuelle Freiheit ist das Recht jeder Frau. Dort, wo Frauen andere Frauen dafür verurteilen, dass sie sich zu devot hingeben, hat die Emanzipation auf ganzer Linie versagt.

Frei sein heißt nicht immer, dominant zu sein, sondern das auszuleben, was einem gefällt.

Susi macht genau das. Sie lebt in einem Loft in Berlin und frönt ihrer Liebe zur Kunst und hübschen Männern. Sie hat mir auch angeboten, zu ihr zu ziehen, aber ich wollte Papas Angebot nicht mehr ausschlagen, zumal wir uns seit Monaten nicht gesehen haben.

Tante Susi ist übrigens die Schwester meines Vaters. Zwischen ihnen liegen nicht nur fünfzehn Jahre Altersunterschied, sondern auch fünf Dimensionen, zwei Welten und acht Planeten. Soll heißen: Die beiden könnten nicht unterschiedlicher sein.

Susi hat mit zwanzig ihr erstes Bodypainting-Shooting auf offener Straße gemacht. Und mein Vater? Ja, der hat wahrscheinlich den Verkehr geregelt.

Wobei sie sich aber doch ähnlich sind, ist, dass ich die beiden für großartige, liebevolle Menschen und tolle Vorbilder halte. Jeden auf seine Art. Wem ich nacheifere, kann ich pauschal nicht beantworten. Ich teile aber Tante Susis Vorliebe für sexuell dominante Männer. Mir gestern vor dem Einschlafen vorzustellen, wie der gottgleiche Franzose mich auf einen Schreibtisch drückt und vögelt, war unheimlich anregend. Er ist übrigens weder verheiratet noch vergeben – laut meinem Vater. Mozzarella auch nicht, aber das ist mir egal. Größtenteils.

Ich blättere in dem Mathematik-Lehrbuch, um mir eine Übersicht zu machen. Integral- und Differenzialrechnung, Grundlagen der analytischen Geometrie – nichts Ungewöhnliches für den Abschlussjahrgang. Das Lehrbuch ist überraschend gut, ausführlich, aber klar formuliert, mit ziemlich vielen Beispielen. Da muss man als Lehrer schon ein besonderes Talent an den Tag legen, um die Schüler zu verwirren.

Mein Blick schweift vorwurfsvoll in Richtung Fensterfront. Ich sitze in dem offenen Bereich, in dem gestern noch die Frozen-Joghurt-Maschine stand. Heute steht hier ein großer Tisch mit Stühlen.

Auf dem Sportplatz wird gerade Basketball gespielt. Auch wenn er weiter weg steht, erkenne ich den Wolf sofort. Seine Statur sticht hervor, obwohl die Jungs alle sehr gut in Schuss sind.

Puste du nur in deine Trillerpfeife, während ich hier ausmerze, was du verbockt hast.

»Frau Morgenthaler?«

Ich lenke den Blick auf die helle, etwas unsichere Stimme, die neben mir ertönt ist. Das blonde Mädchen blinzelt mich unsicher an, vielleicht weil sie sich erinnert, dass ich gestern neben ihr gestanden habe, als sie mit ihrer Freundin über das Stalken eines gewissen Französischlehrers gesprochen hat.

Oder sie ist nervös, weil sie weiß, dass ich die Tochter des Direktors bin.

Die Lehrer haben die Schüler heute darüber informiert, dass ich hier wohnen werde und der Abschlussklasse anbiete, dreimal die Woche zwei Stunden Nachhilfe in Mathe wahrzunehmen.

Ich stehe auf und reiche dem Mädchen lächelnd die Hand. »Du kannst mich Mel nennen – wenn ich ›Frau Morgenthaler‹ höre, sehe ich mich nach meiner Oma um.«

Sie lacht und nickt grinsend – Eis gebrochen. Ich will hier nicht einen auf Lehrerin machen. Die Schüler sollen sich bei der Nachhilfe wohlfühlen.

»Ich heiße Lisa«, stellt sie sich vor, will noch etwas sagen, lässt es dann aber. Sie wirkt noch immer etwas verlegen, ich bin mir beinahe sicher, dass sie mitbekommen hat, dass ich ihr gestern zugehört habe.

Schon gut. Ich kann das mit dem Stalken total nachvollziehen. Hab ihm gestern auch eine Anfrage auf Instagram geschickt ...

Als der nächste Schüler um die Ecke biegt, muss ich leise lachen. Der Schwarzhaarige und ich kennen uns auch schon. Er vermeidet zunächst den Blickkontakt. Als er vor mir stehen bleibt, schmunzelt er aber und streckt mir die Hand entgegen.

»Hallo. Ich hoffe, du hattest eine angenehme erste Nacht hier.«

Was für ein braver Junge! Keine offensiven Anmachsprüche mehr, kein kokettes Grinsen oder Zwinkern – sehr lernfähig!

»Kennt ihr euch?«, will Lisa wissen und sieht ...

Wie hieß er noch gleich? Manuel Sommer, nein, Winter – egal: Manuel.

Das blonde Mädchen mustert ihn auf alle Fälle skeptisch. Ich bin mir sicher, sein Ruf eilt ihm voraus.

»Ja, wir sind uns gestern schon mal begegnet«, entgegnet er vage, aber doch mit einem leicht geheimnisvollen Unterton. Den kann er sich nicht verkneifen, auch wenn er hofft, dass ich es nicht merke. Von mir aus. Ich gönne es ihm, dieses kleine Geheimnis aufrechtzuerhalten, obwohl es nicht mal eines ist.

»Wisst ihr, ob die anderen beiden schon unterwegs sind?«, will ich wissen. Meinen Infos zufolge sollten heute vier Schüler auftauchen.

Lisa schüttelt den Kopf und legt eine dicke Mappe auf den Tisch. »Die Neue kommt heute noch nicht. Aber ich denke, Mathe ist sowieso ihr kleinstes Problem …«

Dank der Verwechslung gestern bin ich ein wenig über die neue Schülerin im Bilde. Anscheinend ein Problem-Teenager, aber ich mache mir keine Sorgen um sie, schließlich ist ihr grandioser neuer Mathelehrer auch ihr knurrender seelischer Betreuer. Ich muss dem armen Mädchen unbedingt helfen.

»Und Nummer vier?«, will ich wissen und bekomme auch prompt eine Antwort, diesmal von Manuel.

»Der Vollpfosten spielt lieber Basketball«, brummt er und lässt sich auf einem der Stühle nieder. Er macht eine abwertende Geste. »Aber Makowski kann sich sowieso auf die faule Haut legen, der bekommt die zwanzig Firmen seines Vaters doch so oder so hinterhergeworfen.«

Ich kann mich irren, aber da schwirrt ein Hauch von Antipathie in der Luft herum.

»Ach was, Manuel ist nur eifersüchtig«, erklärt mir Lisa mit einem wissenden Grinsen im Gesicht. »Makowski ist erst in der Sechsten an unsere Schule gekommen. Bis zu diesem Zeitpunkt war Manuel das hübscheste Pferd in unserem Stall.«

Ich verkneife mir, zu grinsen, weil man als Erwachsene so tun muss, als würde einem dieses oberflächliche Teenie-Geplänkel absolut nicht interessieren, aber es hat schon Unterhaltungswert.

Manuel ist wirklich auffallend hübsch. Dass er sich mit dem anderen, scheinbar auch auffallend hübschen Jungen nicht versteht, liegt nahe. Entweder werden sie Feinde oder beste Freunde – schöne Jungs im Best-Friends-Doppelpack verströmen eindeutig einen betörenderen Reiz als sich anzickende Diven, aber wahrscheinlich sind die beiden noch zu jung, um zu verstehen, dass sie sich auch gegenseitig in die Karten spielen könnten.

»Es war nicht seine Entscheidung, dass er die Nachhilfe für das Training sausen lässt«, erklärt mir Lisa weiter, während Manuel sie anfunkelt und eine Runde schmollt. »Er wollte wirklich kommen, aber Herr Morelli hat darauf bestanden, dass er zum Training kommt.«

Jetzt verfinstere ich den Blick. Der Wolf! Na klar! Was für ein Horst. Wenn er schon nicht kompetent genug ist, seine Schüler fit für die Abschlussprüfungen zu machen, sollte er zumindest so schlau sein, sie zur Nachhilfe zu schicken, und nicht darauf bestehen, dass sie auf dem Sportplatz auf und ab laufen. Seine Prioritätensetzung ist unglaublich beschissen.

Ich gehe zu den Fenstern, öffne eines und beuge mich nach draußen. »Entschuldige!«, rufe ich auf den Sportplatz, ernte aber keinerlei Reaktion, weil er selbst gerade am Schreien ist. »Hallo!!«

Er muss mich hören, er dreht sich nur nicht nach mir um. Ein paar der Jungs schauen schon zu mir hoch.

Ignoriert zu werden, macht mich wahnsinnig. Das ist ja so was von unhöflich! Ich kann aber auch lauter – und penetranter. »Hey! Mozzarella!«

Geht doch.

Er dreht sich um, so langsam wie der Killer aus einem Horrorfilm und mit demselben Blick.

»Schick mir doch bitte den Jungen hoch, der die Nachhilfestunde wollte. Ich würde gern anfangen.«

Ich halte mich für ultradiplomatisch. Kein Vorwurf, dass er Basketball für wichtiger hält als Mathe – obwohl er es selbst unterrichtet! –, und kein bissiger Kommentar zu seinem bescheuerten Camouflage-Sportshirt.

Wie dankt er es mir? Er zuckt mit den Schultern und brüllt dann tatsächlich: »Nein!«

Einfach ›Nein‹, dann dreht er sich weg und ignoriert mich wieder.

Was für ein Idiot!

Er brummt etwas von wegen »Weitermachen«, was aber nicht mir gilt, sondern den Jungs. Einer von ihnen läuft trotzdem vom Feld und verschwindet im Turnsaal. Remo pustet in seine blöde Pfeife und stapft ihm dann hinterher.

Auch wenn ich gern mit dem Fenster knallen würde, verkneife ich es mir. Durchatmen, weitermachen, auf Mathe konzentrieren. Ich kann mir mit ihm ja schlecht ein Schreiduell auf dem Schulgelände liefern.

Ich setze mich zu Manuel und Lisa und lasse mir erklären, was sie gerade durchnehmen. Sie öffnen dabei aber nicht das Lehrbuch, sondern zeigen mir Mappen mit Beispielen.

Na toll. Er ist einer dieser Idioten, die sich nicht ans Lehrbuch halten, sondern glauben, ihre eigenen Beispiele wären viel besser.

Kaum will ich den Mund aufmachen und etwas zu Vektoren sagen, da fällt mein Blick auf ein Camouflage-Shirt. Der Wolf kommt auf uns zu, bleibt vor dem Tisch stehen und fixiert mich mit seinem Blick.

Wieso bist du denn jetzt hier reingekommen?

»Hast du eine Minute?«, fragt er und klingt dabei ungewohnt unbrummig.

Woher der schnelle Sinneswandel? Du wirst doch nicht erkannt haben, dass du ein Horst bist, und kommst, um dich zu entschuldigen, oder?

»Sicher.«

Ich stehe auf und folge ihm durch den Gang bis zu einem kleinen Balkon. Er ist wirklich klein, vielleicht zwei Quadratmeter Stahlgitter und eine Feuertreppe, die nach unten führt. Ich drücke mich an die Fassade, damit ich nicht so nah vor ihm stehe, dass ich sein Deo riechen kann. Er riecht leider ziemlich appetitlich. Nicht wolfmäßig. Und nicht nach Schweiß.

Du bewegst dich beim Sport selbst nicht, du scheuchst nur die Jungs herum, was?

»Hast du mich tatsächlich Mozzarella genannt?!«, knurrt er aufgebracht und lässt seine Miene gewohnt finster werden. So viel zu seiner Entschuldigung.

»Du lässt einen Schüler nicht zur Nachhilfe gehen, weil er Basketball spielen soll?! Wo hast du denn Pädagogik studiert?! Auf der Baumschule?!«

»Wir haben morgen ein wichtiges Spiel und er hat keine Probleme mit Mathe!«, rechtfertigt er sich und sieht dabei auch noch so überzeugt von sich selbst aus, dass ich ihm am liebsten gegen das Schienbein treten würde. Bei dem Versuch würden mir wahrscheinlich alle Zehen brechen, aber der Gedanke reizt mich trotzdem.

»Keiner meiner Schüler hat ein Problem mit dem Grundstoff!«, fährt er fort und zieht eine Braue nach oben. »Sie werden ihre Abschlussprüfungen alle mit guten Noten bestehen! Den Lehrplan haben sie drauf und genau das ist relevant für die Abschlussprüfungen! Wie anspruchsvoll ich meinen Unterricht gestalte und was ich ihnen abseits des Lehrplans beibringen möchte, ist meine Sache!«

Ich habe nur ›*Wa, wa, wa ... ich bin der beste Lehrer der Welt, weil meine Schüler viel mehr können, als sie müssen*‹ herausgehört. Schwachsinn. Egozentriker.

»Wenn sie so gut in Mathe sind, wieso gehen sie dann zur Nachhilfe?! Machen sie das aus Vergnügen?!«

»Manuel und Lisa wollen Mathematik studieren! Sie werden dich nicht nach Schulbuchbeispielen fragen, sondern nach dem Stoff, den ich für sie zusammengestellt habe, um sie auf die Uni vorzubereiten! Informier dich über die Kinder, bevor du hier herumzickst!«

»Ich zicke herum?! Hör dir mal selbst zu! Ich bin hier nicht am Brüllen und Knurren!«

Doch, ich brülle auch – ein wenig –, aber er hat angefangen!

»Du hast mich Mozzarella genannt!«, erinnert er mich erneut und nicht weniger energisch als beim ersten Mal.

Oha, das stört dich wirklich, oder? Gut zu wissen ...

»Und was ist mit den anderen beiden? Wollen die auch Mathematik studieren? Bist du so inspirierend?«

Ich kaufe ihm nicht ab, dass er vier Schüler hat, die Mathematiker werden wollen. Sind wir mal ehrlich, das ist ein todlangweiliges Studium, das man eigentlich nur in Verbindung mit etwas Spannendem wie Astrophysik studiert oder eben auf Lehramt.

»Der Junge aus meiner Basketballmannschaft will mit summa cum laude abschließen, um seinen Vater zu beeindrucken. Er arbeitet in letzter Zeit aber viel zu hart und verbissen an seinen Noten. Basketball ist das Einzige, das er sich noch gönnt, und ich bin sowieso nicht der Meinung, dass er irgendwelche Probleme mit dem Stoff hat. Und die neue Schülerin ist wohl die Einzige, der du wirklich helfen kannst, aber das ist nicht meine Schuld, ich habe sie nicht unterrichtet!« Am Ende des Satzes wird er wieder lauter.

Ich könnte jetzt zugeben, dass es sich so anhört, als hätte er wirklich Ahnung von den Problemen und Zukunftswünschen seiner Schüler, aber ich streichle bestimmt kein Ego, das sowieso schon überdimensioniert groß ist.

»Weißt du eigentlich, dass du ein Dominanzproblem hast? Kannst du auch mit mir sprechen, ohne zu knurren?«, will ich wissen, weil ich einfach sticheln muss.

Ich weiß nicht, warum ich diesen Drang habe, ihn sauer zu machen. Ich könnte auch einfach gehen und die Sache gut sein lassen. Will ich aber nicht.

Er neigt den Kopf zur Seite und mustert mich, bevor er meine Frage mit einer Gegenfrage beantwortet.

»Kann es sein, dass du darauf stehst, übers Knie gelegt zu werden, weil du mich ständig provozierst?«

Etwas pocht ganz plötzlich in mir. Ich kann nicht sagen, ob es die Wut in meinem Bauch oder meine Libido ist. Wenn ich mir jetzt auch nur eine Sekunde lang vorstelle, wie ich auf ihm liege und er knurrt, während er mir auf den Hintern schlägt, knalle ich mir selbst eine!

»Ich hoffe, du verkneifst dir solche unangemessenen Anspielungen bei deinen Schülerinnen.«

Oje, oje! Ich höre mich diesen Satz sagen und würde gern die Pause-Taste drücken, weil der Film gerade richtig scheiße wird! Die weibliche Hauptdarstellerin hat total verkackt!

Ich wollte ihm nicht vorwerfen, dass er Schülerinnen belästigt – das war wirklich, wirklich fies und absolut an den Haaren herbeigezogen. Ich wollte nur tough sein, ihn triezen, irgendetwas erwidern, das davon ablenkt, dass mich sein Spruch irgendwie angemacht hat. Das ging total in die Hose! Panikreaktion!

»Hast du mir gerade unterstellt, ich würde …«, setzt er Furcht einflößend ruhig und tonlos an.

Ich muss ihn unterbrechen, er darf es nicht noch mal aussprechen, das ist mir einfach zu peinlich.

»Entschuldige. Das war nicht so gemeint. Das ging zu weit.«

Einzugestehen, dass man Mist geredet hat, ist verdammt unangenehm, aber manchmal notwendig. Ich gehe davon aus, dass er sich umgehend in meiner Zerknirschtheit suhlt und mich ein triumphierendes Grinsen sehen lässt, aber er bleibt überraschend cool – was bei ihm mit emotionslos gleichzusetzen ist.

»Ich würde nie etwas mit einer Schülerin anfangen oder irgendwelche Anspielungen machen – das gilt auch für Ehemalige. Das sind für mich Kinder, die ich unterrichte und begleite, bis sie erwachsen sind.«

Da ist er wieder. Der Tonfall, der so ernst, aber ehrlich klingt und den er das letzte Mal zum Besten gegeben hat, als er noch dachte, ich wäre eine Schülerin. Vielleicht ist er doch kein ganz so beschissener Lehrer ...

»Falls du mir nicht noch etwas Provozierendes an den Kopf werfen oder meine pädagogischen Methoden infrage stellen willst, gehe ich zurück zum Training«, kündigt er an.

Ich nicke und verschränke die Arme vor der Brust. Als er nach der Glastür greift, muss ich mich doch noch verabschieden, sonst fühlt sich unser Gespräch unvollständig an.

Er wartet doch darauf, oder?

»Dein Shirt ist total peinlich, Mozzarella.«

Er hält zwei Sekunden lang inne, dann dreht er sich nach mir um und grinst kampflustig. »Danke für den Mode-Tipp, Speckröllchen.«

Wie hast du mich gerade genannt?! Hab ich mich verhört?!

»Sag mal, bist du jetzt komplett übergeschnappt?! Du kannst mich doch nicht dick nennen!«

»Mache ich nicht – ist nur ein Kosename, zu dem mich das einprägsame Foto im Büro deines Vaters inspiriert hat.«

»Nenn mich noch einmal so und ich klatsche dir eine!«

Er antwortet nicht, grinst nur wieder diabolisch. Als er doch den Mund aufmacht, brummt er Zeilen vor sich hin, die sich verdächtig nach dem Text von ›She fucking hates me‹ anhören. Spinner!

IN EINE BAR, BITTE!

Irgendwie fällt der Tag unter die Kategorie ›bescheiden‹. Man könnte auch ›beschissen‹ sagen, aber ich will mir das Fluchen abgewöhnen, weil ich in nächster Zeit so viel mit Schülern zu tun haben werde.

Die Nachhilfe lief eigentlich hervorragend. Wenn man sie nur daran bemisst, wie lernwillig und klug die Schüler waren. Manuel und Lisa haben wirklich kein Problem mit Mathe. Zumindest nicht mit dem Schulstoff. Die Beispiele, die sie als schwierig empfinden, fallen in die Kategorie Uni-Mathe. Mozzarella hat mich nicht angelogen, er fördert sie nur wegen ihrer geplanten Laufbahn.

Wie mich der Mann nervt! Ich habe ihn heute in meinen Gedanken an die tausend Mal ›Speckröllchen‹ sagen gehört.

Ich habe schon seit Jahren keine Speckröllchen mehr! Das auf dem Foto war quasi Babyspeck, den ich mit vierzehn gänzlich losgeworden bin. Mir ist klar, dass er mich damit nur triezen will, aber das gelingt ihm leider ganz gut.

Eigentlich hatte ich vor, am Abend zu chillen und endlich den neuen Fitzek zu lesen, aber ich bin dann doch in ein Taxi gestiegen und habe »In eine Bar, bitte« gebrummt.

Heute ist ein guter Tag für einen Cocktail. Oder zwei.

Die Bar ist schick und gemütlich, trotzdem fühlt sich das Allein-Trinken komisch an. Ich kann aber schlecht meinen Freunden schreiben, ob sie Bock haben, mal schnell in ein Flugzeug zu springen, um mit mir einen Mojito in der Schweiz zu trinken.

In ein Land zu ziehen, in dem man niemanden kennt, ist scheiße. Ich meine bescheiden. Die nächsten Wochen werden wohl ziemlich einsam.

Mann, tue ich mir gerade selbst leid. Kann bitte jemand das Sinéad-O'Connor-Gedudel abstellen?

Mir fällt ein, dass ich hier doch schon eine Freundschaft geschlossen habe. Zumindest mehr oder weniger. Ich öffne einen WhatsApp-Chat und beginne zu tippen.

> Hey! Ich weiß, ich habe vergessen, zu fragen, auf welche Uni du gehst, aber falls du irgendwo in der Nähe sein solltest, hast du vielleicht Lust auf einen Cocktail?

Anbei schicke ich Paul noch einen Screenshot von Google Maps. Und ein paar Emojis.

Ich weiß! Armselig. Man schreibt dem Typen, mit dem man nur einen lockeren Quickie hatte, nicht am nächsten Abend und bittet ihn, auszugehen. Das ist alles Sinéad O'Connors Schuld!

»Entschuldige. Darf ich dir einen Cocktail spendieren?«

Ich sehe von meinem Handy auf und entdecke das freundliche Gesicht, das sich neben mich an die Bar gestellt hat. Er grinst etwas verlegen, aber genauso warm, wie ich es in Erinnerung habe.

»Gern. Aber bitte nichts mit Wodka, das ist an meiner Schule verboten«, entgegne ich amüsiert und sehe die Verlegenheit auf seinen Wangen glühen.

»Sorry! Echt! Dass ich dich verwechselt habe, ist mir furchtbar peinlich. Das hat für ganz schön Verwirrung gesorgt.«

Ich winke ab und drehe mich zu ihm. »Schon gut. Hat sich dann ja doch schnell aufgeklärt.«

Herr Stark kratzt sich verlegen am dunkelblonden Haarschopf und winkt dann den Barkeeper heran. »Was möchtest du?«, will er wissen.

Es ist ihm wirklich ein Anliegen, mir etwas auszugeben – als Wiedergutmachung für die Verwechslung. Das ist nicht notwendig, aber ich nehme trotzdem gern an.

»Cosmopolitan«, entgegne ich und sehe ihn die Lippen zum Kussmund spitzen.

»Mmmhhh ... Bist du eine Carrie oder eine Samantha?«, fragt er und bringt mich mit der *Sex and the City*-Anspielung zum Lachen.

»Im Moment bin ich wohl eher eine Miranda.«

Er schwingt sich auf den Hocker neben mich und macht wieder eine seiner theaterreifen Handgesten. »Ach, das sind wir doch alle manchmal. Ich heiße übrigens Olli. Noch mal sorry für das Lehrergehabe. Du siehst echt total jung aus.«

»Du auch. Wie lange machst du den Job schon?«, will ich wissen und schlürfe schnell meinen Mojito leer, weil der Cosmopolitan schon in der Mache ist.

»Ich arbeite jetzt seit drei Jahren als Lehrer, aber erst seit neun Monaten am Ingenium-Gymnasium. Echt schwierig, sich die ganzen Namen und Gesichter zu merken. Und die Umstellung mit dem Internat war auch nicht einfach. Aber dein Vater ist total nett. Und die anderen Lehrer auch – tolles Arbeitsklima.«

Er hört sich wirklich glücklich an, das freut mich für ihn.

»Bist du mit jemandem hier verabredet?«, will ich wissen, weil er sich ab und an möglichst unauffällig in der Bar umsieht.

»Ja. Mit einem Freund. Einem Bekannten. Einem ...« Er weiß nicht, wie er es nennen soll. Ich grinse mit ihm zusammen, dann stoßen wir an.

»Ich verschwinde, sobald dein Date auftaucht«, verspreche ich.

»Nein, nein, bitte nicht! Ich könnte etwas Unterstützung gebrauchen! Das ist ein Blind Date – Tinder. Eigentlich hasse ich so was, aber ... na ja, es ist schon echt verdammt lange her, seit ich zum letzten Mal ...« Er überkichert das Ende seines Satzes und spricht dann weiter. »Das Leben auf dem Schulgelände ist wirklich schön und die Bungalows sind der Wahnsinn, aber das Privatleben bleibt schon etwas auf der Strecke. Man trifft kaum neue Leute.«

Ich verstehe, was er meint, obwohl ich erst seit einem Tag hier bin.

»Was ist mit den anderen Lehrern? Niemand für dich dabei?«

Liebeleien unter Lehrern kommen häufig vor, bestimmt erst recht, wenn man so viel Zeit miteinander verbringt und nebeneinander wohnt.

Meine Frage macht ihn etwas verlegen, aber er beantwortet sie trotzdem.

»Na ja, das Kollegium ist sehr jung, die wenigsten sind verheiratet, weil dieses Internatsleben natürlich schwer mit der Familie vereinbar ist, aber leider spielt trotzdem niemand von den Kollegen in meiner Mannschaft. Was schade ist, du hast bestimmt gesehen, wie niedlich manche sind.«

Ich nicke und schlürfe an dem spendierten Cocktail. Die Schweizer nehmen das mit dem Mischverhältnis wirklich sportlich.

»Sag mal, mit wem bist *du* eigentlich verabredet?«, will Olli wissen und wirkt plötzlich so, als würde ich ihm gleich etwas Spannendes antworten.

»Ursprünglich: Mojito. Der hat mich aber schneller verlassen als gedacht, und jetzt …« Ich hebe mein Glas und grinse. »Cosmopolitan.«

Er nickt meine Worte zwar ab, hätte aber doch lieber einen Namen gehört.

»Ich dachte, du hättest vielleicht ein Date mit Remo«, mutmaßt er amüsiert.

»Wie kommst du denn darauf?«, will ich wissen. Oder nein, ich will es nicht wissen – es ist aber zu spät, um die Frage zurückzuziehen.

Olli zuckt mit den Schultern. »Ich weiß nicht, ihr wärt ein sexy Paar. Hast du ihn schon mal in der Schwimmhalle gesehen? Für den Körper braucht er einen Waffenschein! Ich habe noch nie so einen perfekten Mann gesehen, alle Magazine, die ich früher gern durchgeblättert habe, eingeschlossen.«

Himmel, ich brauche mehr Alkohol für dieses Gespräch!

»Er nennt mich ›Speckröllchen‹. Muss ich mehr sagen?«, entgegne ich mit hochgezogener Braue und höre Olli lachen.

»So ein Blödsinn! Das meint er nicht so! Er hat nur einen ziemlich sarkastischen Humor. Du bist doch gertenschlank. Außerdem hat er auffallend viele Fragen über dich gestellt, als er mit deinem Vater im Lehrerzimmer Kaffee getrunken hat.«

Olli zwinkert mir zu, ich verziehe aber nur den Mund. »Der will doch nur herausfinden, ob ich gegen etwas allergisch bin, damit er zusehen kann, wie ich anschwelle.«

Der brünette Lehrer verschluckt sich beinahe an seinem Cocktail. »Ihr habt sogar den gleichen Humor! Also ich würde es feiern, wenn ihr …«

»Bitte sag es nicht! Ich muss mir jedes Mal selbst eine knallen, wenn ich irgendwelche Fantasien mit ihm habe! Ich kann ihn echt nicht ab.«

Olli seufzt theatralisch. »Die guten Liebesgeschichten sind immer die holprigen. Kein Mensch will einen Film sehen, in dem sie sich von Anfang an total toll finden, sofort kriegen und dann durch IKEA laufen.«

»Vielleicht, aber ich habe echt nicht vor, mein Leben verfilmen zu lassen. Können wir das Thema wechseln?«

»Klar! Möchtest du noch einen Cocktail?«

Über Mozzarella zu reden, hat mich den Cosmopolitan quasi inhalieren lassen. Das aufkommende Gefühl von getrübten

Sinnen und wachsendem Selbstbewusstsein hilft mir aber nicht gerade dabei, mir den Wolf nicht in Badeshorts vorzustellen.

»Was weißt du über Pascal?«, frage ich Olli, der gerade zwei Gläser Prosecco bestellt. Wenn mein leicht beduseltes Hirn schon einen Protagonisten für Kopfkino-Schweinereien braucht, dann bitte den unwirklich scharfen Franzosen.

»Na ja, ich weiß, dass er aussieht, als hätte Gott einen verdammt guten Tag beim Backen gehabt. Und dass er ziemlich klug ist – er hat seinen ersten Master mit zweiundzwanzig, den zweiten mit vierundzwanzig gemacht. Außerdem spielt er Gitarre, Geige und Klavier. Ach, und seine Eltern stammen aus Paris, sind aber in die Schweiz gezogen, als er ein Kind war.«

Auch wenn Olli es beschwingt erzählt, sind das alles Infos, die ich mir auch so hätte zusammenreimen können. Klug, ja, er hat zwei Abschlüsse. Instrumente, klar, er unterrichtet Musik. Und Franzose, na ja, das überrascht wohl am wenigsten.

»Hat er eine Freundin?«

Olli zuckt mit den Schultern. »Ganz ehrlich: Ich habe keine Ahnung. Pascal redet nicht viel über Privates. Zumindest nicht mit mir. Remo ist aber gut mit ihm befreundet. Die beiden kennen sich schon seit der Studienzeit.«

Ich seufze die Info ab. Klasse. Der Wolf ist sein Kumpel.

Mein Blick schweift zu dem jungen Mann, der gerade in die Bar gekommen ist.

»Sag mal, hast du mit deinem Blind Date zufällig einen Dresscode abgemacht?«, will ich wissen, weil Olli und der Neuankömmling beide ein rotes Hemd tragen.

Er nickt und sieht sich dann nervös um. Während er sein Date mustert, trinke ich mein Glas leer, stehe auf und lege zehn Franken auf den Tresen.

»Euer erster Drink geht auf mich. Danke für die Gesellschaft!«, sage ich und will mich aus dem Staub machen.

Olli greift meinen Unterarm und hält mich fest. »Bleib doch noch hier! Ich weiß nie, was ich sagen soll! Ich habe vergessen, wie man flirtet, ich weiß nur noch, wie man unterrichtet!«

Ich grinse und öffne den obersten Knopf seines Hemds. »Oh, wenn du auf Lehrer machst, kann rein gar nichts schiefgehen!«, prophezeie ich grinsend. »Brauchst du ein Kondom?«

Olli wird rot, auch weil sein Date auf ihn zusteuert. »Danke, Melanie.«

»Mel. Und nichts zu danken. Viel Spaß.«

EIN CODE IM UMSCHLAG

Es schüttet. Ich drücke mich an die Fassade unter das kleine Dach über dem Eingang zur Bar und warte auf das Taxi. Paul hat zurückgeschrieben. Seine Nachricht lässt mich verschmitzt grinsen, obwohl er abgesagt hat.

> Hey! Sorry! Ich kann heute nicht. Aber ja, ich wohne in der Nähe. Können wir uns am Wochenende treffen? Ich würde echt gern mit dir reden!

Ich hoffe, seine Autokorrektur spinnt und hat ›vögeln‹ zu ›reden‹ gemacht.

Es geht mir besser als vorhin. Der Schweizer Alkohol hat seine Wirkung nicht verfehlt. Und das Gespräch mit Olli hat mir auch Spaß gemacht.

Eigentlich würde ich dem Taxifahrer gern sagen, dass er mich zur nächsten Party fahren soll, aber die einzige Party, zu der ich kann, findet wohl auf meinem Zimmer mit meinem Netflix-Account statt.

Auf der Fahrt den Berg hinauf tippe ich leicht beduselt auf meinem Handy herum.

Ich bin nüchtern genug, um einmal mehr festzustellen, dass eine Promille-Obergrenze beim Verschicken von Nachrichten echt hammer wäre, aber andererseits finde ich meine Zeilen auch genial.

> Klar! Lass uns am Wochenende was machen. Vorzugsweise etwas, bei dem ich dein hübsches Gesicht beim Stöhnen sehen kann. ;)

Ich verkneife mir, ihn darum zu bitten, mir ein paar Selfies von sich zu schicken, falls er heute noch unter die Dusche steigt. Das würde echt zu weit gehen.

Ich bin eine Lady. Lady Marmelade.

Der Taxifahrer muss mich für geisteskrank halten. Zuerst glühe ich mein Handy rollig an, dann lache ich über die Witze, die ich in Gedanken über mich selbst reiße. Dafür gebe ich ihm bei der Ankunft ein großzügiges Trinkgeld. Oder ich knausere total damit – der Wechselkurs ist mir gerade entfallen.

Obwohl es vom Auto zur Tür des Oberstufenwohnheims kaum drei Meter sind, werde ich pitschnass.

An meinem Schlüsselbund hängt zu viel Kram. Es dauert eine gefühlte Ewigkeit, bis ich den richtigen Schlüssel zu fassen bekomme.

Ich bereue nicht nur die Plüschkatze, den Federbausch und die drei Spruchanhänger, sondern auch meine Kleiderwahl. Anstatt einfach Jeans und Pullover zu tragen, hat mich mein angekratztes Selbstbewusstsein dazu genötigt, in ein schwarzes Cocktailkleid zu steigen. Absolut bescheuert. Ich trage zwar eine Strumpfhose und eine lange Weste, aber ich bibbere trotzdem, weil ich seit einer Minute im strömenden Regen stehe und in dem Schloss herumstochere.

Eigentlich bin ich mir absolut sicher, dass es der bronzefarbene Schlüssel mit den seltsamen Kreisen darauf ist, aber er lässt sich nicht drehen.

Spinne ich?! Das hat doch gestern problemlos geklappt! Heute nicht.

Es ist halb zwölf und im Aufenthaltsraum, den ich durch die großen Glasfenster sehen kann, ist das Licht bereits gedimmt. Ich weiß, dass für die Oberstufe um 23:00 Uhr Zapfenstreich ist, aber ich kann mir nicht vorstellen, dass volljährige Schüler nicht ab und an länger wegbleiben. Deshalb ausgesperrt zu werden, ist schon irgendwie krass. Ganz schön brutale pädagogische Maßnahmen hier in der Schweiz!

Scheiße, ist mir kalt ... Ja, ich fluche jetzt wieder! Ziemlich derb sogar: *Fick dich, Tür!*

Der Regen stoppt ganz plötzlich. Zumindest über meinem Kopf. Ich entdecke einen dunkelroten Schirm und einen großen

Mann in schwarzer Jacke, der ihn hält. Ein Taxi fährt hinter ihm davon.

»Bonsoir. Du bist ja ganz nass. Hast du deinen Schirm vergessen?«

In erster Linie habe ich beim Blick in dein Gesicht meinen Namen vergessen, aber jap, kein Schirm.

»Der Schlüssel lässt sich nicht drehen«, erkläre ich und wische mir mit dem Unterarm über das Gesicht, bevor ich veranschaulichend meinen Schlüsselbund hochhalte. Nicht nur überflüssig, sondern peinlich – das Ding sieht aus wie der Beweis dafür, dass ich sieben Jahre alt und sammelwütig bin.

Nicht sexy, Mel! Sein lassen!

Während ich meinen Bund möglichst unauffällig sinken lasse, greift Pascal nach der dunkelgrauen Box, die an der Fassade angebracht ist, und drückt eine Klappe nach unten. Ich blinzle überrascht den leuchtenden Zahlenblock an.

»Nach 23:00 Uhr lässt sich die Tür nur noch mit einem Code öffnen«, erklärt er und schmunzelt sanft.

Mann, ist der Typ schön, wenn er erwartungsvoll guckt! Ich weiß trotzdem noch immer nicht, wie ich die Tür aufbekomme.

»Kannst du ihn eingeben? Mir hat niemand etwas von einem Code gesagt.«

Er schüttelt den Kopf und neigt ihn dann.»Das ist kein Standardcode. Jeder, der hier wohnt, hat einen personifizierten PIN – Schüler und Betreuer. So lässt sich nachverfolgen, wenn jüngere Schüler ihre Ausgehzeiten nicht einhalten. Lehrer oder Schüler, die nicht hier untergebracht sind, haben keinen.«

Seine Erklärung klingt verdächtig vertraut in meinen Ohren. Mein Vater hat beim Abendessen auch irgendwas von wegen PIN erzählt.

Leider hat mein Gehirn so eine Art Durchzugs-Schutzmechanismus entwickelt, wenn er über Technik spricht. Er neigt dazu, mir gern lang und breit zu erzählen, wie sehr ihn sein neues Handy oder sein neuer Laptop überrascht und dass er herausgefunden hat, wie man ein Smartphone zur Taschenlampe werden lässt. Zauberei.

Ich dachte, er erzählt mir irgendetwas von seiner Handy-PIN, deshalb habe ich einfach genickt und wahrscheinlich selbst auf mein Smartphone gestarrt. Fehler. Auch den Umschlag, den er mir mitgegeben hat, zu ignorieren, war keine gute Idee.

Ich dachte, er gibt mir eine Kopie der Hausregeln mit: nicht rauchen, nichts abfackeln, Wäsche nur zwischen 08:00 und 20:00 Uhr waschen – so was in der Art.

Der Umschlag liegt noch auf meinem Schreibtisch. Oder auf dem Boden, was weiß ich.

»Ich kann versuchen, die Betreuerin zu erreichen«, schlägt Pascal vor und bietet mir plötzlich seinen Arm an. »Aber komm erst mal mit, deine Lippen sind schon ganz blass.«

Ich fühle mich gerade wie eine Prinzessin, die am Arm des Prinzen zu ihrer Happy-End-Szene geleitet wird. Eine pitschnasse Prinzessin in etwas nuttigen Klamotten, aber hey: So schließt sich der Kreis. Prinzessin Raffaello und der Feenprinz – meine Fantasien aus dem Zug treffen ja so was von ins Schwarze. Ich bin eine Hellseherin!

Wir laufen den gepflasterten Weg entlang, der zum Waldrand und den Bungalows führt, und ich muss mich zusammenreißen, um dabei nicht zu grinsen. Ich bin nass bis auf die Knochen, mir ist eiskalt und ich kann nicht in mein Zimmer – wenn man in so einer Situation grinst, wirkt man möglicherweise etwas irre. Oder man ist einfach beduselt und wird vom schärfsten Mann der Welt in seinen Bungalow begleitet.

»Warst du zum Abendessen aus?«, will Pascal wissen.

Ich löse meinen Blick von diesen schlanken, schönen Klavierspielerfingern, die den Schirm festhalten, und sehe zu ihm auf. »Nein, ich war in einer Bar. Cocktails – den Tag wegspülen.«

Okay: Ehrlichkeitslevel hinunterfahren! Ich klinge wie Max aus *2 Broke Girls*. Kann ich nicht einfach nicken und sagen, dass das Sushi total lecker war?

Pascal wirkt wie jemand, vor dem man lachhafterweise beim Teetrinken den Finger abspreizt und beim Essen nur einen Salat mit Sesamstangen bestellt, weil man sich möglichst vornehm und magersüchtig verhalten will. Das muss diese Franzosen-Aura sein. Wenn ich an Frankreich denke, sehe ich dünne, modische Menschen vor mir – und Kim Kardashian, die heult, weil ihr Schmuck geklaut wurde. Mein Kopf ist voller Klischees – und E-Entertainment-Nachrichten.

»Warst du im *Roxx*?«, will Pascal wissen und blinzelt mich wissend an.

Ich nicke. »Ja. Warst du auch dort oder woher ...«

»Nein«, unterbricht er mich und steuert auf den zweiten Bungalow am Wegrand zu. »Es gibt nur eine gute Bar in der Stadt.

Da ist es nicht schwer, zu erraten, wo du warst. Hier ist alles sehr überschaubar, man gewöhnt sich daran.«

»Ja, es ist ziemlich kuschelig bei euch. Man trifft sich wohl oft, auch wenn man sich gar nicht über den Weg laufen will. Nicht viel Platz für Privatsphäre oder Geheimnisse«, spekuliere ich und bleibe mit ihm vor der dunkelgrünen Haustür stehen.

Ich muss an Olli denken und daran, dass er es auch nicht geschafft hat, die Sache mit seinem Blind Date geheim zu halten.

»Privatsphäre kann man sich schaffen«, entgegnet Pascal und schmunzelt mich an, bevor er den Schirm schließt und an die Fassade lehnt. Der Eingangsbereich ist überdacht.

Ich beobachte, wie er seinen Schlüsselbund aus der Manteltasche holt und aufschließt. Als er mir die Tür aufhält, wirkt seine Miene mit einem Mal statuenhaft.

»Und was die Geheimnisse betrifft: Man kann hier durchaus welche haben. Sie zu bewahren, ist nur eine Frage der Beharrlichkeit.«

Dieser Glanz in seinen Augen jagt einen Stromstoß durch meinen Körper, der ein prickelndes Gefühl auf meiner Haut zurücklässt.

Hat ein Mann jemals sexyer oder geheimnisvoller geklungen? Wie sagt man ›Danke für den Platzregen, Schicksal!‹ auf Französisch?

DER ARISTOKRAT UND SEIN REICH

Ich stehe vor einem aufpolierten IKEA-Musterraum. Keiner von denen, die diesen Plastik-Studenten-Charme versprühen, sondern diese gemütlich modernen, in denen die Möbel auch signifikant teurer sind, als man erwarten würde.

Vom Eingangsbereich führen zwei Stufen in das äußerst geräumige Wohnzimmer, dessen Zentrum ein anthrazitfarbenes XXL-Sofa bildet. Das Ding sieht gemütlicher aus als jedes Bett, das ich jemals besessen habe.

Obwohl hier viel in Grau und Weiß gehalten ist, wirkt alles sehr freundlich und wohnlich. Hellgraue Kissen, hellgrauer Teppich, weiße Regale und viele Bücher. Kein Fernseher. Merke: Sitcom-Anspielungen verkneifen, die mich wie eine Idiotin dastehen lassen, weil er keinen Bezug dazu hat.

Was mir als Nächstes auffällt, ist das schwarz-goldene Snowboard an der Wand im Vorzimmer. Wirklich cooles Teil. Kaum etwas ist schärfer als ein Typ auf einem Snowboard. Das haben die Guano Apes in den Neunzigern beschlossen. Lords of the Boards since 1997.

Merke: Auch die Musikanspielungen sein lassen, für den Fall, dass er meinen schrägen Geschmack nicht teilt und Guano Apes für biologischen Dünger hält.

»Wow, du hast es hier wirklich schick«, verbalisiere ich meine Eindrücke und steige aus meinen Pumps.

Pascal streift den schwarzen Mantel ab. Darunter trägt er einen engen schwarzen Pullover und Jeans. Mir steigt sein Parfum in die Nase. Äußerst schmackhaft.

Darf ich in dein Ohr beißen? Du darfst auch zurückbeißen!

»Komm rein, ich kann den Kamin anmachen, dann wird dir schneller wieder warm.«

Stimmt. Da ist ein Kamin im Wohnzimmer. Was ist das hier? Ein wahr gewordener Tagtraum, in dem einfach alles perfekt ist? Der Mann, die Umgebung, der Sex ...

Wie gut kann es das Schicksal eigentlich mit einem meinen? Ich hatte aber auch ein fettes Minus auf meinem Glückskonto. Das ist der Ausgleich für die ganze Mottenmisere.

In Anbetracht des kolossalen Arschlochfaktors, mit dem ich in meiner letzten Beziehung konfrontiert war, würde es mich nicht wundern, wenn gleich Pascals ultraheißer Zwillingsbruder aus dem Schrank springt und mich so lange mit Geldscheinen bewirft, bis mich sein Bruder zum Höhepunkt gebracht hat. So funktioniert Karma, oder?

Pascal steuert auf den kleinen Kamin zu, ich bleibe vor der Garderobe stehen und sehe an mir runter. Stimmt ja, ich tropfe. Das ist die eher schlechte Art von feucht, die man vielleicht nicht unbedingt ins Wohnzimmer des schärfsten Typen in der Schweiz tragen sollte.

»Dein Boden wird ganz nass, wenn ich hier herumlaufe«, warne ich ihn.

Pascal dreht sich zu mir um und zuckt mit den Schultern. »Schon gut, ist doch nur Wasser. Komm her, dann wird dir gleich wärmer.«

Ich wünschte, er hätte das etwas lasziver gesagt, aber er sieht genauso freundlich aus wie bei unserem ersten Treffen im Büro meines Vaters.

Während er das Feuer im Kamin entfacht, stelle ich mich neben ihn und lasse meinen Blick über das nahe stehende Regal gleiten. CDs. Überraschend oldschool – die meisten sind ihre Sammlung losgeworden und haben alles digitalisiert. Ich konnte mich von meiner aber auch noch nicht trennen.

Dass ich ihm vorhin gedanklich unterstellt habe, dass er keinen ausgefallenen Musikgeschmack hat, nehme ich zurück. Ein wirklich schräger, cooler Genre-Mix. Good Charlotte, Eminem, Die Ärzte, Incubus, Disturbed.

Willst du mich heiraten?

»Tolle CD-Sammlung!«

»Findest du?«, entgegnet er und beäugt kurz das züngelnde Feuer, bevor er mich mustert.

»Ja. Mir war nicht klar, dass jemand mit meinem eigenwilligen Querbeet-Geschmack so kompatibel sein kann«, meine ich und streife mir die pitschnassen Haare hinters Ohr.

Pascals Miene bleibt freundlich, aber deutlicher kann ich nicht in ihm lesen. Er zieht sein Handy aus der Hosentasche. Ich denke schon, er ignoriert meinen Flirtversuch, aber er sagt doch etwas zu meinem ›Wir passen gut zusammen‹-Statement.

»Ist dann wohl so etwas wie Schicksal«, meint er und grinst schief, ehe er den Blick wieder auf sein Handy richtet.

Ich weiß, dass er scherzhaft übertreibt, aber süß ist es trotzdem. Bei seinem Aussehen könnte er ein arroganter Vollpfosten sein. Er würde auch als Arschloch von vielen angeschmachtet werden, aber er ist keines. Pascal ist unheimlich nett, höflich, süß, belesen, und er hat einen tollen Musikgeschmack.

»Ich versuche, die Betreuerin des Oberstufenwohnheims zu erreichen. Ich weiß aber nicht, ob sie noch wach ist und rangeht.«

Gott, hoffentlich schläft die Frau!

»Danke«, entgegne ich gespielt glücklich über seinen Versuch, mich heute Nacht noch in mein Zimmer zu befördern.

Pascal dreht sich ein Stück weg und macht scheinbar ziellos ein paar Schritte im Wohnzimmer. Mir fällt dabei etwas auf, das mein Herz einen kleinen Freudensprung machen lässt und meine Libido dazu bringt, in freudiger Erwartung zu tanzen. Das mag eine übertriebene Reaktion auf den Anblick eines Anrufversuchs sein, aber ich denke, er hält sich das Handy einfach ans Ohr, ohne eine Nummer gewählt zu haben. Meine Vermutung beruht nur zu einem Teil auf Wunschdenken, der andere Teil stutzt darüber, dass ich kurz seinen Sperrbildschirm mit der Uhrzeit sehen konnte, bevor er sich das Handy ans Ohr gedrückt hat. Sollte da nicht ein Name stehen? Entweder hat er ein sehr eigenwilliges iPhone oder er will, dass ich hierbleibe.

»Entschuldige. Sie geht nicht ran«, meint Pascal nach einer angemessenen Wartezeit und steckt das Handy weg. Er sieht so hammergut aus, wenn er erwartungsvoll guckt, dass ich ein kleines Blackout bekomme.

»Ich rufe meinen Vater an. Ich kann bei ihm übernachten.«

Wieso zur Hölle sage ich denn so was?!

Weil Pascal beim Erwartungsvollgucken die süßen glänzenden Augen eines französischen Windhunds bekommt, den man keine Sekunde länger ignorieren kann.

Wüf, wüf, gib mir eine Antwort.

Das war so was wie ein unüberlegter problemlösender Spontanvorschlag.

Natürlich würde ich meinen Vater anrufen, wenn ich noch immer im Regen stehen oder hier bei jemand anderem festsitzen würde. Er geht auch bestimmt ran, weil er einen ziemlich leichten Schlaf hat.

Scheiße.

Okay, wie ging die Nummer mit dem Fake-Anruf noch gleich? Abwenden, ein wenig im Raum herumlaufen und abwarten, oder? Kann ich auch! Nur rast mein Herz dabei wie verrückt.

Im Übertreiben bin ich gut, im Lügen richtig scheiße. Wahrscheinlich lasse ich viel zu wenig Zeit vergehen, bis ich das Handy wieder verschwinden lasse, aber uns ist sowieso beiden klar, dass diese Anrufversuche nur Show sind, oder?

»Er schläft vermutlich schon«, mutmaßt Pascal und ignoriert zum Glück mein nervöses Nicken, das an Spasmen erinnert.

Cool bleiben, Mel! Den Wackeldackel abstellen!

»Du kannst selbstverständlich gern hier übernachten«, bietet er an.

»Ich will dir keine Umstände machen«, entgegne ich den Knigge-Dialogvorschriften für diese Situation entsprechend.

Ich mag diese leicht spießige, bemühte Art, die er an den Tag legt. Pascal hat definitiv etwas Aristokratenhaftes an sich. Wie ein freundlicher Lord, der die Verhaltensvorschriften abspult, die ihm eingetrichtert wurden.

Ich denke nicht, dass er immer so ist – da steckt noch viel mehr hinter dieser Fassade und ich brenne darauf, es zu sehen.

»Du machst keine Umstände. Ich wollte dich sowieso gern etwas näher kennenlernen«, entgegnet er und kommt auf mich zu.

Ich will etwas erwidern, bleibe aber stumm, weil er die Hand nach mir ausstreckt und seitlich an meinen Hals legt.

Mit Zunge oder ohne? Du willst mich doch küssen, oder?

Da läuft auf einmal ein ganz heißer französischer Song in meinem inneren Ohr. *Enchanté* – was auch immer das heißt.

»Deine Haut ist eiskalt. Du solltest duschen, sonst wirst du krank«, schlägt er vor, leider ohne mich auch nur einen Hauch von Erotik in seiner Stimme hören zu lassen. Er klingt wie ein besorgter Lehrer, der nicht will, dass seine Schülerin krank wird.

Okay, sofort aufhören, ein Duckface zu machen! Das sieht in Anbetracht der Tatsache, dass er offensichtlich doch nicht vorhat, mich zu küssen, saudämlich aus!

Er nimmt die Hand wieder runter und deutet in den Gang.

»Das Badezimmer ist gleich dort drüben. Nimm dir ruhig frische Handtücher aus dem Schrank.«

»Okay. Danke.«

Er nickt mir zu und wendet sich ab. Pascal steuert auf die Küche zu, die sehr offen geschnitten ans Wohnzimmer anschließt. Ein Tresen, an dem Hocker stehen, gliedert den Kochbereich hervorragend in den Wohnbereich ein.

»Ich öffne eine Flasche Wein, wenn du möchtest. Rot oder weiß?«

»Weiß, bitte«, entgegne ich und sehe ihn noch mal lächeln, bevor ich im Gang verschwinde. Das mit dem Wein ist eine gute Idee. Ich bin mir sicher, der Abend wird noch spannend.

ICH BIN NACKT!

A us den nassen Klamotten zu steigen, tut gut. Meine Haut ist wirklich eiskalt. Sie kribbelt, als ich mich unter die heiß temperierte Regendusche stelle.

In dem schmalen Glasregal an der Wand stehen ein paar Shampooflaschen. Ich greife nach einer, stelle sie aber wieder zurück, weil ich kein Problem mit Schuppen habe. Wer hätte gedacht, dass ein so schöner Mensch trockene Kopfhaut hat? Das ist im Moment aber auch das einzig nicht Perfekte an ihm.

Die nächste Flasche, die ich greife, duftet verdammt gut.

Männershampoo zu verwenden, turnt mich immer etwas an. Der Geruch erinnert mich an nackte Haut, Muskeln und Sex. Wenn ich mit Sascha unter der Dusche gestanden habe, haben wir uns auch immer mit seinem Shampoo eingeseift. Sagte ich Sascha? Ich meinte: die Motte.

Der Sex war okay. Ein guter Lover war er immer. Das können wahrscheinlich aber auch genügend andere Frauen bestätigen.

Mir fehlen die selbstbewusst forschenden Männerhände, das tiefe, angeheizte Raunen an meinem Ohr und sein schmutziges Grinsen, kurz bevor er mich gevögelt hat. Sonst fehlt mir nichts an ihm. Das ist kein Liebeskummer, sondern Libidokummer, hauptsächlich hervorgerufen durch meine erwartungsvolle Vorfreude auf diese Nacht.

Es besteht noch immer die Möglichkeit, dass Pascal eine Freundin hat. Oder schwul ist. Oder schlicht und einfach nicht auf mich steht, weil ich nicht sein Typ bin. Kommt alles schon mal vor. Heute hoffentlich nicht, sonst erklärt mir meine Libido den Schlaflos-Krieg.

Ich beginne, mir vorzustellen, wie Pascal nackt aussieht.

Ja, ich klinge sehr sexhungrig, aber wer unter der Dusche dieses anbetungswürdigen Französischlehrers steht und nicht an Sex denkt, dessen Triebe haben irgendwann Selbstmord begangen. Meine leben noch und sorgen dafür, dass ich mich für alle Eventualitäten makellos sauber schrubbe.

Als ich mir das Shampoo von der Haut wasche, sind meine Fantasien so in Fahrt, dass ich kurz glaube, ich hätte mir das Geräusch nur eingebildet. Nein, die Tür ist wirklich aufgegangen. Ich spüre den kühlen Lufthauch in der barrierefreien Dusche.

Dass er so offensiv ist und hereinkommt, hätte ich ihm nicht zugetraut. Oder doch. Niemand ist ausschließlich höflich und oberflächlich freundlich – ich wusste, dass dahinter ein spannender Charakter steckt.

Das beschlagene Glas verwehrt uns vorerst den Blick aufeinander. Ich könnte einen Schritt zurück machen und mir ansehen, wie sich Pascal auszieht, aber ich mime lieber das überraschte, angeturnte Mädchen. Er ist auch wirklich betont leise – das soll wohl eine verdorbene Überraschung werden.

Kleines Rollenspiel gefällig? Soll ich dich Herr Favre nennen und dich bitten, ganz vorsichtig zu sein, weil mich noch nie ein Mann angefasst hat?

Ich strecke meinen Körper ein wenig, drücke den Hintern und den Busen raus, um meine Rundungen möglichst aufreizend in Szene zu setzen. Als ich seine Silhouette durch das beschlagene Glas erahnen kann, drehe ich mich langsam um, den Blick halte ich gesenkt.

Ich erspähe den beeindruckendsten Waschbrettbauch, den ich jemals gesehen habe.

Dieser Mann hat den perfektesten Körper der Welt! Ich kann mir den Sixpack aber nur sehr kurz ansehen, weil die markanten Hüftknochen meine Aufmerksamkeit sofort auf seine Männlichkeit lenken. Das Grinsen legt sich ganz automatisch auf meine Lippen, weil mir gefällt, was ich sehe – sehr sogar.

»Guck mir lieber mal ins Gesicht.«

Kaum ertönt die tiefe Stimme, reiße ich die halb geschlossenen Augen ganz auf und tausche den Schlafzimmerblick gegen schockbedingtes Starren.

Das war definitiv keine melodische Franzosenstimme! Mein Blick schnellt hoch in sein Gesicht und friert dort erst mal fest.

»Was machst du denn unter meiner Dusche?«, brummt Remo mir überrascht entgegen und zieht eine Augenbraue nach oben.

Meine Schockstarre löst sich mit wilden Gesten und viel zu hoher Stimme.

»Was willst *du* denn hier?!«, quietsche ich wütend, reiße mir eine Hand vor den Busen und benutze die andere dazu, den Wolf mit Schuppenshampoo zu bewerfen. Er will es fangen, es rutscht ihm aber durch die Finger und knallt auf den Boden. Er verliert beinahe das Gleichgewicht, als er es sich noch schnappen will.

»Komm runter! Ich wusste nicht, dass du hier bist! Ich dachte, du wärst jemand anderes! Und wirf nicht mit meinem Shampoo! Weißt du, wie viele Apotheken ich abklappern musste, um das richtige zu finden?! Meine Kopfhaut ist total empfindlich!«

Was labert er da von seiner Kopfhaut?! Das ist mir gerade egal!

»Guck mich nicht an! Ich bin nackt!«

Überflüssig, das zu erwähnen, aber in mir toben gerade so viele Emotionen, dass mein Verstand im Überforderungs-Modus buffert.

Er hebt sein Shampoo auf, knallt es zurück ins Regal und funkelt mich an. »Reg dich ab! Ich schaue dir doch ins Gesicht! Außerdem hast du gerade eine halbe Ewigkeit meinen Schwanz angegrinst!«

Ich donnere ihm die nächste Plastikflasche entgegen – er bettelt ja quasi darum, beschossen zu werden! »Verschwinde!«

»Ja doch! Hör auf, unser Zeug herumzuwerfen!«

»Geh!«

»Bin schon dabei!«

Er verschwindet hinter der Glaswand. Ich strecke den Kopf daran vorbei, um sicherzugehen, dass er das Badezimmer wirklich verlässt.

Remo hat mir den Rücken zugewandt, bindet sich ein Handtuch um die Hüften und öffnet die Tür. Ich spüre wieder die kühle Luft aus dem Gang und höre auch gleich eine Stimme, die zu dem Mann gehört, den ich eigentlich erwartet hatte.

»Was zum Teufel soll denn das Geschrei?«, will Pascal wissen.

Remo schließt zwar die Tür, ich kann die beiden aber trotzdem hören, weil sie im Gang stehen bleiben und ich das Wasser abdrehe.

»Wieso ist sie hier?!«, knurrt der Wolf fragend.

»Ich dachte, du kommst erst später nach Hause. Ich wollte dir noch schreiben. Wieso gehst du denn ins Badezimmer, wenn du hörst, dass die Dusche läuft? Das hätte auch ich sein können!«, wirft Pascal ihm vor.

Berechtigte Frage. Wenn ich jetzt miterlebe, wie der Wolf sich outet, wird dieser Abend zur Telenovela.

Ich schlinge mir den schwarzen Bademantel um den Körper und drücke mich an die Tür.

»Ich dachte, Claire wäre hier! Als ich reingekommen bin, habe ich dich in deinem Zimmer telefonieren gehört. Wer duscht denn bitte sonst bei uns?!«

Zwei Dinge: Ich habe jetzt erst Platz in meinen Gedanken, um mir bewusst zu machen, dass sie zusammenwohnen, und ich befürchte, dass Pascal doch eine Freundin hat, die Claire heißt. Ersteres hätte ich schon viel früher selbst herausfinden können. Natürlich hat ein französischer Gott keine Schuppen! Aber ein räudiger Wolf!

Die Sache mit dem Mädchen macht aber keinen Sinn. Wenn sie Pascals Freundin wäre, müsste er Remo eine knallen, wenn er zugibt, dass er zu ihr unter die Dusche springen wollte. Tut er aber nicht. Dann ist sie wohl Remos Freundin.

»Dass sie heute hier ist, ist reiner Zufall. Ein spontaner Zwischenfall«, erklärt Pascal. Ja, ich würde es auch so nennen.

»Spontan? Zufall? Wieso denke ich dann, du hast das geplant?«, entgegnet Remo in vorwurfsvollem Tonfall.

»Wie soll ich denn bitte Platzregen planen? Sie kommt nicht ins Wohnheim, weil sie ihren Code vergessen hat.«

»Wie bescheuert ist das denn? Jedes Kindergartenkind merkt sich vier Zahlen!«

»Ja, aber was sollte ich machen? Sie stehen lassen?«

»Hey! Ihr wisst schon, dass ich euch hören kann?! Ihr steht genau vor der Badezimmertür! Und ich bin nicht bescheuert! Ich habe die Zahlen nicht vergessen, ich wusste nichts von einem Code!«

Einer der beiden donnert gegen die Tür und ich zucke erschrocken zusammen. Ich weiß, wer: der Typ mit dem Riesenego und dem Dominanzproblem.

»Wir wissen, dass du uns hörst, *wir* sind nicht bescheuert!«, haut Remo ein Statement raus, das ich so nicht unterschreiben würde – zumindest nicht, was ihn betrifft.

Weil es mir zu blöd wird, durch die geschlossene Tür zu kommunizieren, mache ich sie auf.

Ein Franzose, in dessen schönem Gesicht ich nicht lesen kann, und das dämonische Schuppenmonster blinzeln mich an.

»Ich glaube, es wäre besser, wenn ich einfach abhauen würde«, meine ich und schüttle resignierend den Kopf. »Ich will euren Hausfrieden nicht stören. Aber danke für die Dusche.«

Pascal holt Luft, seine Miene wird weich, aber der Wolf knurrt dazwischen. »Jetzt halt hier keine Abschiedsrede. Wo willst du denn im Bademantel hin? Kein Mensch will dich rausschmeißen. Stell den beleidigten sentimentalen Modus ab und hör auf, zu schmollen, nur weil ich kurz irritiert war.«

Ich würde gern eingeschnappt die Wangen aufpusten, aber das würde seine Schmoll-These nur noch unterstreichen. Kann er bitte einfach die Klappe halten und den netten blonden Mann reden lassen?

»Was Remo mit der charmanten Feinfühligkeit einer Planierraupe sagen wollte, ist, dass es ihm leidtut, dass er dich unter der Dusche erschreckt hat, und dass wir uns freuen, wenn du hierbleibst – du machst definitiv keine Umstände.«

Pascal schenkt mir ein Lächeln, das ich erwidern muss, weil es ansteckend ist. Alles fühlt sich mit einem Mal wieder angenehm an, zumindest bis das genervte Seufzen ertönt.

»Ich verstehe ja, dass du bei der Arbeit so bist, aber wenn du das privat abziehst, bist du einfach nur gruselig.«

Er schießt diesmal nicht gegen mich, sondern gegen Pascal. Das Gebrumme prallt aber an der Schönheit und der Freundlichkeit ab wie ein Gummiball an einer Betonmauer. Er ignoriert Remo und macht eine auffordernde Kopfbewegung in meine Richtung.

»Ich glaube, es ist Zeit für ein Glas Wein.«

HAB ICH BESTANDEN?

Du kannst gern frische Klamotten von mir haben, in denen du schlafen kannst«, bietet Pascal an und öffnet den Wein. Ich setze mich ihm gegenüber auf einen der Hocker an der Küchenzeile und nicke dankbar.

Ich liebe es, in Männershirts zu schlafen, aber im Moment fühlt sich der weiche Bademantel toll auf der Haut an.

Das Feuer im Kamin hat den Raum erwärmt und lässt ihn angenehm duften.

Der Holzgeruch, die Wärme und das Knistern könnten mich schläfrig machen, aber mein Körper wird nicht müde, weil es sich viel zu euphorisierend anfühlt, hier zu sein.

»Ich wusste nicht, dass ihr zusammenwohnt«, sage ich zu Pascal und linse in den Flur. Der Wolf ist wohl in seinem Zimmer verschwunden.

»Nicht? Entschuldige, ich dachte, das hätte dir schon jemand erzählt.« Er holt Weingläser aus dem Schrank und stellt sie auf den Tresen. »Wir haben schon an der Uni in derselben WG gewohnt. Remo hatte zuerst eine Stelle an einer öffentlichen

Schule. Dein Vater hat ihn eingestellt, kurz nachdem er die Leitung übernommen hat.«

Das wusste ich allerdings schon. Mein Vater ist ein wenig ins Schwärmen geraten, als er mir von Herrn Morelli erzählt hat. Was soll ich sagen? Papa ist zwar klug, aber auch schon alt und ein wenig Sympathie-senil.

»Gefällt dir der Job?«, frage ich, weil ich den Fokus des Gesprächs wieder auf ihn lenken will.

Jetzt zu hinterfragen, warum die beiden befreundet sind, obwohl sie kaum unterschiedlicher sein könnten, würde das kurze Zeitfenster, das uns in dieser Nacht bleibt, wohl ausreizen. Außerdem bin ich keine Psychologin. Ich weiß nicht, warum ein Einhorn mit einem Wolf zusammenwohnt.

»Ich wollte schon immer Lehrer werden. Mein Vater ist auch einer. Der Job hier am Internat ist großartig. Motivierte Schüler, nettes Kollegium und dein Vater ist ein hervorragender Direktor.«

Das klingt, als würde er mich für jemanden von der Schulaufsicht halten, vor dem er Werbung für seinen Job und die Schule machen muss. Er redet, aber ich erfahre dabei rein gar nichts Persönliches über ihn. Ich brauche einen anderen Ansatz.

»Aber das Privatleben bleibt auf der Strecke, oder? Ihr wohnt hier ganz schön abgeschieden.«

Vorhin an der Tür, als wir über Geheimnisse und Privatsphäre gesprochen haben, haben seine Augen zum ersten und einzigen Mal etwas verrucht geglänzt. Da will ich wieder hin!

»Wie gefällt es dir bisher bei uns?«, stellt er eine Gegenfrage und setzt wieder den erwartungsvollen Hundeblick auf.

»Gut. Ich meine, das Gelände ist wunderschön. Prädestiniert zum Joggen. Und die Nachhilfe macht Spaß, weil die Schüler wirklich klug und lernwillig sind.«

Toll, jetzt fange ich auch noch an, Werbung für das Ingenium-Gymnasium zu machen. Gebt uns Stift und Papier, wir verfassen heute Nacht noch eine Broschüre …

Wenn ich es schon nicht schaffe, die Stimmung verbal etwas intimer knistern zu lassen, dann versuche ich es eben mit subtil erotischer Körpersprache. Dass mir der Bademantel zu groß ist, trifft sich dabei gut.

Ich stütze die Ellbogen auf dem Tisch ab und lasse zu, dass der Stoff von meiner linken Schulter gleitet.

Eine nackte Schulter ist zwar nicht das heißeste, eindeutigste Verführungsmittel der Welt, aber ich will nicht mit der Tür ins Haus fallen, ich will nur prüfen, ob sie überhaupt offen steht.

Ich habe nach wie vor keine Ahnung, ob er Interesse an mir hat oder nicht. Normalerweise merkt man schnell, ob sich jemand von einem angezogen fühlt. Der Franzose ist aber so schwer zu lesen wie eine chinesische Gebrauchsanweisung.

»Was machst du eigentlich in deiner Freizeit?«, will ich wissen und lege die Wange an meiner Schulter ab.

»Ich spiele ein paar Instrumente. Schmeckt der Wein?«

»Ja. Danke …«

Noch immer keine Reaktion. Nur Freundlichkeit. Typisch Einhorn – schön, aber die Dinger versteht kein Mensch!

Als Pascal zur Seite blickt, fällt mir auf, dass der Wolf wieder aufgetaucht ist und dabei ist, sich auf den Hocker neben mich zu setzen. Er trägt ein schwarzes Shirt und eine dunkelgraue Jogginghose.

»Darf ich dich kurz mit Remo allein lassen? Ich würde auch gern unter die Dusche springen. Ich brauche nicht lange«, versichert Pascal.

Ich nicke, da ich ihm schlecht verbieten kann, zu duschen. Während er verschwindet, lasse ich mir den Wein die Kehle runterlaufen, weil ich irgendwie vorhersehen kann, dass meine Nerven eine kleine Schutzschicht brauchen werden.

Als ich das Glas zurück auf den Tisch stelle, sehe ich Remo arrogant grinsen.

»Was?«, will ich patzig wissen und ziehe eine Augenbraue nach oben.

Er lacht und schüttelt den Kopf. »Du kannst den Bademantel auch ganz aufmachen und Burlesque für ihn tanzen – er wird so gruselig freundlich bleiben, bis er weiß, woran er bei dir ist.«

»Was soll das denn heißen?! Ich mache doch gar nichts!«, rechtfertige ich mich mit etwas zu hoher Stimme, weil mir die Offensichtlichkeit meiner Flirtversuche vor dem Wolf peinlich ist.

Ich will meine Schulter wieder bedecken und merke dabei, dass der Bademantel etwas weiter aufgegangen ist, als ich beabsichtigt hatte. Das ist kein dezent sexy Verführungslook mehr, sondern ein Outfit für Miley Cyrus zur Provokation bei den VMAs. Fehlen nur noch die rausgestreckte Zunge und ein dicker, fetter Joint.

Mir wird bewusst, dass Pascal definitiv nicht auf mich steht, wenn mein ungewollter Halbbusenblitzer ihn so kaltgelassen hat. Er hat nicht mal hingesehen, sonst wäre mir das Ganze früher aufgefallen.

Kein verstohlen hungriger Blick, kein schiefes Grinsen, kein Beißen auf die Unterlippe mit dem Eckzahn – ja, genau so wie Remo gerade!

»Hey! Guck mich gefälligst nicht so an!«, fauche ich und ziehe den Bademantel so überschwänglich und fest zu, dass mir kurz die Luft wegbleibt.

»Ach, wie gucke ich denn?«

»So, als ob du scharf auf mich wärst!«

»Und das würde dich stören, weil ...?«, raunt er fragend und sieht mich erwartungsvoll an.

Fragt er das gerade wirklich? Hat er auch schon getrunken? Hier drin ist es mit einem Mal viel zu warm – unangenehm warm! Was war noch gleich mein Argument gegen den Vampir aus *Buffy*? Ach richtig! Böse!

»Du hast mich Speckröllchen genannt!«, erinnere ich ihn mit finsterer Miene.

Er lacht tonlos, zieht eine Braue hoch. »Muss ich dich daran erinnern, dass du mit den dämlichen Spitznamen angefangen hast? Ich beiße nur, wenn ich gebissen werde.«

»Du brummst mich doch ständig nur an! Ist das bei dir so was wie Flirten?«

»Nein, das ist mein Charakter. Die dauerlächelnde Fassade ist nicht wirklich mein Fall, auch nicht im Beruf. Pascal kann das, aber er ist auch ein schwieriger Mensch.«

Hat er gerade ›schwierig‹ gesagt? Er hält Pascal für schwieriger als sich selbst?

»Sag mal, kiffst du?«, entgegne ich vorwurfsvoll und provokativ.

»Schon lange nicht mehr«, antwortet er und schenkt sich Wein nach.

Ich will eigentlich etwas sagen, aber ich weiß nicht, was. Irgendwie habe ich das Bedürfnis, den Dialog am Laufen zu halten, aber er irritiert mich auch ungemein.

Mir bewusst zu machen, dass Remo mich scharf findet, fühlt sich seltsam an. Wie ein spontaner Hitzschlag.

Kann bitte jemand das Feuer wieder ausmachen? In erster Linie das, das meine Libido gerade gelegt hat?

Ich kann nicht aufhören, über den Wolf nachzudenken. Er sieht verdammt gut aus, erst recht nackt. Außerdem mag ich dominante Männer. Eigentlich! Aber er ist ein Arsch. Und ein mieser Lehrer. Nein, das stimmt nicht. Er ist ein guter Lehrer, nur ein misslauniger Mensch. Obwohl er zu den Schülern anders ist. Er schnauzt nur mich an. Wenn ich Eis in seinem Turnsaal esse – obwohl er mich damals noch für eine schwierige Schülerin mit Autoritätsproblem gehalten hat. Solchen Kindern muss man wahrscheinlich mit einer gewissen Strenge begegnen. Ich hasse es, wenn er recht hat!

Aber ich finde es heiß, dass er mich will ...

Will er mich überhaupt?

Moment mal!

Verarschst du mich etwa?!

»Sag mal, verarschst du mich?«, spreche ich meine Gedanken aus und mache mich schon mal bereit, auszurasten, falls er jetzt lacht und nickt.

Er zuckt nur mit den breiten Schultern. »Sorry, aber ich habe den Faden verloren. Du hast die letzten zwanzig Sekunden schweigend auf die Tischplatte gestarrt. Gedankenlesen habe ich leider nicht drauf. Geht es noch ums Kiffen? Oder um Pascal?«

Der Gedankensprung ist mir peinlich. Ich will ihn jetzt nicht daran erinnern, dass er vorhin auf seinen Lippen herumgebissen hat, als er meine Brüste gemustert hat.

»Vergiss es ...«, murmle ich kleinlaut und will mir auch Wein nachschenken.

Er greift schneller nach der Flasche und zieht sie zu sich.

»Hey!«

»Was denn? Komm runter, ich wollte dir nur nachschenken. Das nennt man Manieren – habe ich, auch wenn du mich für die Ausgeburt der Finsternis hältst.«

Er zieht den Korken aus der Flasche und schenkt mir tatsächlich nach.

Klasse. Jetzt habe ich ein schlechtes Gewissen wegen der Überreaktion.

»Ich halte dich nicht für die Ausgeburt der Finsternis«, stelle ich klar. »Nur für einen Wolf ...«, füge ich hinzu und greife nach meinem Glas.

Remo grinst schief. »Damit kann ich leben, Rotkäppchen.«

»Hast du mich gerade Rotkäppchen genannt?«

»Ja. Die stand doch auf den Wolf und lief ihm hinterher, weil sein Knurren sie angeturnt hat, oder? Hab den Film gerade erst gesehen.«

»Kann es sein, dass du einen Porno geguckt hast und kein Märchen?«

Er streift sich gespielt verblüfft übers Kinn und nickt dann.

»Ja, das macht Sinn. Deshalb hatten die ständig Sex.«

Ich will nicht grinsen, aber ich muss. Irgendwie ist er witzig. Und ich bin definitiv betrunken, sonst würde ich mir nicht erlauben, das einzugestehen.

Wenn ich schon dabei bin: Ja! Er ist sexy! Und ich will, dass er mich will, weil mich sein Knurren scharfmacht. Auch das kampflustige Funkeln in seinen Augen ist heiß. Er wirkt wie jemand, dessen privates Interesse man nur schwer bekommt, weil er verdammt wählerisch ist. Zu spüren, dass ich etwas habe, das ihn reizt und das ich ihm verwehren könnte, turnt mich an.

Jetzt ist es raus! Der Wolf turnt mich an! Danke, innere Stimme, du kannst das Mikrofon wieder fallen lassen.

Pascal hält Wort. Er duscht in Lichtgeschwindigkeit. Als er wieder auftaucht, sind seine Haare nass und er trägt gemütlichere Sachen. Selbst in gewöhnlichem Shirt und Jogginghose sieht er anbetungswürdig aus. Wie eines dieser Instagram-Models, die abends verschlafen in die Kamera linsen und trotzdem aussehen, als hätte man sie für ein Shooting präpariert.

»Habe ich etwas Spannendes verpasst?«, fragt er und lässt sich uns gegenüber auf den Hocker nieder. Pascal greift nach der Weinflasche und schenkt mir nach, obwohl mein Glas noch halb voll ist.

»Wir haben über Pornos gesprochen. Mel steht auf Zeug mit Tieren.«

»Remo!«

Die strenge Zurechtweisung für den versauten Witz kam nicht von mir, sondern von Pascal, der seinen Mitbewohner kurz anfunkelt und dann mit neutraler Miene zu mir blickt.

»Dein Vater hat erwähnt, dass du Archäologie studierst. Hast du dich auf etwas spezialisiert?«

Okay. Themenwechsel. Mein leicht beduseltes Gehirn hängt gedanklich noch bei Rotkäppchen fest.

»Experimentalarchäologie«, antworte ich und versuche, die dämlichen Bilder loszuwerden.

»Und möchtest du nach dem Studium ins Ausland gehen und ungebunden sein oder sesshaft werden und in einem Museum arbeiten?«, fragt Pascal weiter.

Ich hole Luft, um zu antworten, werde aber von Remo unterbrochen, der mich anseufzt.

»Das geht jetzt mindestens eine Stunde so weiter«, kündigt er an und schüttelt den Kopf. »Er stellt dir eine oberflächliche Frage nach der anderen, bis er heraushört, was er eigentlich wissen will.«

Ich bin mir nicht ganz sicher, worauf er anspielt. Pascal anscheinend schon, seine Miene wird wieder finster. Mir war nicht klar, dass er so streng aussehen kann. Monsieur Favre ist sauer – zum Glück nicht auf mich.

»Kannst du deine präpotente Ungeduld einmal im Zaum halten?! Dir ist deine Reputation vielleicht egal, mir nicht!«

Es gibt Leute, die ausfallend werden, wenn sie wütend sind, und welche, die Wörter wie ›präpotent‹ und ›Reputation‹ zischen. Pascal flucht gern geschwollen.

»Ach komm schon! Du nervst mit deinem übervorsichtigen subtilen Scheiß«, entgegnet Remo, unbeeindruckt von den strengen Blicken des Franzosen, und wendet sich wieder mir zu. »Du bist Single, oder?«

»Ähm. Ja.«

»Und du suchst nichts Festes«, unterstellt er mir weiter.

»Nein. Ich komme gerade aus einer miesen Beziehung, die ich eigentlich nicht mal wollte, sondern er.«

»Hattest du schon mal eine reine Sexbeziehung? Und wenn ja, hast du deinem Vater davon erzählt?«

»Bitte was?«, entgegne ich irritiert und starre den Wolf an, der unbeeindruckt locker wirkt.

»Hör auf, Remo! Das reicht!«, faucht Pascal und knallt sein Weinglas auf den Tisch. Als er mich ansieht, verliert sein Blick die Strenge. »Entschuldige. Er redet manchmal Blödsinn, wenn er getrunken hat. Hör nicht hin.«

Ich blinzle mit großen Augen zu Remo, der mich prüfend mustert.

»Sorry. Ich wollte dich nicht schockieren. Ich wollte nur Pascals Frage- und-Antwort-Spiel beschleunigen. Aber wenn dir das Thema unangenehm ist, lassen wir es sein. Falls du das deinem Vater erzählst, sag ihm: Ich bin der Perverse, der dir Sexfragen gestellt hat, und Pascal ist ein Heiliger, der etwas über Experimentalarchäologie wissen wollte.«

Remo beendet seinen Vortrag mit einem Seufzen und schenkt Pascal dann trotzige Blicke.

Höchste Zeit, dass ich auch mal wieder den Mund aufmache.

Ich sehe übrigens nicht wegen der pikanten Fragen so schockiert aus, sondern weil mein Vater die ganze Zeit Thema ist.

»Wieso sollte ich denn bitte mit meinem Vater über mein Sexleben reden? Wir stehen uns nahe, ja, aber ich erzähle ihm doch nicht, mit wem ich schlafe!«

Sie schweigen mich an. Remo zuckt nur kurz mit den Schultern und spielt dann mit dem Flaschenöffner.

Glaubt ihr mir nicht?

»Ich war außerdem nie eine Petze. Alles, was mir Schüler oder Lehrer hier erzählen, behalte ich für mich. Mir ist klar, dass mein Vater euer Boss ist, aber was wir privat besprechen, hat doch nichts mit eurer Arbeit zu tun.«

Pascal schenkt mir ein nichtssagendes Nicken, Remo ringt sich nicht mal das ab.

Was denn? Wie habe ich denn jetzt bitte die Stimmung gekillt? Ich bin keine Petze!

»Ihr könnt mich ruhig alles fragen, was ihr wissen wollt. Ich bin keine Spießerin, nur weil ich die Tochter des Direktors bin.«

»Schon gut«, entgegnet Remo und winkt ab. »Jeder hat einen anderen Lifestyle.«

Jap, sie denken, ich bin prüde.

»Ich bin ein sehr offener Mensch«, stelle ich klar, weil es mich nervt, dass sie sich schon eine Meinung gebildet haben.

Ich habe vorhin nicht wegen der Sexfrage große Augen gemacht. Mir ist nur bewusst geworden, warum Pascal so distanziert höflich war, und ich habe eine These darüber aufgestellt, was die beiden mit dem Gespräch testen wollen.

Kann man lockeren Sex mit mir haben, ohne dass ich danach gleich zu Papa renne und mich darüber beschwere, dass mir niemand einen Ring an den Finger gesteckt hat?

Ja, kann man! Aber die Erkenntnis, dass sie das herausfinden wollen, darf doch selbst der offenste Mensch zehn Sekunden verarbeiten, oder?

»Denkst du, ich kann nicht auf lockeren Sex ohne Beziehung stehen, weil ich eine Frau bin?«, frage ich Remo, zum einen, um ihm klarzumachen, dass ich nicht so ticke, und zum anderen, weil ich ihn einfach gern provoziere.

»Ja genau. Ich wollte total sexistisch sein. Ich bin ein Chauvinist.« Er rundet seinen Sarkasmus mit einem Augenrollen ab.

»Ich wollte damit nur sagen, dass es solche und solche Menschen gibt. Lockerer oder sehr freizügiger Sex ist nichts für jeden, manchen macht das Angst. Schon gut.«

Angst? Jetzt provoziert *er* mich.

Ich habe keine Angst vor dir, Wolf!

»Ich hatte auf der Zugfahrt hierher einen Quickie mit einem Fremden. Und nein, ich habe meinem Vater nichts davon erzählt. Ich bin erwachsen und mache, was ich will und was mir Spaß macht. Und Sex macht mir im Moment viel Spaß.«

Ich funkle Remo selbstsicher an und sehe, wie er die Lippen zu einem schiefen Grinsen verzieht.

»Ich hab's dir ja gesagt«, meint er plötzlich. Als er den Kopf zu Pascal dreht, verstehe ich, dass das Statement nicht mir gegolten hat. »Ich kann Menschen gut einschätzen«, lobt er sich selbst, als ob er von Anfang an gewusst hätte, wie ich ticke.

Hast du nicht! Du warst vorhin total irritiert und hast mich angeschwiegen! Bis ich aus der Reserve gekommen bin und euch erzählt habe, für was ich offen bin und … Oh. Das war Absicht.

»Was sagst du?«, will Remo von Pascal wissen.

Ich blicke auch zu dem Franzosen, der schon eine ganze Weile stumm ist. Er sieht von Remo zu mir, zuckt kurz mit den Lippen und neigt dann fragend den Kopf.

»Willst du noch ein Glas Wein?«, raunt er mir zu. Seine Stimme klingt viel tiefer und rauer, aber an seiner distanzierten Freundlichkeit hat sich nichts … »Oder willst du geleckt werden?«

WILLST DU MEIN SPIELZEUG SEIN?

Ein Stromstoß jagt durch meinen Körper, während ich auf diese perfekten Lippen blicke, aus denen das verheißungsvolle Angebot getönt ist.

Sein Gesicht sieht plötzlich ganz anders aus – nach wie vor markant schön, aber irgendwie teuflisch.

Natürlich musste mehr hinter Pascals nichtssagendem Lächeln stecken, aber dass er so ein offensiver Typ ist, hätte ich ihm nicht zugetraut.

»Bekomme ich keine Antwort?«, fragt er streng und kommt um den Tresen.

Er bleibt vor mir stehen, beugt sich zu mir und platziert eine Hand auf der Holzplatte.

Ich greife nach seiner Wange, will ihn küssen, aber er fasst unter mein Kinn und hält meinen Kopf fest. Sein Gesicht ist so nah, dass ich seinen Atem an meinem Mund spüren kann.

»Du redest mit niemandem darüber, was heute Nacht hier passiert«, fragt oder befiehlt er – irgendetwas dazwischen.

»Nein.«

Seine Hand rutscht zu meinem Hals. Der sanfte Druck, den er ausübt, verstärkt das aufkommende Pochen zwischen meinen Beinen.

Ich stöhne ihm einmal leise gegen die Lippen.

»Du stehst also auf Sex, aber wirst du gern etwas härter angepackt?«, will er wissen. Ich versinke in den stahlblauen Augen, die mich so wollüstig mustern.

»Ja.«

Pascal schmunzelt schief, kommt noch näher und drückt seine Lippen an mein Ohr. »Willst du mein scharfes Spielzeug sein?«

»Ja«, hauche ich wieder und spüre im nächsten Moment, wie sich seine andere Hand unter meinen Bademantel schiebt.

»So schnell verkauft man seinen Körper an den Teufel, wenn er gut genug aussieht, um einen scharfzumachen.«

Mein Blick schnellt nach links, zu Remo. Ich hatte ausgeblendet, dass er hier ist, obwohl er so eine starke Präsenz ausstrahlt. Er lehnt mit verschränkten Armen am Tresen und mustert mich, während Pascal mir den Bademantel von den Schultern streift.

Siehst du zu?

Ich denke, das macht mir nichts aus, obwohl es neu für mich ist, es vor jemand anderem zu machen. Er soll ruhig sehen, was ihm entgeht.

Das ist doch unser Ding: Provokation. Oder? Ich provoziere dich gern ... Willst du sehen, wie ich genommen werde, und dir vorstellen, du wärst der Mann, der mich zum Stöhnen bringt?

Pascal greift um meine Mitte und drückt mich an sich, um mich hochzuheben. Der Bademantel fällt auf den Boden, ich schlinge die Arme um ihn und fühle seine Hand, die nach meinem Hintern greift, um mich festzuhalten.

Während er mit mir ein paar Schritte in Richtung Sofa macht, küsst er mich endlich.

Seine Zunge ist so geschickt, dass sie meine Fantasie beflügelt. Ich kann mir vorstellen, wie gut sie sich auf der heißen Stelle an meinem Körper anfühlt, deren Pochen langsam, aber sicher die Kontrolle über all meine Gedanken übernimmt.

Pascal drückt mich auf das Sofa und lässt seinen Blick über meinen Körper gleiten.

Seine Hand streift über meinen Bauch, er tastet mit den Fingern zwischen meine Beine, lässt mich einen kurzen heißen Impuls fühlen, als er meine empfindlichste Stelle streift. Ich will die Augen schließen, um seine Berührung zu genießen, aber er lässt plötzlich von mir ab.

»Hast du mir nicht etwas versprochen?«, erinnere ich ihn an sein Oralsex-Angebot, weil mein Körper ungeduldig wird.

Er lässt mich sein teuflisches Lächeln sehen und greift wieder mein Kinn, um meinen Kopf festzuhalten, während er mir ganz nah kommt.

»Du willst also geleckt werden?«, raunt er mir ins Gesicht. Ich soll ihm auf seine frivole Frage antworten, ihn nicht einfach küssen und still einwilligen.

»Ja. Ich will deine Zunge spüren.«

Pascal schüttelt den Kopf und drückt meinen weiter nach hinten. Er presst die Lippen an meinen entblößten Hals, lässt mich seine schneeweißen Zähne fühlen und baut dann so viel Unterdruck auf, dass ich einen leichten ziehenden Schmerz fühle.

Er ist so bestimmend und dominant in seinen Berührungen, dass meine Gedanken sich vor Vorfreude überschlagen.

Ja, genau so einen Mann will ich gerade, auch wenn ich Pascal kaum wiedererkenne.

Ich spreize die Beine ein wenig, will ihn an den Schultern nach unten drücken, aber er gibt meinem Drängen nicht nach, lässt nur von mir ab und sieht mir wieder in die Augen.

»Meine Zunge spürst du heute nicht, aber er sagt mir, ob du so heiß schmeckst, wie ich denke.«

Das dunkle Brummen aus seiner Kehle ist einfach nur erregend. Als der Inhalt seines Satzes durch den Lustschleier in meinem Kopf dringt, stutze ich.

Warte. Was?!

Pascal rafft sich auf. Mein Blick entdeckt Remo neben dem Sofa. Er trägt kein Shirt mehr.

Kaum finde ich die hellbraunen Iriden, beugt er sich auch schon über mich. Der frische, leicht süßliche Männergeruch, den ich bis eben in der Nase hatte, bekommt eine sehr angenehm herbe Note.

Ich starre in dieses markante Gesicht, das mich ständig so streng gemustert hat – auch jetzt sieht er mich an, als würde er mich gleich aus seinem Turnsaal werfen, auch wenn er mich eigentlich auf die Matte legen will.

»Gestehst du dir ein, dass du mich willst, oder hast du Lust auf ein Dominanzspiel?«, fragt Remo und grinst schief.

Mein Herz beginnt, schneller zu pochen. Ich packe ihn an den Schultern und drücke ihn weg. »Verschwinde«, flüstere ich ihm drohend zu und funkle ihn an.

Er lässt zu, dass ich den Oberkörper hochraffe und ihn ein Stück wegdrücke, zumindest kurz, dann packt er meine Arme und drückt mich abrupt zurück auf das Sofa.

Der Wolf knurrt in mein Ohr. Ich fühle die Schwere seines Körpers auf meinem, die mich bewegungslos macht. Die Anstrengung der Versuche, meine Arme freizubekommen, lässt meine Stimme atemlos klingen.

»Lass mich los!«

Das Knurren bekommt eine amüsierte Note. In seiner Stimme schwingt die Erregung mit, die ich auch fühlen kann, weil seine Männlichkeit gegen meinen Oberschenkel drückt.

»Und wenn ich nicht will?«, entgegnet er gefährlich langsam.

Er presst seine Lippen auf meine und schiebt seine Zunge in meinen Mund. Während er mich küsst, lässt er eine meiner Hände los. Ich kralle meine Finger in seine Haare und will seinen Kopf wegdrücken. Er lässt den Kuss forscher werden, bevor er ihn stoppt.

»Ich lasse dich los ….«, verspricht er, sein Satz klingt aber unvollständig. »Wenn du tust, was ich sage.«

Nein, nein. Das war nicht abgemacht. Dein Spielzeug bin ich nicht, aber spielen können wir trotzdem …

Meine Finger krallen sich fester in seine Haare. Ich sehe ihn die Augenbrauen zusammenziehen, bevor er mir seinen Schmerzimpuls ins Gesicht knurrt.

»Vergiss nicht, dass ich zurückbeiße, Melanie«, tönt es bedrohlich ernst, auch weil er meinen Namen dabei ganz ausspricht.

Ich lasse ihn trotzdem nicht los, erst recht nicht, weil er seine Lippen schon wieder auf meine drückt.

»Hör auf, mich zu küssen!«, fauche ich, nachdem ich den Kopf weggedreht habe.

»Du willst meine Zunge woanders spüren?«, unterstellt er mir und packt mein freies Handgelenk, um es mit dem anderen über meinem Kopf zusammenzuhalten. Er braucht dafür nur eine Hand, die andere wandert zu meinem Busen.

Ich unterdrücke das Stöhnen und beiße mir auf die Lippen, als sein Zeigefinger meine Brustwarze reizt.

»Das magst du«, haucht er mir mit dunkler Stimme zu und klingt dabei nicht nur selbstbewusst, sondern auch so angeturnt, wie er sich anfühlt.

»Hör auf, mich anzufassen«, flüstere ich und versuche, mein Stöhnen angestrengt und nicht erregt klingen zu lassen. Das fällt mir nicht schwer, weil ich noch immer versuche, meine Hände freizubekommen.

»Das heißt, du spreizt die Beine nicht freiwillig für mich, oder?«

»Wenn du mich nicht sofort loslässt …«

»Warte mal kurz«, unterbricht mich Remo plötzlich und stoppt die Stimulation an meinen Brüsten. Er lässt auch meine Hände los.

Ich blinzle ihn mit großen fragenden Augen an, während seine Miene die erotische Strenge verliert und seinen normalen dominanten Standardausdruck annimmt.

»Dein Safeword?«, fragt er kurz und knapp und bringt mich trotzdem total raus.

»Zirkon«, entgegne ich und sehe Remo nicken. Sein Gesicht kommt wieder näher.

»Gut«, flüstert er mir zu und lässt die Zügel seiner Erregtheit wieder los und die Lust seine Miene zeichnen. »Was wolltest du mit mir machen, wenn ich nicht aufhöre?«, will er wissen, zieht aber drei Sekunden später eine Augenbraue hoch, weil ich ihn nicht streng oder flehend, sondern vorwurfsvoll anfunkle.

»Du hast mich total rausgebracht. Ich weiß nicht mehr, was ich sagen wollte«, entgegne ich fast schon beleidigt.

Natürlich ist das alles nur Show. Ein erotisches Rollenspiel, wobei wir uns schon irgendwie selbst spielen. Ich will, dass er es mir macht und mich nimmt, aber das Dominanzspielchen reizt mich ungemein, weil unsere Anziehung aufeinander genau darauf beruht. Remo hat mir das schon heute Nachmittag auf dem Balkon unterstellt und er hatte recht. Er weiß, dass ich ihn will, aber er hat trotzdem die Befürchtung, dass er mit irgendetwas zu weit gehen könnte.

Sag mal, bist du doch ein süßer Wolf?

»Was bringt dich denn raus?«, brummt er und klingt dabei vorwurfsvoll und dezent verärgert. »Dass du dich für so tough und erfahren hältst, dass du kein Safeword brauchst, wenn dich zwei Männer ficken wollen?«, fragt er vollkommen unverblümt und funkelt mich mit diesem arroganten Glanz in den Augen an, der mir versichern soll, dass er es besser weiß.

Der Wolf knurrt wieder, und nein, er ist definitiv nicht einer von der süßen Sorte.

»Oh, du naives scharfes Stück. Selbstüberschätzung kann so wehtun ...«

Seine Worte lassen mein Temperaturempfinden verrücktspielen. Es ist so heiß in diesem Wohnzimmer und trotzdem habe ich Gänsehaut. Die Erregung zieht sich wie eine brennende Lunte durch meinen ganzen Körper. Er hat diese Nummer wirklich verdammt gut drauf.

Remo kniet sich ans untere Ende des Sofas und packt meine Beine. Ich will nach oben rutschen, aber da sind mit einem Mal zwei Hände, die sich auf meine Schultern legen und mich daran hindern, mich Remos forschen Berührungen zu entziehen. Pascals perfektes Gesicht taucht über meinem auf. Er trägt auch kein Shirt mehr.

»Wenn Remo dich nicht zum Stöhnen bringt, darfst du dir aussuchen, wer von uns es dir wie macht«, bietet er an.

Ich würde verdorben grinsen, würden meine Beine nicht gerade so bestimmt auseinander gedrückt werden. Ich spüre Remos Atem an meiner empfindlichsten Stelle und seine Wange an meinem Oberschenkel.

Mir anzusehen, wie er mich reizt, würde mich anturnen, deshalb behalte ich den Blick auf Pascal gerichtet. Ich würde diese kleine Wette gern gewinnen, schon allein um Remo wahnsinnig zu machen. Pascal soll mich lecken und nehmen, Remo soll zusehen. Er darf es sich dabei gern selbst machen – aber so, dass ich sehen kann, wie er seinen makellos trainierten Körper verwöhnt.

Meine Libido hintergeht mich schon, als ich den Druck seiner Zunge zum ersten Mal an meiner Mitte spüre. Ich will mich auf Pascal konzentrieren, nicht auf die Stimulation zwischen meinen Beinen, aber meine Taktik ist beschissen. Wenn du einen blonden Gott über dir hast, während der Typ, den du nicht scharf nennen willst, obwohl er einem Sextraum entsprungen ist, dich mit seiner Zunge verwöhnt, hast du keine Chance, annähernd ruhig oder normal zu atmen. Ich halte sogar kurz die Luft an, weil ich glaube, dass der erregende Reiz dadurch abklingt, aber ein Blick in die blauesten Augen der Welt und ich mache mir bewusst, dass das hier der erste Dreier meines Lebens ist. Fantasiert habe ich oft darüber, aber wie es sich tatsächlich anfühlt, von zwei Männern gleichzeitig gewollt zu werden, übertrifft meine Fantasien bei Weitem.

Ja, ich verliere die Wette. Aber ich war noch nie so heiß aufs Verlieren.

»Nicht!«

Mein Protest, als Remo mit den Fingern in mich gleitet, nützt auch nichts mehr. Ich stöhne Pascal ins Gesicht und sehe, wie er den Kopf schüttelt.

»Bist du schon so scharf? Wir haben doch noch gar nichts mit dir gemacht.«

Das ist gelogen und nichts weiter als eine Provokation. Remo macht sehr wohl etwas mit mir – unheimlich rhythmisch, fest und so zielsicher, als hätte er ein Diplom von der Sex-Uni.

»Dann bleibst du wohl unser Spielzeug ...«, stellt Pascal fest und erstickt mein Stöhnen mit einem Kuss.

Seine Hände schieben sich auf meinen Busen, spielen mit meinen Brustwarzen und lassen meinen Verstand in einem Nebel aus Lust versinken.

So viele Hände, die mich befriedigen wollen, mein Körper verglüht unter ihnen. Als Pascal sich weiter über mich beugt, um meinen Busen mit dem Mund zu stimulieren, bin ich mir sicher, dass ich noch nie in meinem Leben so erregt war.

»Scharf genug für alles, was Spaß macht«, stellt Remo plötzlich fest und hört auf, mich seine Zunge spüren zu lassen. Pascals Lippen trennen sich auch von meinem Körper. Ich weiß nicht, was die beiden unter ›Spaß‹ verstehen, aber mich haben ihre Zungen verdammt gut unterhalten.

»Tauschen?«, höre ich Pascal fragen und bin Feuer und Flamme.

Sie können gern die Plätze tauschen, mein Körper ist begeistert von dieser Idee.

»Dreh dich um und knie dich hin«, fordert Pascal, während er aufsteht und ein paar Schritte am Sofa entlang macht. Seine Erregung zeichnet sich deutlich unter dem dünnen Stoff seiner Hose ab.

Ich sehe ihm hinterher und raffe mich langsam hoch, auf den Beinen stehe ich trotzdem blitzschnell und knalle dabei auch gleich gegen den härtesten Körper der Welt, an dem ich mir gestern schon beinahe die Nase gebrochen hätte.

Remo hat mich an der Hand gepackt und hochgezogen. Mein Busen drückt sich an seinen Oberkörper.

Ich starre ihn an, als hätte ich vergessen, wie er aussieht. Habe ich auch. Sein Gesicht sieht fremd in diesem dumpfen Licht aus, das vom Schein des Feuers in ein warmes Orange getaucht wird.

»Du schmeckst heiß«, raunt er zu mir runter und leckt sich über die glänzenden Lippen. »Jetzt darfst du dich revanchieren.«

Bevor ich darüber nachdenken kann, was er meint, drängt er mich auch schon zum Sofa und schubst mich quasi auf die Knie.

»Hey! Ich ...« Ich kann meinen Satz nicht beenden, weil Pascal mich an den Hüften packt und mein Becken so schwungvoll zu sich zieht, dass meine Hände beinahe vom Sofa rutschen.

Da ist kein Platz mehr in meinen Gedanken für irgendetwas anderes als die Reize, die so unerwartet plötzlich durch meinen Körper jagen. Pascal taucht mit den Fingern in mich ein, reibt mit seiner Männlichkeit über meinen Hintern. Ich will mich nach ihm umdrehen, weil ich wissen möchte, wie er nackt aussieht, aber ich starre auf die Härte, die Remo entblößt, als er sich vor mich aufs Sofa kniet.

Dieses Sixpack und seine Hüftknochen sehen in dem schummrigen Licht aus, als wären sie einem Sextraum entsprungen. Er kommt mit all seiner Makellosigkeit so nah an mein Gesicht, dass ich sein Duschgel fast schon schmecken kann.

Mir wird plötzlich bewusst, was er will und was er mit ›revanchieren‹ gemeint hat.

»Ich blase dir kei...« Mein Satz klingt sowieso schon viel zu atemlos, aber das Ende bekomme ich gar nicht über die Lippen.

Pascal dringt so schnell und fest in mich ein, dass sich meine Gedanken wieder in Rauch verwandeln. Dass er mich nehmen will, wusste ich, dass er es so plötzlich und forsch tut, hat mich überrascht. Mir fällt auf, wie reizüberflutend und überraschend Sex mit zwei Männern sein kann. Während ich mich auf Remo und seinen Astralkörper konzentriert habe, ist mir nicht mal der

Latexgeruch in die Nase gestiegen, der mich daran erinnert hätte, dass auch hinter mir jemand seine Lust an mir stillen will.

Pascal mag es stürmisch und tief. Seine Stöße sind aphrodisierend, aber zu Beginn ziemlich schmerzhaft. Und das, obwohl mein Körper schon so bereit war. Meine Lust gewinnt trotzdem schnell die Oberhand und bringt mich dazu, die harte Stimulation erregend zu finden.

»Zu viel Ablenkung? Ich dachte, du wärst so erfahren. Er fickt dich doch nur,« brummt mir Remo zu und lässt seine Finger durch meine halb nassen Haare gleiten.

Ich denke, er tätschelt mir den Kopf, weil er mich für überfordert hält, aber sein Griff wird mit einem Mal so fest, dass ich den Kopf in den Nacken drücken und ihm gegen die Hüftknochen stöhnen muss. Bevor ich ihn anfauchen oder funkeln kann, drückt er mir seine Männlichkeit gegen den Mund.

»Haare ziehen kann ich auch«, erinnert mich Remo daran, dass ich ihn vorhin den gleichen Schmerz habe spüren lassen.

»Ich sage doch, ich beiße nur, wenn ich gebissen werde. Oder wenn ich sehe, dass es dich scharfmacht«, haucht er mit dunkler Stimme und grinst mich wissend an, als ich zu ihm aufschaue.

Ich lasse zu, dass er mir seine Männlichkeit tiefer in den Mund drückt.

Als er sich wieder zurückzieht, versuche ich, die samtweiche Haut unter der Härte mit der Zunge zu stimulieren. Dass ich von hinten so fest gestoßen werde und mein Körper absolut unter Strom steht, macht es mir schwer, ihn wirklich gezielt zu stimulieren.

Remo verfestigt den Griff in meinen Haaren wieder und legt die andere Hand unter mein Kinn. »Mach weiter, sonst werde ich müde und gehe ins Bett«, provoziert er mich und trifft einmal mehr genau ein Thema, bei dem ich empfindlich bin.

Ich weiß, was ich tue! Ich lasse mir sicher nicht von dir nachsagen, ich würde schlechte Blowjobs geben! Damit ziehst du mich doch bestimmt bis zu meiner Abreise auf. Dabei genommen zu werden, lenkt aber auch wirklich ab.

Ich versuche, Pascal und das Gefühl seiner Stöße auszublenden. Er stimuliert mich nicht zusätzlich mit der Hand, nimmt mich nur. Ich kann meine Lust also zügeln und mich darauf konzentrieren, den Wolf zum Aufheulen zu bringen.

Meine Zunge gleitet fester über seine Haut. Ich lasse ihn zustoßen, so schnell er will, lasse ihn den Druck meiner Lippen aber viel deutlicher spüren.

»Gut so …«, stöhnt er endlich und wirft selbst den Kopf zurück, weil er immer heißer wird. Als er wieder nach vorn schaut, schweift sein Blick über meinen Rücken. Er sieht sich an, wie Pascal mich nimmt, und zieht plötzlich sein Becken von mir weg. Ich blinzle irritiert zu ihm auf.

»Vielleicht beißt du, wenn du erschreckst«, tönt Remo mit erregter Stimme, in der auch ein wenig Schalk mitschwingt. Ich habe keine Ahnung, was er meint.

»Ah!«

Doch, ich weiß, was er meint. Pascals Hand ist auf meinem Hintern aufgeschlagen und hinterlässt ein Brennen auf meiner Haut, das in ein Prickeln übergeht, als der nächste Klaps folgt.

Ich beiße wirklich die Zähne zusammen, auch weil Pascal meine Hüfte mittlerweile so festhält. Der leichte Schmerz lässt mich seine Stöße wieder intensiver fühlen. Auch die Tatsache, dass ich mich gerade nicht auf Remo konzentrieren muss, macht mir bewusst, dass mein Körper vom festen Vögeln vollkommen überreizt ist. Ich bin kurz davor, zu kommen. Er fühlt sich immer größer und härter in mir an. Als er ein letztes Mal ungestüm zustößt, geben meine Hände beinahe nach. Remo greift mich an den Schultern und hilft mir, Gegendruck aufzubauen.

Pascal kommt mit melodischer Stimme in mir und krallt die Finger dabei in meinen Hintern.

Ich will mich eigentlich auf das Sofa legen, um in eine postkoitale Depression zu verfallen, weil ich so nah am Orgasmus vorbeigeschrammt bin, aber mir wird wieder über den Kopf gestreichelt.

»Wir beide sind noch nicht fertig«, stellt Remo klar.

Ich denke, er verfestigt den Griff in meinen Haaren und drückt meinen Kopf nach hinten, aber er bleibt sanft und dreht das Becken in meine Richtung.

Ich stimuliere ihn wieder. Jetzt, da ich nicht mehr gestoßen werde und mich abstützen muss, kann ich auch eine Hand ins Spiel bringen.

Seine Härte fühlt sich gut an. Weiche, glatte Haut unter harter, pulsierender Lust. Als ich etwas weiter nach hinten greife, fällt mir auf, dass er wirklich überall rasiert ist.

Remo stöhnt unter dem Druck meiner Finger und drückt sich tiefer in meinen Mund. Als ich zu ihm aufsehe, hat seine Miene zum ersten Mal jegliche Strenge verloren. Er sieht mich an, als würde ich ihn um den Verstand bringen, wenn ich nicht weitermache. Lustvoll, flehend und trotzdem gierig nach mehr.

»Schluckst du?«, presst er knapp zwischen dem Stöhnen heraus und hält meinen Kopf plötzlich fester, damit er sich beherrschen kann, falls ich ihm zu verstehen gebe, dass er nicht in meinem Mund kommen darf.

Er darf, ich will ihn schmecken. Ich intensiviere meine Berührungen und lasse ihn so tief in mich gleiten, wie ich kann.

Remo kommt mit einem lauten, erlösenden Aufstöhnen. Ich nutze den dichten Nebel, in den der Orgasmus seine Sinne gerade hüllt, und lasse meine Hand einmal langsam über seine Muskeln und seine Hüftknochen gleiten. Über seinen Körper zu streicheln ist überraschend angenehm, obwohl er so steinhart ist.

»Fühlt sich ihr Mund gut an?«, höre ich eine raue Stimme fragen, die trotzdem nichts von ihrer Melodik eingebüßt hat.

Pascal liegt auf der anderen Seite des großen Sofas, hat den Kopf an die Kissen gelehnt und mustert Remo mit einem schiefen Grinsen auf den Lippen. Dass er uns zugesehen hat, habe ich mir nicht bewusst gemacht.

»Anstandslos weiterzuempfehlen«, entgegnet Remo.

Ich kann mir das stolze Grinsen nicht verkneifen, als ich mich auch in die weichen Kissen fallen lasse. Mein Körper ist müde, aber noch immer heiß. Als Pascal sich über mich beugt, hoffe ich, dass er das, was die beiden in mir entfacht haben, endlich zum Höhepunkt bringt.

»Ich habe noch Lust auf dich. Schaffst du das?«, will er wissen und streift mit den Fingerspitzen über meine Brüste.

Was für eine Frage. Natürlich schaffe ich das. Mein Hintern brennt zwar noch von seiner Hand, aber mir bewusst zu machen, dass er mich vorhin versohlt hat, macht mir erst recht Laune. Mit strengen Lehrern kann ich sehr gut.

Ich nicke Pascal zu und beiße mir erwartungsvoll auf die Unterlippe.

»Gut so. Du bist ein wirklich scharfes Spielzeug, Mel«, haucht er mir gegen die Lippen und steht dann auf. Zuzusehen, wie ich es Remo mit dem Mund mache, hat ihn wieder erregt. Ich mustere seine Männlichkeit, die ich vorhin nur spüren und nicht sehen konnte.

Ich kann nicht sagen, wer von den beiden besser bestückt ist, aber ich kann sagen, dass Pascals Bauchmuskeln unheimlich sexy, aber im Gegensatz zu Remos von dieser Welt sind. Sein Körper ist trotzdem wunderschön: sehr schlank, sehnig, trainiert. Und seine Haut hat den hellen Ton, den man von einem Aristokraten erwarten würde. Einem verführerischen, sexhungrigen Aristokraten.

Pascal macht eine auffordernde Geste mit der Hand, die mich dazu bringt, auch aufzustehen. Ich stelle mich vor ihn, will ihn küssen, aber er greift mein Kinn und schüttelt den Kopf.

»Knie dich hin. Dann darfst du mich küssen.«

Seine Stimme ist genauso elektrisierend wie die Dominanz, die er ausstrahlt. Ich falle vor ihm auf die Knie und genieße das erregende Gefühl, devot zu sein und dem heißesten Franzosen der Welt zu gehören.

Ich küsse über seine Härte, will ihn mit der Hand stimulieren, aber er greift meinen Hinterkopf und drückt mir seine Männlichkeit in den Mund. Er bestimmt das Tempo selbst, und sein Tempo ist genauso fordernd wie vorhin, als er mich gevögelt hat.

Ich versuche, ihn meine Zunge spüren zu lassen, aber er drückt sich so tief in meinen Mund, dass ich schon Mühe damit habe, Luft zu bekommen. Dass er weiß, was er will und was ihm guttut, turnt mich an. Aber das ist der anstrengendste Blowjob meines Lebens. Vielleicht auch, weil es schon der zweite ist.

»Lass sie atmen, Pascal.«

Er zieht sich aus mir zurück und mein Blick streift zwei glänzende Wolfsaugen, die mir die Verschnaufpause beschert haben. Remo sitzt auf dem Sofa und mustert mich. Er hat den Kopf auf der Lehne gebettet, sieht zwar müde aus, funkelt aber auch irgendwie provokativ.

»Ist es dir zu viel?«, fragt Pascal. Seine Stimme klingt nicht weich, aber ich weiß die Rücksicht zu schätzen.

Meine Antwort bleibt aus, zumindest verbal. Ich beginne wieder, ihn zu stimulieren, und lege meine Hände an seine Hüften. Ich will ihn unbedingt noch mal zum Höhepunkt bringen. Er stößt sich in meinen Mund und beginnt zu stöhnen, als ich seinen Rhythmus wieder zulasse.

Im Gegensatz zu Remo lässt er mich meine Hand nicht seine Männlichkeit entlang zu sehr empfindlichen Regionen schieben. Nicht alle Männer mögen diese Art der Stimulation. Pascal reicht es, seine Dominanz ausleben zu können und mir zuzusehen, wie ich auf seine Lust reagiere.

Ich kann kaum glauben, dass der Französischlehrer, der mich so freundlich und höflich im Büro meines Vaters angelächelt hat, und der dominante Mann, der mich kaum zu Atem kommen lässt, ein und derselbe Mensch sind. Er kann wirklich einen Schalter umlegen.

Als sein Stöhnen lauter wird und ich ihn in meinem Mund pulsieren spüre, wage ich doch noch mal den Griff zwischen seine Beine. Er lässt mich ihn reizen und ergießt sich in mir. Noch während ich schlucke, greift er mein Handgelenk und zieht es von sich weg.

Ich lecke mir über die Lippen und sehe erwartungsvoll zu Pascal auf. Seine Hand streicht über meine Wange.

»Du bist heiß, mon cher. Merci. Bonne nuit.«

Ich blinzle ihn verlegen an und sehe ihn dann sein Lehrerlächeln lächeln. Der Schalter wird gerade wieder umgelegt.

Pascal reicht mir die Hand, zieht mich hoch und wendet sich ab. Ich sehe ihm nach, als er im Flur verschwindet, und lasse mich dann seufzend auf das weiche Sofa fallen. Als ich den Kopf zur Seite drehe, zucke ich erschrocken zusammen.

Ja! Ich habe schon wieder ausgeblendet, dass er da ist! Und ja! Er ist eigentlich noch immer so dominant in seiner Präsenz, dass das nicht passieren dürfte.

»Glaubst du mir jetzt, dass er ein schwieriger Mensch ist?«, will Remo wissen und zieht fragend eine Braue nach oben.

Ich zucke mit den Schultern und versuche, den Strom in meinem Körper endlich abzustellen.»Er ist nicht dominanter als du. Wenn du mich noch einmal an den Haaren ziehst!«, drohe ich unvollständig, weil mein Kopf schon viel zu leer ist.

»Ich spreche nicht von Dominanz, sondern von Empathie. Und schlaf jetzt bloß nicht ein! Ich bin noch nicht fertig mit dir.«

»Wie bitte?« Ich kann meine Überraschung nicht verstecken.

Remo grinst schief und hebt das Kissen hoch, das über seinem Schritt liegt. »Denkst du, ich kann nicht mehr als einmal? Ich bin Italiener. Wenn ich zulasse, dass der Franzose mir voraus ist, friert das Mittelmeer ein.«

»Ach stimmt ja. Du bist ein Mozzarella. Sogar gebürtig?«

Oh, das hätte ich mal lieber nicht gesagt. Er ignoriert meine Smalltalk-Frage, aber nicht meine Provokation.

Was stimmt bloß nicht mit mir? Ich bohre wohl einfach gern mit der Gabel in der Steckdose – wenn sie einen unwirklich heißen Astralkörper hat und knurrt.

Remo packt mich, zieht mich auf die Knie und drückt meinen Oberkörper dann gegen die Sofalehne. Sein Mund kommt an mein Ohr. »Du kannst es nicht gut sein lassen, oder?«

Nein. Ich bin das auffallend bescheuerte Rotkäppchen, das den Wolf faszinierend findet, obwohl er beißt.

Er drückt seinen Körper an meinen Rücken, so fest, dass ich wieder in leises Stöhnen verfalle. »Ich wollte es hier mit dir total nett und relaxed machen«, behauptet er. Remo ist ein noch schlechterer Lügner als ich. »Aber wenn du auf schmutzig und hart bestehst ...«

Seine Worte jagen einen Schwall aus Erregung durch meinen Körper, der noch immer nach einem Höhepunkt lechzt. Er lässt mir wieder etwas Raum und platziert seine Hände auf meinem

Hintern. Ich kann den Oberkörper bequem gegen die Sofalehne drücken, was gut ist, weil sich meine Muskeln durch die ganze lustbedingte Anspannung etwas müde anfühlen.

Während eine Hand weiter meinen Hintern massiert, platziert Remo die andere zwischen meinen Beinen. Seine Finger kitzeln sofort meinen Hunger auf mehr wach.

Ich drücke ihm meinen Hintern entgegen und höre ihn brummen. Remo schlingt einen Arm um meine Mitte, die Stimulation mit der anderen Hand beendet er dabei nicht. Sein Mund kommt an mein Ohr und ich bekomme Gänsehaut, obwohl er mir noch gar nichts Frivoles zugeflüstert hat.

»Ich weiß, dass du noch nicht gekommen bist. Du kommst auf deine Kosten, versprochen.«

Oh mein Gott, was wird das denn? Die erste nette Tat von ihm? Und das, obwohl sein ›schmutzig‹ und ›hart‹ von vorhin so egoistisch geklungen hat. Kann es sein, dass er einfach auf Dirty Talk steht und mich nur gern nervös macht?

Nein! Nein, das kann nicht sein. Er ist so versaut, wie er angekündigt hat!

Remos Finger, die mir gerade noch so gutgetan haben, schieben sich an eine noch intimere Stelle.

Dass er mich von hinten nehmen will, war mir klar, als er mich in diese Position an die Sofalehne gedrückt hat. Aber mit *wirklich von hinten* habe ich nicht gerechnet.

»Entspann dich ... oder nicht, dann tut es aber weh.«

»Warte!«

»Nein.«

»Doch!«

»Sei still und genieß es.«

»Wie soll ich denn … Ah!«

Ich stöhne auf, als er den zweiten Finger in mich schiebt, um mich auf mehr vorzubereiten. Er hält die eine Hand noch immer um meine Mitte geschlungen, sein Kinn stützt sich an meiner Schulter ab.

»Das ist nicht dein erstes Mal, oder?«, will er wissen und klingt ungewohnt sanft. Der stechende Schmerzimpuls, den seine Finger ausgelöst haben, klingt langsam ab.

»Nein. Aber ich mag es nicht«, entgegne ich mit angespannter Stimme. »Du hast mir einen Orgasmus versprochen«, erinnere ich ihn und spanne meine Muskeln an, als er die Finger bewegt.

»Ich weiß. Du kommst auch. Entspann dich, Mel.«

Er hat gut reden. Hetero-Männer haben keine Ahnung, wie es sich anfühlt, von hinten genommen zu werden. Aber sie stehen fast alle auf Analsex. Ich bin dabei noch nie gekommen, aber ich weiß, dass ich morgen schräg sitzen werde.

Remo drückt seine Lippen gegen meinen Hals. Seine Zunge streift über meine Haut. Er lässt meine Taille los und gleitet mit der freien Hand über meinen Bauch. Als seine Finger meine Hitze erreichen, beginnt er, sie wieder zu reizen. Das seltsame Empfinden, das er mir mit der anderen Hand beschert, beginnt, sich mit den heißen Impulsen zu verbinden. Mein Stöhnen verliert den leidenden Klang und mein Körper hört auf, sich gegen seine Stimulation zu währen.

»Sag mir, dass sich das nicht geil anfühlt«, flüstert er mir etwas ins Ohr, für das in meinen Gedanken kein Platz mehr herrscht. Ich will unbedingt endlich kommen, aber ich stehe unter so viel Strom, dass die wohltuenden Wellen in mir größer werden, aber nicht brechen.

Das Gefühl ist so scharf, dass ich es am liebsten die ganze Nacht aufrechterhalten würde.

Remos Finger ziehen sich aus mir zurück. Ich höre ein Kondompäckchen reißen und versuche, nicht nervös zu werden. Er braucht nur eine Hand, um sich den Gummi überzustreifen, die andere sorgt dafür, dass ich weiter danach lechze, ihn zu spüren.

Ich denke, es wird doch gut, weil ich noch nie so lange so scharf war, aber als er sich in mich drückt, zieht sich der Schmerzimpuls wieder wie eine brennende Lunte durch meinen Körper.

»Nicht so schnell!«, japse ich gegen das Sofa, Remo drückt sich aber nur noch fester in mich.

»Du fühlst dich so scharf an«, raunt er zurück und beginnt, mich ungestüm zu nehmen, anstatt mich langsam an den intensiven Reiz zu gewöhnen.

»Ich kann nicht!«, stöhne ich und drücke mich so fest an die Lehne, wie ich kann, damit er aufhört, mich so tief zu vögeln.

Remo greift um meinen Oberkörper und zieht mich an sich. Seine Stöße werden langsamer, aber nicht sanfter.

»Habe ich dir nicht gesagt, dass Selbstüberschätzung wehtut?«, raunt er erregt, aber vorwurfsvoll und beißt mir ins Ohr.

»Jetzt weißt du, warum ich dich nach deinem Safeword gefragt habe.«

Dass er mich daran erinnert, dass ich mein Safeword rufen kann, ist überflüssig. Ich weiß, dass ich das hier beenden kann, aber ich will nicht.

Ja, es tut weh, aber es erregt mich auch, zu hören, wie sein Knurren immer lauter wird, während er so verdorbene Dinge mit mir tut. Ich habe bis heute nur Männer an meinen Arsch gelassen, mit denen ich auch zusammen war. Hier so mit jemandem zu verschmelzen, von dem ich kaum etwas weiß, außer dass er eine Wahnsinnsanziehungskraft auf mich hat, deren Existenz ich mir nur eingestehen kann, wenn ich erregt bin, fühlt sich aber verboten gut an. Schmerzhaft, aber gut.

Das ergibt nur Sinn, wenn man im Lustrausch ist.

»Entspann dich. Gleich tut es gut«, prophezeit Remo und greift wieder zwischen meine Beine. Seine Finger beginnen zu kreisen und ich spüre seine Härte plötzlich viel intensiver, ohne das unangenehme Stechen stärker zu fühlen.

Mir war nicht klar, wie stimulierend das hier werden kann. Ich verbrenne unter seinen Fingern und in seinen Stößen.

Als mich der Orgasmus überrollt, drücke ich ihm meinen Hintern sogar entgegen. Remo dringt so tief in mich ein, dass er in mein lautes Stöhnen einstimmt und nach einem erlösenden Knurren auf mir zusammensackt.

Mein Herz hämmert so fest gegen meine Brust, als wäre ich einen Marathon gelaufen. In dem warmen, harten Körper an meinem Rücken spielt der Herzschlag auch verrückt, ich kann ihn fühlen.

»Danke, du scharfes …«, haucht er in mein Ohr und drückt mir einen Kuss auf die Wange.

Ich bereue das automatisierte Grinsen und das warme Gefühl auf meinen Wangen, als mir bewusst wird, dass er seinen Satz noch nicht beendet hat.

»Speckröllchen«, tönt er gespielt liebevoll, aber schnell, weil er weiß, dass ich ihm eine zimmere, wenn er nicht schnell genug aufspringt.

Remo lacht, während ich der Luft eine knalle und dann erschöpft, aber maulend in die Kissen falle.

GUTE NACHT, SCHLAF GUT, SCHÄTZCHEN

Mein Blick klebt an der weißen Decke, an der sich der Schein der Flammen aus dem Kamin tanzend abzeichnet.

Remo ist aufgestanden und im Badezimmer verschwunden. Ich hoffe, er ertrinkt dort im Waschbecken!

Wie er mich Speckröllchen nennen kann, nachdem ich ihm erlaubt habe, die verruchtesten Dinge mit mir zu treiben, grenzt an … an … Ich bin zu müde, um ein Wort für seine Touretteartigen Arschlochausbrüche zu finden, aber er ist der Teufel.

Diese Nacht war trotzdem aphrodisierend und unvergesslich. Nein, das klingt zu kitschig. Sie war hammergeil und ich werde sie bestimmt niemals vergessen. Läuft auf dasselbe hinaus.

Gott, bin ich müde! Mein Körper ist so schlapp, als hätte ich ihm ein viel zu hartes Ausdauertraining zugemutet. Habe ich wahrscheinlich auch. Aber diese Erfahrung war den Muskelkater, der mich morgen erwartet, definitiv wert.

Ich hätte mir kein wilderes Abenteuer für diesen neuen Lebensabschnitt wünschen können. Dass sich hinter dieser elitären akademischen Einöde ein so heißer Sündenpfuhl versteckt, hätte niemand ahnen können.

Remo und Pascal sind definitiv eine Nummer für sich. Ich dachte bis heute Abend, dass es solche Männer nur in Erotikromanen gibt. Jetzt lebe ich scheinbar in einem. Auch wenn ich nicht weiß, wie ich da reingestolpert bin.

Die tanzenden Flammen verschwimmen ein wenig vor meinen Augen. Ich könnte einschlafen, aber mir fällt auf, wie heiß es im Wohnzimmer ist und dass die Luft hier drin ziemlich stickig ist. Beim Sex zu schwitzen und zu stöhnen ist gut, aber schlafen will ich bei diesen Temperaturen nicht.

Ich raffe mich auf und überlege, ob es zu aufdringlich wirkt, wenn ich Pascal frage, ob ich neben ihm schlafen kann. Klar, das hier war nur ungezwungener Spaß, aber ich bin mir sicher, er hat nichts dagegen, das Bett mit mir zu teilen.

Die angelehnte Tür im Flur führt in ein dunkles, leeres Zimmer, das vermutlich Remo gehört. Ich gehe auf die andere geschlossene Tür zu, die zwangsläufig in Pascals Zimmer führen muss.

»Er schläft schon«, tönt es plötzlich hinter mir.

Ich nehme die Hand, mit der ich klopfen wollte, wieder runter und drehe mich zur Badezimmertür um. Remo rubbelt sich mit einem Handtuch über die nassen Haare und bindet es sich dann um die Hüften.

Ich funkle ihn an und greife nach der Klinke. »Ich wecke ihn nicht auf, ich will mich nur zu ihm legen.«

»Er lässt dich nicht neben sich schlafen.«

Ich halte in meiner Bewegung inne und höre mir Remos Erklärung an.

»Pascal lässt nie eine Frau in seinem Bett übernachten.«

Als ich mich nach Remo umdrehe, ziehe ich ungläubig eine Braue nach oben. »Wieso? Wer ist er? Christian Grey?«

Der Wolf grinst schief. »War der auch eine geräuschempfindliche französische Diva?«

»Hat er Probleme mit dem Schlafen?«, will ich wissen und seufze, weil ich mir bewusst mache, dass ich Pascal nicht auf die Nerven gehen will und deshalb wohl im Wohnzimmer vor mich hin kochen werde.

»Ja, er hat einen ziemlich leichten Schlaf – und einen Knall, was Frauen betrifft. Also erspar dir, herauszufinden, dass außer dem gespenstisch freundlichen Herrn Favre und dem Sexfanatiker ein ziemlich missgelaunter Franzose in ihm steckt. Er würde dich nur anblaffen.«

Ich will Remo eigentlich nicht glauben, aber er legt wieder diesen durch und durch glaubwürdigen Tonfall an den Tag, den ich schon mal ignoriert habe und falschlag. Er kennt Pascal wahrscheinlich in- und auswendig. Und was weiß ich schon über den schönen Franzosen, außer dass er einen Schalter umlegen kann.

»Kann ich ein Fenster im Wohnzimmer aufmachen? Es ist ziemlich stickig da drin«, will ich von Remo wissen und sehe ihn auf die angelehnte Tür zugehen und das Licht in seinem Zimmer anmachen. Ich denke schon, er lässt mich stehen, aber er streckt den Kopf zurück in den Gang und macht eine auffordernde Bewegung.

»Du kannst bei mir schlafen.«

Ich funkle ihn an und schüttle den Kopf. »Nein danke. Da brate ich lieber in eurem Wohnzimmer.«

»Dann brat gut. Du kannst die Fenster im Wohnraum übrigens nicht aufmachen, sonst geht die Alarmanlage los.«

Er verschwindet in seinem Zimmer, lässt aber die Tür offen. Ich starre zu dem Raum, aus dem die angenehm kühle Luft kommt.

Ach, scheiß drauf!

»Ich will nicht mit dir kuscheln! Ich will nur schlafen!«, stelle ich klar, als ich in sein Zimmer komme.

Remo steht vor einem grauen Kleiderschrank und steigt gerade in frische Shorts.

»Außerdem vergesse ich nie wieder, dass du mich noch mal Speckröllchen genannt hast! Du bist wirklich ein Arschloch!«

Er dreht sich zu mir und bewirft mich mit einem Shirt. »Du hast wieder mit dem Mozzarella-Schwachsinn angefangen. Das war nur ausgleichende Gemeinheit.«

Ich ziehe mir sein T-Shirt über den Kopf und ignoriere, dass es verdammt gut riecht. Ich ignoriere auch, dass es ein *Captain America*-Shirt ist. Kindischer Idiot.

»Das ist doch nicht zu vergleichen! Mozzarella ist einfach eine scherzhafte Anspielung auf deinen Nachnamen und deine Herkunft. Speckröllchen ist verdammt gemein und verletzend!«

Er schließt den Kleiderschrank, dreht sich zu mir und schmunzelt mich an. »Das ist ein wunder Punkt bei dir, oder?«

»Bei jeder Frau!«

»Das stimmt nicht. Dir mangelt es an Selbstbewusstsein für deinen Körper.«

Ich springe dir gleich an die Gurgel!

»Du warst vorhin aber verdammt scharf auf meinen Körper!«

»Was ist denn das für ein Argument? Klar finde ich deinen Körper scharf, sonst hätte ich nicht mit dir geschlafen«, tönt er, gähnt und kippt sein Fenster, bevor er sich in sein Bett fallen lässt. Kein Doppelbett, kein Einzelbett, irgendetwas dazwischen.

Ich bin mir nicht sicher, ob da genug Platz ist. Remo und sein Ego verlangen nach King Size.

»Hör einfach auf, mich so zu nennen!«, fauche ich, weil ich die lächerlichen Argumentationen leid bin. Bin ich nicht, aber es ist spät.

»Wenn du mich Morelli nennst und nicht mehr Mozzarella, lässt sich das einrichten. Herr Morelli am besten. Meister geht auch. Was dir leichter über die Lippen kommt«, tönt er amüsiert und gähnt wieder.

Ich schlage die Decke auf der anderen Seite des Bettes auf und lasse mich grummelnd auf der Matratze nieder.

Remo beugt sich zu seinem Nachttisch und knipst das Licht aus. Ich greife mir währenddessen eines der drei Kissen, auf denen die italienische Prinzessin schläft. Als er sich wieder hinlegt, fängt er plötzlich an, zu lachen. Richtig herzhaft. Total bescheuert. Jetzt ist er durchgeknallt.

»Was? Hast du einen Anfall?«, will ich wissen und lausche dem amüsierten Schnauben in der Dunkelheit.

»Nein«, entgegnet er und dreht sich wohlig seufzend auf die Seite. »Ich musste nur gerade wieder an das Foto denken.«

»Das Foto gibt es nicht mehr! Hör auf, daran zu denken oder davon zu reden!«

»Ich werde es vermissen. Es hat mich immer so fröhlich gemacht. Hast du echt keinen Abzug mehr davon?«

»Sicher. Ich schick dir eine WhatsApp-Nachricht.«

»Klasse«, erwidert er leise und zufrieden.

Ich bin mir nicht sicher, ob er gerade zu müde für Sarkasmus ist, aber er bekommt sicher keinen Abzug davon.

Ich drehe mich zur Außenseite des Bettes und ziehe mir die Decke über die Arme.

Eigentlich will ich meine Gedanken auf Durchzug schalten, um einzuschlafen, aber mein Kopf fängt an, die Erlebnisse des Abends Revue passieren zu lassen. Heiße Bilder, aber ich bleibe an einer wenig erotischen Szene hängen. Mir fällt etwas ein, das ich verdrängt oder ignoriert habe. Jetzt plagt mich mein Gewissen.

Vielleicht war ich etwas zu vorschnell darin, meiner Lust und meiner Neugier nachzugeben. Remo ist aber kein Arschloch. Ich meine, ja, er ist ein Arschloch, aber nicht so eines. Oder?

Oder? Oder? Ich kann nicht einschlafen. Als ich mich zu ihm drehe, haben sich meine Augen an die Dunkelheit gewöhnt. Er liegt auf dem Rücken, hat sich seinen Unterarm auf die Stirn gelegt.

»Remo?«

Der Wolf brummt.

»Bist du noch wach?«, flüstere ich und versuche, diesmal nicht streitlustig zu klingen, weil ich eine ehrliche Antwort von ihm möchte.

»Klar. Ich denke über die Lindelöfsche Vermutung nach.«

»Echt jetzt?«

»Nein. Ich bin nicht Sheldon Cooper.«

»Guckst du *The Big Bang Theory*? Ihr habt doch gar keinen Fernseher.«

»Ich habe ein Tablet und einen Amazon-Prime-Account. Und ich wollte schon immer mal um zwei Uhr morgens im Bett darüber reden – danke.«

»Darum geht es doch gar nicht«, entgegne ich und bleibe betont leise.

»Schön. Noch eine Frage. Schieß los.«

»Du hast keine feste Freundin, oder?«

Remo nimmt den Unterarm von der Stirn und dreht den Kopf in meine Richtung. »Klasse, jetzt haben wir den Salat. Du hast dich in mich verknallt«, unterstellt er und grinst mich diabolisch an.

»Gott!«, entgegne ich betont angewidert und hörbar genervt. Er grinst sich noch immer besoffen.

»Schon gut. Du musst mich nicht unbedingt ›Gott‹ nennen, du kannst Schätzchen zu mir sagen, wenn du mich liebst.«

Er schafft es, mich auch im schlaftrunkenen Zustand zur Weißglut zu bringen. Und er genießt es.

»Ich will nichts von dir! Ich wollte nur wissen, ob diese Claire deine Freundin ist. Du dachtest vorhin, sie steht unter der Dusche, also ...«

Er unterbricht mich mit einem Brummen und legt sich die Hand auf die Augen. Ich denke schon, er ignoriert meine Frage und ich muss die ganze Nacht mit meinem Gewissen kämpfen, aber er macht doch noch mal den Mund auf.

»Sie ist nicht meine Freundin. Sie ist eine sehr gute Bekannte. Mehr nicht. Daran wird sich auch nie etwas ändern.«

Ich atme erleichtert aus und kann den Kopf wieder entspannt auf das Kissen betten.

»Gut. Ich hätte dich das schon früher fragen sollen. Ich will nicht in irgendeine Form von Betrug involviert sein, das hatte ich in meiner letzten Beziehung. Ich war …«

Er knallt mir sein zweites Kissen auf den Kopf. »Kannst du mir deine Lebensgeschichte bitte morgen Abend erzählen? Ich muss in fünf Stunden aufstehen und unterrichten.«

Ich donnere ihm das Kissen zurück. »Geht es vielleicht noch unhöflicher?!«

Er legt es sich wieder unter den Kopf. »Ja. Halt die Klappe, ich will schlafen.«

Vollidiot …

SÜß – SAUER – SÜß – SAUER – SÜß ...

So schön warm. So verdammt gemütlich. Ich will wirklich nicht aufwachen, aber das nervende Piepsen reißt mich aus meinen konfusen Träumen. Ich murre vor mich hin und wundere mich im nächsten Moment, dass so ein tiefes, brummendes Geräusch aus meiner Kehle dringen kann.

Kann es nicht, jemand hat in meinen Missmut eingestimmt.

Ach stimmt ja, da war was.

Das hier ist nicht mein Bett und ich bin auch nicht allein. So was von nicht allein.

Neben mir liegt ein Wolf. Oder besser auf mir. Und unter mir. Auch um mich herum.

Remo ist einer dieser Knotenkuschler-Menschen, die einen nicht nur umarmen, sondern mit einem verschmelzen. Ich bin auch so. Jetzt sind wir ein Knäuel. Wann das passiert ist, weiß ich nicht.

Was ich aber sagen kann, ist, dass wir mit dem Rücken zueinander an verschiedenen Enden des Bettes eingeschlafen sind. Irgendwann wurde es dann kalt im Zimmer und ich bin zu ihm gerückt. Nur ein Stück. Dann hat er den Arm um mich gelegt und der Rest ist unterbewusst passiert.

Ich könnte jetzt von ihm wegrücken, aber sein Körper ist unheimlich warm und bequem. Mein Kopf liegt auf seinem Oberarm, meine Nase steckt in seiner Halsbeuge. Ich glaube, meine Hand liegt auf seinem Hintern, aber auch daran will ich nichts ändern. Ich will nur wieder einschlafen, weil ich todmüde bin und es noch mitten in der Nacht sein muss.

»Mach das aus«, brumme ich Remo ins Ohr und vergrabe das Gesicht dann wieder in seiner Halsbeuge.

»Mmmm. Jasch. Ne.«

Keine Ahnung, was er gesagt hat. Das mit dem Sprechen klappt bei ihm im Halbschlaf nicht wirklich.

Ich spüre, dass er den Oberkörper ein Stück anhebt und kurz darauf wieder in die Kissen fällt. Er verfestigt den Griff um mich. Seine Hand greift meinen Oberschenkel und zieht ihn noch dichter um sich. Das nervige Piepsen hört endlich auf und ich schlafe wieder ein.

»Remo!!!«

Heilige Schreistimme! Das war laut! Mein ganzer Körper zuckt erschrocken zusammen, als die Tür aufgerissen und der düstere Raum mit Licht geflutet wird. Würde Remo mich nicht so fest halten, wäre ich wohl aus dem Bett gesprungen.

Pascal steht im Türrahmen und gestikuliert wütend. »Steh auf! Sofort! Dein Wecker hat schon vor zwanzig Minuten geklingelt! Du kommst zu spät zur Arbeit!«

Ich hebe den Kopf und stelle fest, dass Remo die Augen noch immer geschlossen hat. Halb wach ist er aber, er schmatzt vor sich hin und hebt dann eine Hand, um eine pseudo-beschwichtigende Geste in Richtung Pascal zu machen.

»Jeden Morgen derselbe Scheiß! Dann bleib liegen! Mir doch egal, ob du zu spät zur Arbeit kommst!«

Pascal donnert die Tür zu und ich blinzle Remo erwartungsvoll an.

»Du musst zur Arbeit …«, flüstere ich ihm zu und stupse ihn mit dem Finger gegen die Wange.

Er pustet mich nur an.

»Hey. Steh auf, du musst …«

Er drückt seine Hand auf meinen Mund und legt seinen Kopf auf meine Brust. »Shhh … Fünf Minu… Frankreich kommt wieder …«, murmelt er und schläft wieder ein.

Ich bin zu müde, um mich zu beschweren. Mir doch egal, ob er zu spät kommt oder was für unvollständige Schwachsinnssätze er da murmelt. Ich habe keine Termine. Doch, einen: mit seinem Bett. Gute Nacht.

»Remo!! Ich schwöre dir, ich …!«

Frankreich ist tatsächlich wiedergekommen. Und Remo springt so schnell aus dem Bett, dass er mich dabei quasi auf die andere Seite schleudert. Ich lande mit dem Gesicht auf der Matratze. *Aua.*

»Jaja! Schon gut, ich stehe ja schon! Bin so gut wie fertig! Reg dich nicht auf.«

Ich hebe den Kopf und sehe, wie der Wolf in seine Klamotten springt. Wie er so schnell von komatös brabbelnd auf Anziehen in Superheldengeschwindigkeit mit grammatikalisch korrekter Tonspur schalten kann, ist mir ein Rätsel. Er ist wie ein schmatzendes Faultier, das vom Baum springt und ... und sich dann verdammt schnell Klamotten anzieht.

Ich kichere schlaftrunken, aber amüsiert über mein infantiles Kopfkino in das Kissen und döse wieder vor mich hin.

»Ich muss zur Arbeit«, höre ich den Wolf irgendwann sagen.

Jaja. Ich weiß. Die Lehrersache ...

»Schlaf dich aus.«

Ich hatte auch nicht vor, dich zur Arbeit zu begleiten.

»Im Kühlschrank steht etwas, das aussieht wie Pasta. Geh da nicht ran, das gehört mir!«

Du bist ein Egoist. Notiert.

Er redet weiter, aber ich beschließe, dass es mir mehr Spaß macht, wieder einzuschlafen. Das waren genügend Infos – ich soll mich ausschlafen und nicht sein Essen wegfuttern. Geht klar.

Das Zimmer ist taghell, als ich die Augen wieder aufschlage. Ich will mich noch mal zur Seite drehen, aber da knirscht etwas an meinem Kopf. Meine Stirn juckt irgendwie. Als meine Hand nach oben wandert und den Zettel ertastet, verfinstere ich den Blick.

Hast du mir ein Post-it an die Stirn geklebt, Mozzarella?!

Ja, das hat er. Und seine Handschrift ist grauenhaft.

> Der Hausschlüssel liegt auf dem Küchentresen. Sperr ab und leg ihn in den Blumentopf auf der Terrasse, wenn du gehst. Und Finger weg von der Pasta!

Sehr freundlich. Ausschließlich Anweisungen, kein ›Guten Morgen‹, keine Wünsche für einen schönen Tag oder ein ›Danke‹ für gestern Nacht. Und mit diesem Typen habe ich Knötchen-gekuschelt? Remo ist wohl nur süß, wenn er schläft und stammelt.

Ich steige aus seinem Bett und stelle fest, dass sich mein Körper für gestern Nacht rächt. Was absolut unfair ist, weil er die erotischen Spielchen unheimlich genossen hat und jetzt trotzdem schmerzt. Ich habe Muskelkater in den Armen vom Abstützen und fühle mich durchgevögelt.

Ich will aus dem Zimmer wanken, bleibe aber vor dem offenen Kleiderschrank stehen und muss meiner Neugier nachgeben.

Natürlich hat er viele Sportklamotten. Und fast all seine T-Shirts haben Aufdrucke. Superhelden, Sitcoms – er ist ein Nerd.

Dass es im Wohnzimmer keinen Fernseher gibt, war ganz offensichtlich nicht seine Entscheidung.

Scheiße. Ich habe die Befürchtung, dass die CD-Sammlung, die ich gestern für die Kompatibilität mit meinem Geschmack gelobt habe, auch nicht Pascal gehört. Genauso wie das Snowboard.

Ich will nicht darüber nachdenken. Remo bleibt ein Wolf, auch wenn sein Zeug cool ist. Er klebt mir Anweisungen auf die Stirn und ... auf den Hintern. Ich entdecke das zerknüllte Postit, als ich meine etwas überbeanspruchte Kehrseite abtaste.

Wie hast du denn das gemacht?! Die Stirn und der Hintern?! Was steht da? Dass ich deine Wäsche waschen soll, bevor ich gehe, oder irgendein dämlicher Spruch wegen des bescheuerten Fotos, das dich so amüsiert?!

> SAG DEINEM SCHARFEN KÖRPER DANKE FÜR GESTERN NACHT VON MIR. FALLS DU DICH IM REGEN ERKÄLTET HAST, DA STEHEN MEDIKAMENTE IM BADEZIMMERSCHRANK. ODER DU SCHNARCHST EINFACH IMMER. DA BIN ICH MIR NICHT SICHER. SCHÖNEN TAG.

Ich weiß nicht, ob ich grinsen, die Brauen hochziehen oder den Blick verfinstern soll. Der Mann verwirrt mich! Immer wenn ich mir sicher bin, beweisen zu können, dass er ein Arschloch ist, macht oder sagt er etwas, das mir den Wind aus den Segeln nimmt. Und das rundet er dann meistens mit einer erneuten Provokation ab. Das ist wie Kuchen zu essen, aber jeder zweite Biss schmeckt nach Essig. Süß – sauer – süß – sauer.

Ich habe Hunger. Sollte im Kühlschrank nicht Pasta stehen? Der Wohn-/Essbereich ist viel weitläufiger, als ich ihn in Erinnerung habe. Bei Tageslicht und Nüchternheit sieht hier alles anders aus. Der Bungalow erklärt sich damit solidarisch mit den Charakteren der Männer, die hier leben. Obwohl, Sex mit Remo habe ich mir eigentlich genauso vorgestellt. Dafür ist Pascal ein Persönlichkeits-Chamäleon. Ich kann ihn überhaupt nicht einschätzen. Zumindest nicht die Gesamtheit seines Charakters. Den freundlichen Lehrer und den dominanten Lover einzeln kann ich kategorisieren.

Ich stehe grinsend vor dem offenen Kühlschrank, weil ich mir bewusst mache, dass die Zeit hier wirklich spannend werden könnte. Spannend und sehr, sehr heiß. Außerdem sieht die Pasta verdammt lecker aus.

Ich greife die Plastikbox, drehe mich um und springe auf der Stelle, wie eine Katze, neben der gerade jemand zwei Schellen aneinandergeschlagen hat.

»Solltest du nicht bei der Arbeit sein?!«, frage ich mit viel zu hoher Stimme, weil mich die finster aussehende Statue mit den verschränkten Armen erschreckt hat.

Remo rümpft die Nase und legt die Stirn in Falten. »Habe ich dir nicht gesagt, du sollst die Finger von der Pasta lassen?«, entgegnet er und kommt auf den Tresen zu.

Er trägt ein weißes Hemd zu blauen Jeans. Das ist wohl sein Mathe-Look, der ihm außerordentlich gut steht. Das vorwurfsvolle Funkeln in seinen Augen nervt aber.

Ich stelle die Plastikbox auf dem Tresen ab und seufze ihn an. »Ich wollte nur probieren. Ich hätte dir dein Essen schon nicht weggefuttert.«

»Musst du immer alles, was ich sage, infrage stellen oder ignorieren?«

Ja, muss ich.

»Ach komm schon, es ist nur Pasta. Und ich wollte wirklich nur probieren. Dass du ein Problem damit hast, ist doch lächerlich.«

Er rümpft wieder die Nase, kommt um den Tresen und öffnet eine Schublade. Nachdem er sich eine Gabel gegriffen hat, macht er die Plastikbox auf, steckt das Besteck hinein und schiebt mir die Box hin.

»Iss!«

Das klingt nicht wie eine Aufforderung, sondern wie eine Drohung.

Ich beäuge die Nudeln in der roten Soße skeptisch und schnuppere erst mal vorsichtig. Riecht lecker – nach Tomaten und Oregano. Sieht auch nicht abgelaufen oder ausgetrocknet aus.

»Wie alt ist die Pasta?«, frage ich vorsichtshalber, weil er mich noch immer wie der forsche Klugscheißer mustert, der er ist.

»Sie ist nicht abgelaufen. Ich habe sie gestern Mittag gekocht. Iss! Hättest du doch auch gemacht, wenn ich nicht hier wäre.«

Ja, das hätte ich.

Ich greife die Gabel, spieße eine Nudel auf und koste einfach. Was soll denn schon passieren?

»Oh mein Gott, kochst du scheiße!«, murmle ich mit vorgehaltener Hand und versuche, die scheußliche Nudel irgendwie zu schlucken.

Remo grinst hämisch und legt dann wieder diesen allwissenden Tonfall an den Tag. »Ich habe die Salzdose mit der Zuckerdose verwechselt. Ich wollte das Zeug noch eine Weile im Kühlschrank lassen, weil die Siebenschläfer ganz gern unseren Biomüll durchwühlen und die Müllabfuhr erst morgen kommt. Aber wenn du es aufessen möchtest ...«

Während Remo mir erklärt, wieso ich die Finger von der Pasta lassen sollte, spüle ich den süß-deftigen Nudelgeschmack mit einem Glas Wasser runter.

»Wer nicht hören will ...«, beginnt er, mit einer Erziehungsfloskel um sich zu schlagen.

»Jaja! Ich hab's schon verstanden! Du warst nicht egoistisch, du kannst nur nicht kochen. Das hättest du mir aber auch genauso auf ein Post-it schreiben und mir an die andere Pobacke kleben können.«

Er lacht über meinen Ärger zur Wahl seines Kommunikationsmittels und geht wieder zur Garderobe, um seine Tasche zu holen.

»Du bist einfach wieder eingeschlafen, was hätte ich denn machen sollen?«

»Post-its klebt man an Dinge. Ich bin kein Ding, falls dir das noch nicht aufgefallen ist.«

Er stellt die Tasche auf einem der Hocker ab und funkelt mich streng an. »Du denkst auch, alles, was ich tue, ist eine Provokation«, unterstellt er mir, öffnet die Tasche und zieht eine Styroporbox heraus. Als er sie aufklappt, lachen mich Ravioli an.

Remo geht noch mal zur Besteckschublade, holt zwei Gabeln heraus und steckt sie in das Essen.

»Das kommt vom Schulbuffet. Iss mit, falls du nicht denkst, ich will dich vergiften.«

Remo setzt sich auf einen der Hocker und beginnt zu essen. Er sieht prüfend und noch immer etwas vorwurfsvoll zu mir auf.

Ja, ich lag falsch, deshalb klingt das Folgende höchstwahrscheinlich auch etwas kleinlaut.

»Danke ...«

Er ringt sich nur ein Schulterzucken ab.

Ich greife nach der Gabel und picke mir eine kleine Teigtasche aus der Box. Köstlich. Nicht versalzen oder verzuckert, einfach nur genial.

»Wieso bist du nicht bei der Arbeit?«, will ich wissen, weil er mir die Frage vorhin nicht beantwortet hat.

»Ich war arbeiten. Jetzt ist Mittagspause. Bis halb eins zu schlafen, ist Studentenluxus.«

Mein Blick schweift auf die Zeitanzeige an der Mikrowelle. Es ist wirklich schon so spät. Mein Körper war aber auch verdammt müde. Und der Hocker ist heute viel unbequemer als gestern.

Das habe ich dir zu verdanken!

»Hast du am Nachmittag auch Unterricht?«

Der Smalltalk hilft mir dabei, mein schlechtes Gewissen abzustellen, weil ich ihm unterstellt habe, dass er geizig mit seinem Essen wäre. Ist er nicht. Die Box kommt mir übertrieben groß für nur eine Person vor.

»Am Nachmittag ist das Basketball-Match«, erklärt er und öffnet eine Flasche Mineralwasser.

»Fährst du mit den Jungs irgendwo hin oder ...«

»Nein. Die andere Mannschaft kommt zu uns. Wir spielen in unserer Halle.«

»Seid ihr gut?«

»Ja. Aber einer von meinen Jungs ist im Moment etwas durch den Wind.«

»Wieso? Was hat er denn?«

Remo sieht von den Ravioli zu mir und gibt mir mit einem unterkühlten Blick zu verstehen, dass er dazu nicht mehr sagen wird.

Ich verstehe. Du hältst dich für so was wie den Schulpsychologen, der natürlich unter Schweigepflicht steht. Von mir aus.

»Wieso bist du eigentlich Vertrauenslehrer? Hattest du Psychologie oder Soziologie im Nebenfach?«

»Nein. Aber ich kann gut mit Problemen und schwierigen Teenagern.«

»Weil ...?« Man muss ihm zu diesem Thema wohl alles aus der Nase ziehen.

»Weil ich selbst einer war.«

»Ein schwieriger Teenager?«, frage ich und weiß nicht, warum ich so überrascht klinge. Ich traue ihm durchaus zu, dass er ein missgelaunter, vorlauter Schüler war.

»Hast du Schule geschwänzt und warst frech zu Lehrern?«, will ich amüsiert wissen.

Er grinst zurück und zieht die Brauen hoch. »Ja, genau. Das ist die gängige Vorstellung von ›schwierig‹ für Menschen wie dich, die sehr behütet aufgewachsen sind«, entgegnet er und sieht mich zuerst einschnappen, dann husten.

Ich habe mich an den Ravioli verschluckt, weil ich gedanklich etwas zu sehr damit beschäftigt war, abzuschätzen, ob ich das als Vorwurf verstehen soll. Dass er mir unterstellt, ich sei behütet aufgewachsen, ist eigentlich okay, er kennt schließlich meinen Vater, aber sein Satz hat mir zwischen den Zeilen so etwas wie Naivität vorgeworfen.

»Denkst du, ich hätte Disney-Moralvorstellungen, nur weil mein Vater ein guter Pädagoge ist?«, will ich wissen, als meine Luftröhre wieder frei ist. »Mir ist schon klar, dass Menschen ziemlich schlimme Probleme haben können und viel Mist auf dieser Welt passiert, aber du wirst wohl kaum jemanden erschossen haben, sonst hättest du niemals Lehrer werden können.«

Remo nickt, was mich überrascht und irritiert. Zustimmende Einsicht ist sonst nicht sein Ding.

»Du hast recht, entschuldige.«

Okay, in den Nudeln war doch Gift. Und jetzt ist er ganz high davon – eine andere Erklärung habe ich gerade nicht für seine weiche Miene und die Entschuldigung.

»Ich wollte dir nicht unterstellen, dass du verzogen wärst oder keine Ahnung von Problemen hast. Das stimmt nicht.«

Wie sanft kann jemand, der sich sonst knurrend und brummend verständigt, eigentlich klingen? Die Antwort lautet: sehr. Das Braun in seinen Augen wirkt mit einem Mal warm und sein Blick verliert die durchbohrende Selbstsicherheit.

Ich verstehe plötzlich, was mit ihm los ist. Ich bin niemand, dem Mitgefühl zuwider ist, aber dass er sich deshalb ein schlechtes Gewissen macht, ist unnötig. Ich weiß, dass er nicht *darauf* angespielt hat. Ich habe in diesem Zusammenhang nicht mal selbst daran gedacht.

Dass Remo davon weiß, überrascht mich nicht. Ich denke, viele hier wissen es. Das ist auch okay. Aber wir müssen jetzt nicht darüber reden.

»Du warst also einer von den bösen Jungs?«, frage ich amüsiert klingend und lenke das Thema damit wieder auf ihn. Ich weiß sein Mitgefühl zu schätzen, aber ich ignoriere es, weil ich die Stimmung nicht in diese Richtung einreißen lassen möchte.

Remos Blick wird wieder neutraler. Er presst die Lippen zusammen und versprüht dann wieder seinen dominanten Wolfs-Charme. Viel besser.

»Ich war schwierig – das stimmt schon. Aber wer selbst mal ein Autoritätsproblem hatte und erfolgreich darüber reflektiert hat, kann ganz gut nachvollziehen, warum sich andere Menschen verschließen.«

Das klingt zwar lehrreich, ist mir und meiner Neugier aber viel zu vage.

Er steht auf und entsorgt die Plastikbox, die wir gemeinsam leer gegessen haben.

»Was war denn das Schlimmste, das du in der Schule angestellt hast?«, will ich wissen und höre selbst heraus, dass ich etwas zu sensationslustig klinge.

Er dreht sich zu mir um und reibt sich die frisch gewaschenen Hände an einem Geschirrtuch trocken. »Kann es sein, dass dich das anmacht? Hättest du gern Sex mit dem Rebellen an eurer Schule gehabt, hast dich aber nicht getraut, ihm näher zu kommen, weil du Schulsprecherin warst und einen Ruf zu verlieren hattest?«

Ich mustere ihn mit schief gelegtem Kopf. »Hast du das aus einem Porno?«

»Ich sehe mir keine Schul- oder Lehrerpornos an. Aber du stehst drauf.« Er wirft mit dem Geschirrtuch nach mir.

Eigentlich will ich leugnen und irgendeinen doofen Spruch vom Stapel lassen, aber das wäre ähnlich lächerlich, wie abzustreiten, dass man Gummibärchen gut findet, obwohl man die leere Packung noch in der Hand hat.

Ich werfe das Geschirrtuch auf den Tresen und ignoriere seinen Vorwurf einfach. »Isst Pascal in der Schule oder kommt er auch nach Hause?«

Remo zieht eine Augenbraue nach oben, als würde ihn der Themenwechsel überraschen. »Pascal lässt das Mittagessen meistens ausfallen«, erklärt er und gähnt mit vorgehaltener Hand.

»Wieso?«

Er zuckt seufzend mit den Schultern. »Weil er Franzose ist. Die essen wenig und sehen dich verurteilend an, wenn sie herausfinden, dass du ihre Sprache nicht beherrschst.«

Ich kenne die Klischees, aber Pascal ist die Freundlichkeit in Reinkultur. Zumindest oberflächlich.

»War er schon immer so … zwiespältig in seinem Charakter?« Mir fällt keine andere Umschreibung dafür ein, aber Remo weiß, was ich meine.

»Schlag dir Pascal aus dem Kopf. Er hat dich gestern nicht grundlos gefragt, ob du sein Spielzeug sein willst. Das war kein Dirty Talk, sondern die einzige Form von Beziehung, die er mit einer Frau führen will«, beantwortet er meine Frage mit einem Rat, den ich gar nicht wollte.

Ich muss grinsen, was ihn sichtlich irritiert.

»Was?«, fragt er ungeduldig, weil ich nicht sofort etwas erwidere. Er darf ruhig in seiner Ungeduld schmoren. Der erwartungsvolle Glanz in seinen Augen gefällt mir. Sehr sogar.

»Du klingst eifersüchtig, wenn du mich vor Pascal warnst«, verrate ich ihm, nachdem ich seine Unsicherheit zur Genüge genossen habe.

Der Vorwurf verfehlt seine Wirkung nicht. Er sieht eine Sekunde lang schockiert aus, dann rümpft er wütend die Nase und verlagert das Gewicht von einem Bein aufs andere.

Unangenehm, oder? Das hast du aber verdient. Du hast mich gestern im Bett auch damit verarscht, dass ich in dich verliebt wäre.

»Eifersüchtig«, wiederholt er so abwegig klingend, als hätte ich ›impotent‹ gesagt. »Was ist das denn für ein Vorwurf? Wunschdenken?«

Nein, nein! Du drehst den Spieß jetzt nicht um!

»Keine Angst. Ich will Pascal genauso wenig zu einer Beziehung überreden wie dich. In ein paar Wochen verschwinde ich, genieße mein letztes Semester und wir sehen uns höchstwahrscheinlich nie wieder. Aber die Erinnerung an die Zeit hier darf gern prickelnd werden – mehr will ich definitiv nicht.«

Wow. Das hat in meinen Gedanken nicht annähernd so harsch und abgebrüht geklungen. Beim Aussprechen wurde mir regelrecht kalt.

Remo lässt mir aber auch keine andere Wahl. Sobald ich zugeben würde, dass mir die Streitereien mit ihm Spaß machen, würde er ständig darauf herumreiten. Er zwingt mich dazu, so kalt zu klingen.

»Vielleicht passt du doch ganz gut zu Pascal«, mutmaßt er tonlos und stößt sich vom Tresen ab.

»Was soll das denn jetzt heißen?«, rufe ich ihm genervt hinterher. Er verschwindet im Flur.

Er hat Pascal vorhin quasi einen beziehungsunfähigen Egoisten genannt. Ich bin nicht so! Auch wenn ich gerade so geklungen habe ... Gott, wie ich unsere Gespräche manchmal hasse! Das ist verwirrender als jedes ungelöste mathematische Problem!

Ich kann nicht sitzen bleiben, ich muss ihm hinterher. Wieso ich es nicht einfach gut sein lassen kann, liegt auf der Hand: konnte ich bei Remo bisher noch nie. Dieses Gespräch ist noch nicht vorbei!

EIN SAFEWORD IST KEIN ZAUBERWORT

Hey! Du kannst doch nicht einfach abhauen, wenn wir uns unterhalten«, werfe ich ihm vor, als ich im Türrahmen seines Zimmers stehen bleibe. Er hat sich auf das Bett fallen lassen – bäuchlings, den Kopf in das Kissen gedrückt.

»Ich war fertig«, antwortet er, ohne den Kopf zu heben. Er nuschelt dabei so sehr in das Kissen, dass er auch ›Ich mag Feta‹ gesagt haben könnte, aber ich schließe mal aus dem Kontext.

»Ich bin nicht wie Pascal! Männer sind für mich nicht ausschließlich ›Spielzeug‹.«

»Baha«, höre ich. Es soll aber wohl ›Aha‹ heißen. So oder so, es klingt desinteressiert.

»Ich kann mich verlieben, wenn ich will! Aber ich will nicht. Und ich bin auch gern mit Männern befreundet – einfach so!«

Entweder sagt er »Schön« oder er verlangt nach einem ›Föhn‹.

Ich gehe auf das Bett zu und stelle mich neben die Seite, auf der er liegt, weil ich ihn kaum verstehe. »Das Nuscheln nervt! Kannst du bitte nicht in das Kissen sprechen?«

Er dreht den Kopf endlich zur Seite, mustert mich auffallend lange und grinst dann verschmitzt. Die schwarzen Haare sind durch seinen Versuch, sich selbst im Kissen zu ersticken, etwas durcheinandergeraten. So sieht er irgendwie jünger aus. Trotzdem teuflisch. Ja, er war definitiv einer von den bösen Jungs.

»Bist du mir hinterhergekommen, um dich mit mir zu streiten?«

»Nein! Ja …« Ehrlich gesagt habe ich gerade den Faden verloren.

Die braunen Wolfsaugen ruhen auf meinen nackten Beinen. Ich trage noch immer nur sein infantiles *Captain America*-Shirt. Doofe *Avengers* …

Oh. Ich will mich anscheinend wirklich mit ihm streiten. Ich liebe die *Avengers* nämlich. Es sei denn, Remo liebt sie, dann sind sie total bescheuert.

»Komm her, wenn du streiten möchtest!« Noch während er drohend brummt, springt er aus dem Bett, packt mich und reißt mich dann mit auf die Matratze.

Ich quietsche, weil er mich so schnell auf den Rücken dreht und meine Hände greift, dass keine Zeit für Protest in Form eines Satzes bleibt.

»Leg los. Was willst du mir an den Kopf werfen?«

Remos Gesicht ist so nah über meinem, dass sich unsere Nasenspitzen beinahe berühren. Er klingt diabolisch amüsiert.

»Du bist der Teufel«, flüstere ich ihm ins Gesicht, kann meine Miene aber nicht annähernd so ernst werden lassen, wie ich möchte.

»Der Teufel war ich nie. Aber so was wie ein Höllenhund.«

»Knurr mal.«

»Schrei mal«, stellt er eine Gegenforderung.

Ich will demonstrativ schweigen, aber ich kann nicht, ich muss schreien. Remo hat eine meiner Hände losgelassen und kneift mir mit den Fingern in die Seite. Ziemlich locker, was verdammt schlimm ist, weil ich unheimlich kitzelig bin.

»Nein! Nein! Nein! Hör auf!«

Ich packe seinen Arm, aber das beeindruckt ihn herzlich wenig. Mir laufen schon Tränen über die Wangen.

»Zirkon!«, kreische ich atemlos und höre ihn lachen.

»Schreist du jetzt dein Safeword? Du spürst schon, dass ich dich nicht vögle, oder? Wir sind doch nicht mal nackt!«

»Remo!«

»Ja?«

»Bitte!«

Er hört auf, mich zum Prusten und Kringeln zu bringen, und grinst mich an. »Ja, das war das Zauberwort«, tönt er amüsiert und lässt sich neben mich auf die Matratze fallen.

»Warte nur …«, schnaufe ich und hebe schon mal drohend den Finger. »Wenn ich wieder Luft bekomme … räche ich mich!«

Remo lacht. »Wie *Darth Vader*.«

Ja, *Krieg der Sterne* kann er haben. Ich raffe den Oberkörper hoch und schwinge dann ein Bein über ihn, um mich auf ihn zu setzen. Er verschränkt die Hände entspannt hinter dem Kopf und mustert mich mit einem erwartungsvollen, aber auch spöttischen Glanz in den Augen.

»Du wolltest, dass ich knurre, oder?«, erinnert er mich.

Meine Hände legen sich auf seine Brust. Er lässt mich sein Hemd aufknöpfen.

»Tust du's freiwillig?«, will ich wissen. Die Frage ist eigentlich rhetorisch. Oder fällt unter die Kategorie subtiler Dirty Talk. Ich weiß, dass der Wolf nicht domestiziert ist und auf Kommando Laut gibt.

Remo grinst schief. Das heißt wohl ›nein‹.

Ich öffne sein aufgeknöpftes Hemd und lasse meine Finger über seine Bauchmuskeln gleiten. Dieser Körper ist so unwirklich scharf, dass ich meine Libido applaudieren höre.

Als sich mein Blick von den heißen Muskeln lösen kann und in sein markantes Gesicht schweift, werde ich wieder kampflustig. Ich weiß, der nächste dumme Spruch kommt ihm gleich über die Lippen, aber das lässt sich leicht verhindern.

Der Kuss fühlt sich hart und stürmisch an, aber das bringt meinen Körper nur dazu, ein verheißungsvolles Pochen zwischen meinen Beinen zu starten.

Ich drücke meine Hand unter sein Kinn, ziemlich fest, weil ich mir sicher bin, dass ich für jede Zimperlichkeit nur einen dummen Spruch ernten würde. Es hat ihm Spaß gemacht, mich gestern so fest anzupacken, und ich bin mir sicher, er mag es auch als passiver Part hart und nicht kuschelig.

Meine Lippen schweifen zu seinem Hals, während sich meine freie Hand zu seinem Hosenbund schiebt.

»Also mit fünfzehn hätte ich das wirklich scharf gefunden und für dich geknurrt«, spottet er, klingt dabei aber immer atemloser, weil meine Hand fester zudrückt.

Ich bin noch nicht fertig mit dir!

Meine Lippen umschließen sein Ohrläppchen und meine Finger gleiten in seine Shorts.

Ich ertaste besonders weiche Haut, unter der es langsam härter wird.

Von wegen, das macht dich nicht scharf. Und das Knurren folgt gleich, warte ein paar Sekunden.

»Willst du mir nicht dein Safeword verraten?«, hauche ich verführerisch leise in sein Ohr.

Er will lachen, aber ich lasse ihn nicht.

»Dann eben nicht ...«

Ich beiße im selben Moment in sein Ohrläppchen, wie meine Hand tiefer in seinen Schritt gleitet. Remo stöhnt auf, aber das ist noch nicht das Geräusch, das ich hören will. Meine Zähne üben mehr Druck aus und meine Finger umschließen die empfindliche Stelle hinter seiner Härte. Ich weiß, er mag das. Und ich weiß, dass ihn gerade die Reize überfluten.

Das alles noch etwas fester? Ja?

Remo beschallt das Zimmer mit seinem Knurren und packt im nächsten Moment meine Hände. Ich will eigentlich nicht aufhören, aber ich muss, weil er mich wieder mit dem Rücken auf die Matratze befördert und sich über mich beugt.

»Das reicht ...«, brummt er mir ins Gesicht.

»Du klingst so atemlos. Ist dir die Luft ausgegangen?«

Remo erwidert mein süffisantes Schmunzeln und nickt dann langsam. »Das war gar nicht schlecht. Hätte ich dir nicht zugetraut.«

»Dann lass mich weitermachen.«

Er schüttelt den Kopf und verengt die Augen. »Nein. Ich muss in zwanzig Minuten im Turnsaal sein. Keine Zeit, um dich an mir experimentieren zu lassen. So gut bist du in dieser ganzen Dominanzsache auch nicht.«

»Ich kann …!«

Ich kann ihn nicht anfauchen, weil er mich küsst. Seine Hand schiebt mein Shirt nach oben und legt sich auf meinen Busen.

»Aber du bist verdammt geil, wenn du mich mit dir machen lässt, was ich will«, haucht er mir gegen die Lippen und steigt dann aus dem Bett.

Remo streift sich das Hemd von den Schultern und öffnet seinen Gürtel.

Ich beobachte ihn beim Ausziehen und mache mir dabei bewusst, dass es mich noch nie so heißgemacht hat, jemanden einfach nur beim Ausziehen zu beobachten.

Seine Bewegungen sind irgendwie hypnotisierend. Ist es seltsam, dass ich ihm noch mehr anziehen will, nur um zu sehen, wie er es sich auszieht?

Das Raunen kommt ganz ungefragt aus meiner Kehle, als er mir seinen nackten Körper in all seiner unwirklichen Perfektion präsentiert.

Remo kniet sich neben mich auf das Bett und macht eine auffordernde Kopfbewegung. »Runter mit dem Shirt!«

Wenn der scharfe Körper zu sprechen beginnt, kann ich die schmachtenden Blicke automatisch einstellen.

Meine Libido reagiert aber mit schierer Begeisterung auf seine Anweisung.

Ich ziehe das Shirt aus und versuche, es möglichst lasziv über meinen Kopf gleiten zu lassen. Meine Stripshow verläuft aber nicht so anreizend glimpflich wie seine, weil sich meine Haare beim Ausziehen elektrisch aufladen und ich beim hastigen Glattstreichen einen kleinen Schlag bekomme. Sehr sexy. Ich bin ein geiles *Pikachu*.

Remo lässt seinen angeheizten Blick über meine Brüste gleiten. »Dreh dich um«, raunt er und greift in die Schublade an seinem Nachtschränkchen.

»Sicher nicht! Ich kann jetzt schon kaum vernünftig sitzen!«

Er nimmt das Kondompäckchen an der Spitze in den Mund und reißt es mit den Zähnen auf. Als er den Mund wieder frei hat, grinst er.

»Das war zwar scharf, aber ich lasse deinen Hintern in Ruhe. Ganz normal von hinten, ohne Spielchen. Ein Quickie. Ich muss in fünfzehn Minuten in der Schule sein und die Turnhalle vorbereiten.«

Was ist noch gleich passiert, als Rotkäppchen dem Wolf vertraut hat? Er hat sich Frauenkleider angezogen und sie gegessen, oder?

Remo beugt sich tiefer über mich, ich spüre die Vibration seines Brummens an meinen Lippen. »Dreh dich um und komm mit mir zusammen oder bleib liegen und ich tobe mich egoistisch an dir aus ...«

Echt jetzt? Deshalb willst du mich von hinten? Weil du willst, dass ich auch komme?

Gott, wie mich der Mann verwirrt! Süß – sauer – süß – sauer – süß ...

Ich hebe den Oberkörper langsam an, aber Remo beschleunigt mein Vorhaben, greift um meine Mitte und wirbelt mich quasi herum.

Ich knie auf seinem Bett und schlinge meine Finger um die hölzerne Querverstrebung an der Kopfseite. Mir wird bewusst, dass ich ihn gleich zum ersten Mal im herkömmlichen Sinn spüren werde. Dass mich das nervös macht, ist lächerlich. Wir haben eine durch und durch schmutzige Nacht hinter uns und wissen, wie sich unsere Körper ineinander anfühlen. Aber es gibt trotzdem einen Unterschied zu gestern. Als er mir klar wird, fasst Remo gerade prüfend zwischen meine Beine. Ja, ich bin feucht und ich bin nüchtern, deshalb nehme ich seine Berührung und meine Gedanken dazu auch viel intensiver wahr.

So ungehemmt ein Rauschzustand einen auch macht, er dämpft die Empfindlichkeit und verschleiert das Kopfkino. Heute spüre ich die Stimulation seiner Finger viel deutlicher und ich kann mir bewusst machen, wie gut es sich anfühlt, seine Lust auf mich zu erleben.

Er drückt sich langsam in mich, stöhnt dabei genüsslich und bringt mich dazu, einzustimmen. Kaum ist er ganz in mir, vermischen sich die heißen Wellen seiner Stimulation mit der Hand mit denen aus meinem Inneren.

Seine Stöße werden schneller und fester und ich schließe die Augen, um das Gefühl zu genießen.

»Spann die Muskeln an und denk an etwas Geiles«, rät Remo, der spürbar unter Zeitdruck steht.

Ich weiß, er will das hier schnell und trotzdem scharf für uns beide machen. Wahrscheinlich wartet er nur darauf, das rhythmische Zucken in mir zu fühlen, um in meinen Höhepunkt einzustimmen.

»Ich wollte dich schon damals auf dem Balkon vögeln …«, verrät er. »Aber zuerst wollte ich dich übers Knie legen und dich aufstöhnen hören.«

Er untermalt seinen Dirty Talk mit einem Klaps auf meinen Hintern und lauscht dem Stöhnen, das er mir schon damals entlocken wollte. Der zweite Schlag ist fester, aber das Prickeln geht in meiner Lust unter.

Ich verglühe unter Remos Händen und in seinen Stößen. Das Gefühl ist berauschend heiß, aber ich verliere mich wohl etwas zu lange in dem erwartungsvollen Genuss.

Eigentlich rechne ich damit, dass er kommt und zur Arbeit hetzt, aber er nimmt mich so lange, bis mich der Orgasmus endlich überrollt.

Ich stöhne gegen das hölzerne Bettgestell und bin berauscht von meinem intensiven Höhepunkt und seinem lauten Knurren. Remo ergießt sich und ich flüstere seinen Namen mit rauer Stimme gegen das Holz. Nur zwei Silben – bevor ich bei der zweiten angekommen bin, spüre ich ihn schon nicht mehr.

Ich lasse mich auf das weiche Bett fallen und sehe nur noch, wie er frische Klamotten aus dem Schrank reißt und dann in Richtung Badezimmer sprintet.

Das ging schnell. Nicht der Quickie, den haben wir überzogen, aber seine Verabschiedung. Dass es das doch noch nicht ganz war, stelle ich fest, als Remo noch mal im Flur vorbeihetzt.

»War scharf! Danke!«, höre ich ihn rufen, drei Sekunden später knallt die Haustür ins Schloss.

Ich muss grinsen, weil er schon irgendwie witzig ist. Und ja, es war scharf. Sehr sogar.

EIN KORB
UND VIELE JUNGS

Ich bücke mich nach dem hellblauen Umschlag, den zu ignorieren mir die heißesten Stunden meines Lebens beschert hat. Er liegt vor dem Bett, unter meinen Jeans, neben einem Handtuch, über meinem MP3-Player. Jap, ich bin eine Magierin, aber der einzige Trick, den ich beherrsche, ist, massives Chaos zu verbreiten, wo auch immer ich meine Tasche öffne.

Ich bin erst zwei Tage hier, aber das Kabel des Föhns ist bereits untrennbar mit dem Kabel des Glätteisens verflochten. Keine Ahnung, wie ich das immer hinkriege.

Mein Vater ist ein sehr ordnungsliebender Mensch. Dass er bereits mit vierzig nur noch graue Haare hatte, liegt wohl zum Teil auch daran, dass ihn das ständig währende Chaos in meinem Zimmer die Pigmente aus den Haarspitzen gesaugt hat.

Ich war aber auch nie um Ausreden verlegen. Immer wenn er mir aufgetragen hat, aufzuräumen, hatte ich etwas anderes unheimlich Wichtiges zu erledigen oder ein spontanes Gebrechen. Seit ich vierzehn war, waren meine Standardausrede Regelschmerzen. Dass ich mindestens einmal die Woche meine

Tage hatte, hat mir dann irgendwann einen Termin beim Gynäkologen beschert. Aufgeräumt habe ich trotzdem erst, als ich ausgezogen bin – eine Woche lang.

Ich denke, es gibt einfach Menschen, die chaotisch besser funktionieren als geordnet. Außerdem springe ich nur in meinen eigenen vier Wänden so mit meinem Zeug um. Wenn ich mal bei Freundinnen übernachtet habe oder im Sommerlager war, habe ich die ordnungsliebende Prinzessin gemimt. Das ging sogar so weit, dass die Mutter einer Freundin meinen Vater mal gefragt hat, wie er sein Kind dazu erzogen hat, so eine ausgeprägte Liebe zu Ordnung zu entwickeln. Die Antwort lautete: ›Gar nicht. Sie ist das Chaos, aber sie weiß, wie man das geheim hält.‹

Bevor ich Remos und Pascals Bungalow verlassen habe, habe ich auch aufgeräumt. Die benutzten Handtücher im Bad aufgehängt, Remos Bett gemacht, die Spülmaschine eingeschaltet und die Sofakissen aufgeschüttelt – macht man einfach, wenn man zu Gast war und den Wohnraum mit zervögelt hat.

Das Handtuch, mit dem ich mich vorhin in meinem Badezimmer abgetrocknet habe, ist auf dem Boden gelandet. Ich habe es noch angegrinst, aber nicht aufgehoben. Das nennt man Gewohnheitskonsequenz. Oder Faulheit. Gewohnheitskonsequenz klingt besser.

Ich habe mir den Zugangscode für mein Wohnheim gemerkt und ihn sicherheitshalber auch im Handy gespeichert. Eine Portion Olivenölcreme für meinen Körper, eine hinterhältig klebrige Feuchtigkeitsmaske für mein Gesicht und ein Foto für Instagram – viel mehr gibt es für mich in diesem Zimmer nicht zu tun. Das Foto habe ich natürlich nach der Sache mit der Maske gemacht.

Pascal hat meine Anfrage noch nicht bestätigt. Aber ich finde ein Profil, das ›re_moral‹ heißt. Sehr tiefgründiger Benutzername. So tiefgründig wie der Blogpost eines vierzehnjährigen Emo-Jungen.

Remos Profil ist aber interessant. Ich finde nicht ein einziges Poser-Bauchmuskel-Foto. Ich hätte mit mindestens einem gerechnet – schön vor dem Badezimmerspiegel, im Hintergrund weiße Fliesen. Da ist nur ein einziges Oben-ohne-Foto, das zeigt ihn aber beim Basketballspielen im Sommer mit Freunden. 370 Likes.

Viele Schnappschüsse vom Sport, von Reisen und von richtig lecker aussehendem Essen. Er ist definitiv herumgekommen und kennt viele Leute. 2800 Follower ist eine stolze Zahl für einen Lehrer, der hier am Arsch der Welt wohnt.

Die ältesten Fotos liegen schon ein paar Jahre zurück. Remo hatte mal kinnlange Haare. Ich will das eigentlich witzig finden, aber es stand ihm.

Sein Profil ist übrigens öffentlich. Es macht plötzlich Sinn, dass er so viele Follower hat, weil ich mir sicher bin, dass jedes Mädchen, das hier zur Schule geht, ihm folgt. Die Jungs wahrscheinlich auch, wenn sie sportbegeistert sind.

Mein Blick schweift noch mal über das Basketballfoto und bringt mich auf eine Idee. Ich könnte den Nachmittag in meinem Zimmer verbringen und mir YouTube-Videos ansehen, oder ich setze mich in Bewegung und finde heraus, ob das Match, von dem Remo gesprochen hat, noch läuft. Ich habe mir solche Spiele in meiner Schulzeit gern angesehen. Vielleicht sind die Jungs ja richtig gut.

Der Turnsaal ist voll. Ich hatte vermutet, dass einige Schüler zusehen, aber das übertrifft meine Erwartungen. Hinter dem Spielfeldrand tummeln sich Jugendliche aus Unter- und Oberstufe, aber auch ein paar Lehrer. Die Stimmung ist angespannt und ausgelassen zur selben Zeit. Das Anfeuern macht natürlich Laune, erst recht wenn der Spielstand so ausgeglichen ist, wie es die Anzeige an der Wand verrät.

Das Match ist in vollem Gang, aber ich kann mich noch nicht darauf konzentrieren, weil ich das Gummibärchen im Salat entdecke. Mein Vater passt hier absolut nicht rein. Ich weiß, dass er keine Ahnung von Sport hat und normalerweise auch kein Interesse. Ich steuere auf ihn zu und muss lachen, weil er erst zu klatschen beginnt, als es die rothaarige Lehrerin neben ihm tut. Er ahmt ihre Reaktionen nach – Mimikry eines Sportbanausen.

»Ich hab dich noch nie in einem Turnsaal gesehen«, sage ich grinsend, während ich neben ihm stehen bleibe. Er erschreckt beinahe, da er so auf die Mimik der Lehrerin konzentriert war.

»Melanie! Ich wusste nicht, dass du dich für Schulsport interessierst.«

»Dito.«

Er greift sich schmunzelnd an den Bart und beugt sich ein Stück weiter zu mir. »Mir erschließt sich die Faszination nicht ganz, aber es ist schön, dass die Kinder solchen Spaß und Ehrgeiz entwickeln.«

So sagt mein Vater: ›Ich habe keine Ahnung, was passiert, aber es ist toll, dass sich alle freuen, wenn es passiert.‹

Sein Blick schweift scheinbar beiläufig auf die Uhr um sein Handgelenk. Er macht eine entschuldigende Geste.

»Ich habe leider einen Termin ...«, verrät er und schafft es wirklich, annähernd enttäuscht zu klingen, obwohl er sich in seinem Büro ganz offensichtlich wohler fühlt als in einem Turnsaal. »Aber du jubelst für mich mit, wenn ...« Er macht eine irritierend lange Pause.

»Der Ball muss in den Korb, Papa«, erkläre ich und sehe ihn grinsend abwinken.

»Das weiß ich doch! Klatsch bitte für mich, wenn das passiert.«

»Mach ich.«

Er wendet sich noch mal der rothaarigen Lehrerin zu und bahnt sich dann freundlich lächelnd seinen Weg durch die jubelnden Schüler.

Als ich den Kopf wieder drehe, wird mir irgendwie kalt. Es ist diese arktische Östrogenkälte, die zum ersten Mal versprüht wurde, als ein Neandertalerweibchen neben einem anderen in genau demselben Gepardenfell-Rock gestanden hat und das total bescheuert fand.

Sie nickt und schmunzelt schwach, nachdem ich mich in ihre Richtung drehe, aber die rothaarige Lehrerin kann mich ganz offensichtlich ebenso wenig leiden wie Windows Apple. Warum ich Apple bin, weiß ich nicht. Wir tragen schon mal nicht die gleiche Jeans. Aber sie sieht nur ein paar Jahre älter aus als ich und ich sehe keinen Ring an ihrem Finger, was die möglichen Konfliktszenarien schon mal potenziert.

Sie heißt Frau Imsuch, das habe ich schon herausgefunden, als ich mir auf der Schulhomepage zum ersten Mal die Lehrer angesehen habe.

Ich habe mir ihren Nachnamen nur gemerkt, weil er ein Anagramm für ein umgangssprachlich ziemlich frivoles Wort ist. Das fand ich zum Schießen. Sie würde auch gern schießen, aber anders. Der Auslöser für ihren Östrogen-Kälte-Anschlag könnten natürlich zwei ihrer Kollegen sein, aber das macht nach kurzer Überlegung keinen Sinn.

Pascal und Remo waren so darauf bedacht, herauszufinden, ob ich diskret sein kann, dass ich mir nicht vorstellen kann, dass sie es heute selbst herumposaunt haben.

Zusammen gesehen hat uns definitiv niemand. Als ich das Haus verlassen habe, bin ich vorsichtshalber sogar durch den Wald und nicht über den Weg zurück in mein Wohnheim gegangen. Ein blauer Fleck an der Schulter ist Zeuge meines intensiven Bemühens um Geheimhaltung. Ein Siebenschläfer hat so überraschend meinen Weg gekreuzt, dass ich und er beim Flüchten voreinander einen Baum gerammt haben. Wahrscheinlich wollte er Remos Pasta abholen.

Solange der pelzige Zeitgenosse dichtgehalten hat, kann Frau Imsuch aber nicht wissen, wo ich die Nacht verbracht habe. Vielleicht mag sie allgemein keine Konkurrenz. Es gibt solche Frauen.

Ihr Vorname lautet übrigens nicht Claire, das hatte ich schon abgecheckt, als ich auf mein Zimmer gekommen bin. Hübsch ist sie aber. Es würde mich nicht wundern, wenn sie Pascals oder Remos Ex ist.

Auf Zickenspielchen hatte ich noch nie Bock, also verlasse ich die kalte Todeszone und steige in ein angenehmeres Gebiet ab.

Schön Haltung annehmen und leichtfüßig wie eine Elfe laufen. Einmal schwach angrinsen und dann desinteressiert den Blick wieder nach vorn. So passiert man jemanden, dem man aus gesellschaftlichen Gründen gerade nicht den Mittelfinger zeigen kann. Ich habe nur behauptet, dass ich keinen Bock auf Zickenspielchen habe, nicht, dass ich sie nicht spielen kann.

Während ich hinter ein paar jüngeren Schülern vorbeilaufe, lasse ich meinen Blick in Richtung Spielfeld schweifen. Remo tigert vor einer langen Bank auf und ab und überrennt dabei immer mal wieder beinahe einen kleinen, dicklichen Mann mit Glatze, von dem ich glaube, dass er der Trainer der anderen Schulmannschaft ist. Er trägt auch eine Pfeife um den Hals und ruft irgendwelche Anweisungen aufs Feld – wenn er nicht gerade dem tigernden Wolf ausweichen muss.

Eigentlich will ich stehen bleiben, da ich von hier aus einen guten Blick auf die Trainershow habe, aber ich entdecke jemanden im Getümmel, dem ich gern eine neugierige Frage stellen würde.

Olli steht ganz dicht hinter der Linie, auf der Höhe eines Korbes. Seine Wangen sind rot, weil er mithüpft, sobald der Ball in seine Nähe gedribbelt wird und unsere Mannschaft punkten könnte.

»Hi.«

»Mel! Hey! Ich schwitze ...«

Das Letzte war nicht an mich gerichtet, sondern eine spontane Feststellung, die er sich selbst vorgesagt hat, weil er gemerkt hat, dass sein blau kariertes Hemd an ihm klebt. Er schüttelt es in Bauchhöhe etwas aus und lässt seinen Blick peinlich berührt herumschweifen.

»Stehst du auf Sport?«, will ich wissen und stelle mich neben ihn hinter die Linie. Das Spiel verlagert sich gerade auf die andere Seite, er hat also Springpause.

Der junge Deutschlehrer grinst mich an. »Klar! Sieht man doch, oder? Ich stehe so sehr auf Sport, ich habe einen Medizinball gegessen.«

Er tätschelt sein Bäuchlein, das keineswegs so aussieht, als hätte er einen Medizinball verschluckt. Etwas mehr zum Liebhaben ist schon da, aber ich finde ihn trotzdem ziemlich schnuckelig. Das geht bestimmt auch vielen Männern so. Dass er so scherzhaft streng mit sich selbst ins Gericht geht, ist nicht notwendig. Vor allem weil ich denke, dass er auch eine ziemlich heiße Nacht hinter sich hat.

»Wie war dein Date?«, frage ich, lehne mich dabei etwas näher zu ihm, um leise sprechen zu können, und grinse ihn dann wissend an.

Hier drin hat es mindestens sechsundzwanzig Grad – Olli trägt trotzdem einen Schal und schwitzt sein Hemd durch. Da will jemand Knutschflecke verstecken!

Ich dachte nicht, dass seine Wangen noch röter werden können, aber sie wechseln von Erdbeere zu Ziegelstein. Er legt die Hand auf meine Schulter und flüstert mir ins Ohr. »Das Date war toll! Aber ich denke nicht, dass er noch mal anruft.«

Ich schenke ihm irritierte Blicke, die ihn veranlassen, präziser zu werden – und noch leiser zu sprechen.

»Ich habe nur drei Stunden geschlafen – bei ihm. Als ich aufgewacht bin, war ich noch total durch den Wind. Ich hatte Angst, dass ich zu spät zur Arbeit komme, und stand unter Stress, da habe ich ...«

Für mich ist es eine dramatische Pause, für Olli eine schambedingte. Er sieht mich mit großen erschrockenen Augen an, als könnte er selbst nicht glauben, was er verzapft hat.

»Ich habe mich etwas zu schnell und kopflos bei ihm verabschiedet ...«, gesteht er, seine Stimme klingt immer höher und beschämter.

Ich nehme Ollis schockierten Gesichtsausdruck auch an, obwohl ich noch nicht mal weiß, was passiert ist. Er strahlt so viel Unbehagen aus, dass die Empathie mich dazu bringt.

»Kann sein, dass ich beim Verabschieden so was gesagt habe wie: ›Mach's gut, danke, ich liebe dich‹«, platzt es endlich aus ihm heraus.

Während mir die Gesichtsmuskeln entgleiten, legt sich Olli die Hand auf den Mund, als könnte er sein Vergangenheits-Ich noch zum Schweigen bringen.

»Du kannst doch nicht sagen ...!«, setze ich an, ernte aber schon jetzt ein heftiges Nicken von ihm.

»Oh Gott, ich weiß!«, entgegnet er und schüttelt seufzend den Kopf. »Das war keine Absicht! Ist mir einfach so rausgerutscht, weil ich nicht nachgedacht habe! Ich liebe ihn nicht! Das war nicht mal so gemeint! Ich meine, ich mag ihn ... ja. Er ist wirklich toll, aber ich kenne ihn doch kaum! Jetzt denkt er aber bestimmt ...«

»Dass euer nächstes Date bei dem Tempo im Standesamt stattfindet und euer übernächstes in einer Adoptionsagentur.«

»Jaaa ...«, murrt Olli und kneift vor Scham die Augen zusammen. »Ich verstehe total, wenn er sich nicht mehr melden will. Er hockt bestimmt noch immer ängstlich wippend in die Decke gehüllt da und hat Angst, dass ich gerade Partnerlooks für uns shoppe!«

»Schreib ihm. Erklär ihm, dass das nur so was wie eine automatisierte Floskel war, du ihn gern magst, aber nicht liebst. Warst du heute Morgen vielleicht noch besoffen? Das könnte auch für dich sprechen.«

Olli lacht mit mir, seufzt meinen Vorschlag aber nur ab. Ein verfrühtes ›Ich liebe dich‹ kann verdammt unangenehm werden. Erst recht, wenn man nach acht Stunden Bekanntschaft damit um sich wirft.

»Oh! Oh! Da kommt der Ball! Ja! Ja!«

Nicht nur Olli rastet gerade aus und spielt klatschendes Duracell-Häschen, der ganze Turnsaal bebt.

Ich habe dem Spiel bis jetzt eigentlich keine Beachtung geschenkt, aber die euphorische Spannung im Raum springt auch auf mich über.

Der Spielstand ist ausgeglichen und auf der Uhr läuft gerade die letzte Minute an. Vorbei ist das Match dann aber noch nicht, weil die Anzeige erst zwei Viertel anzeigt.

Ich glaube, mich zu erinnern, dass im Basketball vier Viertel zu jeweils zehn Minuten gespielt werden, aber Ballsport war aktiv noch nie wirklich mein Ding. Was ich aber sicher weiß, ist, dass unsere Mannschaft dunkelblaue Trikots mit violetten Streifen trägt und gerade auf den Korb zuläuft.

Quietschende Schuhe, ein brüllender Wolf und jede Menge Adrenalin. Olli und ich stehen direkt an der Linie und haben eine tolle Sicht auf das Zuspiel der Jungs.

Mein Blick huscht dem Ball nach. Ich mache intuitiv einen großen Schritt zurück, als der Junge, der ihn gerade fängt, nach hinten zu kippen droht.

Er ist dabei, das Gleichgewicht zu verlieren, spielt aber noch schnell ab, bevor er in mich rein rudert. Ich gebe ihm einen kleinen Schubs nach vorne, damit er nicht fällt.

Kaum steht er wieder und läuft zwei Schritte in Richtung Korb, richte ich den Blick wieder gespannt auf den Ball. Meine Augen werden tellergroß, dann vibriert mein Kopf und es wird kurz dunkel.

»Mel!«

Ou ja! Ja! Ja! Den Tonfall, den Olli gerade anschlägt, kenne ich! Das Dröhnen in den Schläfen auch, aber noch aus meiner eigenen Schulzeit.

Bälle sind mir immer gegen den Kopf geknallt, aber ich wusste bis gerade eben noch nicht, dass diese Magnetwirkung auch funktioniert, wenn ich nicht mal mitspiele! Wieso werde ich denn angespielt?! Welcher Junge auch immer zuletzt den Ball hatte, er will mich töten!

Schieß auf den Korb, nicht auf meinen Kopf!

»Oh mein Gott, oh mein Gott, kannst du aufstehen?!«, will Olli aufgebracht wissen.

Ja, ich bin umgefallen und liege jetzt wie ein nasser Sack am Boden. Er muss sich aber keine Sorgen machen. Mein Kopf hat schon härteren Dingen getrotzt und meine Nase ist zum Glück verschont geblieben. Ich bin eigentlich nur umgefallen, weil ich durch den Aufschlag und den Schreck das Gleichgewicht verloren habe. Und weil es einfach Spaß macht, sich in einem rappelvollen Turnsaal spontan mit Knalleffekt hinzulegen. Mega. Ich liebe Aufmerksamkeit. Hoffentlich hat jemand ein Foto gemacht, mein Vater hätte eine freie Wand.

Olli greift meine Schultern und hilft mir dabei, den Oberkörper aufzurichten. Vor mir stehen mindestens zehn Jungs in Trikots und blinzeln mich mit großen Augen an. Einer wird gerade von einem knurrenden Mann mit Astralkörper verdeckt.

Remo redet auf ihn ein und pustet dann in seine Pfeife.

»Halbzeit! Zehn Minuten Pause! Geht in die Umkleiden und trinkt etwas!«

»Geht es?«, höre ich Olli fragen, der mich noch immer ansieht, als wäre ich von einer Abrissbirne getroffen worden. Vielleicht sollte ich mir doch mal ins Gesicht fassen und checken, ob noch alles dort ist, wo es hingehört.

Jap. Nase, Zähne, alles da. Als ich die Hände wieder runternehme, sehe ich Remos Gesicht vor mir. Er hat sich neben mich gekniet und mustert mich akribisch.

»Alles in Ordnung?«

»Ja. Ich habe mich nur erschrocken.«

»Wie viele Finger?«, fragt er und hebt die Hand vor meine Augen.

»Drei. Es geht mir wirklich gut!«

Er nickt und greift meinen Unterarm, um mich auf die Beine zu ziehen.

»Willst du ein Glas Wasser oder soll ich dich zum Schularzt bringen?«, fragt Olli, der selbst bestimmt blasser um die Nase ist als ich.

»Schon gut. Ich kümmere mich um sie«, entgegnet Remo und klopft seinem Kollegen auf die Schulter. »Mach dir keine Sorgen, sie sieht gut aus.«

Olli nickt mit einem angestrengten Schmunzeln auf den Lippen.

Remo greift meinen Unterarm und setzt sich in Bewegung. Er verschwindet mit mir durch die nahegelegene Tür, die in einen Gang führt.

»Du musst mich nirgends hinbringen. Das ist nicht der erste Ball, den ich an den Kopf bekomme. Und es war auch nicht fest, ich habe keine Kopfschmerzen oder ...«

Remo öffnet eine Tür und ich folge ihm in einen Raum mit Schreibtisch und einer Vitrine mit Sporttrophäen.

»Ist das dein Büro?«, frage ich und sehe mich ein wenig genauer um. Auf den Urkunden an den Wänden steht sein Name. Fortbildungen, Auszeichnungen und seine Diplomrolle.

»Ja. Setz dich hin.« Er deutet auf den blauen Drehsessel, öffnet den kleinen Kühlschrank und stellt eine Flasche Mineralwasser vor mir auf den Tisch.

»Danke, aber ich will nichts trinken. Geh ruhig wieder zurück in den Turnsaal. Es ist alles gut. Ich will mir das Spiel später auch weiter ansehen. Du musst doch sicher so was wie eine Halbzeitrede für deine Jungs halten, oder?«

Ich weiß Remos Fürsorge zu schätzen, aber er muss doch schon hundert Mal erlebt haben, wie jemand einen Ball an den Kopf bekommt. Solange die Nase heil bleibt, passiert dabei in den seltensten Fällen etwas.

»Geh lieber etwas essen, du siehst unterzuckert aus«, rät er und lehnt sich mit verschränkten Armen an die Wand zu meiner Linken.

»Wir haben doch gerade erst Ravioli gegessen. Ich habe keinen Hunger.«

»Dann geh und trink einen Kaffee.«

Ich mustere ihn mit hochgezogener Braue. »Sag mal, willst du mich loswerden?«

Eigentlich soll das eine scherzhafte Provokation sein, auf die er normalerweise einen sarkastischen Kommentar zum Besten gibt.

Provozieren, verarschen, scharf anfunkeln – er kennt unser Schema. Trotzdem schweigt er auffallend lange, knurrt einmal und verfinstert den Blick, als er sich von der Wand abstößt.

»Das Spiel interessiert dich doch gar nicht«, unterstellt er mir. »Mach etwas anderes.«

»Da sind hundert andere Leute im Turnsaal, die du zusehen lässt! Wieso darf ich denn nicht dort stehen?!«

Er schweigt auffallend lange, so als müsste er sich zuerst einen Grund überlegen. Das ist sonst überhaupt nicht sein Stil. Alles, was Remo sagt, wirkt sehr direkt und aus dem Bauch heraus. Als er endlich den Mund aufmacht, klingt seine Stimme komisch.

»Du hast gesagt, du trennst Arbeit und Privatleben. Das hier ist für mich Arbeit und ich kann dir gerade nicht mehr dazu sagen außer: Du kannst nicht weiter zusehen.«

Moment mal! Glaubt er, dass ich ihm nachlaufe?! Dass ich seinetwegen hier bin?!

»Ich will dich nicht anhimmeln, du blöder Idiot, ich wollte nur das Spiel sehen und mit Olli reden!« Beim schwungvollen Aufspringen knallt sein Schreibtischstuhl an die Wand hinter mir.

»Weißt du was? Du kannst mich mal! Schmeiß mich doch raus! Es interessiert mich nicht!«

»Fahr den Drama-Modus runter! Ich schmeiße dich nicht raus, ich bitte dich nur, zu gehen«, brummt er, während ich schon nach der Türklinke greife.

Ich laufe den leeren Flur entlang und höre ihn mir etwas hinterherrufen.

»Lass uns morgen Abend essen gehen und darüber reden! Vorher kann ich nicht!«

Ich lache tonlos und beschleunige den wutentbrannten Gang.

Sicher, lass uns essen gehen! Und dann stellst du auch noch Forderungen, wann!

»Wenn du's verstehst, komm vorbei!«, brüllt er den Gang entlang.

Wenn ich was verstehe?! Dass du der bescheuertste Mozzarella der Welt bist?! Schon erledigt!

MATHE-NACHHILFE: RECHNE MIT ALLEM!

Es gibt Tage, da könnte man die ganze Welt umarmen. Und es gibt welche, da könnte man dem ersten fröhlichen Idioten, der so frech ist, zu fragen, wie es denn geht, eine kleben.

Ich bin heute eher für Letzteres zu haben. Wobei ich mich natürlich zusammenreiße und freundlich zurückknicke, sobald mich jemand auf dem Gang grüßt.

Meine Gedanken sind aber finster. So finster, dass ich mir sicher bin, dass meine Gedankenstimme nach dem Dämon aus *Der Exorzist* klingt. Vielleicht gepaart mit einer Note Bridget Jones, nachdem sie ›All by myself‹ gesungen hat. Gekränktes, bockiges Höllenwesen.

Der Vorfall gestern hat mich zugegebenermaßen etwas aus der Bahn geworfen. Und ich meine nicht die Sache mit dem Ball, der das sprichwörtlich getan hat.

Mich rauszuwerfen war unhöflich, unangebracht, überflüssig, fies, irrational – ich kann mich nicht für ein Adjektiv entscheiden, sie treffen alle zu!

Was ihm bei dieser dämlichen Aktion durch den Kopf gegangen ist, kann ich nicht sagen. Dass er tatsächlich der Wahnvorstellung verfallen ist, meine Welt würde sich nur noch um ihn drehen und er müsste mich stoppen, bevor ich mich inbrünstig liebäugelnd an sein Bein klammere, ist abwegig idiotisch. Ich kann aber nichts anderes aus seinem Auftritt interpretieren.

Bescheuert! Wir hätten so viel Spaß haben können und dann stempelt er mich als potenzielle Stalkerin ab. Und dieser Idiot feiert sich auch noch dafür, dass er ein ach so guter Menschenkenner ist! Remo ist mindestens genauso debil wie der stocksture Kaffeeautomat, der einfach keinen Becher ausspuckt.

Stirb Maschine! Stirb!

»Du musst hier ein wenig rütteln und dann drücken. Dann sollte es funktionieren.«

Ich sehe auf und entdecke das perfekteste Gesicht der Welt, das über meine Rage schmunzelt. Pascal fasst an mir vorbei, rüttelt leicht am Ausgabeschacht und bringt den Automaten endlich dazu, einen Becher auszuspucken.

»Danke.«

»Gern. Geht es dir gut? Ich habe gehört, du hast gestern einen Ball an den Kopf bekommen.«

Oh, ich denke, das ist nicht das Einzige, das du gehört hast.

Ich bin mir sicher, Pascal und Remo haben über gestern gesprochen. Nicht nur über die Ballsache, sondern auch darüber, dass er mich aus dem Turnsaal geworfen hat. Wie dieses Gespräch abgelaufen ist, kann ich mir aber nicht vorstellen. Entweder ist Pascal auch der Meinung, dass er mich auf Abstand halten muss, oder er hat Remo für verrückt erklärt und kann mich besser einschätzen.

Der nichtssagend freundliche Ausdruck auf seinem Gesicht macht es aber verdammt schwer, herauszufinden, was er denkt.

»Es geht mir gut, war halb so schlimm.«

Ich greife mir meinen Becher und starre dann weiter auf die Maschine, die jetzt Pascals Tee brüht. Er schweigt. Das nervt. Ich will wissen, was er dazu zu sagen hat.

»Weißt du zufällig, wie das Spiel ausgegangen ist? Ich musste leider frühzeitig verschwinden.« In meinem letzten Satz schwingt so viel Kälte mit, dass er meinen Ärger unmöglich überhören kann.

Pascal greift nach seinem Becher und nickt mich dann an. »Wir haben gewonnen.«

Danke. Genau das wollte ich hören und bloß nicht mehr.

»Klasse. Na dann, schönen Feierabend. Ich muss jetzt zur Nachhilfe.«

Er nickt wieder, sieht dann aber einmal nach links und einmal nach rechts und streckt die Hand nach mir aus, um eine stoppende Geste zu machen.

»Ich weiß nicht, warum er das gemacht hat«, flüstert Pascal, obwohl der Gang absolut menschenleer ist. »Er hat mir nur erzählt, dass du ziemlich wütend auf ihn warst, weil er dich gebeten hat, zu gehen. Und dass du wohl fest davon überzeugt bist, dass er das gemacht hat, weil er dich auf Abstand halten will.«

»Was soll denn das heißen? Das klingt, als ob es meine Schuld wäre, dass er ein Idiot ist!«

Pascal macht eine sanfte, beschwichtigende Geste mit der Hand und gibt mir in seiner französischen Göttlichkeit zu verstehen, dass ich etwas leiser sprechen soll.

Ich reiße mich am Riemen, weil er recht hat.

Eigentlich ist der Schulflur kein geeigneter Ort, um das zu besprechen, aber er ist leer und wir sind uns nun mal hier über den Weg gelaufen, also …

»Er wollte mir nicht verraten, warum er darauf bestanden hat, dass du gehst«, erklärt er erneut, falls ich es beim ersten Mal nicht verstanden habe.

Habe ich. Ich bin gekränkt und aufgebracht, nicht doof.

»Aber für den Fall, dass er sich wirklich etwas zu erdrückt fühlt …«, setzt er an. »Versuch, zu vermeiden, ihm bei der Arbeit über den Weg zu laufen.«

Hat er das gerade wirklich gesagt? Für den Fall, dass er sich erdrückt von mir fühlt?! Hallo?!

»Entschuldige«, tönt Pascal hinterher und neigt mit weicher Miene den Kopf. »Das war nur ein Rat, was Remo betrifft. Das hat nichts mit uns beiden zu tun. Ich halte dich für sehr angenehm diskret.«

Mein durchbohrend strenger Blick verliert die Härte. Pascal ist nicht Remo – ich bin sauer auf den Wolf, nicht auf das Einhorn.

»Ich weiß deine Gesellschaft wirklich zu schätzen«, versichert er und schenkt mir ein Lehrerlächeln, obwohl ich mir sicher bin, dass die andere Seite in ihm mir lieber etwas Schmutziges zugeflüstert hätte. Das würde er hier aber nie machen, egal wie leer der Gang ist. Schade eigentlich.

Du lässt dich auch nicht aus der Reserve locken, oder? Mein Ego könnte eine kleine versaute Streicheleinheit gebrauchen. Nur ein heißer Satz, komm schon.

»Gibt es irgendetwas an meiner Gesellschaft, das du besonders schätzt?«, frage ich und schmunzle ihn mit schief gelegtem Kopf und erwartungsvollem Blick an.

Er imitiert meine Mimik und nickt – kommentarlos. Mehr als verheißungsvolles Schweigen ernte ich in diesem Gebäude wohl nicht von ihm.

Oder doch. Da kommt noch eine Reaktion. Er greift in seine dunkelbraune Ledertasche, zieht sein Handy heraus und hält es mir hin.

»Tipp deine Nummer ein. Bitte.«

Ich grinse und greife das hellgraue Smartphone, das sich ein wenig nach dem heiligen Gral anfühlt. Ich bin mir sicher, es ist nicht einfach, in seinen Kontakten zu landen.

Als ich ihm das Handy wiedergebe, darf ich in seinem Dialekt dahinschmelzen.

»Merci beaucoup. Eine angenehme Nachhilfestunde, Mademoiselle Morgenthaler.«

Er hebt die Hand und blinzelt verführerisch langsam, bevor er sich abwendet und den Gang entlanggeht.

Dann haben eben Pascal und ich unseren unbeschwerten Spaß. Zu zweit. Das wollte ich sowieso von Anfang an. Scheiß auf den Wolf.

Ich lasse mir den letzten Schluck Kaffee schmecken, während ich über einer Gleichung brüte, deren Lösungsweg keinen Sinn für mich macht. Wie kann man nur so ein bescheuertes Beispiel wählen? Wer macht denn so was?

Leider verfolgt mich Remo gedanklich auch, wenn ich ihn aus meinem Privatleben verbanne. Seine Beispiele für Manuel und Lisa sind verwirrend.

Ich kann ihn aber unmöglich danach fragen, weil er dann wahrscheinlich in sein Belästigungspfeifchen pustet und vor mir davonläuft. Spinner ...

»Entschuldige die Verspätung! Herr Zack hat mit Chemie überzogen!«

Ich blicke von den Unterlagen auf und schmunzle Lisa an. »Schon gut. Ich habe mir schon mal eure neuen Beispiele angesehen. Verwirrender Mist.«

Ja, ich darf das sagen. Ich bin keine Lehrerin, nur eine Freundin, die ihnen in Mathe hilft und ihren Lehrer doof findet.

Gleich hinter Lisa kommt Manuel den Gang entlanggelaufen. Er hat jemanden im Schlepptau. Ein brünettes Mädchen mit Engelsgesicht und Dämonenmiene. Sie sieht genauso fröhlich aus, wie ich mich den ganzen Tag gefühlt habe.

Kennst du auch einen dummen Wolf, der sich emotional bedrängt fühlt? Willst du darüber reden?

»Das ist Mel«, stellt Manuel mich ihr vor. »Sie ist die Tochter des ...«

»Direktors. Schon verstanden. Beim ersten Mal, als du mir davon erzählt hast. Ich bin nicht dämlich«, knurrt sie in seinen Satz hinein und lässt sich dann auf dem freien Stuhl vor mir nieder, ohne mir ihren Namen zu verraten.

Manuel seufzt und wirft seine Tasche auf den Boden.

»Du bist die neue Schülerin«, stelle ich fest und versuche es mal mit einem vorsichtigen Schmunzeln.

»Offensichtlich«, tönt es zurück.

Okay. Du hast keine Lust, hier zu sein.

»Wie heißt du?«

»Ines.«

»Wie gefällt es dir bisher an der Schule?«

Sie verschränkt die Arme vor der Brust und zieht eine Braue hoch. »Du bist die Zwanzigste, die mir diese Frage heute stellt.«

»Und ihre Antwort war jedes Mal so charmant wie gerade«, erklärt mir Lisa und funkelt ihre neue Mitschülerin an.

»Irgendwo neu zu sein, ist immer anstrengend«, versucht Manuel, die Stimmung aufzulockern, und winkt ab.

Ines weiß seinen Versuch, ihr zu helfen, nicht zu schätzen und starrt stur aus dem Fenster, dafür kassiert er von Lisa ein paar eindeutige und leicht obszöne Handgesten. Die erste soll ihm sagen, dass sie weiß, dass er nur so freundlich zur Neuen ist, weil er ihr an die Wäsche will, und die zweite heißt einfach: ›Arschloch‹.

Ines ist wirklich hübsch, ich kann Manuel das Interesse nicht verdenken. Außerdem hat sie diese Böse-Mädchen-Aura, die bestimmt ihren Reiz hat. Ich denke aber, er beißt bei ihr schnell auf Granit. Wahrscheinlich hat sie im Moment anderes im Kopf, als sich vom Schulschönling beeindrucken zu lassen. Ich weiß, dass sie irgendwelche Probleme hatte oder hat – ich hoffe, das legt sich, nachdem sie sich eingelebt hat.

»Kommt der Vierte im Bunde heute oder bleiben wir zu dritt?«, will ich wissen und sehe Lisa aufschrecken.

»Oh, stimmt ja! Makovski! Ich soll dir von ihm ausrichten, dass er mit dir reden will. Er ist noch im Laborraum.«

»Er will mit mir reden? Im Laborraum?«, frage ich sicherheitshalber nach, weil es für mich im ersten Moment keinen Sinn macht. Er kann auch hier mit mir reden. Wenn er denn endlich mal zur Nachhilfestunde kommt.

»Ja. Ich glaube, er will kurz allein mit dir reden«, verrät Lisa und zuckt etwas unsicher mit den Schultern.

»Er will sich entschuldigen«, brummt Manuel wissend dazwischen. »Er war der Idiot, der dir gestern den Ball an den Kopf gedonnert hat. Wahrscheinlich traut er sich sonst nicht, zu kommen. Waschlappen ...«

»Hey! Er ist nur höflich und hat ein Gewissen! Im Gegensatz zu dir!«, entgegnet Lisa patzig.

Ich stehe auf und bitte meine beiden angehenden Mathematiker, schon mal ohne mich mit den neuen Beispielen anzufangen. Ines frage ich, ob sie vielleicht schon das Buch durchgehen könnte, um abzuschätzen, wo sie ihrer Meinung nach Probleme hat.

Die hochgezogene Braue heißt wohl: ›Du kannst mich mal.‹ Schön, wir werden bestimmt noch Spaß zusammen haben.

Nachdem ich mich erkundigt habe, wo der Laborraum ist, setze ich mich in Bewegung, um meinen vierten Schützling abzuholen.

Dass er sich so unbedingt persönlich und unter vier Augen entschuldigen will, ist irgendwie süß. Ich weiß, dass er mir den Ball nicht mit Absicht an den Kopf geworfen hat, und er muss deshalb bestimmt keine Angst haben, zu meiner Nachhilfestunde zu kommen. Ich bin nicht nachtragend. Außer bei Wölfen.

Ich seufze, weil er schon wieder meine Gedanken streift. Bei der Gelegenheit fällt mir aber ein, was Remo mir über den Jungen aus seinem Basketballteam, der meine erste Stunde auf sein Geheiß geschwänzt hat, erzählt hat.

Er war der Schüler, der die Schule zu ernst nimmt, weil er seinen Vater beeindrucken will, oder? Das tut mir leid für ihn. Natürlich sind Noten nicht irrelevant, aber Teenager sollten schon auch Spaß in ihrer Schulzeit haben. Leistungsdruck kann zermürbend sein. Hoffentlich kann ich ihm helfen, alles ein wenig lockerer zu sehen.

Mein Blick schweift auf das kleine Schild neben der Tür: ›Labor‹.

Ich bin auf dem Weg hierher nur einmal falsch abgebogen und bei den Toiletten gelandet – läuft heute.

Durch den Glasstreifen an der Tür sieht der Raum leer aus. Ich spare mir das Anklopfen und trete einfach ein. Der starke Chemikaliengeruch erinnert mich daran, warum Chemie für mich immer das Pupskissen unter den Naturwissenschaften war. Scheußlich.

Eine vollgeschriebene Tafel und lange Tische mit Mikroskopen, viel mehr entdecke ich auf den ersten Blick nicht.

»Hallo?« Ich will schon verschwinden und mir verarscht vorkommen, da quietschen plötzlich Schuhe neben mir auf dem Fliesenboden.

Mein Blick schweift zur Fensterfront.

»Hey ...«

Die Emotionen in mir drücken gerade alle Alarmknöpfe, die sie in meinem Kopf finden können.
What the fuck …?!

WHAT THE FUCK?

Eine normale Nachhilfestunde. Gespräche über Algebra, Vektoren, und wenn es verrückt wird: eine Debatte über die Faszination des Sammelns der kleinen Kügelchen aus den Füllfederpatronen. Aufwühlendere Dinge habe ich diesem Nachmittag eigentlich nicht zugetraut.

Mann, lag ich falsch. So falsch, dass das Schicksal jetzt lauthals über mich lacht und dabei beinahe am Popcorn erstickt.

Ich stehe in einem Chemiesaal und der Film, der mein Leben ist, überrascht gerade mit einem amüsanten Plot-Twist. Amüsantes kann man der Sache aber wohl nur abgewinnen, wenn man nicht die Rolle der perplexen Studentin besetzt, die eigentlich nur einen Schüler zur Nachhilfestunde abholen wollte.

Da wartet ein Junge, der sich bei mir entschuldigen möchte, weil er mir gestern einen Basketball an den Kopf gedonnert hat. Das klang so harmlos. Und freundlich. Ich dachte, ich würde hier gleich höflichen Smalltalk führen und ihn dann mit zur Nachhilfe nehmen. Smalltalk fällt aber flach, so viel ist sicher.

Er hat die Hände in den Hosentaschen seiner Jeans vergraben und quietscht mit den schwarzen Sneakers, jedes Mal, wenn er das Gewicht nervös von einem Bein aufs andere verlagert.

Ich starre ihn an und frage mich, wie wahrscheinlich es ist, dass ich im Flur einen narkoleptischen Anfall gehabt habe und jetzt einfach die Ereignisse der letzten Tage in einem beklemmenden Traum vermische.

Sei nicht echt! Sei nicht echt!

»Ich … weiß nicht, wie ich anfangen soll.«

Er ist echt. Und er ist nervös.

Diese Emotion teile ich aber nicht mit ihm. Wenn ich etwas bin, dann schockiert.

Bevor er wieder den Mund aufmacht und meine Befürchtungen endgültig bestätigt, klammere ich mich an das letzte Stückchen Hoffnung, das ich habe.

»Sag mir, dass du angehender Chemielehrer bist und hier dein Referendariat machst«, flehe ich regelrecht, weil ich selbst nicht daran glaube.

Aber es könnte sein, oder? Die Schweiz ist klein und das Kollegium sehr jung, also … Er ist kein Lehrer. Er ist ein Schüler. Und ich bin am Arsch, weil er an meinem Arsch war.

Paul starrt mich mit großen Augen an und lässt den unsicheren Blick dann an mir vorbeischweifen. »Sorry. Echt. Ich wollte dich im Zug nicht anlügen, aber …« Er beißt sich auf die Lippen und verkneift sich die erneute Lüge.

Natürlich wolltest du mich anlügen! Von wegen Student und dreiundzwanzig!

Oh mein Gott, hoffentlich ist er volljährig!

»Bitte sag mir, dass du schon achtzehn bist!«, lautet mein nächstes energisches Stoßgebet, das ich mit zusammengekniffenen Augen in Richtung Decke rufe.

»Ja! Sicher! Schon lange! Drei Monate ...«, schallt es zuerst selbstsicher zurück, am Ende klingt er aber kleinlaut.

Du bist schon drei Monate achtzehn?! Ja, das ist tatsächlich eine Ewigkeit! Da kann man schon mal auf dreiundzwanzig aufrunden! Ich ahne, woher dein Problem mit Mathe rührt ...

»Wenn ich dir gesagt hätte, wie alt ich wirklich bin und dass ich noch zur Schule gehe, hättest du doch ...«

»Nicht mit dir geschlafen?«, vervollständige ich seinen Satz und nicke energisch. »Natürlich nicht! Du bist ein Teenager!«

Ich beginne gerade, an meiner Sehkraft zu zweifeln. Wenn ich mir Paul so ansehe, ist es verdammt offensichtlich, dass er sehr jung ist. So hübsch sein Gesicht auch ist, es hat noch auffallend weiche Züge. Vielleicht liegt es aber auch an der Kulisse. Die Tafel, der Rucksack zu seinen Füßen, aus dem noch ein Heft ragt – mit einem Päckchen Capri-Sonne in der Hand würde ich ihn wohl für vierzehn halten.

»Ich bin erwachsen!«, tönt er mit kontrolliert tieferer Stimme.

Paul stellt sich gerader hin und wirkt dadurch wieder etwas weniger kindlich. »Ich darf Auto fahren, wählen, heiraten, trinken, rauchen, ein Unternehmen gründen, und wenn ich will, werde ich Madonnas neuster Lover! Wie alt ist die? Siebzig? Das würde auch niemanden interessieren!«

Ich seufze und kann mir das Schmunzeln nicht verkneifen. »Ja genau. Madonna ist siebzig. Und du bist ein Mann – schon verstanden.«

Er hört die Prise Sarkasmus heraus und sieht eine Sekunde lang bockig aus, dann reißt er sich am Riemen und wirkt wieder beherrschter.

»Ich bin achtzehn, du Mitte zwanzig. Wäre ich weiblich und du männlich, würde das niemand auch nur eine Sekunde lang für unangemessen halten!«

»Doch.«

Mein Einspruch lässt ihn stutzen. Paul beißt sich auf die Unterlippe und hört mir zu.

»Wenn die Achtzehnjährige die Schülerin des Mitte-zwanzig-Jährigen ist, ist das sehr wohl unangemessen.«

»Ich bin nicht dein Schüler.«

Er hat recht. Auch wenn ich Nachhilfe gebe, bin ich keine Pädagogin und er ist nicht mein Schützling. Wenn ich die Sache im Zug rückgängig machen könnte, würde ich es aber tun.

»Ich weiß, dass es nicht strafbar ist und der Altersunterschied nicht erschreckend groß ist«, stelle ich klar und beginne, langsam den Kopf zu schütteln. »Aber ich würde gern selbst entscheiden, wie alt die Männer, mit denen ich schlafe, mindestens sein sollten. Wenn du mich anlügst, nimmst du mir diese Entscheidung. Das ist nicht in Ordnung.«

Ja, ich klinge wie eine alte Klugscheißer-Schachtel, aber er soll auch bitte genau das in mir sehen. Ich will definitiv nicht mehr sexy auf ihn wirken.

Paul bricht den Blickkontakt ab und zuckt dann kaum merklich mit den Schultern. »Es tut mir leid. Ich konnte ja nicht wissen, dass du die Tochter meines Direktors bist.«

Nein, das konnte er nicht wissen. Ich glaube ihm auch, dass es ihm leidtut. Nicht der Sex oder das Flunkern, das dazu geführt hat – ich denke, er macht das öfter, wenn er erwachsenen Frauen begegnet, die ihm gefallen. Was ihm aber ganz offensichtlich leidtut, ist, dass die Situation nun ziemlich unangenehm ist. Das wollte er bestimmt nicht. Ich kann sein Unbehagen deutlich spüren.

»Ich habe dich schon vorgestern gesehen, als du Herrn Morelli aus dem Fenster zugerufen hast«, gesteht er.

Ich erinnere mich. Der eine Junge, der vom Sportplatz gelaufen ist, war Paul. Es macht ganz plötzlich Sinn, dass er meine Nachhilfestunde geschwänzt hat. Er wollte mir aus dem Weg gehen. Wobei, eigentlich hat Remo daran Schuld, dass ich Paul nicht früher zu Gesicht bekommen habe. Er hat ihm verboten, zur Nachhilfe zu kommen. Und er hat mich aus dem Turnsaal geworfen, bevor ich herausfinden konnte, dass … Oh mein Gott, mir kommt gerade eine Vermutung.

»Hast du ihm davon erzählt?!«, platzt es mit schockiert hoher Stimme aus mir heraus.

Paul sieht mich mit tellergroßen Augen an.

»Remo!«, präzisiere ich, da er meinem Gedankengang nicht folgen konnte. »Herr Morelli«, korrigiere ich, weil der Nachname bestimmt vertrauter in seinen Ohren klingt.

Er schüttelt energisch den Kopf. Etwas zu energisch.

»Dass wir Sex hatten? Nein! Nein! Das habe ich niemandem erzählt! Werde ich auch nicht. Ich gebe nicht damit an, versprochen.«

Wieso klingt das irgendwie halbherzig?

Paul beißt sich wieder auf den Lippen herum. Im Zug fand ich das total sexy, jetzt sieht er dabei einfach nur wie ein Reh im Scheinwerferlicht aus.

Rück mit der Sprache raus, Lakritzschneckchen!

»Ich ... habe ...«

Du hast was?!

»Herr Morelli hat mit mir gesprochen, nachdem ich vom Platz gelaufen bin, damit du mich nicht siehst. Ich war etwas ... neben der Spur, weil ich nicht wusste, wie du reagieren würdest. Ich habe ihm erzählt, dass wir uns im Zug begegnet sind und ich etwas Dummes zu dir gesagt habe. So was wie ein Streit. Von Sex habe ich nichts erwähnt! Aber ich habe ihn gebeten, mich nicht zur Nachhilfe zu schicken, solange ich mich noch nicht bei dir entschuldigt habe. Ich wollte mit dir allein reden, dir nicht einfach irgendwo auf dem Schulflur oder vor anderen begegnen. Herr Morelli ist der einzige Lehrer, der so was auch versteht und dichthält. Er erzählt bestimmt niemandem, dass wir uns kennen, er hat es mir versprochen und er hält immer, was er verspricht.«

Ja, das macht er wohl ... Er hält sogar so dicht, dass er auch mir gegenüber kein Wort darüber verloren hat. Remo hat nicht mal mit der Wimper gezuckt, wenn Paul Thema war.

Unglaublich, dieses Pokerface! Nur gestern in seinem Büro sind ihm die Ausreden kurz ausgegangen. Dann hat er sich selbst vorgeschoben und sich zum Arschloch des Jahrzehnts gemacht.

Und das alles nur, um Paul Zeit zu verschaffen, allein mit mir zu reden? War der Junge so durch den Wind? Hat ihm das so auf der Seele gebrannt?

Wahrscheinlich. Er ist jung. Genau deshalb hat man keinen bedeutungslosen Quickie mit Achtzehnjährigen!

»Das mit dem Basketball gestern tut mir übrigens furchtbar leid! Als ich dich da stehen sah, hatte ich so was wie ein Blackout. Ich wollte dich nicht ausknocken, ich wollte Thomas zuspielen, aber das ging reichlich daneben ...«

Sein Blick wird herzerwärmend schuldbewusst.

»Schon gut. War ja keine Absicht.«

Ich schenke Paul ein Lächeln, das er sich mehr als verdient hat, nachdem er sich in den letzten zwei Tagen bei dem Versuch, mir aus dem Weg zu gehen, fast verrückt gemacht hat.

Ich bin nicht sauer auf ihn. Der erste Schock ist überwunden und ich fühle mich nicht mehr wie ein Fisch auf dem Trockenen. Ein wenig peinlich ist mir der Quickie trotzdem. Nicht, weil er nicht schön war, sondern weil das natürlich für Gesprächsstoff sorgen würde – falls es rauskommt.

Es wäre tatsächlich noch unangenehmer gewesen, wenn wir uns irgendwo vor anderen begegnet wären und nicht sofort hätten reden können. Das ist zum Glück nicht passiert. Dank eines Wolfs, der viel einstecken kann, wenn es darum geht, Versprechen zu halten, und sogar vor Pascal dichthält.

Der Mann ist so schweigsam wie eine Statue. Langsam verstehe ich, wieso er Vertrauenslehrer ist. Er knurrt wie ein Wolf, aber er hat das Herz eines Bären aus der Gummibärenbande.

Großartig. Wenn er der Held ist, bin ich die Böse, oder? Ja ...

Remo hätte sich meine lautstarke Szene in seinem Büro erspart, wenn er mir zumindest einen Hinweis gegeben hätte. Hat er aber nicht. Vielleicht mit der Sache mit dem Essen, sobald ich es verstehe, aber das war so kryptisch, dass ich unmöglich einen Schluss daraus hätte ziehen können.

»Ich kann auch allein Mathe lernen. Du musst mir keine Nachhilfe geben«, meint Paul plötzlich und fängt wieder an, etwas nervös das Gewicht zu verlagern. »Ich verstehe, wenn du mir aus dem Weg gehen willst.«

Ich würde ihn jetzt gern drücken. Dass er glaubt, dass ich ihn meiden werde, tut mir leid. Dieses Gefühl wollte ich ihm nicht geben.

»Ich helfe dir gern in Mathe – auch wenn ich nicht denke, dass du irgendwelche Probleme mit dem Stoff hast«, beginne ich lächelnd, auf ihn einzureden. »Außerdem mag ich dich, ich will dir nicht aus dem Weg gehen. Wir verstehen uns doch gut. Und solange du niemandem erzählst, dass ich über dich hergefallen bin …«

»Du bist nicht über mich hergefallen!«, unterbricht er mich und schenkt mir plötzlich ein schiefes Grinsen. »Wenn, bin ich über dich hergefallen. Und nein, ich erzähle niemandem davon – Ehrenwort.«

Ich muss schmunzeln, weil er so kokett aussieht. Es freut mich, dass Paul die nagende Ungewissheit und das Unbehagen ziehen lassen kann. Dass er sich wegen der Sache im Zug weiter verrückt macht, hätte auch mein Gewissen zerfressen. Er kommt damit klar. Und er darf sich auch darüber freuen, solange er das süffisante Grinsen nur zum Besten gibt, solange wir allein sind.

Paul wirkt aber sehr diskret und nicht wie jemand, der protzt. Sonst hätte er sich diese ganze Vertuschungsaktion auch nicht angetan.

»Sag mal, gilt dein WhatsApp-Angebot eigentlich noch? Machen wir noch was, wobei du mein Gesicht beim Stöhnen sehen kannst?«

Der Spruch musste kommen. Die betrunkene Nachricht von mir hat er natürlich nicht vergessen. Ich verschränke die Arme vor der Brust und sehe ihn schon die Mundwinkel nach oben ziehen. Eigentlich will er lachen, aber als ich nicke, sieht er mich überrascht an.

»Klar gilt das noch. Schreib mir, wenn du alt genug geworden bist, um in Amerika Alkohol zu trinken. Bis dahin sehe ich dir gern beim Basketballspielen zu. Solange du mich nicht mehr attackierst.«

Er presst verlegen die Lippen aufeinander und enthüllt dabei Grübchen. Nachdem er sich durch die Haare gefahren ist, möchte ich ihm wieder eine Capri-Sonne in die Hand drücken.

»Sorry. Tut mir echt leid«, flüstert er und schmunzelt mich vorsichtig an.

Ich winke ab, zwinkere ihm zu und mache eine auffordernde Kopfbewegung. »Komm, lass uns etwas Mathe lernen, die anderen warten. Wenn du alle Beispiele beim ersten Mal richtig löst, bringe ich dir das nächste Mal eine Packung Lakritzschnecken mit.«

ICH SUCHE, SUCHE, SUCHE

Die Nachhilfestunde in voller Besetzung bestätigt, was Remo mir schon vor zwei Tagen vorgebrummt hat. Sie haben alle keine Probleme mit Mathe. Zumindest die Schüler, die er in den letzten Jahren unterrichtet hat.

Paul ist dabei keine Ausnahme. Er macht sich nur selbst verrückt. Absolut unnötig, aber er ist einer dieser Menschen, die den Leistungsdruck suchen, weil sie sich in all ihrer Perfektion noch immer nicht gut genug fühlen.

Sport-Ass, Model-Gesicht, Einser-Schüler, und er hat trotzdem Angst, im Leben zu versagen. Wird er nicht. Er wird abseits der Internatsmauern glänzen wie ein Diamant im Scheinwerferlicht, aber das sieht er selbst nicht kommen.

Einen Gang runterzuschalten und sein letztes Jahr als Schüler zu genießen, würde Paul guttun. Ich kann ihm aber schlecht sagen, dass er die Nachhilfe sein lassen soll, weil das nur so klingen würde, als wollte ich ihn wegen der Sache mit dem Quickie nicht helfen.

Remo soll ihn wieder zum Basketballspielen verdonnern. Er hatte von Anfang an recht mit seiner Einschätzung. Paul gehört aufs Feld, Lisa und Manuel wollen in seine Fußstapfen treten und die Neue – ja, das Mädchen hat definitiv ein Autoritätsproblem.

Ein Wolf brummt wohl immer die Wahrheit. Außer man drängt ihn in die Ecke, dann behauptet er, dass er sich gestalkt fühlt, und schmeißt einen aus seinem Turnsaal.

Hätte er sich nicht eine andere Ausrede einfallen lassen können?

Ich habe ihn in den letzten vierundzwanzig Stunden gedanklich zum zimperlichen Höllenfürsten degradiert. Wer hätte aber auch ahnen können, dass er ausgerechnet mit Paul unter einer Decke steckt.

Das klingt falsch. Ich war diejenige, die mit Paul unter der Decke gesteckt hat ...

Ich muss mich auf alle Fälle für meinen kleinen Ausraster in Remos Büro entschuldigen. Das könnte unangenehm werden, aber ich brenne trotzdem darauf.

Ein total schräges Gefühl.

Ich bin froh, dass er die Sache mit dem Abstandwahren nicht ernst gemeint hat. Nicht, dass ich mich irgendwie zu ihm hingezogen fühlen würde, aber es wäre organisatorisch ziemlich schwierig geworden, Remo in den nächsten Wochen aus dem Weg zu gehen. Total aufwendig. Nichts weiter. Deshalb freue ich mich so auf das klärende Gespräch. Nur deshalb!

Nach der Nachhilfestunde laufe ich den Sportplatz ab, den Turnsaal, und drehe sogar eine Runde um die hoch gestapelten Matten im Geräteraum. Er steht doch gern stumm irgendwo rum, da muss man schon genau suchen.

Auch seine Bürotür ist verschlossen. In dem Glauben, dass er schon Feierabend hat, mache ich mich auf den Weg zu den Bungalows, nur um dann wieder vor einer verschlossenen Tür zu stehen.

Niemand zu Hause, definitiv nicht, weil ich auch durch das Fenster in einen düsteren Raum spähe.

Als ich an den Mülltonnen vorbeilaufe, treffe ich wieder auf den Siebenschläfer von gestern, der gerade mit verzuckerten Ravioli davonläuft.

Guten Appetit, kleiner pelziger Freund. Du wühlst leider im Müll des einzigen Italieners, der nicht kochen kann.

Ich mache mir bewusst, dass ich meinen Drang nach einer Aussprache wohl vorerst bändigen muss. Keine Ahnung, wo er abgeblieben ist, aber ich verbringe sicher nicht den Rest des Tages damit, das Gelände nach Remo abzusuchen. So nötig habe ich die Aussprache auch nicht. Wirklich nicht.

Ich mache mich auf den Weg zurück ins Hauptgebäude, um an die Bürotür meines Vaters zu klopfen. Vielleicht hat er Zeit, Kaffee mit mir zu trinken. Und vielleicht weiß er auch, wo sich seine Lehrer nachmittags herumtreiben. Ganz beiläufig fragen kann ich ja.

Als Gott den Orientierungssinn vergeben hat, stand ich noch mal in der Reihe für die Charakterzüge an und habe mir meine zweite Portion Verpeiltheit abgeholt. Anscheinend war der Engel, der sie verteilt hat, richtig scharf und es absolut wert, dass ich mich mein ganzes Leben lang verlaufe.

Ich war mir sicher, im richtigen Stockwerk und im richtigen Gang zu sein, aber der große Raum mit den vielen Stühlen und der Bühne ist mir völlig neu. Das ist ganz offensichtlich der Festsaal und nicht das Büro meines Vaters.

Eigentlich will ich umdrehen, aber ich bleibe im breiten Türrahmen stehen und lehne mich dagegen, weil das beschwingte Klavierspiel zum Zuhören einlädt.

Der Saal sieht leer aus. Ich entdecke nur einen roten Haarschopf, der hinter einem schwarzen Flügel sitzt und dem Instrument Mozarts Türkischen Marsch entlockt.

Ich würde mir keine klassische Musik auf den MP3-Player ziehen, aber sie hat live gespielt einen unbestreitbaren Unterhaltungswert.

Ich strecke den Kopf hoch, um mir den Musiker etwas genauer anzusehen. Wenn mich meine Augen nicht täuschen, habe ich den Jungen schon mal gesehen. Abschlussklasse, Schulsprecher, etwas hitzköpfig.

Er verpatzt ein paar Noten und lässt die Finger dann knurrend und wahllos auf die Tasten donnern.

War doch gar nicht so schlecht.

»Ich bekomme heute nichts auf die Reihe!«, faucht er seinen Händen zu und seufzt resignierend.

»Ablehnende Aggressivität bringt dich beim Üben nicht weiter – im Leben auch nicht.«

Ich recke den Kopf wieder hoch, weil diese überaus melodische Stimme so vertraut in meinen Ohren klingt. Da sitzt jemand auf einem Stuhl hinter dem Klavier. Als er sich erhebt und dem Jungen auf die Schulter klopft, legt sich dieses automatisierte Lächeln auf meine Lippen.

So schön. So leuchtend. So unnahbar. Das letzte Einhorn.

»Sie haben gut reden. Wenn ich mit sechzehn den dritten Satz der Mondscheinsonate in Versailles vor zweitausend Zuschauern hätte spielen können, hätte ich auch mehr Selbstbewusstsein«, murrt der Junge.

Pascal begegnet der Mischung aus Bewunderung und Frustration mit einem milden Lächeln. »Mir war nicht bewusst, dass das Video noch immer auf YouTube ist«, meint Herr Favre seufzend und neigt dann den Kopf. »Ich habe auch gepatzt. Und ich habe mich vor lauter Nervosität hinter der Bühne vor und nach meinem Auftritt übergeben. Leistung auf Knopfdruck abzurufen, ist immer herausfordernd. Üben hilft aber und gibt dir das Selbstbewusstsein, dich nicht auf die Oboe deiner Vorspielerin zu übergeben.«

Notiz an mich selbst: ›Sechzehnjähriges französisches Wunderkind spielt Mondscheinsonate in Versailles‹ auf YouTube eingeben!

Der Junge lacht und streicht einmal sanft über die Tasten. »Selbst wenn ich noch zwanzig Jahre jeden Tag übe, werde ich nicht so gut, wie Sie mit sechzehn nach dem Übergeben waren. Das ist frustrierend.«

»Frustrierend wird es nur dann, wenn du die Freude daran verlierst. Musik ist kein Wettkampf. Ich habe schon Musikern mit perfekter Technik zugehört, die mich so berührt haben wie das Pfeifen des Teekessels am Morgen.«

Guter Vortrag! Der Junge lässt trotzdem den Kopf in den Nacken fallen und seufzt zur Decke.

»Ich denke, heute ist nicht wirklich mein Tag.«

»Dann lassen wir es gut sein.«

»Könnten wir die Stunden vielleicht wieder aufs Wochenende verschieben? Ich kann mich besser konzentrieren, wenn kein Schultag war.«

»Nächstes Wochenende, ja. Das darauf verreise ich mit Freunden. Danach ist es kein Problem.«

Der Junge nickt und greift sich seinen Rucksack. Pascal reicht ihm die Noten und schließt den Flügeldeckel.

»Kann ich dir helfen, Mel?«

Es stimmt. Lehrer haben Augen im Hinterkopf. Er hat kein einziges Mal in meine Richtung geblickt. Ich war eigentlich der Meinung, die beiden hätten mich nicht bemerkt. Zumindest der Junge hebt überrascht den Kopf.

Ich stoße mich vom Türstock ab und trete in den großen Raum. »Entschuldigt bitte. Ich wollte euch nicht stören, aber das Stück war schön. Klasse gespielt.«

Der Rothaarige sieht mich an, als würde ich ihn verarschen. Mache ich nicht, er hat mich wirklich gut unterhalten.

»Bereitest du dich auf ein Konzert vor?«, will ich wissen und sehe ihn den Rucksack schultern. Er überlegt ganz offensichtlich gerade, woher er mich kennt.

»Du bist die Tochter des Direktors, oder?«

Ich nicke. Das dürfte sich in der Zwischenzeit herumgesprochen haben.

»Geht es deinem Kopf wieder gut?«

Ja, das auch ...

»Alles in Ordnung.«

»Ich spiele auf der Weihnachtsfeier. Kommst du?«, will er wissen.

»Klar.«

Er grinst mich an und setzt sich in Bewegung. »Danke für Ihre Zeit, Herr Favre. Auf Wiedersehen.«

»Auf Wiedersehen«, entgegnet Pascal und wendet sich mir zu, als der Junge durch die Tür verschwunden ist. »Möchtest du einen Kaffee mit mir trinken?«

Ich nicke und versuche, nicht in den eisblauen Augen zu versinken, weil der Sündenpfuhl hinter ihnen gerade geschlossen hat.

Obwohl er im Pädagogen-Modus läuft, verströmt er so viel Sexappeal, dass man darin baden könnte. Der Lehrer steht ihm verdammt gut, auch wenn man am Eis seiner Distanziertheit ausrutscht, sobald man versucht, sich ihm privat zu nähern.

Ich folge Pascal mit gebührendem Abstand – wegen der Rutschgefahr – und denke, dass wir gleich wieder vor dem Automaten zum Stehen kommen, vor dem wir uns heute schon mal begegnet sind. Wir halten aber vor einer Tür gar nicht unweit des Festsaals.

»Meine Maschine brüht nur mehr schwarzen Kaffee. Ich hoffe, du brauchst keine Milch.«

Er hält mir die Tür auf. Ich spähe auf das silberne Schild an der Wand.

Pascal Favre, M.A., M.Ed.

Bei euch hat jeder Lehrer ein eigenes Büro? Ihr habt echt zu viel Kohle und Platz.

Der Raum riecht nach Eukalyptus, was dem schicken elektrischen Luftbefeuchter im Bambusholz-Design zuzuschreiben ist. Er steht auf einem perfekt organisierten massiven Schreibtisch, hinter dem ein dicker oranger Vorhang ein Fenster rahmt, das ein Waldpanorama zeigt.

Ich will mir das Foto in dem silbernen Rahmen auf dem Schreibtisch ansehen, weil ich herausfinden möchte, wen der freundliche Eisprinz in seinem Leben für wichtig genug hält, um ihm diesen Ehrenplatz zu geben, aber ein Geräusch lenkt mich ab.

Hast du gerade hinter uns abgeschlossen?

Ich drehe mich nach Pascal um und sehe noch, wie er die Schnalle loslässt. Er geht auf den kleinen Tisch mit der Kaffeemaschine und dem Wasserkocher zu und sieht dann mit fragend geneigtem Kopf zu mir rüber.

»Oder möchtest du lieber Tee?«

Ähm. In erster Linie möchte ich gern eine Gebrauchsanweisung für dich.

Welcher Pascal ist denn gerade wach? Der Lehrer, der mit mir etwas trinken und plauschen wollte, oder der dominante Sexgott, der Türen abschließt, um mich gleich in seinem Büro zu vögeln?

Meine Libido ist total verwirrt. Soll sie tanzen oder sich eine Teesorte aussuchen?

»Schließt du immer ab, wenn jemand in deinem Büro ist? Ist das eine französische Gepflogenheit, von der ich nichts weiß?«

Ja, ich muss fragen.

Als wir uns früher am Tag vor dem Kaffeeautomaten getroffen haben, wollte er mir nicht mal etwas Erotisches zuflüstern, obwohl der Gang so leer war wie am Beginn von *28 Days Later*. Eigentlich war ich der Meinung, dass er sich in diesem Gebäude gar nicht von Dr. Jekyll in Mr. Sexgott verwandeln kann.

Pascal blinzelt, atmet – ich habe keine Ahnung, wie ich seine Reaktion beschreiben soll, er zeigt keine.

»Na ja ...«, setzt er an und hält mir die hübsche weiße Holzbox mit den Teebeuteln hin. »Ich überlege noch, ob ich nur mit dir reden soll oder dich um etwas anderes bitten kann.«

Ich grinse schief. »Wir sind Freunde – du kannst mich um alles bitten.«

Etwas Stressabbau wäre klasse. Erst recht hier in seinem Büro. Was Pascals Lust zügelt, facht meine nämlich an. Ich würde mich gern von dem virtuos klavierspielenden Französischlehrer in seinem Büro ›disziplinieren‹ lassen.

Ob Herr Favre die Zügel aber tatsächlich loslässt, kann ich noch immer nicht abschätzen.

Er schweigt erst mal, was nichts zu bedeuten haben muss, zumal er mich damals im Bungalow auch erst mal mit stiller Freundlichkeit bedacht und dann den elektrisierend verruchten ›Willst du geleckt werden‹-Satz rausgehauen hat.

Wahrscheinlich wiegt er noch ab. Ich würde verdammt viel bezahlen, nur um diesem Gedankenmonolog kurz lauschen zu können.

Wie kann man nur so verdorben und gleichzeitig so gehemmt sein? Wir sind allein hier. Die Tür ist abgeschlossen. Was soll denn bitte passieren?

»Hast du Angst, dass wir erwischt werden könnten?«, will ich wissen und hoffe, dass er mich zumindest an einem kleinen Teil seiner Gedankenwelt teilhaben lässt.

Pascal streckt die Hand mit der Box noch weiter nach mir aus. »Möchtest du nun lieber Tee oder schwarzen Kaffee?«

Ja. Genau das hatte ich mir erhofft. Danke für den tiefen Einblick in deine Seele.

»Grüntee. Bitte.«

Er nickt und wendet sich dem Wasserkocher zu. Das Seufzen kann ich mir nicht verkneifen, und ja, er hört es auch, aber er weiß bestimmt, dass er ein ziemlich komplizierter Mensch ist.

Verdammt. Schon wieder etwas, wobei Remo recht hatte. Wieso glaube ich dem Mann eigentlich nichts?

»Du solltest dich von den Schülern nicht duzen lassen. Das nimmt dir das gesunde Distanzverhältnis und kann dich in unangenehme Situationen bringen.«

Der Themenwechsel überrascht mich nicht. Wir sind wohl doch nur hier in diesem abgeschlossenen, nach Eukalyptus duftenden Raum, damit er mir pädagogische Ratschläge geben kann.

»Ich bin keine Lehrerin und ich will auch nicht so tun. Das geht schon klar.«

Pascal lehnt sich mit verschränkten Armen an den Tischrand und neigt mit weicher, aber wissender Miene den Kopf. »Du siehst sowieso sehr jung aus. Wenn du den Schülern auch noch erlaubst, dich zu duzen, halten sie dich erst recht für eine von ihnen. Ich weiß nicht, ob du darauf stehst, mit Schuljungs zu flirten, aber mach dich darauf gefasst, dass sie ihr Glück versuchen werden, wenn du so nahbar bleibst. Du bist die Tochter des Direktors, das ist natürlich ziemlich spannend.«

Remo würde ich für so einen Vortrag anfauchen. Ich denke aber, dass der Wolf die Sache mit dem ›nahbar für Schüler sein‹ viel lockerer sieht. Auf Pascal kann ich irgendwie auch nicht sauer werden, weil die Distanziertheit so tief in seinem Charakter verankert ist, dass er sie für normal hält.

»Ich bin keine Lehrerin«, wiederhole ich eindringlich und beginne, den Kopf zu schütteln. »Außerdem kann ich sehr wohl auch Grenzen aufzeigen, ohne ›Frau Morgenthaler‹ genannt zu werden. Ich höre das einfach nicht gern.«

Sein Blick wird ganz plötzlich sehr betreten. Er hebt entschuldigend die Hand. »Excuse-moi. Ich wollte dir nicht zu nahe treten.«

Oh Scheiße. Jetzt höre ich auch heraus, wie mein letzter Satz geklungen hat. So war das gar nicht gemeint. Ich bin es eigentlich gewohnt, dass Leute mir gegenüber hypersensibel auf das Thema reagieren, aber Pascal muss sich nicht entschuldigen. Wir reden über etwas vollkommen anderes und er ist mir nicht zu nahe getreten.

»Ich habe das nicht auf diese Art gemeint«, versichere ich ihm und winke ab, als würde unser Missverständnis auf einer sehr lapidaren Sache beruhen. Gespielt abgebrüht, aber ich will mit ihm jetzt genauso wenig darüber reden wie gestern mit Remo, als er dachte, er wäre unsensibel gewesen.

»Du musst keine Angst haben, dass ich Avancen von Schülern nicht ablehnen könnte.«

Unter ganz seltsamen, unwissenden Umständen schon, aber die Sache mit Paul will ich definitiv für mich behalten.

»Dass du sie ablehnen würdest, stelle ich nicht infrage«, entgegnet Pascal. »Ich wollte dir nur die unangenehme Situation ersparen und die Angst vor dem Skandal, den das nach sich ziehen kann. Aber du hast recht, du bist keine Lehrerin. Das wäre für dich nicht annähernd so unangenehm, wie es für mich ...«

Er beißt sich auf die Lippen. Da fehlt ein ›war‹, oder?

Ich muss unbedingt meine Augen daran hindern, sensationslustig zu glänzen.

Dass ihm das gerade rausgerutscht ist, ist ihm sichtlich unangenehm. Klar, er spricht nicht gern über Privates, aber ich muss einfach nachfragen. Er weiß auch, dass ich das gleich tun werde.

»Hattest du mal ein Problem mit einer Schülerin, die dir zu nah kommen wollte?«

Irgendwie lag das auch vor seinem Versprecher auf der Hand. Natürlich schwärmen die Mädchen alle für ihn. Lisa und ihre Freundin, die sein Foto auf der Collage angeschmachtet haben, sind bestimmt kein Einzelfall. Hätten meine Lehrer so ausgesehen, wäre ich auch dahingeschmolzen.

»Das liegt schon eine Weile zurück. Damals, als ich noch Referendar war«, erklärt Pascal vage.

Seine Stimme klingt ganz fremd in meinen Ohren, weil er sonst nie einen unsicheren oder verlegenen Ton darin mitschwingen lässt.

»Ich habe sie nicht angerührt«, versichert er etwas, das er mir nicht versichern muss. Ich weiß, dass er so was nicht tun würde. »Aber die Sache war trotzdem sehr unschön. Ich hätte alles verlieren können, auf das ich jahrelang hingearbeitet habe.«

»Das tut mir leid.«

Ich kann mir leider vorstellen, dass irgendein Mädchen gekränkt genug von seiner unterkühlten, leicht abweisenden Art war, um irgendwelche Rachegelüste zu entwickeln. Menschen sind manchmal Arschlöcher.

Pascal seufzt das Thema weg und schenkt das heiße Wasser in zwei Tassen. Dass ich überhaupt so viel aus ihm rausbekommen habe, grenzt an ein Wunder. Nachdem ich diesen seltsamen Tonfall in seiner Stimme gehört habe, bin ich noch sicherer, dass er kaum jemanden an sich ranlässt.

Was für ein besonderer Mensch muss man sein, um diesen extrovertiert introvertierten Franzosen zu knacken?

»Der Tee ist noch zu heiß zum Trinken«, meint Pascal und sieht von den dampfenden Tassen zu mir. »Nach Reden ist mir jetzt nicht mehr …«, gesteht er schulterzuckend und schenkt mir ein schiefes Schmunzeln.

Diesen Tonfall kenne ich und er ruft meine Libido wach.

Ist es das, was man tun muss, um dich hier aus der Reserve zu locken? Richtig unangenehme Themen anschneiden?

»Was willst du denn machen, bis der Tee kühler wird?«, frage ich und lasse meine Körpersprache subtil erotisch werden.

Ein Beißen auf die Unterlippe, ein verstohlener Blick, der über seinen Körper schweift – nein, ich will eigentlich auch nicht mehr reden. Der Tag war aufwühlend genug.

Pascal stößt sich vom Tisch ab und kommt auf mich zu. Als er vor mir stehen bleibt, streckt er die Hand nach meinem Kinn aus.

Ich liebe es, zu großen Männern aufzuschauen – zu großen, perfekten Männern mit diesem lustvollen Glanz in den Augen.

»Versprichst du mir, dass du leise bleibst?«

Ich nicke.

Natürlich stöhne ich seinen Namen nicht bis raus auf den Flur.

Er beugt sich zu mir runter und haucht mir einen Kuss auf die Lippen, so flüchtig, dass ich sofort nach mehr verlangen will, aber er hält mein Kinn fest.

»Versprichst du mir, dass das hier nur Sex bleibt? Nur Spaß?«

Ich nicke wieder, aber Pascal schüttelt den Kopf.

»Versprich es mir.«

»Ich verspreche dir, dass ich dir hinterher keinen Heiratsantrag machen werde«, entgegne ich grinsend. Ich dachte, das hätten wir schon geklärt.

Sein Blick wird kurz durchdringend, dann kommen seine Lippen wieder näher, legen sich aber nicht auf meinen Mund, sondern an mein Ohr. Er greift um meine Mitte, drückt meinen Körper an seinen und lässt mich seine perfekt melodische Stimme hören, die nun einige Oktaven tiefer klingt.

»Ziehst du dich für mich aus?«

Er fragt, er befiehlt nicht, trotzdem jagt ein elektrisierender Schauer über meine Haut, weil er gerade wieder den Schalter umlegt.

Das Blau in seinen Augen vereist, auch wenn hinter seinen Iriden gerade ein Feuer zu lodern beginnt.

Pascal drückt seine Lippen kurz an meinen Hals, lässt mich seine Zunge fühlen und tritt dann einen Schritt zurück.

Ich ziehe mir den Pullover über den Kopf und öffne den Knopf meiner Hose.

Meine Unterwäsche ist schwarz, aber durchsichtig. Der angeturnt forschende Blick, der über meinen Körper schweift, fühlt sich gut an.

Vom schönsten Mann des Universums gewollt zu werden, ist eine durch und durch prickelnde Erfahrung – auch wenn er nur nahbar wird, sobald er Sex will. Pascal abseits dieses Lust-Modus ist ein Buch mit sieben Siegeln, aber er entschließt sich bewusst dazu und fühlt sich wohl in seiner kleinen freundlichen Eiswelt. Im Feuer brennen darf ich trotzdem mit ihm.

»Soll ich weitermachen?«, frage ich, nachdem ich aus meiner Jeans gestiegen bin, und gehe langsam auf ihn zu.

Er streift sich das dunkelblaue Sportsakko ab und schüttelt den Kopf. »Nein, um den Rest kümmere ich mich. Liegt dir viel an deinem String?«

Noch bevor die Verwirrung mein Gesicht zeichnen kann, zieht er mich zu sich und küsst mich. Seine Hände gleiten zu meinem Hintern. Der feste Druck seiner begabten Klavierspielerfinger an meiner Haut steigert meine Lust auf ihn. Ich presse mich an seinen Körper und spüre die aufkommende Erregung hinter dem Jeansstoff.

Pascal ist ein forscher Küsser. Leidenschaftlich, ungeduldig, ungestüm. Ich glaube zu wissen, dass er beim Sex auch nicht auf ausdauernd sanftes Vorspiel steht – zumindest habe ich diesen Eindruck auf seinem Sofa gewonnen.

Seine Hände packen fester zu und ich verliere den Boden unter den Füßen. Herr Favre trägt mich ein Stück und setzt mich auf seinem Schreibtisch ab.

Während er sich auszieht, stütze ich mich mit den Händen hinter dem Rücken ab und genieße die Show.

Es ist schon irgendwie seltsam. Pascal ist wohl der schönste Mann der Welt, aber das Einhorn zieht sich nicht so anturnend lasziv aus wie der Wolf. Obwohl das, was er entblößt, mir unheimlich gut gefällt.

»Hattest du schon mal Sex in deinem Büro oder bin ich die Erste?«

Er schüttelt den Kopf und hebt mein Kinn an. Seine andere Hand legt sich auf den Stoff eines meiner BH-Körbchen. »Du bist nicht die Erste. Aber die Erste seit Langem. Eigentlich wollte ich das nicht mehr tun.«

»Wieso?«

Pascal schiebt meinen BH nach unten und greift nach meinem entblößten hochgepushten Busen. Die Berührung startet ein Pochen zwischen meinen Beinen.

Als er anfängt, meine Brustwarze zu streifen, vergesse ich beinahe, dass er mir noch eine Antwort schuldig ist.

»Ich will jetzt nicht mehr reden. Ich will dich ficken.«

Geht klar. Ich weiß auch nicht mehr, was ich gefragt habe.

Er raunt mir sein Verlangen ins Gesicht und fasst dann zwischen meine Beine. Sein Finger schiebt meinen String zur Seite und gleitet über die Stelle, die mein Temperaturempfinden in fieberähnliche Zustände versetzen kann.

Ich lasse den Kopf etwas leidend stöhnend in den Nacken fallen, als er den Finger in mich gleiten lassen möchte.

Ja, ich will ihn, aber mein Körper braucht ein paar Reize mehr, um ihn schmerzlos spüren zu können und ihn in mir zu genießen.

Ich bin mir nicht sicher, ob er es einfach erzwingen will, weil er so ungeduldig wirkt, aber er hört auf, die Finger in mich drücken zu wollen, und geht in die Knie.

Sein markant schönes Gesicht zwischen meinen Beinen zu sehen, kurbelt meine Fantasie an und bringt mich dem, was er von meinem Körper will, näher.

Ich glaube ihm, dass es Frauen gibt, die schon allein sein Anblick und das Wort ›ficken‹ aus seinem perfekten Mund feucht machen, aber gänzlich ohne Stimulation und Vorspiel reicht es bei mir nur zur schmerzhaften Egoisten-Vögelei.

Ich hatte kurz tatsächlich befürchtet, dass er mir das abverlangt. Macht er aber nicht.

Seine Zunge drückt sich gegen meine empfindlichste Stelle und beginnt, sanft zu kreisen.

Besser. Viel besser. Sehr gut … Vive la France.

Ich kralle die Finger in seine Haare und höre ihn knurren, bevor er meine Handgelenke packt.

»Ich bin nicht Remo …«, setzt er an und sieht zu mir auf.

Nein, du knurrst auch ganz anders.

Ich weiß, was jetzt kommt – ich habe mich ziemlich fest in seine Haare gekrallt und wollte ihn dazu bringen, mich fester zu stimulieren. Pascal steht nicht darauf, die Kontrolle abzugeben, er will der dominante Part bleiben. Seine Zunge, sein Tempo. Damit kann ich arbeiten. Sascha mochte das auch nicht.

Beim Sex an den Ex zu denken, ist verboten. Ich verbanne die Motte wieder aus meinen Gedanken und konzentriere mich auf den Franzosen, der noch immer vorwurfsvoll strafend zu mir aufblickt.

»Verzeihung, Herr Favre. Ich lasse meine Hände bei mir«, versichere ich und schmunzle ihn schief an.

Er schmunzelt zurück – das gefällt ihm. Mir auch, er lässt mich seine Zunge wieder spüren.

Ich gehe beim Sex eigentlich gern im devoten Part auf. Sogar vorzugsweise – zumindest war das immer so. Remo hat dieses kampflustige Biest in mir geweckt. Ich würde wirklich gern wissen, wo er steckt. Jetzt Pascal zu fragen, wäre aber Libido-Selbstmord. Nicht für meine Libido, aber für seine. Er sieht auch nicht spontan zu mir auf und fragt, ob ich diese andere Frau gesehen habe, mit der er noch sprechen wollte.

›*Ach übrigens, Mel. Weil es mir beim Lecken gerade durch den Kopf geht …*‹

Ich werfe den Kopf in den Nacken und schalte meinen inneren Monolog stumm. Zumindest den, in dem es nicht ausschließlich um den heißen Franzosen und seine Berührungen geht.

Das Prickeln zwischen meinen Beinen wird immer intensiver. Pascal kitzelt so viel Erregung in mir wach, dass ich mir das Stöhnen nicht mehr verkneifen kann. Ich bleibe bedacht leise und beiße mir maßregelnd auf die Unterlippe. Meine Zähne drücken fester zu, als ich seine Finger an der Stelle spüre, die seine Zunge so heiß hat werden lassen. Er gleitet diesmal mühelos in mich und es fühlt sich verdammt gut an.

Als er von mir ablässt und sich aufrichtet, blinzle ich ihn mit glänzenden Augen an. Er reißt ein Kondompäckchen auf und hält es mir hin.

Ich nehme den dünnen Latex vorsichtig zwischen die Finger und halte die Spitze zu, während ich ihn mit der anderen Hand über seine Männlichkeit streife. Eigentlich will ich ihn weiter stimulieren, aber er greift mein Handgelenkt und schüttelt den Kopf.

»Wir sind beide scharf genug. Dreh dich um und beug dich über den Tisch.«

Er hat recht. Wir sind heiß aufeinander und ich will ihn spüren, aber gegen ein paar kleine Spielereien hätte ich trotzdem nichts einzuwenden gehabt. Der Tee ist doch sowieso schon kalt.

Pascal kann auf Spielchen verzichten. Er will mich nehmen und seine Ungeduld hat definitiv auch ihren Reiz.

Kaum rutsche ich von der Schreibtischkante, packt er mich und dreht mich um. Er greift meinen Tanga am oberen Rand über meinem Hintern. Ich denke, er streift ihn mir ab, aber ich höre ein reißendes Geräusch und werde im nächsten Moment mit dem Oberkörper auf die Tischplatte gedrückt.

Ganz auf Spielchen verzichten möchte er doch nicht, er spielt eben nach seinen eigenen Regeln.

Seine Härte über meine Hitze reiben zu spüren, lässt mich wieder in Stöhnen verfallen.

»Bleib leise, mon cher.«

Ich ersticke das Aufstöhnen, indem ich meinen Mund auf meinen Unterarm drücke. Schon sein erster Stoß ist so hart und tief wie damals auf dem Sofa. Hätte er mich nicht mit seiner Zunge so scharfgemacht, würde er mich gerade wund vögeln.

Ich muss den Körper anspannen, um nicht mit den Füßen wegzurutschen. Sein Rhythmus ist fordernd und anstrengend, aber er stimuliert auch sehr stark. Er trifft diesen heißen Punkt in mir so oft und schnell hintereinander, dass mein Verstand im Lustnebel versinkt.

Mein Blick liegt schon eine Weile auf dem Foto vor mir, aber ich fokussiere die Gesichter erst, als die Neugier den Impuls durch den ganzen Nebel schicken kann.

Das Foto zeigt den Mann, der mich gerade nimmt. Pascal steht vor einem Heißluftballon. Neben ihm steht Pascal. Die ganze Erregung lässt mich doppelt sehen. Oder?

Ich versuche es eine ganze Weile, aber ich kann nicht mehr denken. Mit jedem Zustoßen werden meine Gedanken zerrissen. Obwohl wir beide leise bleiben, klingen das heiße Stöhnen und das Aneinanderdrücken unserer Körper unheimlich scharf.

Der Höhepunkt ist so nah, dass ich die Augen schließe und nur mehr an das Pochen in mir denken kann. Es wird so intensiv, weil Pascals Härte in mir pulsiert.

Als er sich mit seinem letzten Stoß ergießt, beiße ich die Zähne zusammen. Zwei, drei feste Stöße noch und ich hätte in seinen Orgasmus einstimmen können.

Verdammt blöd gelaufen ...

Ich lasse meinen Kopf kapitulierend auf die Tischplatte fallen und seufze leise. Der Sex hat sich großartig angefühlt und der Quickie war heiß, aber Pascal schuldet mir beim nächsten Mal etwas, so viel ist sicher.

»Danke, Melanie.«

Ich kann mich nicht mal so schnell vom Schreibtisch hochraffen, da hat Pascal auch schon den heißen, brummigen Dämon in seiner Stimme in die dunkle Ecke seiner Persönlichkeit verbannt und spricht wieder mit seiner Lehrerstimme.

Als ich mich nach ihm umdrehe, steigt er gerade in seine Jeans und bückt sich nach dem schwarzen Stück Stoff am Boden.

»Ich schulde dir einen neuen String.«

Ich muss grinsen, weil der Satz im distanziert freundlichen Tonfall so bescheuert klingt. Pascal hört es selbst heraus und verzieht auch die Lippen. Dass er darüber schmunzeln kann, zeigt mir, dass er sehr wohl weiß, dass er eine gespaltene Persönlichkeit hat. Und er nimmt es mit Humor. Gut so. Niemand ist perfekt. Auch kein gottgleicher Franzose.

»Schon okay. Du hattest mich ja vorgewarnt«, entgegne ich und bücke mich nach meinen Sachen.

Nachdem ich mir den Pullover über den Kopf gezogen habe, landet mein Blick zufällig wieder auf dem Schreibtisch.

Ach stimmt ja. Da war was.

»Sag mal. Hast du einen Zwillingsbruder?«, will ich wissen und klinge dabei so irritiert, weil ich mir nicht mehr sicher bin, was ich in meinem Lustdelirium wirklich gesehen habe.

Zwei von der Sorte wären aber ein absurd glücklicher Zufall des Universums. So wie zwei Sechser im Lotto hintereinander. Klasse, aber es passiert nicht.

Ich greife nach dem silbernen Rahmen und spüre Pascals Blick im Nacken. Er will nicht über Privates reden, aber die Frage ist wohl erlaubt, nachdem er mich vor dem Foto durchgevögelt hat.

»Das ist nicht mein Bruder, sondern mein Vater«, entgegnet er, ohne kalt zu klingen, aber auch ohne nennenswertes Gefühl in der Stimme.

Ja, jetzt sehe ich es auch. Die Ähnlichkeit ist verblüffend, aber eines der Gesichter ist etwas älter und markanter als das andere.

Für seinen Vater hätte ich den Mann trotzdem nicht gehalten. Wenn Pascal um die dreißig ist, müsste sein Vater mindestens um die fünfzig sein. Der blonde Mann mit dem bezaubernden Lächeln sieht für mich aber nicht älter aus als Ende dreißig. Wenn das nicht mal der absolute Jackpot in der Gen-Lotterie ist.

»Dein Vater ist auch Lehrer«, spreche ich aus, was er mir beim Weintrinken im Bungalow erzählt hat, und sehe ihn dann fragend an. »In der Schweiz oder …?«

»In Dijon«, antwortet er.

Sagt mir was: Frankreich, Senf.

»Ist deine Mutter auch Lehrerin?«, führe ich den Smalltalk weiter, wenn wir schon mal beim Thema Familie sind.

Mein Blick liegt eigentlich gerade auf meinen Schuhen, in die ich schlüpfe, aber das eisige Schweigen bringt mich dazu, zu ihm aufzuschauen.

Ich verliere beinahe das Gleichgewicht, auch weil ich mit imaginären Eisblitzen beschossen werde.

Schon gut, Elsa – du willst nicht darüber reden. We let it go.

»Sie ist keine Lehrerin«, ernte ich doch noch eine Antwort, hinter der aber ein dicker Punkt steht.

Ich kann seine Wortkargheit zumindest bei diesem Thema nachfühlen. Mütter werden nicht mehr angesprochen – versprochen.

»Hier. Lauwarm. Entschuldige.« Pascal hält mir die Tasse Tee hin.

Ich nicke dankend und nehme dann einen großen Schluck. Sex mit heißen Franzosen macht durstig, sehr sogar.

»Sag mal, weißt du zufällig, wo Remo steckt?«

Wir haben uns ausgetobt, angezogen, trinken Tee und Pascal möchte nicht über sich sprechen. Jetzt ist ein guter Zeitpunkt, um nachzufragen. Zumindest glaube ich das, bis seine Miene diese schockiert fragenden Züge annimmt.

»Wieso willst du das wissen?«

Ach richtig. Er denkt noch, Remo hätte den Flucht-Modus an, weil ich ihm einen Partnerlook-Pullover kaufen wollte. Verzwickte Situation. Ich will Pascal nicht von Paul erzählen, aber ich bin mir sicher, er verrät mir rein gar nichts über Remo, solange er denkt, er will Abstand zu mir halten. Kumpel verpfeifen einander nicht und sie halten sich auch irre Mädels vom Hals – Männerkodex.

Ich bin aber keine Psycho-Zicke, ich habe nur frivole Scherze über Lakritzschnecken gerissen, etwas Chaos ins Leben eines Achtzehnjährigen gebracht und seinen Vertrauenslehrer in die Sache mit reingezogen – kann jedem passieren.

»Ich will nur mit ihm reden. Ich weiß jetzt, warum er mich rausgeschmissen hat. Remo fühlt sich nicht eingeengt, er hat mir eigentlich nur einen Gefallen getan und ich bin ... Ich will mich entschuldigen.«

Pascal lauscht, versteht aber natürlich nur Bahnhof. Jemand, der selbst so auf Diskretion bedacht ist und sein Privatleben hinter einem freundlichen Lächeln und forschem Sex versteckt, kann meinen Geiz an Erklärungen aber verstehen. Er neigt nicht mal fragend den Kopf, nickt nur.

Die fehlende Neugier ist ein sehr, sehr angenehmer Charakterzug an ihm, auch wenn er bestimmt aus der Zwiegespaltenheit seiner Persönlichkeit resultiert.

»Die öffentlichen Schulen hatten im letzten Jahr mit Budgetkürzungen zu kämpfen«, beginnt Pascal, zu erklären, und geht um seinen Schreibtisch herum.

Ich habe keine Ahnung, ob das jetzt Lehrer-Smalltalk wird oder ob wir noch immer über Remo sprechen. Wenn er jetzt von politischen Bildungspaketen und Zentralmatura anfängt, will ich ein Kissen. Mein Vater schläfert mich damit auch immer ein.

Er greift sich einen Kugelschreiber und beginnt, etwas auf einem blauen Post-it zu notieren.

»Der Sportunterricht fiel den Kürzungen größtenteils zum Opfer. Die Kinder brauchen aber ein Ventil für ihre Energie und einen Anreiz, um eine gesunde Liebe zur Bewegung zu entwickeln. Remo hat sich mit ein paar Lehrern aus den öffentlichen Schulen zusammengetan und bietet zweimal die Woche außerschulischen Sportunterricht für Grund- und Hauptschüler an. Dort ist er gerade.«

Ich klebe noch an Pascals Lippen, obwohl er schon aufgehört hat, zu sprechen.

Er spielt in seiner Freizeit mit kleinen Kindern Ball? Remo ist so was von kein Höllenfürst, er ist ein Heiliger.

»Weißt du, wann er wieder zurückkommt?«

Pascal reicht mir das Post-it. »Er geht danach meistens noch essen. Schreib ihm. Das ist seine Nummer. Er wollte sowieso, dass ich sie dir gebe, falls ich dich heute treffe.«

Ich starre ihn mit hochgezogenen Brauen an.

Echt jetzt? Wieso rückst du erst jetzt damit raus?

Pascal kann meine Gedanken wohl lesen und zuckt mit den Schultern. »Es geht mich nichts an, was zwischen euch los ist. Und ich spiele eigentlich auch nicht gern den reitenden Boten für irgendwelche Dramen.«

Das kann ich sogar verstehen. Für Pascal verhalten wir uns natürlich vollkommen irre. Remo tut so, als würde er Abstand brauchen, und bittet ihn dann trotzdem, seine Nummer an mich weiterzugeben. Ich war vor drei Stunden noch außer mir und habe den Kaffeeautomaten angebrummt und jetzt rede ich davon, mich bei Remo entschuldigen zu müssen. Was diese ganze Geheimniskrämerei betrifft, ist Pascal wirklich ein Gemütsathlet.

Ich schenke ihm ein Schmunzeln und stelle die leere Teetasse neben dem Wasserkocher ab. »Danke. Ab jetzt kein Drama mehr, und du musst auch nie wieder den reitenden Boten spielen – Ehrenwort.«

Er überdreht die Augen, zuckt aber mit den Mundwinkeln. »Wollen wir's hoffen.«

WHATSAPP-JEDI

Wie schreibt man eine Nachricht an einen Mann, der einem italienischen Sommergewitter gleicht? Ätzend, aber spannend. Laut, aber schön. Man steht im Regen und trotzdem tut das lauwarme Nass irgendwie gut. Man weiß nicht, ob man davonlaufen oder einfach tanzen soll. Und man weiß nicht, wie man einen WhatsApp-Chat mit ihm beginnt.

Ich liege in meinem Bett und lösche die Zeilen, die ich schreibe, immer wieder, weil sie einfach nur dämlich sind.

> Hey! Pascal hat mir erzählt, dass du noch unterrichtest. Ehrenamtlich, das ist wirklich nett von dir! Ich wollte …

Was für ein Schwachsinn! Ich will mit ihm reden und ihm kein Verdienstkreuz überreichen! Noch mal …

> Hey! Hier ist Mel.

Gar nicht mal schlecht. Ich habe schon mal klargestellt, dass ich nicht seine monatliche Kreditkartenabrechnung bin. Das kann man so stehen lassen ...

> Hey! Hier ist Mel. Ich wollte dir nur sagen, dass ich mit Paul gesprochen habe. Ich war wirklich überrascht, ihn zu sehen, weil ...

Ahhh! Ich verrenne mich! Löschen!

> Hey! Hier aber auch ein verdammt ist Mel. Es tut mir leid, dass ich in deinem Büro so ausgerastet bin, aber ich wusste nicht, warum du so reagiert hast. Du bist stoischer Mensch! Und du brabbelst grammatikalischen Scheiß, wenn du müde bist! Was irgendwie süß ist. Und ich möchte es wieder hören. Können wir reden?

Ja, ich weiß, dass ich das nicht senden werde, aber ich wollte mal sehen, ob ich es tippen kann.

Kann ich. Ist aber vollkommen bescheuert! Bescheuerter geht es nicht!

> Hey! Hier ist Mel. Ich würde gern deine sportlichen, halb italienischen Kinder bekommen. Lass uns heiraten. Und unsere CDs zusammenwerfen. Der Siebenschläfer, der deinen Müll durchwühlt, soll unser Haustier werden. Lass ihn uns Ravioli nennen. Ruf mich an. Aber erst nach sechs. Vorher dürfen wir in der Klapse keine Anrufe entgegennehmen.

Okay, bescheuert hat immer noch eine Steigerungsform.

> Hey! Hier ist Mel. Hast du Zeit, zu reden?

Gut! Kurz, aber weder peinlich noch psychotisch. Gekauft!
 Nachdem ich auf *Senden* gedrückt habe, starre ich das Häkchen neben der Nachricht an.
 Ich halte mich für einen WhatsApp-Jedi, der durch reinen Willen das zweite Häkchen heraufbeschwören kann.

Als mein Handy tatsächlich vibriert, zucke ich zusammen. Ich denke, die Macht ist mit mir, aber die eingegangene Nachricht ist nicht von Remo.

Ich wechsle den Chat und lese die Zeilen.

Sascha
Ich hoffe, es geht dir gut! Du fehlst mir! Weißt du zufällig, wo mein Echo Dot ist? Ich kann ihn nicht finden. Hast du ihn aus Versehen eingepackt?

Mein Puls schnellt hoch und ich würde am liebsten ins nächste Flugzeug springen und nach Hause fliegen, nur um ihm eine zu klatschen!

Das ist so typisch Motte! Säuselt irgendeinen halbherzigen Schwachsinn, nur um zu kriegen, was er will. Was für ein Arschloch! Wer schreibt denn so eine Nachricht, nachdem er sich wie das hinterhältigste Schwein der Welt verhalten hat?!

Ich fehle dir nicht und es ist dir auch egal, wie es mir geht! Dich interessiert nur, wo dein Scheiß abgeblieben ist!

Ich bin so wütend, dass ich heulen könnte. Aber der Typ ist keine einzige Träne wert. Er bekommt auch keine Antwort, weil ich mich nur wieder in die Sache hineinsteigern würde, obwohl ich mir geschworen habe, nie wieder irgendeine Emotion an ihn zu verschwenden.

Ich wechsle wieder den Chat und sehe das zweite Häkchen neben meiner Nachricht an Remo aufleuchten. Dass ich mich nicht angemessen darüber freuen kann, stimmt mich wieder rasend. Die Motte drängt sich einfach in meine Gedanken und versaut mir die Stimmung!

Ich werfe mein Handy neben mir auf das Kissen und knurre in meine Hände.

Nein, ich schreibe ihm nicht zurück! Ich ignoriere ihn, weil ich über der Sache stehe! Ignorieren! Drüberstehen! Ignorieren!

Ach scheiß drauf! Ich stehe nicht über Sascha, ich würde gern in seinem Gesicht stehen! Das darf er auch wissen!

Als ich mir mein Handy wieder schnappe, zittern meine Finger sogar ein bisschen, weil ich so sauer bin. Ich zwinge mich, noch fünf Sekunden darüber nachzudenken, ob es nicht doch besser wäre, ihn zu ignorieren, aber ich entscheide mich dafür, mir Luft zu machen.

Ich habe ihn sowieso viel zu glimpflich davonkommen lassen! Als ich ausgezogen bin, habe ich ihn angeschwiegen und ich habe bis zum heutigen Tag nicht einmal das Wort ›Entschuldigung‹ aus seinem Mund gehört! Wenn man andere Menschen verletzt, entschuldigt man sich zumindest! Außer man ist ein scheiß Soziopath!

> Steck dir deinen Alexa Dot in den Arsch, wenn du ihn findest, du hässliche Motte!
> Ich hoffe, du holst dir Herpes!

So! Hat gutgetan.

Ich weiß, dass das derb und gemein war, aber man stößt im Leben manchmal an seine persönlichen Grenzen, was diplomatische, lyrisch wertvolle Streitkultur betrifft. Manchmal braucht es das Fluchen aus dem Bauch heraus und wenn es so einem abgrundtief garstigen Menschen gilt, kann man schon mal das ganz proletoide Repertoire ausgraben.

Ich grinse und merke, wie meine Hände wieder ruhiger werden, als ich die Zeilen noch mal überfliege.

Dann zucken sie erneut. Mein ganzer Körper macht mit. Ich springe auf die Beine, stehe auf meinem Bett und starre auf mein Handy.

»Ich bin ein Vollidiot!! Wie geht das denn?! Das kann doch nicht sein!«, brülle ich laut.

Nein, es ist niemand außer mir hier, und nein, das ist kein psychologisch bedenklicher Anflug von Gewissensbissen wegen meiner Schimpftirade an Sascha. Das ist hysterisches Ausrasten, weil ich die Nachricht gar nicht an Sascha verschickt habe.

In meiner kurzen Unsicherheit, ob ich mir Luft machen soll oder nicht, bin ich zwischen den beiden Chats hin und her gesprungen und habe dann einfach zu tippen begonnen. Die Nachricht ging an Remo.

Scheiß die Wand an, wie kann man nur so blöd sein?!

Ich traue ihm absolut zu, herauszufinden, dass die Nachricht nicht für ihn gedacht war, aber der Inhalt ist mir so verdammt peinlich, dass mein Gesicht denselben Rotton annimmt wie der Erste-Hilfe-Kasten an der Wand.

Mein schambedingt absolut blockierter Verstand sucht nach einer angemessenen, möglichst schnellen Problemlösung, aber als ich sehe, dass Remo online ist und gerade schreibt, halte ich vor Aufregung die Luft an.

Remo
Klar habe ich Zeit, zu
reden. Wo bist du?

Ich lese die knappen Zeilen gefühlt dreißigmal, weil er überhaupt nicht auf meine zweite Nachricht reagiert hat.
Das kann doch nicht sein, oder?
Er hat sie gesehen.
Ich kann sie wohl kaum aus reinem Wunschdenken von seinem Handy verschwinden lassen.
Remo tippt wieder und ich starre mit entglittenen Gesichtszügen auf mein Display.

Remo
Steck DU dir gleich den
ganzen Amazon Echo in
den Arsch, wenn du ihn
findest, du hässliche
Fledermaus! Ich hoffe, du
holst dir Chlamydien!

Ähm ...
Er tippt noch mal.

Remo
Ist das unser persönliches besonderes WhatsApp-Ding? Zuerst normale Konversation und dann etwas total aggressiv, abgedreht Verrücktes? Oder hast du nach der grünen Pille aus Versehen die rote eingeworfen? Ich hoffe, es wird unser Ding, ich finde das total kreativ! Geh und fick einen Esel, du billige China-Kopie einer Wii U!

Ich muss lachen.

So herzhaft und ausgelassen, dass ich mich wieder auf das Bett fallen lasse und sich meine Muskeln entspannen, obwohl das Schamgefühl in mir gerade noch im Berserker-Modus getobt hat.

Hätte ich so eine Nachricht an Pascal verschickt, hätte ich mich noch mit achtzig dafür geschämt.

Remo macht daraus einen Witz, über den wir uns beide amüsieren können. Ich höre ihn förmlich seinem Display entgegenprusten, während er getippt hat.

Ich kichere beim Schreiben noch immer.

> Ich bin im Wohnheim. Wo und wann wollen wir uns treffen?

Natürlich muss ich nachlegen. Er wartet darauf.

> Wenn Dummheit lang wäre, könntest du dem Mond im Knien am Arsch lecken.

Remo
Um halb neun im Turnsaal.

Remo
Wenn man aus schimmeligem Brot Penicillin machen kann, kann man auch aus dir was machen.

GLÜH-LEVEL 40 PROZENT

Alle Gänge sind spärlich beleuchtet und absolut menschenleer. Obwohl das Schulgebäude sonst so schick und freundlich wirkt, verströmt es in den späten Abendstunden den Gänsehaut erregenden Charme der Häuser aus *Paranormal Activity*.

Wenn sich gleich eine der Spindtüren oder eine Topfpflanze bewegt, bin ich weg.

Wer filmt denn solch gruseligen Scheiß auch noch? Ich bin mir sicher, der Dämon war immer nur so mies drauf, weil er ständig eine Kamera in der Fratze hatte. Er hatte nur die Wahl, die Paparazzi-Arschlöcher zu Tode zu spuken oder sich wie Britney Spears den Schädel zu rasieren.

Im Gang, der zum Turnsaal führt, wird es wieder heller. Die große Holztür steht einen Spalt offen und wirft warmes gelbliches Licht auf den Flur. Außerdem läuft Musik.

Wenn da drin ein Dämon ist, geht er gerade zu ›Without Me‹ von Eminem ab.

Ich drücke die Tür auf und lasse meinen Blick über die Turngeräte schweifen. Barren, Bänke, Schwebebalken, Böcke, kleine Trampoline – hier steht echt viel Zeug rum.

»Remo?«

Ich laufe um die Geräte herum und rufe durch den lauten Bass. Als die Musik plötzlich stoppt, schweift mein Blick zu den Sprossenwänden.

Remo rappt den Refrain weiter und liefert dabei eine gar nicht mal uncoole Show ab. Sein Taktgefühl ist absolut auf den Punkt, nur fehlt ihm die melodische Sprechstimme seines französischen Mitbewohners.

Das Schmunzeln auf meinen Lippen ist kein Schalk, eher fröhliche Begeisterung und ein Hauch Belustigung.

Dass er das Selbstbewusst hat, mich so zu begrüßen, wundert mich schon lange nicht mehr. Dass ihm der weiße Gangster-Rapper irgendwie steht, schon eher.

Nachdem er damit fertig ist, mir vorzurappen, dass ich mich so ganz ohne ihn wahrscheinlich leer gefühlt habe, bleibt er mit hochgezogener Braue und schiefem Grinsen auf den Lippen vor mir stehen.

»Entschuldigen Sie die Störung, Mr. Real Slim Shady, aber ich bin auf der Suche nach einem Mathelehrer«, setze ich an und hebe die Hand. »Ungefähr so groß. Schwarze Haare. Mittelmäßig attraktiv. Brummt meistens. Haben Sie den gesehen?«

Remo lacht auf, legt den Kopf schief und funkelt mich an. »Mittelmäßig attraktiv? Hast du die Kontaktlinsen falsch rum drin?«

Ich habe vergessen, wie viel Spaß es macht, ihn zu necken. Es kommt mir vor, als hätten wir uns seit Monaten nicht gesehen.

»Wieso bist du eigentlich noch in der Schule? Du hast doch schon längst Feierabend, oder?«

Jetzt, da wir mit unserer Begrüßungsprovokation fertig sind, fällt mir Smalltalk leichter, als gleich mit der Tür ins Haus zu fallen.

Wir wissen beide, dass ich hier bin, um über die Sache mit Paul zu reden, aber ich habe mich noch nicht entschieden, wie ich anfangen möchte.

Remo deutet auf die Turngeräte und verschränkt die Arme vor der Brust, bevor er sich an einen der Barren lehnt. »Ich habe morgen früh in den ersten beiden Stunden Sportunterricht. Wenn ich die Schüler erst bitte, alles aufzubauen, geht uns mindestens eine halbe Stunde verloren. Sobald ich etwas mit Geräten plane, stelle ich sie gern schon am Vortag auf.«

»Und rappst du dabei immer oder trällerst du auch mal einen Schlagersong?«

»Schlager ist nicht wirklich mein Fall. Aber ich habe ein paar beeindruckende *Linkin Park*-Nummern drauf«, versichert er, muss aber selbst lachen.

Ich denke, er weiß, dass er nicht singen kann. Dass er seine Shows trotzdem feiert, kann man ihm ansehen. Ich bin jederzeit als Zuschauerin zu haben. Solange er mich nicht wieder aus seinem Turnsaal schmeißt.

Das war wohl der gedankliche Startgong.

»Ich habe mit Paul gesprochen«, beginne ich und setze schon zu meinem ersten Seufzen an.

Remo lauscht interessiert – vielleicht auch ein wenig hoheitsvoll, aber er darf sich im Schein seiner Verschwiegenheit sonnen.

»Ich konnte nicht wissen, dass du Paul quasi deckst, um ihm Zeit zu verschaffen, mit mir zu reden. Ich dachte, du schmeißt mich aus dem Turnsaal, weil du denkst, ich wäre deine Stalkerin. Oder noch schlimmer! Du denkst, ich wäre in dich verliebt!«

Ich will eigentlich fortfahren, aber Remo macht eine stoppende Geste mit der Hand.

Okay. Sarkasmuspause.

»Also Stalken würde ich dir nie unterstellen, dafür bist du zu faul und pennst einfach weiter, wenn ich das Haus verlasse. So wird das nie was.«

Ich überdrehe die Augen.

Er holt wieder Luft. Das dicke Grinsen auf seinen Lippen deutet auf einen Spruch von der ganz dummen Sorte hin. »Aber ein wenig verliebt bist du durchaus in mich. Ich würde sagen, 40 Prozent Glüh-Level sind drin.«

Wusste ich es doch – ganz dummer Spruch.

»Was ist denn bitte ein Glüh-Level?«, frage ich und verschränke auch die Arme.

»Na ja, bei 100 Prozent Glüh-Level stehst du in Flammen und liebst mich. Eigentlich selbsterklärend, oder?«

»Klar. Mein Glüh-Level liegt definitiv schon auf 40 Prozent. Schließlich durfte ich schon mal deinem schmatzenden Sabbern am Morgen lauschen. Hat mich schwer beeindruckt.«

Remo nickt und macht dann eine auffordernde Geste. »Gut, dass wir das geklärt haben. Du darfst fortfahren.«

Ich funkle ihn an, weil er mich absolut rausgebracht hat. Ich kann nur darüber nachdenken, ob er meinen Sarkasmus herausgehört hat.

Muss er. Meine Worte haben regelrecht vor Ironie getrieft. Außerdem kann er seine Vorschulskala doch nicht ernst meinen. Er hat heute wohl einfach zu lange mit kleinen Kindern Fangen gespielt.

Der Wolf und seine schwachsinnigen Gesprächs-Einschübe!

»Paul!«, brumme ich, auch um mich selbst an das eigentliche Thema zu erinnern. »Ich habe mit ihm gesprochen und wir haben die Sache, die im Zug vorgefallen ist, klargestellt.«

Genauer möchte ich nicht werden. Paul hat mir versichert, dass er Remo erzählt hat, wir hätten Streit gehabt und dass er etwas Dummes zu mir gesagt hätte. Ich will das so stehen lassen.

Remo hinterfragt die Geschichte auch nicht. Er nickt. »Gut. Das hat ihm auf der Seele gebrannt.«

»Ich weiß. Es war nett von dir, dichtzuhalten und ihm Zeit zu verschaffen. Ich war froh, dass ich allein mit ihm reden konnte.«

Remo zuckt mit den Schultern, stößt sich von dem Barren ab und bückt sich nach der Langbank neben uns. »Die Schüler würden sich mir nicht anvertrauen, wenn ich Versprechen nicht halten würde. Pack mal mit an.«

Seine Aufforderung lenkt mich von meiner Bewunderung für das für ihn selbstverständliche Engagement ab, mit dem er seinen Job als Vertrauenslehrer wahrnimmt.

Ich gehe in die Knie und greife mir das andere Ende der Bank. Das Ding ist viel schwerer, als es aussieht.

»Paul ist übrigens wirklich nicht schlecht in Mathe«, sage ich und versuche, nicht über die Matten am Boden zu stolpern. »Er ist ziemlich klug. Und der Sport scheint ihm auch Freude zu machen. Er hat bestimmt eine tolle Zeit auf der Uni vor sich.«

Ich denke, ich mache hier Smalltalk, aber Remo grinst sich gerade besoffen.

»Was?«

»Nichts. Ich überlege nur, wie ich meine Jungs vor dir verstecken kann. Wenn du die jetzt alle knattern willst, habe ich am Ende ein Basketballteam voller gebrochener Teenagerherzen. Die spielen dann ganz lausig.«

Ich versteinere auf der Stelle und starre den Wolf an. Mein durchbohrender, leicht panischer Blick amüsiert ihn noch mehr.

»Sag mal, habt ihr es eigentlich auf seinen Mathehausaufgaben getrieben? Kam daher die anfänglich passiv-aggressive Haltung gegen mich?«

Ich lasse die Bank fallen. Remo stellt die andere Seite auch ab und beobachtet, wie ich mich darauf niederlasse und mein Gesicht in den Händen vergrabe.

»Paul hat es dir erzählt!«, jammere ich mit schräger Stimme und verglühe in meinem Schamgefühl.

»Paul? Nein. Er hat kein Wort über Sex verloren. Du hast es mir selbst gesagt.«

Auch wenn mir danach ist, mein Gesicht weiter zu verstecken, nehme ich die Hände runter, um ihn gebührend irritiert anzustarren.

»Der Abend, an dem wir den Dreier hatten«, beginnt er zu erklären. »Du hast beim Weintrinken stolz davon erzählt, dass du einen Quickie mit einem Fremden im Zug hattest. Da kannte ich Pauls Zugstory schon. Deine klang aber glaubwürdiger. Und hat auch erklärt, warum er die Nerven so weggeschmissen hat, als er dich gesehen hat. Ich zähle ganz gern eins und eins zusammen – ich bin Mathelehrer.«

»Ich dachte, er wäre dreiundzwanzig! Er hat gesagt, er wäre Student!«, quieke ich und werfe den Kopf, genervt von mir selbst und der Situation, in den Nacken.

Dass Remo es weiß, ist so peinlich, dass ich am liebsten im Erdboden versinken würde.

Ich habe mit einem seiner Schüler geschlafen. Und auch noch vor ihm damit angegeben. Nicht mal dabei hat er eine Miene verzogen.

Das Bedürfnis, mich zu rechtfertigen klingt nicht ab. »Ich hätte nie mit ihm geschlafen, wenn ich gewusst hätte, dass er noch so jung ist! Er hat im Zug älter gewirkt, als er sich ... die ... Lakritzschnecken kaufen wollte.« Den letzten Teil des Satzes flüstere ich, weil mir klar wird, dass das nicht gerade als Argument für mich taugt.

Remo lacht wieder. »Lakritzschnecken«, wiederholt er und stellt sich neben mich. »Ja, der Junge nascht gern. Ich habe ihm aber eigentlich beigebracht, dass er keine Süßigkeiten von Fremden annehmen soll.«

Ich sehe flehend zu ihm auf. »Bitte, bitte, bitte hör auf mit solchen Sprüchen! Das Ganze ist mir verdammt unangenehm! Als Paul plötzlich im Chemiesaal vor mir gestanden hat, habe ich mich wie ein Monster gefühlt! Kannst du mir bitte versprechen, niemandem davon zu erzählen.«

Remo sieht gespielt nachdenklich zur Decke. »Hmm. Ich weiß nicht. Ich bin nicht gut darin, Geheimnisse zu bewahren.«

Sein Sarkasmus lässt ein wenig Erleichterung in mir aufkommen, weil ich mir wieder bewusst mache, dass Mr. Verschwiegenheit vor mir steht.

»Hat Paul irgendwie verstört auf dich gewirkt? Denkst du, er kommt damit klar, dass es nur eine einmalige Sache war?«, will ich wissen, weil ich anscheinend plötzlich denke, er wäre auch mein Vertrauenslehrer. Er hat diese schräge, angenehme ›Ich höre dir zu‹-Ausstrahlung. Obwohl er eine Sarkasmusschleuder ist.

Paul hat auf mich in Ordnung gewirkt, aber Remo kennt ihn besser. Außerdem suchen Menschen meistens Bestätigung von anderen Menschen, wenn sie im schambedingten Unsicherheits-Modus laufen.

»Er ist achtzehn«, beginnt der Wolf und zuckt mit den breiten Schultern. »Und ein heißes, sechs Jahre älteres Mädchen hatte mit ihm Sex in einem Zug. Dann hat sich herausgestellt, dass sie die Tochter seines Direktors ist.«

Er macht eine kurze dramatische Pause und sieht mich eindringlich an.

»Was denkst du, wie es ihm geht? Der Junge lebt einen Teenie-Softcore-Porno.«

Ich will erleichtert seufzen, aber Remo legt nach.

»Es seid denn, du hast irgendein abgedrehtes Zeug mit ihm gemacht.«

»Ich habe gar nichts Abgedrehtes mit ihm gemacht! Es war nur ein Quickie! Unter einer Decke. Ich kann dir nicht mal sagen, wie sein Penis aussieht!«

Remo verzieht das Gesicht. »Du kannst mir nicht sagen, wie sein Penis aussieht? Jetzt bin ich aber enttäuscht.«

Ich laufe noch mal rot an, weil mir wieder bewusst wird, dass Remo Pauls Lehrer ist. Er ist nicht ausschließlich mein brummender, sarkastischer Gesprächstherapeut.

»Du musst keine Angst haben. Du bist an einen sehr diskreten Jungen geraten. Paul gibt nicht mit seinen Eroberungen an. Er war auch letztes Jahr mit einer Studentin zusammen. Abgesehen davon, dass er ganz gern mal sein Alter nach oben schwindelt, ist er sehr ehrlich und zuverlässig. Dass er so nervös war, lag nur an der Lüge.«

Ja, ich habe Paul auch so eingeschätzt. Aber es aus Remos Mund zu hören, tut gut. Ich sehe etwas verstohlen zu ihm auf und nicke einmal langsam. »Danke.«

Er tut so, als ob der eindringlich klingende Dank aus meinem Mund eine übertriebene Reaktion wäre. Das stimmt aber nicht. Mit ihm zu reden, tut sehr gut. Es gibt Menschen, die dir das Gefühl geben können, dass die peinlichsten Dinge, die passieren, dich nicht unterkriegen müssen und dass auch die düstersten Zeiten irgendwann vorübergehen. Das ist eine unheimlich schöne Begabung.

Natürlich reißt er seine Witze und nimmt mich auf den Arm, aber was er zwischen diesen Zeilen sagt und wie aufgeschlossen und verständnisvoll sein Blick wird, wenn er nicht gerade die Brauen hochzieht oder Funken sprüht, bekommt er wahrscheinlich kaum mit. Für Remo ist das selbstverständlich und normal. Aber ein so vertrauenswürdiger, motivierender Sarkast zu sein, ist keine Selbstverständlichkeit.

»Hör auf, mich so anzusehen, sonst stufe ich dein Glüh-Level nach oben«, meint er brummig und streckt mir seine Hand hin. Ich greife sie und werde dann auf die Beine katapultiert.

Gegen ihn zu knallen, fühlt sich genauso schmerzhaft für meine Nase an wie damals auf dem Sportplatz. Aber der feste Griff an meinen Hüften nach dem Knall löst dieses Gefühl mit einem anderen ab.

Remo drückt mein Becken gegen seines und kommt mit dem Mund an mein Ohr. Mir steigt der Duft seiner Haut in die Nase.

Wie kann man nur so gut und scharf riechen? Dein Tag war doch lang, oder?

»Soll ich dir auch ein Geheimnis erzählen?«, flüstert er mir fragend zu.

Ich nicke und lege meine Hände an seine definierten Oberarme. Ich will unbedingt etwas über ihn erfahren. Eigentlich weiß ich viel zu wenig über Remo.

Her mit dem Geheimnis!

»Ich habe auch jemanden gevögelt, der sechs Jahre jünger ist als ich.«

Ich lege den Kopf zurück und starre ihn irritiert an. Ist das ein Scherz? Oder gesteht er mir gerade, dass er Sex mit einer Schülerin hatte?! Nein. Das macht er nicht. Oder?!

»Mel?« Das schmutzige Grinsen verschwindet von seinen Lippen.

»Ja?«

»Ich bin dreißig. Rechne nach.«

Oh ...

»Oh ... du meinst mich?«

Remo lacht und überdreht die Augen, bevor er mich loslässt und mir über den Kopf tätschelt. »Gut gerechnet. Und so schnell. Möchtest du einen glitzernden Sticker oder ein Bonbon?«

Ja, das war ziemlich dämlich von mir. Er ist natürlich nicht gleich alt wie ich. Mit ›sechs Jahre jünger‹ meint er keine Achtzehnjährige.

»Du hast das so verschwörerisch geflüstert, dass ich irritiert war!«, verteidige ich meinen kleinen geistigen Aussetzer. »Außerdem siehst du jünger aus!«

Ich brumme das, als wäre es eine Beleidigung. Remo wechselt trotzdem in den Selbstverliebt-Modus.

»Ich weiß. Das liegt am Wasser«, tönt er und fährt sich durchs schwarze Haar.

»Am Wasser? Was machst du denn damit?«

»Trinken. Ist dein Gehirn zur großen Pause gelaufen, als du von der Bank aufgestanden bist?«

Ich strecke ihm die Zunge raus und ernte dieselbe kindische Geste von ihm, nur hebt er dabei auch den Finger.

Kein anderer Mathe- oder Sportlehrer kann so ein kindischer Vollpfosten sein. Ich kenne aber auch keinen, der einen ähnlich guten Vertrauenslehrer abgibt.

»Vielleicht bringt ein wenig Bewegung mehr Blut in deinen Kopf«, schlägt Remo vor und deutet auf die vielen Turngeräte. »Hast du Bock?«

»Auf was?«

»Parkour. Schon mal gemacht?«

»Nein. Aber auf YouTube gesehen«, gebe ich zu und lasse meinen Blick etwas bewusster über die Geräte schweifen.

Wirklich coole Idee. In meinen Sportstunden haben wir uns meistens in einer Reihe angestellt, um alle mal wie die Vollidioten am Reck zu schwingen.

Sich möglichst rasch einen Weg durch oder über die verschiedenen Geräte zu bahnen, macht bestimmt viel mehr Spaß.

»Das ist der Start«, erklärt der Wolf und deutet auf die Langbank, die wir zuvor hier abgestellt haben. »Du musst bis zur Bank auf der anderen Seite des Turnsaals gelangen, aber mit jedem Gerät interagieren. Drunter oder drüber ist egal.«

»Du zuerst«, lautet meine Bedingung, auch weil ich diesen perfekt gebauten und definierten Körper gern mal beim Sport sehen würde.

Remo nickt und zieht dann eine kleine schwarze Fernbedienung aus der Hosentasche. Er drückt ein paar Knöpfe und aus den Boxen an den Wänden knallt das Pentatonix-Medley zu Daft Punk.

Schon allein die Tatsache, dass er Pentatonix auf seiner Playlist hat, treibt mir ein breites Grinsen aufs Gesicht.

Du hörst wirklich alles, was ich auch höre, oder?

Er startet mit einem einfachen Sprung über die Bank und wirft dann den Awesome-Mode an.

Remo jagt leichtfüßig und akrobatisch anspruchsvoll über die Geräte und schafft es dabei sogar, den Takt zur Musik zu halten.

Ist er ein Turner? Ist er ein Tänzer? Ist er ein Superheld? Ich weiß es nicht, aber er lässt das Ganze verdammt cool aussehen – und auch noch total einfach.

Dass es das nicht ist und dass man dafür eine gehörige Portion Kraft und Körperbeherrschung braucht, stellt er mit dem total überflüssigen, aber perfekt ausgeführten Flickflack am Ende klar.

»Mann, bist du ein Angeber!«, rufe ich grinsend auf die andere Seite des Turnsaals und höre Remo lachen.

»Angeber?«, ruft er zurück und schüttelt den Kopf. »Wenn ich hätte angeben wollen, hätte ich so was gemacht!«

Jap.

Er kann den Flickflack auch aus dem Stand mit Landung auf der Bank.

Beim Landen hadert er kurz mit dem Gleichgewicht, aber nur eine Sekunde, dann folgt die Verbeugung.

»Du bist dran!«, ruft er mir zu und macht eine anspornende Geste mit den Händen.

Die meisten Menschen würden mir zustimmen, wenn ich behaupte, dass es so was wie ein Hochgefühl gibt, wenn man Musik hört, die man toll findet, und das Ganze dann auch noch einen beschwingten Bass hat. Man hört einen Song, den man feiert, und hat plötzlich diesen euphorischen Bewegungsdrang. Und was beschert so ein Hochgefühl noch außer euphorischen Bewegungsdrang? Richtig. Selbstüberschätzung.

Bis kurz vor dem Ziel habe ich mich wirklich gut geschlagen. Ich nehme die Hindernisse nicht so kreativ akrobatisch wie Remo, aber ich bin kein unbeweglicher Mensch und Sport ist mir eigentlich auch nicht fremd. Dieser bescheuerte Sprungkasten wird aber immer höher, während ich auf ihn zulaufe.

Scheiße.

Dass ich mit dem Abspringen zögere, tut rein gar nichts für mein Vorhaben.

Stehen bleiben oder schneller laufen und fest abspringen – alles andere führt nur dazu, dass man in einer ungewollt seltsamen Position auf dem Sportgerät hängt und dann auch noch den Halt verliert und herausfindet, warum hier überall Matten liegen. Damit der Hintern weich landet.

Der bescheuerte Mozzarella lacht und redet mit sich selbst.

»Nicht hochgekommen und beim Festhalten langsam nach hinten weggerutscht! Wie Garfield! Herrlich!«

Ich raffe mich auf, ignoriere den dämlichen Sprungkasten und springe über die letzte Bank. Während ich auf Remo zu stapfe, funkle ich ihn warnend an.

Nein, ich brauche jetzt keine Benotung für meine Parkourfähigkeiten von dir. Den Garfieldspruch habe ich gehört!

»Kann es sein, dass du keinen Funken Kraft in deinen Oberarmen hast?«, will er grinsend wissen und zwickt in meinen Arm.

»Das hatte nichts mit Kraft zu tun! Ich bin nur ... weggerutscht.«

»Ja! Hammer! Habe ich so bisher nur bei sehr klein gewachsenen Grundschülern gesehen.«

»Ach, halt doch die Klappe ...«, murre ich beleidigt und starre eine Runde auf meine Schuhe. »Hast du mir gestern nicht irgendetwas von wegen essen gehen vorgeschlagen? Ich war nicht auf Sportunterricht vorbereitet«, erkläre ich kleinlaut und sehe zu ihm auf. Sein amüsiertes Grinsen klingt nur halb ab.

»Ich habe etwas zu essen dabei. In meiner Tasche ist eine Box mit Sushi. Ich teile mit dir, wenn du fünf Klimmzüge schaffst«, schlägt Remo vor.

Ich verschränke die Arme vor der Brust. »Du willst mir nichts zu essen abgeben, wenn ich keine Klimmzüge schaffe?«, wiederhole ich murrend.

Er nickt einsichtig. »Du hast recht, das ist langweilig. Lass uns einen spannenderen Ansporn finden.«

Darauf wollte ich zwar nicht mit meinem vorwurfsvollen Tonfall aufmerksam machen, aber seine braunen Augen bekommen plötzlich diese spannende Tiefe.

Remos Miene wird strenger und er macht einen Schritt auf mich zu. Ich könnte schwören, er ist größer geworden.

»Für jeden Klimmzug, den du schaffst …«, setzt er mit rauer Stimme an und deutet mit dem Kopf kurz zu den Sprossenwänden. Er beugt sich zu mir runter und flüstert mir seinen Anreiz ins Ohr. »… hast du einen Orgasmus ohne Gegenleistung bei mir gut.«

Seine Zunge gleitet über mein Ohr und mein Körper reagiert auf den prickelnden Reiz sofort mit Gänsehaut und einem wohligen Schauer. Auch mein Verstand stimmt ein und erinnert mich daran, wie gut sich seine Zunge zwischen meinen Beinen angefühlt hat. Außerdem erinnert mich meine Libido daran, dass wir heute am Höhepunkt vorbeigeschrammt sind.

»Du entscheidest, wann, wo und wie ich es dir machen soll. Ich erwarte absolut nichts im Gegenzug, außer du willst es. Die

Orgasmen verfallen nach einem Monat. Keine Barablöse. Wenn's beim Schicken kaputt geht, hafte ich nicht dafür.«

Ich schmunzle seinen Vortrag ab und lege meine Hände um seinen Nacken. »Willst du es mir echt so oft machen? Dann bist du aber nur noch mein Lustknabe, Mozzarella ...«

Remo grinst herausfordernd. »Zeig, was du kannst, Speckröllchen!«

TRAININGSSTUNDE MIT WOLF

Ich folge Remo zu den Sprossenwänden und schüttle die Arme etwas aus, während er die oberste Sprosse an der Halterung nach vorn zieht.

Ich weiß nicht, wann ich zum letzten Mal Klimmzüge gemacht habe, aber ich muss definitiv einen schaffen.

Ein Orgasmus ohne Gegenleistung würde bedeuten, dass ich Remo in der Hand habe und unser Dominanzspielchen auch mal umdrehen kann.

Mir geht schon seit Tagen immer wieder eine heiße Szene durch den Kopf, von der ich bisher nicht wusste, wie ich sie umsetzen kann. So ein Ass im Ärmel würde mir aber in die Karten spielen.

Als ich mich unter die Sprosse stelle und die Arme anhebe, stehe ich schon vor meinem ersten Problem.

»Kannst du das nicht niedriger einstellen? Wie komme ich denn da hoch?«

»Springen, Mäuschen. Springen«, flötet Remo und stellt sich mit verschränkten Armen neben mich.

Ich murre vor mich hin und setze dann zum Sprung an. Ich bekomme die Stange zwar zu greifen, aber nur mit einer Hand, die andere rutscht weg.

Das Herumschaukeln und Haltfinden raubt mir ärgerlicherweise schon Kraft.

Als ich endlich an der Stange hänge, wird mir bewusst, dass ich vielleicht etwas zu großkotzig war.

Mann, ist das schwierig, wenn die Füße in der Luft baumeln.

Ich hole etwas Schwung und ziehe mich hoch.

»Das ist kein Klimmzug, das ist Rudern mit den Beinen. Lass die Füße hängen! Du sollst dich mit dem Trizeps hochziehen, nicht mit den Beinen raufschwingen!«

»Ruhe! Ich muss mich konzentrieren!«

»Sicher. Konzentration hilft ja bekanntlich beim Klimmzügemachen. Bist du ein Jedi?«

»Halt die Klappe!«

Ich versuche, die Füße ruhig zu halten, und ziehe mich stöhnend hoch.

Ja! Ja! Ja! Geschafft! Motivationsschub!

Der Motivationsschub hält für zwei weitere Klimmzüge an, dann rudere ich wieder mit den Beinen, zumindest so lange, bis Remo sie festhält.

»Das ist jetzt nur noch Zappeln. Drei, wenn ich beide Augen zudrücke«, erklärt er meine Versuche für beendet.

Ich überlege kurz, ob ich protestieren soll, aber meine Arme zittern schon und irgendwie bin ich stolz auf meine drei Klimmzüge. Für jemanden, der noch nie irgendeine Form von Kraftsport gemacht hat, ist das gar nicht schlecht.

»Lass mich los, ich will runter«, japse ich, spüre aber, dass es leichter wird, mich festzuhalten, weil Remo mich etwas nach oben drückt.

»Weißt du, was der Unterschied zwischen Sportlern und Sportpädagogen ist?«, fragt er und sieht schief grinsend zu mir auf. Er wartet auf keine Antwort, verrät sie mir einfach. »Sportler erkennen nur herausragende Leistungen an, Pädagogen belohnen auch für bloßen Willen und Mitmachen.«

»Was soll das denn heißen?! Ich will keinen Motivations-Belohnungs-Keks von dir!«

»Kekse habe ich keine dabei, aber belohnen kann ich dich trotzdem ...«

Ich will eigentlich loslassen, aber Remo greift plötzlich nach meinem Hosenknopf.

»Wenn du dich noch ein bisschen halten kannst, bekommst du einen Vorschuss auf das, was du dir erarbeitet hast«, raunt er und zieht den Reißverschluss meiner Hose nach unten.

»Können wir das nicht am Boden machen?«, frage ich, weil ich mir nicht sicher bin, ob ich mich noch so lange halten kann. Meine Libido ist Feuer und Flamme für seinen Vorschlag, aber meine Arme protestieren dagegen.

»Die Anstrengung lässt dich schneller und intensiver kommen«, prophezeit er mir etwas, auf das ich so große Lust bekomme, dass ich den Griff um die Sprosse verfestige.

Remo zieht mir die Hose und den Slip aus und greift dann unter meine Kniekehlen. Er hebt meine Beine an, hilft mir, mich noch mal hochzuziehen, und lässt mich dann eines meiner Beine an seiner Schulter ablegen. Das verringert die Belastung meiner Armmuskeln so sehr, dass ich mir sicher bin, dass ich die Position halten kann, bis mich der Höhepunkt zum Loslassen zwingt.

Der Wolf zieht mein Becken näher an sein Gesicht. Ich spüre seine Zunge von jetzt auf gleich so intensiv, dass ich in Stöhnen verfalle.

Das ist die ungewöhnlichste Position, in der ich jemals Oralsex hatte, aber sie tut unheimlich gut.

Die Anstrengung, die noch immer durch meinen Körper jagt, lässt mich seine Stimulation so stark fühlen, dass der Höhepunkt bestimmt intensiv wird.

»Hältst du's noch aus oder willst du runter?«, spricht er gegen meine empfindlichste Stelle, die selbst pocht, wenn er nur dagegen haucht.

»Mach weiter! Bitte …«

Er leckt mich plötzlich so vorsichtig, dass ich beinahe wahnsinnig werde.

Ich kann ihm mein Becken nicht entgegendrücken, ich kann nur noch lauter stöhnen.

»Die Schule ist leer, schrei dich heiser, Baby«, knurrt Remo angeturnt diabolisch und stößt nur noch mit der Zungenspitze gegen den heißesten Punkt an meinem Körper.

Ich weiß nicht, ob mir danach zumute ist, ihn anzuflehen oder in den Himmel zu loben. Das hier ist genial und qualvoll lustvoll zugleich. Das Hinauszögern treibt mich gleich in den Wahnsinn.

Mein Körper ist so angespannt und heiß, dass selbst die sanften Reize seiner Zunge die Wellen in mir brechen lassen.

Als Remo merkt, dass ich komme, leckt er mich wieder fester. Seine gleitenden Berührungen lassen meinen Orgasmus so intensiv werden, dass das lustvolle Hochgefühl meinen Verstand leer fegt. Da ist nichts außer Verlangen, Genuss und das wohltuende Einsetzen von Entspannung. Zu viel Entspannung!

Ich japse erschrocken auf, weil meine Muskeln mir endgültig den Dienst quittieren und ich die Stange loslasse. Remos Reflexe sind zum Glück gut genug, um meine Beine schnell loszulassen und mich aufzufangen. Er verhindert, dass ich wie ein nasser, gliederloser Sack am Boden liege. Ich würde dabei aber definitiv grinsen.

»Geil, oder?«, will er wissen und erntet ein tiefenentspanntes Nicken von mir.

»Wenn du jetzt noch eine Portion Sushi rausrückst, ignoriere ich, dass du mich vorhin wieder Speckröllchen genannt hast.«

Remo setzt mich nicht ab, er greift nur meinen Hintern und schüttelt den Kopf. »Ich esse immer erst nach dem Krafttraining zu Abend«, erklärt er.

»Willst du auch noch ein paar Klimmzüge machen?«, frage ich und stelle gleich noch etwas klar. »Die Wette mit den Orgasmen ohne Gegenleistung gilt für dich sicher nicht! Wie viele schaffst du? Hundert?!«

Er grinst selbstbewusst. »Sagen wir mal so: Du könntest mir deinen scharfen Körper sicherlich nicht so oft anbieten. Es sei denn, du verzichtest aufs Schlafen, Essen, Sitzen …«

Da schwellt Selbstbewusstsein in mir, wegen seinem Spruch mit dem scharfen Körper. Und mein Kopfkino spult so viele heiße Filme auf einmal ab, dass der Beamer Feuer fängt.

Ich kann mir schlimmere Dinge vorstellen, als Remos Sexspielzeug zu sein.

Viel schlimmere Dinge. Irgendwie ist er ...

»Sag mal, was wiegst du? Dreiundsechzig? Vierundsechzig Kilo?«

Er ist ein unsensibler Horst!

»Vierundsechzig Kilo?!«, rufe ich echauffiert und boxe ihm gegen die Schulter. Das tut meiner Hand mehr weh als seinen Muskeln – nicht schlau.

Er fängt an, mich abschätzend auf und ab zu schaukeln. »Na ja, irgendwas um die sechzig wäre schon ganz nett zum Trainieren«, tönt er zweideutig klingend und dreht sich dann mit mir so schwungvoll zur Wand, dass mir fast schwindelig wird. Ich schlinge meine Beine um seine Hüfte, während er mich mit dem Rücken an die Mauer drückt.

Die Härte, die unter dem Stoff seiner Jogginghose versteckt liegt, drückt genau an dem Punkt, den er zuvor in Flammen hat aufgehen lassen.

Mich zu lecken, hat ihn heißgemacht – ich brenne sowieso noch immer.

»Bock, mein Trainingsgerät zu sein?«, fragt er und lässt mich runter.

»Bist du sicher, dass niemand hier reinkommt?«

Ja, diese Frage hätte ich wahrscheinlich schon früher stellen sollen, aber ich denke erst jetzt darüber nach.

»Schüler definitiv nicht, die sind in ihren Wohnheimen. Vielleicht ein Lehrer, der auch übermotiviert etwas vorbereitet, aber das ist noch nie vorgekommen.«

Remo klingt unbesorgt. Und angeturnt. Er sieht die Sache mit dem Sex am Arbeitsplatz ganz offensichtlich lockerer als Pascal. Ich glaube auch nicht, dass jemand nach 22:00 Uhr im Turnsaal auftaucht, aber wenn uns irgendein anderer Lehrer zusammen erwischt ...

Mir fällt nicht mal eine Konsequenz ein. Vielleicht erfährt mein Vater davon und fragt, ob ich Remo mal zum Essen mitbringen möchte. Dann muss ich mir eine Ausrede einfallen lassen. Es gibt Schlimmeres.

Meine Eventualitätenfantasien enden abrupt, als Remo das Kondompäckchen aufreißt, das er aus seiner Hosentasche gezogen hat.

»Pink?«, frage ich amüsiert und mustere den dünnen Latex.

»Ja. War das einzige, das in meinem Büro gelegen hat. War mal ein Geschenk.«

»Von wem?«

»Willst du, dass ich dir etwas von anderen Frauen erzähle, bevor ich dich ficke?«

»Nein.«

»Dann frag nicht.«

Ich sehe ihm zu lange in die Augen. Er soll nicht denken, dass mich das Thema irritiert. Das ist nicht meine erste Sex-ohne-Liebe-Abmachung. Klar hatte er andere Frauen – hat andere Frauen. Ich weiß gar nichts über ihn, aber das Ganze geht mich auch nichts an.

Die Frage hätte ich mir wirklich verkneifen sollen. Dass er das pinke Kondom von keinem Mann geschenkt bekommen hat, war abzusehen.

Schluss mit dem Gespräch! Weg mit den Gedanken!

Ich mache einen Schritt auf ihn zu und schiebe meine Finger seinen Hüftknochen entlang, um ihm die Trainingshose und die Shorts abzustreifen.

Die Haut unter den harten Muskeln hat den ultimativ perfekten Bräunungsgrad, obwohl es Winter ist. Italienische Gene machen's möglich.

Remo rollt das Kondom über seine entblößte Männlichkeit und zieht sich das T-Shirt über den Kopf.

Ich raune diesen gottgleichen Körper an und lege meine Hände kurz auf seine Bauchmuskeln. Als er mich gegen die Wand drückt, muss ich die Finger wegnehmen, aber ich kralle sie auch gern in seinen Hintern.

Unser erster Kuss seit zwei Tagen ist nicht halb so stürmisch, wie ich erwartet hatte. Er küsst mich langsam und genüsslich, aber das macht mich nur noch schärfer.

Ich hebe ein Bein an und drücke mich gegen seine Mitte. Er greift es, hebt mich aber nicht hoch, sondern schiebt mein Shirt am Dekolleté mit der anderen Hand nach unten und macht dasselbe mit meinem BH-Körbchen.

Remo küsst meinen Hals entlang über mein Schlüsselbein und umschließt dann meine entblößte Brustwarze mit den Lippen. Das Ziehen lässt die Erregung wieder lauter in mir pochen. Ich beginne, das Becken zu bewegen und mich an seiner Männlichkeit selbst zu stimulieren.

»So ungeduldig?«, knurrt er und drückt seine Stirn gegen meine. Ich weiß nicht, ob seine Augen schon mal so nah waren, aber ich schwimme förmlich in den braunen Iriden, die unter diesen strengen Augenbrauen glitzern. »Sag mir, was ich mit dir machen soll«, flüstert er gegen meine Lippen.

Wir spielen nicht dasselbe Dominanzspiel vom letzten Mal. Es ist klar, dass ich ihn will, und es turnt ihn an, wenn ich ihn darum bitte. Mich auch.

Ich hebe mein Becken und fühle seine Härte schon in mich drücken. Meine Lippen pressen sich an sein Ohr. »Fick mich. Bitte.«

Kaum spreche ich es aus, hebt Remo mich hoch und drückt sich in mich. Mein Rücken knallt gegen die Wand und ich fühle den ziehenden Schmerz, den seine Männlichkeit in mir auslöst, weil sie so tief in mich eindringt. Seine Stöße vertreiben den unangenehmen Reiz und lassen meinen Körper in purer Erregung aufgehen.

Diese Stellung fühlt sich absolut heiß an. Meine Beine sind um Remos Hüften geschlungen und meine Arme um seinen Nacken. Den Oberkörper angespannt zu halten, ist anstrengend, aber nichts im Vergleich dazu, was Remo sich gerade abverlangt. Seine Hände halten meine Oberschenkel fest. Mein ganzes Gewicht lastet auf seinem Körper.

Er stemmt die fünfundfünfzig Kilo, als wäre das selbstverständlich. Gut, siebenundfünfzig Kilo. Achtundfünfzig, aber kein Gramm mehr!

Das Stöhnen aus seinem Mund ist das schärfste Geräusch der Welt. Ich spüre seine tiefen Atemzüge an meiner Haut und sehe die Sehnen an seinen Armen hervortreten.

Mir war klar, dass es heiß ist, ihm beim Training zuzusehen, aber das ist noch viel besser als in all meinen Tagträumen.

Remos Tempo ist wohltuend rhythmisch, schnell, aber nicht hektisch. Er genießt die Stöße, in seinem Blick glänzt die Lust, zwischen sein Stöhnen mischt sich ein Knurren.

Ich mustere sein Gesicht. Dass es markant ist, weiß ich, aber seine Wangenknochen und die sinnlichen Lippen waren nie besser in Szene gesetzt. Es liegt gar nicht an der Beleuchtung, vielmehr an meinen Augen und dem, was sie mir bisher nicht zeigen wollten.

Meine Handfläche legt sich auf seine Wange, mein Daumen unter sein Kinn.

Ich will seine Lippen auf meinen spüren.

Die Anstrengung zwingt ihn zu festen, tiefen Atemzügen, die Erregung zum Stöhnen. Er schnauft und knurrt mir in den Mund, sobald sich unsere Zungen verlieren.

Die gebräunte Haut glüht unter meinen Fingern. Seine Muskeln müssen schon brennen, aber er nimmt mich weiter so tief und schnell, als würde er mich nicht tragen.

Sein Pulsieren in mir geht mit der Anspannung seiner Miene einher. Remo knurrt auf, drückt seinen Mund an meinen Hals und beißt zu, während er kommt.

Meine Haut kribbelt, meine Mitte pulsiert. Das letzte In-mich-Drücken ist wieder so tief wie das erste. Er presst mich so fest gegen die Wand, dass mir kurz die Luft wegbleibt, dann lässt er mich runter. Er tut das so langsam, als ob er nicht erschöpft und durchgeschwitzt wäre.

»Soll ich's dir noch mal machen oder willst du essen?«, fragt Remo und stützt sich mit den Händen neben mir an der Mauer ab.

Der stumpfe Glanz in seinen Augen verfliegt. Seine Erregung klingt aus.

Dass er mir das Angebot trotzdem macht, ist nett.

Ich schüttle den Kopf. »Der Orgasmus vorhin war hammer. Und das Vögeln heiß. Essen wäre mir jetzt lieber.«

Remo nickt und kümmert sich dann um das Kondom.

Ich bücke mich nach meinem String und drehe das dunkelblaue Stück Stoff prüfend zwischen den Fingern.

»Suchst du was in deinem Höschen oder ist das ein schräger Spleen?«, tönt es von rechts. Remo grinst über meine suchenden Blicke und kommt auf mich zu. »Gib mal her, ich helfe dir suchen – oder deinen Spleen auszuleben. Was auch immer, ich will auch mal.«

Ich drehe mich schnell von ihm weg und halte meinen String fest. »Nein! Finger weg! Ich habe nur noch diesen hier und einen anderen!«

»Du bist mit nur drei Unterhosen ausgezogen? Wo kann ich für dich spenden?«, fragt er amüsiert.

Ich verziehe murrend den Mund und schüttle den Kopf. »Ich habe mehr Unterwäsche dabei! Aber die anderen sind eher ... sportlicher.«

Natürlich habe ich darauf geachtet, heute Abend in nichts Langweiliges zu steigen. Genau wie heute Morgen, aber der String ist Pascal zum Opfer gefallen. Meine Auswahl an heißer Unterwäsche ist begrenzt. Ich hatte beim Packen nicht damit gerechnet, hier auf die Sexgötter unter den Pädagogen zu treffen. Meine Dessous lagern gemeinsam mit meinem anderen Zeug bei meinen Großeltern.

Eine kurze Google-Suche hat mir aber schon heute Nachmittag verraten, dass es in der Innenstadt einen Shop gibt, der eine schöne Auswahl hat. Bis ich dazu komme, einzukaufen, will ich meine Strings aber vor den heißen Männern mit dem Drang, mir die Klamotten vom Leib zu reißen, beschützen.

Remo hat mich vorhin auch sehr schwungvoll ausgezogen, aber der String ist heil geblieben.

»Keine Angst, ich mache dir dein einziges Nicht-Oma-Höschen schon nicht kaputt. Klamotten zerreißen ist eher Pascals Ding.«

»Ich weiß. Und ich habe nie behauptet, dass es Oma-Höschen wären! Es ist ganz normale Unterwäsche!«

Remo neigt fragend den Kopf. »Hast du heute mit ihm gevögelt?«

Die Frage irritiert mich. Von mir aus hätten wir gern weiter über die Terminologie ›Oma-Höschen‹ diskutieren können.

Ich zögere mit meiner Antwort, weil ich plötzlich das Gefühl habe, dass das Thema unangenehm werden könnte.

Schwachsinn. Wird es nicht. War es auch zu dritt auf dem Sofa nicht.

»Wir hatten ein wenig Spaß in seinem Büro. Er etwas mehr als ich«, verrate ich. Wieso ich damit rausrücke, weiß ich nicht. Kaum habe ich es ausgesprochen, wird es mir peinlich.

Man beschwert sich nicht über den Sex mit einem Pädagogen-Gott bei einem anderen Pädagogen-Gott. Vor allem, wenn der Sex verdammt erregend war. Orgasmus hin oder her, es hat mir gefallen, von Pascal auf seinen Schreibtisch gedrückt zu werden. Vielleicht war das auch gar keine Beschwerde, sondern ein unterschwelliges Lob an Remo – mein Unterbewusstsein hat mich dazu genötigt, ihm ein Kompliment zu machen.

Der Orgasmus vorhin war großartig.

Der beste heute. Und der einzige. Nein, das wäre kein Kompliment.

»Hat er dich angeleckt und Ego-gevögelt?«, fragt er und sieht mich wissend an.

Ich zucke mit den Schultern, weil ich nicht wie eine Petze klingen will.

Remo seufzt und steigt in seine Hose. »Ich habe dir ja gesagt, er meint die Sache mit dem ›Spielzeug‹ ernst. Für Pascal ist das nur ...«

»Der Sex mit ihm war toll!«, falle ich Remo ins Wort und bin selbst überrascht, wie fauchend ich klinge. »Ich wollte damit nicht sagen, dass er schlecht war! Und ich weiß sehr wohl, woran ich bei ihm bin. Ich bin doch kein Idiot ...« Den letzten Teil des Satzes murmle ich kleinlaut.

Er braucht mir nicht zu unterstellen, ich könnte Pascal nicht einschätzen. Klar bin ich für ihn nur ein Spielzeug, aber nichts anderes bin ich für Remo. Und nichts anderes sind die beiden für mich.

Spielzeug, Spielzeug, Spielzeug! Man sollte uns bei Toys'R'Us ins Regal stellen!

Als ich mir den Pullover über den Kopf gezogen habe, taucht eine neutral finstere Miene vor mir auf.

»Lass uns das Sushi essen, sonst wird es kalt«, brummt der Wolf und setzt sich in Bewegung.

Ja, das macht total Sinn. Der rohe Fisch wird kalt. Aber er hat recht – ich will auch das Thema wechseln. Außerdem haben wir definitiv Hunger, wir werden nämlich gerade zickig.

KANNST DU MAL AUFMACHEN?

Ich schlendere durch die Gänge und summe den Britney-Spears-Song mit, der läuft. Der Laden ist der Hit. Ich hatte mit einer kleinen, unscheinbaren Boutique in irgendeiner Seitengasse gerechnet, aber ich stehe hier auf gut zweihundert Quadratmetern ultraschickem schwarz glänzenden Fliesenboden, umgeben von so viel schöner Unterwäsche, dass mir die Auswahl schwerfällt.

Von sportlich bequem über sexy bis hin zu verrucht, das Sortiment lässt wirklich keine Wünsche offen.

Mal in die Stadt zu fahren und etwas zu bummeln, war eine großartige Idee. Abgesehen davon, dass ich wirklich Unterwäsche brauche, tut es auch gut, mal etwas anderes zu sehen außer diesen Berg und das Schulgelände.

In den letzten Tagen wurde mir etwas langweilig. Mein Vater hatte mit der Organisation einer wichtigen Schulratsversammlung zu tun und die 6B hat eine dreitägige Klassenfahrt nach Versailles gemacht. Begleitlehrer: Natürlich der Franzose und der Vertrauens-Wolf. Außerdem Herr Stark.

Ja, sie haben mir auch Olli weggenommen. Bescheuerte 6B ...

Ich weiß, dass sie heute Mittag wieder angekommen sind, aber ich rechne trotzdem nicht damit, heute noch etwas von einem meiner Lieblingslehrer zu hören.

Als Tochter eines Pädagogen ist mir bewusst, wie anstrengend es ist, Begleitperson auf einem Ausflug mit einer Schar Dreizehnjähriger zu sein. Mein Vater hat danach immer erschöpft das Statement geseufzt, dass junge Leute die Welt mit anderen Augen sehen als er. So ein Spruch ist bei ihm gleichbedeutend mit totaler Resignation und blankem Unverständnis über die Kackbratzen, die den ganzen Ausflug über nur Mist gebaut haben. Er war nach Kulturreisen und Schullandwochen immer besonders gern allein in seinem Büro und hat Peggy-March-Songs gehört.

Ich bin mir sicher, sie wollen sich erst mal ausruhen. Falls sie morgen oder am kommenden Wochenende ausgeruht genug sind, würde ich mich aber über etwas Gesellschaft freuen.

Natürlich freue ich mich auf den Sex, aber ich muss zugeben, dass mir die Gespräche fehlen. Und die Zankereien. Ich bin das bescheuerte Rotkäppchen, dem ohne den Wolf absolut langweilig wird. Natürlich auch ohne das Einhorn – obwohl, das ist eher wortkarg, aber trotzdem schön anzusehen.

Ich lege die roten Dessous mit den schwarzen Schleifen über die anderen Wäschestücke auf meinem Arm und mache mich auf den Weg zu den Kabinen. Viel mehr kann ich nicht tragen. Aber wenn keine der zwanzig Variationen passt, stimmt etwas nicht mit meinem Körper. Dann muss ich Frust schieben, heulen und den Laden abfackeln. Hoffen wir das Beste ...

Im Gang mit den Kabinen liegt richtig weicher Teppichboden. Die Vorhänge sind aus dickem beigen Stoff und die Spiegel werden mit warmem gelblichen Licht beleuchtet. Außerdem riecht es hier wie in einem Süßkramladen. Karamell, Vanille, ein Hauch Orange – woran muss ich lecken, damit es danach schmeckt?

Ich kann mich absolut nicht entscheiden. Bis auf zwei BHs, in denen meine Brüste irgendwie traurig wirken, und einem, in dem meine Brustwarzen so aussehen, als wären sie verrutscht, gefällt mir alles. Die Preise erlauben aber keine Kaufrausch-Eskalation. Würde ich mir hier sechzehn Kombinationen kaufen, müsste ich meinen Vater bitten, meinen Bausparvertrag aufzulösen.

Unterschreib mal hier, Papa – ich brauche absurd viel Geld für verrucht wenig Stoff.

Ich schlüpfe wieder in meine Klamotten und stehe dann seufzend, aber total verliebt in die hübsche Unterwäsche in der Kabine. Die schwarze mit den vielen dünnen Bändern muss auf alle Fälle mit. Die weiße, die irgendwie nach versauter Unschuldsengel aussieht, auch. Die dunkelblaue wäre aber auch sexy.

Hach, ich liebe euch alle! Verlasst mich nicht!

»Scheiße!«

Das war nicht ich. Ich bin glücklich, auch wenn ich mich nicht entscheiden kann. Das Mädchen in der Kabine nebenan ist in einer weniger guten Stimmung.

»So ein verkackter Mist!«

Sie klingt ziemlich sauer. Vielleicht passt die Wäsche nicht. Gleich brennt der Laden.

Ich höre sie in der Kabine herumstolpern und ziehe meinen Vorhang auf.

»Alles okay?«, frage ich und lausche einem bitteren Seufzen.

»Kannst du mir mal helfen?«, entgegnet sie mit heller, verzweifelter Stimme.

Ich trete vor ihre Kabine und zögere kurz. »Soll ich reinkommen?«

»Ja. Ich hänge fest!«

Als ich den Vorhang ein kleines Stück aufziehe, zeigt sich mir ihr Problem sofort. Ich trete in die Kabine und schließe den Vorhang wieder, weil gerade ein Pärchen den Gang entlangkommt.

Sie hat mir den Rücken zugewandt, aber dort verbirgt sich auch die Ursache für ihr Fluchen. Die dünngliedrige silberne Kette, die sie trägt, hat sich in den Häkchen des BHs verfangen und sie verklemmt.

»Ich bekomm das Ding nicht mehr auf!«, klagt sie ihr Leid.

Ich greife nach dem Verschluss. »Warte mal ...«

Sie ist gut zehn Zentimeter größer als ich, was das Hantieren an ihrem Rücken leichter macht. Die Kette hat sich so unglücklich in den kleinen schwarzen Haken verkeilt, dass ich Angst habe, sie beim Öffnen kaputt zu machen.

»Ich will deine Kette nicht ruinieren ...«

»Ach, scheiß drauf! Das Ding habe ich mir für drei Euro bei *Claire's* gekauft. Du kannst sie abreißen!«

Mit dem Wissen, dass sie ihm nicht nachweinen wird, gehe ich etwas brachialer mit dem dünnen Modeschmuck um. Die Glieder lassen sich aufbiegen. Sie kann froh sein, dass sie keinen echten Schmuck trägt, sonst hätten wir dem BH mit einer Schere an den Kragen gemusst.

Ein paar silberne Plastikteile fallen auf den Boden und die Haken lassen sich endlich voneinander trennen.

»Na also!«

»Gott sei Dank!«

Sie schält sich aus der dunkelgrünen Spitze und wirft sie auf den kleinen Stuhl, bevor sie sich zu mir umdreht.

»Danke! Echt! Ich war knapp vor dem Ausrasten! Ich kann es nicht ab, wenn ich irgendwo feststecke oder nicht rauskomme. Deshalb ist das ganze Bondage-Ding auch nicht mein Fall. Da krieg ich Beklemmungen.«

Ich weiß, dass sie etwas Amüsantes, sehr Offenes gesagt hat, aber ich kann nur auf diesen Körper starren.

»Mann, siehst du gut aus!«, schallt es beeindruckt aus meinem Mund.

Ich fühle mich von Frauen nicht sexuell angezogen, aber ich muss einem Kunstwerk Tribut zollen, wenn es schon mal vor mir steht.

Ihre Proportionen sehen aus, als hätte sie jemand mit einer Software entworfen. HotBodys 6.1 – create your sexiest visions.

Ich halte mich selbst für kein graues Mäuschen – in der Gen-Lotterie hatte ich auch nicht gerade Pech –, aber das hier ist eine ganze Stufe über ›hübsch‹.

Ihr Körper ist nicht nur schlank, sondern definiert. Da zeigt sich die erotische Andeutung von Muskeln an ihrem Bauch. Die Taille ist so schmal, dass man versuchen möchte, sie mit beiden Händen zu umschließen, und ihre Haut hat einen so dezent gebräunten schönen Ton, als hätten wir Sommer.

Außerdem sind ihre Brüste der Hammer. Ich kann nur noch mal betonen, dass ich wirklich nicht auf Frauen stehe, aber dieser Anblick lässt mein Ästhetikempfinden wohlig stöhnen.

Wer auch immer sie in HotBodys 6.1 entworfen hat, hat sogar darauf geachtet, bei der Farbauswahl ihrer Brustwarzen die lieblichste, schönste Nuance zu wählen, die das Programm hergegeben hat.

Als sie mich angrinst, sehe ich mir auch mal ihr Gesicht an. Sie ist etwas älter als ich, hat keine puppenhaften Züge, aber ein sehr symphytisches Gesicht. Ihre Augen sind grün und verraten mit einer glänzenden Tiefe, dass sie ein sehr selbstbewusster Mensch ist.

»Danke. Ist aber nicht alles echt«, verrät sie zwinkernd und legt sich verschwörerisch den Finger auf die Lippen.

Echt oder nicht, es ist jetzt an ihr dran und es sieht unheimlich gut aus.

Ich schmunzle zurück, hebe die Hand und trete dann wieder durch den Vorhang.

Gegenüber steht ein Typ vor der halb offenen Kabine und kritisiert an seiner Freundin rum. Vollidiot.

Ich entscheide mich nach etwas Hin und Her für drei Kombinationen. Schwarz – weiß – dunkelblau. Vom Rest muss ich mich wehmütig verabschieden.

Macht's gut, ihr Schönen! Ich werde euch erst vergessen, wenn etwas Spannenderes passiert!

Ich räume meine Kabine auf und trete in den Gang. Der Typ gegenüber schießt gerade sämtliche Vögel ab, die um seinen dämlichen Kopf herumschwirren.

»Ich kann nichts dafür, aber dafür bist du zu dick.«

Ich würde ihm gern stellvertretend für die Frau, die sich den Kommentar anhören muss und gefallen lässt, eine kleben. Das ist kein scherzhaftes Necken und er meint es auch keinesfalls ironisch. Er glaubt wirklich, er hätte das Recht, an ihr herumzukritisieren, nur weil sie offenbar emotional abhängig von ihm ist.

Die Welt ist voller Arschlöcher. Ich denke manchmal wirklich, es ist Zeit für eine neue Sintflut.

Der Vorhang neben mir geht auch auf. Das Mädchen mit den perfekten Kurven funkelt den Idioten gegenüber mit hochgezogener Braue an, weil sie natürlich auch gehört hat, was er gesagt hat.

Als er sich nach uns umdreht, hat er tatsächlich die Nerven, uns kokett anzugrinsen.

Mister Charmant ist keine Augenweide. Seine Zähne sind total schief, winzig und sehen aus, als würden sich zwei Menschen ein Gebiss teilen. Aber man muss es ja bekanntlich nicht selbst können oder haben, um sich zum Kritiker berufen zu fühlen.

Ich kann nicht anders. Er soll ruhig mal einen Schluck seiner eigenen Medizin kosten, vielleicht überlegt er sich das mit dem Verabreichen dann.

Ich wende mich der hübschen jungen Frau mit den dunkelbraunen Haaren zu, die ich vorhin befreit habe, und bleibe gewollt laut, damit er mich hören kann.

»Hat er mehr Zähne im Mund als normale Menschen?«

Sie sieht zu mir, zuckt mit den Schultern und steigt voll drauf ein.

»Nein. Es kommt nur mehr Scheiße raus!«

Sein Blick verfinstert sich.

Ich hoffe, das hat genauso wehgetan, wie du ihr wehgetan hast.

Ich bin kein Racheengel oder ein Vorzeigemensch – dafür war das gerade eine zu direkte Auge-um-Auge-Aktion–, aber vielleicht muss man manchmal einfach ein Arschloch sein, das Leben macht es auch so.

Ich zwinkere meiner Komplizin noch mal zu, bevor sich unsere Wege trennen.

Sie geht zum Verkaufstresen und legt die schwarze Spitzenwäsche, die ich vorhin auch an der Schaufensterpuppe bewundert habe, neben die Kasse. Eine wirklich auffallend schöne Kombination aus einem BH mit durchsichtigen Körbchen, einem Tanga mit silbernen Kettengliedern an der Seite und Strapsen. Anprobiert habe ich sie nicht, weil mich der Preis zu sehr schockiert hat. Die Kombi ist teurer als alles, was ich in der Hand habe, zusammen.

Sie spart am Schmuck, aber nicht an den Dessous. Der Mann, der sie darin sehen darf, kann sich glücklich schätzen.

Eigentlich sollte ich auch zur Kasse gehen und die Shoppingtour beenden, aber es zieht mich noch mal in den Gang mit den Fetisch-Klamotten.

Ich kann nicht anders, ich muss das Outfit, das mich schon angelacht hat, als ich hier reingekommen bin, mitnehmen. Es passt zu gut zu meiner speziellen Sexfantasie, die ich gern mal mit dem Wolf ausleben würde.

Nein, es ist kein Rotkäppchenkostüm ...

Beim Bezahlen muss ich hart schlucken. Zum Glück wohne und esse ich hier umsonst. Die Schweiz ist ein ziemlich teures Pflaster.

Als ich den Laden verlasse, habe ich den Blick auf das schwarze Display meines Handys gerichtet. Der Akku ist mir mal wieder ausgegangen. Kein ungewöhnliches Szenario. Ich bin ein Techniksadist und lasse meine Geräte meistens im Askese-Modus dahinvegetieren. Zwei Prozent Akku sind genug, um das Haus zu verlassen, auch in der sicheren Gewissheit, dass man den verdammten Berg hinauflaufen muss, wenn man sich kein Taxi rufen kann.

Was soll ich sagen? Ich bin ein Idiot.

Ein ziemlich glücklicher Idiot, denn ich sehe gerade ein Taxi um die Ecke biegen.

Ich hüpfe an den Straßenrand und versuche, den Fahrer mit Winken zum Anhalten zu bringen. Das funktioniert aber wohl nur in Filmen, die in New York spielen.

Der Typ rast durch die Pfütze vor mir und spritzt meine schwarze Leggins mit Matsch voll.

Großartig. Danke.

»Arschloch!«

Ich höre auf, die Flecken von meinen Beinen wischen zu wollen, als jemand ausspricht, was ich denke. Als ich aufsehe, kramt sie in ihrer Handtasche. In ihrer linken Hand brennt eine Zigarette, mit der anderen reicht sie mir ein Taschentuch.

»Die Taxifahrer hier können Vollidioten sein«, erklärt sie und zuckt mit den Schultern. »Du kommst nicht von hier, oder?« Wahrscheinlich hat sie vorhin in der Kabine meinen Dialekt leicht durchklingen gehört.

»Nein. Ich komme aus Wien.«

»Wien? Cool! Was verschlägt dich hierher?«

»Mein Exfreund war ein Vollidiot und jetzt lebe ich vorübergehend bei meinem Vater, bis meine neue Wohnung frei wird.«

Sie nickt und schnippt die Zigarette in den Gully. »Männer«, seufzt sie wissend und zuckt mit den Schultern. »Ohne sie ist das Leben öde und mit ihnen muss man Achterbahn fahren. Man hat die Wahl, sich allein zu langweilen, oder sich auf etwas einzulassen, wozu man eventuell eine Kotztüte braucht.«

Ihr Vergleich bringt mich zum Grinsen. Ich mag ihre Art. Ich denke, sie ist ziemlich tough, aber nicht zickig. Irgendwie hat sie etwas Alphaweibchenhaftes an sich, aber eher auf eine beschützende Weise – nicht bissig.

»Brauchst du die Nummer von einem Taxiruf?«, will sie wissen und zückt ihr Handy.

»Ähm ... nein. Mein Akku ist leer.«

»Soll ich dir eines rufen?«

»Das wäre klasse! Dann brauche ich nicht zu laufen.«

Sie nickt und hält sich das Telefon ans Ohr. »Wohin musst du?«

»Den Berg hoch, ins Internat.«

Ihre perfekt geschminkten Augen werden groß. »Du bist aber keine Schülerin, oder?«

»Nein! Ich bin vierundzwanzig. Ich gebe den Schülern ab und an Nachhilfe. Aushilfsjob ...«

Ja, ich biege die Wahrheit ein wenig zurecht, aber ich will den Satz ›Mein Vater ist der Direktor‹ nicht aussprechen. Klingt manchmal zu sehr nach ›Ich bin ein reiches, verwöhntes Töchterchen‹. Bin ich nicht. Wir sind nicht sooo reich. Mein Vater vielleicht schon, aber ich musste trotzdem immer in den Ferien und neben der Uni jobben.

Mein Taschengeld fiel nie überdurchschnittlich aus, weil das der Erziehungsstil meines Vaters ist. Ihr das zu erklären, würde aber definitiv zu weit führen – lieber die Wahrheit etwas modifizieren.

Sie wirkt sehr bodenständig auf mich, obwohl sie sich die teure Unterwäsche geleistet hat. Ich kann nicht sagen, was es ist – vielleicht die Drei-Euro-*Claire's*-Kette oder Intuition.

Obwohl auch der schwarze Mantel und ihre Stiefel ziemlich teuer aussehen. Sie hat übrigens einen sehr coolen Style. Sexy, aber doch irgendwie sportlich.

»Du musst also ins Ingenium-Gymnasium«, stellt sie fest und schmunzelt mich freundlich an, bevor sie das Handy wieder wegsteckt. »Dann brauchst du kein Taxi, wir können dich mitnehmen! Ich will da auch hin.«

Bevor ich irgendetwas sagen kann, hält ein schwarzer Audi neben uns.

Wahnsinnsschlitten! Ich habe keine Ahnung von Autos, aber ich sehe, wenn eines teuer war.

Sie läuft um den Wagen herum auf die Fahrerseite. Ich höre, wie die getönte Scheibe nach unten gelassen wird.

»Können wir jemanden mitnehmen? Eine Freundin. Sie jobbt vorübergehend im Internat als Nachhilfe, weil ihr Freund sie rausgeschmissen hat und sie jetzt bei ihrem Vater wohnen muss.«

Oh, oh, wenn sie das so erzählt, klingt das noch viel gelogener, als ich beabsichtig hatte. Irgendwie so, als wäre ich eine wohnungslose Studentin, die sich ein paar Franken verdienen muss, um bei ihrem Vater ausziehen zu können.

Na ja ... ganz vorbei an der Wahrheit ist es auch nicht, aber weit genug, damit ich ein schlechtes Gewissen bekomme.

Das mit der Freundin war aber nett von ihr. Ich hoffe trotzdem, wir sehen uns nach dem heutigen Tag nicht wieder. Ich weiß nicht, wie ich ihr erklären soll, dass ich kein mittelloses, verzweifeltes Mädchen bin, das nur irgendwie versucht, sein Leben wieder auf die Reihe zu bekommen.

Das ist das Problem mit Lügen und der Grund, warum ich sie eigentlich vermeide. Es fängt mit flunkern an, dann wird die Sache aufgebauscht und irgendwann rudert man in einem brennenden See aus Verleugnung und Ausreden und hofft, dass man in seinem Papierboot nicht untergeht.

Mann, ich wollte doch nur nicht versnobt wirken ...

»Wir haben uns gerade im Laden kennengelernt, aber sie ist wirklich nett. Und sie würde sich das Geld fürs Taxi sparen.«

Okay, sie gibt doch zu, dass wir uns gerade erst kennengelernt haben. Ich hoffe, ihre Mutter nimmt mich trotzdem mit. Oder ihr Vater. Oder ihr Chauffeur. Ich habe keine Ahnung, wer am Steuer sitzt, aber es wäre schon ziemlich witzig, wenn es ihr reicher Vater wäre. Das Universum steht auf Ironie.

Ich fühle mich irgendwie beobachtet. Es ist kurz still, dann richtet sie sich wieder auf und winkt mir zu. »Komm! Steig ein!«

Sie läuft um den Wagen herum und öffnet die Beifahrertür. Nachdem sie sich auf den Sitz geschwungen hat, knallt sie die Tür zu.

Irgendein übervorsichtiger Teil in mir weist mich darauf hin, dass wir schon im Kindergarten Lieder darüber gesungen haben, dass man nicht ins Auto von Fremden steigen soll.

Aber mal ehrlich: Jemand mit einem sündhaft teuren Schlitten mit abgedunkelten Scheiben hat doch nichts zu verstecken, oder?

DIE TIEFSTE STIMME DER WELT

Ich schwinge mich auf den Rücksitz und rutsche auf dem dunkelvioletten Leder beinahe bis auf die andere Seite. Im Rutschen werfe ich die Tür zu, gerade noch schnell genug, weil sich der Wagen schon in Bewegung setzt.

»Danke fürs Mitnehmen! Das ist wirklich nett von euch!« Noch während ich den automatisierten Dankessatz raushaue, beginne ich, zu mustern und zu analysieren.

Erstens: Dieses Auto duftet so verdammt gut, dass ich glaube, ich sitze auf dem Ledersofa des schärfsten Business-Rock-Königs der Welt, der Versace-Parfum trägt, in das Pheromone gemischt wurden.

Zweitens: Den Mann aus meiner Geruchsmetapher gibt es wirklich, nur sein Ledersofa ist sein Auto.

Ich denke, er ist in seinen frühen Dreißigern, aber das lässt sich schwer schätzen, ich sehe ihn nur aus dem Profil.

Er hat tiefschwarze Haare, zum Sidecut geschnitten. Seine Haut hat einen sehr hellen Ton und seine geraden und doch irgendwie markanten Gesichtszüge erinnern mich an die Fotos, die erscheinen, wenn man ›Keanu Reeves young‹ bei Google eingibt.

Über der Lehne des Fahrersitzes hängt ein schwarzes Sakko. Er trägt ein weißes Hemd und eine Anzughose. Das schreit alles Business. Vielleicht bis auf den Sidecut. Sein Haarschnitt hat mich aber nicht dazu gebracht, ihm eine Liebe zum Rock zu unterstellen. Eher der voll tätowierte Unterarm, der unter dem hochgekrempelten Ärmel zu sehen ist.

Ach, und der mattschwarze Nagellack, den er trägt – das war auf alle Fälle der am lautesten schreiende Hinweis auf seinen ungewöhnlichen Style.

»Schon gut. Macht ja keine Umstände, wenn wir sowieso dieselbe Strecke fahren«, schallt ihre freundliche, selbstbewusste Stimme vom Beifahrersitz. Sie klopft unserem Fahrer auf den Oberschenkel »Oder?«

»Nein. Keine Umstände«, tönt die tiefste Stimme der Welt.

Vielleicht ist er doch älter, als ich ihn schätze. Und ich bin mir auch nicht sicher, ob er mich gern mitnimmt.

Sie dreht sich zu mir nach hinten und kichert leise. »Er wirkt nur angepisst, er ist ganz lieb.«

Obwohl sie flüstert und sich die Hand seitlich an den Mund hält, hört er das natürlich. Wie auch nicht? Wir sitzen alle im selben Auto!

Ich nicke und versuche, mir ein Schmunzeln abzuringen, das so aussieht, als würde ich ihr glauben. Mir bleibt wohl auch nichts anderes übrig.

Okay, er ist also lieb. Dann kann ich auch Smalltalk mit ihm machen.

Eigentlich hole ich schon Luft, um eine Frage an ihn zu richten, aber da sind plötzlich die zwei schwärzesten Augen, die ich jemals gesehen habe, und sie funkeln mich über den Rückspiegel an.

Heiliger Bimbam, ist der Typ einschüchternd! Ruft Sam und Dean Winchester, hier fährt ein Dämon einen Audi!

Er sieht nicht lange zu mir nach hinten, aber ich verwerfe meinen Plan, ihn etwas zu fragen, trotzdem. Ich kann auch mit ihr reden.

»Wieso seid ihr eigentlich unterwegs ins Internat?«, will ich wissen und beuge mich extra weit nach rechts, damit sie sich angesprochen fühlt.

Sie sieht diesmal auch über den Rückspiegel zu mir. Ihre Augen bescheren mir keinen Herzinfarkt. Sie sind grün und freundlich und superschick geschminkt.

»Ich besuche meinen Bruder. Vincent fährt mich nur, weil ich kein Auto habe und er zufällig einen Geschäftstermin in der Nähe hatte. Und das ist supernett von ihm«, säuselt sie unserem Fahrer zu und tätschelt wieder über seinen Oberschenkel. »Weil er eigentlich immer total beschäftigt ist und so viel zu tun hat …« Sie neckt ihn ein wenig – er verzieht keine Miene. »Du musst wissen, er ist eigentlich mein Boss. Da ist es doppelt so nett, dass er mich fährt.«

Okay. So viele Infos. So viele Fragen. Ich weiß nicht, wo ich anfangen soll.

»Was machst du beruflich?«

»Ich habe eine Model- und Eventagentur«, wird meine Frage beantwortet, aber von der tiefen Stimme.

Eigentlich habe ich ihr die Frage gestellt, aber seine Antwort beantwortet sie auch. Sie ist ein Model – lag bei diesem Körper aber auch irgendwie auf der Hand. Und dass er in der Mode-Event-Branche ist, erklärt seinen extrovertierten Style.

Ich kann mir durchaus vorstellen, dass er mit anderen Style-Göttern irgendwelche Business-Meetings abhält und dabei richtig viel Erfolg hat, weil er ein Dämon mit einer tiefen Stimme ist.

Und ich kann mir vorstellen, dass er gern Models vögelt. Viele. Weibliche.

Mein Schwulenradar springt bei ihm überhaupt nicht an. Er ist so hetero wie eine Autozeitschrift – trotz des Nagellacks. In der Modewelt läuft alles etwas anders. Ich weiß das, ich sehe viel Fernsehen.

Der Weg auf den Berg ist zwar steil, aber mit dem Auto nicht lang. Ich muss mich ranhalten, wenn ich noch neugierig sein will.

Sobald wir ankommen, muss ich im Hauptgebäude verschwinden und so tun, als hätte ich noch eine bezahlte Nachhilfestunde.

Dämliche Lüge. Ich hätte mir das wirklich verkneifen sollen.

»Hast du einen Job abseits der Nachhilfe?«, tönt es plötzlich und ich erstarre, weil mich wieder zwei schwarze Iriden über den Rückspiegel mustern.

Eigentlich wollte ich eine Frage stellen, aber der Dämon war schneller.

Vincent ist irgendwie ein cooler Name. Passt auch. Cool ist er. So kalt wie der Nordpol.

»Nein. Ich studiere eigentlich. Aber ich musste meine Prüfungen ins nächste Semester verschieben, weil ich plötzlich keine Wohnung mehr hatte.«

Ich mache das wirklich nicht mit Absicht, aber ich grabe mich immer tiefer in mein gefaktes ›armes Mäuschen‹-Loch. Ich meine, ich bin arm, schließlich war mein Ex ein Arschloch und ich musste ausziehen, aber es klingt trotzdem falsch, wenn ich es so sage.

»Muss hart sein«, tönt es mitfühlend vom Beifahrersitz. Sie seufzt wissend. »Das Leben kann manchmal echt ätzend sein, aber wenn du vor verschlossenen Türen stehst, tritt sie ein – manchmal muss man etwas rabiater sein und das Glück einfach am Schopf packen. Wenn dich dein Leben dann noch immer fickt, fick einfach zurück.«

Ich nicke, verglühe aber innerlich, weil ich ihre motivierenden Worte gar nicht verdiene. Schon ein bisschen, aber nicht so sehr, wie sie glaubt.

Vincents Lippen zeigen eine Regung. Er grinst schief und neigt den Kopf kurz zu seinem Model.

»Was denn? Habe ich nicht recht?«, will sie wissen, weil er ihren Vortrag belächelt.

»Sicher hast du recht. Ich vergesse manchmal, wie einfühlsam du sein kannst. Und anzüglich.«

Das Letzte könnte sie als Beleidigung verstehen. Gut, ihre Fick-das-Leben-zurück-Metapher war vielleicht nicht lyrisch-malerisch, aber den Inhalt macht die anzügliche Verpackung nicht weniger wahr. Ich mag ihre ungeschönte Frei-Schnauze-Art.

Es braucht keinen Poeten, um dir das Leben zu erklären, nur jemanden, der es schon mal bewusst gelebt hat.

Sie wirkt auf mich, als hätte sie eine Menge Erfahrung – auch mit Problemen, sonst wäre sie nicht so einfühlsam.

»Also wenn das ›anzüglich‹ gerade eine Beleidigung war ...«, setzt sie an, wird aber von der tiefen Stimme unterbrochen. Er legt seine Hand auf ihr Bein und drückt zu.

»›Anzüglich‹ war aus meinem Mund noch nie eine Beleidigung, mein Getto-Engel.«

Sie lacht und schüttelt den Kopf. »Teufel ...«

Die beiden kennen sich ganz augenscheinlich ziemlich gut und lange. Und sie vögeln miteinander. Das ist so sicher wie das Amen im Gebet.

Vielleicht ist der Teufel doch lieb. Never judge a book by it's black nail polish.

»In welche Klasse geht dein Bruder?«, will ich wissen und beuge mich wieder ein Stück nach vorn.

Vincents Sakko riecht verboten gut.

»Mein Bruder ist kein Schüler«, entgegnet sie und grinst mich an. »Er ist ein Lehrer. Vielleicht kennst du ihn ja.«

Ich werde so neugierig, dass ich sogar das betörend duftende Sakko ignorieren kann. »Wie heißt er?«

Die Sekunden, die sie mich warten lässt, weil sie irgendetwas an ihrem Handy checkt, treiben mich ins Grab.

Sag den Namen! Bastian, sag den Namen, sonst stirbt die Kindliche Kaiserin und Fantasia geht zum Teufel!

Ich mache mich hier aber höchstwahrscheinlich umsonst zum neugierigen Horst. Es gibt über dreißig Lehrer an der Schule.

Die Chancen, dass sie einen Namen nennt, der mich interessiert, stehen gering.

Als sie den Kopf zu mir dreht, schmunzelt sie wieder. »Pascal. Pascal Favre.«

Zack! Tot umgefallen! Info-Schock! Ich glaube, ich werde gerade blau, weil ich die Luft anhalte.

Meine überraschte Reaktion wird nur nicht wahrgenommen, weil wir gerade halten und die beiden kurz darüber diskutieren, dass sie morgen in die Agentur kommen soll, um irgendeinen Vertrag zu unterzeichnen.

Ich starre gegen den Fahrersitz und finde den Verlauf meines Nachmittags bombastisch spannend.

Pascal hat also eine Schwester. Und ich treffe sie zufällig in der Umkleidekabine, weil sie in ihrem BH feststeckt. Hammer. Hätte man sich nicht besser ausdenken können.

Mir war klar, dass die Schweiz klein ist und dass die Stadt quasi ein Dorf ist, in dem sich jeder immer begegnet, aber das ist ein wirklich glücklicher Zufall.

Erzählt hätte er mir wahrscheinlich nie von ihr. Über Privates spricht er nicht. Obwohl es bei diesem Thema nichts zu verheimlichen gibt. Sie ist superhübsch und supernett. Und sie müssen ein gutes Verhältnis haben, sonst würde sie ihn nicht besuchen kommen.

Ich grinse meine Gedanken ab, weil mir auffällt, dass ich als Allerletztes auf Pascal getippt hätte. Der Aristokrat mit der freundlich-höflichen Alltagsfassade hat eine so lockere, offene Schwester, die mit ›Fick das Leben‹-Ratschlägen um sich wirft. Schon schräg. Ich wäre viel weniger überrascht gewesen, wenn sie mir gesagt hätte, dass sie Remos Schwester ist. Der kann derb und einfühlsam, ich weiß das.

»Kennst du ihn?«, fragt sie zum zweiten Mal und ich schrecke aus meinen Gedanken hoch.

»Was?«

»Na, ob du Pascal kennst?«

»Ähm, ja! Flüchtig …«

Ich muss wieder lügen, weil ich glaube, zu wissen, dass er nicht will, dass seine Schwester von den Dingen erfährt, die wir getrieben haben. Sicher nicht. Es missfällt ihm bestimmt auch, dass wir uns getroffen haben. Wo, sollte ihm wohl niemand erzählen.

Er findet es bestimmt eklig, dass seine Schwester Dessous kaufen war.

Ich bin froh, dass ich sie kennengelernt haben. Oder nicht … Scheiße. Dass mein Vater der Direktor ist und ich hier wohne, findet sie vermutlich bald heraus.

Ich wusste es! Papierboot auf einem brennenden Meer aus Verleugnung und Ausreden! Ich kentere ganz sicher …

»Danke fürs Mitnehmen«, sage ich, bevor ich aussteige.

Nachdem ich die Tür zugeworfen habe, lässt Vincent seine Scheibe runter. Ich tapse etwas unsicher auf ihn zu, weil ich zuerst denke, er will Pascals Schwester noch etwas sagen, aber er sieht mich an.

»Wenn du einen Job brauchst, der besser bezahlt ist …«, setzt er an und reicht mir eine dunkelblaue, ziemlich stylische Visitenkarte mit Prägedruck. »Du bist ein hübsches Mädchen. Vielleicht finde ich etwas für dich in der Agentur.«

Mein Selbstbewusstsein schießt gerade durch die Decke. Meine Reaktion ist trotzdem, ihn wie eine Achtjährige mit roten Wangen anzugrinsen.

Mann, bin ich gerade stolz auf mich ... für nichts. Er findet mich nur hübsch und denkt, ich könnte modeln.

Vincent schenkt mir ein schiefes Lächeln und ich finde heraus, dass seine Augen keinesfalls schwarz sind, sondern einen sehr, sehr schönen Dunkelbraun-Ton haben. Er ist wirklich ein lieber Dämon.

Zu Fremden ins Auto zu steigen, muss nicht zwangsläufig schlecht ausgehen – meine Kindergartentante hat so was von gelogen!

Ich sehe dem Audi beim Wenden zu und merke erst, dass sie neben mir steht, als sie mir die Visitenkarte aus der Hand nimmt.

»Wäre cool, wenn du bei uns arbeiten würdest«, sagt sie und zückt einen Stift aus ihrer Handtasche. Sie beginnt, etwas zu notieren. »Aber sieh dir mal die Homepage an und überleg dir, ob das was für dich ist. Wenn du was über Vincent oder die Agentur wissen willst, das ist meine Nummer.«

Sie gibt mir die Karte zurück und setzt zu einer Umarmung an.

»Hat mich wirklich gefreut, dich kennenzulernen! Danke für die Hilfe in der Kabine!«

»Nichts zu danken! Hat mich auch gefreut!«

Sie drückt mir ein Küsschen auf die Wange, bevor sie in Richtung der Bungalows verschwindet. Dass sie so herzlich ist, bringt mich noch mal zum Staunen, weil ich weiß, dass Pascal kein Umarmungs-Typ ist. Die beiden könnten kaum unterschiedlicher sein.

Nachdem sie verschwunden ist, sehe ich mir die Visitenkarte noch mal an. Mir fallen die Augen beinahe raus. Unter ihrer Nummer stehen ihr Name und ein Herzchen.

Claire <3

UHHHH

Ich laufe am Hauptgebäude entlang zu meinem Wohnhaus und bin so in Gedanken versunken, dass ich kaum auf meine Umgebung achte.

Mein einziges Bestreben, was meine Außenwelt betrifft, ist, nichts zu rammen. Alle anderen Kapazitäten in meinem Kopf brauche ich dazu, um die Claire-Sache zu analysieren.

Remo hat mir gesagt, sie wäre eine Bekannte. Dass ich daraus schon längst einen eigenen Schluss gezogen hatte, ist klar. Ich dachte, sie wäre irgendein offenes Flittchen, das mit dem Wolf und dem Einhorn befreundet ist und mit ihnen schläft – also so wie ich.

Dass Remo zu ihr unter die Dusche springen wollte und mich dabei überrascht hat, war zumindest ein sicheres Zeichen dafür, dass er es mit ihr treibt.

Wenn ich jetzt die neue Information, dass Claire Pascals Schwester ist, dazu verarbeite, wird es aber etwas schräg.

Schon krass, dass der Franzose seinem Freund erlaubt, seine Schwester zu nehmen, während er im Raum nebenan ist. Und das alles auch noch mit dieser lockeren Nur-Vögeln-Abmachung.

Sexuell sind die beiden Pädagogen wirklich enorm offen. Und ein wenig abgebrüht, wenn ich die Sache mit Claire einbeziehe.

Ich will gar nicht wissen, wie viel Erfahrung Remo und Pascal schon mit Dreiern und abgedrehten Sexkonstellationen haben – oder doch, ich will es wissen. Vor allem interessiert mich, wie das Ganze angefangen hat. Sicher mit einem Abenteuer an der Uni, bei dem der Alkohol nachgeholfen hat.

Man muss schon unheimlich gut befreundet sein, wenn man sich eine Frau teilt. Und man muss es auch scharf finden, beim Sex zuzusehen.

Dass die Live-Porno-Stimmung sie anturnt, merkt man ihnen an. Kann ich absolut nachvollziehen. Meine Liebe zu Sex zu dritt haben sie auch geweckt.

Es hat etwas verdorben Elektrisierendes, von mehr als einem Mann zur selben Zeit gewollt zu werden und die scharfen Blicke über seinen Körper wandern zu spüren. Nicht zu vergessen die heißen Reize, die vier Hände gleichzeitig auslösen können.

Ich grinse angeturnt vor mich hin, zumindest so lange, bis mein Kopfkino ungefragt die Hauptdarstellerin austauscht.

Mir entgleitet das Gesicht. Nicht, weil Claire in meiner Vorstellung beim Sex nicht superheiß aussieht, sondern weil der zweite Mann in dem Dreier ihr Bruder ist.

Oh mein Gott, so abgebrüht verdorben kann niemand sein! Nicht mal die Franzosen …

Weg mit den Bildern! Ich muss an etwas unerotisch Banales denken!

Wieso produzieren sie Twinni-Eis eigentlich immer in Grün und Orange? Jeder steht auf Grün, niemand auf Orange. So wurden schon viele Kinderfreundschaften auf eine harte Probe gestellt.

Klappt. Alles wieder gut …

Die Tür zum Wohnheim steht einen kleinen Spalt offen, weil eine schwarze Federmappe darin feststeckt. Ich bücke mich danach und mache mich auf den Weg in den Aufenthaltsraum.

Die Schüler treffen sich vor dem Abendessen meistens miteinander. Gerade das Oberstufen-Mädchenwohnheim ist in der Freizeit ein ziemlich beliebter Aufenthaltsort für die Jungs aus der Oberstufe. Warum, liegt auf der Hand.

Ich muss gestehen, dass ich früher ein ganz anderes Bild von Internaten hatte. In meiner Vorstellung waren solche Schulen Sammelstellen für gefrustete Kinder, die von ihren Workoholic-Eltern abgeschoben wurden. Verstaubte Gemeinschaftsräume, schlechtes Essen und strikte Freizeitgestaltung.

Hier zu leben, hat mich aber eines Besseren belehrt. Internate können eine einzigartige soziale Erfahrung sein, die einem viel Erfahrung fürs Leben mitgibt, aber vor allem unvergessliche Erinnerungen beschert.

Gerade als Teenager gibt es eigentlich nichts Besseres, als seine Freizeit mit Freunden zu verbringen.

Das Angebot an Aktivitäten ist umfangreich: verschiedene AGs, ein Tennisplatz, ein Beachvolleyball-Platz für den Sommer, eine Schwimmhalle, ein Kino-Raum und natürlich die Aufenthaltsräume, die alle mit Getränkeautomaten, Sofas und Drehfußballtischen ausgestattet sind.

Hier zu sein und ein wenig von diesem ausgelassenen Gemeinschaftsgefühl zu erleben, hat mich sogar etwas wehmütig gestimmt, dass ich selbst nie auf einem Internat war. Ich hätte bestimmt Spaß gehabt.

Der Aufenthaltsraum ist gut gefüllt. Und laut. Es wird Tischfußball gespielt und fleißig angefeuert.

Jetzt jemanden nach der Federmappe zu fragen, wäre sinnlos – ich warte lieber, bis sie fertig sind.

Ich lehne mich gegen den Sofarücken und stelle fest, dass sie im gemischten Doppel spielen.

Da ist Paul. Er bildet ein Team mit einem rothaarigen Mädchen gegen Lisa und ... den Wolf?!

Ich stoße mich wieder vom Sofa ab, weil ich mir das Ganze plötzlich doch genauer ansehen möchte.

Was macht Remo denn hier? Ich meine, außer keine Rücksicht auf die Gefühle seiner Schüler zu nehmen und in schallenden Jubel für sich selbst auszubrechen, sobald er einen Ball in das kleine Tor knallt.

»Sie spielen unfair! Sie dürfen Lisa nicht helfen!«, beschwert sich das Mädchen aus dem gegnerischen Team über die Spielweise ihres Lehrers, klingt aber trotzdem sehr amüsiert dabei.

Lisa grinst übrigens wie ein Honigkuchenpferd, jedes Mal, wenn Remo schnell ihre Hand greift, um ihre Spielfiguren zu positionieren.

Ich muss auch schmunzeln, weil sie mein Teenager-Alter-Ego sein könnte.

»Ich helfe ihr nicht, ich muss nur ab und an ihren Puls fühlen, um sicherzugehen, dass es ihr gut geht«, scherzt der Wolf und reißt kurz darauf die Hände in die Luft. Lisa hüpft quiekend auf der Stelle. Ich schätze, Team Wolf hat gewonnen.

»Revanche! Um 'ne Cola!«, schlägt Paul Herrn Morelli vor und wechselt den Platz mit seiner Spielpartnerin.

Remo sieht eine Sekunde zu mir und richtet den Blick dann wieder auf Paul. »Du schuldest mir schon eine Packung Maltesers und ein Red Bull. Wir lassen es lieber, bevor du mir morgen den ganzen Snackautomaten ins Büro tragen musst.«

»Jaaaa, Sie spielen gut! Aber Sie hatten auch viiiiele Jahre Zeit, zu trainieren!«, stichelt Paul grinsend.

»Sicher. Da war ein Tischfußball-Tisch, als das Kolosseum in der Antike noch intakt war und ich dort gearbeitet habe. Ich habe kleine freche Löwen kastriert, die Witze über mein Alter gemacht haben«, entgegnet Remo mit hochgezogenen Brauen.

Die Kinder finden ihn zum Schießen.

Ich verstehe, warum.

Mit Schülern um Süßkram und Getränke zu spielen und ihnen anzudrohen, sie zu kastrieren, steht so vielleicht nicht unbedingt im Pädagogikratgeber, aber er hat einen unbestreitbar guten Draht zu ihnen.

Der ganze Raum himmelt ihn an. Die Jungs wollen so sein wie er, die Mädchen wollen mit ihm Drehfußball spielen, damit er ihre Hand hält.

Ich weiß gerade nicht, ob er ein Lehrer oder ein Rockstar ist.

»Ich bin eigentlich nicht gekommen, um euch euer Taschengeld abzuluchsen«, erklärt er und sieht wieder zu mir. »Wo warst du? Ich hab dich schon dreimal angerufen.«

»Ähm …« Ich bin etwas irritiert, weil mich alle anstarren. Und weil er offenbar meinetwegen hier ist.

Remo kommt auf mich zu und bleibt mit verschränkten Armen, aber einem freundlichen Schmunzeln auf den Lippen vor mir stehen.

»Mein Akku war leer«, erkläre ich schulterzuckend.

»Hast du Bock, in die Stadt essen zu gehen?«

Seine Frage klingt wirklich durch und durch lässig – so als wären wir Kumpel und er würde einfach nicht allein essen gehen wollen. Es geht trotzdem ein sensationslustiges kollektives Teenager-Uhhhhh durch die Menge. Mir ist das peinlich, Remo grinst nur und dreht sich nach den Schülern um.

»Spart euch die Soundeffekte fürs *Twilight*-Gucken! Wir kämpfen nicht gegen die Volturi, um unser unsterbliches Kind zu retten, wir fahren nur durch den Drive-in bei McDonald's!«

Die Schüler lachen, ich auch, zumindest bis mein Blick Paul streift, der abgelenkt auf seinem Handy herumdrückt. Ich weiß nicht, ob er wirklich gerade etwas liest oder ob es ihn irritiert, dass ich mit Remo essen gehe.

»Hast du schon gegessen?«, will der Wolf wissen und lenkt meine Aufmerksamkeit wieder auf ihn.

»Ähm ... nein. Lass uns gehen.«

Bevor wir uns in Bewegung setzen, lege ich die Federmappe auf den Tisch vor dem Sofa. Remo verabschiedet sich mit einer Anweisung.

»Wir machen morgen früh Zirkeltraining! Geht nicht zu spät ins Bett!«,

»Sie auch nicht!«, flötet ihm einer seiner Schüler hinterher und bringt die anderen natürlich wieder zum Lachen – und pfeifen.

Als wir durch die Tür sind, kann ich die Frage stellen, die mir auf der Zunge brennt. »Bist du wirklich meinetwegen hier?«

Remo sieht zu mir rüber und zuckt mit den Schultern. »Ich habe dich telefonisch nicht erreicht und wollte nicht allein essen gehen«, erklärt er. »Überrascht dich, dass ich esse oder dass ich es mit dir machen will? Beides ist schon passiert.«

»Deine Schüler glauben jetzt, wir daten uns.«

Er lacht. »Ja. Und? Sie glauben auch, *Twilight* wäre der beste Liebesfilm aller Zeiten. Das nimmt doch kein Erwachsener ernst.«

Dass er so locker damit umgeht, überrascht mich. Muss es aber nicht.

Ich unterstelle Remo manchmal eine zu große Ähnlichkeit mit Pascal, weil sie so eng befreundet sind. Das stimmt aber nicht. Sie sehen die Sache mit der Diskretion ganz anders.

»Solange sie nicht glauben, dass ich dich schon mal zusammen mit ihrem Französischlehrer auf meiner Couch genommen habe, ist alles im grünen Bereich«, versichert er und erntet ein Nicken von mir.

Jap. Das wäre schlecht. Wenn sie es schon skandalös finden, dass wir zusammen durch den Mc-Drive fahren …

»Wieso willst du eigentlich zu McDonald's? Das wird ein ganz schön beschissenes Date«, necke ich ihn.

Er schüttelt den Kopf. »Ich will da nicht hin. Das war nur, damit es sich für die Schüler nicht so anhört, als würden wir bald heiraten. Alles, wobei man eine Stoffserviette bekommt, klingt für sie nach Verlobungsessen.«

Okay. Die Gerüchteküche richtig anheizen will er auch nicht. Kann ich verstehen. Schließlich wird das hier niemals auf eine Beziehung hinauslaufen.

»Du möchtest mir keinen Antrag machen? Dann können wir das Date aber auch gleich sausen lassen.«

Remo würdigt meinen Sarkasmus mit einem schiefen Grinsen.

Hast du mich vermisst?

Ich folge ihm ums Hauptgebäude herum in Richtung Parkplatz. Eigentlich will ich fragen, wo wir denn nun essen, aber die hektische Handbewegung der Schülerin, die unseren Weg gleich kreuzt, lenkt mich ab.

Das Mädchen ist Ines – die Neue, die sich noch immer weigert, mit mir ein Wort bei der Mathenachhilfe zu wechseln. Manuel läuft neben ihr her und verglüht gleich in seinem Unbehagen.

»Guten Abend«, tönt er mit angestrengt beherrschter Stimme und nickt mir und seinem Lehrer höflich zu.

»Guten Abend«, entgegnet Remo.

Ich weiß nicht, ob er gesehen hat, was ich gesehen habe, aber ich will keine Petze sein.

Als die beiden uns kreuzen, rechne ich mit keiner Reaktion mehr, aber der Pädagogen-Wolf greift hinter Ines' Rücken und schnappt sich zielsicher die Wodkaflasche.

Die beiden bleiben ertappt stehen. Manuel bekommt gleich einen Herzinfarkt, Ines funkelt verstohlen, aber doch trotzig ihren Vertrauenslehrer an, der sich die Flasche prüfend vors Gesicht hält.

»Das war doch nicht notwendig!«, flötet Remo und überrascht nicht nur mich mit dem fröhlichen Tonfall. »Dass du mir was schenkst ... also wirklich. Und dann auch noch meine Lieblingsmarke! Tankstellen-Erblindung! Ich danke dir!«

Ihre schmalen, verkniffenen Augen werden groß. Sie starrt Herrn Morelli irritiert an. Wahrscheinlich hatte sie mit einer Standpauke und der Androhung von Konsequenzen gerechnet – der Pädagogen-Wolf geht aber einen anderen Weg. Er behält die Flasche in der Hand und den freundlichen Tonfall bei.

»Habt einen schönen Abend und kommt nicht zu spät in eure Wohnheime. Um halb zwölf ist Zapfenstreich«, erinnert er sie.

Ines ist noch immer grenzenlos irritiert, weil sie Remo nicht kennt und nicht einschätzen kann.

Manuel nickt hektisch und legt all seine Dankbarkeit in seinen Tonfall. »Ja! Sicher! Wir kommen nicht zu spät, versprochen! Danke!«

Er zieht das Mädchen weiter, da sie gerade zu überrascht ist, um sich vom Anblick des schrägen Lehrers loszureißen.

»Danke, Herr Morelli!«, ruft Manuel noch mal.

Remo dreht sich nach ihnen um. »Bitte. Morgen um halb elf in meinem Büro! Alle beide!«

Oh, da kommt doch noch was.

Die beiden erstarren kurz, laufen aber nach einer Schrecksekunde weiter.

Remo sieht ihnen skeptisch nach und überdreht dann die Augen.

Ganz unbescholten lässt er sie nicht davonkommen, aber er wird kein Disziplinarverfahren aus der Sache machen – könnte er, wird er aber nicht. Dafür folgt morgen sicher ein langes, kopfwaschendes Gespräch.

Er sieht sich die Flasche noch mal an, die er konfisziert hat.

»Wieso müssen die eigentlich immer diesen billigen Fusel kaufen? Die bekommen fünfhundert Euro Taschengeld im Monat. Mit so viel Kohle hätte ich doch zumindest versucht, Chardonnay an meinem bescheuerten Lehrer vorbeizuschmuggeln. Nein, sie kaufen Fusel ... der sie blind macht.«

Ich grinse seinen Spruch ab und folge ihm dann weiter zum Parkplatz. Schon irgendwie beeindruckend, wie er das alles handhabt.

Ich wünsche mir so einen Lehrer wie ihn, für jeden Schüler auf der Welt, der sich absolut unverstanden, nicht ernst genommen und verzweifelt fühlt.

»Bist du eigentlich schon zu Ines durchgedrungen? Sie wirkt extrem verschlossen«, mutmaße ich vor mich hin und sehe Remo die Braue hochziehen.

»Du meinst, ob ich zu dem Mädchen durchgedrungen bin, das gerade hochprozentigen Alkohol mit ins Jungenwohnheim nehmen wollte, um sich dort mit ihrem Freund zu vergnügen? Ja. Sie vertraut mir total und hört auf alles, was ich sage. Meine Ratschläge für ihre Zukunft sind einfach nur wirklich beschissen.«

Schon verstanden.

War eine doofe Frage.

Ines ist aber auch ein harter Brocken und Remo hatte noch nicht viel Zeit für sie.

Ich stolpere gerade nachträglich über etwas aus seinem Sarkasmus-Statement. »Warte mal ... Ines und Manuel sind zusammen?«

Er nickt.

»Woher weißt du das? Du warst in den letzten Tagen nicht mal hier!«

Nicht mal ich weiß davon, obwohl ich den beiden Nachhilfe gebe und sie zusammen gesehen habe.

Er grinst verschwörerisch. »Lehrer-Intuition. Wir haben nicht nur Augen im Hinterkopf, sondern auch schwebende Augen, die überall herumschwirren – wie Drohnen, ziemlich cool und morbide, deshalb sind sie unsichtbar.«

Ich schüttle den Kopf, nicht wegen des Quatsches mit den Augen, sondern weil ich gleich etwas sagen werde, von dem ich am Anfang nie gedacht hätte, dass es jemals über meine Lippen kommt.

»Weißt du, dass du mich manchmal wirklich beeindruckst?«

Er grinst mich selbstbewusst an. »Klar weiß ich das. Aber schön, dass du es jetzt auch weißt.«

RUNNING REAL TALK

Wir bleiben vor einem roten Alfa Romeo stehen, der aufleuchtet, als Remo den Schlüssel zückt.

»Cool! Dein Auto?«, frage ich und fahre mit den Fingern über den glänzenden Lack.

»Nein. Geklaut. Samt Schlüssel. Und Zulassungsschein. Sag's keinem.«

Ich überdrehe die Augen und setze mich auf den Beifahrersitz. »Kann man deine Sarkasmus-Tonspur eigentlich ausschalten?«

»Ja, aber dann laufen da italienische Untertitel. Das ist total irritierend und nervig.«

Wir fahren die Bergstraße runter, die ich vorhin raufgefahren wurde. Hätte ich Akku gehabt, hätte mich Remo anrufen können und wir hätten uns gleich im Restaurant getroffen. Dann wären mir aber verdammt spannende Informationen entgangen. Und ich hätte auch nicht herausgefunden, dass der Wolf wie eine Wildsau Auto fährt.

»Geht das auch langsamer??!«

»Ich fahr doch gar nicht schnell.«

»Für was? Eine Rakete?«

»Willst du fahren?«

»Nein.«

»Dann Klappe halten und daran gewöhnen.«

Ich vergesse manchmal, wie charmant er sein kann. Dass ich es schaffe, die Fahrt über die Bergstraße zu überstehen, ohne prüfend in meine Tasche zu blicken und zu überlegen, ob ich sie zur Kotztüte degradiere, ist ein Wunder.

Als wir auf die normale Straße abbiegen, kann ich mit dem Bleifuß leben.

»Wohin fahren wir eigentlich?«, greife ich meine Frage von vorhin noch mal auf.

»Es gibt da ein neues Running-Sushi-Restaurant, das ich ausprobieren will.«

Das kann nicht dein Ernst sein.

»Sushi?!«, wiederhole ich verständnislos und schüttle den Kopf.

Das letzte Mal haben wir im Turnsaal zusammen Sushi gegessen. Wir waren etwas irritiert, weil es nach Turnschuh geschmeckt hat, haben es aber der Umgebung zugeschrieben. Fehler! Böser Fehler!

»Das Restaurant soll toll sein. Nicht so fragwürdig wie das, von dem ich die Box hatte …«, erklärt Remo und lacht. »Hast du am nächsten Tag auch so viel Zeit im Badezimmer verbracht oder hat nur mein Magen gegen das widerliche Zeug rebelliert?«

»Fragst du mich gerade, wie lange ich auf dem Klo war?«

Lange. Und es war furchtbar. Ich wollte eigentlich nie wieder Sushi essen.

Remo grinst, weil er mir ansieht, dass ich sein Leid geteilt habe. »Du warst zumindest zu Hause! Ich saß in einem Bus mit dreißig Schülern, neben einem Franzosen, der jedes Mal verurteilend die Brauen gehoben hat, wenn mein Magen gegluckst hat.«

Ich kichere, weil ich mir Pascals Blick einfach zu genau vorstellen kann. »Ich hoffe, ihr hattet eine Toilette im Bus.«

»Ja. Aber das Ding war unbenutzbar. Ich musste den Fahrer bitten, an jeder dritten Raststation haltzumachen. Pascal wollte mich umbringen. Erklär mal einem gestressten Franzosen was von Darmproblemen – der erklärt dir dann im Gegenzug, dass er das nicht kennt, weil er offenbar nicht scheißt, sondern Photosynthese betreibt, wie alle Aliens auf dem Planeten Ego.«

Das Lachen tut beinahe weh. Ich kriege mich kaum wieder ein, weil er es so herrlich unmissverständlich beschreibt.

»Also war die Kulturreise nicht so toll«, stelle ich fest und wische mir die kleine Träne von der Wange.

Remo brummt. »Doch. Es war ganz nett. Nachdem ich Pascal versichert habe, dass ich ihm eine zimmere, wenn er mich nicht so oft auf die Toilette gehen lässt, wie ich möchte. Er wollte mir doch tatsächlich das Kacken verbieten … Spinner.«

Herrliche Geschichte!

Remo brummt, aber man hört heraus, dass er daran gewöhnt ist, dass Pascal unmenschliche Verhaltensansprüche an seine Mitmenschen stellt.

Ich bin ebenfalls der Meinung, dass er nichts dafür kann. Was weiß ein wunderschönes, klavierspielendes Alien schon über einen verdorbenen Magen? Nicht so viel wie der Wolf und ich nach dem Turnschuh-Sushi.

Ich äußere noch mal Bedenken wegen seiner Restaurantwahl, aber Remo versichert, dass er nur Lob über die Küche dort gehört hat, und schlägt mir vor, dass ich doch Hühnchen essen kann, wenn mir der Fisch Angst macht. Ich erkläre ihm, was Salmonellen sind, und kann mir dann einen Vortrag darüber anhören, welchen Zusammenhang es seiner Meinung nach zwischen Lebensmittelunverträglichkeiten und Kindern gibt, die nie Dreck gegessen haben.

Er ist schon ein Idiot. Ein penetranter sogar.

Aber die Autofahrt macht Spaß. Er hat mir irgendwie gefehlt. Oder es hat mir gefehlt, ihn Schwachsinn reden zu hören. Ja, das klingt besser.

Das Restaurant ist superschick und stylish. Dunkler Boden, helle Tapeten und künstliche Bäume mit Lichtpunkten an den Zweigen. Eine Mischung aus asiatischer Zen-Atmosphäre und Märchenwald-Kitsch. Mich spricht das an.

Wir bekommen einen Tisch sehr nah am Anfang der Bahn, was gut ist, weil man so vor allen anderen an die kleinen Teller mit dem Essen kommt.

Was an uns vorbeifährt, sieht wirklich appetitlich aus. Ich kann den Vorfall mit dem Turnschuh-Sushi erst mal verdrängen.

Man merkt, dass Remo und ich Hunger haben. In den ersten zehn Minuten ist es ziemlich still, außer jemand schmatzt dem anderen zu, dass er gern die Sojasoße hätte.

Der Wolf verdrückt ganz schön beachtliche Portionen für jemanden, der nur aus Muskeln und maximal fünf Prozent Körperfett besteht.

Mir ist schon vor einer Weile aufgefallen, dass er ziemlich viele Kohlenhydrate und Proteine in sich reinschaufelt. Ich denke, er ist von Natur aus ein eher schmächtiger Typ, derNs Nahrung schnell verbrennt.

Wer dann trotzdem dieses muskulöse, sehnige Kunstwerk aus seinem Körper formen will, braucht nicht nur hartes Training, sondern auch Kalorien.

Obwohl ich denke, dass er jemand ist, der ein Ernährungs- und Sporttagebuch führt, wirkt er nicht fanatisch oder ungesund fokussiert auf das Thema. Ich denke, er liebt Sport einfach, genauso wie gutes Essen.

»Mein Lachs!«, brummt Remo, weil er sieht, dass ich auf das Lachs-Sashimi scharf bin. Wir rangeln mit den Händen um den kleinen Teller. Mit der Konsequenz, dass ihn keiner von uns bekommt und er davonfährt.

»Na toll … jetzt ist er weg«, meint er und funkelt mich vorwurfsvoll an.

»Du hattest doch schon fünf von den Dingern!«

»Das ist All-you-can-eat, nicht All-you-allow-me-to-eat! Ich kann noch essen, aber du sabotierst mich!«

Ja, man merkt, dass wir satt werden, die Kraft für Zankereien ist wieder da.

Ich deute auf den grünen Teller, auf dem etwas liegt, das ich nicht definieren kann. »Schau mal, da kommt etwas für dich. Es ist weiß, es sieht weich aus und tropft ein wenig – vielleicht ist es Mozzarella!«

»Haha. Sehr witzig, Speckröllchen ...«, murmelt er brummig und trinkt sein Wasser leer.

Er erntet heute mal zur Abwechslung kein Funkeln von mir, weil mein Selbstbewusstsein wie die Sonne strahlt.

»Was grinst du so?«, will er wissen, weil ihn meine Reaktion irritiert.

»Na ja, du kannst mich an das dämliche Foto erinnern, so oft du willst. Das ist elf Jahre her. Außerdem wurde ich heute für ein Model gehalten und mir wurde ein Job in einer Agentur angeboten«, erkläre ich stolz.

Mein Hochgefühl hält aber nicht lange an.

Remo grinst. »Du wurdest für ein Model gehalten?«, fragt er.

Okay, jetzt funkle ich doch. Ich könnte ihm für den amüsierten Tonfall eine kleben.

»Entschuldige, aber du bist ein laufender Meter!«

»Ich bin eins fünfundsechzig!«

»Sag ich doch: laufender Meter. Alle Models, die ich kenne, sind mindestens eins siebzig.«

»Ach. Und du kennst so viele Models?«

»Hey. Mein Körper ist ein scharfer Tempel. Natürlich kenne ich Models.«

»Geht es auch noch einen Tick selbstverliebter?«

»Fragt die Frau, die sich für ein Model hält.«

»Weißt du, dass ich manchmal Kopfschmerzen bekomme, wenn wir reden?«

»Echt? Bei mir ist es eher ein Pfeifen im Ohr. Wie ein Tinnitus. Oder ein Gehirntumor.«

Ich weiß nicht, ob ich lachen oder sauer sein soll. Das weiß ich nach unseren Schlagabtäuschen nie. Meine Mundwinkel zucken, aber ich würde ihm trotzdem gern vors Schienbein treten. Und diesen Mann habe ich vermisst? Jap. Ich bin bescheuert. Und glücklich. Glücklich bescheuert.

Remo bestellt noch ein Glas Wasser und beugt sich dann ein Stück nach vorn, um mich zu mustern.

»Was? Kommt jetzt ein fieser Spruch zu meinem Gesicht? Ich schwöre, ich reibe dir die Wasabi-Paste dorthin, wo sie mehr brennt als im Mund!«

Remo schnaubt belustigt, seine Miene wird aber schnell wieder ernst. »Du weißt, dass ich dich verdammt heiß und schön finde«, unterstellt er mir. »Und die französische Ästhetik-Statue tut das auch. Falls dir das als Kompliment mehr bedeutet.«

Er beugt sich wieder zurück und ich kann nicht verhindern, dass sein Statement Unbehagen in mir wachruft.

Hast du den Eindruck, dass mir Pascals Meinung zu mir mehr bedeutet als deine? Wieso? Weil ich mich mit dir zanke und necke? Hast du vergessen, dass das unser Ding ist?

Was ich gleich sage, wird mir bestimmt peinlich sein, aber es fühlt sich gerade nicht richtig an, dass Remo denkt, ich würde Pascals Komplimente bevorzugen. Ich muss das Gleichgewicht irgendwie wieder geraderücken.

»Es hat mich mehr überrascht, dass du mich wolltest«, verrate ich und zucke sofort relativierend mit den Schultern, weil er sonst gleich wieder mit seinem Glüh-Level-Schwachsinn anfängt. »Ich denke, es ist schwerer, dir als Frau nahezukommen, als ihm. Ich meine, emotional. Ich meine, freundschaftlich. Ich meine, Pascal ist sowieso distanziert. Ich meine ...«

Ich meine, ich sage zu oft ›ich meine‹.

Reiß dich zusammen, Mel! Wenn du diese Erklärung jetzt verbockst, grinst er sich gleich besoffen, weil er denkt, du wärst in ihn verliebt!

Ich seufze und setze noch mal an. »Pascal lässt sowieso niemanden an sich ran. Ich denke, er ist zu allen Frauen gleich distanziert und freundlich. Seine einzigen Kriterien sind Diskretion und dass ihm die Frau gefällt – alles andere spielt für ihn keine Rolle. Das ist nur oberflächlich betrachtet ziemlich schmeichelhaft. So wie ich dich einschätze, reichen dir Verschwiegenheit und ein Körper, den du scharf findest, nicht aus, damit du eine Frau ansprechend findest. Du bist jemand, der auch diskrete schöne Frauen ignoriert, wenn du mit ihrem Charakter nichts anfangen kannst. Das finde ich definitiv schmeichelhafter.«

Remo hört gespannt zu, auch als ich noch mal Luft hole und ihn angrinse.

»Wobei ich auch denke, dass du mit Frauen schlafen würdest, die du nicht ganz so hübsch, aber spannend findest, weil sie dich zwischenmenschlich irgendwie anmachen und du aus der Chemie zwischen euch großen Reiz ziehst. Ich weiß also nicht, ob du mich wirklich hübsch findest oder ob du einfach nur total verschossen in meinen Charakter bist. So gesehen ist das ›Du bist schön‹-Kompliment aus Pascals Mund natürlich eine sicherere Sache.«

Ich greife nach Remos Wasser, weil meines leer ist und mir der Mund nach diesem Vortrag irgendwie trocken geworden ist.

Er sagt erst mal nichts, er schmunzelt nur. Ich bin mir ziemlich sicher, dass ich ihn richtig einschätze. Er hat schon von Anfang an wie jemand auf mich gewirkt, dessen Zeit und Aufmerksamkeit man nicht bekommt, indem man hübsch ist und um ihn herumschwänzelt.

Als Remo endlich den Mund aufmacht, rechne ich schon mit einer Sarkasmus-Tirade, aber er beginnt mit einer Aufzählung.

»Also erstens: Es überrascht mich, dass du Pascal so gut einschätzen kannst. Ich dachte, du wärst eine dieser Frauen, die denken, sie könnten ihn auftauen. Und zweitens …«

Er macht eine Pause, weil er sich das Lachs-Sashimi schnappt, das vorbeifährt.

Dass er das Essen so verliebt anglüht, tritt eine Welle aus Erleichterung in mir los, weil er meinen Vortrag zum Glück nicht so ernst genommen hat, wie er ihn hätte nehmen können. Ich wollte nur ehrlich sein, ich wollte ihm kein Liebesgeständnis machen.

Klar, wir verstehen uns gut und ich kann mittlerweile zugeben, dass ich verdammt gern Zeit mit dem Wolf verbringe, aber alles, was über Sex und lockeres Zusammensein hinausgehen würde, wäre doch Schwachsinn. Ich verschwinde in ein paar Wochen wieder und lebe in einem anderen Land. Remo weiß das. Er sucht aber auch nur jemanden, mit dem er ein paar ansprechende Stunden verbringen kann – nur eben auch abseits von Sex.

Das ist schön, aber zukunftslos.

Das Verliebtsein hebt er sich zum Glück für das Sashimi auf.

»Also zweitens ...«, setzt er kauend erneut an und scheint gerade den Faden zu verlieren, weil er deutlich zu viel Wasabi erwischt hat. »Her mit meinem Wasser!«, verlangt er und stößt sich das kalte Getränk die Kehle runter.

Seine Augen tränen, als er das Glas wieder absetzt. Ich muss lachen, weil sein Gesicht von der hinterhältigen Schärfe ganz rot wird.

»Jetzt hast du mich zum Heulen gebracht ...«, wirft er mir vor und macht eine theatralische Geste mit der Hand. »Unterstellt mir einfach, dass ich gern Frauen vögle, die aussehen wie der Glöckner von Notre-Dame, und säuft mir dann auch noch mein Wasser weg. Das macht mich so traurig!«

Es braucht ein Weilchen, bis Remo aufhören kann, zu heulen, und ich aufhören kann, zu lachen.

Ich bin froh, dass das Gespräch in diese Richtung gekippt ist. Zu ernst wollte ich das Thema nicht werden lassen. Würde sich sowieso nicht lohnen.

»Wieso ist Pascal eigentlich nicht mitgekommen?«, will ich wissen, nachdem Remo sich die Augen mit der Serviette trocken gewischt hat.

Auch wenn ich mich mit dem Wolf allein hervorragend amüsiere, wäre ich wirklich gespannt auf ein ›Doppeldate‹ mit Pascal und seiner Schwester gewesen.

Ich mag Claire.

Klar, sie hatte bestimmt mal was mit Remo, aber ich streite mich sicher nicht um ein magisches Törtchen, von dem man abbeißen kann, ohne dass danach weniger da ist – schon gar nicht, wenn ich es sowieso zurücklassen muss, sobald ich verschwinde.

Der Kellner bringt uns zwei Gläser mit Pflaumenwein. Remo wartet mit seiner Antwort, bis er wieder verschwunden ist.

»Pascal isst heute nicht zu Abend. Er vögelt gerade. Und ist morgen deshalb garantiert schlecht gelaunt, weil er unterzuckert und müde ist.«

Ich verschlucke mich am Pflaumenwein. »Bitte was?«, krächze ich und sehe Remo mit den Schultern zucken.

»Na ja, er mutiert zu Marie-Antoinette, wenn er zu wenig gegessen hat. Dann funkelt er noch verurteilender und lässt ein paar Bauern köpfen, wenn man ihn nach Brot fragt.«

Das kann ich mir vorstellen, aber das wollte ich nicht wissen.

»Mit wem schläft er?«

Remo nippt auch am Pflaumenwein und verzieht dann angewidert das Gesicht. »Schmeckt irgendwie nach Minze …«, murrt er. »Wer packt denn da Minze rein?«

Das ist mir im Moment so was von egal. Ich sehe ihn eindringlich an, ernte aber nur einen kurzen Blick, weil er das kleine Glas in seiner Hand aus irgendeinem nervenaufreibenden Grund mustern muss.

Augen hierher! Ich rede mit dir!

»Claire ist bei ihm, oder?«, will ich bestätigt haben, was ich sowieso weiß.

Ich denke kurz, Remo hat Pascal versprochen, mir nichts von seiner Schwester zu erzählen – und bekanntlich hält der Wolf sich an Versprechen und lügt auch schon mal, um ein Geheimnis zu bewahren. Er wirkt aber nicht so seltsam angespannt wie damals in seinem Büro. Eher abgelenkt.

Jetzt rührt er mit dem Finger in seinem Pflaumenwein herum! Der Mann legt gerade die Aufmerksamkeitsspanne eines Kleinkinds an den Tag!

»Jap. Claire«, antwortet er beiläufig und verengt die Augen, um in sein bescheuertes Glas zu schielen. »Da schwimmen auch irgendwelche Stückchen herum. Was ist das?«

»Remo!«, fauche ich und haue mit der Faust auf den Tisch. Er schreckt auf und stellt das dämliche Glas endlich ab.

»Gott ... Aggro-Level 2000«, kommentiert er meine Reaktion. »Was ist denn?«

»Ich will wissen, ob Pascal mit Claire schläft!«

»Du weißt doch, dass sie manchmal bei uns ist. Hatten wir das nicht schon am ersten Abend geklärt?«

Ja, ich weiß, dass sie manchmal unter der Dusche der beiden steht, aber nicht, dass sie ... Das ist ja so was von widerlich, dass es einfach nicht wahr sein kann!

»Claire ist nicht Pascals Schwester«, ziehe ich den einzigen Schluss, mit dem ich leben kann, ohne zu kotzen.

Remos Miene wechselt von irritiert zu wissend. Er seufzt laut und schließt resignierend die Augen. »Nein, das ist sie nicht.«

Ich erstarre wahrscheinlich, weil ich gerade alles neu ordnen muss, was ich heute Nachmittag herausgefunden habe. Das macht aber überhaupt keinen Sinn! Claire wusste nicht, wer ich bin, wieso sollte sie lügen? Wieso behauptet man, jemandes Schwester zu sein?

»Du hast sie getroffen«, schlussfolgert Remo richtig und sieht sich prüfend im Restaurant um.

»Ja! Sie hat gesagt …«

Er unterbricht mich mit einer stoppenden Geste und winkt den Kellner an den Tisch. »Nicht hier. Im Auto«, brummt er und bezahlt die Rechnung.

Dass er nicht im Restaurant darüber sprechen will, macht mich nur noch neugieriger. Was wird denn hier gespielt?

DAS EINHORN UND DIE FANGIRLS

Ich knalle die Tür etwas zu schwungvoll zu, weil meine Neugier mich hibbelig macht. Remo funkelt zu mir rüber, als er sich auf den Fahrersitz setzt und die Tür wie ein normaler Mensch schließt.

Jaja! Ich weiß! Ich soll dein Auto nicht misshandeln. Sprich endlich!

»Wann bist du Claire begegnet?«, will er wissen und bekommt die Kurzzusammenfassung von mir.

»Beim Dessousshoppen. Sie steckte in einem BH fest.«

Der Wolf grinst und schüttelt den Kopf. »Ich habe ihr immer gesagt, die Dinger sind zu groß für ihren Körper. Da bleibt man schon mal stecken.«

Ich will eigentlich weiter nachhaken, aber mir fällt gerade etwas auf.

»Scheiße!«, fluche ich und balle die Fäuste. »Ich habe meine Tüte mit der Unterwäsche im Auto von Claires Agenten vergessen!«

Wie kann man nur so blöd sein?!

Ich würde mich noch intensiver darüber ärgern, aber Remo sieht plötzlich so aus, als hätte ich etwas vollkommen Verrücktes erzählt.

»Warte mal ...«, setzt er verblüfft langsam an. »Der Typ, der dir heute angeboten hat, für ihn als Model zu arbeiten, war Vincent?«

Ihr kennt euch hier wirklich alle, was?

»Ja«, entgegne ich und klinge etwas bockig, weil er mir das Kompliment bestimmt gleich wieder miesmacht.

Er lacht schon mal dunkel.

»Du glaubst aber nicht wirklich, dass er eine Modelagentur hat?«, wirft er mir vor.

»Er hat gar keine Agentur?!«, knurre ich fragend.

Bei dieser Fahrt wurde anscheinend nur gelogen. Ich war aber auch nicht ganz ehrlich.

»Doch. Vincent hat eine Agentur. Aber er hat dir nicht angeboten, dich an Fotografen zu vermitteln, sondern an Männer, die Gesellschaft suchen.«

Pause!

Nein, oder?! Er hat eine ... Er wollte, dass ich ... Und ich freue mich auch noch darüber, grinse stolz und würge das Remo rein?!

Hey, weißt du eigentlich, dass mir heute jemand angeboten hat, ich könnte eine Nutte werden? Cool, oder?

Ich bin ja so blöd!

»Hat er ein Bordell?«, frage ich beschämt und sehe Remo den Kopf schütteln.

»Nein. Es ist wirklich eine Agentur. Eine Hostessen-Agentur. Sehr schöne Frauen, sehr exklusiv, sehr teuer. Er vermittelt sie offiziell als Begleitung für Events, wobei ich glaube, dass keines dieser ›Events‹ jemals nicht damit geendet hat, dass seine Mädchen sich ausziehen müssen.«

Ich bin dabei, rot anzulaufen, während Remos Stimmung plötzlich kippt.

Bisher hat er eher amüsiert geklungen, jetzt wird seine Miene streng.

»Was machst du eigentlich in Vincents Auto?! Sag mal, bist du bescheuert?!«

Anscheinend wird ihm das jetzt erst richtig bewusst.

»Er hat mich nur den Berg hochgefahren!« *Und mir angeboten, mich für ihn zu prostituieren ...* »Ich wusste nicht, wer er ist! Claire wollte mir ein Taxi rufen, weil mein Handyakku leer war, aber als sie gehört hat, dass ich auch ins Internat muss, hat sie mir angeboten, dass ich mit ihnen mitfahren kann.«

»Hat dir niemand beigebracht, nicht zu fremden Männern ins Auto zu steigen?! Das lernt man doch im Kindergarten!«

Was du nicht sagst ...

Remo knurrt genervt – oder besorgt, das Geräusch aus seiner Kehle klingt diesmal viel weicher. »Steig nie wieder zu Vincent in den Wagen«, spricht er so langsam und eindringlich aus, als würde er es zu einem Mantra machen wollen.

Ich nicke zögerlich. Meine Wangen glühen, weil ich mir wie eine naive Idiotin vorkomme.

Der sündhaft teure Wagen, der verwegene Mann mit dem seltsamen Style ...

»Vincent ist aber nicht irgendwie ... Ich meine, mir hätte da drin nichts passieren können, oder?«

Ich muss das fragen, damit ich mich im Nachhinein gebührend darüber erschrecken kann, falls ich nur knapp irgendetwas Schlimmem entgangen bin.

Remo seufzt wieder, diesmal eindeutig genervt – nicht meinetwegen. Ich denke, der Mann, über den wir sprechen, bringt ihn dazu.

»Vincent ist nicht kriminell oder übergriffig«, versichert er und beginnt, seine Warnung etwas zu entschärfen. »Er ist im ältesten Gewerbe der Welt und was er von den Frauen verlangt, beruht immer auf Einverständnis und Verträgen. Aber er ist leider verdammt gut darin, junge, naive Mädchen zu überreden, ziemlich schnell ziemlich viel Geld zu verdienen. Das hört sich bei ihm immer sehr spannend, verwegen und glamourös an. Die Agentur bietet auch ihren Hostessen sehr viel und er weiß das zu verkaufen. Gerade wenn jemand verzweifelt ist und Geld braucht.«

Mir wird gerade klar, dass ich mich quasi selbst zum Abschuss vor Vincent freigegeben habe, indem ich mich als mittellose, wohnungslose Studentin ausgegeben habe.

»Ich würde so was nie tun! Selbst wenn ich Geld bräuchte!«, versichere ich Remo, der anders reagiert, als ich erwartet hatte.

Er tätschelt mir nicht den Kopf und brummt ›braves Mädchen‹, sondern wendet den Blick ab und starrt auf sein Lenkrad.

Seine Augen glänzen noch immer etwas von den Tränen, die ihm das Wasabi beschert hat. So schön, als wäre dahinter ein ganzes Universum versteckt.

»Ich verurteile niemanden, der sein Geld so verdienen möchte«, stellt er klar.

»Das denke ich auch nicht von dir. Und ich wollte auch nicht so klingen. Claire ist trotzdem supernett und sie hat auch nicht unglücklich oder verzweifelt auf mich gewirkt. Vielleicht macht manchen Leuten das Spaß. Ich meine ... Sex macht mir auch Spaß. Ich schlafe auch mit Pascal und dir ... Claire lässt sich dafür bezahlen. Ich bin wohl die Schlampe, die es gratis tut ...«

»So ein Schwachsinn!«, knurrt Remo mich an und verfinstert den Blick. »Red nicht solchen Scheiß! Dieses ganze Business hat überhaupt nichts mit Freundschaft, Gefühlen oder Sympathie zu tun – es ist ein Geschäft, eine Arbeit, eine ziemlich anstrengende und harte. Vergleich dich nicht mit Hostessen, das hat eine ganz andere Basis und absolut nichts Zwischenmenschliches.«

Ich nicke seinen eindringlichen, etwas wütend klingenden Vortrag ab.

Remo will nicht, dass ich mich mit Claire vergleiche – der Vergleich drängt sich mir aber auf.

»Wie lange bucht du und Pascal sie schon?«, will ich wissen und sehe die Eismiene des Wolfs wieder auftauen. Er atmet einmal durch und schmunzelt dann.

»Ich bezahle doch nicht für Sex mit Claire! Ich kenne sie schon, seit ich sechzehn bin.«

Dieser Tag hört nicht auf, mich in Staunen zu versetzen. Wenn heute noch jemand aus dem Kofferraum springt und ›Versteckte Kamera!‹ ruft, würde mich das auch nicht mehr wundern.

»Pascal bucht sie, weil er sie durch mich kennt. Die Sache mit der ›Schwester‹ erzählt sie jedem, den sie am Internat begegnet und der sie fragt, warum sie hier ist.«

»Wieso? Pascal könnte doch eine Freundin haben, die ihn besucht – da ist doch nichts dabei.«

Remo nickt. »Ja, aber er will es so. Wenn jemand Claire erkennt oder herausfindet, dass sie eine Hostess ist, würde Pascal als ihr Kunde auffliegen. Wenn sie seine Schwester ist, könnte er einfach eine betretene Miene aufsetzen und verstört murmeln, dass er nicht wusste, dass sie sich prostituiert. Das ist nicht schlecht durchdacht. Er sichert sich auf ganzer Linie ab. So fühlt er sich wohler, seit er keine Abmachungen mehr mit ›normalen‹ Frauen trifft.«

»Abmachungen?«, wiederhole ich fragend.

»Du weißt, was ich meine. Die ganze Spielzeugsache. Sexbeziehungen. Er holt sich dafür eigentlich nur noch Hostessen. Bei dir hat er eine Ausnahme gemacht. Hauptsächlich, weil ich ihm versichert habe, dass du nicht so bist wie die Frauen, die er früher hatte.«

»Was für Frauen hatte er denn?«, will ich wissen und rechne mit einer längeren Antwort, weil Remo sich in den Sitz drückt und es sich gemütlich macht.

»Du weißt ja, dass er sehr distanziert ist«, beginnt der Wolf und wartet mein Nicken ab. »Du hattest vorhin beim Essen absolut recht: Er ist zu jeder Frau so, war er schon immer.«

»Weißt du, wieso?«

Remo seufzt wieder. Das Geräusch des Tages. »Lass uns die Geschichten rückwärts abarbeiten …«, kündigt er an und beginnt zu erzählen. »Die letzte normale Frau, mit der er eine Sexbeziehung hatte, war eine Kollegin von uns. Ich weiß nicht, ob du Elisabeth kennst ...«

»Frau Muschi«, entgegne ich halb im Versehen, weil ich ihren Nachnamen in Gedanken immer so zusammensetze – es ist aber auch ein kleiner Ausdruck von Antipathie. Sie ist die Lehrerin, die mich im Turnsaal so argwöhnisch angefunkelt hat. Ich hatte schon vermutet, dass sie mal was mit Remo oder Pascal hatte. »Ich meine Frau Imsuch«, korrigiere ich mich und lausche Remos Lachen.

»Ja, genau die! Sie ist eine ziemlich unterkühlte, selbstverliebte Klugscheißerin. Außerdem ist sie eine dieser Pädagogen, die ihren Geltungsdrang in unnötiger Strenge ausleben. Ich konnte sie von Anfang an nicht leiden«, verrät Remo.

Mir war nicht klar, dass er mir so schnell noch mehr ans Herz wachsen kann. Er hat einfach eine verdammt gute Menschenkenntnis.

»Die beiden hatten was laufen, als ich noch an einer anderen Schule unterrichtet habe. Pascal hat schon immer mit sehr offenen Karten gespielt, wenn es darum ging, seine Vorstellungen von einer Beziehung abzustecken. Er fällt vielleicht nicht gleich mit der Tür ins Haus, aber wenn er mit der Sprache rausrückt, ist er sehr ehrlich und unmissverständlich in seinen Bedingungen. Du weißt das ja.«

Ja, ich weiß das. Nur Sex. Nicht darüber sprechen. Nur ein Spielzeug sein. Er war wirklich sehr deutlich. Ich nehme ihm das aber nicht übel – im Gegenteil. Er weiß, was er will und was er nicht will. Würde mir das nicht reichen, würde ich aufhören, mit ihm zu schlafen. Ich bin mir sicher, Pascal fände das in Ordnung. Er kann sein Verhalten selbst sehr gut reflektieren und weiß, wie er rüberkommt.

»Sie wollte eindeutig mehr als nur Sex«, erzählt Remo weiter, was ich schon kommen gesehen habe. »Pascal kann es nicht mal ab, mit einer Frau im selben Bett zu schlafen, aber sie wollte die Wohnpläne ändern lassen und bei ihm einziehen. Als er ihr gesagt hat, dass das mit ihnen gelaufen ist, hat sie eine Szene gemacht. Sie ging sogar so weit, ihm vorzulügen, sie sei schwanger. Als er herausgefunden hat, dass sie gelogen hat, wollte er kündigen und nach Frankreich zurückgehen, aber da hatte ich den Job gerade bekommen und habe ihn gebeten, zu bleiben.«

»Sie hat behauptet, sie sei schwanger?!«, frage ich fassungslos, weil das wirklich unter die Kategorie Psychoterror fällt. Jemandem vorzulügen, man würde ein Kind bekommen, um ihn zu halten, ist verwerflich.

Ich kann ihr nicht verübeln, dass sie sich in das hübsche Gesicht und den mysteriösen dominanten Mann dahinter verliebt hat, aber sie kann heulen, schreien oder fluchen – von mir aus kann sie auch seinen dämlichen Echo Dot klauen –, aber kein Baby erfinden.

»Der Psychoterror hat aufgehört, als ich mit Pascal zusammengezogen bin«, erzählt Remo weiter und grinst. »Wenn ich etwas kann, dann penetrante Menschen in die Flucht schlagen, die sich für wichtig und überlegen halten.«

Er geht nicht weiter darauf ein, aber ich bin mir sicher er hat seinen Job als Pascals mauliges Schutzschild gut gemacht. Ich habe noch nie gesehen, dass Frau Imsuch sich im Speisesaal auch nur in die Nähe von Remo oder Pascal gesetzt hat. Wolfspower ...

»In seinem ersten Jahr als Referendar hatte Pascal richtig üble Probleme mit einer Schülerin ...«, beginnt er die nächste Geschichte.

Ich erinnere mich daran, dass Pascal in seinem Büro kurz davon erzählt hat.

»Das Mädchen war so aufdringlich, dass er sie eigentlich wegen sexueller Belästigung hätte anzeigen können – aber wenn das Wort eines Mannes gegen das eines siebzehnjährigen Mädchens steht, das auf Knopfdruck heulen kann und in der Opferrolle aufgeht, stehen die Chancen gut, dass er alles verliert und sein Diplom an den Nagel hängen kann.«

Was für eine beschissene Situation ... Wahrscheinlich hätte ihm wirklich niemand geglaubt.

»Sie hatte ihn komplett in der Hand, weil sie damit gedroht hat, zu behauptet, er hätte sie angefasst. Ihm ist nichts anderes übrig geblieben, als zu kündigen, umzuziehen und sich nach einem Job an einer anderen Schule umzusehen. Dass er dann hier gelandet ist, war Glück. Zumindest bis die Sache mit Elisabeth angefangen hat ...«

Ich seufze in mich hinein.

Wie viele schlechte Erfahrungen kann ein Mensch eigentlich mit dem anderen Geschlecht machen? Mehr als zwei vermutlich, Remo holt schon wieder Luft.

»An der Uni hatte Pascal eine Stalkerin. Und ich spreche jetzt nicht von einem Mädchen, das ihm gern mal zum Essen in der

Mensa nachgelaufen ist. Ich spreche von einbrechen in unsere Wohnung, sich nackt ausziehen und an seinem Bett festketten.«

»Was?! Das kann doch nicht sein!«, platzt es aus mir heraus.

Remo zuckt mit den Schultern. »Das habe ich auch gesagt, als er mich verzweifelt angerufen hat, weil er sie da nicht mehr rausbekommen hat. Und glaub mir, Pascal ist keineswegs ein zu freundlicher oder ein zu rücksichtsvoller Mensch, wenn es darauf ankommt.«

Ich kann mir vorstellen, dass er sehr direkt und verletzend ehrlich sein kann. Streiten würde ich definitiv nie mit Herrn Favre wollen. Ganz im Gegenteil zu meiner Vorliebe für Streitereien mit dem Wolf. Bei Remo ist das etwas ganz anderes.

Er erzählt weiter. »Ich bin in die Wohnung gelaufen und war mir sicher, dass zumindest ich sie dazu bekomme, zu verschwinden. Ich habe Erfahrung mit allen möglichen seltsamen Menschen und Problemen, aber an ihr habe ich mir auch die Zähne ausgebissen.«

Ja, es gibt Menschen, zu denen auch der einfühlsamste, sozialste Wolf nicht durchdringt. Man nennt sie Psychopathen.

»Wir mussten den Uni-Psychologen anrufen, der nach einer Stunde auch das Handtuch geworfen und die Polizei gerufen hat. Das war der schrägste Nachmittag meines Lebens und glaub mir, mein Leben war davor auch nicht gerade ereignisarm.«

Das glaube ich ihm sofort. Obwohl ich noch immer so gut wie gar nichts über ihn weiß. Aber jetzt geht es um Pascal.

»Wir haben sie nach der gerichtlich angeordneten Therapie nicht mehr gesehen, aber ich drehe mich noch immer zweimal um, wenn es im Gebüsch raschelt. Keine Ahnung, wie Pascal damit klarkommt, aber es wundert mich nicht, dass er die Frauen aus seinem Bett verbannt hat. Das war verstörend.«

Ich bin wirklich baff. »Oh mein Gott! Wie kann das denn alles nur einem Menschen passieren?!«

Remo zuckt mit den Schultern und lacht tonlos. »Keine Ahnung. Pascal zieht besessene Frauen an wie das Licht die Motten.«

Eher wie das Einhorn die Fangirls.

Komm her, du schönes weißes Fabelwesen – du gehörst ab heute nur mir und ich werde dich streicheln und füttern und anfassen und nie, nie, nie wieder gehen lassen.

Freaks ...

»Dabei hatte er diese verschlossene, unnahbare Art schon immer. Er wollte nie mit jemandem zusammen sein. Wo wir bei der ersten Frau wären, die ihn gebrochen hat. Sigmund Freud lässt grüßen.«

Nach dem Sigmund-Freud-Spruch wächst in mir eine Vermutung. »Seine Mutter?«

Remo nickt. »Ja. Sie hat seinen Vater und ihn verlassen, da war Pascal neun. Er behauptet, sie hat sich nie wirklich gut um ihn gekümmert, weil sie keine Empathie hatte und ziemlich egoistisch war. Irgendwann hat sie sich nach Südfrankreich abgesetzt und den Kontakt zu ihrem Sohn und ihrem Mann abgebrochen. Er redet kaum darüber, viel mehr weiß ich auch nicht, nur dass daher wohl sein Vertrauensdefizit für Frauen rührt.«

Sehr traurig. Ich weiß zwar nicht, wie es sich anfühlt, von einem Elternteil nicht geliebt zu werden, aber ich stelle es mir furchtbar vor. Gerade wenn man noch ein Kind ist.

Dass Pascal so ist, wie er ist, kann man ihm unmöglich zum Vorwurf machen. Wäre mir das alles passiert, hätte ich mich wohl ins Kloster abgesetzt und würde selbst dort hinter den nächsten Rosenbusch springen, wenn mir jemand vom anderen Geschlecht begegnet.

»Aber er hat ein gutes Verhältnis zu seinem Vater«, stelle ich vorsichtig fest, weil ich mich an das Foto in seinem Büro erinnere.

Remo nickt eindringlich. »Ja. Die beiden haben eine sehr gute Beziehung. Er hat ihn wirklich gut erzogen und es hat Pascal auch nie an etwas gefehlt – außer einer Mutter. Aber man kann auch mit nur einem Elternteil zu einem tollen Menschen werden.«

Ich nicke halbherzig und schaue auf meine Nägel, während ich krampfhaft über einen Themenwechsel nachdenke. Pascals Geschichte war emotional genug, wir müssen jetzt nicht die nächste aufrollen.

»Oder man wird ganz ohne Eltern zu einem tollen Menschen. Oder mit total bescheuerten Eltern«, legt Remo verallgemeinernd nach und macht eine abschätzige Handbewegung. »Im Endeffekt liegt es an dir selbst, was du aus dir machst. Ob dich negative Erfahrungen stark machen oder brechen. Pascal kommt schon klar mit seinem Leben. Dass er einen Knall hat, was Frauen betrifft, weiß er. Ich denke, er hat im Moment einfach keine Muße, daran etwas zu ändern. Er steht auf Sex und den holt er sich eben von Frauen, die das Ganze als Geschäft sehen. Das gibt ihm mehr Sicherheit, dass sich niemand mehr in ihn verliebt. Dass er dir vertraut, ist schon ein großer Schritt in Richtung Normalität für ihn.«

Mit dem Wissen um Pascals Vergangenheit und seine Beweggründe fühlt es sich tatsächlich noch besonderer an, von dem französischen Gott gewollt zu werden. Dass ihm seine Vergangenheit nachhängt, hat er mich trotzdem schon mal spüren lassen.

»Pascal hat gemutmaßt, dass du mich aus dem Turnsaal geschmissen hast, weil ich dich vielleicht zu sehr bedrängt habe. Er hatte Angst, dass du dich von mir gestalkt fühlst.«

Remo lacht herzhaft und zuckt mit den Schultern. »Nimm's ihm nicht übel. Bei der Vorgeschichte ...«

Tue ich nicht. Ich weiß, dass er es nicht böse gemeint hat.

Der Wolf steckt den Schlüssel ins Schloss und lässt die schicke Armatur blau aufleuchten. Er drückt einen Knopf und ich kann meine Muskeln entspannen, weil der wärmer werdende Sitz die Kälte in mir vertreibt.

»Besser?«, fragt Remo, der mitbekommen haben muss, dass ich dabei war, Frostbeulen zu bekommen.

»Ja. Danke.«

Ich drücke mich in den gemütlichen Sitz und erlebe einen dieser seltsamen Momente, in dem einen bewusst wird, wie dankbar man gerade für sein Leben sein muss und wie sehr man das Hier und Jetzt genießt. Normalerweise lässt einen das erst die Wehmut so richtig bewusst spüren, wenn man an etwas zurückdenkt und reflektiert, aber ich bin mir gerade absolut klar darüber, dass die Zeit hier ein unheimlich schöner, besonderer Abschnitt in meinem Leben ist. Ein kurzer, aber darüber will ich nicht nachdenken, sonst kann ich es nicht mehr genießen.

»Du und Claire ...«, beginne ich vorsichtig leise, auch weil mich die Wärme irgendwie müde macht.

Remo brummt schon, bevor ich die Frage gestellt habe.

»Wo habt ihr euch kennengelernt?«

Das ist eine so harmlose Frage, er muss sie mir beantworten. Oder auch nicht. Ein Wolf muss gar nichts. Außer mich faszinieren.

KNUTSCHEN?

Ich habe echt keinen Bock, jetzt auch noch über Claire zu reden«, erklärt Remo und schließt resignierend die Augen. »Wir waren nie zusammen und sie ist auch nicht so was wie meine heimliche Teenagerliebe, die ich nie ausleben konnte. Aber ich mag sie sehr und ich hasse es, dass sie für Vincent arbeitet und sich von ihm vögeln lässt. Dass sie mit Pascal schläft, stört mich aber nicht. Reicht das erst mal?«

Das waren wirklich interessante Infos, die sich irgendwie angenehm angefühlt haben, aber er speist mich mit dem Schnelldurchlauf ab.

»Du musst selbst wissen, was du erzählen möchtest«, entgegne ich und rutsche etwas tiefer in den Sitz, weil es sich in gemütlicher Position besser schmollt.

Remo grinst. »Schnapp nicht ein. Ich hab einfach keine Lust, heute noch über sie zu reden. Willst du knutschen?«

Ich kann die beleidigte Miene nicht beibehalten, weil er plötzlich wie einer seiner Schüler aussieht. Der Wolf grinst mich an und rückt ein Stück näher. Der Schalk, der ihm im Nacken sitzt, lässt seine Augen funkeln. Das spärliche Licht auf dem Parkplatz schmeichelt seinem markanten Gesicht.

Ja, ich will so was von knutschen! Ich wollte nie etwas anderes, oder?

Remo beugt sich über die Mittelkonsole zu mir und küsst mich. Seine rechte Hand greift in mein Haar, seine linke fährt meine Taille entlang.

Diese langsame, intensive Art, zu küssen, ist unheimlich anregend. Ich muss daran denken, wie langsam er mich seine Zunge damals im Turnsaal hat spüren lassen.

Meine Finger tasten sich unter seinen Pullover, streifen über die Muskeln, die sich unter der weichen Haut abzeichnen.

Er schiebt die Hand unter mein Oberteil. Als er meinen Busen greift und zudrückt, zieht sich das Verlangen wie eine brennende Zündschnur bis zu meiner Mitte.

»Kann es sein, dass du heute leichter heiß zu bekommen bist als eine jungfräuliche Klosterschülerin?«, brummt Remo mir amüsiert gegen die Lippen und reibt mit dem Zeigefinger über meine harte Brustwarze. »Oder ist dir noch immer kalt?«

Ich drücke meinen Oberkörper seiner Berührung entgegen und grinse ihn verschmitzt an. Bevor ich ihm vorwerfe, was mir durch den Kopf geht, beiße ich ihm in die Unterlippe. Der Wolf knurrt.

»Klosterschülerin? Also macht dich das Schüler-Lehrer-Ding doch an?«

Er küsst mich und beißt dann zurück. »Nicht so sehr wie dich«, unterstellt er mir.

Damit hat er recht. Ich bin ziemlich heiß auf ihn. Auch weil ich mir seit vier Tagen nur vorstelle, angefasst zu werden. Das ist nicht lange, ich hatte schon viel ausgedehntere Durststrecken, aber die erste Nacht im Bungalow hat meiner Libido beigebracht, dass Sexhunger ab jetzt ihr Ding ist.

Das Spielen mit meinen Brüsten hebt das Hungergefühl nur hervor. Remo hat eine Hand frei. Ich wüsste einen besseren Ort dafür als meinen Nacken. Er genießt meine Ungeduld aber. Mein erregtes Stöhnen als Reaktion auf seine gar nicht mal so verruchten Berührungen amüsiert ihn.

Ich würde ihm gern eine Bitte ins Ohr hauchen, aber er hört sowieso nicht auf Anweis...

Mir fällt etwas ein.

Ich löse mich wieder von seinen Lippen und beiße auf meinen eigenen herum, während ich ihn mit glänzenden Augen mustere.

»Was? Du siehst aus, als hättest du gerade die perverseste Idee der Welt. Lass hören.«

Pervers ist es nicht unbedingt, aber scharf – für mich.

»Du hast gesagt, wo ich will, wann ich will und wie ich will ...«, erinnere ich ihn an sein Versprechen.

Remo hebt einen Mundwinkel.

»Dein Auto. Jetzt. Und deine Hand«, flüstere ich in selbstsicherem Tonfall, weil er es mir nicht abschlagen darf. Wettschulden sind Ehrenschulden.

»Ich hätte es dir sowieso gemacht, aber wenn du so ein ungeduldiges scharfes Stück bist ...«

Er greift an mir vorbei und drückt einen Knopf an meinem Sitz, der die Lehne nach hinten fahren lässt. Welcher Ingenieur auch immer diese Sitzstellung entworfen hat, muss dabei an Sex gedacht haben. Für nichts anderes macht die Position Sinn.

Remo schwingt sich auf meine Seite, stützt sich über mir ab und funkelt mich streng an. »Mach meiner Hand Platz, wenn du sie spüren willst.«

Ich öffne meine Jeans und schiebe sie ein Stück nach unten. Als ich mein Becken dafür hebe, spüre ich Remos Mitte kurz an meiner.

Vielleicht hätte ich ihn doch bitten sollen, mich zu nehmen, aber auch wenn wir am hintersten Ende des finsteren Parkplatzes vor einer Baumallee parken, den Wagen zum Schaukeln zu bringen wäre dann doch auffällig. Ich bin mir sicher, alle an der Schule kennen sein Auto.

Nachdem ich meine Jeans runtergeschoben habe, greife ich sein Gesicht, um es zu mir zu ziehen. Remo küsst mich nur kurz, fährt dann mit der Zunge über meine Lippen.

Als sich seine Hand unter meinen String schiebt, wird mir schlagartig viel wärmer. Seine Finger bringen meinen Körper dazu, den Temperaturregler in meinem Inneren auf Anschlag zu drehen.

Seine Technik ist phänomenal gut. Remo ist in seinen Stimulationen immer so zielsicher, dass ich daraus den Schluss ziehen muss, dass er verdammt viel Erfahrung mit Frauenkörpern hat. Oder er war selbst mal eine. Alles andere macht keinen Sinn – so viel gottgegebenes Talent hat niemand ohne Übung.

Ich stöhne ihm ins Gesicht und spanne meinen Körper im Rhythmus der Erregung an.

»Weißt du, dass deine Muschi unglaublich geil ist, Mel?«, raunt er mir zu und mustert mich mit diesem Nebel aus Lust vor den Augen.

Seine Worte wirken wie der Beginn einer weiteren Stimulation, die meine Gedanken in knisternden Flammen aufgehen lässt.

»Ich stelle mir seit Tagen vor, damit zu spielen. Wie heiß du dich anfühlst, wie feucht du unter meinen Fingern wirst ...«

Gott, das schmutzige Raunen macht mich so an, dass er mich gleich schneller zum Höhepunkt bringt, als jeder Vibrator es könnte.

Als er die Hand aus meinem Slip zieht, kann ich kurz durchatmen – denke ich zumindest, aber die Erregung klingt nicht ab, weil ich Remo dabei beobachte, wie er sich langsam über die Finger leckt und sie dann in mich schiebt.

»Oh Gott ...!«

»Ich steh drauf, wenn du meinen Namen stöhnst, Baby.«

Seine Finger beugen sich leicht nach oben und treffen zielsicher den Punkt in mir, der mich von innen kommen lassen wird.

Tausend Frauen oder eine verdammt gute Geschlechts-OP – was von beidem hattest du?!

Bevor Remo anfängt, in mich zu stoßen, legt er den Daumen wieder auf die Stelle, die er vorhin schon so heiß hat werden lassen. Als seine Hand sich wieder zu bewegen beginnt, baut sich in mir eine Welle aus Erregung auf, die gleich so heftig über mir zusammenbrechen wird, dass ich befürchte, in meiner Lust zu ertrinken.

Ich komme und höre dabei Remos dunkle Stimme in mein Ohr flüstern. »Du wirst so eng, wenn du kommst, dass ich mich vergessen könnte ...«

Seine Zunge schickt ein paar letzte elektrisierende Impulse durch meinen Körper, als er über mein Ohr leckt.

Während ich wieder zu Atem komme, schwingt sich Remo zurück auf den Fahrersitz.

Das war wirklich scharf! Ich sollte in Zukunft viel öfter Klimmzüge machen ...

Ich suche nach dem richtigen Knopf, um den Sitz wieder in eine normale Position zu befördern.

»Zwei hast du noch gut«, erinnert mich der Wolf und startet den Wagen. »Wenn du immer so schnell kommst, sollte die Einlösung meiner Wettschulden in insgesamt dreieinhalb Minuten erledigt sein«, scherzt er und grinst mich provozierend an.

Haha. Sehr witzig. Andere Männer freuen sich, wenn Frauen schnell kommen. Ich fühle mich angespornt, zum Gegenschlag auszuholen, weil ... na ja, Provokations-Pingpong ist unser Ding.

»Sorry. Ich war wirklich noch verdammt scharf von heute Nachmittag. Dieser Vincent ist schon heiß. Ist er Single?«

Die Reifen des Alfas drehen ein wenig durch, weil Remo zu ungestüm aufs Gas steigt, als er auf die Straße abbiegt.

»Nicht witzig«, tönt er und macht ein paar herrische Gesten mit dem Zeigefinger. »Wenn ich dich noch einmal über ihn sprechen höre, lege ich dich übers Knie!«

Was soll das sein? Ein Ansporn, damit ich Vincent nicht vergesse? Weiß er, wie blöd seine Drohung ist?

Ja, er macht nämlich wieder wilde Gesten mit dem Finger. Ich wäre ja dafür, dass er mit beiden Händen Auto fährt, wenn er schon das Gaspedal tottreten muss.

»Vergiss das mit dem Übers-Knie-Legen! Das war eine bescheuerte Drohung. Schlag dir Vincent aus dem Kopf oder ich schlafe nie wieder mit dir!«

Puh. Das klang nachdrücklich. Und irgendwie selbstverliebt. Remo glaubt anscheinend, er kann mir damit drohen, mich nicht ... Ach, dieser Satz ist die Mühe nicht wert, den meine Gedanken zum Formulieren brauchen würden.

Natürlich will ich nicht, dass er aufhört, mit mir zu schlafen. Und ich will nichts von Vincent, ich mache den Wolf nur gern sauer.

»Keine Angst, ich will nichts von Vincent«, versichere ich und muss grinsen, weil seine Miene noch immer so angespannt aussieht. »Kann es sein, dass du gerade ein wenig unter Strom stehst? Noch scharf von meinem Orgasmus?«

Remo sieht brummend zu mir. »Höhepunkt ohne Gegenleistung. Ich halte, was ich verspreche.«

»Und wenn ich mich revanchieren will?«, frage ich und muss mich dann am Handschuhfach festhalten, weil er so abrupt rechts ranfährt und den Wagen anhält.

»Wie war das?«, will der Wolf mit hochgezogenen Brauen wissen.

Ich lache. Man hört ihm deutlich an, dass er noch scharf ist, und auch, wie krampfhaft er sich bemüht, es zu verstecken, weil er seine Abmachung einhalten möchte.

Ich hätte ihm das schon viel früher angeboten, aber er ist nach meinem Orgasmus einfach losgefahren.

»Na ja, wenn ich Lust habe, es dir zu machen, sagst du nicht Nein, oder?«

Das Angebot mit den gegenleistungsfreien Orgasmen ist großartig, aber ich benutze meine Freifahrtscheine eher, um ihn dazu zu bringen, mich nicht zappeln zu lassen und den Wolf endlich mal an der Leine führen zu dürfen.

Ich fasse Remos Körper unheimlich gern an. Ihn kommen zu hören und zu spüren, ist mehr als prickelnd.

»Hand oder Mund?«, will er wissen und schmunzelt wie der Teufel.

»Spielt das denn eine Rolle für deine Antwort?«

»Nein. Ich weiß auch nicht, warum ich das frage. Ich kann gerade nur noch daran denken, in oder auf dir zu kommen.«

Kaum fängt er wieder mit dem Dirty Talk an, meldet sich auch meine Libido wieder zu Wort.

Sie weiß, dass das hier nur seinem Vergnügen dienen wird, tanzt aber trotzdem Lambada.

Ich denke, ich war noch nie so heiß darauf, einem Mann einen zu blasen. Sein Körper hat diese enorme sexuelle Anziehungskraft auf mich – und wahrscheinlich auf alle anderen Frauen auf der Welt.

»Mach meinen Lippen Platz, wenn du sie spüren willst«, knurre ich ihm ebenso entgegen wie er mir auf dem Parkplatz.

Wir haben am Rand der Landstraße gehalten, kurz bevor der schmale Weg den Berg hinaufführt.

Remo mustert mich eine Sekunde lang mit glänzenden Augen und hebt dann das Becken an. Er öffnet seinen Gürtel und schiebt seine Jeans und die schwarzen Pants nach unten. Die malerisch scharfen Hüftknochen, die sich unter seiner Haut wölben, sind anbetungswürdig, aber ich kann mich nicht lange darauf konzentrieren, weil mir ein anderes Kunstwerk ins Auge springt.

Ich beuge mich zu ihm und lege meine Hand um seine halb harte Männlichkeit.

Kaum spürt er meine Berührung, springt Remo beinahe vom Sitz an die Decke.

»Deine Hände haben fünf Grad!«, ruft er mit aufgebrachter Stimme. »Das ist, als würde mir Elsa einen runterholen! Wärm dir die Hände, Eiskönigin!«

Ich lache leise, während Remo meine Hände packt – wahrscheinlich aus Angst, ich könnte ihn wieder schockfrosten. Sie sind wirklich ziemlich kalt, das fällt mir auf, als er sie mit seinen umschließt und festhält.

Während meine Finger wärmer werden, lasse ich meinen Kopf zu seinem Schoß sinken. Meine Lippen haben eine wohltuende Temperatur und sind genauso weich wie seine Haut, die sich unter der Lust immer mehr spannt.

Ich küsse über seine Härte, streife mit der Zunge darüber, bis sie sich mir entgegenhebt und ich sie in meinen Mund gleiten lassen kann.

Remo stöhnt dunkel über mir auf. »Die Position hat was …«, brummt er angeturnt und greift meine Finger fest mit einer Hand, während er mit der anderen nachdrücklich über meinen Hinterkopf streichelt.

Er hat recht.

Ich fühle die elektrisierende Spannung des Dominanzspielchens auch – wie bei unserem ersten Mal, als er mich festgehalten hat.

Ich steige in unser Spiel ein und lasse ihn nur noch halbherzig tief in meinen Mund gleiten. Die zu wenig intensive Stimulation bringt ihn dazu, meinen Kopf in seinen Schritt zur drücken.

»Tiefer, Baby«, verlangt er und knurrt erregt, als ich seinem Drängen nachgebe.

Remo genießt meinen Mund spürbar, aber ich brauche meine Hände, um ihn richtig laut zum Aufstöhnen zu bringen.

»Lass los«, hauche ich gegen seine Härte, nachdem meine Zunge ihn zur Genüge gekitzelt hat.

Bevor er irgendeinen Einwand brummen kann oder sich weigert, lasse ich ihn schon mal meine Zähne spüren – ganz sanft, aber drohend genug, damit er knurrend meine Hände loslässt.

Du bereust es nicht, versprochen.

Meine Hände fühlen sich bestimmt noch immer kühl auf seiner überhitzten Haut an, aber diesmal springt Remo nicht vom Sitz. Er ist schon viel zu scharf, um sich daran zu stören.

Ich umschließe seine Männlichkeit und beginne, ihn mit der Hand zu stimulieren. Meine freien Finger finden ihren Weg zu weicheren, sehr empfindlichen Regionen, deren Berührung dem Wolf das laute Knurren entlocken, das ich hören wollte.

Die abwechselnden Reize, die ich ihn fühlen lasse, treiben seine Lust in Richtung Höhepunkt. Remo drückt mir sein Becken entgegen und krallt die Finger in meine Haare, als er in meinem Mund kommt.

Während sich seine Muskeln wieder entspannen, verschlucke ich mich ein wenig und richte mich räuspernd wieder auf.

»Entschuldige. Ich hätte dich warnen sollen ...«, schnauft er mit beanspruchter Stimme und grinst mich an. »Ich hatte seit unserer Vögelei im Turnsaal keinen Orgasmus mehr. Da hat sich einiges aufgestaut, aber du kitzelst auch das Letzte aus meinem Höhepunkt heraus ... wirklich geil.«

Das Lob bringt mich zum Grinsen, genau wie die Gewissheit, dass er auf dem Ausflug keine scharfe kleine Französin auf sein Bett geworfen und gevögelt hat. Obwohl, das geht mich eigentlich nichts an.

Der Wolf kann schlafen, mit wem er will.

»Verrat bloß Vincent nicht, dass du das so gut kannst, sonst muss ich dich in meinem Schrank verstecken, damit er dich nicht findet und mit Geld bewirft.«

Dass er jetzt wieder Scherze über den geheimnisvollen Mann mit der Agentur und dem Audi machen kann, zeigt, dass er die Anspannung in sich bestens losgeworden ist. Ich denke trotzdem, dass es ihm damit ernst ist, dass ich mich von Vincent fernhalten soll. Aber das lässt sich sehr leicht einrichten. Ich bin nämlich ein Angsthase.

Remo rückt seine Klamotten wieder zurecht und schließt den Gürtel. Noch während er das Becken leicht gehoben hat, zieht er sein Handy aus der Tasche. Ich habe auch gemerkt, dass es ein paarmal kurz vibriert hat, als ich ihm einen geblasen habe.

Er überfliegt die eingegangenen Nachrichten und seufzt, bevor er den Wagen startet.

»Was?«

»Nichts, nur Claire.«

Okay, diese drei Wörter machen in dem Zusammenhang absolut keinen Sinn für mich. Aber ich hake jetzt bestimmt nicht nach, weil mich auch das nichts angeht und er ganz deutlich klargemacht hat, dass er heute nicht mehr über sie sprechen will.

Von mir aus.

Aber erzähl mir nie wieder etwas von wegen ihr wart nie mehr als platonische Freunde oder gute Bekannte.

Man schreibt seinem ›Bekannten‹ nicht, wenn man gerade bezahlten Sex mit dessen bestem Freund hatte. Kein Vorwurf – nur eine Feststellung. Wirklich.

»Sie fragt, ob ich sie nach Hause fahren kann. Sie hat kein Auto«, verrät Remo nach einer Minute Bedenkzeit – vielleicht, weil ich ihn anschweige und er das falsch interpretiert. Ich starre aber hauptsächlich so stur und stumm auf die Straße, weil er den Hügel wieder hinaufjagt, als würde da oben jemand mit einer schwarz-weiß karierten Fahne winken.

The Fast and the Furious findest du klasse, oder?

Und Lady Marmelade auch.

»Hat Pascal kein Auto?«, presse ich zwischen den angespannten Lippen heraus.

»Doch. Aber sie lässt sich nicht von Kunden in ihre Wohnung fahren. Macht man einfach nicht. Zu privat.«

Klar. Zu privat für Kunden. Ich würde auch lieber einen Freund fragen, der weiß, wo ich wohne und mich gern nach Hause fährt, weil wir uns schon so lange kennen und er selbst in meine dunkelsten Geheimnisse eingeweiht ist. Durchaus romantisch. Schreibt mal jemand schnell ein Buch über die beiden?

Okay, vielleicht ist es doch nicht nur die rasante Fahrt, die mir den Magen umdreht.

Ich mag es nicht, wenn ich so bin. Eifersucht war noch nie wirklich mein Fall, nicht mal in Beziehungen. Warum ich mir jetzt in Gedanken so bissige Kommentare vorsage, weiß ich nicht.

Ich mag Claire. Und Remo. Wir sind uns alle überhaupt nichts schuldig außer Spaß und ein paar heiße Stunden. Es hat mich nicht gestört, als ich davon ausgegangen bin, dass sie nur ab und an miteinander vögeln. Dass sie schon so lange und scheinbar gut befreundet sind, fühlt sich seltsam an. Das magische Törtchen wird vielleicht beim Naschen nicht weniger, aber nur eine von uns kann es halten!

Ich muss aufhören, so eine Gedankenzicke zu sein, sonst hasse ich mich am Ende noch selbst.

Als Remo in der Nähe des Mädchenwohnheims anhält, greife ich nach meinem Gurt. »Danke für das Essen! Und das Stöhnen. War ein toller Abend«, töne ich superfreundlich und superglücklich und denke, dass ich mir wirklich Mühe mit meinem Tonfall gegeben habe.

Als ich nach dem Türgriff greifen will, macht das Auto ein mechanisches Geräusch und ein kleines rotes Licht blinkt an der Tür auf.

»Hast du gerade abgeschlossen?!«, frage ich perplex.

Remo stützt sich am Lenkrad ab und mustert mich so prüfend, als würde er üben, Gedanken zu lesen.

Bitte nicht lesen, die sind heute schwachsinnig!

»Ich fahre Claire nach Hause und gehe dann ins Bett. Ich habe heute fünf Stunden in einem Bus gesessen und habe morgen früh um 07:45 Uhr Sportunterricht.«

»Aha. Und putzt du dir vor dem Schlafengehen auch die Zähne? Wieso die Zusammenfassung? Ich muss nicht wissen, was du wann tust.«

Er denkt ganz offensichtlich, er muss sich rechtfertigen. Muss er nicht. Ich bin heute nur seltsam drauf, weil der Nachmittag so spannend war. Eigentlich ist es mir egal, was er heute noch mit Claire tut oder nicht.

Remo knurrt genervt und überdreht die Augen. »Na gut. Dann spar dir aber auch die strafenden Blicke und den subtilen Freundlichkeitsscheiß, den du dir von Pascal abgeschaut hast. Ich bin doch kein Idiot.«

»Schließ die Tür auf, Remo.«

»Gib zu, dass du eifersüchtig bist.«

»Soll ich dir eine kleben?!«

»Das wäre zumindest eine angemessene Reaktion auf das, was du gerade denkst.«

»Ich denke, dass du ein Horst bist, der es nicht gut sein lassen kann, über bescheuerte Hirngespinste zu reden!«

Er beugt sich zu mir und hält mir die Wange hin. »Hier. Schlag zu. Dann stufe ich aber dein Glüh-Level bedenklich nach oben«, droht er und funkelt mich herausfordernd an.

Meine Handfläche juckt, aber wenn ich ihn ohrfeigen würde, könnte ich ihn nicht ohne einen Streit fahren lassen. So viel Leidenschaft schreibe ich der ganzen Sachen sicher nicht zu.

Er provoziert einfach gern. Nichts anderes steckt hinter seinen Vorwürfen. Ich vergesse manchmal, dass Remo ein Arschloch ist.

»Lass mich raus oder ich drücke deine Hupe!«

Meine Drohung soll nicht witzig sein, aber er lacht sich schlapp. Wenn jetzt irgendetwas von wegen ›Hupen drücken‹ zurückschallt, überlege ich mir das mit der Ohrfeige noch mal.

Als er fertig gelacht hat, brummt er resignierend und drückt dann den Knopf, um die Türen wieder zu öffnen. Ich steige aus dem Auto, er greift sich aber meine Handtasche und hält mich daran fest.

»Mel.«

»Was?«

»Mein Cousin hat Pascal und mich am Wochenende zum Skifahren eingeladen. Er hat mit zwei Freunden ein Apartment direkt an der Piste.«

»Cool. Brich dir nicht den Hals.«

»Willst du mitkommen?«

»Zum Skifahren?«

»Nein, zum Halsbrechen«, entgegnet er und überdreht die Augen.

»Ich habe keine Skier hier.«

»Die kannst du dir leihen. Oder du nimmst mein Snowboard.«

»Ich kann nicht snowboarden.«

»Dann bring ich's dir bei.«

»Willst du, dass *ich* mir den Hals breche?«

»Klar. Genau darauf wollte ich hinaus. Dich töten.«

Ich unterdrücke das Schmunzeln und seufze in die Nacht.

Skifahren wäre toll. Viel besser als ein Wochenende hier, an dem ich diesen Abend tot analysiere.

»Habt ihr denn noch Platz für mich?«

»Klar. Ich falte dich und steck dich in meine Sporttasche.«

»Na das klingt ja gemütlich.«

»Freitag ist Abfahrt. Gegen halb acht abends.«

»Dann falte ich mich bis dahin schon mal zusammen.«

»Mach das. Wird cool.«

»Okay. Schönen Abend.«

»Schönen Abend.«

»Remo?«

»Ja?«

»Lass meine Tasche los!«

PRO UND KONTRA

Ich greife in die Chipstüte und versuche, das bequeme beige Sofa nicht voll zu krümeln.

Hier ist alles so superordentlich, als wäre Mary Poppins persönlich durch den Raum gefegt und hätte beim Aufräumen so was wie magischen Durchfall gehabt und überall Duftkerzenhäufchen fabriziert. Drei Kerzen auf dem Couchtisch, drei Kerzen auf dem Fenstersims, drei Kerzen neben dem Fernseher. Olli steht definitiv auf Kerzen. Und Decken. Ich sitze hier auf zwei flauschigen weißen Überdecken, die dritte hat einen Einhornkopf als Kapuze, deshalb musste ich sie mir auch um die Schultern legen und aufsetzen. Sieht bescheuert aus, ist aber sehr gemütlich.

»Und das ist alles nur von den letzten zwei Tagen?«, rufe ich fragend zur Küchenzeile und höre ihn kichern.

»Ja! Er schreibt wirklich oft! Ich auch. Das ist wie eine Sucht. Ich starre ständig nur auf mein Handy! Irgendwann nehmen es mir die Schüler noch ab...«

Ich grinse und überfliege die WhatsApp-Zeilen weiter. Als Olli aus der Küche kommt, stellt er zwei Gläser Wein vor uns ab.

»Und? Was sagst du?«, will er wissen, lässt sich neben mich fallen und beginnt, nervös an seiner Nagelhaut zu beißen.

Ich überdenke meine Meinung noch kurz, weil er so eindringlich darum gebeten hat. Es ist ihm wichtig, zu hören, was ich denke, weil er sich selbst im Moment kein unvoreingenommenes Bild mehr machen kann.

Die WhatsApp-Nachrichten, die ich gelesen habe, stammen allesamt von Olis Blind-Date-Tinder-Lover. Nach der Misere mit dem herausgerutschten ›Ich liebe dich‹ hat sich die Beziehung der beiden doch wieder gefangen. Er hat ihn über sein Missgeschick aufgeklärt und sie haben sich darauf geeinigt, das Ganze locker zu halten.

Olli ist sich aber nicht mehr sicher, was er von der Beziehung erwarten soll. Er denkt, er hätte eine rosarote Brille auf und könnte nicht abschätzen, ob Tom zu ihm passt – so heißt er.

»Also auf der Pro-Seite steht ...«, setze ich an und sehe Olli erwartungsvoll nicken. »... dass Tom wirklich schnuckelig aussieht!«

Er lacht und pflichtet mir bei.

»Außerdem schreibt ihr hier ziemlich heißes Zeug«, stelle ich grinsend fest und sehe Olli erröten.

»Ja ... ich weiß. Ganz schön krass, oder?«

»Krass würde ich nicht sagen. Erwartet man irgendwie, wenn man so oft mit jemandem schreibt, mit dem man schon Sex hatte oder Sex möchte. Macht doch Spaß.«

Mein Statement beruhigt ihn sichtlich. Er muss sich nicht dafür schämen. Wer noch nie anzügliche Nachrichten verschickt oder bekommen hat, ist wahrscheinlich mit der Bedienung seines Handys überfordert und findet die Tastatur nicht.

Ich scrolle wieder durch den Chat und schmunzle. »Er hat definitiv eine Vorliebe für das Wort ›necken‹«, stelle ich fest. »Und ›Brustwarze‹.«

Olli verglüht wieder neben mir und legt sich die Hände vors Gesicht.

»Das packen wir auch auf die Pro-Seite: Dirty-Talk. Allerdings ...«

Er weiß, was ich gleich sagen werde, und quietscht schon mal vor.

»Allerdings kann er seine Lieblingswörter leider nicht schreiben. Da steht immer ›neken‹ und ›Brusdwarze‹.«

»Ich weiß!!«, ruft Olli und macht aufgebrachte Gesten. »Und ich habe es ihm schon fünfmal richtig zurückgeschrieben!«

»Jap. Hab ich gesehen. Hat er ignoriert. Er nekt noch immer deine Brusdwarze. Oh, und er ist Barsheeper? Macht er was mit Getränken *und* Schafen? Oder schmeißt er die Bar *mit* Schafen? Sag mal, kommt er aus einem anderen Land?«

»Wäre anzunehmen, oder?«, entgegnet Olli und bekommt dann einen Lachanfall, in den ich einstimmen muss.

Es ist absolut nichts dabei, sich beim Schreiben mal zu vertippen oder kein wandelnder Duden-Klugscheißer zu sein, aber es gibt so eine Art Schmerzgrenze, die für normale Menschen wie mich wahrscheinlich irgendwo auf Hauptschulniveau liegt – Germanistikstudenten wie Olli haben bestimmt eine höhere Messlatte. Der gute Tom verprügelt den lieben Olli aber mit jedem dritten geschriebenen Wort mit ebendieser Latte.

»Stört dich das nicht?«, frage ich, nachdem ich mir die Augen trocken gewischt habe. Wenn er jetzt Nein sagt, ist es absolut in Ordnung, aber Olli verzieht den Mund.

»Sicher. Ich unterrichte Deutsch. Ich bin auch nicht unfehlbar und ich will wirklich nicht meckern, aber ich habe schon Zehnjährige unterrichtet, die ihn bei einem Diktat schlagen würden.«

»Aber du schreibst trotzdem viel mit ihm ...«, stelle ich fest und höre den Lehrer seufzen. Er lehnt sich in die Sofakissen.

»Ja. Es ist schön, aufzuwachen, seine Nachrichten zu checken und festzustellen, dass da jemand ist, der wissen möchte, ob man gut geschlafen hat.«

Ich weiß, was er meint. Das ist der Single-Blues. Oder der Langzeit-Beziehungs-Blues. Irgendwann lechzt man so sehr nach Aufmerksamkeit, Anerkennung und Zuneigung, dass man sich selbst über das Interesse der größten Idioten freut. Ob das ungesund ist, kann man pauschal nicht beantworten. Ich denke, das bloße Gefühl, wahrgenommen zu werden, reicht manchen Menschen aus, um wieder in die Spur zu finden und sich darüber klar zu werden, was sie wirklich von einer Beziehung wollen. Wenn man aber anfängt, sich aus Verzweiflung mit weniger zu begnügen, als man wirklich verdient hat, ist so eine ›Beziehung‹ Gift.

»Wenn du mich fragst ...«, beginne ich, meine Eindrücke zusammenzufassen, und schenke Olli ein sanftes Schmunzeln. »Er ist nicht der Mann deines Lebens. Aber solange es euch beiden Spaß macht, zu schreiben und auf Dates zu gehen, genießt es. Mach dir aber bewusst, dass Sex für ihn ein riesiges Thema ist – wenn nicht das einzige. Jedes Mal, wenn du irgendetwas Alltägliches schreibst, stellt er dir eine verruchte Frage. Du bist ein heißes Spielzeug für ihn. Solange dich das anturnt, habt ihr beide was davon. Wenn das nicht mehr so ist, spring ab, bevor du dich in einer ungesunden Beziehung verlierst.«

Olli blinzelt mich an. »Das ist wirklich hilfreich, Mel. Aber ...« Er lacht. »Ich könnte dich ernster nehmen, wenn du kein Einhorn wärst.«

Oh! Stimmt ja, ich bin noch immer eine magische Vollidiotin.

Ich taste nach dem plüschigen Horn und greife dann lachend nach dem Weinglas. Olli prostet mir zu.

»Danke für den guten Rat, das hilft mir wirklich bei der Selbstreflektion.«

Ich zucke mit den Schultern und nippe am Wein. »Nichts zu danken. Ungesunde Kurzzeit-Sexbeziehungen sind mein Ding.«

Der Deutschlehrer murrt. »Du sprichst aber nicht von Remo ...«, meint er in tadelndem Tonfall.

Ich überdrehe die Augen. Dass ich Olli von mir und Remo erzählt habe, war vielleicht keine gute Idee. So sicher ich bin, dass er unser Geheimnis für sich behält, so unsicher bin ich, dass mir seine Meinung zu dem Ganzen immer gefallen wird.

Ich bin ihm dankbar für seine Ehrlichkeit, aber er sieht die Sache zwischen mir und dem Wolf irgendwie falsch.

Von Pascal habe ich Olli nichts erzählt. Auch wenn ich gerade ein Einhorn bin, dem Einhorn stehe ich nicht nah genug, um mir zu erlauben, unser Diskretionsabkommen zu verletzen.

Nicht, dass ich Remo besonders nahestehen würde, aber ich bin mir sicher, er wäre nicht böse oder enttäuscht, wenn er erfahren würde, dass ich Olli von uns erzählt habe. Er hat mich auch nicht gefragt, ob es mir unangenehm ist, dass seine Schüler jetzt denken, wir daten uns. Lisa hat mich bei der letzten Nachhilfestunde so exzessiv nach Herrn Morelli ausgefragt, dass ich dachte, ich gebe ein Interview. Verraten habe ich natürlich gar nichts, aber ich habe dabei so unzusammenhängend gestammelt wie Jonny Depp bei den Hollywood Film Awards. Die Schüler hat das amüsiert – zumindest die meisten. Ich habe sogar Ines ein abschätziges Schmunzeln abgerungen, nur Paul hat es geschafft, mir zwei Stunden lang nicht in die Augen zu sehen.

»Also das zwischen dir und unserem italienischen Sportmodel ist doch eindeutig etwas anderes als das zwischen mir und Tom!«, erklärt Olli in wissendem Tonfall.

»Wieso? Es ist nur Sex auf Zeit«, entgegne ich und schlürfe am Wein.

»So ein Schwachsinn! Ihr geht zum Essen aus, ihr versteht euch hervorragend, seid auf derselben Wellenlänge und er schreibt dir Nachrichten, die dich zum Lachen bringen! Übrigens ist Remos Rechtschreibung hervorragend, ich lese manchmal seine Einträge im Klassenbuch. Das einzig Erschreckende an ihm ist seine Handschrift. Wie er es mit der Klaue durchs Pädagogikstudium geschafft hat, ist mir ein Rätsel.«

»Ja. Ich weiß, wie grauenhaft er schreibt – er hat mir mal ein Post-it an den Arsch geklebt!«

Olli lacht. Ich unterdrücke das Schmunzeln und ertränke es im Wein.

»Siehst du! Ihr seid zum Schießen!«

»Sicher. Schießen möchte ich wirklich manchmal …«

»Ach komm schon! Du stehst auf ihn!«

»Ich stehe auf seinen Körper!«, korrigiere ich Olli. »Und vielleicht ist er auch manchmal ganz witzig. Aber das ändert nichts daran, dass wir keine Beziehung wollen! Wir werden kein Pärchen, auch wenn du mich noch so bittend anfunkelst.«

Olli pustet noch mehr Glitter in seine Augen. »Und wenn ich es mir ganz doll wünsche? Von allen guten Feen der Welt?«

Ich schmunzle müde. Er weiß nichts von Pascal oder Claire und dass Remo gern dabei zusieht, wenn mich sein bester Freund vögelt. Für ihn klingt das alles viel zu romantisch und exklusiv.

»Wünsch dir lieber einen Prinzen für dich. Ich komme in den nächsten Jahren gut ohne klar. Ich will keinen Freund.«

»Bla, bla, bla …«, verarscht Olli mich und springt dann so plötzlich vom Sofa auf, dass sich selbst das Einhorn auf meinem Kopf erschreckt. »Da! Wenn das kein Zeichen vom Universum ist!«, brüllt er durch seinen Bungalow und läuft zum Fenster. Er winkt mich hektisch heran. »Sieh hin! Da läuft dein Prinz!«

Remo läuft tatsächlich den Weg entlang. Er kommt gerade vom Training. Er trainiert jeden Tag bis neun und läuft dann nach Hause. Das ist kein Zeichen vom Universum, sondern sein Terminplan.

»Ist er nicht unheimlich süß?«, will Olli bestätigt haben.

Ich nicke langsam. »Ja. Gottgleich. Wie er stapft. Irgendwie genervt. Jetzt bleibt er stehen. Und … putzt sich die Nase. Total sexy. Wenn er jetzt gleich noch in den Wald spuckt, stürme ich da raus und falle ihm um den Hals!«

Olli stößt mich in die Seite und lacht. »Komm, Mel! Verstecke deine Gefühle doch nicht hinter Sark... Okay, sieh nicht hin! Er spuckt wirklich!«

Er hält mir prustend die Augen zu. Wir rangeln vor dem Fenster herum. Als ich den Blick wieder auf die Straße richte, lasse ich mich umgehend auf den Boden fallen und ziehe Olli mit nach unten.

»Hat er hergesehen?!«

»Ich weiß nicht! Aber keine Angst, du bist ja verkleidet!«

Bescheuerte Einhorndecke ...

ICE, ICE, BABY

Es schneit seit Tagen. Der Wald und die Wiesen sehen aus, als hätte sie jemand mit Zucker bestreut. Kalten, nassen Zucker, aber der Anblick ist schön.

Ich habe richtig Bock auf den bevorstehenden Ausflug. Skifahren ist klasse, etwas Freizeit auch.

Nicht, dass ich hier nicht genügend davon hätte, aber das geht nur mir so. Die Winterferien rücken näher und es ist Hauptprüfungszeit. Ein Elternabend, eine Kollegiumsversammlung – die Lehrer hatten in der letzten Woche ein straffes Programm und ich bin mir sicher, sie freuen sich auf das verlängerte Wochenende.

Aus Rücksicht auf ihren gefüllten Terminplan habe ich mich ziemlich bedeckt gehalten, was Kontakt mit meinen Lieblingslehrern betrifft. Zwei Abende habe ich bei Olli auf dem Sofa verbracht, aber den Wolf und das Einhorn habe ich nicht heimgesucht, da sie abseits des regulären Schulbetriebs auch vielen Verpflichtungen nachkommen mussten.

Remo hat mit der Basketballmannschaft für ein erneutes Match trainiert und musste nebenbei auch noch seinen ehrenamtlichen Sportunterricht an den öffentlichen Schulen halten.

Pascal gibt nicht nur dem Schulsprecher Klavierunterricht, sondern auch noch drei anderen Schülern. Außerdem unterrichtet er in seiner Freizeit Geige, Gitarre, Flöte ... Ich weiß nicht, ob es ein Instrument gibt, dem er keine Töne entlocken kann.

Meine kleine Hungersnot, was sexy Männer betrifft, hat einen großen Vorteil: Ich habe mächtig Appetit auf das Festmahl, das mich hoffentlich auf dem Ski-Trip erwartet.

Die Vorfreude darauf, mir ein Apartment mit Remo und Pascal zu teilen, beflügelt meine Fantasie schon eine Weile.

Seit der Nacht in ihrem Bungalow hatte ich nicht mehr das Vergnügen, die beiden gemeinsam zu erleben. Mein Körper erinnert sich noch so genau an das Gefühl der vielen Berührungen, dass er den Erregt-Modus fast automatisch startet, wenn ich mir die scharfen Bilder vor Augen führe.

Der Abstand zu den beiden hat mir aber auch abseits des aufkommenden Appetits auf etwas Verruchtes gutgetan. Ich weiß nicht mehr, warum mich die Sache mit Claire gedanklich so aufgewühlt hat, aber jetzt kommt mir meine Reaktion beinahe albern vor.

Ja, ich war kurz eifersüchtig auf die Tatsache, dass sie so gut und lange mit Remo befreundet ist, aber ich wollte sowieso nie mehr als eine Statistin in seinem Leben sein. Ich will keine Hauptrolle, nur einen kleinen Cameo-Auftritt, der unterhält. So wie Stan Lee in allen Marvel-Filmen.

Was ich bei all meiner Selbstreflektion festgestellt habe, ist, dass ich die Zeit mit dem Wolf viel mehr so wie die Zeit mit dem Einhorn sehen muss. Bei Pascal fällt es mir deutlich leichter, die Grenze zu ziehen. Remo verwirrt mich manchmal, aber nur, weil das Grenzenüberschreiten ihn amüsiert. Da steckt nicht mehr dahinter – auch für ihn nicht. Das darf ich einfach nicht mehr vergessen.

Ich spritze ein wenig Parfum in meinen Koffer, schließe ihn und mache mich auf den Weg zum Parkplatz.

Es ist kurz vor halb neun und schon stockdunkel. Wir fahren so spät los, da Remo noch Unterricht an der öffentlichen Schule geben musste und es nicht geschafft hat, vorher zu packen.

Seit ich Pascal gestern beim Mittagessen getroffen habe, weiß ich, dass er schon heute Nachmittag losgefahren ist. Er nimmt seinen eigenen Wagen, um Sonntagmorgen weiter nach Frankreich fahren zu können. Er verbringt den Feiertag mit seinem Vater.

Ich hätte fragen können, ob er mich mit ins Skigebiet nimmt, aber ich war mir beinahe sicher, dass Pascal lieber allein fährt. Außerdem würde ich Gefahr laufen, mit einem distanziert freundlichen Franzosen in einem Raum voller fremder Leute zu landen und ein paar wirklich beklemmende Stunden zu erleben, bis Remo auftaucht.

Ich kenne seinen Cousin und dessen Freunde nicht und weiß nicht, wie Pascal sich in deren Gegenwart verhält. Mich an Remo zu klammern, erschien mir sinnvoller. Und sicherer. Nicht, dass ich nur noch in Begleitung des Wolfs Spaß haben könnte, aber ... Ach, ich habe einfach Schiss davor, vor Fremden auf Pascals Eis-Aura auszurutschen. Da ist mir die Sarkasmusschleuder lieber.

Remo hantiert am Kofferraum seines Autos herum, als ich auf ihn zukomme. Ich entdecke das schwarz-goldene Snowboard, das ich schon bei meinem ersten Besuch bei ihm Guano-Apes-mäßig cool gefunden habe. Ich bin mir sicher, er fährt ziemlich gut.

Auch wenn mich Snowboards und Männer darauf faszinieren, habe ich vor, doch lieber bei zwei Brettern zu bleiben. Mich vor dem Sport-Wolf mit dem Kopf voraus in den erstbesten Schneehügel zu befördern, würde ich gern vermeiden. Nichts anderes würde mir aber bei meinen ersten Snowboard-Versuchen blühen. Ich höre ihn schon sich totlachen und mich wieder mit Garfield vergleichen.

Als Remo mich entdeckt, kommt er auf mich zu und greift sich meinen Koffer. »Hey! Steig ein! Wir müssen los!«

Dass er gestresst ist, erschließt sich mir spätestens dann, als er nicht nur meinen Koffer greift, sondern auch meine Hand, um mich schneller zum Auto zu ziehen. Er wirft mein Zeug in den Kofferraum. Bevor er mich gleich hinterherwirft, hüpfe ich auf den Beifahrersitz.

»Sind uns die Bullen auf den Fersen? Hast du schon wieder jemanden erschossen, Clyde?«

Remo grinst, startet den Wagen und stellt die Heizung auf Anschlag, bevor er losfährt.

»Nein, Bonnie. Aber ich hab vorhin den Wetterbericht gehört und sie sagen einen Schneesturm für heute Nacht voraus.«

»Es schneit doch sowieso schon seit zwei Tagen«, entgegne ich schulterzuckend und ziehe dann die Brauen hoch, weil der Wolf plötzlich auf Fummelkurs geht. Remos Hand grabscht an meinem Oberkörper herum, während er das Auto in Richtung Bergstraße lenkt.

»Sag mal, hast du aus Versehen eine Viagra eingeworfen? Kannst du mich bitte nicht begrabschen, während du fährst? Die Straße ist doch bestimmt glatt!«

»Ja, das ist sie!«, pflichtet er mir bei und bekommt dann meinen Gurt zu fassen. Er zieht ihn ordentlich fest und legt dann wieder beide Hände auf das Lenkrad. Ich will eigentlich fragen, warum er das gemacht hat, aber die Frage erübrigt sich, als das Auto zu rutschen beginnt.

Das Ganze passiert nicht sonderlich schnell und Remo kann irgendwie die Spur halten, aber ich quieke vorsichtshalber trotzdem ganz laut vor mich hin.

»Kommen wir da denn überhaupt runter?!«

»Runter sicher. Rauf nicht mehr.«

»Baum! Baum! Baum!«

»Ich sehe die Bäume! Die stehen hier überall! Ich fahre schon in keinen rein!«

Tut er wirklich nicht, auch wenn ich uns jedes Mal den Tod prophezeie, sobald die Hinterachse wieder ins Rutschen gerät.

Als wir endlich auf der normalen geraden Straße ankommen, kann ich aufhören, mich am Sitz festzukrallen. Die Wege hier wurden geräumt und bestreut, die Reifen finden wieder Halt.

Remo grinst vorwurfsvoll zu mir rüber. »Kommst du nicht aus dem Land der Berge? Noch nie im Winter einen runtergefahren?«

»Gefahren schon! Geschlittert nicht! Kannst du das mit dem Bleifuß heute bitte sein lassen? Ich will noch nicht sterben.«

»Ich fahre vorsichtig. Entspann dich.«

Remo fährt tatsächlich in normaler Geschwindigkeit. Und er fährt gut, das muss ich ihm lassen.

Ich kann mich wirklich entspannen und die warme Luft aus den Heizschlitzen genießen.

»Wie lange sind wir eigentlich unterwegs?«, will ich wissen, weil ich keine Ahnung habe, wohin die Reise geht. Skigebiet, ja, aber das trifft hier auf viele Orte zu. Wir hätten auch den Berg, auf dem das Internat steht, hinuntersausen können.

»Bei optimalen Straßenverhältnissen zwei Stunden. Heute: wahrscheinlich vier.«

»Dann kommen wir ja mitten in der Nacht an.«

»Ja. Aber wir können morgen früh gleich auf die Piste.«

Remo freut sich hörbar auf das Wochenende. Wenn man seine etwas angespannte Miene außer Acht lässt, die nur den schlechten Straßenverhältnissen zuzuschreiben ist, merkt man, dass er vollgepumpt mit Vorfreude ist. Er erzählt mir von den Pisten, den Liften, den Restaurants und dass unser Apartment wohl der Hammer ist. Als er anfängt, von einem Whirlpool zu sprechen, muss ich nachhaken.

»Ist das nicht verdammt teuer?«

Mir wird gerade etwas mulmig, weil wir noch gar nicht über die Kostenteilung gesprochen haben.

Obwohl, mein Vater hat mir angeboten, mir das Wochenende zu bezahlen, als ich ihm erzählt habe, dass ich mit Herrn Morelli und Herrn Favre skifahren gehe. Er hat immer ein schlechtes Gewissen, wenn es um Wintersport geht, weil er selbst nicht skifahren kann und ich deshalb immer mit Freunden oder anderen Verwandten verreisen musste. Außerdem war er schwer begeistert, dass ich mich so gut mit seinen beiden Vorzeigelehrern verstehe. Und nein, er denkt sich wirklich nichts dabei – wenn es um Liebesdinge geht, steht mein Vater gern mit beiden Füßen und seinen hundertzwanzig Kilo auf der Leitung.

Ich gebe die Rechnung also mit einem Küsschen an Papa weiter, und ja, ich weiß, wie das klingt, aber ich darf mich trotzdem darüber freuen. Dafür schenkt er mir zu Weihnachten bestimmt wieder einen absurd hässlichen Pyjama. Er hat es nicht so mit Geschenken ...

Whirlpool hört sich übrigens klasse an! Remo verrät mir gleich, was der dekadente Spaß kosten wird.

»Keine Angst, wir müssen nur unser Essen und den Pistenpass bezahlen. Das ist in der Gegend zwar ziemlich teuer, aber wir sparen uns das Geld fürs Apartment.«

»Wir bezahlen nichts für das Apartment? Wieso?«

»Weil es meiner Tante und meinem Onkel gehört. Eigentlich vermieten sie es in der Hauptsaison, aber mein Cousin ist immer eine Woche mit Freunden dort und lädt mich jedes Jahr ein. Sie sind nur zu dritt und es gibt mehr als genug Platz, also kann ich mitnehmen, wen ich möchte.«

Okay. Da hat jemand eine ziemlich reiche, gönnerhafte Familie. Und ich kam mir schon ein wenig gehätschelt vor, weil mein Vater mir den Trip bezahlt. Das Wolfsrudel sponsert gleich den Aufenthalt für alle.

Schon irgendwie schräg. Remo kam mir nie wie ein Luxusprinzchen vor. Ich weiß, dass er jetzt gut verdient, aber dass er aus einer reichen Familie kommt, hätte ich irgendwie nicht gedacht.

In Wahrheit habe ich aber keine Ahnung von seiner Vergangenheit. Mir ist nur klar, dass der Lehrerjob wie gemacht für ihn ist und er einen durch und durch starken, eigenwilligen Charakter hat.

Ein paar Hintergrundinfos wären trotzdem nett. Wir müssen sowieso noch Zeit im Auto totschlagen, also ...

»Was machen deine Eltern eig...«

»Scheiße!«

Das kann er laut sagen! Remo muss beinahe eine Vollbremsung hinlegen, weil der LKW vor uns nicht fährt, sondern steht. Zum Glück hat er meinen Gurt vorhin festgezogen.

»Hat deine verkackte Mistkarre keine Warnblinkanlage?! Du beschissener Vollidiot!«

Der Luxus-Wolf flucht wie ein Straßenköter. Ich kann seinen Ärger nachfühlen. Der LKW steht beinahe vollkommen ohne Beleuchtung am Ende des Staus. Durch den Schneefall und die Dunkelheit war er kaum zu sehen.

Remo stellt die Warnblinkanlage an und lehnt sich dann knurrend in den Sitz.

Mein Herz hämmert noch eine Weile vor sich hin. Das nachkommende Auto sieht uns früh genug und hält mit etwas Abstand hinter uns.

»Wieso ist hier denn so viel los?«, frage ich und versuche, einen Blick nach vorn zu erhaschen. Es ist zu dunkel, um zu erkennen, wieso sich der Stau gebildet hat.

Ich sehe erwartungsvoll zu Remo, der gerade auf seinem Handy herumwischt.

»Der Tunnel wurde geschlossen. Lawinenabgang am anderen Ende des Berges«, erklärt er, was er vermutlich gerade im Internet gelesen hat.

»Was denkst du, wie lange wir hier stehen?«

»Zu lange ...«, mutmaßt der Wolf und brummt genervt. »Ich bin mir nicht mal sicher, ob sie den Tunnel heute noch mal öffnen.«

»Aber wir können doch nicht die ganze Nacht hier stehen!«, stelle ich etwas zu energisch fest. Ich kann unmöglich stundenlang hier sitzen – hinter der Leitplanke pinkeln zu müssen, ist keine Option. »Können wir nicht einen anderen Weg nehmen?«

»Sicher. Über den Berg. Mit einem Schneemobil.«

»Aber ...!«

»Jaja. Ich weiß. Hoffen wir mal, dass hier keine Polizei steht, sonst wird das jetzt gleich teuer.«

Kaum hat er den Satz ausgesprochen, legt er den Rückwärtsgang ein, dreht das Lenkrad und setzt zum Wenden an.

Das darf er so was von nicht! Da ist eine doppelte Sperrlinie und sogar so etwas wie ein eingeschneiter Grünstreifen, über den wir holpern, weil die Ränder einer Bordsteinkante gleichen. Zumindest hat der Gegenverkehr kein Problem mit dieser höchst verbotenen Aktion – es gibt nämlich keinen. Durch den Tunnel kommt natürlich niemand und Remo kann aufs Gas steigen, um von seinem Verkehrssünder-Tatort zu flüchten.

»Hat keiner gesehen ...«, schickt er wohl so was wie ein Stoßgebet in den Himmel, weil er seinen Führerschein behalten möchte.

Wir können wieder fahren, aber in die falsche Richtung.

»Zurück ins Internat?«, frage ich und sehe ihn den Kopf schütteln.

»Da kommen wir auch nicht mehr hoch.«

»Und wohin fahren wir jetzt?«

Er setzt den Blinker und nimmt eine Abfahrt, über der ein Ortsschild steht, das ich so schnell nicht lesen konnte.

»Da wir heute sowieso nicht mehr weiterkommen, übernachten wir hier.«

Ich seufze erleichtert, da die Wetterverhältnisse die Fahrt wohl ziemlich nervenaufreibend gestaltet hätten. Remo ist sichtlich enttäuscht, dass wir heute nicht mehr ankommen, aber er muss sich dem Schneechaos geschlagen geben.

Wir können morgen zeitig aufstehen, dann kommen wir noch am Vormittag an und er kann seine geliebten Pisten hinunterjagen.

»Kennst du die Gegend hier?«, frage ich und lasse meinen Blick über die großen Wohnblöcke und Fabriken schweifen. Sieht nach Industrieviertel aus. Nicht so postkartentauglich wie der Rest der Schweiz, den ich bisher gesehen habe, aber solche Viertel gibt es selbst in den schönsten Ländern.

Remo erwidert nichts, setzt nur zielsicher den Blinker. Er weiß ganz offensichtlich, wo es zum nächsten Hotel geht.

Der Wolf drückt an der Freisprechanlage herum und macht einen Anruf. Pascals Name leuchtet am Bordcomputer auf. Er wird ihm gleich sagen, dass sie uns heute nicht mehr zu erwarten brauchen. Als der Franzose rangeht, klingt er ungewohnt fröhlich.

»Salut! Wo seid ihr?«

»Wir stecken fest. Der Tunnel ist gesperrt«, erklärt Remo brummend.

Pascal macht etwas, das mich total irritiert, weil ich nicht dachte, dass er seiner Kehle solche Geräusche entlocken kann: Er lacht überschwänglich. Und klingt beschwipst.

Im Hintergrund sind andere Stimmen zu hören, mindestens zwei männliche und eine weibliche. Sie sind alle ziemlich gut drauf.

Mann, ich will da jetzt auch unbedingt hin! Wenn sogar das stocksteife Einhorn aufblüht, muss in diesem Apartment gerade die beste Party der Welt steigen.

»In wem steckt er fest?«, fragt eine tiefe Stimme, die neben Pascal ertönt und sehr vertraut brummen kann. Ich denke, das ist auch ein Wolf. Das Handy wird hörbar weitergegeben.

»Wo bleibst du? Brauchst du eine Wegbeschreibung, weil du orientierungslos bist, oder überfordert dich die Bedienung deines Autos? Das Pedal ganz rechts lässt dich schneller werden, das in der Mitte langsamer. Das linke drückst du nur, wenn du mit dem Knüppel spielen willst, und der große Knopf auf dem Rad warnt andere Menschen davor, dass du kommst. Drück da ruhig öfter mal drauf«, scherzt die tiefe Stimme, in der so viel Sarkasmus mitschwingt, dass ich ihn nicht zu sehen brauche, um zu wissen, dass ihm der Schalk im Nacken sitzt.

Remo sieht mit hochgezogener Braue zu mir und flüstert mit finsterer Stimme: »Habe ich schon erwähnt, dass mein Cousin ein penetranter Idiot ist?«

Ich muss kichern. Nein, das hatte er nicht erwähnt. Ich finde ihn ziemlich unterhaltsam, vor allem weil der Wolf mal mit seinen eigenen Sprüchen und seinem eigenen Humor konfrontiert wird.

Das Wochenende wird bestimmt der Hammer! Ich will in dieses Apartment!

»Der penetrante Idiot taucht deinen Kopf mit dem vorlauten Mund in den Whirlpool, wenn du noch einmal solche Sätze vor dich hin flüsterst. Ich hoffe übrigens, du redest mit jemandem und sagst dir das nicht selbst vor. Mathematiker neigen zur Geisteskrankheit, oder?«

»Ich bin nicht allein! Hat Pascal nicht erzählt, dass ich jemanden mitbringe?«, entgegnet Remo, kann sich das Grinsen aber nicht verkneifen. Er ist die Schlagabtäusche ganz offensichtlich gewohnt. Und er findet sie amüsant, auch wenn sich seine Miene dabei manchmal verfinstert.

Du magst Menschen, die dich fordern und denselben Hang zum Sarkasmus haben wie du, oder?

»Nein, hat er nicht. Aber vielleicht kannst auch nur du sie sehen. Ist sie immer ganz still, wenn andere Menschen dabei sind? Und steht sie auf dich? Das wäre ein sicheres Zeichen dafür, dass du sie dir ausgedacht hast.«

Remo sieht mich erwartungsvoll an. Ich soll etwas sagen, aber ich finde es gerade einfach zu witzig, ihn auflaufen zu lassen.

Mein stummes Grinsen bringt ihn zum Knurren. Als er die Hand plötzlich auf mein Bein legt und in die kitzelige Stelle über meinem Knie kneift, muss ich natürlich aufquieken.

»Okay, da ist wirklich eine Frau. Und sie schreit. Hey, Leute, ich glaube, Remo hat jemanden entführt und sich mit ihr verfahren.«

Da schallt Gelächter im Hintergrund. Auch im Auto, weil ich ihn noch immer zum Schießen finde.

»Wir kommen morgen Vormittag an!«, stellt Remo klar und will das Gespräch beenden, da kommt aber noch etwas.

»Na gut. Dann sind wir aber vermutlich schon Ski… Ahh! Hör auf, mich zu beißen, du Hexe! Können wir sie bitte verkaufen?! Sie macht mich …«

Remo legt auf, obwohl ich mir die Telefon-Party-Telenovela gern noch länger angehört hätte.

Ich weiß jetzt zumindest, dass ich seinen Cousin definitiv mögen werde. Und dass da noch eine andere Frau ist – die beißt.

»Hat dein Cousin eine Freundin?«, frage ich und ernte ein Kopfschütteln.

»Sie steht mehr auf seinen Kumpel.«

»Ist sie ein Vampir?«

Remo schmunzelt. »Nein. Die drei sind nur etwas schräg. Du gewöhnst dich daran.«

Ich will das ›schräg‹ näher definiert haben, aber wir halten und ich richte meine Aufmerksamkeit auf das Gebäude.

»Das ist ein Hotel?«, frage ich ungläubig und starre auf das große graue Haus, das den Charme einer verlassenen Anstalt aus den Sechzigerjahren versprüht.

Ich denke, er hat sich doch verfahren.

Remo sieht zu mir und holt so seufzend Luft, als wäre es mühsam. Seine Miene verliert ihre koketten Züge, übrig bleibt nur die Strenge, die größtenteils in seine Augen gezeichnet ist.

»Nein, das ist kein Hotel«, stellt er klar und neigt den Kopf. »Ich wohne hier.«

Willst du mich verarschen?

NEIN, ODER? DOCH?!

Ich starre von dem grauen Block mit dem obszönen Graffiti an der Fassade zu Remo und wieder zurück. Da sind ein paar Scheiben im Erdgeschoss eingeschlagen – dort war früher wohl so etwas wie ein Geschäft, zumindest bevor die Zombieapokalypse durchgerollt ist und Sido die Inspiration für seinen ersten Hit hier gefunden hat.

Hier wohnt doch niemand – schon seit Jahren nicht, oder?

Ich blinzle den Wolf irritiert an.

Dann macht es klick.

Ich grinse.

»Kannst du mich einmal einen Tag lang nicht verarschen? Du wohnst doch nicht in *Silent Hill*! Was bist du? Ein Untoter?«

Remo neigt den Kopf mit eisiger Miene. »Entspricht wohl nicht deinem Akademiker-Tochter-Standard«, entgegnet er tonlos. Er verfinstert den Blick, wird aber nicht lauter oder emotionaler. »Ruf dir ein Taxi und fahr ins Hotel, wenn es dir zu abgefuckt ist.«

Der Wolf steigt aus und donnert die Tür zu.

Meine Zunge wird kalt und trocken, weil mir der Mund offen steht.

Ich wollte nicht …! Hab ich etwa …? Wohnst du wirklich …?
Scheiße, bin ich ein Arschloch!

»Warte!«

Ich springe aus dem Auto und laufe Remo nach, der gerade einen Schlüssel in die große dunkelbraune Holztür steckt. Er sieht mich nicht an, obwohl ich direkt neben ihm wie die bescheuerte Idiotin zapple, die ich bin.

»Entschuldige! Ich dachte, du nimmst mich auf den Arm, weil …« Jetzt nicht noch mehr hirnverbrannten, weltfremden Schwachsinn raushauen! »Ich wusste nicht, dass du überhaupt eine Wohnung hast! Du lebst doch auf dem Schulgelände!«

Doofes Argument. Mein Vater hat auch eine private Wohnung, so wie wahrscheinlich jeder Lehrer am Internat. Sie verbringen natürlich nicht ihre ganzen Ferien und die Feiertage in ihren Bungalows.

Ich folge Remo in den Flur – den ich nicht kahl, dunkel und gruselig nennen will – und würde ihn am liebsten am Arm festhalten und dann vor ihm auf die Knie fallen, damit ich um Vergebung für den Hochnäsigkeitsanfall im Auto bitten kann.

Das Letzte, was ich will, ist jemand sein, der Menschen dafür verurteilt, wo sie herkommen und wo sie leben. Aber er hat mich wirklich kalt erwischt. Ich dachte, wir fahren in ein Hotel, und dann auch noch die Geschichte mit seinem Onkel und seiner Tante, die ein Luxus-Apartment besitzen. Ich bin nicht nur total peinlich berührt, sondern auch abartig verwirrt!

Wer bist du?! Aber viel wichtiger: Verzeih mir!

Nachdem Remo mich beim Treppehochlaufen mit eisigem Schweigen gestraft hat, bleibt er vor einer hellbraunen Tür stehen und dreht sich nach mir um. »Geh einfach ins Hotel«, meint er tonlos und zieht sein Portemonnaie aus der Tasche.

Als er mir seine Kreditkarte hinhält, starre ich sie mit verzweifeltem Blick an.

»War eine Scheißidee, mit dir hierherzufahren. Ich habe nicht gründlich genug darüber nachgedacht.«

Es sticht richtig in meiner Brust. Mich trifft die volle Wucht des Schmerzes seiner Intention, mich loszuwerden.

Ich sehe von seiner Kreditkarte zu ihm auf und lasse die Scham über meine Ungläubigkeit und die Angst, dass er mich noch mal bittet, zu gehen, meinen Tonfall zeichnen.

»Schick mich nicht weg. Es tut mir wirklich leid, Remo.«

Seine Miene bleibt frostig, aber er sieht durch mich hindurch, weil er nachdenkt oder abwägt. Als er plötzlich seufzt, befürchte ich, dass ich gleich in einem Taxi sitze und mich verfluche.

»Lass mich etwas erklären …«, setzt er an und strahlt ein Gefühl aus, das ich noch nie bei ihm gespürt habe: Nervosität.

Was ist das nur wieder für ein schräger Abend? Pascal kichert beschwipst vor sich hin und der Wolf verlagert nervös das Gewicht von einem Bein aufs andere. Bin ich im richtigen Universum?

»Ich bin eigentlich nie hier. Schon seit Jahren nicht. Ich habe die Wohnung nur nicht aufgegeben, weil sie wirklich, wirklich billig ist und ich keinen Bock hatte, mir etwas anderes zu suchen. Ich bin sowieso ständig im Internat. Und in den Ferien verreise ich. Das hier ist nur …«

»Du musst dich nicht rechtfertigen«, unterbreche ich ihn und schüttle vorsichtig den Kopf. »Vor niemandem, aber erst recht nicht vor mir. Ich bin eine Idiotin. Und wenn du mir trotzdem erlaubst, bei dir zu übernachten, kann ich mich glücklich schätzen.«

Remo zieht eine Augenbraue nach oben. »Das war jetzt schon etwas dick aufgetragen«, unterstellt er mir.

Er schmunzelt schief und mein Gewissen hört endlich auf, auf meine Innereien zu schießen, weil sich seine Miene entspannt und er den Stur-Modus abstellt.

»Bleiben wir mal auf dem Boden der Tatsachen: Ich weiß, dass es eine Bruchbude ist, und wenn du dich glücklich schätzt, hier zu sein, bist du entweder blind oder desorientiert«, wirft Remo mir in gewohnt scherzhaft vorwurfsvoller Manier an den Kopf und macht mich damit glücklich.

So kenne ich den Wolf. Obwohl, eigentlich kenne ich ihn nicht. Das wird mir einmal mehr bewusst, als er die Tür zu seiner Vergangenheit endlich aufschließt.

Ich folge ihm in seine Wohnung und versuche, die Eindrücke vollkommen wertfrei zu verarbeiten. Ganz gelingt mir das wahrscheinlich nicht, weil ich noch immer meine Reaktion aus dem Auto kompensieren will.

Remo knipst das Licht an, stapft mit großen Schritten in die Mitte des Raumes, wirft seine Jacke und die Autoschlüssel auf das Sofa und wendet sich dann dem Thermostat an der Wand zu.

»Gemütlich! Coole Tapete! Hast du die Skulptur selbst gemacht?«

Ich höre, wie bemüht ich klinge, und beiße mir dafür auf die Zunge.

Remos Mundwinkel zucken. »Mel?«

»Ja?«

»Das ist keine Skulptur, das sind gestapelte Pizzaschachteln, die mal nass geworden sind und über die ich ein Geschirrtuch geworfen habe.«

»Oh ...«, entgegne ich und sehe betreten auf meine Füße, als der Wolf sich vom Thermostat abwendet.

»Spar dir das verlegene Suchen nach Dingen, über die du ein Kompliment machen kannst. Du wirst hier nichts finden, das die Mühe wert ist. Außer du hältst den gesprungenen Spiegel im Badezimmer für cool. Fass den übrigens bitte nicht an, sonst fällt er von der Wand.«

Remo mustert mich eindringlich, während er einen Schritt auf mich zu macht und dann mit den Händen in den Hosentaschen vor mir stehen bleibt. Das mit der Nervosität hat er wieder unter Kontrolle. Er wirkt wie immer: So als könnte ihn keine Reaktion erschüttern.

»Sieh dich um. Und dann sag mir, was du denkst«, fordert der Wolf mich auf und verstummt.

Ich nicke vorsichtig und lasse den Blick noch mal bewusster schweifen – ohne krampfhaft um verschönte Gedanken bemüht zu sein.

Es ist verdammt eng hier. Der Raum hat vielleicht zwanzig Quadratmeter, aber ich denke nicht, dass hinter der einzigen Tür mit dem abgesplitterten dunkelgrünen Lack noch viel mehr liegt als ein Badezimmer. Der Holzdielenboden hat wohl schon viele Bewohner getragen. An manchen Stellen sind die Bretter beinahe schwarz, an anderen so hell, wie sie vor fünfzig Jahren waren. Die grüne Tapete könnte man ›retro‹ nennen oder einfach ›hässlich‹. Sie versprüht in jedem Fall einen beklemmenden Charme, weil die blasse, dumpfe Farbe eher erdrückende Melancholie als Freundlichkeit verströmt.

Eigentlich erfüllt der kleine Raum sämtliche Ansprüche, die man an eine ganze Wohnung stellt. Da stehen ein Bett, das bezogen ist, ein graues Sofa, ein runder Tisch mit einem Stuhl, der einen Kapuzenpullover trägt, und neben der Badezimmertür gibt es eine winzige Küchenzeile, die aus einer Spüle und einem Schrank besteht. Alles außerordentlich minimalistisch, zusammengewürfelt und doch bunt genug, um es wohnlich zu nennen.

Remo hat noch viel Zeug hier. Neben dem Tisch wurden Bücher gestapelt, die Kiste neben dem Bett ist voller Klamotten und im Küchenschrank steht Geschirr.

Kugelschreiber, Notizbücher, Zeitschriften, CDs – irgendwie wirkt alles so, als hätte jemand das Leben in der Wohnung spontan eingefroren.

Ja, man kann hier leben. Das bunte Sammelsurium aus Möbeln gibt dem Ganzen einen jugendlich verschrobenen Touch. Was ich aber unzumutbar finde, ist der bauliche Zustand der Wohnung. Dass jemand für diese baufällige Ein-Zimmer-Bude tatsächlich Miete verlangt, erscheint mir beinahe kriminell. Da stehen nicht nur unmotiviert Kabel aus der Wand, die alten Holzrahmen der Fenster sind ganz augenscheinlich undicht. Remo hat Handtücher zwischen das Fensterbrett und den Rahmen geklemmt, aber man spürt die kalte Luft trotzdem, wenn man sich den Fenstern nähert.

»Was denkst du?«, tönt es fragend, nachdem ich eine ganze Weile geschwiegen habe.

Ich drehe mich wieder zu Remo und zucke vorsichtig mit den Schultern. »Ich denke, dass ich nicht verstehe, wieso jemand, der einen dreißigtausend Euro teuren Wagen fährt und dessen Familie augenscheinlich viel Geld hat, so leben musste.«

Ehrlicher kann ich nicht sein – das ist genau das, was mir durch den Kopf geht. Ich verstehe es nicht. Ich verstehe nicht, wer er ist, woher er kommt und wieso er sich nicht mal eine Wohnung mit intakten Fenstern leisten konnte.

Remo nickt und sieht an mir vorbei. »Ja. Das ist wohl irritierend.«

Er spricht meiner Verwirrung zwar eine Daseinsberechtigung zu, beginnt aber nicht, sie zu zerstreuen, sondern stellt mich vor die Wahl.

»Wenn dich das zu sehr schockiert, kannst du noch immer gehen. Ich hole dich morgen früh vom Hotel ab, wir gehen skifahren und sprechen nie wieder darüber.«

Ja, genau das will ich. Ahnungslos hier rauswanken und die Sache ignorieren. Weil du mir total egal bist und ich nichts über dich wissen will.

Ich rolle mit den Augen.

»Hör auf, die Augen zu überdrehen. Das ist mein Ernst. Es war keine gute Idee, mit dir hierherzufahren, aber wir brauchten etwas zum Übernachten, waren in der Nähe und du warst dabei, mich über meine Eltern auszufragen, und Claire wäre auch wieder zur Sprache gekommen. Ich dachte, ich könnte es dir hier besser erklären. Aber das ist nicht deine Welt. Es zu hören, hätte ausgereicht, auch wenn du vielleicht gedacht hättest, ich übertreibe.«

Ja, das hätte ich bestimmt gedacht. Hätte Remo mir erzählt, dass er mal in einer Bruchbude gewohnt hat, hätte ich eine etwas unordentliche, nach Hanf riechende Studentenbude vor mir gesehen – nicht das hier.

»Ich will nicht gehen«, stelle ich ein für alle Mal klar und lasse mich demonstrativ auf das kleine Sofa fallen, das mitten im Raum steht. »Ich will die Geschichte hören, die der böse Wolf zu erzählen hat.«

Dass ich ihn so nenne, bringt ihn zum Grinsen. Das ist schon mal ein guter Ansatz. Er hört endlich auf, sich zu rechtfertigen, warum wir hier sind, und begreift, dass er mich nicht verschrecken kann.

Remo hebt die Hände und fuchtelt gespielt theatralisch damit herum. »Na gut. Du hast es nicht anders gewollt«, seufzt er, funkelt dann aber doch noch mal streng und zeigt mit dem Finger auf mich. »Aber ich schwöre dir, dass ich dich mit dem kaputten Duschschlauch abspritze, wenn du mich auch nur einmal so ansiehst, als wäre ich Aschenputtel oder ein geschlagener Welpe! Spar dir das Mitleid für Leute mit echten Problemen!«

Das klingt so überzogen gedroht, dass ich nicht weiß, ob ich lachen oder nicken soll.

»Okay. Du bist nicht Aschenputtel oder ein Hund. Du bist ein Wolf und hast keine echten Probleme. Schon verstanden«, versichere ich.

Remo knurrt scherzhaft dominant vor sich hin, während er im Raum herumläuft und beginnt, die vielen Lampen anzuknipsen, die hier stehen.

Das warme Licht aus den kleinen Glühbirnen taucht alles in eine viel gemütlichere Atmosphäre, vor allem nachdem er das grelle bläuliche Licht der Neonröhre an der Decke ausknipst.

Ich sehe ihm nach, als er zum Bett geht und die schwarze Überdecke holt.

Er bewirft mich damit.

»Hier. Wird gleich wärmer, die Heizung braucht noch eine Weile.«

»Danke.«

»Willst du ein Glas Champagner?«, bietet Remo an und bringt mich mit dem Angebot zum Stutzen.

»Du hast echt Champagner hier?«

Er steht neben dem kleinen Küchenregal und dreht sich mit hochgezogener Braue zu mir um. »Klar. Nur der Kaviar fällt heute flach. Der Typ, der im ersten Stock wohnt, hat meinen Lieferanten erschossen.«

Schon verstanden. Kein Champagner und kein Kaviar, diesmal nimmst du mich wirklich auf den Arm.

Ich wickle mich in die Decke ein und mustere Remo, der noch immer sein Regal durchsucht und die Flaschen darin prüfend in der Hand dreht.

Er trägt eine dunkelblaue Slim-Cut-Hose und einen schwarzen Pullover mit dunkelroten Flicken an den Ellbogen – Lehrerlook. Sehr modern, sehr sexy, aber er passt nicht in seine eigene Wohnung.

»Alles abgelaufen ... Ich wusste nicht mal, dass Alkohol das kann«, meint er missmutig und lässt sich dann neben mich auf das kleine Sofa fallen.

»Brauchst du Alkohol, um die Geschichte zu erzählen?«

»Nein, aber ich dachte, du brauchst vielleicht welchen zum Zuhören.«

Ich kann auf den Alkohol verzichten, aber wenn er nicht gleich anfängt, zu reden, falle ich vor Neugier vom Sofa.

Remo zieht die Schuhe aus und beginnt, an seinen Socken herumzuzupfen.

Herrlich! Ich liebe es, wenn er sich von irgendeinem überflüssigen Scheiß ablenken lässt!

Anscheinend braucht er etwas Starthilfe.

»Olli hat mir erzählt, dass du an der Uni mit Pascal zusammengewohnt hast. Habt ihr ...?«

»Hier gewohnt?«, vervollständigt er meine Frage und lehnt sich nach hinten. »Kannst du dir Pascal hier vorstellen?«, will er wissen und grinst breit.

Nein, kann ich nicht. Aber ich kann mir auch dich nicht hier vorstellen.

»Also hast du die Wohnung nach der Uni gemietet?«

»Das wäre ja ganz schön debil. Nach der Uni hatte ich einen vernünftigen Job und Geld.«

»Wird das jetzt ein Frage-Antwort-Spiel oder erzählst du mir endlich alles von Anfang an?«

Remo nickt einsichtig. »Also geboren wurde ich in einer kalten Winternacht in der Nähe von Mailand. Als Kind hatte ich öfter mal Mittelohrentzündungen, da ich mir anscheinend gern

Sachen ins Ohr gesteckt habe. Ich weiß nicht, warum ich das gemacht habe, aber ich bin den Spleen losgeworden.«

Er macht eine Pause und mustert mich erwartungsvoll. Wahrscheinlich erwartet er, dass ich die Augen überdrehe, weil er mit so banalen Dingen anfängt, aber er kann so langsam erzählen, wie er möchte. Ich wusste nicht, dass er in Italien geboren wurde. Mich interessieren nicht nur die skandalösen Details, mit denen er noch immer geizt.

»Hast du Geschwister?«, will ich wissen.

»Nein. Ich bin ein Einzelkind und bei meiner Mutter aufgewachsen. Mein Vater hat sich von ihr getrennt, kurz nachdem sie schwanger wurde.«

»Hast du Kontakt zu ihm?«

»Ich habe ihn nie kennengelernt. Ich kenne nicht mal seinen Namen. Meine Mutter spricht nicht über ihn – oder doch, aber ich denke mal, er heißt nicht ›Arschloch‹ oder ›Bastard‹.«

»Hat er nie versucht, Kontakt zu dir zu bekommen?«

»Nein«, entgegnet er ohne nennenswerte Emotion in der Stimme.

Remo zuckt mit den Schultern. Er steckt das gut weg. Man vermisst etwas, das man nie kannte, aber auch nicht so wie etwas, das einem ans Herz gewachsen ist.

Es stimmt mich trotzdem ein wenig wütend, dass da draußen irgendwo ein ignoranter Italiener herumläuft, der nie herausgefunden hat, wie stolz er auf seinen hübschen, erfolgreichen Sohn sein könnte.

Selbst schuld, Arschloch.

»Wann seid ihr in die Schweiz gezogen?«

»Als ich fünf war. Ich wurde hier eingeschult. Meine Mutter hat einen Schweizer Unternehmer kennengelernt und war ein paar Jahre mit ihm zusammen.«

»War er so was wie ein Vaterersatz für dich?«

Remo lacht. »Gott, nein. Der Typ wusste nach drei Jahren noch nicht mal meinen Namen. Er hat mich immer Primo genannt.«

Ich denke, das soll ein Witz sein, aber ich bin mir nicht sicher, weil er am Ende des Satzes nicht mal mehr schmunzelt.

»Meine Mutter hatte nie ein gutes Händchen, was Männer betrifft.«

»Hast du ein gutes Verhältnis zu ihr?«

Die Antwort lässt diesmal auf sich warten. Als sie doch kommt, ist sie kurz und knapp.

»Nein.«

Er weiß, dass ich wissen will, wieso. Ich will ihn aber nicht drängen, indem ich es ausspreche.

»Sie ist kein schlechter Mensch«, setzt Remo nach einem kurzen Moment der Stille an. »Es ist nicht so, als hätte sie sich nie für mich interessiert, sie war einfach ...« Er sucht offenbar nach Worten, die nicht zu hart klingen. »Sie war ... oft mit sich selbst beschäftigt. Und überfordert damit.«

»Hast du noch Kontakt zu ihr?«

Der Wolf brummt bestätigend. »Ja. Seit ein paar Jahren wieder. Nicht oft, aber wir telefonieren manchmal.«

Das klingt so, als hätte davor lange Funkstille geherrscht.

Als Remo weitererzählt, sieht er an mir vorbei. »Ich war kein einfaches Kind. Ich war temperamentvoll und ... ich habe einfach nicht verstanden, warum sie immer nur über ihr Leben gejammert hat und ständig von einem Drama ins nächste gedriftet ist. Das hat mich wütend gemacht. Ich war der Meinung, Eltern müssten stark für ihre Kinder sein, sie vor Problemen beschützen und sie nicht ständig heulend damit konfrontieren, dass alles schlecht und so schwierig ist.«

»Sollten sie auch nicht«, entgegne ich streng, weil er den Satz so eingeleitet hat, als hätte er unrecht mit seiner Meinung gehabt.

Remo brummt wieder leise vor sich hin und neigt dann den Kopf. »Menschen werden nicht weniger menschlich, nur weil sie Kinder haben. Manche Menschen geben großartige Vorbilder und Beschützer ab und manche eben nicht. Heute weiß ich, dass meine Mutter unter Depressionen leidet, dass sie krank ist und immer war. Ich konnte das als Kind aber nicht verstehen. Was ich gesehen habe, war eine Frau, die, anstatt mich in den Arm zu nehmen und zu fragen, wie mein Schultag war, vor mir geheult hat und mich nach meiner Meinung dazu gefragt hat, warum ihr Freund sie verlassen hat.«

Mir wird kalt, obwohl die Decke um meine Schultern liegt und sich der kleine Raum schon erwärmt hat. Die Kälte kommt von innen.

»Ein Kind kann so etwas auch nicht verstehen – muss es auch nicht. Sie hätte sich Hilfe suchen müssen …«, gebe ich meine Meinung zum Besten.

Ich weiß, es geht mich nichts an, aber Remo klingt viel zu analytisch, wenn er von diesen Erfahrungen erzählt. Er muss mir das Ganze aber nicht von beiden Standpunkten aus erklären. Es gibt keine Rechtfertigung dafür, wenn ein Kind kein Kind sein darf – die gibt es nie.

Er zuckt wieder mit den Schultern. »Sicher hätte sie das tun müssen. Hat sie aber nicht. Ich habe wirklich lange versucht, ihr zu helfen und mit ihr zu reden. Ich war wohl der einzige Elfjährige, der sich jemals ein Buch über postnatale Depressionen aus der Bücherei ausgeborgt hat. Ich wusste damals nicht, was ›postnatal‹ heißt, das Buch war größtenteils für die Katz ...«

Er grinst sein Missgeschick ab.

Ich sehe keinen Grund zum Lächeln. Es muss ein furchtbares Gefühl für ein Kind sein, ständig den Drang zu verspüren, seine Mutter zu trösten und etwas gegen ihre Stimmung unternehmen zu müssen.

Man lässt keine kleinen Kinderhände Feuer löschen, man beschützt sie vor allem, was in Flammen steht – auch vor sich selbst, wenn es sein muss.

»Irgendwann war ich es endlos leid, dass sie immer schlechte Laune hatte und sich nichts geändert hat, egal was ich getan oder gesagt habe. Ich war wütend und hatte keinen Bock mehr, überhaupt jemandem zuzuhören. Erwachsene waren für mich Idioten, die alle mit ihrem Leben nicht klarkamen und ihren Frust in schwachsinniger Bevormundung ausleben wollten.«

»Das kann man dir nicht zum Vorwurf machen. Es hat dir auch niemand beigebracht, dass es so was wie positive Autorität gibt, an der man sich als Kind festhalten kann«, stelle ich – etwas zu energisch – klar.

Es regt mich auf, dass Remo so vorwurfsvoll klingt, sobald er davon erzählt, was *er* falsch gemacht hat.

»Ich hatte kein verzerrtes Rechtsempfinden, ich wusste sehr wohl, was richtig und falsch ist. Ich habe mich dazu entschieden, mich wie ein Idiot aufzuführen und auf stur zu schalten. Ich hätte nur Hilfe annehmen oder darum bitten müssen, aber ich habe lieber das Auto meines Direktors zerkratzt und die Mülltonnen im Schulhof in Brand gesteckt. Das hat sich damals gut angefühlt und der Ärger, den es dafür gab, hat meine Mutter zumindest vom Heulen abgehalten und sie zum Schreien gebracht – das war angenehmer.«

Wie heißt die Krankheit noch mal, bei der sich Opfer plötzlich für Täter halten? Remo hat das. Dass er ausgerastet ist, ist nicht seine Schuld. Wie mache ich ihm das klar?

»Du hast das doch nur gemacht, weil du dir nicht anders zu helfen wusstest. Was du zu Hause erlebt hast, hat sich aufgestaut.«

Er ist doch sonst so gut darin, das große Ganze hinter Problemen zu erkennen. Dass er es bei sich selbst nicht kann, ist pure Ironie.

»Es hat vielleicht nach Hilfeschreien geklungen, aber ich wollte keine Hilfe. Ich wollte meine Ruhe und meine Rebellion – um nichts anderes ging es mir zu diesem Zeitpunkt mehr. Irgendwann war für mich klar, dass ich nur noch meinen Rucksack mit Zeug vollstopfen und abhauen will. Weg von der Heulerei, weg von den Schuldgefühlen und auf alles scheißen. Ich habe gewartet, bis meine Mutter wieder einen Freund hatte und eine ihrer Euphorie-Phasen durchlebt hat, dann bin ich einfach nicht mehr nach Hause gekommen. Ich wäre früher abgehauen, aber ich hatte Angst, dass sie sich umbringt, wenn sie gerade in einer ihrer depressiven Phasen steckt und ich verschwinde. Als ich weg war, war es mir aber egal. Das klingt kaltherzig, ich weiß.«

Ich schüttle energisch den Kopf.

Das Allerletzte, das ich Remo jemals an den Kopf werfen würde, ist, dass er kaltherzig war.

Verzweifelt, überfordert, wütend – ja. Aber all das durfte er auch sein.

»Wie alt warst du?«, frage ich vorsichtig, weil ich Angst vor der Antwort habe.

»Vierzehn?«, entgegnet er und macht eine abschätzende Geste mit der Hand. »Eigentlich so gut wie fünfzehn, ich hatte kurz darauf Geburtstag.«

Diese Geschichte schmerzt mich immer mehr. Klar, es gibt viele Kinder, die nie die perfekte Kindheit bekommen haben und aus einem schwierigen Elternhaus stammen, aber wenige sind so verzweifelt, dass sie wirklich keinen anderen Ausweg mehr sehen, als abzuhauen.

Er geht nicht wirklich sehr detailliert auf die Vorfälle mit seiner Mutter ein, aber Remo ist und war sicher nie jemand, der schnell die Nerven wegschmeißt oder vor Problemen davonläuft. Was auch immer alles wegen ihrer Depression vorgefallen ist, muss ihn damals dauerhaft und unbarmherzig zermürbt haben.

»Wie lange warst du von zu Hause weg?«, will ich wissen und sehe ihn irritiert den Kopf neigen, als würde er die Frage nicht verstehen.

»Wie lange ich weg war? Ich bin überhaupt nicht mehr zurückgegangen.«

Woher er die Kraft in sich hat, so abgeklärt zu schmunzeln, weiß ich nicht, aber sie ist da.

»Ich konnte am Anfang eine ganze Weile im Schuppen eines Schulfreundes wohnen. Das Grundstück war groß und seine Eltern haben dem Holzhaus keine Beachtung geschenkt. Seine Schwester hat mich aber mal beim Zähneputzen im Badezimmer erwischt, als ich dachte, niemand wäre zu Hause. Die Kleine hat mich verpetzt. Total bescheuertes Kind. Ich mochte den Schuppen. Er war chaotisch, hatte aber eine schrullig angenehme Atmosphäre, die Astrid Lindgren bestimmt zu einem Buch inspiriert hätte.«

Mir steht der Mund offen. »Wie kannst du das denn so beschwingt erzählen? Das muss doch furchtbar gewesen sein! Du warst quasi obdachlos! Bist du zu dieser Zeit eigentlich weiterhin zur Schule gegangen?«

Ich kann nicht anders, ich muss das so aufgeregt und verständnislos fragen. Remo erzählt das alles viel zu ruhig.

»Ich bin immer zur Schule gegangen. Mir war klar, dass ich komplett den Halt verliere und gar nichts aus meinem Leben wird, wenn ich abbreche. Ich war nicht dumm oder faul, ich wollte nur weg von meiner Mutter und mich endlich um mich selbst kümmern. Ich hatte nicht kein ›Zuhause‹. Es war eben dort, wo ich gerade geschlafen habe. Und ich erzähle das so beschwingt, weil das für mich keine schreckliche, Furcht einflößende Zeit war, sondern eine guttuende. Ich weiß, es klingt irre, und mir stellen sich heute sämtliche Nackenhaare auf, wenn ich daran denke, dass einer meiner fünfzehnjährigen Schüler das tut, was ich getan habe, aber ich empfand das damals nicht als schlimm, sondern als absolut notwendig und ... schön. Ich habe zu Hause nie so gut geschlafen wie von dem Moment an, als ich abgehauen bin.«

Ich starre auf meine Finger und versuche, mich in den Remo von damals reinzufühlen. Auch wenn ich seine Argumente verstehe und ihm glaube, dass er das so empfunden hat, kann ich mir nicht vorstellen, dass ich das ausgehalten hätte. Ich hätte mich vor Angst und Einsamkeit jede Nacht in den Schlaf geheult. Bei mir zu Hause war es aber auch schön ...

»Du musst nicht versuchen, es zu verstehen, Mel. Ich verstehe es heute selbst kaum noch, ich kann dir nur sagen, dass es mir gut ging. Meistens.«

Ich sehe zu ihm auf und zucke zusammen, weil er plötzlich aufspringt. Mein Herz rutscht mir in die Hose, weil es sowieso gerade schwer ist und jetzt auch noch erschreckt wird.

»Auto!«, ruft Remo und klatscht in die Hände, bevor er losläuft und die Haustür hinter sich zuwirft. Ich starre mit großen Augen auf die Tür und nestle irritiert am Rand der Decke.

Ähm ... Ist gerade so was wie eine Sicherung bei dir durchgebrannt, weil dir bewusst geworden ist, dass du ein wirklich schweres Leben hattest? Etwas spät, aber absolut nachvollziehbar. Du lässt mich aber nicht hier allein sitzen und fährst davon, oder? Remo?!

EIN STEINIGER WEG

Es dauert keine drei Minuten, bis er wieder durch die Tür gelaufen kommt, und ich verstehe, was ihm durch den Kopf geschossen ist, als er aufgesprungen ist. Remo hält triumphierend die Tankstellen-Erblindungs-Wodkaflasche hoch, die er von Ines konfisziert und in seinen Kofferraum gelegt hat.

»Fusel!«, ruft er begeistert und schafft es, mich zum Grinsen zu bringen, weil er mit den Hüften wackelt, als er zwei Gläser mit der klaren Flüssigkeit füllt.

Selbstbewusster Idiot. Ich will dich in den Arm nehmen …

Diese Geschichte schreit wirklich nach etwas, das einem die Brust wärmt. Ich nehme das Glas dankend an, als er sich wieder zu mir setzt.

»Wo waren wir?« fragt Remo und nippt am Wodka, nur um eine Sekunde später das Gesicht zu verziehen. »Wir hatten über den enormen Einfluss der Getränkeindustrie auf die Gesellschaft gesprochen, oder?«, schmatzt er nickend vor sich hin. »Schon krass, dass Coca-Cola den Weihnachtsmann gekauft hat. Wenn die den Osterhasen auch noch kriegen, bemalen wir bald alle Flaschen und verstecken Dosen.«

Ich schmunzle, weil ich ihm nicht verübeln kann, dass er um scherzhafte Ablenkung bemüht ist. Aber wir stecken schon zu tief im Hasenbau – ich will wissen, wie er in diesem tristen, heruntergekommenen Wunderland gelandet ist.

»Hat deine Mutter nie nach dir gesucht? Hat sie nie versucht, dich zurück nach Hause zu holen?«

Schon klar, eine Cola-Frage wäre dir lieber gewesen, aber ich sehe dir an, dass es dir auf der Seele brennt, weiterzusprechen. Du willst da jetzt durch. Deshalb sind wir hier, oder?

Remo nimmt noch einen Schluck und beginnt dann wieder mit dem Schulterzucken. Die Geste hat er während des Gesprächs schon öfter zum Besten gegeben und ich fand sie jedes Mal unpassend. Was darauf gefolgt ist, war nie auch nur annähernd eine ›Ist doch egal‹-würdige Aussage.

»Bevor ich verschwunden bin, habe ich ihr einen Brief geschrieben. Ich habe ihr gesagt, dass ich auf mich aufpasse, aber in Ruhe gelassen werden will. Und ich habe ihr damit gedroht, dass ich jedem erzähle, dass sie krank und nicht normal ist, wenn sie versucht, mich zurückzuholen.«

Und?! Das hat gereicht, damit sie auch mit den Schultern gezuckt und ihren fünfzehnjährigen Sohn einfach abgeschrieben hat?!

Ich reiße mich wirklich zusammen, um ihm das nicht so wütend und verständnislos ins Gesicht zu knurren, wie es durch meine Gedanken streift. Er sieht mir aber an, dass ich aufgebracht bin.

»Du kennst sie nicht«, stellt Remo in ruhigem Tonfall klar. »Wenn du sie kennen würdest, wüsstest du, dass sie sich eher einen Arm abhacken würde, als jemand anderen sehen zu lassen, dass sie ein Problem hat. Sie gibt sich sehr selbstbewusst, stark und etwas hochnäsig. Ihre Reputation war ihr immer so wichtig, dass es an Narzissmus grenzt. Ihr damit zu drohen, dass ich sie als labil und depressiv auffliegen lasse, war das Schlimmste, mit dem ich drohen konnte.«

Wenn das wirklich das Schlimmste ist, mit dem Remo drohen konnte, sagt das schon alles über seine Mutter. Sie hatte keine Ahnung, wo ihr Sohn ist, ob er obdachlos ist, genug zu essen hat oder sich von irgendeinem Hochhaus wirft, aber Hauptsache, niemand erfährt, dass sie nicht so toll ist, wie sie gern sein möchte.

Remos einziges Glück im Leben war wohl, dass ihm das Schicksal diesen stoischen, selbstbewussten Charakter mit auf den steinigen Weg gegeben hat. Wäre er kein tougher, knurrender Wolf, wäre er wohl wie ein ungeliebter Hund auf der Straße verendet ...

Gott, jetzt nicht heulen! Hoch mit dem Kopf! Die Tränen nach hinten kippen!

»Sag mal, spinnst du!?«, rufe ich im nächsten Moment und kann den Kopf wieder normal halten, weil sowieso alles tropft. Remo hat mir den Rest seines Wodkas ins Gesicht geschüttet.

»Sei froh, dass ich nicht den Schlauch geholt habe!«, entgegnet er und verzieht eingeschnappt den Mund. »Du hast versprochen, nicht so ein Gesicht zu machen! Wenn du auch nur eine Träne über mein Leben vergießt, tauche ich deinen Kopf ins Klo und spüle so lange, dass du dir dabei die Haare waschen könntest!«

»Ich heule nicht! Aber der Wodka brennt in den Augen! Du Vollidiot ätzt mir noch die Kontaktlinsen weg!«

Da sind schon zwei, drei Tränen dabei, die sich vorhin in meinen Augen gesammelt haben, aber das zuzugeben, würde ihn nur wütend machen.

Remo will kein Mitleid, er will nur, dass ich zuhöre und alles abnicke. Wie hart das ist, versteht er nicht, weil ich denke, dass er sein Leben selbst nie beheult hat. Er weiß, wie schwer er es hatte, aber mit Traurigkeit und Selbstmitleid auf seine Situation zu reagieren, liegt nicht in seiner Natur.

»Hör auf, dir vorzustellen, ich hätte irgendwo unter einer Brücke gesessen und hungrig gezittert«, verlangt er, während er mich mit einer Packung Taschentücher bewirft. Er braucht nicht zu erwähnen, dass ich mir damit nur den Wodka vom Gesicht wischen soll und sie später nicht zum Tränenwegwischen verwenden darf. »Ich war nie wirklich obdachlos …«, brummt er, relativiert aber auch ziemlich kleinlaut. »Vielleicht mal ein paar Wochen, in den Sommerferien, aber das Wetter war klasse, es war so was wie Camping und ich konnte im Basketballverein essen und duschen.«

Na dann. Wenn du im Verein essen und duschen konntest, war sicher alles total witzig. Hörst du dich eigentlich selbst reden?!

Ich schnaube vor mich hin und kippe mir den Wodka die Kehle runter, weil mein Herz wieder fröstelt.

»Ich habe oft bei Freunden übernachtet. Oder ich war in irgendwelchen Clubs und bin mit Mädchen nach Hause gefahren. Irgendetwas hat sich immer ergeben. Und ich hatte in vielen Nächten verdammt viel Spaß.«

Der letzte Satz geht mit einem süffisanten Grinsen einher. Trotzdem wirkt es aufgesetzt.

Ich glaube ihm, dass er viel Sex hatte. Ich glaube aber auch, dass das Aufreißen zu einer Notwendigkeit verkommt, wenn man nicht weiß, wo man die Nacht verbringen soll. So spaßig und vogelfrei wild, wie er es präsentiert, war seine Teenagerzeit definitiv nicht.

Nur er selbst weiß, wie er sich wirklich gefühlt hat, wenn er mit irgendjemandem nach Hause gefahren ist, nur um irgendwo übernachten zu können.

Ich bin keine Idiotin. Remo verkauft mir das alles bewusst geschönt, weil er nicht will, dass ich wieder heule.

»Woher hattest du das Geld zum Ausgehen? Und Essen. Und Klamotten. Und deine Schulbücher.«

Er hat mit der Frage gerechnet. Die Antwort lässt nicht lange auf sich warten, auch wenn er dabei wieder unnötig schuldbewusst klingt.

»Als ich abgehauen bin, habe ich meiner Mutter Geld gestohlen.«

Über den Terminus ›stehlen‹ lässt sich in diesem Zusammenhang streiten.

»Wie viel Geld hattest du?«

»Um die zweitausend Franken.«

»Wie lange bist du damit ausgekommen?«

Er kann mir jetzt nicht erzählen, dass er damit so gut haushalten konnte, dass er bis zu seinem ersten Lehrergehalt keine Geldsorgen hatte. Mit so einer lächerlichen Behauptung wirft er aber nicht um sich. Remo verharmlost zwar einige Stellen aus seiner Vergangenheit, aber er bleibt grundsätzlich sehr ehrlich mit dem Ablauf der Geschehnisse.

Seine Miene nimmt ernstere Züge an, weil er keine Möglichkeit findet, das Ganze zu verschönern.

»Ich konnte mir davon ungefähr ein halbes Jahr lang etwas zu essen kaufen. Das Geld für Schulbücher und den Vereinsbeitrag vom Basketball habe ich mir die erste Zeit damit verdient, dass ich die Mathehausaufgaben meiner Mitschüler gemacht habe.«

Er findet sein Schmunzeln wieder. »Ich dachte immer, die anderen wären einfach Idioten. Später ist mir klar geworden, dass ich echt verdammt gut in Mathe bin.«

Der Entschluss zu seiner Berufswahl zeichnet sich langsam ab. Aber so weit sind wir noch nicht.

»Als mir das Geld ausgegangen ist, musste ich mir einen Job suchen. Ich war zwar darauf vorbereitet, dass das passieren würde, habe aber nicht daran gedacht, dass natürlich niemand einen Fünfzehnjährigen legal einstellt.«

Remo schenkt uns Wodka nach und brummt schon mal vor sich hin, weil ihm die Erinnerung anscheinend missfällt.

»Der Hilfstrainer aus meinem Basketballverein hatte eine Baufirma. Er hat ziemlich viele italienische Aushilfsarbeiter beschäftigt – die meisten illegal. Der Typ war ein Rassist, wie er im Buche steht. Italiener waren für ihn Menschen zweiter Klasse, bei denen es keine Rolle spielt, unter welchen Bedingungen sie arbeiten müssen. Der Job war hart und beschissen, aber ich hatte zumindest genug Geld, um mir das Essen und die Schule zu finanzieren. Eine Dauerlösung war es trotzdem nicht. Ich hätte mich dort tot geschuftet und konnte mich kaum noch auf die Schule konzentrieren. Nach ein paar Monaten musste ich das Handtuch werfen.«

Ich beginne, langsam den Kopf zu schütteln, weil ich mir nicht vorstellen kann, wie er das alles auf die Reihe bekommen hat.

»Im Sommer war das alles noch machbar. Als es kälter wurde, wurde es scheiße ...«, gesteht er, sieht beim Erzählen wieder an mir vorbei und scheint zu vergessen, dass er eigentlich darum bemüht ist, mir das alles möglichst verharmlost zu erzählen. »Ich habe mich beim Arbeiten erkältet – ich wurde eigentlich nie krank, aber dieses eine Mal hat es mich wirklich ziemlich übel erwischt. Ich wollte die Nacht nicht draußen verbringen, deshalb bin ich zu einem Mädchen, das ich aus den Clubs kannte.«

Ich kralle meine Finger fester in die Decke und versuche, mir Remo nicht krank und frierend vorzustellen. Kann diese Geschichte noch trauriger werden? Zum Glück weiß ich, dass alles gut ausgegangen ist, sonst würde ich mich schon längst zwischen einem Meer aus Tränen auf dem Sofa hin und her rollen – egal ob er mich mit Wodka bespritzt oder nicht.

»Ich habe nie jemandem erzählt, dass ich abgehauen bin und keine Wohnung hatte, aber sie hat es herausgefunden, weil ich wohl ziemlich abgefuckt bei ihr aufgetaucht bin. Ich hätte das niemand anderem zugemutet, aber ich wusste, dass sie zu Hause auch Probleme hat, und kannte sonst niemanden, dem ich zugetraut hätte, mich nicht dafür zu verurteilen oder mich schief anzusehen. Sie hat auch nie versucht, mich dazu zu überreden, wieder nach Hause zu gehen. Ich durfte ein paar Nächte bei ihr schlafen und mich auskurieren. Sie hatte selbst kaum Platz, weil sie auf dem Sofa ihrer Stiefschwester gewohnt hat. Ihre Eltern waren auch Idioten – ziemlich kolossale sogar.«

In mir wächst schon eine Vermutung, seit Remos Stimme so weich geworden ist, als er ›sie‹ gesagt hat.

»Claire?«, will ich wissen und sehe ihn nicken.

»Ja. Sie ist ein Jahr älter als ich und kannte sich mit Problemen wirklich aus. Ihre Mutter ist Alkoholikerin und zwei ihrer fünfzehn Stiefväter waren übergriffige pädophile Monster. Wenn du jemandem dein Mitleid schenken willst, dann ihr. Dass sie trotzdem alles auf die Reihe bekommen hat, ist bewundernswert. Sie war aber schon immer ziemlich tough und stark und wusste, was sie will.«

Ich trinke zu viel von dem scheußlichen Wodka auf einmal, damit die Gedanken, die mir durch den Kopf schießen, bloß nicht meine Miene zeichnen. Remo glaubt leider trotzdem, sie lesen zu können, und knurrt mich an.

»Ich weiß, womit sie ihr Geld verdient! Das hört sich für dich nicht danach an, als hätte sie ihr Leben auf die Reihe bekommen, aber sie hat sich bewusst dazu entschieden. Das war keine Verzweiflungstat. Und Vincents Agentur ist wahrscheinlich eine der besten, die es gibt. Er passt wirklich gut auf seine Mädchen auf. Claire verdient genug, um sich alles leisten zu können, was sie immer wollte, und den Sex sieht sie als Job. Solange sie glücklich damit ist …«

»Ich verurteile sie nicht, Remo«, unterbreche ich ihn vorsichtig, weil er dabei war, sich in das Thema zu verbeißen. Das ist nicht notwendig. Er muss Claire und ihre Jobwahl nicht vor mir verteidigen. Sie ist ein wirklich guter Mensch, das beweist schon allein die Tatsache, dass sie ihm damals geholfen hat, obwohl sie selbst so viele Probleme hatte. Jemanden, der so empathisch und hilfsbereit ist, zu verurteilen, nur weil er im ältesten Gewerbe der Welt arbeitet, wäre nicht nur ignorant, sondern idiotisch. Sie ist kein schlechter Mensch, nur weil sie ihren Körper verkauft.

Remo hat meinen kleinen Trinkanfall vorhin falsch interpretiert. Ich wollte meine Reaktion nicht verstecken, weil ich Claires Lebensweg infrage stelle, sondern ihre Beziehung zu Remo.

Ihr kennt euch so lange und habt so viel zusammen durchgemacht, bist du sicher, dass du sie nicht liebst? Ich würde es verstehen. Und es macht mir auch nichts aus. Ihr passt eigentlich hervorragend zusammen ...

»Entschuldige ...«, brummt Remo und setzt sich wieder entspannter hin. »Ich bin es gewohnt, sie zu verteidigen. Nicht alle Menschen sehen das mit ihrem Job so vorurteilsfrei.«

»Schon klar. Sie ist dir wichtig. Eure Geschichte ist traurig und dramatisch, aber irgendwie ... romantisch.«

»Romantisch«, wiederholt Remo, als hätte ich etwas Dämliches gesagt. Er zieht eine Augenbraue hoch. »Du kannst mir und Claire wirklich viel nachsagen, aber romantisch war das zwischen uns nie. Sie war so etwas wie meine beste Freundin, meine Schwester, meine Zellengenossin, aber wir waren nie zusammen. Das stand auch niemals zur Debatte. Nicht mal, als ich sie kennengelernt habe. Wir sind uns zu ähnlich und suchen beide etwas anderes in Partnern.«

Ich weiß nicht, ob ich ihm das ganz abkaufen möchte, aber Remo legt in Sachen Ehrlichkeit nach.

»Sex hatten wir. Von Anfang an. Viel. Wirklich viel. Ich kenne ihren Körper in- und auswendig und sie meinen. Wenn du das romantisch nennen willst, bitte, aber für uns war es nie mehr als Spaß unter Freunden, die nichts hatten außer Tetrapack-Wein und eine Matratze. Du kannst Claire gern fragen, sie wird dir dieselbe Antwort geben.«

Ich will Claire diese Frage nicht stellen. Aber ich weiß jetzt zumindest, warum Remo so gut im Bett ist und wer ihm beigebracht hat, immer den richtigen Knopf am Körper einer Frau zu drücken.

»Wann bist du in diese Wohnung gezogen?«, frage ich und halte ihm mein leeres Glas hin, damit er es füllt.

»Nachdem Claire wusste, dass ich keine Wohnung habe, hat sie einen ihrer Stiefväter angerufen. Er ist mit dem Vermieter hier befreundet und hat mir die Wohnung vermittelt. Ich weiß, es ist schwer nachvollziehbar, aber als ich zum ersten Mal hier war, war ich begeistert und einfach nur glücklich. Eine eigene Wohnung war alles, was ich wollte, und ich war mir sicher, dass ich mein Leben auf die Reihe bekomme.«

Mein Blick schweift erneut über die hellgrüne Tapete und die maroden Fenster.

Ich sehe Remo als Teenager hier durchlaufen. Er trägt einen Kapuzenpullover, rüttelt prüfend an einem der Regale und grinst dann bis über beide Ohren.

Ja, ich kann mir vorstellen, dass sich das hier für ihn großartig angefühlt hat.

Mir wird gerade klar, warum er die Wohnung noch immer nicht aufgegeben hat. Es liegt nicht daran, dass er keine Zeit hatte, sich etwas Neues zu suchen und es ihm egal ist. Er hängt an den Erinnerungen. Wahrscheinlich weil sie ihm vor Augen führen, was er erreicht hat und was er aus seinem Leben gemacht hat.

Sein Werdegang ist auch wirklich beeindruckend. Mehr als das.

»Du bist unglaublich …«, hauche ich Remo zu, der das Kompliment nicht annehmen will. Sonst strotzt er so vor Selbstbewusstsein und lobt sich in den Himmel – seine Vergangenheit spielt er aber herunter.

»Ich hatte Glück. Verdammt viel davon. Ich hätte auch in der Gosse landen können, mit einer Nadel im Arm, auf dem Weg zu irgendeinem Straßenstrich. Heute weiß ich, wie schmal der Grat war, auf dem ich so selbstsicher getrampelt bin. Ich war jung, naiv und mir viel zu sicher, dass ich es allein schaffe. Das hätte alles so oft nach hinten losgehen können, dass es an ein Wunder grenzt, dass ich heute Lehrer in einem Internat bin. Was ich gemacht habe, würde ich niemals irgendjemandem raten, auch wenn es gut ausgegangen ist. Es gibt immer einen Weg, der nicht im sturen Alleingang über Obdachlosigkeit und bedenkliche illegale Jobs führt. Ich hätte Hilfe annehmen sollen, überhaupt danach fragen sollen, aber ich war ein Vollidiot.«

Ich muss mit ihm schmunzeln, weil er recht hat. Er war ein Vollidiot. Ein starker, selbstbewusster Vollidiot, der tatsächlich viel Glück hatte. Es war aber nicht nur Glück. Glück schreibt keine Abschlussklausuren für dich oder schließt die Uni für dich ab. Remo hat es sich sehr schwer gemacht, aber er hat die Mauern, die ihm den Weg zu seiner Zukunft verbaut haben, selbst eingerissen.

»Wolltest du eigentlich schon immer Lehrer werden?«, möchte ich wissen, weil mir einmal mehr bewusst wird, wie gut der Beruf zu ihm passt. Ja, sein Weg war unkonventionell, aber Menschen, die so viel erlebt und bewältigt haben, lehren nicht nur Bücherwissen, sondern viel mehr.

»Lehrer?«, entgegnet Remo lachend und schüttelt den Kopf. »Nein. Lehrer waren für mich die größten Klugscheißer von allen. Verstaubte Typen, die keine Ahnung vom Leben haben und Erfolg im Leben mit Erfolg bei Tests gleichsetzen. Ich wollte bis kurz vor dem Abschluss nicht mal studieren. Ich wollte nur die Schule beenden und arbeiten gehen.«

Er streckt sich und legt die Füße dann auf meine Oberschenkel. Ich decke ihn zu und merke, wie sehr mir der Wodka in den Kopf gestiegen ist. Langsam werde ich müde, aber ich will nicht mal an Schlafen denken, bevor ich nicht alles gehört habe, was Remo noch zu erzählen bereit ist.

»Was hat dich dazu gebracht, Pädagogik zu studieren?«, hake ich weiter nach und höre ihn leise seufzen. Er ist nicht genervt. Er ist auch müde. Und betrunken.

»Ich war im Sommer vor meinem Schulabschluss ein paar Wochen bei meinem Onkel und meiner Tante.«

»Die mit dem Apartment?«

»Ja. Ich hatte nie viel Kontakt zu meiner Familie, auch nicht, als ich noch bei meiner Mutter gelebt habe. Sie hatte kein gutes Verhältnis zu ihrer Schwester. Eigentlich hat sie ihr immer die

Schuld für ihre Depressionen gegeben, aber meine Tante kann nichts dafür. Sie war einfach immer ein positiver, lebenslustiger Mensch, der viel Erfolg im Beruf und im Privatleben hatte – ganz im Gegensatz zu meiner Mutter. Geschwisterrivalität, Eifersucht – nenn es, wie du willst, aber meine Mutter hat ihre Schwester immer verteufelt, mich aber gleichzeitig ständig mit meinem Cousin verglichen und mir vorgehalten, dass ich nicht so herausragend begabt und ambitioniert bin wie er. Bescheuert, aber ich mochte ihn deshalb ziemlich lange nicht. Wir haben uns erst angefreundet, als ich im Sommer bei ihnen und alt und reif genug war, um zu verstehen, dass sie mir nicht schaden, sondern helfen wollen.«

Es erleichtert mich, zu hören, dass in Remos Familie nicht nur kaltherziger Psychoterror herrscht. Etwas macht mich aber doch stutzig.

»Wenn sie dich so gernhatten, wieso haben sie dir nicht früher geholfen?«

Vor seinem Schulabschluss muss er um die achtzehn gewesen sein. Davor war er vier Jahre auf sich allein gestellt.

»Sie wussten nicht, dass ich abgehauen bin. Meine Mutter hat den Kontakt mit ihnen größtenteils gemieden und meine Tante hat erst Jahre später herausgefunden, dass ich ausgezogen bin. Sie leben nicht in der Schweiz. Sie hat aber immer wieder nach mir gefragt und meine Mutter hat dann irgendwann behauptet, ich hätte ein Mädchen kennengelernt und wäre zu ihr gezogen. Als sie ihr nicht sagen konnte, wo ich lebe oder wie meine Telefonnummer lautet, ist meine Tante ausgerastet. Sie ist achthundert Kilometer zu meiner Schule gefahren und hat mich aus dem Klassenzimmer geholt. Ich habe ihr natürlich nicht erzählt, wie lange ich schon von zu Hause weg bin und was wirklich passiert ist, aber ich konnte lügen, so viel ich wollte, sie wusste, dass irgendetwas nicht stimmt. Sie hat mich so lange bequatscht, bis ich zumindest zugestimmt habe, in den Ferien zu ihnen zu reisen und etwas Zeit mit ihnen zu verbringen. Schon mal eine aufgebrachte Italienerin erlebt, die erfährt, dass etwas mit einem Kind aus ihrer Familie nicht stimmt? Ich bis dahin nicht, meine Mutter hatte schließlich eine Klatsche, aber meine Tante hat sich wirklich Sorgen gemacht und ich konnte ihr nicht abschlagen, sie zu besuchen, obwohl ich wirklich keinen Bock auf Bemutterung hatte.«

Diese Geschichte gefällt mir. Ich lehne den Kopf schmunzelnd gegen die Lehne und spiele mit dem losen Faden an Remos Socken.

»Ich bin zwar dort hingefahren, aber ich habe komplett auf stur geschaltet. Die drei waren diese perfekte, laute, liebevolle Familie, die zu erleben mich einfach nur angekotzt hat. Natürlich hätte ich mir so was auch gewünscht, aber ich hatte es nie, also habe ich meinem Cousin nach der ersten Woche eine gedonnert und wollte wieder abhauen.«

»Du bist aber geblieben …«, vermute ich, weil Remo so grinst.

»Ja. Ich war drei ganze Wochen dort. Nachdem mir mein Cousin eine zurückgedonnert hat, bin ich dahintergekommen, dass wir uns gar nicht so unähnlich sind. Er ist der gleiche Idiot wie ich, nur war seine Mutter nie krank oder labil und sein Vater war auch immer für ihn da. Als ich aufgehört habe, eifersüchtig zu sein, hat es gutgetan, zu sehen, dass Familien auch intakt sein können.«

»Haben sie dich auf die Idee gebracht, Pädagogik zu studieren?«

»Mehr oder weniger. Ich war in dieser Zeit viel mit den Freunden meines Cousins unterwegs, deren Geschwister gerade auch Probleme hatten. Irgendwie hat sich herausgestellt, dass ich ganz gern mit Ratschlägen um mich werfe und gut mit Kindern kann. Die Kleinen haben mir zugehört und mir hat es gutgetan, zu sehen, dass ich jemandem helfen kann, klügere Entscheidungen zu treffen als ich. Als ich meiner Tante und meinem Onkel erzählt habe, dass ich vielleicht Pädagogik studieren möchte, haben sie mir angeboten, mein Studium zu finanzieren.«

»Zum Glück warst du klug genug, das anzunehmen!«, töne ich in der Gewissheit, dass Remo ein sturer Bock ist, der sich nicht helfen lassen wollte.

Er lacht. »Habe ich zuerst nicht. Ich wollte nichts geschenkt haben, für mich hat sich das nach Almosen angefühlt, die mir mehr als zuwider waren.«

»Du bist so ein Idiot …«, werfe ich ihm etwas vor, das er selbst am besten weiß.

Remo grinst und nickt. »Ja. Ich wäre auch am ausgestreckten Arm verhungert, wenn ich das Gefühl gehabt hätte, dass ich mir das Essen nicht selbst verdient habe. Mein Onkel hat mir das Geld aber sehr schlau untergejubelt.«

»Wie?«

»Er hat es nicht Geschenk, sondern Darlehen genannt. Er hat mir einen Vertrag vorgelegt, in dem stand, dass ich das Geld innerhalb der ersten fünf Jahre nach meinem Diplom zurückzahlen muss.«

»Hast du?«

»Ich wollte, aber er hat das Konto, auf das ich das Geld einzahlen sollte, schließen lassen und immer wenn ich ihn darauf anspreche, fängt er an, von seinem Lasagne-Rezept zu reden, und will mir erklären, wie man Béchamelsoße cremig hinbekommt.«

Ich kichere und bin sehr, sehr glücklich, dass Remo nicht nur schlechte Erfahrungen mit dem Thema Familie gemacht hat.

Das merkt man ihm aber auch an. Er wirkt nicht vergrämt. Er kann über all das reden, weil er damit seinen Frieden geschlossen hat.

»Du bist dann aber trotzdem zurück in diese Wohnung, oder? Du bist erst an der Uni mit Pascal zusammengezogen.«

»Ja. Ich wollte nicht mehr annehmen als das Geld für das Studium. Meine Tante und mein Onkel wussten nicht, dass ich hier lebe. Ich habe behauptet, ich würde mit meiner Freundin zusammenwohnen. Mein Cousin weiß aber alles. Er musste mir versprechen, nichts zu verraten, im Gegenzug habe ich ihm versprochen, dass ich mein Leben auf die Reihe bekomme.«

Wölfe halten ihr Versprechen. So was von.

»Wie hast du eigentlich dein Geld verdient, nachdem du auf dem Bau warst? Du hast gesagt, du hättest das nur ein paar Monate gemacht.«

Die Frage hängt schon länger in der Luft. Ich kam nicht dazu, sie zu stellen, aber es interessiert mich natürlich brennend.

Er hat ein paar Jahre ausgelassen.

Ich weiß, was er mit fünfzehn gemacht hat und wie er mit achtzehn zum Studieren kam. Dazwischen muss er auch irgendetwas gemacht haben.

Remo gähnt demonstrativ und brummt vor sich hin. »Ich habe Blumen in einer Gärtnerei verkauft ...«, schmatzt er und blinzelt mich dann fragend an. Er will sehen, ob ich ihm das abkaufe – tue ich nicht, weil er dieses seltsame Gesicht dabei macht.

»Hast du nicht«, sage ich wissend und warte auf die ehrliche Antwort.

»Okay, ich habe mit Drogen gedealt«, sagt er und reißt viel zu theatralisch die Arme in die Luft.

Er hat ebenso wenig Drogen verkauft, wie er Blumen verkauft hat. Dass er jetzt ausgerechnet bei diesem Thema solche Anstalten macht, obwohl er mir sonst so viel von sich erzählt hat, bringt mich zum Stutzen.

Meine Müdigkeit verfliegt. Ich setze mich wieder etwas gerader hin und kneife ihm in den Fuß. »Sag mir, was du gemacht hast! So schlimm kann es doch gar nicht sein!«

Remo zieht den Fuß weg, schnappt sich die Decke und zieht sie sich über den Kopf. »Ich bin müde! Ich will schlafen!«

Nein, du bist bockig!

Als ich ihm die Decke wegziehen will, halte ich in der Bewegung inne. Mir kommt gerade ein Verdacht, der nur ganz langsam und vorsichtig aus meinem Mund dringt.

»Hast du ... auch für Vincent gearbeitet?«, flüstere ich schockiert.

Remo reißt sich die Decke selbst vom Kopf und funkelt mich an. »Ich war kein Callboy!«, stellt er energisch klar. »Ich habe ...« Sein Tonfall wird plötzlich so kleinlaut und seine Stimme so leise, dass ich mich über ihn beugen muss, um ihn zu verstehen.

Die braunen Augen starren mich zwei Sekunden lang an, dann klimpert er übertrieben müde damit.

»Ich habe ... en nemakub gatetet«, nuschelt er gewollt unverständlich vor sich hin und stellt sich dann schlafend.

Ich beginne, ihn zu schütteln. »Du schläfst nicht so schnell ein! Hör auf, zu brabbeln, und sag mir, was du gemacht hast! Ganze Wörter! Deutsche Wörter! Remo! Deutsch!«

»Du kleine Rassistin!«, entgegnet er lachend, behält die Augen aber geschlossen.

Ich bin betrunken und anfällig für seinen bescheuerten Humor, also muss ich auch lachen. Das ändert aber nichts daran, dass ich endlich eine Antwort will.

Ich werde kampflustig und lege Remo meine Hand unters Kinn. Bevor ich etwas Druck ausüben kann, reißt er die Augen auf, packt meine Schultern und ändert unsere Position.

Ich lande mit dem Rücken auf dem Sofa und starre wieder in zwei braune Augen, die diesmal sehr wach wirken und tief blicken lassen.

»Ich habe in einem Club gearbeitet, mit Claire«, verrät er endlich. Der Schalk ist aus seiner Stimme verschwunden, die jetzt tief und etwas rau klingt. Sein Blick wird streng. »Ich habe getanzt. Und mich ausgezogen.«

Remo mustert mich so genau und eindringlich, als würde er Absolution von mir erwarten.

»Du warst ein Stripper …«, murmle ich perplex und sehe ihn den Kopf schütteln.

»Nein. Nicht so, wie du es dir vorstellst. Ich habe mich nicht anfassen oder mir Geld zustecken lassen. Warst du schon mal in einem Nachtclub, in dem Mädchen in Unterwäsche in Käfigen getanzt haben? So etwas in der Art …«

»Oh mein Gott, deshalb kannst du dich so scharf ausziehen!«, platzt es aus mir heraus. Meine Reaktion ist dämlich, weil ich beinahe grinsen und ihn bitten will, mal für mich zu tanzen, aber mir wird schnell genug bewusst, dass er ein minderjähriger Schuljunge war, der sich in einem Käfig hat anschmachten lassen, weil er Geld gebraucht hat.

»Sieh mich nicht schon wieder so an! Ich war kein Stricher! Das Tanzen hat mir Spaß gemacht und es gab gutes Geld dafür. Ich bin nicht stolz darauf, aber ich schäme mich auch nicht dafür. Erzähl es trotzdem niemandem … bitte. Für die meisten Menschen, die jetzt mit mir zu tun haben, wäre das ein Schock. Wenn die Eltern meiner Schüler davon erfahren, wollen sie mich bestimmt loswerden.«

Ich lege ihm eine Hand auf die Wange und versuche, ihn nicht mehr so zu mustern, als bräuchte er mein Mitleid als Seelenbalsam. Das tut er nicht. Er kommt damit klar, was er gemacht hat, und verurteilt sich nicht selbst dafür. Dass das irgendjemand anderes tut, lasse ich aber bestimmt nicht zu. Es gibt sicher ignorante Spinner, die ihm wegen seiner Vergangenheit unterstellen, er hätte einen schlechten Einfluss auf die

Kinder. Das könnte aber nicht weiter von der Wahrheit entfernt sein. Remo macht seinen Job fantastisch und die Schüler lieben ihn. Wahrscheinlich weil sie spüren, dass er Verständnis für sie aufbringt und sie vor den Fehlern bewahren will, die er selbst gemacht hat.

Ich hätte mich als Kind sehr wohl in seiner Nähe gefühlt. Das tue ich auch als Erwachsene.

»Ich behalte alles, was du mir heute erzählt hast, für mich«, verspreche ich, auch wenn es gar nicht notwendig ist, es laut zu sagen. Remo weiß, dass seine Vergangenheit bei mir sicher ist, sonst hätte er mir nicht davon erzählt. »Weiß Pascal eigentlich davon?«, will ich wissen und rutsche etwas zur Seite, weil der Wolf seinen Körper nach unten sinken lässt. Das Sofa ist zu klein für uns beide. Er liegt halb auf mir, aber die Schwere seines Körpers tut gut.

»Er weiß nur, dass ich kein gutes Verhältnis zu meiner Mutter habe – damit kann er sich identifizieren«, brummt Remo in mein Ohr. »Die Sache mit dem Auf-der-Straße-Wohnen und dem Tanzen habe ich für mich behalten. Er denkt, ich kenne Claire vom Kellnern. Und dass der Getto-Charme, den ich manchmal privat versprühe, von zu viel Hip-Hop- und Rap-Musik kommt. Erklär mal einem Franzosen, dessen Teenagerzeit sich um Flügel und klassische Konzerte gedreht hat und der die Jungs, die E-Gitarre gespielt haben, schon für soziale Rebellen gehalten hat, dass du dich mal zu Techno-Mucke in einem Käfig ausgezogen hast, weil du Geld gebraucht hast. Ich denke, sein System würde stecken bleiben und wir müssten ihn komplett neu starten.«

Ich schmunzle, weil ich weiß, was Remo meint. Pascal hatte es zwar auch nicht immer leicht, aber seine Probleme haben in einem ganz anderen Universum stattgefunden.

»Wie habt ihr euch eigentlich kennengelernt?«, frage ich mit müder Stimme und schlinge ein Bein um Remo, weil mir nach Knötchenbildung zumute ist.

»Erstes Semester. Ich kam in den Hörsaal, habe mich umgesehen und mich zielsicher neben den Typen gesetzt, der mich am blödesten angestarrt hat, weil auf meinem Pulli ›Fuck off‹ stand. Er hatte so einen gewaltigen Stock im Arsch, ich war mir sicher, er braucht mich.«

Die Geschichte ist süß. Und sie passt zu den beiden. Remo hat schon recht – Gegensätze ziehen sich an.

Er schließt die Augen und schiebt den Arm unter meinen Kopf.

Mir ist nie aufgefallen, wie dicht seine Wimpern sind. Wenn sich sein Gesicht entspannt, kauft ihm niemand die dreißig ab. Er sieht so jung aus, als hätten wir gerade eine Zeitreise gemacht und er würde wirklich wieder hier leben und noch kurz etwas schlafen, bevor er zur Arbeit muss.

Die Vorstellung ist irgendwie erdrückend. Er ist so müde, ich will nicht, dass er tanzen muss. Nie wieder.

»Mel?«, brummt er meinen Namen, ohne die Augen zu öffnen.

»Ja?«

»Hör auf, mich anzustarren, als würdest du mich retten wollen. Ich muss nicht gerettet werden. Das hab ich schon selbst gemacht. Vor Jahren …«

Ich drücke meine Wange an seinen Arm und schließe auch die Augen. »Ich weiß. Entschuldige ...«

AUF EIN NEUES

Remos Weckton ist so grenzenlos bescheuert, dass ich gleich ausraste. Zuerst dachte ich, ich könnte das Krähen ignorieren, aber es ist so unregelmäßig, dass es mich in den Wahnsinn treibt.

Ich bin noch müde und mein Kopf explodiert gleich, weil der Fusel von gestern ganze Arbeit geleistet hat. Sein Handy muss irgendwo auf der Küchenzeile liegen, aber ich habe keinen Bock, aufzustehen oder mich aus der Knötchenumarmung zu lösen.

Nach einem missglückten Versuch, Remo mit dem Fuß zu treten, weil eines meiner Beine zwischen seinen feststeckt und das andere unter ihm liegt, gebe ich ihm einen Klaps auf den Hintern.

»Schalt den Wecker aus!«

Der Wolf brummt nur, auch als ich ihm in den Hintern kneife.

Ich stöhne genervt gegen seinen Oberarm und öffne die Augen, weil ich mich wohl selbst um das Verstummen des penetranten Geräuschs kümmern muss.

Meine Netzhaut brennt, als hätte ich mir Wasabi unter die Augen gerieben. Ich glaube, meine Kontaktlinsen sind jetzt

Tattoos – die bekommt nur noch ein Laser von meinen Augäpfeln.

Den Oberkörper ein Stück anzuheben, gelingt mir trotz Wolf über, unter und neben mir. Meine geschundenen Augen zeigen mir etwas, das mich daran zweifeln lässt, ob ich schon wach bin.

Als ich realisiere, dass ich nicht im Halbschlaf halluziniere, zuckt mein ganzer Körper zusammen.

»Remo!!! Vogel!!«, brülle ich und versuche, den muskulösen Körper irgendwie von mir zu lösen.

»Vögeln? Okay. Fang schon mal an … ich steig dann ein«, brabbelt er vor sich hin.

»Wach auf!« Ich schüttle ihn so lange, bis er die Augen endlich aufschlägt. »Ich will nicht vögeln! Da ist ein Vogel!! In der Wohnung!«

Das Tierchen hüpft auf der Küchenzeile herum und neigt neugierig den Kopf. Ich mag Tiere, aber ein fünfzig Zentimeter großer Rabe macht mir in der winzigsten Wohnung der Welt irgendwie Angst.

Remo steigt aus dem Bett und macht dann langsame, aber große Schritte in Richtung Fenster. »Alles gut. Passiert schon mal. Ich habe das Fenster im Badezimmer aus Versehen offen gelassen«, gesteht er und öffnet das neben der Küchenzeile.

Der Rabe hat aber keine Lust, schon abzuhauen. Er krächzt vor sich hin und springt neben der Spüle herum.

»Schon verstanden. Du willst Wegzoll …«, spekuliert Remo und greift dann in den Schrank.

Er hält dem Tier vorsichtig ein Stück Zwieback hin.

Der Rabe greift so schnell zu, dass ich schon damit rechne, dass wir den Rest des Morgens in der Notaufnahme verbringen, weil Remos Fingerkuppe fehlt, aber der Vogel fliegt mit dem Stück Zwieback durch das Fenster und der Wolf schließt es, bevor er murrend im Badezimmer verschwindet.

Ich atme durch und lasse mich wieder auf die überraschend bequeme Matratze des Bettes fallen.

Wir sind auf dem Sofa eingeschlafen. Dass es zu eng für zwei war, haben wir herausgefunden, als Remo sich gedreht hat und uns dabei beide auf den Boden befördert hat.

Es folgte mitternächtliches Stöhnen – nicht das von der guten Sorte, sondern ein ›Dein Ellbogen drückt gegen meine Niere‹-Stöhnen.

Bevor wir in sein Bett gefallen sind, hat Remo mir noch einen seiner Pullover gegeben. Die Heizung fällt automatisch nach fünf Stunden aus und lässt sich erst wieder nach ein paar weiteren Stunden einschalten. Es ist ziemlich kalt hier drin geworden, das hat uns aber nicht gestört, weil wir wieder Knötchengekuschelt haben. Ganz ohne den heißen Wolf beginne ich aber zu frösteln.

Als Remo aus dem Bad kommt, ist ihm auch kalt. Er schüttelt sich durch und fängt an, die Gläser von gestern abzuspülen.

»Steh auf. Wir verschwinden hier und fahren los. Im nächsten Apartment ist es schicker und heißer – versprochen.«

Ich schmunzle über seine Ankündigung und hüpfe voller Vorfreude aus dem Bett. Normalerweise bringt mich so früh am Morgen nichts in so gute Stimmung, aber ich freue mich aufs

Skifahren. Und Pascal. Und Remos Cousin. Und den Whirlpool. Fühlt sich irgendwie so an, als hätte ich heute Geburtstag.

Während Remo abwäscht, mache ich das Bett und falte die Decke zusammen, mit der wir uns auf dem Sofa zugedeckt haben.

Mein Blick schweift beim Aufräumen noch mal ganz bewusst durch das Zimmer.

Dass Remo mich gestern so tief ins Vertrauen gezogen hat, fühlt sich auch heute noch besonders an. Ich sehe ihn mit ganz anderen Augen und doch ist er derselbe selbstbewusste, brummende Wolf, der er immer war.

Seit gestern weiß ich aber, warum er sich die manchmal hart anmutende Schale und den finsteren Blick zugelegt hat. Es steht ihm aber. Remo ohne diesen leicht herrischen Tonfall und das Knurren wäre nur halb so faszinierend.

Nachdem ich noch mal im Badezimmer war und mir durch das Fenster den Baum mit den Krähen angesehen habe, steht der Wolf schon in den Startlöchern.

»Hast du alles?«, fragt er, während er schon zwischen Tür und Angel wartet und ich den Blick noch mal wandern lasse.

Wahrscheinlich denkt er, ich suche etwas. Ich will mir diesen Ort aber nur einprägen, weil ich mich bestimmt noch oft an die Nacht hier zurückerinnern möchte. Mir ist bewusst, dass ich zum ersten und letzten Mal hier bin.

»Was? Willst du ein Foto von meiner Bruchbude machen?«

Ich begegne seinem genervten Blick mit einer Grimasse. Aber eigentlich: Ja. Ich würde die Erinnerung gern festhalten.

Als ich Remo in den Flur folge, lasse ich die aufkommende Wehmut ziehen. Unsere gemeinsame Zeit ist erst vorbei, wenn sie vorbei ist.

»Sag mal, kennst du eigentlich deine Nachbarn?«, will ich wissen, als wir an einer Tür vorbeilaufen, in deren Mitte mal etwas Scharfes gesteckt hat. Sieht aus, als wäre der Typ aus *The Shining* hier zum Kaffee vorbeigekommen.

»Die Gegend ist nicht so übel, wie sie aussieht«, entgegnet Remo streng, als würde ich hier nur mit Vorurteilen um mich werfen.

»Entschuldige. Da hat mal so was wie eine Axt in der Tür gesteckt«, verteidige ich meine Frage, ernte aber einen eisigen Blick.

»Das Haus ist einfach nicht mehr gut in Schuss. Der schlechte Ruf, den die Gegend hat, ist so gut wie unbegründet. Man muss keine Angst vor den Leuten hier haben, hier passiert so gut wie nie ...«

Ich bleibe mit Remo draußen vor der Eingangstür stehen und neige den Kopf.

»Hatte dein Auto nicht mal Reifen?«, stelle ich eine sehr offensichtliche Frage und muss den Mann, der gerade dabei war, mir einen ›Hier passieren nie Verbrechen‹-Vortrag zu halten, mit hochgezogener Braue mustern.

Remos Seufzen endet in einem Knurren. »Vergiss, was ich gerade gesagt habe! Hier fährt eindeutig zu wenig Polizei durch! Scheiße!«

Ich folge ihm zu seinem Auto und blinzle dann verständnislos die grauen Betonblöcke an, auf denen der Wagen steht.

Klar, ich kenne das aus Filmen, aber ich hatte keine Ahnung, dass das wirklich passieren kann.

»Wieso klauen die denn nur die Reifen? Wieso nicht gleich das ganze Auto?«, will ich irritiert wissen.

Remo funkelt. »Frag doch mal rum, warum der Wagen noch da steht und sie nur die Reifen wollten. Ich habe keine Ahnung!«

Uh, dünnes Eis. Ist aber auch irgendwie klar, schließlich wurde er ziemlich übel beklaut. Und wir können schon wieder nicht weiterfahren.

Langsam glaube ich, unser Ausflug steht unter einem schlechten Stern.

»Wen rufst du an?«, frage ich den missgelaunten Wolf, der sich sein Handy ans Ohr hält.

»Meinen Zahnarzt! Ich habe gerade Bock, mich über ein Bleaching zu informieren!«

Okay, die Frage hat eine sarkastische Antwort verdient.

Remo telefoniert mit der Polizei. Dann mit dem Abschleppdienst. Beide sind ziemlich schnell hier, aber das bringt natürlich weder die Reifen zurück noch uns zum Skifahren.

Als der Typ vom Abschleppdienst wissen will, ob er uns irgendwohin mitnehmen soll, verneint Remo.

Ich halte mich die ganze Zeit diskret im Hintergrund. Ich muss nur einmal einschreiten, um Remo daran zu hindern, seinen Charme zu unverblümt vor den Polizisten zu versprühen. Einer von ihnen fragt tatsächlich, wann Remo seine Reifen zum letzten Mal gesehen hat. Der Wolf entgegnet, dass er gestern noch mit ihnen essen war, sich ihre Wege aber an der

Haustür getrennt haben, weil sie keinen Bock hatten, noch mit raufzugehen. Bevor er den bissigen Sarkasmus zu weit treibt, erkläre ich dem irritierten Polizisten, dass wir gestern in etwa gegen zweiundzwanzig Uhr aus dem Auto ausgestiegen sind und die Reifen verabschiedet haben. Mal ehrlich, die Frage war wirklich bescheuert.

Als wir wieder allein am Bordstein stehen, lasse ich meinen Blick über all unser Zeug schweifen, das Remo aus dem Auto geholt hat. Ich vermute mal, dass er unseren Plan, doch noch irgendwie ins Skigebiet zu gelangen, noch nicht begraben hat. Ich auch nicht. Ich will da hin.

»Ich könnte meinen Vater anrufen und fragen, ob er uns fährt«, schlage ich vor. Der Vorschlag stößt aber auf wenig Begeisterung.

»Sicher! Ruf meinen Boss an und frag ihn, ob er mir eine Cola mitbringen kann, wenn er mich in den Urlaub fährt!«

Schon klar. Nicht Papa anrufen. Das wäre ihm unangenehm.

Remo zückt wieder sein Handy. Ich spare mir das Nachfragen, weil ich sonst wieder irgendetwas von seinem Zahnarzt höre. Ich lausche einfach.

»Meine Reifen wurden geklaut. Kannst du uns abholen?«, fällt er gleich mit der Tür ins Haus. »Hör auf, zu lachen! Die waren verdammt teuer!«

Er macht ziellos ein paar Schritte den Bordstein entlang.

»In meiner Wohnung ... Ja, ich weiß! ... Ja, ich weiß! ... Kannst du endlich mal aufhören, zu lachen?!«

Er beendet das Gespräch und kommt mit finstere Miene auf mich zu.

»Holt Pascal uns ab?«, will ich wissen, weil er das Telefonat beendet hat, bevor ich eine Antwort heraushören konnte.

»Nein. Das war nicht Pascal.«

Okay, das macht auch Sinn. Der lacht nicht so viel – außer, er sitzt noch immer betrunken im Whirlpool, aber er wird wohl kaum dauerblau sein.

»Pascal fährt morgen nach Frankreich weiter – ich wollte ihm nicht noch mehr Kilometer abverlangen. Mein Cousin holt uns ab.«

Juhu! Auf Wölfe ist Verlass!

Wir bekommen also doch noch unser Ski-Wochenende. Und ich kann Remos Cousin in Ruhe kennenlernen, bevor ich auf seine Freunde treffe. Hinter jedem Rückschlag steckt etwas Gutes.

Ich lehne mich gegen die Hausmauer, neben Remos Snowboard, und beginne schon mal, mich auf das Kennenlernen einzustellen.

»Wie alt ist dein Cousin eigentlich?«

Er lehnt sich neben mich und verschränkt die Arme vor der Brust. »Achtundzwanzig.«

»Was macht er?«

»Unterrichten.«

Oh. Auch ein Lehrer. Das liegt bei euch in der Familie, oder?

»Und wie heißt er?«

Remo schmunzelt. »Andrea. Aber ich denke, er will, dass du ihn Luca nennst.«

ZWEI WÖLFE

Ich sitze auf meinem Koffer und teile mir einen Döner mit Remo. Jeder beißt abwechselnd ab, aber er macht viel größere Bisse als ich, deshalb muss ich ihn anfunkeln.

»Wenn du noch mehr auf einmal in den Mund nimmst, erstickst du noch daran!«, maule ich vor mich hin.

»Ich hab Hunger!«, brabbelt er mit vollem Mund und will dann eine finstere Miene machen, die ihre einschüchternde Wirkung verfehlt, weil er aussieht wie ein angepisstes Backenhörnchen.

»Ich habe auch Hunger! Du hast gesagt, wir teilen, aber das ist wie teilen mit einem Hai!«

»Hier!«, brummt Remo und reicht mir den Rest rüber.

»Das ist nur mehr Brot! Du hast das ganze Fleisch gegessen! Danke!«

»Bitte!«

Der Grund für unseren Futterneid ist, dass keiner von uns gestern vor der Abfahrt zu Abend gegessen hat und es auch kein Frühstück gab. Zwei Döner wären natürlich sinnvoller gewesen, aber als Remo angeboten hat, welche im Laden um die Ecke zu holen, ist uns aufgefallen, dass wir zusammen nur acht Franken Bargeld dabeihaben. Kreditkarten, EC-Karten, all das ist in dieser Gegend anscheinend unbrauchbarer. Laut Remo hätten wir bessere Chancen gehabt, an Bargeld zu kommen, wenn wir den zehn Jahre alten Joint unter seiner Spüle verkauft hätten. Da wir aber weder das machen wollten, noch den Raben jagen, der sich sein letztes Stück Zwieback geschnappt hat, blieb uns nichts anderes übrig, als einen Döner zu teilen. Essen teilen ist eigentlich unser Ding, aber sonst haben wir auch größere Portionen.

Irgendwie hatte es trotzdem was, hier mit Remo am Bordstein Kleingeld zusammenzuwerfen. Es hat mir bewusst gemacht, dass er auch als mitteloser vor sich hin brummender Lebenskünstler dieselbe Faszination auf mich ausgestrahlt hätte. Und er hätte mich genauso genervt. Verfressenes Backenhörnchen …

Als ein dunkelgrauer Mercedes am Straßenrand hält, schaue ich Anweisungen suchend zu Remo. Vor einer halben Stunde habe ich schon mal den Fehler gemacht, fröhlich auf einen Wagen zuzulaufen, der hier gehalten hat. Das war aber nicht Remos Cousin, sondern ein alter Mann mit Gebiss, der die Scheibe hinuntergelassen und mir versichert hat, dass er sich schon seit zwanzig Jahren keine Nutten mehr holt und er keinen Bedarf an meinen Leistungen hat.

Ich bin zurück zu Remo geschlichen, der mich ungefähr zwanzig Minuten lang ausgelacht hat. Dann hat er mir knurrend verboten, hier jemals wieder einfach so auf ein Auto zuzulaufen. Sobald mich jemand für eine Prostituierte hält, kann er sich nie entscheiden, ob er das witzig finden oder sich Sorgen machen soll. War bei der Vincent-Sache dasselbe.

Mann, werde ich in den letzten Tagen oft für eine Nutte gehalten ...

Diesmal stößt der Wolf sich von der Wand ab und greift unsere Koffer. Entweder hat er einen richtig lukrativen Zuhälter für uns beide gefunden oder das da im Auto ist Luca. Eigentlich heißt er Andrea, aber das kommt Nicht-Italienern als Männername nicht ohne ein Grinsen über die Lippen. Remo hat mir verraten, dass er wohl nicht gern so genannt wird und dass sein Nachname DeLuca lautet, also: Luca.

Ich helfe dem Wolf, unser Zeug im Kofferraum zu verstauen, und schiele dabei schon mal neugierig ins Auto. Feststellungen: Unser Fahrer hat die Anlage ziemlich laut laufen. Er hört HIM. Und entweder hat er dunkelrote Haare oder er trägt eine Mütze. Als er sich in Richtung Kofferraum dreht, klärt sich die Sache: keine Mütze, dunkelrote Haare.

Ist dein Cousin ein Punk?

Remo steigt vorn ein, ich schwinge mich auf den Rücksitz. Kaum sitze ich im Auto, wird die Musik leiser gestellt.

»So. Jetzt erklärst du mir noch mal, wieso ich dich hier einsammeln muss«, tönt eine tiefe, selbstbewusste Stimme, deren Klangfarbe sehr einprägsam ist.

»Hab ich dir doch gesagt! Meine Reifen wurden geklaut!«, entgegnet Remo und schnallt sich brummend an.

Luca seufzt ausgiebig und neigt den Kopf zu seinem Cousin.

Sein Gesicht hat diese markanten Züge, die wohl in der Familie liegen. Anders als Remos, ist Lucas Hautton aber auffallend hell – die noble Blässe ist nicht gerade typisch für jemanden mit italienischen Genen, aber er kommt mir auch nicht wie jemand vor, der sich mit dem Wort ›typisch‹ beschreiben lässt. Die Haarfarbe ist ... gewagt? Steht ihm aber verdammt gut! Seine Haare sind etwas länger und setzen das markante Gesicht hervorragend in Szene.

Er mustert Remo mit schief gelegtem Kopf. Ein paar Haarsträhnen fallen ihm dabei ins Gesicht.

»Sag mir die Wahrheit ...«, beginnt Luca in sanftem Tonfall, auf seinen Cousin einzureden. »Wieso bist du wieder hier? Wurden deine Reifen gestohlen oder musstest du sie verkaufen? Hast du eine Lebenskrise? Bist du auf Kokain? Nasenspray? Smarties? Hast du mit Pringles angefangen und konntest nicht mehr aufhören? Die Dinger machen aber auch süchtig!«

Wow, da kommt aber jemand verdammt schnell von gespielt besorgt auf sarkastisch! Ich hätte ihm den eindringlichen Blick beinahe abgekauft.

Ich unterdrücke das Lachen, weil ich die Show, die sich gerade auf den vorderen Sitzen abspielt, nicht unterbrechen will.

Luca bewirft Remo mit einer Art von Humor, die ihm eigentlich sehr vertraut sein müsste. Er funkelt ihn trotzdem mit Todesblicken an. Luca stört sich aber kein bisschen daran. Er klopft Remo aufs Bein.

»Schon gut. Wir kaufen dir neue Reifen. Und David redet dir die Pringles-Sucht schon aus. Wenn du ihn einmal einen Drei-Stunden-Vortrag über Junkfood und Verdauung hast halten hören, willst du dich zwar erschießen, aber dabei verspürst du sicher nicht mehr das Bedürfnis, Chips zu essen.«

»Kannst du bitte einfach die Klappe halten und fahren?«

»Du hast mir auch gefehlt. Und du riechst nach Zwiebeln. Wirf einen Kaugummi ein oder steck den Kopf aus dem Fenster.«

Während Remo in Lucas Handschuhfach nach Kaugummis wühlt, wirft unser rothaariger Fahrer einen Blick in den Rückspiegel.

»Du bist das Mädchen, das Remo entführt hat, oder?«

Ich schmunzle und stelle dann fest, dass seine Augen ein wirklich schönes, außergewöhnlich sattes Grün haben.

»Ich bin Mel.«

»Gut, Mel. Zwinkere zweimal, wenn du gegen deinen Willen beim Reifenverkaufen dabei warst.«

Remo stöhnt genervt und so laut auf, dass er das ganze Auto beschallt.

Luca sieht mit hochgezogener Braue zu ihm rüber. »Du sollst Kaugummi kauen und dich nicht selbst befriedigen.«

»Fahr einfach, Luca.«

»Also wenn du so lieb fragst ...«

Er startet den Wagen tatsächlich und fährt los. Ich mache es mir auf dem Rücksitz bequem und erinnere mich an das, was mir Remo gestern erzählt hat. Ich kann mir gut vorstellen, dass die beiden erst mal aneinandergeraten sind. Sie sind sich auf den ersten Blick sehr ähnlich. Eine starke Persönlichkeit, eine Vorliebe für humorvolles Sticheln – da beißen die Wölfe bestimmt schon mal schneller, als sie warnend knurren können.

»Remo meinte, du wärst auch Lehrer. Was unterrichtest du?«, will ich wissen, weil ich ihn noch nicht wirklich einschätzen kann. Deutsch und Politik? Kunst und Mathe? Irgendetwas in dieser Richtung?

»Ich unterrichte Unternehmensrecht. Aber an der Uni«, verrät Luca und bringt mich zum Staunen.

»Du bist aber erst achtundzwanzig, oder?«

»Ja. Ich habe letztes Jahr promoviert.«

Oh. Ein Doktor. Und ein Jurist. Mit roten Haaren und einem Hang zum Sarkasmus. Wenn das mal nicht eine beeindruckende, spannende Mischung ist.

»Streber ...«, murmelt Remo gegen die Scheibe und wirft die Kaugummipackung zu mir nach hinten.

»Erfrischend, wenn ein Lehrer das als Schimpfwort verwendet«, entgegnet Luca.

Ich verstehe plötzlich, woher die Rivalität kommt, von der Remo mir gestern erzählt hat. Luca ist wohl ein Überflieger. Was Remo aus seinem Leben gemacht hat, ist aber mehr als beeindruckend. Luca hatte Unterstützung von seinen Eltern, Remo ist wie der Phönix aus der Asche aufgestiegen – er muss sich definitiv nicht vor den Leistungen seines Cousins verstecken.

»Mein Vater ist auch Jurist«, beginnt Luca, zu erklären. »Er hat mir bei meiner wissenschaftlichen Arbeit sehr geholfen. Außerdem hatte ich Zeit und Kapazität, mich ausschließlich auf die Uni zu konzentrieren. Meine Eltern sind für meine Wohnung und die Unkosten aufgekommen.«

Was er gerade macht, ist sehr nett. Er erzählt all das zwar mir, es soll aber wohl eher Remo bewusst machen, was ich mir auch gerade durch den Kopf habe gehen lassen. Luca erinnert ihn daran, dass er es leichter hatte.

Dem sturen Bock auf dem Beifahrersitz ist das natürlich zuwider. Der Wolf blickt aus dem Fenster und verzieht keine Miene.

»Studierst du oder arbeitest du?«, fragt Luca mich und wirft noch mal einen Blick in den Rückspiegel.

»Ich studiere. Archäologie.«

Er raunt. »Lara Croft.«

»Ja. Aber ohne die Waffen. Und das Klettern. Und die sexy Outfits. Und die bombastische Oberweite. Nimm einfach alles weg, was du scharf und spannend findest, und dann stell dir kleine Putzinstrumente und ein Labor vor.«

»Wow, du bist gut darin, Träume zu zerstören. Willst du nicht zur Juristerei wechseln? Ich suche gerade eine Studienassistentin.«

»Die Uni lässt dich eine Assistentin einstellen?«, fragt Remo ungläubig und grinst Luca schief an. »Bekommt das arme Mädchen einen Bonus, wenn sie dich länger als drei Tage aushält, ohne dir einen Kodex an den Kopf zu knallen?«

»Wieso? Ich bin doch ein durch und durch umgänglicher Mensch und bestimmt ein hervorragender Boss.«

Auch wenn ich bis jetzt nichts Gegenteiliges behaupten kann, klingt sein Selbstlob nach Selbstverarsche. Dass er sich überhaupt mit Sarkasmus übergießen kann, beweist aber schon mal, dass er eine gute Selbstreflektion hat. Solche Menschen sind eigentlich nie Arschlöcher – sie spielen nur manchmal bewusst eines.

»Außerdem muss es keine weibliche Studentin sein«, stellt Luca klar. »Ich stelle auch gern einen Assistenten ein. Hauptsache, ambitioniert und tough genug, um nicht gleich einzuknicken, sobald eine Diskussion aufkommt.«

Schon klar. Du magst Menschen, die dich fordern – dein Cousin auch.

»Woher kennt ihr euch eigentlich?«, will Luca wissen.

Ich hole schon Luft für meine Antwort, aber Remo ist schneller.

»Sie ist die Tochter des Direktors und wohnt vorübergehend im Internat, weil ihre Wohnung erst frei wird. Sag mal, über was redet Pascal eigentlich mit euch, wenn er so was auslässt?«

Das frage ich mich auch gerade.

Luca zuckt mit den Schultern. »Wenn Pascal auf David trifft, müssen sie erst mal über Flügel und klassische Musik sprechen. Und darüber, ob es neue Methoden gibt, die Leute in ihrer Umgebung zielsicherer mit kühler Distanziertheit zu überhäufen. Die werden dabei immer ganz aufgeregt und gucken sich dann gegenseitig vorwurfsvoll an, weil sie sich zu unangemessen überschwänglich gefreut haben.«

Remo lacht. Und ich stelle mich schon mal auf einen zweiten Franzosen ein. Damit komme ich klar.

»Außerdem hat Natascha gestern eine Flasche Chardonnay zu viel aufgemacht. Sie wird dann immer besonders hexenartig und das zu bändigen, hat uns auch vom Smalltalk abgelenkt.«

Das kann jetzt viel heißen. Entweder ist sie eine Zicke und sie mussten sie beruhigen oder Luca nennt sie ›Hexe‹ im Sinne von ›scharfe Hexe‹, mit der sie alle im Whirlpool gestöhnt haben.

Remo zufolge ist die Hexe aber in diesen David verknallt. Wie locker die beiden die Sache halten, weiß ich aber nicht. Luca wurde gestern zumindest von ihr gebissen.

»Seid ihr eigentlich zusammen?«, fragt der rothaarige Doktor und sieht kurz zu Remo.

»Nein«, entgegnet er.

Ich habe aber auch schon Luft geholt. »Ich verschwinde in ein paar Wochen wieder zurück nach Hause. Ich lebe und studiere in Wien.«

»Also wird das Ganze nur ein spaßiger Kurztrip?«, will Luca wissen und schmunzelt mich über den Rückspiegel an.

Ich nicke. »Ja, das wird es.«

DER SCHNEE, DAS BOARD UND DIE MÄNNER

»Mel?«

»Hmmmm?«

»Wach auf.«

»Mmmmm.«

»Wir sind da.«

Ich schrecke hoch, weil etwas meine Wange streift. »Ich wohne so weit weg!«, schallt es beinahe unverständlich schnell aus meinem Mund, bevor mein Kopf klar werden kann. Als er es Sekunden später tut, blinzle ich Remo irritiert an und werde dann rot.

Wieso sage ich das denn?! Mein Traum war so schräg ...

»Danke fürs impulsive Erinnern«, entgegnet der Wolf und zieht eine Braue hoch. »Aber vorerst kannst du dich entscheiden, ob du in Lucas Auto wohnen oder mit reinkommen willst.«

Wir haben gehalten. Remo hat sich durch die offene Tür über mich gebeugt und löst meinen Gurt.

»Sorry. Ich hab geträumt«, verteidige ich mein Gebrabbel und greife nach dem Snowboard, das er gerade ausladen möchte.

»War nicht zu überhören ...«

Er sagt das so verschwörerisch amüsiert wie damals, als er von dem bescheuerten Foto angefangen hat.

Ich rede manchmal im Schlaf. Er ist nicht der Erste, der mir das sagt.

Angeblich ist es aber ziemlich unverständlich, also gehe ich mal davon aus, dass er mich mit dem vorwurfsvollen Grinsen nur irritieren will.

Mein Traum war auch nicht sonderlich peinlich – nur schräg. Ich hatte drei Papageien, die mich ständig gefragt haben, ob ich mit Remo zusammen bin. Einer war rot, einer schwul und der dritte sah aus wie ich selbst. Nervende Viecher, mit denen man keine vernünftige Diskussion führen konnte.

Ich steige aus und strecke erst mal meinen müden Körper durch. Dass ich eingeschlafen bin, lag wohl an der kurzen Nacht, die Remo und ich hinter uns haben, und daran, dass mich die beiden Italiener mit ihren Gesprächen müde gemacht haben. Ich bin mir sicher, sie waren nicht langweilig, und ich wäre auch aus Neugier wach geblieben, wenn ich denn etwas verstanden hätte. Dem schnellen Italienisch zu folgen, war aber so gut wie unmöglich. Ich spreche zwar ein paar Brocken, aber ich konnte ihnen trotzdem nicht folgen. Die klanghaft temperamentvolle, melodische Sprache im Ohr zu haben, war trotzdem schön. Remos Stimme klingt beschwingt, aber irgendwie rauer, wenn er Italienisch spricht. Sehr sexy. Dann haben die Papageien gesprochen ...

Die kühle Luft, die mir beim tiefen Einatmen in die Nase steigt, ist so klar, dass ich mich sofort wieder fit und wach fühle. Ich mache ein paar Schritte und trete aus dem Carport, unter dem wir gehalten haben.

Der weiße Schnee glitzert in der Sonne und er liegt hier wirklich überall. Da führt nur ein schmaler Weg den Berg hinauf, der zu den großen, modernen Reihenhäusern führt, die sich auf der Anhöhe hintereinander reihen. Glasfronten, weitläufige Balkone – einfach der Hammer. Neben den Häusern führen Skispuren den Berg hinunter. Man kann hier wirklich quasi von der Haustür aus loslegen und die Lifte erreichen, die auf die höheren Berge führen. Ein Traum für jeden Wintersportfanatiker. Deshalb läuft der Wolf wohl auch so ungeduldig schnell, um unser Gepäck ins Haus zu tragen.

Weil Remo sprintet, folge ich Luca. Mir fällt erst auf, wie groß er ist, als ich ihn vor der Garderobe beim Ausziehen seiner Jacke mustere. Diese Familie mag ihre Probleme haben, aber die Gene, die für ihre Attraktivität verantwortlich sind, glänzen in Perfektion vor sich hin.

Ich mag Lucas Style. Er passt irgendwie zu meiner Einschätzung seines Charakters. Der dunkelgraue Marc-O'Polo-Pullover ist schick, aber auch eher konservativ. Untenrum bricht er mit dem Spießerlook. Ich weiß nicht, welche Designermarke Slim-Cut-Hosen in Knallfarben verkauft, aber sie stehen ihm verdammt gut. Das kräftige Türkis schmeichelt seiner exzentrischen Haarfarbe.

»Sieh dich um. Fühl dich wie zu Hause. Du kannst dir alles aus dem Kühlschrank nehmen, das du möchtest. Es sei denn, es sieht abartig gesund aus – dann Finger weg, das ist Davids für Menschen umfunktioniertes Hasenfutter.«

»Alles klar. Danke, dass ich mitkommen durfte. Es ist wirklich unheimlich schön hier.«

Das Haus ist schon vom Flur aus der Wahnsinn. Ich trete in einen riesigen Wohn-Ess-Bereich, der in sehr hellen Farben und Naturtönen gehalten ist. Hinter der Glasfront erstreckt sich eine Terrasse.

Remo kommt aus einem der Zimmer gelaufen und hat unsere Koffer scheinbar schon verstaut. »Hat deine Mutter eigentlich noch eine Skiausrüstung hier?«, fragt er Luca, der gerade den Kühlschrank öffnet und sich eines der bestimmt zwanzig Red Bull greift, die das ganze unterste Fach füllen.

»Ja. In der Garage. Aber ich denke kaum, dass dir die weißen Schuhe mit den Schmetterlingen passen werden«, entgegnet Luca und mustert Remo grinsend.

Er fragt natürlich nicht für sich, sondern für mich.

»Mel braucht Skier. Deine Mutter ist ungefähr gleich groß«, meint der Wolf und erntet plötzlich finstere Blicke.

Ich bin kurz irritiert, weil Luca so misslaunig reagiert, aber er funkelt die Red-Bull-Dose an, die Remo sich gerade geschnappt hat.

»Ich liebe dich wie einen Bruder, aber wenn du schon wieder mein Red Bull wegsäufst, lasse ich das, was Kain mit Abel gemacht hat, wie einen liebevollen Streich aussehen!«

»Da sind noch mindestens dreißig Dosen im Kühlschrank!«, rechtfertigt sich Remo und öffnet provozierend langsam die Dose.

Luca zuckt mit den Schultern. »Ich verstehe nicht, was das für ein Argument sein soll, aber wenn ich irgendwann den Kühlschrank aufmache und kein Red Bull mehr da ist, haben wir Krieg!«

Remo überdreht die Augen und lässt sich den Energydrink trotzdem schmecken. Als Luca sich mir zuwendet, verliert seine Miene die Strenge.

»Du kannst die Ausrüstung gern benutzen«, bietet er an.

»Danke.«

Merke: Luca ist großzügig – außer man trinkt sein Red Bull, dann droht er einen biblischen Krieg an.

Ich muss in mich hineinschmunzeln, weil sich die beiden Wölfe noch mal drohend anfunkeln und dann doch die Mundwinkel nach oben ziehen.

Sich die Morelli-DeLuca-Show anzuhören, hat großen Unterhaltungswert. Sehen macht aber definitiv auch Laune. Wer hätte gedacht, dass Red Bull so gut zu Mozzarella passt?

Die Pisten sind klasse. Weitläufig, hervorragend präpariert und mit den unterschiedlichsten Schwierigkeitsgraden. Es macht eigentlich richtig Laune, über die Hänge zu gleiten, aber mir rutscht gerade das Herz in die Hose.

Ich kann skifahren. Und ich komme auch die schwarzen Pisten hinunter, die Remo die erste Zeit wie ein fröhlicher Geisteskranker hinunterjagen wollte. Aber das hier wird mir gleich zu viel.

»Komm, Mel! Etwas in die Knie gehen und den Schwerpunkt nach hinten verlagern!«, ruft der Wolf, der mit dem Snowboard an den Füßen im Schnee sitzt und auf mich wartet.

»Ich kann nicht! Ich falle!«

»Na und?! Dein Arsch ist nicht mal einen Meter über dem Boden!«

Da hat er recht, aber ich habe weniger Angst, auf meinem Hintern zu landen, als auf meinem Gesicht. Das mit dem Gleichgewicht ist so eine Sache, auf nur einem Brett ...

Remo hat mir das Snowboarden wirklich schmackhaft gemacht. Bei ihm hat das so einfach und cool ausgesehen, dass ich sein Angebot, es mir beizubringen, angenommen habe. Wir haben mir ein Board ausgeliehen und Snowboardstiefel, die ich in den Himmel gelobt habe, weil sie so bequem sind. Jetzt schlottern mir darin die Füße. Vorhin auf der Ebene war ich noch annähernd sicher, dass ich die Bewegungen, die er mir gezeigt hat, raushabe. Aber hier auf dem Hang ...

»Das sieht so steil aus!«, rufe ich Remo zu und zögere das Losfahren noch immer hinaus.

»Das ist nicht mal eine richtige Piste! Hier üben Kinder! Jetzt fahr!«

»Stoppst du mich ab, wenn ich nicht bremsen kann?«

»Hab ich doch gesagt! Fahr!«

»Steh erst mal auf!«, verlange ich, weil er noch immer sitzt und an seiner Sonnenbrille herumspielt. Man könnte gerade ein verdammt cooles, sexy Instagram-Foto von Remo schießen, aber mir wäre lieber, er würde den beschützenden Sportlehrer mimen und nicht das Model.

»Fahr erst mal los! Du rutschst doch so langsam, dass ich in der Zwischenzeit meine Biografie schreiben könnte!«

Dass uns die Leute, die vorbeifahren, anstarren, weil wir uns schon die längste Zeit über die Distanz hinweg anschreien, ist mir ziemlich egal. Noch nie zwei Menschen gesehen, für die passiv-aggressives Anschreien und Verarschen ein Zuneigungsbeweis ist?!

»Ich fahre jetzt!«, kündige ich mit unsicherer Stimme an und sehe Remo den Daumen in die Luft strecken.

»Gor for it, Baby!«, ruft er, stützt sich dann aber wieder mit den Ellbogen hinter seinem Rücken ab.

Ich will ihn eigentlich anschreien, weil er sich hier sonnt, während ich ungebremst in mein Unglück rase, aber das Brett zeigt sich wirklich ziemlich unbeeindruckt von dem lachhaften Gefälle. Ich rutsche mit gefühlt einem Stundenkilometer vor mich hin. Schon peinlich. Die zehnminütige Szene, in der ich darüber fantasiert habe, dass ich hier gleich die Kontrolle verliere und gegen die Bäume in einem Kilometer Entfernung donnere, war im Nachhinein betrachtet vielleicht etwas zu dramatisch gestaltet.

»Teach me Live«, ruft Remo mir zu.

»Was?!«

»Na ja, das wird der Titel meiner Biografie!«

Okay. Vielleicht sollte ich wirklich einen Zahn zulegen, sonst schreibt er noch das erste Kapitel, bevor ich bei ihm ankomme.

Ich drehe den Körper etwas, so wie mein Sportlehrer es mir vorhin gezeigt hat, und verlagere das Gewicht. Dass es plötzlich wirklich bedeutend schneller nach unten geht, macht mich nervös. Ich bin mir nicht sicher, ob ich bremsen kann.

»Remo! Remo! Remo!«

»Ja! Ich bin ja da!«, versichert er amüsiert, schwingt sich auf die Beine und fährt auf mich zu. »Druck auf den linken Oberschenkel!«, weist er an.

Das Board stellt sich gerader und ich werde wieder langsamer.

»Läuft doch! Wenn du das Losfahren beim nächsten Mal auf unter zehn Minuten panisches Zögern beschränken könntest, wäre das aber hilfreich.«

Ich gerate etwas ins Wanken. Remo drückt meinen Oberkörper in die richtige Position.

»Gewicht etwas weiter nach hinten verlagern. Das machst du gut.«

Manchmal vergesse ich, dass er nicht nur der brummende Mann ist, der mich zum Lachen und Fauchen anspornt, sondern auch ein hervorragender Lehrer, der dir das Gefühl gibt, dass du über dich hinauswachsen kannst, wenn er dich an der Hand hält.

»Da vorn fängt die richtige Piste an. Sie ist nicht steil und ich fahre vor dir her. Einfach konzentriert bleiben und weitermachen wie bisher – du hast Talent dazu.«

Mein Selbstbewusstsein glänzt gerade. Ein Kompliment von Remo zu erhaschen, beschert mir einen Endorphinrausch. Das Brett unter meinen Füßen fühlt sich gut und kontrollierbar an.

Ich sehe vermutlich nicht mal halb so cool dabei aus, wie ich mich fühle, aber das Fahren macht Spaß.

Die Piste ist als einfach gekennzeichnet, aber doch deutlich steiler als unser Übungsabschnitt.

Remos Anweisungen sind hilfreich. Er strahlt so viel Ruhe, aber auch Spaß am Sport aus, dass ich selbst dann noch motiviert bin, als ich auf den Hintern knalle, weil ich das Gleichgewicht verliere.

Der Wolf reicht mir seine Hand und spornt mich an, weiterzumachen. Er fährt die meiste Zeit vor mir her, lässt sich mit dem Rücken zum Hang nach unten gleiten, als wäre es die einfachste Übung der Welt.

Das schwarze Winteroutfit steht ihm wirklich gut. Remo wäre cooler als die Temperatur des Schnees, würde er nicht anfangen, *Lord of the Boards* für mich zu singen. Er trifft mit der tiefen, brummigen Stimme keinen Ton, aber das ist ihm total egal. Mir auch, denn er bringt mich zum Lachen.

Ein wolkenlos blauer Himmel über mir, glitzernder Schnee unter mir und ein schief singender, Eis-cooler Wolf vor mir – ich weiß nicht, ob ich schon jemals so bewusst glücklich war wie gerade.

Remo beginnt, neben mir her zu fahren, weil ich etwas mutiger mit meiner Geschwindigkeit werde. Das muss daran liegen, dass ich mich gerade so gut und weitgehend unsterblich fühle.

»Ich habe schon vielen Leuten Snowboarden beigebracht, aber du beeindruckst mich wirklich, Mel.«

»Du bist aber auch ein guter Lehrer!«, rufe ich ihm zu und hadere mal wieder mit der bescheuerten Linkskurve.

»Nicht zu schnell wenden, mach größere Kurven, dann ist es einfacher.«

Remo macht es betont langsam vor und ich fahre ihm hinterher. Seine Anweisungen sind so verständlich und seine Demonstrationen so gut nachzuahmen, dass er wahrscheinlich selbst einer dreibeinigen Kuh Snowboarden beibringen könnte. Das spricht jetzt nicht unbedingt für mich, aber für seine Lehrerqualitäten.

Ich bin mir sicher, er kann aus mir wirklich eine tolle Snowboarderin machen. Wenn wir genug Zeit hätten.

»Da sind die anderen!«, ruft Remo plötzlich und zeigt ans Ende der Piste.

Er steht zwar noch ziemlich weit weg, aber Lucas dunkelrote Haare stechen auch auf große Entfernung heraus. Er wollte Pascal und seine Freunde zum Mittagessen in einer Hütte treffen. Da Remo und ich noch annähernd gesättigt von dem Döner waren, um den wir uns gezankt haben, und er unbedingt sofort auf die Piste wollte, haben sich unsere Wege getrennt.

»Ich fahr mal voraus. Wir sehen uns unten«, kündigt der Wolf an.

»Warte! Du kannst mich doch nicht allein lassen!«

»Du machst das auch ohne mich großartig!«, höre ich ihn noch rufen, dann jagt er so schnell die Piste hinunter, wie es die Steigung zulässt.

»Remo!«

Hatte ich ihm vorhin erstklassige Lehrerqualitäten zugeschrieben?! Da hatte ich vergessen, dass er manchmal die Aufmerksamkeitsspanne eines aufgeregten Kindes an den Tag legt!

Uhhh, da sind meine Freunde! Lass mal schnell da runterfahren und dabei cool aussehen! Die dreibeinige Kuh auf dem Brett kommt schon allein klar!

Ich weiß nicht, woran es liegt. Remo hat nicht mein Händchen gehalten oder irgendetwas zu meinen Fähigkeiten beigetragen, außer Anweisungen, die mir auch jetzt noch im Kopf herumschwirren, aber kaum wird der Abstand zu ihm größer, verlässt mich mein Selbstbewusstsein.

Ich versuche, mich auf die Bewegungen zu konzentrieren, bekomme aber Angst, dass ich etwas falsch mache, und setze mich vor lauter Unsicherheit auf den Hintern.

Remo ist schon unten angekommen und sieht zu mir hoch. Er macht eine anspornende Geste mit der Hand. Eigentlich hat er mir alles gezeigt, was ich wissen muss. Er soll nicht denken, dass ich ohne ihn die Nerven wegschmeiße. Stimmt in diesem Fall zwar, aber zeigen muss ich es trotzdem nicht.

Ich raffe mich wieder auf und versuche, zu ignorieren, dass drei hübsche Männer zu mir hochstarren. Neben Luca steht jemand, vor dem ich mich eigentlich nicht blamieren möchte: ein blonder, großer, breitschultriger französischer Ski-Gott mit Sonnenbrille. Dass Pascal sich meine Snowboarding-Versuche auch ansieht, macht mich nur noch nervöser. Nervosität ist aber kein Grund, zu kneifen.

Ich komme da runter! Und ich werde Spaß dabei haben! Und ich werde gut aussehen! Die Motivation küsst mich gerade.

Ich raffe mich hoch und fahre los. Neben mir rauscht ein Kind auf Skiern vorbei, dem ich ausweichen muss und dabei fast einen Herzinfarkt bekomme.

Diese kleinen Pistenraudis machen mich wahnsinnig. Aber das Ausweichen lief überraschend gut. Ich gerate nicht ins Wanken und bekomme sogar die Linkskurve gut hin.

Zwei, drei Schwünge mehr und mein Selbstbewusstsein kehrt zurück. In meinen Ohren klingt die Erinnerung an einen schräg singenden Wolf, die den Übermut in mir wachsen lässt. Remos Selbstbewusstsein ist ansteckend. Ich will etwas mehr Schwung in meine Bewegungen bringen, bin mir aber sicher, dass ich sie kontrollieren kann.

Fehleinschätzung des Tages! Der Woche! Des Jahrzehnts!

Das Board stellt sich viel zu steil in Richtung Hang und mir fehlt plötzlich die Kraft in den Beinen, um es zu verlangsamen.

»Das ist zu schnell! Bremsen, Mel!«, brüllt Remo mir zu.

Ach?! Echt?! Zu schnell?! Ich wollte das aber genau so!! Ich sterbe!!

»Lass dich fallen!«

Ich weiß nicht, wer von den dreien das ruft, aber der Vorschlag wird nicht angenommen! Ich will nicht fallen! Ich bin viel zu schnell.

Ich versuche, irgendwie das Gleichgewicht zu halten, und hoffe, dass die Piste gleich flach genug wird, um mich automatisch zu verlangsamen. Wird sie auch, aber ich habe zu viel Schwung.

Mein Blick schweift panisch über die drei Männer, auf die ich zuhalte und von denen zwangsläufig einer gleich zum Opfer eines Anschlags meines beschleunigten Körpers wird.

Ich sehe, dass Remo hektisch aus seiner Bindung steigt und mich abfangen will. Ich würde auch wirklich gern auf den Wolf zuhalten, aber diese Entscheidung treffe nicht ich, sondern das Board. Und das Board hat eine Schwäche für geschockte Franzosen, die sogar etwas zur Seite gerückt sind, weil sie Angst haben, dass ich ihnen gleich alle begnadeten Klavierspielerfinger breche.

Sorry, Pascal! Du, ich und dieser Schneehügel hinter dir! Jetzt!

Ich pralle nicht gegen ihn, sondern falle mit den Armen voraus in ihn hinein, weil mein Board sich in seinen Skiern verkeilt.

Wir stöhnen beide stumpf auf, als wir im Schnee aufschlagen. Ich lande auf Pascal, mein Gesicht drückt sich gegen seine Jacke.

Das schmerzt zum Glück nicht annähernd so sehr, wie ich erwartet hatte.

Ich hoffe, er hat sich auch nicht verletzt! Der Schnee ist aber ziemlich pulvrig und weich.

»Alles in Ordnung?!«, höre ich Luca hinter uns rufen.

Ich hebe stöhnend den Kopf, weil mir doch etwas schwindelig ist. Irgendein Arschloch bremst so dicht und abrupt vor unserem Hügel ab, dass mir Schnee ins Gesicht spritzt.

»Melanie! Habt ihr euch verletzt?«, fragt der Skifahrer, der gerade neben uns gehalten hat und meinen Sturz anscheinend auch beobachtet hat.

Jetzt bin ich verwirrt. Pascal steht neben mir. Aber wenn der Franzose neben mir steht, auf wem liege ich dann?

Ich hebe den Körper ein wenig an und gucke meinem Opfer ins Gesicht. Seine Sonnenbrille ist verrutscht. Mich funkeln zwei hellgrüne Iriden an.

»Du bist nicht Pascal ...«, murmle ich überrascht und spüre, wie er den Griff um mich löst, den er automatisch angespannt hat, als wir gefallen sind.

»Nein! Aber du bist aufdringlich!«, entgegnet eine strenge fremde Stimme.

Ich will irritiert und etwas peinlich berührt vor mich hin murmeln, werde aber am Kragen meiner Jacke auf die Beine gezogen.

»Alles in Ordnung?«, fragt Remo, der mich hochgezogen hat und mich akribisch mustert.

»Ja! Ich war nur ... zu schnell.«

»David? Lebst du noch? Wenn ja, mach mal einen Schneeeengel!«, scherzt Luca und will dem blonden Mann, den ich verwechselt und umgefahren habe, die Hand reichen. Er lehnt die Hilfe ab und rafft sich selbst hoch.

David sieht Pascal aber auch verdammt ähnlich! Zumindest auf den ersten Blick. Beide groß, blond und ... schön. Auf die Distanz und mit Panik in den Augen kann man nicht erkennen, dass ihre Gesichter andere Züge haben.

»Entschuldige! Ich konnte nicht bremsen. Hast du dir wehgetan?«, will ich von meinem unfreiwilligen Bremsbock wissen.

»Dummes Ding! Du kannst dir alle Knochen brechen, wenn du nicht vorsichtig bist und dich selbst überschätzt!«, lautet seine Antwort.

Und ich dachte, Pascal wäre streng – ice, ice, Baby.

»Sie fährt erst seit ein paar Stunden! Das hatte nichts mit Selbstüberschätzung zu tun!«, knurrt Remo gegen die strenge

Stimme an. Er muss mich aber nicht verteidigen, das kann ich selbst.

»Ich wollte nicht in dich reinfahren. Und ich wollte auch nicht so schnell werden. Habe ich dir wehgetan? Ich meine, körperlich. Für deine schlechte Laune kann wohl niemand etwas – außer du selbst.«

Ich bin normalerweise nicht so kampflustig, aber das ›dumme Ding‹ lasse ich nicht auf mir sitzen.

Wer du auch bist, du schlecht gelaunter schöner Mann, ich bin nicht dein Hund, den du nennen kannst, wie es dir passt.

Er neigt hoheitsvoll den Kopf, sein strenger Blick verliert aber die durchdringende Härte. »Mir geht es gut«, versichert er und kommt auf mich zu. Seine Bindung ist aufgegangen, seine Skier liegen noch im Schnee.

Ich will kurz dem Impuls nachgeben, unsicher zu Remo zu blicken, aber ich behalte den Blick auf den grünen Augen, weil ich dieses Starrduell sicher nicht verliere!

Komm nur her, ich habe Erfahrungen mit Raubtieren!

Als er plötzlich vor mir stehen bleibt und seine Hand unter mein Kinn legen will, schubse ich sie weg.

»Was wird das denn jetzt?«, fauche ich unsicher und sehe doch zu den anderen, die die plötzliche Berührung aber anscheinend nicht seltsam finden.

Ihr würdet doch etwas tun, wenn er mich gleich erwürgen will, oder? Remo!?

»Sieh mal her«, verlangt David und hebt plötzlich den Zeigefinger.

Ich funkle dem Finger irritiert nach.

»Ist dir schwindelig? Schlecht? Siehst du klar?«

»Ja!«

»Gut. Wenn sich das noch ändert, sag mir Bescheid.«

Nein! Ihm verrate ich sicher nichts! Wieso auch?!

»David ist Arzt«, erklärt Luca endlich das schräge Verhalten, das plötzlich gar nicht mehr so schräg wirkt.

Ach so ... ja, dann sage ich ihm wohl doch Bescheid, wenn ich eine Gehirnerschütterung habe.

Herr Doktor Eis macht wieder kehrt und bückt sich nach seinen Skiern.

Ich spüre eine Hand auf meinen Schultern und sehe zu Remo auf.

»Willst du noch fahren? Oder gehen wir etwas essen?«

»Nein. Wir können gern noch fahren. Aber ich steige wohl erst mal wieder auf meine Skier um.«

Er nickt. Luca hilft, Davids Stöcke einzusammeln, und stapft dann auf uns zu. Er beugt sich zu mir runter.

»Gut gemacht«, flüstert er und grinst. »Bloß keine Angst vor dem Löwen zeigen. Er respektiert dich aber, wenn du zurückbeißt. Einstecken kann er überraschend gut. Man gewöhnt sich an seinen Charme.«

Ich nicke und speichere die Info ab. Nicht nachgeben, wenn Doktor Eis funkelt – hatte ich aber auch nicht vor.

Mit schwierigen Charakteren komme ich eigentlich gut klar. Sascha war auch ein dominanter Klugscheißer. Dahinter steckt meistens mehr. Entweder ein Arschloch oder ein spannender, extrovertierter Mensch – wir werden sehen.

DAS GEHEIME REZEPT

Den Nachmittag verbringen wir alle zusammen auf der Piste und ich finde heraus, dass Remo und Luca gern Rennen gegeneinander fahren. Nicht die harmlose, amüsante Sorte – die geisteskranke.

Ihr halsbrecherisches Tempo hat nicht nur mir Sorgen bereitet, auch Pascal und David hatten Einwände. Mein ›Fahrt bitte langsamer‹ war nicht halb so effektiv wie die verurteilenden, bitterbösen Blicke, die die beiden Wölfe von ihren blonden Gewissens-Engeln geerntet haben.

Die Dynamik der vier ist interessant. Luca und David sind schon seit dem Kindergarten befreundet und wissen, was der andere sagen will, bevor er es ausspricht. Mit Remo und Pascal haben sie gemein, dass sie eigentlich gar nicht zusammenpassen dürften. Ein Löwe und ein Wolf müssten sich gegenseitig auffressen – tun sie aber nicht. Luca ist der extrovertiert amüsante, dominante Part. Und David ist der extrovertiert verurteilende, dominante Part. Klingt merkwürdig, ist aber so.

Dass ich Pascal vorhin mit David verwechselt habe, passiert mir übrigens nie wieder. Die beiden sind sich überhaupt nicht ähnlich, auch wenn Remo und Luca gern ihre Witze darüber machen, dass die Blondinen denselben funkelnden Blick an den Tag legen können.

Das Einhorn funkelt aber ganz anders als der Löwe. Bei Pascal ist der Blick Verständnislosigkeit über für ihn unzumutbares Verhalten geschuldet, weil er sich selbst auch dieses hohe Maß an Etikette abverlangt. David mag einfach keine Menschen. Die meisten zumindest.

Luca darf aber dumme Sprüche reißen und ihn darauf hinweisen, dass er ein sozialer Eisklotz ist. Anscheinend gibt es ein paar privilegierte Wesen, die der junge Doktor für würdig hält, ihm nahezukommen.

Mit Pascal versteht er sich – aber hauptsächlich deshalb, weil sie die Liebe zur klassischen Musik teilen. Davids Vater ist Pianist und wenn ich die Gespräche richtig interpretiere, kommt er aus einer so wohlhabenden Familie, dass selbst Luca mit den Luxusapartment-Eltern ihn reich nennt.

Die Konstellation Remo/David funktioniert übrigens überhaupt nicht. Gegensätze ziehen sich zwar an, aber es gibt Kluften, die so weit auseinanderklaffen, dass man sie selbst mit Anlauf nicht überspringen kann.

Die beiden denken viel zu unterschiedlich, sind aber genauso stoisch in ihrer Gewissheit, alles richtig zu machen.

Remo ist jemand, der dir die Hand reicht, wenn du ins Wanken gerätst – David schubst dich um und versichert dir, dass es besser für dich ist, wenn du lernst, allein aufzustehen. Es mag Menschen geben, denen das guttut, aber es ist schon vernünftig, dass Remo mit Teenagern arbeitet und David Krankheiten in den Arsch tritt – jeder macht das, was er kann.

Wir bleiben auf den Pisten, bis es dämmrig wird. Der Kaffee zwischendurch und die Portion Pommes, die ich mir aus Gewohnheit mit dem Wolf geteilt habe, haben mich auf den Beinen gehalten. Als wir ins Apartment zurückkommen, ist der Hunger trotzdem so groß, dass ich Luca in der Küche hinterher schwänzle, in der Hoffnung, dass er dann schneller kocht.

»Kann es sein, dass du Hunger hast, oder findest du meine Hände so sexy, dass sie deine Augen zum Glänzen bringen?«

Ja, ich starre seine Hände wohl wirklich etwas zu verliebt an, aber größtenteils deshalb, weil er gerade Hackfleisch brät. Da er es aber anspricht: Lucas Hände sind wirklich sexy. Ich mag die Lederbände an seinem Handgelenk. Der Style bricht mal wieder mit dem intellektuellen Überflieger-Image, das ihn nicht minder begehrenswert macht.

»Du hast wirklich schöne Hände, aber das Fleisch reizt mich mehr.«

Okay, das klang nach Kannibalismus.

Luca lacht. »Remo! Dein Kätzchen hat Hunger! Du hast sie über den Tag hinweg eindeutig zu wenig gefüttert. Wenn du das machst, gehen sie jagen. Tadel sie bloß nicht, wenn morgen einer meiner Finger vor deinem Bett liegt, das Beutebringen ist nämlich ein Liebesbeweis.«

Ich schmunzle über den Katzenvergleich.

Remo kommt aus einem der Zimmer auf uns zu. »Was redest du da von abgetrennten Fingern?«, fragt er mit hochgezogenen Brauen.

Luca zuckt mit den Schultern. »Dein Kätzchen will mich«, fasst er ziemlich lose und aus dem Kontext gerissen zusammen.

Remo mustert mich so nichtssagend und doch funkelnd, dass ich mich an unser erstes Treffen erinnert fühle. Statt an Matten, lehnt er sich aber gegen den Küchentresen.

»Hast du eine Katze?«, frage ich Luca und übergehe seinen Scherz genauso wie Remo.

»Katze, Furie, Dämon – ich weiß nicht, was es ist, aber es lebt in meiner Wohnung und akzeptiert meistens, dass ich auch da bin.«

»Ich mag Hunde«, tönt mein Wolf mechanisch klingend. Er blickt skeptisch, aber neugierig in die Pfanne, zumindest so lange, bis Luca sich vor ihm aufbaut.

»Verschwinde.« Der große rothaarige Mann macht scheuchende Gesten mit den Händen. »Mein Rezept geht dich gar nichts an. Du willst nur spionieren.«

»Ich kenne euer Lasagne-Rezept«, entgegnet Remo trotzig. »Dein Vater spricht ständig mit mir darüber!«

»Schön. Dann kennst du sein Rezept, aber nicht meines. Das kennen nur ich und der Dämon, der bei mir lebt, und das soll auch so bleiben. Vattene! Pronto!«

»Mel steht auch hier rum!«, sagt Remo und zeigt mit dem Finger auf mich.

Luca schmunzelt. »Ja, aber sie sieht nicht so aus, als ob sie kochen könnte. Als ich vorhin den Pfefferstreuer gedreht habe, hat sie anerkennend genickt.«

Ich könnte mich jetzt angegriffen fühlen, aber er trifft mit seiner Vermutung vollkommen ins Schwarze. Den Pfefferstreuer habe ich übrigens zuerst für einen Bluetooth-Lautsprecher gehalten.

»Mach nicht so einen Wind um dein Rezept«, schallt es vom Sofa. David dreht sich zu uns um. »Seine geheime Zutat ist Sahne in der Béchamelsoße, weil er die Existenz von Cholesterin für ein Märchen hält.«

Dass Doktor Ice das Geheimnis ausplaudert, führt zu missgelauntem Knurren. Einmal aus dem Mund unseres Kochs und einmal aus den roten Lippen des Mädchens auf dem Sofa.

»Du packst da auch noch Sahne rein?!«, ruft sie Luca schockiert zu. »Willst du mich umbringen?!«

»Bist du laktoseintolerant?«, frage ich Natascha, weil es bei der Reaktion naheliegt, dass sie irgendeine Form von Lebensmittelunverträglichkeit hat.

Sie funkelt mich an, als wäre die Frage abwegig. »Nein. Aber es gibt auch Leute, denen es nicht egal ist, wie viele Kalorien sie in sich reinschaufeln.«

Okay, sie hat keine Allergie, nur einen Knall. Als ich zu Remo schaue, fuchtelt er mit der Hand vor seiner Stirn herum. Luca grinst mich auch wissend an.

Ich habe sie erst kennengelernt, als wir ins Apartment zurückgekommen sind, weil sie den Tag mit einem Freund beim Eislaufen verbracht hat, aber manchmal trifft man auf Menschen, bei denen man nach einer Minute Unterhaltung merkt, dass die Chemie einfach nicht stimmt. Bei Natascha und mir ist das so. Wobei ich denke, dass sie Frauen allgemein nicht leiden kann. Vor allem nicht, wenn sie essen.

Von Remo weiß ich, dass sie Model ist. Und so zickig sie auch daherkommt, man muss ihr lassen, dass sie ein wirklich hübsches Gesicht und einen guten Körperbau hat. Ein paar Kalorien mehr könnten ihr auf Dauer sicher nicht schaden – sie ist wirklich sehr, sehr dünn.

Dass sie auf den Mann steht, der gerade einen Vortrag über Cholesterin gehalten hat, hilft ihr aber wahrscheinlich auch nicht unbedingt bei ihrer Aversion gegen das Essen. Luca hat mir geflüstert, dass die beiden zwar kein Paar sind, aber Natascha schon auf David steht, seit sie fünfzehn war. Sie waren alle drei an derselben Schule – ironischerweise ein Internat – und sind oft zusammen unterwegs. Das ›zusammen unterwegs‹ kam sehr zweideutig daher, also denke ich, dass Luca, David und Natascha ein sehr lockeres frivoles Abkommen miteinander haben. Aber ich bin der letzte Mensch auf der Welt, der das verurteilt.

Mit Remo, Pascal und mir ist es nicht anders. Oder vielleicht doch, weil unser Abkommen zeitlich begrenzt ist und wir uns danach nicht wiedersehen werden. Das ist einfacher. Mit Sicherheit. Geht auch nicht anders.

Ich stutze, als sich plötzlich ein Körper hinter meinen drückt und sich eine Hand um meine Taille legt.

»Ignorier die dürre Hexe – mache ich auch«, flüstert Remo mir ins Ohr. Ich spüre, dass er grinst.

Meine Mundwinkel gleiten auch nach oben. Wir hören nicht nur dieselbe Musik, wir finden auch dieselben Menschen scheiße. Schön …

Lucas Lasagne ist schlichtweg der Wahnsinn. Ich hoffe, Remo kennt das Rezept wirklich, denn ich werde ihn garantiert zwingen, es in den nächsten Wochen noch mal nachzukochen.

Selbst Doktor Cholesterin-Alarm schmeckt es. Dass es David im Gegensatz zu Natascha wirklich auf ausgewogene Ernährung und Gesundheit ankommt, merkt man daran, dass er sie quasi zwingt, mitzuessen.

Er weiß anscheinend auch, dass sie ein paar Kilo mehr vertragen könnte. Wirklich charmant oder indirekt weist er sie nicht darauf hin. Der kalte Blick und das herrische ›Iss!‹ zeigen dennoch Wirkung.

Ich denke, Natascha würde sich von jedem anderen Verhalten unbeeindruckt zeigen. Er tut ihr mit dem Arschlochauftritt etwas Gutes.

Zum Weintrinken muss niemand gezwungen oder überredet werden. Er ist so süffig, dass ich erst merke, dass ich zu schnell trinke, als ich beim Tellerabräumen zu viel lache. Die Wölfe diskutieren aber auch sehr ausgiebig und kampflustig über die Bedienung der Spülmaschine – zum Schießen.

»Das grüne Licht blinkt doch!«, faucht Luca zum dritten Mal.

»Ja, aber du kannst die Maschine nicht zumachen, wenn kein Tab drin ist! Du wäschst doch auch keine Wäsche ohne Waschmittel!«, entgegnet Remo genervt.

»Ach? Mache ich nicht?«

»Sag mal, wie überlebst du Idiot eigentlich ohne deine Mama?!«

»Hey! Bring nicht meine Mama ins Spiel! Die hat auch keine Ahnung von der Bedienung der Waschmaschine. Aber ich vermisse die Putzfrau …«

»Verzogener Snob! Jetzt nimm die Finger da weg und hör auf, auf die Tasten zu drücken!«

»Nein! Der Geschirrspüler mag mich! Ich mache das schon richtig!«

»Deine Assistentin tut mir jetzt schon leid! Du wirst sie in den Wahnsinn treiben!«

»Sie wird mich lieben! Wie du! Schlag mir noch einmal auf die Hand und sie landet in deinem Gesicht!«

»Ich bin älter und stärker als du! Außerdem hasst dich diese Maschine! Nimm die Hand weg!!«

Jap. Ihr beide seid so was von verwandt.

Bevor Luca und Remo endgültig die Nerven wegen der Spülmaschinensache wegwerfen, geht Pascal dazwischen, beugt sich nach unten, schiebt das Tab in die Kammer und schließt den Deckel.

»Et voilà! Emballez c'est pesé!«

Sie starren ihn an.

Er zuckt mit den Schultern. »Ihr dürft euch gern weiter streiten. Aber im Whirlpool macht es mehr Spaß.«

Pascals Vorschlag weiß zu überzeugen. Ich bin sicher nicht die Einzige, deren Muskeln durch das viele Skifahren beansprucht sind.

Ein Becken voller heißem, sprudelnden Wasser muss man mir nicht zweimal anbieten. Schon gar nicht, wenn man mehr als eine Hand braucht, um die ganzen Bauchmuskeln darin an den Fingern abzuzählen.

Luca greift in den gut gefüllten Spirituosenschrank und schnappt sich eine schwarze Flasche.

Ich folge Remo in den Raum, in dem unsere Koffer stehen. Wir teilen uns ein Schlafzimmer. Das hat er ganz allein beschlossen, als wir angekommen sind, aber ich habe es auch nicht hinterfragt. Teilen ist unser Ding.

Als er beginnt, sich auszuziehen, kann ich meinen Blick nicht mehr durch meine Klamotten schweifen lassen. Ich grinse den muskulösen Rücken an und starre auf seine Finger, die sich in den Bund seiner Hose schieben.

Mein Handy steckt in meiner Jeanstasche. Dass ich mir den Scherz nicht verkneifen kann, beschert mir bestimmt gleich ein Knurren, aber das ist es definitiv wert.

Ich tippe schnell auf dem Display herum. Als ich den richtigen Song auf YouTube finde, stelle ich die Lautstärke auf Anschlag und werfe mein Handy aufs Bett.

Remo dreht sich zu mir um, als ›Whatta Man‹ durch den Raum schallt. Das Grinsen verschwindet noch immer nicht von meinen Lippen, obwohl er schon funkelt.

»Sorry. Ich dachte, du hättest vielleicht spontan Bock, für mich zu tanzen.«

Seine Brauen hüpfen nach oben. Er verzieht abschätzend den Mund und kommt auf mich zu. »Ich tanze für dich, wenn du auch für mich tanzt.«

»Ich kann nicht tanzen … zumindest sicher nicht so gut wie du.«

Remo zuckt mit den breiten Schultern und zieht sich aus, ohne die Hüften zur Musik zu bewegen.

»Quid pro quo. Oder du steckst mich in einen Käfig, dann tanze ich automatisch, bis du mich wieder rauslässt.«

Ich weiß, das soll ein Scherz sein, aber er erinnert mich daran, dass er den Job machen musste, ohne wirklich die Wahl oder

Alternativen zu haben. Das dämpft meine Lust auf Sticheleien ungemein. Ich greife nach meinem Handy und stelle es ab. War irgendwie ein blöder Scherz …

Remo lacht plötzlich dunkel. »Schlechtes Gewissen?«, fragt er und grinst mich schief an. »Musst du nicht haben. Ich habe gern getanzt. Wenn du mir einen netten Anreiz gibst, können wir das zu Hause mal machen. Aber nicht hier.«

Ich nicke und bin ihm einmal mehr dankbar für die stoische Ausgeglichenheit, mit der er seiner Vergangenheit begegnet. Scherze darüber sind erlaubt – er kann selbst darüber lachen.

Whatta man, whatta man …

»Zieh dich um, der Whirlpool entspannt deine Muskeln. Wird heute sicher noch von Vorteil sein …«, raunt Remo, bevor er in die schwarze Badehose steigt und das Zimmer verlässt.

Das klang regelrecht drohend. Meine Libido hüpft vor Vorfreude.

DIE REISE NACH JERUSALEM

Ich brauche etwas länger als gedacht, weil mein Badeoberteil kompliziert anzuziehen ist. Die Schnüre am Rücken sehen schick aus, aber sie zu binden, ist allein frustrierend. Noch schnell die Haare hochstecken und einen Spritzer Parfum auf den Hals auftragen, dann greife ich mir mein Handtuch und mache mich auf den Weg in Richtung Terrasse.

Die indirekte Beleuchtung taucht alles in eine entspannende Spa-Atmosphäre. Das blaue Licht aus dem Whirlpool tanzt an der Fassade. Die Nacht ist sternenklar, aber genauso kalt wie malerisch.

Ich habe den kurzen Weg von der Tür zum Pool temperaturtechnisch unterschätzt. Bibbernd laufe ich über die Steinplatten und will schnell ins warme Nass steigen.

Da ist eine kleine hölzerne Stufe, die in das dampfende Wasser mit den vier Männern führt. Wo das launische Streichholz abgeblieben ist, weiß ich nicht, ist mir aber auch egal.

Jetzt bloß nicht vor Hektik ausrutschen und mit dem Gesicht voraus in Davids Schritt landen – ich weiß, dass mich mein

Leben ganz gern verarscht, diesmal halte ich die Zügel aber fest genug.

Ich tauche meinen Körper in das warme Wasser und atme erleichtert auf.

Eigentlich will ich mich irgendwo an den Rand setzen, aber der Whirlpool hat nur vier Sitze und die sind besetzt.

Ich versuche, meinen Blick möglichst unauffällig durch die Runde schweifen zu lassen.

In ›Die Reise nach Jerusalem‹ war ich schon als Kind total schlecht. Wenn die Stühle auch noch wissend grinsen, weil sie meine Unentschlossenheit spüren, kann ich mich erst recht nicht entscheiden.

So schwer ist es aber gar nicht.

Um mich auf David zu setzen, müsste ich schon so betrunken sein, dass ich Männer wirklich nicht mehr von Möbeln unterscheiden kann.

Wobei, ich wäre auf seine Reaktion gespannt …

Bleiben wir bei den Tatsachen – so mutig bin ich nicht. Außerdem würde mich Natascha wahrscheinlich killen.

Luca grinst mich verdammt süß an, aber auch dazu fehlt mir der Mut. Pascal und Remo sind natürlich …

»Setz dich endlich hin, oder willst du hier festfrieren!?«, knurrt der Wolf und reißt mich dann so schnell nach hinten, dass das Wasser überschwappt, als ich auf seinem Schoß lande.

»Wow. Das letzte Mal habe ich dich so aufgewühlt ungeduldig nach etwas greifen sehen, als du zehn warst und nur mehr eines von Omas Zabaione-Schälchen da war«, unterstellt Luca Remo lachend.

Er antwortet nicht, aber ich spüre die Vibration des Brummens an seinem Körper.

»Wird Zabaione nicht mit Alkohol gemacht?«, fragt Pascal.

Luca nickt. »Ja. Das erklärt einige Erlebnisse aus unserer Kindheit, die wirklich schräg waren«, stellt er selbst gespielt überrascht fest und streift sich über das markante Kinn.

Die Anekdote amüsiert nicht nur mich, sogar Remo schmunzelt. Er legt einen Arm um meine Hüfte und hält mir mit der anderen sein Glas hin.

»Was ist das?«

»Absinth.«

»Wird man davon nicht high?«, will ich wissen, weil ich das Zeug nur aus alten Marilyn-Manson-Videos kenne.

»Wie alt bist du?«, tönt es plötzlich von gegenüber. David mustert mich viel eindringlicher als bisher, wahrscheinlich weil meine Frage etwas infantil geklungen hat.

»Ich bin vierundzwanzig«, entgegne ich und nippe an der grünen Flüssigkeit.

»Absinth wird aus Kräutern gemacht: Anis, Wermut, Fenchel – und ja, er kann eine halluzinogene Wirkung haben, aber in geringen Dosen und in so abgeschwächter Form konsumiert, wirkt er nicht anders als andere hochprozentige Spirituosen.«

Während David mich aufklärt, schmecke ich die Bitterstoffe aus den Kräutern heraus und verstehe, warum in der Mitte des Glases ein Zuckerwürfel schwimmt.

»Du schaffst es, dass sich selbst Absinth trinken langweilig anhört«, wirft Remo dem jungen Doktor vor und nimmt mir das Glas wieder weg.

Luca seufzt. »Sei froh, dass er keinen Vortrag über Geschlechtskrankheiten gehalten hat. Danach überlegst du dir für mindestens fünf Minuten, ob es das wirklich wert ist und du nicht lieber deine rechte Hand heiratest.«

»Du hast recht. Ich habe dir die kribbelnde, spannende Erfahrung von Herpes ersparen wollen. Ich bin eine Spaßbremse«, sagt der Arzt, der oft etwas zu emotionslos und analytisch klingt.

Der Sarkasmus steht ihm aber gut. Sehr gut sogar. Ich denke, er ist ein kolossal schwieriger Mensch, aber wenn man erst mal zu ihm durchgedrungen ist, war es die Mühe vielleicht sogar wert.

»Können wir das Thema wechseln?«, fragt Pascal und reicht mir ein Glas Wein. Das ist eher mein Fall. Den grünen Zaubersaft überlasse ich den Wölfen.

»Du siehst wirklich jung aus«, setzt Luca am vorherigen Thema an und mustert mich. »Ich dachte zuerst, du würdest eine deiner älteren Schülerinnen mitbringen«, meint er an Remo gewandt.

Das Thema ist ihm zuwider. Sogar als Scherz.

»Klar. Ich bin ein perverser, notgeiler Lehrer, der seine Schülerinnen vögelt. Ich würde mich eher kastrieren lassen!«

Das glaube ich ihm sogar. Die anderen auch, deshalb überdreht Pascal auch die Augen und Luca schüttelt den Kopf.

»Das war kein Vorwurf«, versichert der rothaarige Wolf und schmunzelt schief. »Aber du kannst mir nicht erzählen, dass es dich nicht scharfmacht, wenn Mel dich Herr Morelli nennt und fragt, wann sie zum Nachsitzen kommen muss.«

Remo brummt wieder nur, aber er verfestigt den Griff um meine Taille.

Also mich hat das, was Luca gerade vorgeschlagen hat, scharfgemacht – aber das tut die Vorstellung dieses Schüler-Lehrer-Rollenspiels schon eine Weile. Ob der Wolf es auch so heiß findet, werde ich hoffentlich noch herausfinden.

Eigentlich denke ich, jemand hat gerade Musik angestellt, aber da leuchtet ein Handy auf dem kleinen Tisch neben dem Whirlpool. Ich will neugierig auf das Display schielen, weil nur einer von den vier ›Gangsta's Paradise‹ als Klingelton einstellen würde und mich interessiert, wer ihn so spät erreichen will, aber Remo drückt mich beim Aufstehen nach unten und taucht mich beinahe unter Wasser.

»Hey!« Mein Maulen wird ignoriert. Der Wolf schwingt sich so schnell aus dem Whirlpool, als wäre es eine Parkour-Übung, und greift sich sein Handy.

»Morelli?«

Okay, das ist kein privater Anruf. Aber wer ruft denn um zehn Uhr abends noch geschäftlich an? Ich finde es vorerst nicht heraus, weil Remo ins Haus läuft.

Sein Platz ist frei. Ich will mich vor den Düsen positionieren, aber jemand greift meine Hand.

»Willst du nicht zu mir kommen? Ist bequemer«, bietet Luca an und schmunzelt schief.

Will ich auf dem scharfen, exzentrischen Juristen mit dem Doktortitel und dem Sixpack sitzen? Ich wäre verdammt bescheuert, Nein zu sagen, aber ich zögere trotzdem. Warum, weiß ich nicht. Ich bin Single, niemandem Rechenschaft schuldig und in ein paar Wochen sowieso nichts weiter als eine Erinnerung für alle hier, über deren Namen sie in fünf Jahren gemeinsam rätseln werden.

›*Wie hieß sie noch gleich? Martina? Marion? Aber sie war total verschossen in Remo und lächerlich fixiert auf ihn. Erinnert ihr euch noch?*‹

Nein danke. Ich will nicht die Frau sein, die sich irgendwelche Hoffnungen auf etwas gemacht hat, das sowieso zum Scheitern verurteilt ist.

Remo ist es doch egal, auf wessen Schoß ich sitze. Ob nun Pascal oder Luca, spielt keine Rolle.

Dass Remo derjenige war, der mich gefragt hat, ob ich lockeren Sex mit ihm und seinem besten Freund haben will, verdränge ich in letzter Zeit viel zu oft. Vielleicht weil wir gerade in dieser spannenden Freundschaftsblase stecken, in der er mir sehr viel von sich erzählt, obwohl er weiß, dass sie platzen wird.

Das ist aber nur menschlich. Wir fühlen uns eben zu Leuten hingezogen, zu denen wir einen guten Draht haben, und wollen Dinge mit ihnen teilen, auch wenn es auf lange Sicht keinen Sinn macht.

Wenn ich noch länger darüber nachdenke, kann ich aber auch gleich ›Nein, ich liebe Remo!‹ rufen, weil ich so lange zögere, dass man gar keinen anderen Schluss aus meinem unsicheren Blick ziehen kann. Das wäre total bescheuert und peinlich. Ich bin mir nicht mal sicher, ob Remo es nicht scharf finden würde, mich mit Luca zusammen zu nehmen. Zu sehen, wie mich Pascal durchvögelt, hat ihm auch Spaß gemacht.

Das Schmunzeln wischt den nachdenklichen Ausdruck von meinem Gesicht. Luca legt den Arm um meine Mitte und lässt die Finger an meiner Seite entlanggleiten.

»Ich arbeite zwar an keiner Schule, aber wir können später Studentin und Dozent spielen«, haucht er mir amüsiert ins Ohr. »Oder Kätzchen und Meister, wie du möchtest ...«

Sein Vorschlag entlockt mir ein leises Raunen. Sex mit ihm ist bestimmt eine spannende Angelegenheit. Ich traue Luca durchaus kreative Vorlieben zu.

Pascal schmunzelt über den Flirt. Dass er das so locker sieht, war klar, tut aber trotzdem gut.

Als Remo wieder auftaucht, mustere ich ihn etwas zu eindringlich, aber er sieht mich auch forschend an.

»Mit wem hast du geredet?«, will ich wissen.

Er richtet den Blick wieder auf sein Handy, bevor er es auf den Tisch legt. »Mit deinem Vater. Er hat dich nicht erreicht und wollte wissen, ob du anständig bist.«

»Was?!«

Dass ich ihm das glaube, grenzt an Blödheit. Er erzählt es aber auch mit bierernster Miene.

»Ich habe ihm gesagt, dass du immer ganz lieb Bitte und Danke sagst, wenn dir jemand Sex anbietet«, meint Remo.

Sicher. Als ob du das zu deinem Direktor sagen würdest.

Ich überdrehe die Augen und schnaube über die Verarsche. Eigentlich bin ich aber froh, dass er meinem Platzwechsel keine Beachtung schenkt. Obwohl, ›froh‹ ist das falsche Wort. Remo bestätigt damit nur, was ich in letzter Zeit so oft vergesse – er ist *ein* Wolf, nicht *mein* Wolf.

»Dein Vater wollte wissen, wo ich den Ersatzschlüssel für den Turnsaal aufbewahre. Anscheinend hat jemand die Fenster offen gelassen und er will sie schließen.«

Ja, das klingt eher nach Papa. Im Pyjama in der Schule herumlaufen, weil da noch ein Fenster offen steht.

Wir sollten wirklich keinen Sex mehr im Turnsaal haben ...

»Im Haus piepst übrigens ein kaputter Rauchmelder«, erklärt Remo und sieht Luca erwartungsvoll an.

»Wir haben keine Rauchmelder«, entgegnet der rothaarige Doktor und fängt an, mit den Bändern an meinem Bikini-Oberteil zu spielen.

»Dann beschwert sich vielleicht die Waschmaschine darüber, dass du an ihr herumgedrückt hast – irgendetwas piepst!«, stellt Remo etwas energischer fest und macht eine auffordernde Kopfbewegung.

»Bist du sicher, dass das nicht nur Natascha ist? Model piepsen vielleicht beim Kotzen.«

Oh, der Witz war böse. Aber sie führt sich wirklich auf wie eine Essstörungen verherrlichende Diva.

David durchbohrt Luca für den schwarzen Humor mit Eisblicken. Remo durchbohrt ihn wegen des Piepsens. Er stöhnt genervt auf und hebt mich von sich runter.

»Na gut! Dann gehen wir eben ein piepsendes Elektrogerät suchen! Viel besser als das, was ich vorhatte!«

»Wenn es dir egal ist, ob die Bude abfackelt oder nicht, bleib sitzen!«, giftet Remo und geht zurück ins Haus.

Luca läuft ihm nach. »Ich komme ja schon! Aber wenn wirklich nur die Spülmaschine zickt, stecke ich dich rein!«

Die beiden verschwinden und ich bekomme doch noch meinen eigenen Platz im Whirlpool.

Die Düsen am Rücken tun unheimlich gut. Mein Körper ist erschöpft von der Piste, aber ich habe keine Lust, die Müdigkeit jetzt schon zuzulassen. Die Nacht hat gerade erst angefangen.

»Wann fährst du morgen eigentlich los?«, will ich von Pascal wissen, der am nächsten Tag die Reise nach Frankreich antritt.

Er antwortet mir nicht sofort, weil er etwas geistesabwesend auf die halb offene Balkontür starrt. Als er merkt, dass ich ihn mustere, blinzelt er die Gedanken weg. »Ich will so früh wie möglich los«, sagt er und sieht wieder zur Tür. »Entschuldigt mich kurz.«

Pascal steigt aus dem Whirlpool und verschwindet im Haus. Entweder will er auch herausfinden, was piepst, oder er muss einfach ins Badezimmer.

Ich greife mir das Weinglas und lehne mich entspannt gegen die Düsen. »Wo ist Natascha?«, will ich von David wissen, weil ein wenig Smalltalk nicht schaden kann.

»In ihrem Zimmer. Sie hat Migräne.«

»Seid ihr eigentlich zusammen?«

Ich kenne die Antwort zwar, aber bis jetzt habe ich sie nur von Dritten gehört – ich will hören, was David selbst dazu zu sagen hat.

Er neigt den Kopf etwas und mustert mich. »Nein. Wieso fragst du?«

Ich zucke mit den Schultern. »Smalltalk. Nichts weiter.«

»Wenn das so ist und du mich nicht anmachen möchtest, ist das, was gerade mit deinem Oberteil passiert, wohl keine Absicht«, stellt er fest, zieht eine Augenbraue nach oben und lässt den Blick von meinem Gesicht zu meinem Dekolleté schweifen.

Ich sehe auch nach unten und entdecke eindeutig zu viel Haut. Das Weinglas in meiner Hand landet klirrend auf dem kleinen Tisch, damit meine Hände meine Brüste bedecken und das Oberteil am Wegschwimmen hindern können.

Dass Luca vorhin an den Bändern herumgespielt hat, hat in Verbindung mit den Massagedüsen dafür gesorgt, dass David berechtigterweise denken musste, ich will ihn verführen. Gut, dass ich nach seinem Beziehungsstatus gefragt habe! Wirkt überhaupt nicht nuttig, danach blankzuziehen!

Danke, Universum. Ich hoffe, du lachst.

»Sorry! War wirklich keine Absicht!«, piepse ich verlegen und versuche, die Bänder mit einer Hand zu justieren, weil ich die andere Hand dazu brauche, das Oberteil am Wegschwimmen zu hindern.

»Soll ich dir helfen?«, fragt David, nachdem er mich eine Weile bei meinen erfolglosen Versuchen beobachtet hat.

»Nein! Geht schon! Danke!«

Geht nicht, aber ich habe schon genug falsche Signale in seine Richtung geschickt.

David ist ein verdammt schöner Mann – wirklich –, nach allen Kriterien der Ästhetik. Aber ich will nichts von ihm.

Auch wenn es vielleicht nicht immer so aussieht, ein Mann muss mehr für mich haben als ein Sixpack und ein hübsches Gesicht, selbst wenn es nur um Sex geht. Ich muss jemanden nicht in- und auswendig kennen, aber es braucht doch diesen Reiz und eine gewisse Anziehungskraft, die ganz unterschiedlich aussehen können. Bei Paul war es diese freundliche, schüchterne Aura, bei Pascal seine geheimnisvolle Art und bei Remo ... die schlichte Faszination für einen knurrenden, beliebten Wolf.

Luca hat auch etwas, das mich anzieht – Remos Humor und seine eigene ›schräger Akademiker‹-Ausstrahlung.

Nicht, dass ich David überhaupt nicht leiden könnte. Er beeindruckt mich als Mensch, weil er der jüngste Mediziner ist, den ich kenne, aber ich fühle mich körperlich überhaupt nicht zu ihm hingezogen.

»Es sieht nicht so aus, als würdest du das allein hinbekommen«, stellt er wissend fest und hört meinem Seufzen zu, bevor er Lösungsvorschläge macht. »Entweder lässt du das Oberteil los und versuchst es mit beiden Händen oder du bittest mich um Hilfe. In beiden Fällen falle ich nicht über dich her. Du hast dir heute Nacht schon mehr Arbeit angelacht, als dein Körper dir danken wird.«

Letzteres klingt wie eine Mischung aus Medizinerratschlag und Vorwurf. Ich nehme seine Hilfe trotzdem an, weil David wirklich so klingt, als hätte er kein Interesse an mir.

Fehlende Anziehungskraft beruht meistens auf Gegenseitigkeit. Ich denke aber, es ist allgemein verdammt schwer, ihm als Frau zu gefallen, weil er viele irrationale Ansprüche stellt. Welche das sind, will ich aber nicht herausfinden.

Ich nicke und sehe ihn bittend an, bevor ich ihm den Rücken zudrehe.

Er beginnt, an den Schnüren zu ziehen und sie wieder festzumachen.

»Und? Konntet ihr das Geräusch lokalisieren?«, fragt David und macht mich damit auf Luca aufmerksam, der gerade durch die Tür kommt.

»Ja. Rauchmelder. Batterie. Ausgetauscht«, entgegnet er abgehackt und steigt wieder in den Whirlpool.

»Ihr habt keine Rauchmelder«, argumentiert David gegen die knappe Erklärung.

Luca zuckt mit den Schultern. »Dein Wort gegen meines. Verklag mich doch.«

Er wirkt nicht sauer, aber Luca verströmt irgendwie eine seltsame Stimmung.

»Was wird das eigentlich? Hört sofort auf, euch auszuziehen! Doktorspiele sind im Whirlpool verboten.«

»Ich ziehe sie nicht aus, sondern an«, klärt David ihn auf.

»Du hast mein Oberteil vorhin aufgefummelt und allein bekomme ich es nicht mehr zu«, werfe ich ihm mit hochgezogener Braue vor.

Luca hebt die Hände in einer unschuldigen Geste. »Entschuldige. War ein Versehen.«

Sicher ... Versehen.

David hat ziemlich geschickte Finger und bindet das Oberteil viel sitzfester zusammen, als ich es gekonnt hätte.

»Wo sind Remo und Pascal?«, frage ich Luca und überlege kurz, mich wieder auf seinen Schoß zu setzen. Er rückt aber weg und macht mir extra viel Platz, als hätte mein Hintern Übergröße.

Ich blinzle ihn irritiert an, aber er grinst nur schief und greift sich sein Glas. »Im Haus. Du solltest auch reingehen – ist wärmer.«

Die Whirlpool-Party ist anscheinend vorbei. Es ist obenrum aber wirklich verdammt kalt.

»Doch nicht mehr so viel Arbeit für dich …«, sagt David und lässt ein wissendes Schmunzeln über seine sonst so kalte Miene gleiten.

Okay. Dann ist nicht nur mir aufgefallen, dass Luca plötzlich am Null-Bock-Syndrom leidet.

»Alles okay?«, frage ich verunsichert.

Er nickt. »Ja. Ich habe nur vergessen, wie gern ich mit David allein im Whirlpool unter dem Sternenhimmel sitze«, entgegnet er und schenkt seinem besten Freund gespielt wollüstige Blicke.

Luca ist nicht schwul. Und selbst wenn er bi wäre, kam der Sinneswandel, was seine verruchten Angebote an mich betrifft, doch ziemlich rasch.

»Hat Remo irgendetwas zu dir gesagt?«, murmle ich vorsichtig vor mich hin, für den Fall, dass ich zu viel in Lucas Auftritt hineininterpretiere. Ich kenne den Uni-Dozenten nicht wirklich, vielleicht ist er einfach eine wankelmütige italienische Diva.

»Er hat mir gesagt, dass der Rauchmelder piepst. Und dann hat er erwähnt, dass du Mathe- und Französischnachhilfe brauchst – oder irgendetwas in dieser Art. Ich soll dich auf alle Fälle in dein Zimmer schicken.«

Luca zwinkert.

Alles klar, es geht um Sex. Deshalb sind meine beiden Lehrer verschwunden. Ich dachte schon, der Wolf hätte vor Eifersucht geknurrt, aber er brummt nur, weil er heiß ist.

Wir hatten uns auch ein scharfes Wochenende versprochen. Keine Eifersuchtsdramen. Nur Sex. Nur Spaß.

Ich gebe die Kontrolle über meine viel zu abwägenden Gedanken an meine Libido ab.

ENTSPANN DICH ...

Ich verabschiede mich von den beiden jungen Doktoren, die mit einem Mal dieselbe Distanziertheit an den Tag legen. Luca wünscht mir zwar eine gute Nacht und präsentiert ein wissendes Schmunzeln, aber er sieht mir nicht mal mehr hinterher, als ich im Haus verschwinde.

Der Wohn-Ess-Bereich ist leer. In unserem Zimmer ist es ziemlich dunkel, nur die Stehlampe wirft ihr dumpfes oranges Licht in den Raum.

Remo steht vor dem Bett und lässt gerade ein Handtuch über seinen nassen Körper gleiten. Er hat mir den Rücken zugewandt.

Ich genieße den Anblick und lehne mich gegen den Türrahmen.

»Luca meinte, du behauptest, ich wäre schlecht in Mathe«, werfe ich ihm vor.

Remo dreht sich nach mir um. Seine Augenbrauen sitzen so tief über den braunen Iriden, dass sie viel dunkler wirken, als sie sind. »Konntest du dich von ihm losreißen?«, fragt er und klingt dabei so vorwurfsvoll, dass ich mir doch nicht mehr sicher bin, wie das Gespräch zwischen den beiden abgelaufen ist.

Ich zucke mit den Schultern und stoße mich von der Tür ab.

»Hat es dich gestört, dass ich auf seinem Schoß gesessen habe?«

Remo kommt mir entgegen und bleibt so dicht vor mir stehen, dass ich den Kopf heben muss, um zu ihm aufzusehen. »Was willst du jetzt von mir hören?«, brummt er mir ins Gesicht und greift mein Kinn.

Ich weiß nicht, was ich hören will. Vielleicht, ob es nur um Sex und Dominanz geht oder ob er nicht mehr will, dass mich jemand anderes anfasst.

Mein Blick verliert die forschende Intensität, weil ich mich vor der plötzlichen Berührung an meinem Rücken erschrecke.

Ich drehe mich um und lausche den rau gesprochenen französischen Worten, die ich nicht verstehe und die mir trotzdem so viel sagen.

Ich habe Pascal nicht reinkommen gehört.

Er greift nach meinem Oberteil und entblößt meine Brüste. Remos Blick ruht auf meinem Körper und die Frage, die in meinen Gedanken immer widerhallt, verstummt endlich.

Es geht nur um Sex.

Und diese frivole, spannende Zeit, die wir teilen. Mein schneller Herzschlag vertreibt alle Zweifel daran.

»Ich hoffe, du kannst deinen Körper entspannen«, wiederholt Pascal auf Deutsch und zieht meinen Kopf zu sich.

Ich habe seine Lippen nicht so weich in Erinnerung, aber die forsche Art, zu küssen, ist mir vertraut.

Während meine Zunge versucht, die des französischen Gottes zu bändigen, beißt mir der Wolf in den Nacken.

Remo presst seinen Körper von hinten an mich, fasst an meine Hüften und drückt sein Becken gegen meinen Hintern. Ich würde einen Ausfallschritt machen, aber Pascal steht wie eine Mauer vor mir und baut mit seinem Körper Gegendruck auf.

Ihre Wärme, ihr fester Herzschlag, der Druck ihrer Fingerspitzen auf meiner Haut – ich fühle mich eingeengt von ihrer Lust, aber sie könnte mich auch komplett umhüllen. Ich genieße das Gefühl.

Meine Gedanken gehen schon viel weiter, lassen mich immer wieder Szenen sehen, in denen ich schon längst stöhne und ihre Berührungen überall fühle. Kaum flammt eines der scharfen Bilder auf, verglüht es auch schon, um dem nächsten Platz zu machen. So viele Stellungen, so viele Möglichkeiten, und jede einzelne setzt meinen Körper unter Strom.

Remos Bisse werden so fest, dass ich Pascal in den Mund stöhne. Dass er eine Hand auf meinen Busen legt und die andere in mein Höschen schiebt, unterstreicht den Drang, nach Luft zu schnappen, nur.

Das Vorspiel besteht bisher aus nichts weiter als Zungenküssen und leichter Stimulation mit der Hand, aber mein Körper geht dabei so sehr in Flammen auf, als würden mich die beiden schon seit dem Sonnenuntergang reizen.

Pascals Finger fühlen die Feuchte zwischen meinen Beinen. Als er von mir ablässt, schlingt der Wolf die Arme um mich und küsst meinen Hals entlang.

»Remo hat gemeint, ich würde dir noch etwas schulden«, sagt der Franzose und neigt erwartungsvoll den Kopf.

»Ich ... du ...«, setze ich verlegen an.

Meine Hände sind nach hinten gewandert. Ich kralle Remo meine Nägel in den Hintern, weil er eine Petze ist.

Von wegen Mr. Verschwiegenheit. Er hat Pascal erzählt, dass er von dem orgasmuslosen Nachmittag in seinem Büro weiß.

Der Wolf knurrt mir nur gegen den Hals und schiebt dann mein Höschen nach unten.

»Beschwerden das nächste Mal direkt an mich, wenn sie aufkommen«, verlangt Pascal mit strenger Stimme.

Ich wollte mich aber nicht mal beschweren, ich war nur … Ich wollte … Ich nicke.

Die Hitze schießt mir in die Wangen, weil ich nicht einschätzen kann, ob das Funkeln in seinen blauen Augen erregter Strenge oder beleidigter Wut geschuldet ist.

Pascals Kopf ist plötzlich auf Augenhöhe mit meinem. Er geht langsam in die Knie, so dicht vor mir, dass er mit der Zungenspitze über meinen Bauch streifen kann.

Remos Hände greifen meine Brüste im selben Moment, in denen Pascals Hände sich an meine Hüfte legen. Als er den Mund gegen meine Mitte drückt, stöhne ich auf.

Schon das erste Gleiten seiner Zunge tritt ein wohltuendes Pulsieren los, das sich mit den elektrisierenden Reizen verbindet, die Remos Fingerspitzen an meinen Brustwarzen auslösen.

Pascal packt eines meiner Beine und legt es sich auf die Schulter. Ich drücke mein Becken dem perfekten Gesicht entgegen und lehne den Oberkörper gegen den heißesten Körper der Welt.

Ich weiß nicht, ob das hier für Leute mit einem schwachen Herzen zu empfehlen ist, aber ich wünsche jedem Menschen, der einfach mal grenzenlos ekstatisch sein möchte, so einen scharfen Dreier.

Meine Gedanken sind absolut stumm, ich lasse nur die erotischen Bilder und die elektrisierenden Gefühle auf mich wirken und lausche dabei meinem eigenen Stöhnen, das von Zeit zu Zeit von einem dunklen Knurren untermalt wird.

Remo reizt meine Brustwarzen eigentlich viel zu fest, aber die fordernden Berührungen setzen meinen Körper unter eine Spannung, die mich die Impulse viel intensiver fühlen lässt.

Die einzige Befürchtung, die ich im Moment habe, ist, dass Pascal gleich stoppt und die beiden über mich herfallen. Ich will sie spüren – alle beide –, so hart sie wollen, aber wenn ich diesen heftigen Orgasmus, der sich in meinem Körper aufbaut, nicht über mir zusammenbrechen fühle, begeht meine Libido wahrscheinlich Selbstmord.

Ich bin kurz versucht, meine Finger in den goldblonden Haaren zu vergraben, aber ich erinnere mich zum Glück früh genug daran, dass Pascal das nicht leiden kann.

An irgendjemandem muss ich meine erotische Anspannung aber loswerden. Der Mann, der meine Brüste so empfindlich macht, dass ich morgen meinen BH verfluchen werde, bietet sich knurrend an.

Meine Hände heben sich nach hinten und legen sich auf Remos Nacken. Meine Brüste strecken sich ihm dadurch zwar noch mehr entgegen, aber ich kann mich mit meinen Nägeln für jedes zu feste Reiben oder Ziehen revanchieren.

Der Wolf knurrt mir ins Ohr und lässt die Kratzspuren, die ich auf seiner Haut hinterlasse, nicht ungestraft. Wir stacheln uns mal wieder gegenseitig an: Wie du mir, so ich dir – bis einer weint. Oder kommt.

Pascal bringt mein Becken zum Zittern. Seine Zunge ist mindestens so begnadet wie seine Finger. Er spielt eine hypnotisierende Melodie mit dieser heißen Stelle an meinem Körper, als wäre sie eine Gitarrensaite, die er mit der Zunge zum Schwingen bringt.

Ich drücke meinen Kopf gegen Remos Schulter, als ich das Stöhnen nicht mehr kontrollieren kann. Mein glasiger Blick zeigt mir noch kurz die glänzenden Augen des Wolfs, der sich ansieht, wie ich geleckt werde, und sich dann auf mein vor Lust angespanntes Gesicht konzentriert.

Mein ganzer Körper stimmt in den Orgasmus ein, zuckt, spannt sich an und jagt das prickelnde Gefühl von Pascals warmen Lippen bis in meine Fingerspitzen.

Der Höhepunkt ist so intensiv, wie er sich angekündigt hat. Als die erlösenden Reize zu stark werden, weil Pascal nicht aufhört, mich so intensiv zu lecken, drücke ich seinen Kopf weg und presse die Beine zusammen.

Ich brauche einen Moment, um wieder zu Atem und zu klaren Gedanken zu kommen.

Während Pascal sich über den Mund wischt, hält Remo mich fest, weil meine Muskeln sich so sehr entspannen, dass ich ohne die starken Hände meiner glücksbedingten Erschöpfung auf dem Boden frönen würde.

»Nicht schlappmachen. Wir haben doch noch gar nicht angefangen«, raunt mir der Wolf dunkel ins Ohr. »Steh allein«, lautet seine Anweisung, die einfach klingt, aber meine Oberschenkel fühlen sich schon ein wenig nach Pudding an. Skifahren geht auf die Muskulatur. Mein Körper ist eigentlich verdammt müde, das heißt aber nicht, dass ich keine Lust habe, weiterzumachen. Ich bin Feuer und Flamme für alles, was noch kommt – Muskelkater hin oder her.

Remo lässt mich los und geht auf seine Reisetasche zu. Er wirft Pascal ein Kondompäckchen hin.

»Sind wir quitt?«, will der Französischlehrer von mir wissen und erntet ein eindringliches Nicken.

»Mehr als das ...«, flüstere ich und will ihn küssen.

Er legt die Hand unter mein Kinn und den Zeigefinger auf meine Lippen. »Gut. Dann lass uns jetzt etwas Spaß mit deinem angeheizten Körper haben.«

Er streift über meine überbeanspruchten Brustwarzen und entlockt mir ein etwas leidiges, aber wollüstiges Stöhnen.

»Knie und Hände aufs Bett«, verlangt Herr Favre.

Ich lasse mich auf der weichen Matratze nieder und verbiete meinen Muskeln, sich zu beschweren. Solange sie mir keine Liegestütze abverlangen, kann ich meine müden Beine ignorieren.

Als das Licht plötzlich ausgeht, blinzle ich gegen die Dunkelheit an. Meine Augen gewöhnen sich zu langsam an das fehlende Licht, ich weiß nicht, wer von den beiden sich vor mich kniet, aber ich höre das Reißen eines Kondompäckchens.

Der Latexgeruch steigt mir in die Nase, als das weiche Material meine Wange streift. Die Härte darunter nimmt langsam Konturen an. Ich will hochblicken, kneife aber die Augen zusammen, weil der Reiz, den ich von hinten fühle, so seltsam ist.

»Was ist das?«, frage ich, kann den Kopf aber nicht drehen, weil er festgehalten wird.

»Mach den Mund auf«, tönt eine tiefe melodische Stimme vor mir. Zweifelsohne Pascal, der mir auch gleich seine Männlichkeit gegen die Lippen drückt.

Das hinter mir ist also Remo. Entweder ist er auf mir gekommen oder das kühle, nasse Gefühl kommt von … ja, Gleitgel.

Während Pascal in meinen Mund stößt, lässt Remo die Finger über das Gel auf meiner Haut wandern.

Seine kühlen Hände massieren meinen Hintern, gleiten zwischen meine Beine und dann wieder nach oben. Als er mit den Fingern in mich eindringt, bringt mich Pascals Härte beinahe zum Husten.

Remo nimmt die vollkommen falsche Abfahrt, wie schon damals im Bungalow.

Ich stöhne gegen Pascals Becken und lasse seine Männlichkeit aus meinem Mund gleiten.

»Nicht! Nimm mich normal!«, fauche ich dem Wolf zu, der nur dunkel lacht.

»Ich blase dir auch einen, wenn du willst, aber …«

»Fängst du jetzt an, zu verhandeln?«, fragt Remo belustigt und schiebt den nächsten Finger in mich.

Meine Beine beginnen zu zittern, weil ich mich so anspanne.

»Beim letzten Mal hat es dir gefallen. Du bist gekommen, als ich dich von hinten gefickt habe. War das nicht geil?«

Er fängt an, mit der anderen Hand über meine Hitze zu reiben, um seine Worte zu untermalen und meinem Gedächtnis auf die Sprünge zu helfen.

Mein Körper beginnt, sich an den Höhepunkt zu erinnern und seine Stimulation zu genießen. Meine Beine zittern trotzdem.

Ich kann Pascal unmöglich einen blasen, wenn Remo mich so mit Reizen überflutet.

»Du willst normal genommen werden?«, höre ich die melodische Stimme vor mir fragen. Pascal klingt so engelsgleich, dass es unwirklich wirkt.

Ich weiß, dass du nur wie ein Engel aussiehst – was in deinem Kopf vor sich geht, ist ziemlich unheilig.

Er streichelt mir über die Wange. »Das kann ich gern übernehmen«, versichert der Engel und rutscht unter mich.

Remos Finger verschwinden, als Pascal mein Becken greift und mich auf sich zieht. Seine Härte gleitet ganz mühelos in mich, trotzdem reizt sie mich von innen, weil er so tief in mich eindringt, wenn ich auf ihm sitze.

Als ich beginne, die Hüften zu bewegen, greift er meine Schultern und zieht meinen Oberkörper zu seinem hinunter. Ich küsse ihn, spüre seine Männlichkeit, die mich ausfüllt, und seine Hände, die mich an den Oberarmen festhalten.

»Ich kann mich nicht bewegen, wenn du mich so festhältst …«, flüstere ich ihm gegen die Lippen, weil er mir wirklich kaum Spielraum für meine Hüften lässt. Er drückt meinen Körper so dicht an sich, dass ich ihn unmöglich vernünftig reiten kann.

»Du musst dich nicht bewegen, nur das Gefühl genießen und scharf dabei aussehen«, raunt Pascal und hält mich plötzlich in einer Schraubstockumarmung fest. Er streichelt mir über den

Kopf, während ich Remos Hände wieder an meinen Hüften fühle.

»Warte! Warte! Warte!«, piepse ich, komme aber nicht von der Stelle.

»Auf was soll ich denn warten? Noch feuchter kannst du nicht werden. Du bist so scharf darauf, dass es schnell guttut. Entspann dich …«

Remos Tonfall wechselt von dunkel über erregt zu weich. Er streicht mir mit der Hand über den Rücken, bevor er sich von hinten in mich drückt.

Es gibt Dinge, die in der Fantasie heißer sind als in der Wirklichkeit. Von zwei Männern gleichzeitig gevögelt zu werden, könnte in diese Kategorie fallen.

Es ist verdammt anstrengend, es schmerzt am Anfang und man fühlt sich wie das verdorbenste Flittchen der Welt. All das könnte die Erfahrung durchaus trüben, aber Remo und Pascal lassen das nicht passieren.

Es ist Remos Männlichkeit, die das Stechen in mir aufkommen lässt, aber er nimmt mich viel vorsichtiger als damals, als wir nur zu zweit Analsex hatten.

Ich muss nichts weiter tun, als die Spannung in meinen Beinen zu halten und mich mit den Händen abzustützen. Pascal stößt von unten in mich und wechselt sich in seinem Rhythmus mit Remos Stößen ab.

Ihr Stöhnen elektrisiert mich. Die Gewissheit, dass mein Körper und das, was ich sie damit anstellen lasse, sie so heißmachen, vertreibt meine Bedenken, das hier könnte zu verdorben sein.

Wann ist etwas pervers im negativen Sinn? Dann, wenn man es so abstempelt. Ich verglühe aber in der heißen Besonderheit dieses Moments.

In der Liebe und beim Sex ist alles erlaubt – solange man die Begeisterung für das, was man tut, teilt.

Obwohl es so dunkel ist, sehe ich das Blau in Pascals Augen verschleiern. Sein Stöhnen wird unregelmäßiger. Er drückt den Kopf in das Kissen und lässt seinen Blick über meinen Körper gleiten.

Dass er beginnt, fester in mich zu stoßen, bringt auch Remo dazu, das Tempo zu erhöhen. Der Wolf knurrt hinter mir und vergisst, dass er mich vorsichtiger als sonst nehmen wollte.

»Remo!«

Es tut nicht weh, aber mir geht gleich die Kraft aus, Gegendruck zu den festen Stößen aufzubauen.

»Luca und David hätten dich härter gefickt!«, knurrt er zurück und klingt dabei so wütend, wie er mich plötzlich nimmt.

Das schnelle, harte Tempo lässt meinen Körper beben, aber nicht nur mich überfluten die Reize.

Ich weiß nicht, welche Härte zuerst in mir pulsiert, aber sie ergießen sich beide, bevor meine Hände wegknicken und ich vollkommen erschöpft auf Pascal zusammenbreche.

Remos Männlichkeit gleitet aus mir heraus. Pascal hebt mein Becken und nimmt mir endgültig dieses Gefühl des Ausgefülltseins.

Ich atme gegen die helle, duftende Haut und weiß nicht, was mehr brennt: meine Muskeln oder die Stellen, die gerade gevögelt wurden.

»Und du wolltest mich nicht nach hinten lassen, weil du dachtest, ich würde sie zu hart rannehmen ...«, höre ich Pascal halb vorwurfsvoll, halb belustigt schnauben.

Remo knurrt irgendwo im Raum vor sich hin. Ich bin zu erschöpft, um ihn anzufauchen. Und eigentlich war der Dreier auch unglaublich heiß.

Dass die beiden sehr dominant sind, ist mir nicht neu. Genau das hat mich auch von Anfang an gereizt. Außerdem ist dieses kampflustige erotische Wut-Ding das, was den Sex zwischen Remo und mir immer besonders gemacht hat.

Ein Fauchen hat er sich aber trotzdem verdient. Und mindestens eine Beleidigung. So läuft das zwischen mir und dem Wolf.

»Merci, ma chérie«, haucht Pascal und hebt mich von sich runter, um zu verschwinden.

Ja. Und so läuft das zwischen mir und dem Einhorn: perverser Sex, ein Danke auf Französisch und irgendwann schüttelt er mir bestimmt noch die Hand, bevor er sich aus dem Staub macht.

Ich bleibe so liegen, wie Herr Favre mich abgelegt hat, weil ich nur noch die Erinnerungen an den Tag genießen und einschlafen will.

Es ist eine Weile still im Raum. Remo ist im Badezimmer verschwunden und das einzige Geräusch, das durch meine Gedanken zieht, ist meine bescheuerte Blase, die das *Baywatch*-Intro singt.

Mir die Haare abschneiden. Mir ein Neunzigerjahre-Armband-Tattoo stechen lassen. Einen Monat lang nur Brokkoli essen. Das sind alles Dinge, auf die ich mich einlassen würde, nur um jetzt nicht aufstehen zu müssen und pinkeln zu gehen.

Ich stöhne genervt in das Kissen, weil meine Blase nicht mit sich verhandeln lässt.

Meine Beine fühlen sich so schwer an, dass ich nicht mehr Schritte machen will, als unbedingt notwendig. Das scheitert aber schon allein daran, dass Remo noch immer unser Badezimmer blockiert. Weil ich wegen ihm schon die Toilette im Flur benutzen muss, greife ich mir ein T-Shirt aus seiner Tasche, die näher steht als meine. Als ich es mir übergezogen habe, sehe ich an mir hinunter und überdrehe die Augen.

Ich vergesse manchmal, dass du ein brummender Nerd-Wolf bist. Echt jetzt? Son Goku? Suchst du im Badezimmer deine Dragonballs?

Das Apartment ist wirklich klasse. Sogar im kleinen Bad im Flur gibt es eine Fußbodenheizung, die mich dazu bringt, kurz abzuwägen, ob es schräg ist, sich vorzustellen, auf dem Boden zu schlafen. Ist es. Aber mir ist verdammt kalt und mein Kopf ist so müde wie meine Beine.

Weil ich sowieso daran vorbeilaufe, halte ich in der Küche, um mir ein Glas Wasser zu genehmigen. Mein Mund ist irgendwie trocken und ich muss sicherstellen, dass mir meine Blase um sechs Uhr morgens wieder verlässlich das *Baywatch*-Intro vorsingt.

»Nicht erschrecken«, lautet die Warnung, die ich als Aufforderung verstehe.

Ich verschlucke mich beinahe, weil der Wohnraum so düster und leer gewirkt hat. Da dringt nur raues Stöhnen aus einem der anderen Schlafzimmer. Ich dachte, alle würden schon schlafen oder vögeln.

Pascal greift an mir vorbei und lässt sich auch ein Glas Wasser einlaufen. Er schläft allein in einem Zimmer. Die Zeit, in der ich mit meiner Blase verhandelt habe, hat er zum Umziehen verwendet. Die schwarze Jogginghose und das legere Shirt stehen ihm gut. Sonst sehe ich ihn meistens sehr adrett gekleidet oder nackt. Das sind die Uniformen seiner beiden Persönlichkeiten. Der bequeme Look beweist aber, dass er auch mal loslassen kann. Zumindest wenn er glaubt, allein zu sein.

Ich setze schon zu einem ›Gute Nacht‹ an, weil ich sicher bin, dass er gleich in seinem Schlafzimmer verschwindet, aber Pascals Blick schweift von seiner Zimmertür zu mir.

»Entschuldige den Ego-Sex«, sagt er plötzlich und zuckt so unsicher mit den Schultern, als würde er selbst nicht glauben, dass er dieses Gespräch gerade begonnen hat.

»Du musst dich nicht entschuldigen. Der Orgasmus war klasse und der Dreier wirklich heiß.«

Pascal schmunzelt müde. »Ich rede nicht von heute. Heute war ich nett zu dir. In meinem Büro nicht wirklich.«

Mir steigt die schambedingte Hitze in die Wangen. Ich hatte verdrängt, dass Remo mit ihm darüber gesprochen hat. Er denkt jetzt bestimmt, ich hätte über ihn gelästert, das stimmt aber absolut nicht.

»Ich weiß nicht, was Remo dir gesagt hat, aber ich fand den Sex mit dir toll. Immer. Ich habe mich nicht beschwert oder ...«

»Schon gut«, setzt Pascal leise an und lehnt sich gegen den Tresen. »Ich weiß, wie ich bin, Mel.«

Er richtet den Blick kurz gedankenverloren ziellos nach vorn, dann dreht er den Kopf wieder zu mir. Irgendwie erinnert mich das intensive Blau seiner Augen gerade an das Foto in der Aula von ihm, das bestimmt jeden verzaubert, der zum ersten Mal durch die Tür der Schule kommt. Schon seltsam.

Ich dachte damals, mir würde ein Pädagogenschönling begegnen, der es im Leben wirklich einfach gehabt hat, weil alle dahinschmelzen, sobald er lächelt – Mann, lag ich falsch. Einfach hat es ihm das hübsche Gesicht nie gemacht.

»Du weißt von Claire«, stellt er vorsichtig fest und wartet auf meine Reaktion. Ich kenne diesen erwartungsvollen Blick bei ihm nicht. Dieses abschätzende Mustern, das auf so etwas wie Verständnis hofft oder sogar darum bittet. Remo hat anscheinend mehr mit ihm besprochen als unser Stelldichein im Büro.

»Ja. Ich habe sie getroffen. Sie ist wirklich nett«, betone ich mit bedacht warmer Stimme, um ihn hören zu lassen, dass ich ihn nicht verurteile.

»Es ist mir nicht wichtig, ob sie nett ist. Sie ist schön und diskret und sie tut, was ich von ihr verlange, weil ich sie bezahle. Wir sind keine Freunde, ich bin nur ihr Kunde.«

Ich nicke vorsichtig. Pascal erzählt mir gerade nichts Neues. Ich weiß, was er sich von ihr holt und was er allgemein von Frauen erwartet, mit denen er schläft. Ich weiß aber auch, warum. Und der Grund ist nicht so unnachvollziehbar oder verwerflich, wie er vielleicht denkt.

Er klingt, als würde er mir gestehen, dass er ein empathieloses Monster ist, das nur auf Sex aus ist, aber das stimmt so nicht. Ja, er lässt im Moment niemanden an sich heran, aber er verhält sich dabei nicht rücksichtslos.

»Du spielst mit offenen Karten, Pascal«, erinnere ich ihn und schüttle den Kopf. »Ich habe mich von dir nie verarscht oder benutzt gefühlt. Du hast mich gefragt, ob ich dein Spielzeug sein will, und ich habe zugestimmt. Offener kann man gar nicht sein. Du hast nie irgendetwas getan, das mich hat annehmen lassen, dass du mehr als Sex mit mir teilen willst. Ich weiß bis heute nicht mal, wie alt du bist oder ob Deutsch oder Französisch deine Muttersprache ist.«

Er schmunzelt mit mir, hoffentlich weil ihm bewusst wird, dass er nichts falsch gemacht hat. Ich bin keine dieser Frauen, die glauben, irgendeinen Anspruch auf ihn zu haben, weil sie denken, sie könnten ihn retten.

»Warte mal kurz ...«

Der aufkommende Enthusiasmus in seinem Blick überrascht mich.

Pascal läuft in sein Zimmer und taucht zwanzig Sekunden später wieder auf. Er hat eine Tüte in der Hand, die mir ziemlich bekannt vorkommt.

»Ich wollte sie dir eigentlich morgen früh hierlassen, bevor ich fahre, aber wenn wir gerade über meine verkorkste Persönlichkeit sprechen ... Vincent hat gemeint, du hättest das in seinem Wagen vergessen.«

Ich greife überrascht nach meinen Einkäufen, die ich eigentlich schon abgeschrieben hatte.

»Danke! Warte ... das ist nicht meine Tüte ...«, stelle ich fest, als ich einen roten String entdecke. Ich kann mich an das schicke Teil erinnern, weil ich es an einer Schaufensterpuppe gesehen habe, aber ich habe es nicht gekauft.

»Doch, das ist deine Tüte«, versichert Pascal und zuckt mit den Schultern. »Den String habe ich gekauft. Ich war dir einen schuldig. Genau wie den Orgasmus. Manchmal merke ich nicht, wenn ich mich wie ein seltsames Ego-Arschloch verhalte. Das liegt aber nicht an dir, sondern ...«

»Danke, Pascal«, sage ich und unterbreche damit seine ›Du kannst nichts dafür‹-Ansprache. Ich weiß, dass es nicht an mir liegt. Und auch nicht an ihm, sondern an diesem kolossalen Vertrauensdefizit, das er Frauen gegenüber hat und das ihm seine Vergangenheit beschert hat.

»Ich weiß das wirklich zu schätzen«, versichere ich ihm.

Es kann ihm unmöglich leichtfallen, sich selbst einzugestehen, dass er mir etwas schuldet.

Damit spricht er unserem Verhältnis eine Komponente zu, die über Sex hinausgeht – Freundschaft.

Auch wenn Remo wahrscheinlich interveniert hat, hätte Pascal die Sache trotzdem auf sich beruhen lassen können. Ich war ihm nie böse oder habe mich benutzt gefühlt. Dass er sich aber Gedanken darüber macht, schmeichelt mir sehr.

Vielleicht lächle ich gerade etwas zu breit oder mein Blick wird unbewusst zu dankbar, irgendetwas bringt ihn plötzlich dazu, wieder die distanziert freundliche und doch unterschwellig strenge Miene aufzusetzen, die eine seiner fassadenhaften Persönlichkeiten auszeichnet.

Großartig. Jetzt habe ich dem Einhorn Angst gemacht. Ich bin kein Fangirl! Ich schwöre!

»Wir hatten eine offene Rechnung. Die ist jetzt beglichen. Das soll nicht heißen, dass ich versuche, dich zu halten oder zu beeindrucken. Ich wollte nur ...«

»Ich weiß, Pascal. Nur eine offene Rechnung. Ich sehe das auch nicht als Liebesweis oder Ähnliches.«

Keine Angst, ich komme dir nicht zu nahe.

Pascal nickt und hört sich dann selbst erleichtert seufzen. Dass er das so offensichtlich tut, beschämt ihn kurz.

Ich muss lachen. »Du bist ein wirklich gut aussehender, begabter Mann, Pascal, aber ich liebe dich so was von nicht.«

Seine Augen werden groß und seine Mundwinkel zucken. »Weißt du, dass das das Schönste ist, das ich seit Langem von einer Frau gehört habe?«, entgegnet er begeistert und kann sich das Lachen nicht mehr verkneifen.

Er sieht wirklich toll dabei aus – sehr jungenhaft verschmitzt, irgendwie befreit, und doch so überschwänglich im Moment versunken, wie nur jemand reagieren kann, dessen Persönlichkeit eigentlich in Ketten liegt.

Ich bin nicht die Frau, die ihm helfen wird, sich loszureißen. Und ich bin nicht die Frau, vor der er die Fassade länger als für diesen flüchtigen Moment fallen lassen wird.

Aber sie kommt, Pascal, ich bin mir sicher.

EPISODEN EINER NACHT

Ich schleppe mich zurück ins Schlafzimmer, nachdem ich Pascal eine gute Nacht und Reise gewünscht habe. Es ist durchaus ein Privileg, ein Einhorn zu kennen. Nicht viele Menschen kommen einem so zauberhaften, verschlossenen Wesen so nahe. Apropos Wesen: Der räudige böse Wolf, der dafür verantwortlich ist, dass ich seltsam laufe, liegt im Bett, hebt aber sofort den Kopf, als ich ins Zimmer komme.

»Wo warst du?«, will Remo wissen.

Ich lasse mich neben ihm auf die Matratze fallen, demonstrativ mit dem Gesicht voraus ins Kissen.

»Ich dachte schon, du willst nicht hier schlafen.«

Er weiß eine Demonstration nicht zu würdigen, wenn er sie sieht. Ich brumme in das Kissen, rühre mich ansonsten aber nicht.

»Hast du noch Hunger? Teilen wir uns ein Stück Lasagne?«

…

»Bist du sauer?«

…

»Mel?«

...

»Hallo?«

...

»Speckröllchen?«

Ich weiß nicht, warum Frauen versuchen, Männer mit dem Satz ›Es ist nichts!‹ oder Ähnlichem zu malträtieren – gar nichts sagen funktioniert viel besser.

Remo zappelt neben mir im Bett herum, als müsse er auch aufs Klo. Dass ich nicht reagiere, bringt ihn zum Knurren.

Ich grinse in das Kissen.

Mein Arsch brennt wie Feuer! Schmor nur in deinem schlechten Gewissen!

»Tu nicht so, als ob dir der Sex keinen Spaß gemacht hätte!«, beginnt er einen energischen Monolog.

Tue ich nicht. Sicher hat der Sex Spaß gemacht. Dass du dich gerade so reinsteigerst, finde ich aber zum Schießen.

»Der Spruch mit Luca und David war vielleicht etwas deplatziert! Und ich wollte dich nicht so hart nehmen! Aber du hättest jederzeit dein Safeword rufen können!«

Klar. Weiß ich. Aber red nur weiter. Schön, dass ich dich mal so aus der Fassung bringen kann.

»Ich will nicht, dass du mit Luca schläfst! Du bist mit mir hier! Nicht mit ihm!«, platzt es plötzlich aus Remo heraus.

Ich hebe den Kopf doch.

Er sitzt mit verschränkten Armen neben mir im Bett und funkelt finster.

»Ach, jetzt guckst du mich an!«

Ich bin mir gerade nicht sicher, ob er das nur gesagt hat, damit ich reagiere. Ich dachte, er hätte ein schlechtes Gewissen wegen meines geschundenen Hinterns.

»Bist du eifersüchtig?«, murmle ich vor mich hin und beobachte, wie sich der Idiot plötzlich hinlegt und die Augen zumacht.

»Remo?!«

...

Nein! Du klaust mir jetzt nicht meine Masche!

»Du kannst doch nicht so was raushauen und dann schlafen!«, fauche ich.

...

Gott, ich könnte ihm eine knallen! Wenn er nicht gleich den Mund aufmacht ... Nein, ich bin zu fertig, um ihn zu schlagen.

Ich habe zwar den Oberkörper aufgerichtet, aber ich lasse mich auf ihn fallen. Er vibriert.

»Hör auf, zu lachen! Du kannst doch nicht so tun, als wären wir zusammen, und dann ...« Ich weiß nicht, warum ich auch lache, ich weiß nicht mal mehr, was ich da sage, ich bin so verdammt müde ...

»Du machst mich noch irre, Mozzarella!«, werfe ich ihm vor und spüre, wie er den Arm um mich legt und dann die Decke über uns zieht. Ich schließe die Augen.

»Ich mache bessere Lasagne als er«, brummt Remo.

»Halt die Klappe, ich will schlafen ... Ich habe Kopfschmerzen.«

»Soll ich dir eine Tablette holen?«

»Nein.«

»Schlaf gut, Speckröllchen.«

»Ja. Ich dich auch …«

Ich weiß nicht, wie spät es ist, ich weiß nur, dass ich eigentlich nicht aufstehen will. Remo hört das Klingeln nicht, aber mich treibt mein Handy in den Wahnsinn, weil meine Kopfschmerzen nie wirklich aufgehört haben.

Die Nacht war alles andere als erholsam, zumindest für mich. Remo schläft den Schlaf der brabbelnden Wölfe.

Als ich nach meinem Telefon greife, um es lautlos zu machen, fällt mir auf, dass ich die Nummer nicht kenne. Ich seufze in mich hinein und überlege, ob ich überhaupt aufstehen kann, um zurückzurufen.

Ich kann zwar nicht, aber ich muss, weil meine Blase schon wieder ›I'll be ready‹ singt.

Mich von Remo zu lösen, gelingt mir leicht. Heute Nacht gab es keine Knötchenbildung, weil ich mich immer wieder aus seinem Griff gelöst habe. Mir war einfach zu heiß. Jetzt ist mir kalt.

Noch im Badezimmer wird mir bewusst, wie seltsam unser Gespräch gestern war. Ich fasse mir an den hämmernden Kopf und seufze vor mich hin.

Keine Ahnung, ob er die Sache mit seiner Eifersucht ernst gemeint hat. Und was er sich davon verspricht. Oder was ich mir davon verspreche.

Wahrscheinlich sollte ich mit ihm darüber reden, sobald ich etwas klarer im Kopf bin und er nicht mehr vor sich hin brabbelt. Im Moment brummt mir der Schädel und Remo träumt von Segelschiffen. Oder vom Kiffen. Das Nuscheln versteht doch kein Mensch.

Bevor ich das Badezimmer verlasse, rufe ich die fremde Nummer zurück. Nach zweimal Klingeln meldet sich eine fröhliche weibliche Stimme.

»Frau Morgenthaler?«

Es ist erst sieben Uhr morgens. Und ich bin kaputt. Einschlafen kann ich trotzdem nicht so schnell, wie ich möchte, auch wenn ich mich zurück ins Bett gelegt habe. In meinem Kopf hallt diese überschwänglich gut gelaunte Frauenstimme wider. Ich hätte nicht zurückrufen sollen. Obwohl, geändert hätte das auf Dauer auch nichts.

Remo brabbelt noch immer. Und er hat das Kissen angesabbert. Total ekelhaft. Ich will trotzdem heute wieder mit ihm snowboarden. Dann teilen wir uns etwas zu essen und fauchen uns an, bevor wir Sex haben.

Im Internat kann ich ihm dann beim Trainieren zusehen. Nächste Woche steht wieder ein Basketballspiel an und diesmal schmeißt er mich nicht raus.

Eigentlich ist alles gut. Ich muss mich nicht verrückt machen. Noch nicht. Was ich aber muss, ist schlafen.

»Mel?«

Die raue Stimme an meinem Ohr kitzelt mich erneut wach. Ich bin aber noch immer müde.

Remo drückt sich an meinen Rücken und lässt die Hand über meinen Oberschenkel gleiten. Er beißt mir ins Ohr.

»Ich bin aufgewacht und hatte deinen heißen Arsch im Schritt …«, knurrt er angeturnt.

Ich spüre seine Erregung ganz deutlich gegen meine Haut drücken.

»Hast du Bock?«, fragt er.

Nein. Ich habe so was von keinen Bock auf Sex …

»Ein schneller Quickie. Dann sing ich dir beim Snowboarden auch wieder meine Pisten-Hits vor.«

Das Angebot bringt mich zum Schmunzeln, aber nur kurz.

»Komm, wach auf, Mel. Lass uns etwas Spaß haben. Es ist schon spät und der Tag geht uns flöten, wenn wir noch länger schlafen.«

Er hat recht. Ich will den Tag nicht mit Schlafen vergeuden. Als ich mich zu Remo umdrehe, funkeln mich zwei wache braune Augen an, hinter denen die Erregung glitzert.

»Guten Morgen. Hast du meinen ›Ich bin geil‹-Vortrag gehört oder muss ich ihn wiederholen?«

Er drückt mir süffisant grinsend seine Härte gegen den Oberschenkel.

»Echt? Du bist scharf? Ich dachte, wir wären mit einer Taschenlampe im Bett eingeschlafen«, scherze ich und versuche, wacher zu klingen, als ich bin.

»Solange ich dich damit ficken darf, kannst du ihn auch ›Taschenlampe‹ nennen. Er leuchtet aber nur, wenn ich mich zu lange nackt sonne.«

Ich muss lachen. Remo will sich auf mich legen, aber ich drücke ihn zurück. »Kann ich dir einfach einen runterholen? Ich habe noch Muskelkater von gestern.«

Er legt sich wieder auf die Seite und schüttelt den Kopf. »Du musst gar nichts tun, zu dem du keine Lust hast. Das gestern war anstrengend für dich. Ich kann's mir auch selbst unter der Dusche machen. Dann gehen wir snowboarden.«

Remo will aus dem Bett steigen, aber ich halte ihn am Arm fest.

Ich will ihn kommen sehen und stöhnen hören. So oft es geht.

»Bleib hier ...«, flüstere ich und sehe seine Iriden wieder Feuer fangen. »Da steht doch noch das Gleitgel von gestern. Gib mal her«, fordere ich den Wolf auf, der mir sofort die Tube reicht und wieder zu mir unter die Decke kommt.

Ein kleiner Klecks reicht, um meine Hände feucht zu machen. Warm sind sie wahrscheinlich sowieso.

Meine Berührung lässt Remo sofort knurren. Ich beginne, ihn zu stimulieren, und genieße den Anblick seines markanten Gesichts unter der lustvollen Anspannung.

»Langsamer ... Du machst das wirklich geil«, flüstert mir der Wolf ins Gesicht.

Eigentlich will ich ihn schnell kommen lassen, weil meine Hand schon jetzt müde wird, aber es ist auch weniger anstrengend für mich, wenn ich nicht so fest und schnell über seine Härte fahre.

Remo beißt sich auf den Lippen herum und zieht dann die Decke weg. Er will sehen, wie meine Hände ihn verwöhnen. Ich verzichte aber nicht gern auf die warmen Daunen.

»Zieh das Shirt aus ...«, verlangt er und schiebt das Stück Stoff schon nach oben.

»Nicht! Es ist sowieso schon kalt!«

Mein Protest wird ignoriert. Remo drückt mich auf den Rücken, setzt sich auf mich und zieht mir das Shirt über den Kopf.

»Hier drin hat es fünfundzwanzig Grad.«

Er haucht mir einen flüchtigen Kuss auf die Lippen, als er sich über mich beugt.

Auf dem Rücken zu liegen, macht das Stimulieren zwar noch einfacher, aber ich vermisse die Decke noch immer.

»Deine Brüste sind so heiß ...«, stöhnt Remo mit dunkler Stimme und mustert meinen Körper.

Ich reiße mich wirklich zusammen, aber sein verschleierter Blick wird etwas klarer. Ich sehe Irritation in ihm wachsen.

»Ist dir wirklich so kalt?«, fragt er und beißt sich gegen die Erregung auf die Lippen.

Ich stimuliere ihn wieder fester und schneller, weil ich will, dass er aufhört, mich so zu mustern, und kommt. Ich schüttle den Kopf und schmunzle ihn an.

»Nein. Mir ist heiß. Willst du auf mir kommen?«

Er nickt und lässt sich von der Lust kurz berauschen, dann packt er meine Hand und stoppt meine Stimulation.

»Mel, bist du krank?!«, ruft er schockiert und mustert mich noch eindringlicher.

»Nein! Lass mich weitermachen.«

Er lässt meine Hand nicht los, schüttelt nur verständnislos den Kopf. »Du zitterst«, stellt er fest.

»Mir ist nur kalt.«

»Ich dachte, dir ist heiß.«

»Willst du kommen oder diskutieren?«

Er drückt meine Hand von sich weg und legt seine an meinen Hals. »Mel, du glühst!«

»Hör auf mit deinem bescheuerten Glüh-Level«, entgegne ich und überdrehe gespielt genervt die Augen.

Remo steigt nicht darauf ein, er verfinstert den Blick. »Wieso sagst du denn nichts?!«

»Ich bin nicht krank! Wenn ich dir keinen runterholen soll, dann lass uns snowboarden gehen!«

»Sag mal, hast du einen Knall?!«

Nein. Ich weiß, dass ich Fieber habe, schon seit ich gestern nach dem Gespräch mit Pascal ins Bett gestiegen bin. Aber ich will nicht krank sein. Das ist gerade der denkbar bescheuertste Zeitpunkt, um Fieber zu bekommen. Ich will Spaß haben, snowboarden, Remo stöhnen hören und Lasagne essen!

Scheiß aufs Kranksein! Krank sein kann ich auch zu Hause!

Okay ... vielleicht habe ich einen kleinen Knall.

»Ich bin nur etwas erkältet! Frische Luft tut mir gut. Ich muss ja nicht snowboarden, ich kann skifahren, das strengt mich nicht so an.«

Remo lacht tonlos, zieht eine Braue nach oben und kommt dann mit seinem Gesicht näher an meines. »Nein!«, herrscht er mich an, springt aus dem Bett und wirft die Decke wieder über mich. »Wie kann man nur so bescheuert sein? Hat Fieber und holt mir einen runter! Und will skifahren!«, mault er wütend vor sich hin, während er in seine Unterwäsche und seine Jeans steigt.

Das mit dem Ständer hat sich übrigens erledigt – dafür ist er gerade zu bestürzt.

»Ich bin nicht bescheuert! Und du kannst gar nicht beurteilen, ob ich krank bin oder nicht! Ich fühle mich gut! Und ich mache, was ich will!«

Pure Trotzreaktion, gepaart mit ganz viel Wunschdenken. Ich springe aus dem Bett, laufe auf meinen Koffer zu und will mir etwas zum Anziehen greifen. Klappt aber nicht. Schüttelfrost. Der Pullover flattert mit meiner Hand.

»Oh, du hast recht! Du bist nicht krank, du bist nur eingeschlafen und als Trockner wieder aufgewacht! Solange der Schleudergang noch läuft, stopfe ich dich mit nasser Wäsche voll! Dann gehen wir snowboarden!«

Während Remo mich mit Sarkasmus übergießt, greift er sich einen Pullover aus seiner Tasche, kommt auf mich zu und zieht ihn mir über den Kopf.

»Leg dich ins Bett!«, ruft er und macht eine herrische Geste.

»Ich will aber …!«

»Ich glaube, ich spinne!«, brummt er mir in den Satz und hebt mich hoch. »Du kannst nicht skifahren, wenn du krank bist! Du hast absolutes Sportverbot! Und Sexverbot! Und Protestierverbot!«

Mein Lehrer legt mich zurück ins Bett und lauscht meinem enttäuschten Seufzen.

Auf der weichen Matratze zu liegen, tut gut, weil mich schon das Stehen angestrengt hat, aber ich bin trotzdem absolut genervt von der Situation.

»Krank sein ist scheiße …«, maule ich vor mich hin und höre auf, meine Miene irgendwie wach und fit aussehen zu lassen.

Remo schüttelt das Kissen auf und nickt. »Ja. Ich weiß. Aber umso eher du dich ausruhst und deinem Körper Ruhe gönnst, umso schneller bist du wieder auf den Beinen.«

Sein Blick wird plötzlich ungewohnt weich. Irgendwie schuldbewusst.

»Du hast das doch bestimmt schon gestern Nacht gespürt. Wieso hast du nichts gesagt? Der Sex hätte deinem Körper auch schon genug abverlangt, wenn du gesund gewesen wärst. «

»Der Sex war toll, dabei ging es mir noch gut«, entgegne ich, lasse das eindringliche Nicken aber schnell sein, weil dabei eine Bowlingkugel von einer Schläfenseite zur anderen rollt und dagegen hämmert.

Remo sieht mich nur abschätzig an.

Wahrscheinlich glaubt er mir nicht, weil ich vorhin auch nichts gesagt habe, als ich ihm einen runterholen wollte. Gestern war ich aber noch nicht so dämlich. Ich hätte ihm gesagt, wenn es mir nicht gut geht, und erst mal eine Pause eingelegt. Heute fühlt sich die Pause aber nach verschwendeter Zeit an. Ich will nicht krank sein!

»Heute Nachmittag geht es mir bestimmt schon besser. Ich schlafe etwas und dann will ich noch mal skifahren gehen. Die Pisten sind so schön …«

»Kannst du mal aufhören, deinen Zustand wegreden zu wollen? So funktioniert das mit dem Kranksein nicht. Schlag dir das Skifahren aus dem Kopf!«

Ich seufze enttäuscht. Natürlich hat Remo recht. Ich muss aufhören, mir etwas vorzumachen, auch wenn ich noch so gern noch mal mit ihm auf der Piste gestanden hätte.

»Schmoll nicht. Der Schnee schmilzt nicht so schnell. Wir können nächstes Wochenende wieder snowboarden gehen, wenn es dir besser geht.«

»Nächstes Wochenende ist die Weihnachtsfeier im Internat«, erinnere ich Remo.

»Stimmt. Dann übernächstes.« Er zuckt mit den Schultern und geht auf meinen Koffer zu.

Ich starre durch ihn hindurch und frage mich, ob es das Fieber ist, das meine Zunge gerade so schwer macht. Wahrscheinlich nicht. Ich will einfach nichts dazu sagen.

»Was machst du denn da?!« Dazu, dass Remo gerade meine Unterwäsche durchwühlt, möchte ich mich schon äußern.

Ich bin für alles offen, das meine Gedanken zerstreut, auch für einen Wolf, der gerade jeden meiner Tangas prüfend vor seinem Gesicht dreht.

»Sag mal, hast du keine normale Unterwäsche dabei?«, fragt er und wirft den dunkelblauen String genervt zurück in den Koffer. »Was ist mit den Oma-Schlüpfern, von denen du mir im Turnsaal erzählt hast? Wo sind die jetzt!?«

»Ich habe keine Oma-Schlüpfer! Sehe ich aus wie Bridget Jones?!« Meine Stimme versagt, als ich den echauffierten Ton zum Besten geben will. »Gib mir einfach irgendwas. Ist doch egal!«, rufe ich Remo zu. Er knurrt meine Wäsche weiter an.

»Ich kann durch alles durchsehen! Und nichts bedeckt auch nur annähernd deinen Arsch!«, mault er vor sich hin.

»Ja. Das sollte dir aber eigentlich gefallen«, erinnere ich ihn.

»Tut es. Wenn du darin für mich tanzt oder in meinem Turnsaal Trainingsgerät spielst. Aber du sollst schlafen und gesund werden. Gott, in dem Zeug könnte ich dich für eine fünfstellige Summe an Vincent verkaufen!«

Ich muss lachen – was anstrengend ist und mich im nächsten Moment auch gleich wehmütig stimmt.

Remo schließt meinen Koffer und läuft auf seinen zu. »Ja! Das geht!«, tönt er schließlich zufrieden und kniet sich neben mich aufs Bett.

»Ich will deine Unterwäsche nicht! Ich habe eigene dabei!«

»Ja! Aber du liegst krank im Bett und posierst nicht für den *Playboy*! Die sind bequem, genau wie mein Pulli. Tu nicht so, als würdest du nicht darauf stehen, meine Klamotten zu tragen. Du riechst mich gern«, unterstellt er mir schief grinsend.

Remo trifft mit seiner Unterstellung ins Schwarze. Sein Duft steigt mir sehr wohltuend in die Nase – immer. Er könnte mir auch einen getragenen Pullover geben, die Duftnote seiner Haut ist noch anziehender als die seines Waschmittels. Seine schwarzen Pants fühlen sich auch klasse an. Bequemer als alles, das ich dabeihabe.

»Danke«, sage ich leise, während Remo das Zimmer etwas aufräumt und dann auf die Tür zugeht. »Viel Spaß beim Snowboarden«, murmle ich und will mich zur Seite drehen.

Er schüttelt den Kopf. »Ich gehe nicht snowboarden. Ich komme gleich wieder. Schlaf noch nicht ein.«

»Du musst nicht …!«

Remo schließt die Tür hinter sich. Er muss aber nicht wiederkommen. Ich will ihm den letzten Tag hier nicht verderben. Er ist so gern auf der Piste, außerdem hat er hervorragende Gesellschaft.

Luca fährt mit ihm bestimmt wieder ein paar Rennen und wenn sie den Tag überleben, können sie wieder vor der Spülmaschine streiten und dann mit dem hübschen Streichholz in den Whirlpool steigen. Ich gönne ihm all das. Er braucht mich nicht, um Spaß zu haben, schon gar nicht, wenn ich eine Bazillenschleuder bin. Ich brauche ihn auch nicht. Spaß ist für mich erst mal gestorben.

Ich hasse es, krank zu sein!

Als die Tür wieder aufgeht, zucke ich erschrocken zusammen, weil ich schon dabei war, wieder einzuschlafen.

»Vorhänge auf! Kipp das Fenster und lass hier Luft rein!«

Die Anweisungen gehen an Remo und kommen von jemandem, von dem er sich eigentlich nicht herumkommandieren lässt – heute schon.

Ich hatte vergessen, dass wir einen Arzt hier haben. David stellt einen schwarzen Koffer neben mir ab und kramt darin herum.

»Seit wann fühlst du dich krank?«, will er wissen und macht eine auffordernde Geste. Ich setze mich auf und lasse mir seine Hände seitlich an den Hals legen.

»Eiszapfen!«, lautet meine piepsende Antwort, die nicht auf seine Frage abzielt, sondern seine Finger beleidigen soll. Wieso haben alle Ärzte Eishände?!

David lässt mich wieder los und bewegt die Finger etwas. »Entschuldige. Niedriger Blutdruck«, entgegnet er und fasst mich diesmal vorsichtiger an. Seine Hände sind durch das Bewegen etwas wärmer geworden.

Obwohl er diese distanzierte Aura nicht ganz loswird, wirkt er im Ärzte-Modus doch zugänglicher. Man merkt irgendwie, dass er das hier aus einer Leidenschaft heraus tut. Ob er wirklich gern Menschen anfasst, sei dahingestellt, aber er heilt sie gern, das steht fest.

»Das Fieber kam gestern Nacht ...«, erkläre ich betont leise. Remo hört mich trotzdem und funkelt mich über die Reflexion im Fenster an.

»Gegen Mitternacht, davor ging es mir hervorragend!«, versichere ich – eher Remo als David.

Dass er denkt, der Sex hätte irgendetwas hiermit zu tun, ist einfach nur lächerlich. Ich mag es, wenn er ungestüm wird. Das kann ich ihm aber gerade nicht sagen, weil David nicht so wirkt, als hätte er Interesse an unserem Sexleben.

Er steckt mir kurz ein Thermometer ins Ohr und eines dieser furchtbaren Zungenstäbchen in den Mund, die mich immer fast zum Würgen bringen.

»Wurdest du in dieser Saison gegen Influenza geimpft?«, will David wissen und kramt wieder in seinem Koffer.

»Nein. Noch nie.«

Er sieht mich so vorwurfsvoll an, als hätte ich behauptet, ich hätte noch nie ein Kondom benutzt.

»Ich werde normalerweise nicht krank ...«, erkläre ich kleinlaut.

»Du wohnst in einem Internat«, stellt David mit hochgezogener Braue fest. »Niesende, hustende Kinder, die alles anfassen. Muss ich mehr sagen?«

Ich seufze. An so etwas hatte ich nicht gedacht.

»Seid du und Pascal geimpft?«, fragt David und dreht sich nach Remo um.

Der Wolf nickt.

Ich bin heilfroh, dass ich die beiden nicht angesteckt habe. Sie wissen anscheinend, dass man sich gegen Kinder impfen muss.

Als David sich wieder mir zuwendet, bin ich plötzlich dankbar, dass ich Remos Shorts tragen darf und keinen meiner durchsichtigen Strings.

David horcht meine Lunge ab, schiebt dabei meinen Pullover hoch und drückt dann auch an meinem Bauch herum. Dass ich dabei nicht wie ein angeschlagenes Porno-Sternchen aussehe, habe ich dem Wolf zu verdanken. Deshalb also die Diskussion über meine Unterwäsche.

»Bleib im Bett, schlaf und trink viel«, rät David, als er die Decke wieder über mich zieht und seinen Koffer zumacht. »Ich besorge dir heute noch ein Medikament. Dein Körper wird trotzdem einige Tage brauchen, um sich wieder zu erholen. Kurier dich gut aus. Keine Anstrengungen, kein Alkohol, kein Sex!«

Ich nicke, während David mir verbietet, was ich sowieso schon abgehakt habe.

Ich darf das Bett nicht verlassen, ich kann nirgends hingehen, keine Erinnerungen sammeln. Ich drehe mich zum Sterben schon mal auf die Seite.

Scheißgrippe! Wo warst du, als ich mit Saschas Eltern skifahren musste?!

David dreht sich zu Remo. »Nur weil sie gerade den Mund wie eine bockige Siebenjährige verzieht, die morgen schon rumtobt, weil ihr langweilig ist, hier noch mal für dich, Herr Lehrer: Sie soll sich auskurieren! Bind sie von mir aus am Bett fest, aber spiel nicht mit ihr, auch wenn sie bettelt.«

Ich nehme mal an, Remo nickt. Ich will nicht hinsehen. Das Einzige, was ich mir noch abringen kann, ist ein »Danke« an Doktor Eishände, der mich bestimmt als achtjähriges trotziges Mädchen in Erinnerung behalten wird, aber das spielt jetzt auch keine Rolle mehr. Ich will nur schlafen und die Zeit an mir vorbeirauschen hören.

Die Tür geht wieder zu, aber Remo ist noch hier. Ich höre ihn brummen, bevor er sich neben mich ins Bett fallen lässt.

»Tut mir echt leid für dich. Was für ein bescheuerter Zeitpunkt, um krank zu werden.«

Hast du eine Ahnung ... Ja, es ist bescheuert!

»Hast du Hunger? Ich kann dir Frühstück machen. Und Tee. Luca hat einen Laptop hier. Wir können einen Film streamen. Wusstest du, dass Daniel Radcliffe mal eine flatulierende Leiche gespielt hat, die von einem anderen Typen als Motorboot benutzt wird?«

»Remo, das ist lächerlich«, spreche ich gegen das Kissen, ohne mich nach ihm umzudrehen.

»Ich weiß! Aber ich hab das Drehbuch nicht geschrieben. Ich weiß nur, dass ich sehen will, wie Harry Potter übers Wasser schießt!«, entgegnet er, weil er meinen Einwand falsch interpretiert hat.

»Du musst mich nicht unterhalten. Oder mich pflegen. Ich bin erwachsen und ich komme allein klar«, versichere ich und klinge dabei genauso schroff, wie ich klingen möchte. Ich will nicht, dass er hierbleibt. »Geh snowboarden. Du bist doch nicht krank. Ich brauche niemanden, der mir die Hand hält. Du auch nicht. Wir schulden uns nichts. Ich bin zu Hause auch allein – in Wien, tausend Kilometer weit weg.«

Ich spüre ihn aufstehen – die Matratze federt leicht.

»Das mit der Entfernung betonst du gern«, merkt Remo tonlos an. Ich höre ihn nach seiner Jacke greifen. »Spar's dir. Ich brauche keinen ständigen Reminder, ich bin nicht blöd.«

Ich wollte dir auch nicht unterstellen, dass du blöd bist. Ich wollte dich nur daran erinnern, dass es die Mühe nicht wert ist.

Mehr kann ich aber dazu nicht sagen, weil ich feige bin und meine Zunge noch immer so schwer ist. Darüber reden bringt auch nichts, weil es nichts ändert.

Remo stellt mir noch eine Kanne Tee auf den Nachttisch – ohne zu brummen, aber auch ohne Kommentar. Dann geht er.

Gut so. Gehen ist sowieso unausweichlich. Umso früher wir uns daran gewöhnen, umso besser.

DAS LEBEN UND SEIN MIESES SPIEL

Der Tag vergeht unwirklich schnell, weil ich die meiste Zeit schlafe. Seit David mir die Tabletten gebracht hat, klingt das Fieber ein wenig ab und ich kann aufhören, mich frierend, aber nass geschwitzt im Bett zu wälzen.

Immer wenn ich wach werde, öffne ich den Kalender auf meinem Handy und zähle Tage. Die Weihnachtsfeier am nächsten Wochenende habe ich mir als Termin eingetragen, weil Olli mich darum gebeten hat, ihm ein wenig beim Dekorieren unter die Arme zu greifen.

Noch sechs Tage bis dahin.

Eigentlich genug Zeit, um gesund zu werden. Für viel mehr aber nicht. Daran ändert sich auch nichts, als ich zum fünften Mal meine Termine checke.

Als es an der Tür klopft, verstecke ich das Telefon unter der Bettdecke. Ich habe die anderen vorhin ankommen gehört, aber sie waren betont leise, als sie an dem Zimmer vorbeigeschlichen sind.

»Darf ich reinkommen?«, fragt er und streckt den Kopf durch den Türspalt.

»Das ist dein Apartment. Sicher.«

Luca kommt ins Zimmer und stellt eine neue Kanne Tee neben mir ab. »Du siehst echt fertig aus. Geht es?«

»Ja. Die Tabletten helfen.« Tun sie wirklich. Hätte ich sie nicht, würde ich wohl noch mehr nach Zombie aussehen.

»Danke für den Tee. Und entschuldige, dass ich dein Apartment kontaminiere.«

Luca winkt ab. »Kein Grund, sich zu entschuldigen. Es tut mir leid, dass du krank geworden bist. Ich habe Remo schon gesagt, dass ich euch morgen Vormittag zurück zum Internat fahre. Zu Hause erholt man sich immer schneller.«

»Ich bin dort nicht zu Hause. Aber danke. Bist du sicher, dass ihr morgen nicht noch auf die Piste wollt? Ihr müsst nicht meinetwegen so früh fahren.«

Luca schüttelt den Kopf und lehnt sich gegen den Fenstersims. Er stellt einen Fuß vor den anderen und vergräbt die Hände in den blitzblauen Hosentaschen. »Ich denke nicht, dass Remo noch mal snowboarden will. Er war der Piste heute schon ziemlich überdrüssig. Was zugegebenermaßen Unterhaltungswert hatte«, verrät er und pustet sich eine dunkelrote Haarsträhne von der Stirn, bevor er mich an seinen Beobachtungen teilhaben lässt. »Er hat sich so oft auf den Hintern gesetzt, dass ich ihn schon in einer Kinder-Snowboardschule abgeben wollte. Mister Lord of the Boards fährt nicht besonders gut, wenn ihm andere Dinge im Kopf herumschwirren.«

»Aber er hat sich nicht verletzt, oder?«, frage ich, weil es mir plötzlich komisch vorkommt, dass Luca mir Tee bringt und nicht Remo.

Unsere Verabschiedung war nicht gerade herzlich, aber ich wollte ihn nicht verärgern. Vielleicht habe ich etwas zu gereizt geklungen. Es kommt mir wirklich nicht darauf an, ihn zu vergraulen. Er sollte nur nicht für mich auf Spaß verzichten.

»Vielleicht hat er ein paar blaue Flecke am Hintern, aber es geht ihm gut. Er hilft David nur gerade, die Skiausrüstungen zu verstauen.«

Ich nicke. Es würde mich aber nicht wundern, wenn er heute in dem freien Zimmer schläft, das Pascal hinterlassen hat. Wer schläft schon gern neben einer bibbernden Bazillenschleuder?

»Remo macht sich Vorwürfe, weil du krank geworden bist«, erklärt Luca, überdreht aber die Augen, weil er zum Glück weiß, dass das Schwachsinn ist. »Er hat David heute an die fünfmal gefragt, ob man jemandem die Grippe anvögeln kann. Ihr müsst es gestern Nacht ganz schön heftig krachen gelassen haben, wenn er sich solche Gedanken macht.«

Das einzig Gute an dem Fieber ist, dass Luca nicht sehen kann, wenn ich rot werde.

»Es war nicht zu heftig. Hat Spaß gemacht«, versichere ich, ohne zu sehr ins Detail zu gehen.

Du weißt doch, was wir hier drin gemacht haben – wahrscheinlich dasselbe wie du und David mit Natascha. Wie das Streichholz das ausgehalten hat, ist mir übrigens ein Rätsel.

Luca schmunzelt meine Worte ab, stößt sich vom Sims ab, nur um sich dann wieder dagegen zu lehnen. Er mustert mich irgendwie abwägend.

»Brauchst du noch etwas?«, will er wissen, aber die Frage sollte ich eher ihm stellen. Irgendetwas will er ganz offensichtlich noch loswerden.

»Nein danke. Brauchst du noch etwas?«

Er grinst schief, weil er merkt, wie offensichtlich ihm das Hadern mit den eigenen Gedanken auf die Miene gezeichnet ist. Was auch immer ihm durch den Kopf geht, es ist nicht so amüsant wie die Bilder seines sich unfreiwillig auf den Hintern setzenden Cousins.

»Darf ich dich etwas sehr Persönliches fragen?«, will Luca wissen. Seine Stimme klingt etwas rau, was ihr einen strengen Touch verleiht – sehr Dozenten-like, aber doch irgendwie verschwörerisch eindringlich.

»Wenn ich nicht versprechen muss, zu antworten, ja.«

Was es auch ist, es ist so offensichtlich unangenehm, dass ich mir die Option, zu schweigen, offenhalten will. Reden ist im Moment nicht mein Ding – ich laufe eher im Verdrängungsmodus. Wenn er mich das fragt, was ich denke, will ich mir die Antwort vorbehalten.

Luca nickt meine Bedingung anstandslos ab und holt dann so tief Luft, als wolle er untertauchen.

»Ich weiß nicht, ob Remo dir davon erzählt hat, aber mein Vater ist krank«, beginnt er das Gespräch, das mich sofort frösteln lässt, weil ich die Strenge in seiner Stimme plötzlich als Selbstbeherrschung erkenne.

Okay, ich hätte mit einem ganz anderen Thema gerechnet und auch wenn es mir unangenehm gewesen wäre, wäre es mir gerade lieber, Luca würde mich nach Remo fragen und sich nur damit herumschlagen müssen, dass wir uns gerade seltsam verhalten.

Das Thema ist aber ernster und deprimierender. Mir wird einmal mehr bewusst, dass das Leben dich noch viel mehr fordern kann, als dir eine Grippe aufzuhalsen und dir damit die letzten Tage in der Schweiz zu versauen. Ich heule und bocke hier wegen ein bisschen Fieber herum, weil ich nicht skifahren darf und keinen Sex haben kann. Es gibt aber so viel Schlimmeres. Ich weiß das eigentlich.

»Nein. Remo hat mir nichts davon erzählt. Das tut mir sehr leid. Was hat dein Vater denn?«

Ich frage, obwohl ich glaube, die Antwort zu kennen. Warum Luca ausgerechnet mit mir darüber sprechen will, kann nur einen Grund haben, und den nennt er gleich beim Namen.

»Krebs.«

Da ist es. Dieses Wort, das heute noch so unnatürlich grauenhaft in meinen Ohren klingt, als wäre es die Beschwörungsformel für das Böse in dieser Welt. Ich weiß, wie ungern ich es selbst sage, ich kann die Schwere in Lucas Stimme nachvollziehen.

»Wurde er als heilbar diagnostiziert?«, will ich wissen und klinge für jeden Außenstehenden wahrscheinlich viel zu abgeklärt.

Da schwingt zu wenig Gefühl in meiner Stimme mit, aber nicht, weil ich kein Mitgefühl für Luca und seinen Vater empfinde. Das tue ich. Und er weiß das, sonst hätte er mich nicht darauf angesprochen. Remo hat mir vielleicht nichts von der Krankheit seines Onkels erzählt, aber Luca und er kamen ganz offensichtlich auf meine Familie zu sprechen, was ich dem Wolf nicht verdenken kann.

Ich klinge ruhig, weil ich weiß, wie es ist, wenn Menschen ihre Stimme zittern lassen, sobald man mit dem Thema anfängt. Ich habe das gehasst. Ich wollte reden, aber nicht weinen. Weinen konnte ich allein. Der Schmerz der anderen hat mir immer die Kehle zugeschnürt – da war genug in mir selbst.

Luca zuckt vorsichtig mit den Schultern und bleibt so stark, wie ich ihn einschätze. »Ich weiß nicht, ob er geheilt werden kann. Ich wünsche es mir, aber das Ganze geht schon so lange, dass ich nicht mehr daran glaube. Klingt das seltsam?«

»Nein. Nein, das tut es nicht«, versichere ich Luca eindringlich.

Sosehr man sich auch etwas wünscht, es ist gesünder für das eigene Herz, sich mit allen Eventualitäten auseinanderzusetzen. Wenn sie einen einholen, zerschlagen sie einen nicht mehr in ganz so viele lose Stücke.

»Die Therapie, die er gerade macht, schlägt nicht schlecht an, aber ich weiß nicht, ob es nicht nur ein Spiel um Zeit ist. David verhält sich seltsam – und ich bin kein Idiot. Wenn der Löwe beginnt, mich zu umarmen, läuft doch etwas schief ...«

»Es gibt auch Therapien, die die Lebensqualität und Dauer sehr, sehr positiv beeinflussen«, sage ich und sehe ihn nicken. Er weiß das. Er weiß alles über Statistiken, Erfolgschancen, Sterbequote – damit beschäftigt man sich als Erstes.

»Remo hat mir erzählt, dass deine Mutter an Krebs gestorben ist«, spricht er vorsichtig aus und setzt dann zu seiner Frage an. »Wie hast du es damals verkraftet? Hat es dich sehr gebrochen? Sie hatte auch einen sehr langen Leidensweg, oder?«

Ich bin ihm dankbar für die Beherrschung in seiner Stimme. Mit jemandem, der selbst in Flammen steht, kann man viel leichter darüber reden, wie es sich angefühlt hat, zu brennen.

»Ich war noch ein Kind«, stelle ich vorab klar. »Aber ja, sie war ziemlich lange krank. Als ich fünf war, hat sie eine erfolgreiche Therapie gemacht, als ich sieben war, kam der Krebs wieder. Ihr Tod kam nicht plötzlich. Ich wusste, dass es passiert. Mein Vater hat mich vorbereitet, die Ärzte haben mich vorbereitet. Psychologen, professionelle Sterbebegleitung, und trotzdem … Wenn es passiert, macht es dich erst mal kaputt.«

Luca nickt langsam und lauscht mir weiter.

»Ich war unheimlich traurig. Es hat so wehgetan, dass ich dachte, ich wäre auch krank und niemand könnte mich heilen. Aber ich war auch …«

Ich stutze, weil ich mir nicht sicher bin, ob ich das jemals vor jemand anderem als meinem Vater ausgesprochen habe. Ich hoffe aber, es hilft Luca, die emotionale Last, die gerade auf seinen Schultern liegt und die er so tapfer stemmt, etwas leichter zu tragen.

»Ich war auch … erleichtert.«

Ich muss die Augen schließen, wenn ich dieses Wort sage, weil ich Angst bekomme, dass es wehtut. Irgendwo tief in mir glaube ich noch, dass ich Schmerzen für dieses Gefühl verdient habe, aber das Stechen im Herz bleibt aus. Ich weiß, meine Mutter ist mir nicht böse.

»Jeden Tag Schmerzen, jeden Tag Sorgen, jeden Tag diese Ungewissheit. Der Tod hat ihr das genommen und ich war ... Ich konnte loslassen.«

Ich weiß nicht, ob ich mich richtig ausdrücke, ob ich nicht zu kalt oder abgeklärt klinge oder so, als hätte ich alles verdrängt. Das stimmt nicht. Es schmerzt mich heute noch, aber ich hatte auch sechzehn Jahre, um das alles zu verarbeiten – Luca steckt mittendrin.

»Aber diese Geschichten müssen nicht so enden«, sage ich etwas, das ich unbedingt loswerden will, weil es stimmt. Krebs ist kein Todesurteil. Es ist immer beschissen und hart für alle Beteiligten, aber es kann auch gut ausgehen, verschwinden und nie mehr wiederkommen.

»Danke. Es tut gut, mit jemandem zu sprechen, der das schon mal durchgemacht hat. Niemand, der das nicht erlebt hat, würde so ehrlich antworten. Danke, Mel.«

Ich zucke mit den Schultern, weil ich nicht weiß, ob ihm meine Sicht der Dinge wirklich hilft. Vielleicht habe ich mich auch zu kryptisch oder widersprüchlich ausgedrückt, aber ich bin nicht sonderlich gut darin, darüber zu reden. Meine Antworten wechseln, je nachdem, wer mich damit konfrontiert. Luca gegenüber war ich aber so ehrlich wie sonst selten.

»Du hast eine sehr liebe Mutter«, sage ich wissend, weil selbst der Wolf sehr herzlich von seiner Tante spricht. »Mein Vater war auch immer für mich da. Mit einem guten Familienzusammenhalt steht man so was durch, auch wenn es schlecht ausgeht

– was ich nicht hoffe oder glaube. Die Medizin hat schon ein paar verdammt gute Tricks drauf und sie finden immer wieder neue, bessere Behandlungsmethoden.«

Luca nickt, führt kurz seine eigenen Gedanken zu Ende und findet dann irgendwo in sich die Kraft für ein Schmunzeln. Dass er so stark ist, macht seinen Vater bestimmt stolz. Ich denke, es gibt nichts Schlimmeres für kranke Eltern, als zu sehen, dass das eigene Kind an der Krankheit zerbricht. Tränen heilen nur in Märchen. Das Leben ist keines.

»Ich wollte dich eigentlich nicht mit dem Thema belasten«, sagt Luca und schenkt mir einen viel zu dankbaren Blick. »Aber die Gelegenheit nicht zu nutzen, mit jemandem zu reden, der mich versteht, erschien mir auch dämlich. Danke, Melanie.«

»Nichts zu danken. Du kannst mich gern anrufen oder anskypen, wenn du wieder reden willst. Mein Vater ist übrigens sehr einfühlsam und ein guter Gesprächspartner, was dieses Thema betrifft. Falls sich deine Mutter mal mit jemandem austauschen möchte, der Ähnliches erlebt hat …«

»Das ist nett. Ich komme vielleicht darauf zurück.«

»Mach das. Jederzeit.«

Er stößt sich vom Fenstersims ab, bleibt aber noch mal vor dem Bett stehen. »Kannst du Remo nicht sagen, dass ich mit dir darüber gesprochen habe? Ich will nicht, dass er sich zu große Sorgen macht, er hatte genug Familiendrama für die nächsten drei Leben.«

Ich nicke eindringlich und will es ihm auch noch mal verbal versichern, aber die Tür springt plötzlich auf.

»Wenn man vom Teufel spricht ...«, tönt Luca und mustert Remo, bevor er den Satz weiterführt, »klaut er einem glatt den Laptop!«

»Ich klaue ihn nicht, ich leihe ihn nur!«, brummt der Wolf zurück und liefert sich ein kleines Funkelduell mit seinem Cousin. Es bringt mich zum Lächeln, dass das Wolfsrudel so stark und tough ist. Es stimmt, dass sich nur neckt, was sich auch wirklich liebt.

»Leihen würde implizieren, dass du vorher fragst und wir einen Zeitraum festgelegt haben. In meinem Koffer wühlen, den Laptop rausnehmen und damit in dein Zimmer verschwinden, erfüllt gar nichts davon.«

»Ach heul doch. Ich lösche deine Katzenpornos schon nicht.«

»Unterstellst du mir, dass ich mir Pornos mit Katzen ansehe oder dass ich welche für die Katze runterlade?«

»Hmm ... knifflige Frage. Ich würde dir beides zutrauen.«

Luca überdreht die Augen, gespielt genervt von der Konversation, zwinkert mir aber zu, bevor er die Türschnalle greift.

»Wisst ihr was? Behaltet das Ding. Gibt dann aber kein Hochzeitsgeschenk mehr!«

Lucas Lachen verstummt schnell, weil Remo die Tür hinter ihm mit dem Fuß zu kickt. Als er sich zu mir umdreht, mustert er mich prüfend, aber streng.

»Vergiss, was er gerade gesagt hat! Und vergiss die Geografiestunde, die du mir deshalb in der hundertsten Wiederholung geben willst! Ich will nichts hören! Ich will nur Daniel Radcliffe als Boot sehen! Rück rüber ...«

Ich starre Remo an, der sich neben mich ins Bett legt und anfängt, auf dem Laptop herumzudrücken.

Er hat sich auf der Piste einen kleinen Sonnenbrand geholt. Seine Nase und seine Wangen sind rot, aber seine Haut riecht betörend gut nach Sonne.

Ich war mir nicht sicher, ob er kommt. Ich war mir auch nicht sicher, ob ich ihn nicht lieber bitte, im anderen Zimmer zu schlafen, aber das wäre lächerlich. Ich will diesen bescheuerten Film mit ihm sehen. Auch wenn ich wahrscheinlich einschlafe und mich nicht mehr an die Handlung erinnern kann – ich weiß bestimmt noch, wie seine Haut gerochen hat.

Vielleicht begleiteten uns lieb gewonnene Menschen nie für immer, aber das macht die Zeit, die man zusammen hat, umso besonderer. Wenn sich Wege trennen, bleibt immer die Erinnerung an das Stück, das man gemeinsam gelaufen ist. Die Strecke, auf der wir im Moment noch sind, war vielleicht kürzer als gedacht, aber umso aufregender. Ein bisschen wie ein Parkour. Remo nimmt alle Hindernisse mit grazilier Leichtigkeit und sportlichem Elan und ich knalle gegen den zu hohen Bock und muss unerwartet schnell eine andere Route nehmen. Dass ich frühzeitig abbiege, behalte ich aber für mich. Ich habe Angst, dass sich sein Sportsgeist mit meinem beißt.

Der Film ist übrigens grenzenlos schräg.

SCHNEEFLOCKE UND EMOJIS

Manche Menschen in meinem Alter tragen die Verantwortung für ein Eigenheim oder spekulieren an der Börse. Ich verbringe einen ganzen Tag mit einer Bastelschere.

Olli hat mich gebeten, ein paar Schneeflocken aus Papier zu schneiden. Mit ›ein paar‹ meinte er hundert. Sie kommen als Deko an die großen Fenster im Festsaal, der am Nachmittag für die Weihnachtsfeier heute Abend geschmückt wird.

Eigentlich werden die Schneeflocken jedes Jahr von den Kindergartenkindern eines Partner-Schulkomplexes gebastelt, aber dort geht gerade eine Grippewelle um sich und die Kleinen konnten nicht termingerecht liefern. Ironischerweise springt jetzt Patientin 0 ein.

Ich vermute ja, ich habe die Grippewelle in die Stadt eingeschleppt.

Als wir vom Skifahren zurückgekommen sind, bin ich zwar sofort in meinem Zimmer verschwunden und habe mich dort verbarrikadiert, aber eine der Betreuerinnen hat es trotzdem geschafft, sich anzustecken. Ihr Freund ist Busfahrer und hat dem Virus Räder gegeben. Danach war die Stadt verloren.

Von wegen, Zombie-Filme hätten keine Message. Die Message lautet: Wenn erst mal ein Kind an der Haltestange im Bus leckt, sind wir alle verloren!

Im Gegensatz zu vielen anderen geht es mir wieder besser. Ich bin seit drei Tagen fieberfrei und war heute sogar wieder joggen, um meinen Kreislauf in Schwung zu bekommen.

Der Appetit ist auch wieder da. Während des Bastelns muss eine ganze Packung Gummibärchen dran glauben. Vielleicht verdrücke ich die Dinger auch aus Frust, weil meine Schneeflocken nicht sehr flockig aussehen. Eher wie Quadrate mit Löchern, die ich im Nachhinein rund schneide, weil sie sonst so massiv hässlich sind, dass ich selbst die Teenies aus der Oberstufe damit zum Weinen bringen könnte.

Ich hatte wirklich gut verdrängt, dass ich unter ›basteln‹ das verstehe, was ein Tornado fabriziert, nachdem er eine Scheune zerlegt und ein paar Kühe herumgewirbelt hat.

Mann, bin ich unbegabt ... Aber ich will Olli nicht enttäuschen, also schneide ich mir die Finger wund.

Das Ergebnis ist trotzdem ziemlich ›mäh‹. Aber wenn man die Augen etwas zusammenkneift und den Kopf schief legt, sieht man, dass ich Flocken herstellen wollte.

Mein Handy vibriert, weil es mir sagen will, dass es Zeit ist, meine Meisterwerke abzugeben.

Ich habe den kommenden Abend prätentiös durchgeplant und mich extra ausgiebig geschont, um heute wirklich wieder fit zu sein.

Die letzten Tage im kontaminierten Exil mit meinen Gedanken allein zu sein, war zermürbend, aber auch irgendwie gut. Hätte ich nicht so lange darüber nachgedacht, wie ich diesen Tag gestalten möchte, wäre ich wahrscheinlich ein nervöses Wrack gewesen und hätte gar nichts auf die Reihe bekommen.

Es gibt einen Plan, der zugegebenermaßen ein paar Lücken hat, aber ich kann mich daran festhalten und das ist schon mal besser, als haltlos zu sein.

Ich werfe meine Papierflocken in einen Karton und mache mich auf den Weg ins Hauptgebäude.

Der Schnee hat das Gelände noch immer fest im Griff. Der Anblick ist postkartentauglich, vor allem wenn es dämmrig wird und die Lichter aus den vielen Fenstern die Fassade zum Glühen bringen.

Im Festsaal wird schon fleißig gearbeitet. Olli hat kurzerhand Remos Basketballteam in Beschlag genommen. Die Jungs haben die vielen Stühle nach draußen getragen, ohne die der Raum noch größer und weitläufiger wirkt.

Hier ist definitiv genug Platz, um eine großartige Veranstaltung auf die Beine zu stellen.

Olli hat behauptet, dass die Weihnachtsfeier sein liebstes Schulfest ist, deshalb reißt er sich auch immer um die Organisation.

»Mel! Hier bin ich!«

Mein suchender Blick wird zu den Kisten gelotst, die neben der Bühne stehen. Ich denke für eine Sekunde, Olli sitzt in einer der großen Boxen und grinst mich daraus an, aber er steht eigentlich dahinter.

»Wow! Kann es sein, dass ihr echt viel Deko habt?«, frage ich den Deutschlehrer, der zwar nicht in den Kisten mit den vielen Lampions und dem glitzernden Schnickschnack sitzt, aber es offensichtlich gern würde.

»Ja! Der Hammer, oder? Der Festsaal wird heute Abend absolut genial aussehen!«

Sein Enthusiasmus ist durchaus ansteckend und sehr süß, aber ich beäuge die riesige Kiste mit den Tierfiguren aus Lichtröhren doch etwas skeptisch.

»Stellst du die auch auf? Ist das nicht etwas too much?«

Olli zieht eine Augenbraue nach oben und schürzt beleidigt die Lippen. »Also erstens hat es ewig gedauert, die Dinger auf dem Dachboden zu finden und hier runterzutragen – das war vor sechs Stunden und ich schwitze noch immer!«

Er fächert sich demonstrativ Luft mit der Hand zu – dann nimmt seine Miene diese koketten Züge an, die mir ein bisschen Angst machen. Wenn er so aussieht, haut er gern mal etwas raus, das mich dazu bringt, dem erröteten Emoji mit den aufgerissenen Augen Konkurrenz zu machen.

»Und zweitens …«, fährt er fort und zwinkert verschwörerisch, »… ist das Motto: Märchenwald!«

Okay. Das enttäuscht mich jetzt beinahe, weil es mich nicht schockiert oder peinlich berührt. Eigentlich ein hübsches Motto für ein Fest. Und es lässt pompöse Deko zu.

»Lass mich raten: Das hast du dir ausgedacht«, unterstelle ich Olli und schmunzle wissend.

Er nickt stolz und grinst dann von einem Ohr zum anderen. »Ja! Hab ich! Und ich hab's für dich und Remo ausgesucht!«, lässt er die Unbehagen-Bombe endlich platzen. »Du nennst euch doch immer ›Wolf‹ und ›Rotkäppchen‹!«, tönt er, begeistert von seiner bescheuerten Idee.

»Einmal, Olli! Das war nur ein Scherz!«

Ich habe es ihm gegenüber wirklich nur einmal erwähnt – wie oft ich es mir in Gedanken vorsage, kann er nicht wissen.

»Ich dekoriere euch hier einen Märchenwald! Und ihr werdet tanzen und ich werde es fotografieren! Dann habt ihr ein tolles Bild für euer erstes gemeinsames Fotoalbum!«

Gut. Jetzt dreht Herr Stark am Rad. Ich stecke ihn gleich in eine der Boxen.

»Kannst du deine Halluzinationen bitte leiser vor dich hin plappern?! Hier sind überall Schüler!«, erinnere ich ihn und sehe mich etwas paranoid um. Die Jungs beachten uns aber nicht, sie sind noch mit den Stühlen beschäftigt.

»Ach, die finden das doch auch süß! Stell dich nicht so an. Remo tanzt übrigens großartig, wusstest du das?«

Ja. Das weiß ich. Und wie ich das weiß.

»Das wird hier doch kein Ball! Das ist ein Schulfest!«, beginne ich, den Deutschlehrer, der gern die gute Fee aus *Cinderella* wäre, aus seiner Traumwelt zu holen.

»Na ja, alle ziehen sich schick an und es wird auch immer getanzt, weil die Oberstufe schon mal für den Abschlussball übt – hat schon eine Ball-Atmosphäre, wenn auch nicht ganz so förmlich und herausgeputzt.«

»Ach, und wieso musste ich dann eine Million dämliche Papierschneeflocken basteln? Wie passt das denn zum Thema?«

Ich will nicht weiter über Ollis Märchenprinzessin-Fantasien rede.

Das hier wird kein Märchen-Ende, das heißt aber nicht, dass es nicht trotzdem schön werden kann – auf eine nüchterne, reale Weise.

Ich habe es mir ganz fest vorgenommen: kein Drama, keine Szene und am Ende lächeln. Alles andere würde dieser spannenden, aufregenden Zeit hier auch gar nicht gerecht werden. Wehmut und dramatische Showeinlagen stehen definitiv nicht in meinem Terminkalender.

Olli beäugt prüfend die Kiste mit den Papierflocken, die ich neben ihm abgestellt habe. »Na ja. Sie sehen schick an den großen Fenstern aus – wenn die Kinder sie machen …«

Den letzten Teil murmelt er leise vor sich hin. Ich muss meine Flocken verteidigen.

»Die werden klasse aussehen! Du musst sie nur richtig aufhängen! Die guten Seiten nach oben«, weise ich an.

Olli nickt und behält seine zuckenden Mundwinkel erst mal unter Kontrolle. »Okay. Ich wusste nicht, dass es bei Schneeflocken ein Oben gibt, aber ich werde darauf achten. Danke für die Mühe, Mel. Das war wirklich …« Er kann das Lachen nicht mehr halten, weil er gerade eines meiner Kunstwerke herausnimmt und dreht.

Ich will ihn eigentlich vorwurfsvoll anfunkeln, aber wenn Olli lacht, muss man mitlachen – das ist so ansteckend, als würde man jemanden gähnen sehen.

»Du musst sie nicht aufhängen«, meine ich und winke ab.

»Doch! Sie sind kreativ und haben Charme. Ich mag sie.«

Dass ich ihn plötzlich drücke, lässt ihn im ersten Moment irritiert erstarren. Nach einer Sekunde lässt er die Überraschung ziehen und erwidert die Umarmung.

»Wofür ist das denn?«, will Olli amüsiert wissen und mustert mich fragend, nachdem wir uns wieder losgelassen haben.

Ich zucke mit den Schultern. »Für alles. Jedes Gespräch, das wir geführt haben, seit du mir gesagt hast, dass Alkohol auf dem Schulgelände verboten ist. Das Lachen war immer vorprogrammiert – danke dafür.«

Olli freut sich über die Zuneigungsbekundung, wird aber auch ein bisschen rot.

»Ach, hör auf, sonst werde ich noch rührselig! Lass uns mal bei einem Gläschen Wein darüber reden, wie lieb wir uns haben, dann kann ich dir auch die neuen Nachrichten von Tom zeigen, in denen er beweist, dass das Auberginen-Emoji niemals für eine Aubergine steht. Ich bin froh, dass er es entdeckt hat. Jetzt weiß ich endlich, dass sein ›Stehender‹ ›Ständer‹ heißen soll.«

Ich lache und nicke. Beides fühlt sich falsch an. Nicht weil ich die Gespräche mit Olli nicht liebe und witzig finde, sondern weil ich gerade etwas sagen sollte, aber den Mund halte.

Das Dekorieren macht ihm so viel Spaß und er freut sich auf heute Abend. Ich ebenso. Diese Stimmung jetzt einzureißen, kommt mir einfach falsch vor.

Ich verabschiede mich erst mal von Olli und hake den ›Schneesterne abgeben‹-Punkt von meiner To-do-Liste auf dem Handy ab. Als Nächstes steht da ›Wolf suchen‹. Ich weiß eigentlich, wo er gerade ist. Aber nicht, was er danach vorhat.

Meine Beine tragen mich zu einem Teil des Schulgebäudes im ersten Stock, von dem aus man durch die hohe gläserne Fensterfront in den Turnsaal sehen kann – zumindest wenn die Rollläden nicht hinuntergelassen wurden. Remo lässt aber meistens alles offen, wenn er aufräumt.

Er trainiert seit dieser Woche nachmittags Geräteturnen mit ein paar Schülern, die bald zu einem Wettbewerb fahren. Er meint, Ballsportarten seien viel mehr sein Ding, aber seit ich ihn damals diesen Parkour habe machen sehen, weiß ich, dass er selbst verdammt gut in Sportarten ist, die nicht sein Ding sind.

Er räumt die Geräte jeden Abend allein weg. Ich glaube, er genießt die Zeit für sich, wenn er die Anlage aufdrehen kann und seine Performance zum Besten gibt.

Ich bin nicht die Einzige, die weiß, dass Herr Morelli gern vor sich hin rappt oder singt, wenn er nach dem Training aufräumt. Die Schüler sehen ihn auch ab und an, weil er die Rollläden nicht runterlässt oder die Turnsaaltür offen steht. Das macht er weder mit Absicht noch aus Versehen – ich denke, es ist ihm schlichtweg egal. Man könnte annehmen, die Schüler würden sich über einen für sich selbst performenden Lehrer lustig machen, aber sie vergöttern ihren etwas unkonventionellen coolen Sportlehrer viel zu sehr.

Die Liebe zur Musik und zum Bewegen steht Remo wirklich gut. Und dass er einen Scheiß darauf gibt, dass er singt wie ein heulender Wolf, beeindruckt auch.

Ich denke, er war noch nie jemand, der anderen gefallen wollte, der es aber trotzdem tut. Seine dominante Ausstrahlung in

Verbindung mit diesem einfühlsamen Charakter fasziniert einfach.

Während ich Remo beim Kopfnicken und Wippen zur Musik beobachte, muss ich schmunzeln. Ich war mir so sicher, dass der Mann, den ich damals im Geräteraum zum ersten Mal gesehen habe, ein Arschloch ist.

Oder ich wollte mir sicher sein. Eigentlich merkt man schnell, dass das Knurren meistens nur bissiger Humor ist und dass er diese ausgeprägte empathische Aura hat – zumindest den Leuten gegenüber, die ihm wichtig sind. Er kann aber nicht jeden leiden, weil er niemand ist, der der Illusion verfallen ist, dass alle Menschen im Grunde gut sind. Es gibt echte Arschlöcher da draußen, aber man fürchtet sich deutlich weniger davor, ihnen zu begegnen, wenn man einen Wolf hinter sich stehen hat, der Zähne zeigen kann. Wahrscheinlich ist es auch das, was die Kinder so sehr an ihm mögen, obwohl er manchmal streng wirkt. Diese ›Ich kann dich beschützen, wenn du dich mir anvertraust‹-Ausstrahlung.

Wenn ich eines bewusst verinnerlicht habe, seit ich Herrn Morelli kenne, dann ist es wohl der Wunsch, dass es einen Lehrer wie ihn für jeden Teenager auf der Welt gibt, der sich irgendwann mal verloren oder unverstanden fühlt. Die Welt braucht viel mehr Mozzarella ...

Ich schmunzle meine Gedanken ab und zücke mein Handy. Als ich den WhatsApp-Chat mit ihm öffne und zu tippen beginne, werde ich etwas nervös.

Ich weiß nicht, ob mein Plan aufgeht, aber Scheitern ist keine Option. Ich will das unbedingt durchziehen, nichts anderes hat in den letzten Tagen so viel Raum in meinen Gedanken eingenommen.

Was singst du gerade?

Als ich die Zeilen geschickt habe, sehe ich sofort wieder runter in den Turnsaal. Remo bleibt stehen und greift in seine Hosentasche. Er ist zu weit weg, ich kann nicht sehen, ob er schmunzelt, aber ich sehe, dass er tippt.

›Addicted‹ von Bliss n
Eso. Ist mein
Lieblingssong. Hör ihn dir
an. Wenn du ihn scheiße
findest, sprich nie wieder
ein Wort mit mir, ich rede
nicht mit Kunstbanausen.
Geht es dir besser?

Er wundert sich nicht darüber, dass ich weiß, dass er gerade singt. Remo ist jeden Tag zur gleichen Zeit zum Aufräumen im Turnsaal. Und er hält mich mit seiner Playlist auf dem Laufenden.

Eigentlich mochte ich das ganze Hip-Hop-Rap-Zeug abseits vom Mainstream nie, aber die Songs, die er feiert, sind ziemlich eingängig und passen so gut zu ihm, dass ich etwas Besonderes mit ihnen verbinde und sie gern höre.

> Was machst du später? Ja, es
> geht mir viel besser. Absolut
> fit und gesund.

Remo verschwindet im Geräteraum. Ich sehe nur an seinem Status, dass er tippt.

> Am Abend bin ich auf der
> Weihnachtsfeier. Dein
> Vater meinte, du kommst
> auch. Wir sehen uns dann.

Manchmal klingt Remo beim Schreiben etwas forsch, weil er sich weigert, Emojis zu benutzen. Er meint, Bildchen im Text seien der Untergang der Kurznachrichten-Kultur. Ollis Tom und seine Auberginen sind wohl der lebende Beweis dafür.

> Was machst du, wenn du mit
> Singen fertig bist? Die Feier
> fängt erst um acht an.

Ja, das klingt etwas zu neugierig und aufdringlich, aber die Zeit, um subtil zu sein oder Desinteresse zu heucheln, ist schon abgelaufen.

> Ich bin in meinem Büro und
> korrigiere Mathe-Klausuren.

Ist längst überfällig. Wir
sehen uns auf der Feier.

Ein paar auflockernde Emojis würden dem Text diesmal wirklich nicht schaden. Ich höre ihn förmlich knurren, dass er vor acht keine Zeit hat.

Dass er arbeiten muss, verstehe ich, aber es ist mir egal. Ich weiß alles, was ich wissen wollte, und disponiere meinen Plan einfach ein wenig um.

Eigentlich will ich auf mein Zimmer gehen und alles vorbereiten, aber Remo taucht wieder auf, beginnt, einen Barren zu schieben, stoppt aber plötzlich und zieht sein Handy wieder aus der Tasche.

Hast du Bock, am
Wochenende mit mir nach
Zürich zu fahren? Ich zeig
dir meine Uni und wir
übernachten im Hotel.
Oder in der Gosse – das
weiß man bei mir nie. Ich
bin ein sehr
geheimnisvoller
Straßenköter.

Ich überfliege die Zeilen nur flüchtig und stecke mein Handy dann weg. Mein Herz hämmert trotzdem.

Auf dem Weg zurück ins Wohnheim sage ich mir mein ›Carpe diem‹-Mantra vor: Morgen ist mir egal, heute ist noch nicht vorbei. Ich lebe im Moment und im Moment steige ich erst mal unter die Dusche.

LASS UNS SO TUN, ALS OB

Die Schule ist um diese Zeit eigentlich leer. Nach sechs Uhr sind die Gänge wie ausgestorben und die meisten in ihren Wohnheimen oder auf dem Weg in die Stadt – heute nicht. Es ist zwar noch nicht allzu viel los, aber ab und zu laufe ich an einer Gruppe Schüler vorbei, die gemeinsam die Zeit bis zum Fest totschlagen oder beim Vorbereiten helfen.

Ich lächle jeden freundlich an, der meinen Weg kreuzt. Selbst die blöde Ziege, die Pascal mal an sich ketten wollte. Nicht mal Frau Muschi kann meine Stimmung gerade trüben, weil es mir in der letzten Stunde gelungen ist, ganz in meiner Vorfreude zu versinken. Das Kribbeln im Bauch hat die Freude in mir zu Euphorie genährt – auch weil ich das hier schon so lange plane und in Gedanken durchspiele.

In meiner Fantasie hat es jedes Mal Spaß gemacht. Dass ich so lange mit der Umsetzung warten musste, nervt zwar, aber die angestaute Ungeduld lässt mich gut verdrängen, dass ich nervös bin, weil das hier auch danebengehen könnte.

Ich komme vor einer massiven Holztür zum Stehen, aus der ich das letzte Mal, als ich hier war, gestürmt bin. Auf die Ortswahl hatte ich keinen Einfluss – das hat sich einfach ergeben –, aber eigentlich ist es perfekt. Riskant, aber perfekt.

Als das »Herein« ertönt, klingt er etwas misslaunig, wahrscheinlich weil er in die Arbeit versunken ist und nicht gestört werden will.

Unter normalen Umständen würde ich das auch nicht machen. ›Normal‹ steht aber heute in keiner einzigen Zeile meiner To-do-Liste.

Ich trete in das Büro und sehe, wie Remo den Blick von den Prüfungen löst und mich überrascht mustert.

»Mel. Ist es schon so spät?«, fragt er und sieht prüfend zur Uhr an der Wand, weil er denkt, ich sei hier, um ihn zum Winterfest zu begleiten.

»Nein, nein. Du hast noch eine halbe Stunde«, sage ich und kann mir das begeisterte Schmunzeln und das Funkeln nicht verkneifen.

Ich hatte Angst, dass das hier zu spontan ist, um zu funktionieren, aber es ist alles mehr als perfekt.

Remos Arbeitslook ist meistens sehr sportlich oder junglehrerhaft modern. Entweder trägt er Trainingswesten oder legere Pullover, heute nicht.

Er hat das weiße Hemd zwar an den Ärmeln hochgekrempelt und die beiden obersten Knöpfe offen, aber er sieht trotzdem sehr schick und herausgeputzt aus. Schwarze Anzughose, schwarzer Gürtel und Schuhe – wahrscheinlich hat er vor, nach dem Korrigieren gleich in den Festsaal zu gehen.

»Was grinst du so?«, will er wissen und zieht eine der perfekt geschwungenen Augenbrauen nach oben, die ihn manchmal so streng aussehen lassen.

»Ich bewundere dein Outfit«, entgegne ich wahrheitsgemäß.

Dass ich dabei noch immer grinse, irritiert ihn und bringt ihn zum Brummen.

»Das ist mein Cosa-Nostra-Look. Alles, was nach Mafiaboss aussieht, steht mir – ich bin Italiener.«

Damit, dass ihm die Klamotten stehen, hat er recht.

Aber ich sehe gerade weniger einen Mafiaboss in ihm als vielmehr das, was er wirklich ist: ein Lehrer – so konservativ schick gekleidet, wie es der Fall war, bevor Pädagogik diesen modernen Avantgarde-Touch bekommen hat.

Elitär, streng und verdammt heiß.

»Störe ich dich?«, frage ich und mache ziellos ein paar Schritte im Büro.

Die Frage ist überflüssig, aber ich brauche noch ein wenig Anlaufzeit, um Mut zu sammeln.

Außerdem mag ich seinen forschenden Blick, weil er nicht weiß, warum ich hier bin.

»Eigentlich ja. Ich will die Tests heute noch fertig korrigieren.«

»Soll ich gehen?«

Er lehnt sich leise knurrend mit den Armen an seinen Schreibtisch und sieht mir beim Gehen zu. Ich bleibe vor der Wand mit seinem Diplom stehen und lese es gespielt interessiert.

»Ich sollte ›Ja‹ sagen, weil ich wirklich viel zu tun habe, aber du schleichst hier herum wie eine Katze im Trenchcoat und ich würde gern wissen, warum.«

Ich schmunzle und sehe kurz zu ihm rüber, bevor ich mit den Schultern zucke. »Was irritiert dich denn daran? Ich wollte nur mal ›Hallo‹ sagen, wir haben uns ein paar Tage nicht gesehen.«

»Du warst krank«, erinnert Remo mich, der noch immer nichts mit der gespielten Beiläufigkeit meines Auftauchens anfangen kann.

Er wittert, dass ich etwas vorhabe, aber er weiß nicht, was, und das setzt ihn sichtbar unter Strom.

Sein aufmerksamer Blick folgt jeder meiner Bewegungen. Ich wende mich seinem Schreibtisch zu und schenke ihm ein Lächeln.

»Jetzt bin ich wieder gesund.«

»Und um das zu feiern, bist du losgezogen und hast dir einen Columbo-Gedächtnismantel gekauft?«, fragt er ungläubig und lehnt sich wieder zurück in seinen Stuhl.

»Gefällt er dir nicht?«, will ich wissen und lasse meine Miene gekränkt aussehen.

Remos Blick schweift über den beigen Trenchcoat. Er neigt dabei den Kopf zur Seite. »Bist du darunter nackt?«

Er klingt nicht sonderlich sicher, weil er zumindest sieht, dass ich schwarze Strümpfe und schwarze Ballerinas trage – nicht unbedingt sexy, auf den ersten Blick.

»Nein, ich bin darunter nicht nackt«, entgegne ich in kühl klingendem Ton, damit kein Zweifel daran aufkommt, dass ich die Wahrheit sage.

Remo schüttelt den Kopf. »Dann hat der Exhibitionisten-Trenchcoat keine Daseinsberechtigung. Warum bist du hier, Mel?«

Okay. Karten auf den Tisch. Ich dachte, ich würde nervös werden, aber Remos Neugier macht mir so viel Spaß und Laune, dass kein bisschen Unsicherheit in meiner Stimme mitschwingt.

»Du schuldest mir noch zwei Orgasmen«, sage ich und sehe ihn den Blick verfinstern. Er sieht aber auch immer streng aus, wenn er heiß wird.

»Ich weiß. Morgen im Hotel vögle ich dich gern so oft und lange, wie du willst, oder lecke dich die ganze Nacht. Heute muss ich das hier zu Ende benoten, bevor die Feier anfängt.«

Ich schüttle den Kopf. »Nein. Nicht morgen. Heute. Lass dich darauf ein oder schick mich weg und wir vergessen das mit der Wette.«

Mein Herz stolpert doch kurz, weil ich befürchte, dass er stur bleibt.

»Auf was einlassen? Du hast doch etwas vor«, tönt er wissend. Als ich begreife, dass mich sein Protest nur aus der Reserve locken soll, kann ich wieder schmunzeln.

»Schließ die Augen und lass dich überraschen.«

Er brummt. »Ich steh nicht auf Überraschungen. Sag's mir einfach.«

»Du siehst gleich, was wir spielen. Augen zu!«

Remo tippt mit dem Kugelschreiber auf der Tischplatte herum. »Seit wann machst du denn eigentlich die Ansagen, wenn wir vögeln?«, fragt er und verzieht beleidigt den Mund.

»Okay. Dann verschwinde ich. Viel Spaß beim Benoten!«

Ich kann gar nicht so schnell auf dem Absatz herumwirbeln, wie er protestiert.

»Schon gut! Bleib hier! Die Augen sind zu!«

Er hält sich wirklich die Hände vor das Gesicht. Ich beginne, den Mantel zu öffnen.

»Wieso denke ich, dass du irgendetwas total Perverses vorhast?«, fragt er.

»Keine Ahnung. Wunschdenken? Nicht schummeln!«

»Schummeln ist nicht mein Stil«, tönt er großspurig, aber ich glaube ihm.

Er bleibt wirklich überaus geduldig, zumindest zwanzig Sekunden, dann wird der Wolf launisch.

»Ich sag's gleich: Ich lasse mich nicht fesseln, auspeitschen oder mir irgendetwas in den Arsch stecken – ich bin nicht dein Exfreund. Wenn ich einen Alexa Dot sprechen höre, bin ich weg!«

Die Anspielung bringt mich zum Lachen, während ich den Mantel vor dem Aktenschrank ablege.

Ich wusste, das hier würde Spaß machen.

Mit niemand anderem außer Remo würde dieser Spagat zwischen heißer Erotik und sarkastischen Sprüchen so gut gelingen.

»Außerdem lasse ich mich in keine Kostüme stecken. Ich sehe heute sowieso heiß aus – arbeite damit.«

Ich überlege, ihn noch länger warten zu lassen, einfach weil es Spaß macht, ihn seine ›Was man nicht mit Remo machen darf‹-Liste vor sich hin brummen zu hören, aber er liefert mir mit dem Selbstlob zu seinem Outfit eine gute Vorlage, um anzufangen.

Ich lehne mich an die Wand neben der Tür und stelle ein Bein vor das andere. »Sie sehen heute wirklich gut aus, Herr Morelli, aber ich weiß nicht, ob ich Ihnen das sagen darf ...«

Er nimmt die Hände runter, weil er nach diesem Satz kein Stichwort mehr braucht. Sein Blick streift nur ganz kurz über mich, dann drückt er den Kopf gegen die Lehne und lacht brummend.

»Ich habe mit den schrägsten, abgefahrensten Dessous gerechnet und auch mit Fetisch-Zeug, aber das ...« Er sieht wieder zu mir und zieht eine Braue nach oben. »Das überrascht mich.«

Ich wusste, dass es ihn überrascht, obwohl es eigentlich so naheliegt.

Remo hat oft genug betont, dass ihm der Gedanke, etwas mit einer Schülerin anzufangen, zuwider ist. Warum ich die Schuluniform mit der engen weißen Bluse und dem viel zu kurzen Schottenrock trotzdem gekauft habe, liegt daran, dass ich glaube, dass Sex-Rollenspiele durchaus reale Grenzen überschreiten können, weil sie innerhalb einer sicheren Fiktion ausgelebt werden.

Es macht mich heiß, wenn Remo mich packt und mir ins Ohr knurrt, dass er mich will, egal ob ich ›Nein‹ oder ›Hör auf‹ rufe. Das heißt aber nicht, dass ich mir wünsche, wirklich von irgendjemandem vergewaltigt zu werden, oder zulassen würde, dass mich jemand gegen meinen Willen anfasst. Remo weiß das und ich habe mich auch von Anfang an sicher gefühlt, dass ein einziges Wort unser Dominanzspiel beenden kann.

Er muss die Sache mit dem Schulmädchen-strenger-Lehrer-Spiel einfach auch so sehen.

Ich kenne sein Safeword zwar nicht, aber wenn er mir sagt, dass ihm das hier unangenehm ist, brechen wir ab. Es muss ihm aber nicht unangenehm sein. Wir wissen beide, dass es nur ein Rollenspiel ist – ob er sich darauf einlässt, kann ich noch nicht abschätzen.

Seine nachdenklichen Blicke schweifen über meinen Körper. Ich wage mal einen Versuch.

»Sie wollten mich sprechen? Hab ich etwas angestellt?«, frage ich unschuldig und mache ein paar vorsichtige Schritte auf seinen Schreibtisch zu.

»Du kommst ziemlich ungelegen, ich stecke gerade mitten in der Benotung«, entgegnet er und deutet auf den Stapel Tests vor ihm.

Ich denke, er hat gerade wirklich ein schlechtes Gewissen, weil er die Prüfungen nicht zu Ende korrigieren kann.

»Schon gut, ich lege ein gutes Wort bei meinem Vater für Sie ein.«

Remo grinst. »Bist du jetzt die Tochter meines Direktors oder meine Schülerin?«, will er wissen, weil ich wirklich ein bisschen aus der Rolle gefallen bin.

Ich unterdrücke das Grinsen und zucke vorsichtig mit den Schultern. »Darf ich mich setzen?«, frage ich und sehe bittend von dem Stuhl vor seinem Schreibtisch zu ihm.

Er nickt knapp und lehnt sich nach hinten.

»Wie habe ich in Mathe abgeschnitten?«, will ich wissen.

»Mangelhaft«, entgegnet Herr Morelli und bringt mich dazu, echauffiert nach Luft zu schnappen.

»Mangelhaft?!«, platzt es aus mir heraus. »Ich habe bestimmt kein Problem mit Mathe!«

Er unterdrückt das Lachen und zuckt mit den Schultern. »Okay? Dann bist du superschlecht in Sport und ich diszipliniere dich deshalb?«, fragt er amüsiert.

»Sie finden mich beim Sport total sexy!«

»Aber wenn du kein Problem mit Mathe und Turnen hast, bist du vielleicht im falschen Büro. Der Lehrer, der dich versohlt, weil du kein Wort Französisch sprichst oder etwas Unanständiges mit einem Instrument angestellt hast, sitzt im ersten Stock, läuft aber unter Garantie weg, wenn er dich in einer Schuluniform sieht.«

»Remo!«, fauche ich ermahnend, muss aber aufpassen, dass ich nicht auch noch zu lachen beginne.

»Sorry. Warte …« Er räuspert sich, beugt sich ein Stück über den Tisch und funkelt mich streng an.

Ich hoffe, er kann sich endlich seiner Rolle hingeben, die gar nicht so schwer ist, weil er sich nur selbst spielen muss.

»Du hast also die Kollekte gestohlen, um dir ein Intimpiercing stechen zu lassen«, knurrt er mit zuckenden Mundwinkeln.

Ich überdrehe die Augen. »Ich bin keine Klosterschülerin! Und wie soll ich denn bitte spielen, dass ich ein Intimpiercing habe?!«

»Keine Ahnung, kratz dich im Schritt? Hattest du nie Impro-Theater an der Schule?«

Ich grinse seinen schwachsinnigen Vortrag ab, seufze aber im nächsten Moment und lasse die vorbildlich gerade Haltung sein, um mich in den Stuhl zu lehnen.

»Okay. Du willst nicht. Entschuldige. Ich dachte, du findest das genauso scharf wie ich.«

Die Enttäuschung, dass er sich nicht darauf einlassen kann, ist mir ins Gesicht geschrieben, aber mir bleibt zumindest die Erinnerung an die schrägen Dialoge. Auch schön. Ich lache gern mit ihm.

»Stell dich zur Tür, wir fangen noch mal an«, sagt Remo plötzlich.

Er hat den Schalk aus seiner Stimme verschwinden lassen.

»Was?«

»Lass uns das durchziehen.«

»Aber ...«

»Nichts ›Aber‹. Du hast mich nur etwas kalt erwischt. Ich stelle meine innere rationale Stimme stumm. Du siehst scharf aus und es ist ein Spiel, also lass uns spielen.«

Der Glanz in seinen Augen lässt die Vorfreude in mir wieder wachsen, die auch sofort meine Libido wachrüttelt.

Ich stehe auf und gehe auf die Tür zu.

»Bleib stehen«, verlangt Remo.

Ich bleibe mit dem Gesicht zur Tür stehen und höre ihn eine Schublade öffnen.

Meine Zähne beißen in meine Lippe, bis der leichte Schmerzimpuls mich von meiner elektrisierenden Nervosität ablenkt und mich daran hindert, aufgeregt an meinem Rocksaum zu nesteln.

Nicht nur das Rollenspiel macht diesen Sex so besonders, dass meine Nerven flattern, aber über den anderen Grund will ich nicht nachdenken.

Ich höre Remo auf mich zukommen. Seine schicken schwarzen Lederschuhe erzeugen einen dumpfen Klang bei jedem Schritt auf dem Parkettboden.

Er bleibt so dicht hinter mir stehen, dass ich seinen Atem an meinem Nacken fühlen kann.

»Weißt du, warum du hier bist?«, fragt er mit tiefer Stimme.

Klar: vögeln. Aber das würde das Schulmädchen in mir nicht sagen.

Ich schüttle den Kopf und drehe mich verstohlen nach ihm um. Remo hat einen Schritt zurück gemacht und mustert mich mit hoheitsvollem Blick.

»Mir ist zu Ohren gekommen, dass du verbotene Dinge mit jemandem aus meinem Basketballteam gemacht hast.«

Ich muss die beschämte Verwunderung darüber, dass er jetzt mit Paul anfängt, nicht spielen – sie ist wirklich da.

»Ich … ähm … Nein.«

Er neigt den Kopf, sein Blick verliert dabei nicht die Strenge.

»Nein? Hast du dich nicht von ihm an unangemessenen Stellen berühren lassen? In meinem Turnsaal?«

Er modifiziert die Wahrheit, was eigentlich genial ist, weil ich wirklich ein wenig in Schamgefühl brenne und mich trotzdem auf die Fantasiewelt einlassen kann.

»Ich wollte nur …«

»Du wolltest was? Wissen, wie es sich anfühlt?«

Oh, er ist gut. Ich spüre die Luft zwischen uns knistern.

Ich nicke und sehe verstohlen zu ihm auf. Er verzieht noch immer keine Miene.

»Ich könnte den Vorfall beim Direktor melden.«

»Bitte nicht ...«

Echt jetzt. Mein Vater würde einen Herzinfarkt bekommen.

»Aber vielleicht verdienst du gar kein Disziplinarverfahren, weil du nur neugierig warst, wie sich seine Zunge zwischen deinen Beinen anfühlt.«

Remo sieht mich erwartungsvoll an.

»Ich weiß nicht, wie sich seine Zunge anfühlt. Nur seine Hand«, gestehe ich und zucke vorsichtig mit den Schultern.

Remo dreht mir den Rücken zu, geht zurück zu seinem Schreibtisch und lässt sich seufzend auf den Stuhl fallen. Er klopft mit den Fingern auf die Tischplatte. »Komm her.«

Ich gehe auf ihn zu und streiche über meinen Rock. Als ich neben ihm stehen bleibe, lässt er seinen Blick über meine Beine schweifen.

»Gefällt Ihnen mein Körper, Herr Morelli?«

Er sieht zu mir auf. »Darfst du mich denn so was fragen?«

»Ich weiß nicht. Aber wenn ich Ihnen verrate, dass ich die ganze Zeit an Sie gedacht habe, als sich die Finger so gut zwischen meinen Beinen angefühlt haben, dürfen Sie mir dann antworten?«

Er schmunzelt schief und drückt den Kopf in die Lehne. »Was du dir vorstellst, ist verboten.«

»Was soll ich sagen? Anscheinend stehe ich auf richtig alte Männer ...«, entgegne ich und falle mit der Stichelei etwas aus der Rolle, aber ich musste ihn damit aufziehen.

Remo knurrt. »Ach? Hast du genug davon, dich von Jungs befriedigen zu lassen?«

»Ja. Ich will einen Mann spüren.«

»Ich darf dich nicht anfassen.«

»Und wenn Sie nur zusehen?«, frage ich und rutsche auf seinen Tisch.

Ich schiebe die Tests vorsichtig zur Seite und setze mich direkt vor ihn. Als ich die Beine spreize, rutscht der viel zu kurze Rock automatisch nach oben.

Meine Hand gleitet langsam in meinen Schritt.

Ich fixiere ihn mit dem Blick, während ich beginne, mich selbst zu stimulieren.

»Bist du so heiß auf mich? Du kleines scharfes Stück?«

»Ja …«, hauche ich und spüre einen Schwall Erregung durch mich hindurchgleiten, als Remo meine Beine weiter auseinanderdrückt und näher rückt. Er greift meine Hand und stoppt damit meine. Die Finger seiner anderen Hand schieben meinen Slip zur Seite.

»Ich kann nicht zulassen, dass du dich auf meinem Schreibtisch selbst befriedigst.«

»Dann befriedigen Sie mich. Ich denke, ich habe eine Belohnung verdient, weil ich so gut in Mathe bin.«

Remo schnaubt und neigt dann den Kopf zu mir. Als seine Zungenspitze gegen meine Hitze stößt, hole ich tief Luft.

Mein letzter Orgasmus liegt so lange zurück, dass mein Körper sofort die Temperatur in meinem Inneren auf Anschlag dreht.

Ich fahre mit den Fingern durch seine schwarzen Haare und ziehe seinen Kopf näher.

Dass er mich so wollüstig stürmisch leckt und mich seine Lippen spüren lässt, bringt mich unerwartet schnell zum Stöhnen.

Er sieht zu mir auf, hört dabei aber nicht auf, mich zu reizen. Seine Hände halten meine Oberschenkel fest.

Ich liebe seinen Anblick beim Oralsex. Sein Gesicht sieht so scharf und schön aus, dass ich Pascal den Titel als ästhetisch perfektestes Wesen absprechen will.

Wahrscheinich versteht niemand außer mir, wie man einen Wolf schöner finden kann als ein Einhorn, aber das muss auch niemand.

»Ich komme gleich, Herr Morelli …«, kündige ich mit heiserer Stimme an, weil meine Muskeln dabei sind, in wohltuend rhythmisches Zucken zu verfallen.

Er hört nicht auf, lässt mich nicht zappelt, sondern bringt mich zum Orgasmus.

Meine Mitte glüht unter seinem Mund. Als seine Haare wieder durch meine Finger gleiten, weil er den Kopf wegzieht, lehne ich mich mit geschlossenen Augen nach hinten. Ich will die Nachwellen des Höhepunkts genießen und wieder zu Atem kommen.

Remo steht auf. »Du kommst, wenn dich dein Lehrer leckt? Ich denke, diese Verdorbenheit sollte man dir austreiben.«

Kaum höre ich seine dunkle Stimme, greift er unter meine Arme und hebt mich von seinem Schreibtisch.

Ich will ihn küssen, aber er lässt mich nicht an sich ran. Seine braunen Augen sehe ich trotzdem funkeln.

»Umdrehen und über den Tisch beugen.«

Mein Oberkörper drückt sich auf die Tischplatte. Ich fühle seine Hände an meinem Hintern. Er packt kurz zu, lässt mich dann aber los.

»Lass hören, wie gut du in Mathe bist. Zögern oder falsch antworten, würde ich dir nicht empfehlen, das tut weh.«

Remo zieht mir den Slip aus und streichelt noch mal über meinen Hintern. Als ich etwas Hartes, Glattes an meiner Haut fühle, drehe ich den Kopf nach hinten. Er zeigt mir das dreißig Zentimeter lange Lineal.

Ich strecke meinen Körper einmal durch und warte auf den Beginn meiner mündlichen Prüfung.

»7x8?«

»56! Hältst du mich für total bescheuert?!«, fauche ich und lasse meinen zischenden Protest in ein zischendes Stöhnen übergehen.

Ich hätte nicht gedacht, dass ein Plastiklineal so wehtun kann!

»Das war richtig!«, beschwere ich mich für den Schlag. Remo knurrt vor sich hin.

»Ja. Aber wer hat dir erlaubt, mich zu duzen?«

Touché, Herr Morelli!

Ich blicke wieder nach vorn und warte auf die nächste Frage.

»Die Summe aller Zahlen zwischen 1 und 10.«

»55.«

Er streichelt mir nur mit dem Lineal über den Hintern. Das war zwar einfach, aber unter Zeitdruck rechnet es sich nicht besonders entspannt.

»Wenn es Punkt 14 Uhr ist, in welchem Winkel stehen die Zeiger dann zueinander?«

Hä? Was stellst du denn für schräge Mathe-Fragen?!

»Was?«, piepse ich zögerlich und halte schon die Luft an, weil ich weiß, dass er mir die Frage nicht noch mal vorsagt.

Das Lineal brennt wieder auf meinem Hintern.

»60 Grad!«, töne ich nach dem Aufstöhnen, weil ich die Frage endlich verstehe und durchdenken kann.

»Ja. Aber zu spät. Denk schneller.«

Denk schneller – hervorragender Tipp.

»Die Quersummen von 8347?«

»21!«

Scheiße! 22! Unter Zeitdruck sind Flüchtigkeitsfehler vorprogrammiert.

Herr Morelli legt ziemlich viel Schwung in seine Bestrafungen. Meine Haut glüht. Er legt mir die Hand auf den Hintern und streichelt darüber.

»Schaffst du noch eine Frage? Oder wechseln wir zum Sportunterricht?«

Ich höre, wie Remo den Reißverschluss seiner Hose öffnet.

»Eine noch …«, sage ich, weil ich ehrgeizig werde.

»Pi bis zur fünften Stelle nach dem Komma?«

Er meint es offensichtlich gut mit mir. Die ersten fünf Stellen nach dem Komma merkt man sich rasch, wenn man viel Mathe-Nachhilfe gibt.

»3,1415926«

»Das waren sieben Stellen. Klugscheißer.«

Ich muss grinsen, weil Lehrer das normalerweise nicht zu einem sagen. Als der prickelnde Schmerz wieder über meine Haut zieht, knurre ich.

»Das war richtig!«

»Ich weiß. Das war nicht für die Antwort, sondern für den ›alten Mann‹-Spruch von vorhin.«

Klar. Das hat er sich gemerkt.

Ich will mich aufrichten, aber Remo drückt eine Hand auf meinen Rücken. Ich fühle seine Zunge über meine glühende Haut gleiten.

Als er dagegen pustet, tut es gut.

Mein Körper will ihn endlich spüren. Ich strecke ihn durch und fühle plötzlich nackte Haut gegen meine drücken. Remo reibt seine Härte an mir und raunt leise.

»Bereit für die Sportprüfung?«

»Solange sie nicht schon wieder im Hinterhof stattfindet …«

Er lacht dunkel und reißt das Kondompäckchen auf. Ich weiß, dass er darauf steht, aber ich will ihn ›normal‹ spüren. Den letzten Orgasmus, den er mir schuldet, soll mir seine Männlichkeit spendieren.

»Keine Hinterhofspielchen. So was kann ich mit einem so jungen Mädchen doch nicht machen …«

Er packt meine Hüften und drückt sich in mich. So tief, dass er meine innere Hitze überreizt und mich umso empfindlicher für seine Stöße macht.

Die ganze Atmosphäre ist so prickelnd, wie ich es mir erhofft hatte. Von Herrn Morelli auf seinem Schreibtisch durchgevögelt zu werden, ist eine Fantasie, die sich noch heißer auslebt als träumt.

Nicht nur mein Kopfkino spielt verrückt, ich bin mir sicher, dass Remo unser Spielchen ebenso stimuliert.

Das Knurren mischt sich von Anfang an in seine Stöße und seine Männlichkeit fühlt sich so hart an, dass ich jeden Moment damit rechne, dass er sich ergießt.

Als er das schnelle, feste In-mich-Stoßen plötzlich stoppt, denke ich, sein Orgasmus ist an mir vorbeigegangen, aber seine Härte pulsiert sonst immer so unverkennbar intensiv in mir, dass das nicht sein kann.

»Dreh dich um«, verlangt er und zieht sich aus mir zurück.

Ich drehe mich und setze mich wieder auf die Tischplatte.

»Wird es zu anstrengend für Ihre Ausdauer, Herr Morelli, mich von hinten zu nehmen?«, provoziere ich ihn, weil ich glaube, dass er den Stellungswechsel und die kleine Verschnaufpause wollte, um seinen Orgasmus hinauszuzögern.

Er greift unter mein Kinn und küsst mich forsch. Bevor er von mir ablässt, beißt er mir in die Unterlippe.

»Eigentlich wollte ich das kleine scharfe Ding auf meinem Schreibtisch auch noch mal kommen lassen«, knurrt er gegen meinen Mund. »Aber wenn du sowieso denkst, dass ich nicht länger durchhalte, dann lass mich auf deinem Ausschnitt kommen und du gehst leer aus.«

»Nein!«, entgegne ich und schenke ihm bittende Blicke. »Wenn Sie meine Bluse schmutzig machen, kann ich damit nie wieder in die Kirche«, säusle ich.

Remo grinst. »Jetzt bist du doch eine Klosterschülerin?«

Meine Mundwinkel zucken, während ich die Knöpfe an meiner Bluse öffne. »Gefällt Ihnen mein BH?«

»Deine nackten Brüste würden mir besser gefallen«, entgegnet er, greift nach meinen Körbchen und zieht sie nach unten.

Seine Lippen legen sich auf meine Brustwarze. Er gleitet kurz mit der Zunge darüber und richtet sich wieder auf.

Remos Härte drückt gegen meine Mitte, während er mich an den Hüften greift und mich näher an die Tischkante zieht.

Bevor er in mich stößt, reizt er mich mit den Fingern vor. Er reibt über meine Hitze, bis ich in Stöhnen verfalle. Mein Körper zittert schon, bevor er wieder anfängt, mich zu nehmen.

Als er beginnt, in mich zu stoßen, geht meine Lust in einem Feuerwerk auf. Ich komme noch nicht, aber ich bin so kurz davor, dass sich jeder seiner Stöße wie der Beginn eines Höhepunkts anfühlt.

Remos Stöhnen wird wieder knurrend. Ich bin mir sicher, er spürt das Zucken meiner Muskeln ebenso angenehm intensiv wie ich das Pulsieren seiner Härte.

»Komm mit mir, Baby«, raunt er mir ins Gesicht und schickt damit den letzten heißen Impuls, den ich brauche, über meine Gedanken durch meinen Körper.

Der gemeinsame Orgasmus rundet alles ab, was ich mir von diesem heißen Abenteuer versprochen hatte. Mein Stöhnen hält länger an als seines. Remo stößt sich aber weiter in mich, so lange, bis er die Anspannungskurve in mir sinken fühlt.

Ich schließe kurz die Augen, um durchzuatmen, richte meinen Blick dann aber wieder auf den Mann, den ich gerade so genossen habe.

Diese entspannten, etwas müde wirkenden Züge stehen ihm gut. Seine Augen glitzern noch ein wenig, als er in seine Schreibtischschublade greift und mir ein Taschentuch reicht.

Ich passe auf, dass ich mich nicht auf den Tests abstütze, als ich von seinem Schreibtisch rutsche.

Während ich in mein Höschen steige und meine Bluse richte, adjustiert Remo seine Hose und schließt den Gürtel. Der elegante Look steht ihm nach wie vor unverschämt gut, auch wenn meine Libido nicht mehr mit beurteilt, weil sie gerade zufrieden einschläft.

Ich gehe auf Remo zu und richte seinen Hemdkragen. »Danke«, sage ich dabei und atme den berauschenden Duft seiner Haut ein.

»Für was?«, will er wissen und sieht mich etwas skeptisch an.

»Für die Orgasmen. Und dafür, dass du dich darauf eingelassen hast.«

Er schmunzelt. »Tu nicht so, als hätte ich nur dir einen Gefallen damit getan. Das war deine schmutzige Idee und sie war ziemlich heiß.«

Mein Blick streift die Uhr, die hinter Remo an der Wand hängt. Ich muss noch duschen und mich umziehen. Eigentlich bin ich schon viel zu spät dran. Ich will trotzdem nicht hetzen. Dieser Moment kommt nicht wieder und ich will ihn auskosten.

Als er zu mir blickt und fragend den Kopf neigen will, stelle ich mich auf die Zehenspitzen und küsse ihn. Ich höre Remo kurz irritiert stöhnen, dann entspannt er die Lippen und lässt sich auf mein sanftes Zungenspiel ein.

Der Kuss fühlt sich gut an, auch wenn er nicht lange dauert.

»Seit wann knutschen wir denn nach dem Vögeln?«, fragt er, als ich einen Schritt zurück mache, und lacht. »Oder bist du noch immer heiß? Wenn du noch mal willst, musst du mich aber vorher ein Red Bull trinken lassen. Und mir einen Kuchen bringen.«

Ich schüttle den Kopf. »Nein. Wir sind sowieso schon spät dran. Und ich muss noch duschen und mich umziehen.«

Remo blickt auch auf die Uhr. »Ich gehe schon mal in den Festsaal«, sagt er. »Schreib mir, wenn du auch da bist, dann können wir Pascal zur Weißglut treiben, indem wir auf dem Klavier herumdrücken, obwohl er nach dem Auftritt seiner Schüler das ›Bitte nicht anfassen‹-Schild draufstellt, das er sich manchmal gern um den Hals hängen würde.«

Ich nicke schwach und ziehe mir den Mantel wieder an.

»Vergiss das mit dem Schreiben, tust du ja doch nicht«, sagt Remo plötzlich und stichelt zu Recht. »In letzter Zeit bist du ziemlich einsilbig und wortkarg, wenn du mir schreibst. Rechnet WhatsApp jetzt bei dir pro Wort ab?«

»Ich habe dir heute mindestens vier Nachrichten geschickt«, verteidige ich mich, suche aber keinen Blickkontakt mit ihm, weil ich weiß, was er mir gleich vorwirft.

»Ja, heute. Aber sonst beantwortest du nur jede zweite Nachricht von mir. Vorgestern hast du dich überhaupt nicht gemeldet. Oder doch. Das war der Tag, an dem ich die ›kzrrrr‹-Nachricht bekommen habe. Ich schätze, die hat dein Arsch beim Einschlafen auf deinem Handy geschrieben.«

»Entschuldige. Ich hatte nur viel im Kopf«, verteidige ich mein Verhalten.

Ich hätte ihm gern geschrieben, aber ich wusste manchmal einfach nicht, was ich antworten sollte, vor allem wenn er Pläne für die kommenden Wochen gemacht hat.

Remo mustert mich eindringlicher, als mir lieb ist. »Alles in Ordnung? Willst du über irgendetwas reden?«

Nein. Jetzt noch nicht. Gönn uns noch das bisschen Zeit, das wir haben.

Ich schmunzle ihn an. »Nein. Alles gut.«

DER LETZTE PUNKT

Mein Blick klebt an der großen Uhr, die über dem Eingang zum Festsaal hängt. Ich bin später dran, als ich beabsichtigt hatte. Der Sex mit Remo und das Duschen und Umziehen haben mehr Zeit in Anspruch genommen, als ich gedacht habe.

Ich will die Zeit aber bestimmt nicht zurückdrehen. Oder doch, aber ich würde nichts anders machen – vielleicht schneller duschen.

Olli hat sich selbst übertroffen. Der Raum sieht klasse aus. Der große Deckenleuchter ist aus, dafür strahlen unzählige kleine Lichtquellen und tauchen alles in eine sehr verzauberte Atmosphäre. Überall stehen Kunstbäume mit LEDs an den Zweigen, zwischen denen Tierfiguren platziert sind, die so schön leuchten, dass jede einzeln an einen Patronus aus *Harry Potter* erinnert. Wirklich alles sehr märchenhaft.

Meine Schneeflocken hängen tatsächlich an der breiten Fensterfront. Olli muss mich verdammt lieb haben, wenn er zugelassen hat, dass diese Bastelkatastrophe Teil seiner Deko wird.

Ich bleibe versteinert in der Eingangstür stehen und überlege, ob ich überhaupt noch einen Schritt nach vorn machen will. Mein Magen ist flau und es graut mir vor dem letzten Punkt auf meiner To-do-Liste.

Ich weiß nicht, wann ich mich zum letzten Mal so unwohl gefühlt habe. Vielleicht beim Zahnarzt oder vor einer Prüfung, für die ich zu wenig gelernt habe. Nein, das kommt nicht an gerade heran.

Mein Blick schweift durch den Raum. Alle lauschen dem Klavierspiel, das von der Bühne tönt. Ich sehe ihn nicht, aber ich weiß, dass der Pianist der Schulsprecher ist. Er macht das hervorragend. Die schöne, ruhige Symphonie, die er spielt, lässt mein Herz ein wenig leichter schlagen, weil es sich den beruhigenden Klängen anpasst.

Eigentlich ist es lächerlich, dass ich mich so mies fühle. Es passiert nichts Schlimmes. Ich fahre nur nach Hause.

Ich entdecke meinen Vater im selben Moment, in dem er mich entdeckt. Er winkt mir zu und ich setze mich in Bewegung. Als ich vor ihm stehen bleibe, muss ich schmunzeln.

Das Publikum applaudiert, weil das Stück vorbei ist, und ich beginne, das Gilet meines Vaters so zusammenzuknöpfen, dass es auf einer Seite nicht mehr drei Zentimeter länger ist als auf der anderen.

Er braucht ganz dringend eine Freundin …

»Melanie. Du siehst hübsch aus, aber kommst du nicht etwas spät? Wann geht dein Flug?«

»Halb elf. Ich bleibe nur zwanzig Minuten«, erkläre ich.

Mein Vater weiß schon seit fünf Tagen, dass ich abreise. Ich habe ihm gleich nach meiner Rückkehr vom Skifahren von dem Anruf der Vermieterin erzählt und davon, dass sie mir freudig mitgeteilt hat, dass ich die Wohnung schon in diesem Monat beziehen kann.

Das zu erfahren, war unangenehmer als das Fieber, das ich zu diesem Zeitpunkt hatte.

Mir war immer klar, dass ich nur für begrenzte Zeit im Internat bleiben würde, aber ich hatte mit viel mehr Wochen gerechnet.

Die Wohnung sollte erst zu Beginn des neuen Jahres frei werden, aber der Vormieter ist früher ausgezogen und die Frau, der die Wohnung gehört, hat darauf bestanden, die Schlüsselübergabe so schnell wie möglich zu machen, weil sie bald vereist.

Ich freue mich aufs Umziehen, auf die neue Wohnung und mein letztes Semester an der Uni. Eigentlich. Dass meine Freude so getrübt ist, liegt daran, dass ich hier viel mehr Spaß hatte, als ich mir hätte ausmalen können, und ich gern noch ein paar Erinnerungen gesammelt hätte.

Das Leben hier ist mir ans Herz gewachsen und auch wenn ich immer vor Augen hatte, dass es nur eine Übergangslösung ist, war das Ende dieser Reise noch so weit weg, dass ich mir keine konkreten Gedanken dazu machen musste. Zumindest bis der Anruf kam.

Sich mit dem Thema so plötzlich und schnell konfrontieren zu müssen, war ein wahrer Stimmungskiller, zumal ich in den wenigen Tagen, die mir noch geblieben sind, nichts weiter machen konnte, als zu versuchen, möglichst schnell gesund zu werden, um zumindest noch ein paar Punkte auf meiner Liste abzuhaken.

Das Leben der anderen hat natürlich nicht stillgestanden, nur weil ich plötzlich Zeitdruck hatte. Sie hatten alle viel um die Ohren und ich wollte nichts erzwingen, indem ich ihnen sage, dass ich bald abreise.

Dass ich Remo heute dazu gezwungen habe, seine Arbeit liegen zu lassen, damit er noch einmal mit mir schläft, war schon egoistisch genug.

»Ich bin eigentlich nur hier, um mich von den anderen zu verabschieden«, sage ich mit leiser Stimme und schmunzle meinen Vater an. Die Mundwinkel nach oben zu ziehen, fällt mir so schwer, als wären meine Lippen eingefroren.

»Melanie, ich habe dir gesagt, du sollst das nicht so lange aufschieben. Sich auf den letzten Drücker verabschieden? Das macht man eigentlich nicht.«

Ich habe meinen Vater darum gebeten, niemandem zu sagen, dass ich heute gehe. Vielleicht weil ich es mir leicht machen wollte. Oder schwer, denn die Gespräche, die ich aufgeschoben habe, holen mich jetzt ein.

»Das ist doch keine große Sache«, sage ich – eher mir selbst als meinem Vater. »Man schließt Freundschaften und irgendwann geht man getrennte Wege …«

»Schatz, du klingst wie ein Eric-Clapton-Song. Sich für längere Zeit zu verabschieden, ist immer unangenehm, aber du kannst jederzeit wiederkommen, wann immer du möchtest.«

»Ich weiß. Danke.«

Ich kann wiederkommen. Sicher. Aber es wäre nicht dasselbe. Das Leben dreht sich weiter. Wenn man geht und eine Lücke hinterlässt, schließt sie sich mit etwas anderem. Und das ist auch gut so – so bleibt alles in Bewegung.

»Soll ich dich wirklich nicht zum Flughafen bringen?«

»Nein, ich habe ein Taxi bestellt. Bleib du nur hier, die Feier ist doch schön.«

Er nickt und drückt mir ein Küsschen auf die Wange. »Gut. Aber du meldest dich, wenn du angekommen bist?«

»Sicher. Ich übernachte bei Mateo. Morgen bekomme ich den Schlüssel – ich schick dir Fotos von der Wohnung.«

»Bitte. Aber schick sie mir per Mail, mein Handy hat diese Funktion mit den Foto-Nachrichten gelöscht.«

Ich grinse.

Sicher, Papa. Dein Handy hat WhatsApp gelöscht.

»Danke noch mal, dass ich hierbleiben durfte. Deine Schule ist unglaublich toll. Du kannst wirklich stolz auf deine Schüler sein. Und deine Lehrer.«

Er streicht mir über den Arm und schmunzelt.

»Wir sehen uns zu Weihnachten bei Tante Susi in Berlin«, erinnere ich ihn, weil es sich besser anfühlt, ›Auf Wiedersehen‹ zu sagen, wenn man weiß, wann das Wiedersehen stattfindet.

»Gute Reise. Und pass auf dich auf.«

»Immer.«

Ich gebe Papa noch ein Küsschen und gehe dann auf den Tisch mit den Kanapees zu.

Sich von meinem Vater zu verabschieden, war leicht. Ich lasse die trügerische Hoffnung in mir aufkommen, dass ich jeden

Dank für die Zeit hier und jedes ›Auf Wiedersehen‹ so leicht über die Lippen bekommen werde.

Olli lässt seinen Blick gerade über die kleinen Köstlichkeiten schweifen und bemerkt mich nicht sofort.

»Sieht lecker aus.«

Er sieht zu mir und grinst. »Du siehst lecker aus! Schönes Kleid«, entgegnet er.

Mein Kleid ist sehr schlicht: schwarz, kurz, aber mit langen Ärmeln. Olli gefällt es trotzdem. Diese liebe, positive Aura wird mir fehlen.

Ich reiche ihm eine Serviette, aber er winkt ab.

»Nein, nein. Ich will nichts essen. Ich sehe mir das Essen nur an. Ich bin auf Diät – keine Naschereien mehr nach 17:00 Uhr.«

Ich überdrehe die Augen und schmunzle ihn vorwurfsvoll an. »Das ist doch lächerlich. Du musst nicht abnehmen.«

»Sagt die Frau, die jeden Tag joggt und dünn wie eine Schaufensterpuppe ist«, entgegnet er gespielt beleidigt, mustert mich dann aber mit glänzenden Augen. »Ist es schräg, wenn ich dich bitte, für mich zu essen? Ich will dir dabei zusehen. Und du beschreibst, wie es schmeckt.«

»Superschräg, Olli.«

»Hab ich mir gedacht. Sorry.«

Er kichert und macht eine auffordernde Geste mit dem Kopf. Wahrscheinlich will er, dass ich ihm zu den Getränken folge, oder er will mir etwas zeigen, aber mir läuft die Zeit davon.

»Olli ...«

Ich halte ihn an der Hand fest. Er grinst zuerst, gleicht dann seine Miene aber automatisch meiner an.

»Was? Ist etwas passiert? Ist mein Gesicht schon wieder blau?! Ich hasse diese bescheuerten Füllfedern!«

Ich bemühe mich, zu lächeln. »Nein. Alles gut. Du siehst sehr süß aus. Ich wollte mich nur verabschieden.«

Es kommt mir überraschend leicht über die Lippen. Umso härter trifft mich aber sein Blick.

»Verabschieden? Für heute, oder?«, fragt er aufgeregt, obwohl er weiß, dass ich ihn dann nicht so ansehen würde.

Ich schüttle den Kopf. »Nein. Ich fliege heute wieder nach Hause. Meine Wohnung ist früher frei geworden.«

Er schweigt.

Olli so still zu erleben, fühlt sich seltsam an – alles andere als gut. Als er endlich etwas sagt, klingt seine Stimme angestrengt beherrscht.

»Du kannst doch nicht … Ich meine … So plötzlich? Kannst du nicht noch ein paar Tage bleiben? Dann können wir uns richtig verabschieden, bei einem Glas Wein und einer Pizza, oder wir können …«

Ich drücke ihn. »Es kommt plötzlich, ich weiß. Aber wieso etwas so Unangenehmes wie einen Abschied in die Länge ziehen? Lass es uns kurz und schmerzlos machen. Danke für alles.«

Ich wollte keine langen Abschiedsszenen. Kein ausschweifendes gemeinsames In-Wehmut-Baden. Das hätte nichts leichter gemacht.

»Kommst du mich mal in Wien besuchen? Ich habe einen sehr süßen Freund, den ich dir gern vorstellen würde«, erkläre ich und zwinkere ihm zu.

Wahrscheinlich sieht das Zwinkern seltsam angestrengt aus, aber ich würde mich wirklich freuen, Olli meine Stadt zu zeigen.

Freundschaften über Distanz können funktionieren. Auch wenn man sich nicht oft sieht, ist der Spaß, den man mal hatte, bei einem Wiedersehen wieder abrufbar.

Olli tut mir den Gefallen, sich zusammenzunehmen. Ich sehe ihm an, dass er gern ein Tränchen verdrücken würde. Meine Augen bleiben trocken. Nicht, weil das hier nicht schwer ist und sich schmerzhaft anfühlt, sondern weil ich niemand bin, der weint, wenn er nicht komplett die Nerven wegschmeißt. Es braucht schon einen direkten Schuss ins Herz, um mich dazu zu bringen, den Wasserhahn aufzudrehen. Wahrscheinlich habe ich als Kind zu viel geweint und kann es nun deshalb so gut unterdrücken.

»Ich komme gern«, sagt Olli schließlich und nickt seine Augen trocken. »Aber wegen dir, nicht wegen deines süßen schwulen Freundes!«

Ich schmunzle, während Herr Stark mit den Schultern zuckt und mich ein paar seiner beschwingten Handgesten sehen lässt.

»Okay, wenn du unbedingt darauf bestehst, kannst du mir natürlich auch deine Freunde vorstellen! Wäre schließlich unhöflich, Nein zu sagen.«

»Ich hoffe, du stehst auf groß, muskulös, schwarzhaarig und südländische Wurzeln.«

Während ich noch von Mateo spreche, wird Ollis Miene plötzlich wieder betrübt.

»Hast du es ihm schon gesagt?«, will er wissen.

Ich weiß, an wen er bei meiner Beschreibung gedacht hat. Sie passt nicht nur auf meinen schwulen spanisch stämmigen Lieblingskommilitonen.

»Wie hat er reagiert?«

»Ich … habe ihn heute noch nicht gesehen.«

»Aber du kannst doch nicht einfach …!«

»Olli!«

Ich unterbreche seinen Satz ziemlich forsch, aber ich will nichts über irgendwelche romantischen Schwachsinnsfantasien hören. Das war nie ein Thema zwischen Remo und mir und es wird auch nie eines sein.

Wir hatten Sex, wir hatten Spaß und wir sind uns nichts schuldig geblieben. Das Ganze war nie eine Liebesgeschichte und ich erwarte auch kein Märchenende. Ich wollte nie eine Prinzessin sein. Das habe ich für mich schon reflektiert, als ich im Zug hierher das Buch des kleinen Mädchens gesehen habe. So schließt sich der Kreis …

»Entschuldige …«, sagt Olli leise und sieht mich mit gesenktem Kopf an. Was er mir sagen will, brennt ihm auf den Lippen, aber er weiß, dass ich es jetzt nicht hören will.

»Lass uns nächste Woche skypen. Sobald ich Internet habe«, schlage ich vor.

Er nickt. »Ich freu mich darauf. Gute Heimreise. Und danke. Für alles.«

Wir umarmen uns noch mal, aber nur kurz. Olli drückt mich weg, macht ein paar fuchtelnde Gesten und klingt dann übertrieben beschwingt.

»Ich muss … nach der Musikanlage sehen! Die macht ganz seltsame Geräusche, wenn man sie nicht richtig einstellt!«

Er läuft auf die andere Seite des Festsaals und verschwindet hinter der Bühne. Ich hoffe, ich habe ihn nicht doch noch zum Weinen gebracht. Tränen sind wirklich nicht notwendig. Er hat auch ohne mich weiterhin einen tollen Job, liebe Kollegen und Spaß in der Freizeit. Niemand hier muss mir nachtrauern. Sie führen großartige Leben.

Mein Blick schweift wieder auf die Uhr, bleibt an den Zeigern kleben, obwohl ich mich eigentlich umsehen sollte. Ich habe noch etwas Zeit. Ist es seltsam, dass ich mir wünsche, ich hätte keine mehr?

»Mel. Schön, dass du wieder gesund bist!«

Ich blicke zur Seite und entdecke Lisa. Sie erinnert mich so sehr an mich selbst als Teenager, dass sie zu so etwas wie meinem Internatsmädchen-Alter-Ego geworden ist.

»Ja. Die Grippe war wirklich hartnäckig. Aber alles wieder gut.«

»Das freut mich. Vor allem, weil Herr Morelli gestern Aufgaben rausgehauen hat, die aussehen, als wären sie im Raumschiff gefunden worden, das in Roswell abgestürzt ist. Manuel blickt auch nicht durch – und wenn der Klugscheißer mal etwas nicht schnallt, muss es wirklich überirdisch schwer sein.«

Ich grinse über den Roswell-Spruch und bin im selben Moment dankbar, dass ich Lisa noch mal sehen konnte. Ich hatte vor, mich auch von meinen Nachhilfe-Schützlingen zu verabschieden, aber ich war mir nicht sicher, ob ich sie im Getümmel finde oder ob sie überhaupt kommen.

»Ihr kriegt das sicher hin. Auch ohne mich. Ich reise heute noch ab. Aber ich bin mir sicher, Herr Morelli nimmt sich Zeit für euch und erklärt euch die Mathematik, die seinem Heimatplaneten entstammt.«

»Du reist schon ab? Ich dachte, du wärst länger hier.«

Lisa klingt enttäuscht, was mir schmeichelt. Ich bin froh, dass ihr die Nachhilfe positiv in Erinnerung bleiben wird.

»Ja, das dachte ich auch. Weißt du zufällig, wo die anderen sind? Ich würde mich gern verabschieden.«

Lisa nickt und setzt sich dann in Bewegung. Ich folge ihr durch den Festsaal. Mein Blick streift den blonden Mann, der selbst im dumpfen Märchenwaldlicht verboten gut aussieht. Pascal steht neben der Bühne und unterhält sich mit seinem Klavier-Schützling.

»Könnt ihr aufhören, überall zu knutschen? Geht auf ein Zimmer, wenn ihr euch ablecken wollt!«

Wir halten in einer Ecke des Festsaals, wo sich Manuel und Ines gerade neben einem der großen Bäume küssen. Lisa tritt Manuel in die Kniekehle, weil er nicht auf ihren vorwurfsvollen Satz reagiert.

»Hey! Das ist meine gute Hose! Mach die nicht kaputt, die muss ich zum Abschlussball tragen!«

»Weißt du, wo Makovski ist? Mel will sich verabschieden«, erklärt Lisa und zaubert damit einen verwirrten Ausdruck auf Manuels Gesicht.

Ines funkelt mich nur aus dem Augenwinkel an. Sie ist nie wirklich warm mit mir geworden, aber sie hat sich gut eingelebt. Ich denke, das mit Manuel tut ihr gut. Nein, das klang zweideutig. Ich denke, Manuel hat einen guten Einfluss auf sie.

Außerdem weiß ich von Olli, dass Remo in dieser Woche mehrere Gespräche mit ihr hatte. Sie konnte sich am Anfang nicht wirklich mit ihrem Vertrauenslehrer anfreunden. Sie fand ihn eher schräg und irritierend, aber er ist irgendwie doch zu ihr durchgedrungen.

Olli vermutet, Ines hat sich ein wenig in Herrn Morelli verknallt, aber wer kann ihr das verübeln? Wäre Remo mein Lehrer gewesen, hätte ich mit Basketball angefangen, obwohl ich Bälle hasse und ständig aus der Nase geblutet hätte.

»Verlässt du das Internat schon wieder?«, fragt Manuel.

»Ja. Aber es hat Spaß mit euch gemacht. Ihr habt mir wahrscheinlich mehr beigebracht, als ich euch beibringen konnte.«

Manuel grinst stolz. Er ist wirklich ein Mathe-Primus. Entweder wird er mal ein hervorragender Lehrer und tritt in die Fußstapfen seines Mentors oder er geht in die Wissenschaft und löst die mathematischen Probleme des letzten Jahrhunderts.

»Hey, Makovski!«, ruft der Schwarzhaarige plötzlich und hebt die Hand, um auf sich aufmerksam zu machen. Ich drehe mich um und sehe einen blonden jungen Mann in schwarzem Jackett auf uns zukommen.

Ich habe mich nie daran gewöhnt, dass ihn alle beim Nachnamen rufen. Paul ist Paulchen Panther, nicht Paulchen Makovski.

Das schicke Outfit lässt ihn heute wieder älter wirken.

Als er neben mir stehen bleibt, verbietet er sich das Mustern. Daran bin ich gewöhnt. Er versucht, so hartnäckig diskret mit unserem Stelldichein umzugehen, dass er manchmal etwas kühl mir gegenüber wirkt. Er meint es aber nicht so – er ist nur jung und will mich und sich nicht in Verlegenheit bringen.

»Der Anzug steht dir gut«, sage ich und bringe ihn damit aus dem Konzept. Absichtlich. So kurz vor Schluss können wir die Diskretion schon mal über Bord werfen. Ein kleines Stück davon zumindest.

»Danke. Du auch«, entgegnet Paul völlig sinnbefreit. Lisa stößt ihm in die Seite.

»Sie hat gesagt, dass dir der Anzug steht! Da sagst du: ›Du auch‹? Hättest du gern gehört: ›Du bist hübsch‹?«

Paul sieht von Lisa zu mir und schmunzelt mich entschuldigend an.

Ich muss grinsen. Weil er süß ist.

Paulchen, Paulchen, ehrlich gesagt bin ich jetzt froh, dass ich dir im Zug Lakritzschnecken spendieren durfte. Du hast ein paar sehr spannende, prickelnd schöne Kapitel in meinem Leben eingeläutet – und du hast das wirklich klasse gemacht. So hastig an der Uhr drehen, hättest du trotzdem nicht müssen ...

»Ich wollte mich nur von dir verabschieden. Ich reise heute noch ab«, verrate ich ihm.

»Heute schon?«

»Ja. Aber es war schön mit euch. Ihr rockt die Abschlussprüfungen bestimmt. Und die Uni wird euch gefallen. Gönnt euch auch ein wenig Spaß, die Zeit geht schneller um, als man denkt.«

Das mag etwas abgedroschen klingen, aber es stimmt. Wenn man im ersten Semester ist, denkt man, man hätte die unbeschwerte Ewigkeit für einen gepachtet. Kaum dreht man sich zweimal um, wird man aber schon mit der Diplomrolle in die reale Welt geprügelt.

»Ich bin im Sommer wahrscheinlich ein paar Tage in Wien«, verrät Paul. »Darf ich dir dann eine WhatsApp-Nachricht schreiben? Vielleicht hast du Zeit, ein bisschen Sightseeing mit mir zu machen.«

Er sagt das sehr süß, nicht zweideutig. Ich würde mich freuen, Paul mal wiederzusehen.

»Sicher. Schreib mir.«

Er nickt.

Manuel zieht eine Braue nach oben. »Warte mal. Hast du Mels Telefonnummer?«

Paul holt schon Luft, um zu dementieren, aber ich zwinkere ihm zu. Er grinst stolz. Ich gönne ihm, dieses kleine Geheimnis um uns zu kreieren, weil ich weiß, dass er sowieso nicht mehr verraten wird, auch wenn sie ihn löchern.

»Ja. Du etwa nicht?«, fragt er Manuel und grinst verschwörerisch.

Ich winke noch einmal in die Runde und lasse die nächste Generation spannende, sexy Lehrer, Wissenschaftler und Überflieger ihr letztes Winterfest an der Schule genießen.

Aus den Boxen an der Wand tönt plötzlich Johann Strauss. Ich bin auf dem Weg zurück zur Bühne, um Pascal zu suchen, komme aber nicht weit, weil mich jemand am Arm packt und so schwungvoll zu sich zieht, dass ich gegen ihn knalle.

War klar. Wir beenden es, wie wir es angefangen habe: mit dem Aufschlagen meiner Nase am härtesten Körper der Welt.

»Da bist du ja! Ich dachte, du wärst in der Dusche eingeschlafen! Du musst mit mir tanzen!«, weist Remo mich an, während ich mir noch die Nase reibe.

»Was? Muss ich nicht! Ich will nicht tanzen!«

Er zieht mich näher zu sich und brummt mich an. »Und wie du musst! Wenn du es nicht tust, tanzt die Psycho-Trulla mit mir! Und wenn du mir das antust, nehme ich den Abzug des Speckröllchen-Fotos, das ich von Anfang an hatte, und lasse mir ein Sport-T-Shirt damit bedrucken! Das ist mein voller Ernst! Glaub nicht, dass ich so was nicht tragen würde! Ich liebe schräge T-Shirts!«

Mein Blick wird zuerst irritiert fragend, dann finster. »Du hast einen Abzug?! Rück den sofort raus!«

Er zieht eine Augenbraue nach oben. »Den trage ich doch nicht mit mir herum. Komm jetzt!«

Ich will mich eigentlich kein Stück bewegen, aber Remo zieht wieder so schwungvoll an meiner Hand, dass ich ihm hinterher stolpern muss. Er wirbelt mich herum, hebt die Hand, die meine umschlossen hält, und legt die andere an meinen Rücken.

»Ich kann nicht Walzer tanzen!«, flüstere ich ihm leise, aber hoffentlich verzweifelt genug klingend ins Gesicht, um ihn doch noch dazu zu bringen, mich loszulassen.

»Du bist Wienerin. Das ist ein Wiener Walzer«, argumentiert er schwachsinnig.

»Du bist Schweizer! Wo ist dein Schweizer Messer, du Klischee-Horst?«

»In meiner Hosentasche. Argumentation gewonnen«, tönt er und grinst selbstbewusst. »Lass dich führen. Das ist nicht schwer«, versichert der Mann, für den Tanzen mal eine Einnahmequelle war. Klar ist das für ihn nicht schwer.

Remo greift meine Hand fester und beginnt mit den Schritten. Ich habe keine Ahnung, was ich tue, aber er steckt so viel Nachdruck in seine Bewegungen, dass ich gar nicht anders kann, als ihm zu folgen.

Die Tanzfläche ist zum Glück so voll, dass wir wahrscheinlich nicht auffallen. Manche der Schüler stolpern ganz schön herum. Mir kann das nicht passieren, weil mein Tanzpartner ein selbstsicherer Fels in der Brandung mit beeindruckendem Rhythmusgefühl ist.

»Entspann dich. Lass mich machen«, sagt Remo und grinst schief.

»Weißt du, dass ich automatisch den Hintern zusammenkneife, wenn du so was zu mir sagst?«, entgegne ich lachend. Der Wolf stimmt ein.

Wenn ich ihn nicht schon so oft endlos schräg singen gehört hätte, würde ich annehmen, seine Singstimme wäre so melodisch wie sein Lachen. Es hat einen sehr tiefen Klang und trotzdem diese charmant fröhliche Note – so einprägsam, dass ich nicht glaube, dass ich es jemals vergessen werde.

Mein Herz verliert plötzlich den Takt zur Musik und klopft unangenehm schwer. Ich will das aber nicht zulassen.

»Wer ist eigentlich die Psycho-Trulla, die dich zum Tanzen auffordern wollte?«, frage ich, weil ich mich selbst ablenken will.

»Elisabeth. Frau Imsuch. Es ist eigentlich üblich, dass man an Schulfesten zuerst mit den Kollegen tanzt. Sie ist die Sportlehrerin der Mädchen und hatte vorhin wohl einen plötzlichen Sympathie-Anfall für mich und wollte wissen, ob ich tanzen kann. Da bin ich weggelaufen.«

»Sehr erwachsen.«

»Wenn ich sie dann nicht anfassen muss, würde ich mich auch tot stellen. Wie ein Opossum im Panik-Modus.«

Das Lachen tut gut. Es vertreibt die Schwere. Eigentlich will ich diesen Abend genauso enden lassen.

Vielleicht sollte ich jetzt gehen.

Ich bin aber nicht Cinderella und stürme während des Tanzens aus dem Saal, weil die Uhr Mitternacht schlägt. Cool bleiben. Keine Prinzessin sein.

»Das machst du gut«, lobt Remo und dreht sich mit mir.

Ich weiß nicht, ob meine Füße die richtigen Schritte machen, aber ich gewöhne mich daran, seinen Bewegungen zu folgen.

Mein Blick schweift über die Tanzfläche. Ich entdecke Pascal, der gerade mit der anderen Musiklehrerin tanzt. Die Frau ist hundert Jahre alt und trägt zwei verschiedenfarbige Schuhe – er schlägt sich trotzdem sehr würdevoll und tapfer. Im Gegensatz zu Remo ist er einfach viel zu höflich, um sich aus Antipathie wie ein geschocktes Opossum zu verhalten.

»Hier tanzen wohl alle Lehrer ziemlich gut«, stelle ich fest und sehe hoch zu Remo, der irgendetwas mit dem Blick fixiert.

»Nicht alle. Manche wollen nicht tanzen. So wie Olli. Der übrigens gerade das dritte Foto von uns macht. Ich glaube, er ist in uns verliebt. Und er heult.« Der letzte Satz kommt in irritiertem Tonfall über seine Lippen.

Ich löse mich von Remo und drehe mich schnell um. Olli verschwindet aber gerade hinter einer Gruppe Schüler.

Das Lied ist vorbei. Die Schüler applaudieren sich für die Abschlussball-Generalprobe.

»Weißt du, was er hat?«, fragt Remo und legt mir eine Hand auf die Schulter.

Es gibt Sekunden, die sich wie Minuten anfühlen, weil einem so viel durch den Kopf geht, dass sich die Gedanken überschlagen.

Ich sollte mich umdrehen. Jetzt. Und mich verabschieden. Aber ich kann nicht. Ich will nicht.

Remos Hand verschwindet von meiner Schulter. Als ich mich zu ihm umdrehe, sehe ich, dass er sein Handy aus der Tasche gezogen hat.

Er brummt gegen das Display.

»Was ist?«, frage ich und freue mich über den Themenwechsel.

Remo rollt genervt mit den Augen. »Die Alarmanlage in unserem Bungalow wurde ausgelöst.«

»Hat jemand eingebrochen!?«

»Ja. Der bescheuerte Siebenschläfer. Ich habe mein Zimmerfenster offen gelassen. Die Schachtel mit Keksen, die ich gestern im Bett gegessen habe, hat ihn wahrscheinlich angelockt.«

Remo hebt den Blick und lässt ihn hektisch schweifen.

»Ich muss die Kekse verschwinden lassen! Wenn Pascal sie sieht, kann ich mir wieder anhören, dass nur adipöse Männer und menstruierende Frauen nachts im Bett essen.«

Wir entdecken den blonden Haarschopf, der gerade durch die Tür verschwindet, gleichzeitig. Pascal hat wahrscheinlich dieselbe Nachricht aufs Handy bekommen.

»Okay, die personifizierte französische Überheblichkeit ist schon unterwegs«, sagt Remo genervt. »Ich laufe ihm mal nach und rede ihm ein, dass nur ich die Alarmanlage bedienen kann. Bist du noch da, wenn ich den Siebenschläfer gejagt habe, oder sehen wir uns morgen?«

Er stellt diese Frage so selbstverständlich, wie sie auch sein müsste. Ich starre ihn nur an.

»Ich tue dem Pelztier nichts!«, versichert Remo, der gar nicht anders kann, als meine Miene falsch zu interpretieren. »Wir kennen uns. Er kriegt ein Brötchen und dann läuft er von selbst zur Haustür raus.«

Ich nicke.

Remo zieht etwas genervt eine Braue hoch, weil ich den Mund nicht aufmache, dann läuft er los.

Auf Wiedersehen.

DAS ENDE

Schon wieder nur ich und die Uhr. Ich starre sie an und frage mich, wieso es sich manchmal so erleichternd anfühlt, das Falsche zu tun.

Ich hätte etwas sagen sollen. Ich hätte mich verabschieden müssen, aber es ist so alles viel einfacher.

Dieses seltsam beklemmende Gefühl von Angst verfliegt und geißelt mich nicht mehr. Der Abschiedsschmerz bleibt, aber den kann ich ertragen.

Meine Reisetasche steht gepackt im Büro meines Vaters. Bevor ich es verlasse, schweift mein Blick noch mal zu der Stelle an der Wand, an der man noch die Konturen des großen Bilderrahmens erkennen kann.

Es kommt mir unwirklich lange vor, seit ich damals hier gestanden habe und in meinem Schamgefühl verglüht bin. Remos Grinsen habe ich aber noch in all seiner provokativen Süffisanz in Erinnerung. Ich hoffe, es bleibt mir noch lange im Gedächtnis.

Meine Beine tragen mich so schnell und leise durch die Aula, als wäre ich auf der Flucht. Ich gönne mir keinen Blick mehr auf die Foto-Collage, keinen ruhigen Moment, in dem ich noch mal davorstehe und wie am ersten Tag grinse. Da ist kein Platz in meinen Gefühlen für Sentimentalität und keine Zeit, um noch mal innezuhalten. Ich habe Angst, dass ...

»Mel?«

Ja, genau davor hatte ich Angst.

Pascal kommt mir an der Ausgangstür entgegen. Ich sehe nervös an ihm vorbei, aber da steht nur mein Taxi.

»Was machst du mit dem Koffer?«, will er wissen und mustert mich eindringlich.

Mein Herz hämmert so fest gegen meine Brust, dass ich denke, es bringt mein Kleid zum Flattern.

»Ich ... reise ab.«

»Sofort?!«, entgegnet er so schockiert, dass ich seine Stimme beinahe nicht wiedererkenne. Ich denke, es ist nicht leicht, ihn zu diesem Tonfall zu bewegen. Ich hatte aber nie vor, das zu schaffen.

Eigentlich hat mir dieses Gespräch mit Pascal in meiner Vorstellung nie Angst gemacht. Mir war klar, wie er mich verabschieden würde: ein freundliches Lächeln, ein ›Au revoir‹ – so einfach wie nach dem Sex.

Plötzlich ist es aber viel komplizierter und es ist meine Schuld.

»Meine Wohnung ist früher frei geworden. Ich muss sie morgen übernehmen. Der Nachtflug heute war die späteste Möglichkeit, um abzureisen.«

Rationale Antworten, nachvollziehbare Erklärungen, er mustert mich trotzdem, als würde ich mich gerade verrückt verhalten.

»Wieso hast du nichts gesagt? Wieso hat Remo nichts gesagt? Ich habe doch gerade mit ihm gesprochen.«

Die Antwort auf seine Fragen braut sich in seinen Gedanken zusammen.

»Er weiß nicht, dass du gehst«, schlussfolgert Pascal richtig.

Mein Gewissen erschlägt mich gerade.

»Ich habe es bis heute Abend niemandem gesagt. Ist doch keine große Sache … und ihr hattet so viel zu tun. Remo ist verschwunden, bevor ich es ansprechen konnte …«

Die blausten Augen der Welt werden gerade zu den strengsten Augen der Welt.

»Er ist im Bungalow«, sagt Pascal überdeutlich betont. »Geh und sag es ihm jetzt!«

Ich verbrenne in meinem Unbehagen. Aber ich brenne lieber im Feuer meines Gewissens, als Remo noch mal zu sehen.

»Mein Taxi wartet, ich muss zum Flughafen!«, entgegne ich und will mich an Pascal vorbeidrängen. Er hält mich am Oberarm fest.

»Dann sag dem Fahrer, dass er warten soll!«

»Der Fahrer wartet, aber mein Flugzeug nicht! Ich muss gehen. Es tut mir leid. Sag ihm ›Auf Wiedersehen‹ von mir.«

Er lässt mich los, schüttelt aber den Kopf. »Kein Drama und ich muss nie wieder den reitenden Boten für euch spielen – das hast du versprochen.«

Ich erinnere mich an unsere Unterhaltung in seinem Büro. Aber mein Gewissen kann gar nicht noch mehr toben.

»Es gibt kein Drama. Ich gehe nur nach Hause. Dass ich mich nicht verabschieden konnte, tut mir leid, aber ich kann jetzt auch nichts mehr dagegen tun. Remo kommt garantiert damit klar. Es stört sich sicher nicht daran.«

Ich löse mich von seinen strengen Augen und setze mich in Bewegung

»Hab ich dich angesteckt?«, fragt Pascal und bringt mich dazu, doch noch mal stehen zu bleiben und mich nach ihm umzudrehen. Ich verstehe seine Frage nicht.

»Was?«

»Ob ich dich mit meiner Gefühlskälte angesteckt habe«, präzisiert er.

Nein. In mir ist absolut gar nichts kalt. Ich brenne in meinem inneren Drama. Was ich mir aber von Pascal abgeschaut habe, ist die beherrschte Fassade.

Seine Frage ist aber sowieso nur ein rhetorischer Vorwurf, den ich absolut verdiene.

Ja, das hier ist ganz schön feige. Aber was wäre die Alternative gewesen? Mutig sein und sich das Herz brechen lassen? Nein danke ...

Ich verschwinde vielleicht im Egoismus meines Unbehagens, aber ich muss keine Scherben in meinem Inneren auffegen.

Als ich den Kofferraum des Taxis öffne, steht Pascal plötzlich neben mir. Er hebt das Gepäck für mich hoch und verstaut es.

»Merci ...«, flüstere ich leise.

Seine Miene bleibt neutral, aber er hat das verurteilende Funkeln aus seinen Augen verschwinden lassen. Das ist schon sehr, sehr nett von ihm – mehr erwarte ich unter diesen Umständen gar nicht.

»Bon voyage, Melanie. Pass auf dich auf.«

Ich nicke. »Du auch. Entschuldige …«

Pascal reagiert nur mit einem kaum merklichen Schulterzucken. Ich steige in das Taxi und sehe ihn davongehen. Nicht in das Gebäude – zurück in Richtung Wald. Ich weiß, was er vorhat, aber ich blende alles aus.

Die Fahrt war seltsam still. Meine Gedanken werden leise, weil ich sie unter Wasser drücke. Da ist ein ganzer See aus Melancholie in mir – darin lässt sich alles, was noch unangenehmer ist, mühelos ertränken.

Der Flughafen ist klein und ziemlich leer, trotzdem verströmt er diese Fernweh-Atmosphäre, die ich so liebe.

Ich reise nicht wirklich in die Ferne, sondern nach Hause, aber ich inhaliere jedes Gefühl, das mich von dem Chaos in mir ablenkt, gern.

Leise seufzend setze ich mich auf einen der Stühle im Wartebereich. Dass es mir so schwergefallen ist, mich zu verabschieden, ist eigentlich ein Zeichen dafür, dass ich eine wirklich schöne Zeit hatte. Wer trauert schon Langeweile oder schlechten Erfahrungen nach?

Ich denke, besondere Episoden im Leben sollten mit Abschiedsschmerz enden. Würde man ihn nicht empfinden, hätte sich die Besonderheit der Erlebnisse schon in Eintönigkeit und Tristesse verwandelt.

Man bezahlt wohl einen gewissen Preis für schöne Erinnerungen. Wie stark man mit Wehmut und in Traurigkeit über den Aspekt des Vergangenen an ihnen festhält, bleibt einem letzten Endes selbst überlassen.

Ich kann mich ein Leben lang in die Vergangenheit wünschen oder im Jetzt leben und versuchen, das Beste aus morgen zu machen, um mir neue Erinnerungen zu schaffen.

Der spontane Selbsttherapie-Versuch, der gerade in meinem Kopf stattfindet, zeigt Wirkung. Er wirkt aber nur gegen den Trennungsschmerz zwischen mir und der Schweiz. Ich kann die Zeit hier loslassen und besonders nennen. Allen anderen Gefühlen in mir kann ich kein Adjektiv zuschreiben – ich wüsste nicht, welches.

Als das Handy in meiner Tasche vibriert, ziehe ich es heraus, um den Alarm auszuschalten. Ich weiß, ich habe nicht alle Punkte auf meiner To-do-Liste abgehakt. Ich denke, mein Handy erinnert mich daran, dass die Zeit für das Erledigen gleich abläuft, aber es vibriert nicht wegen des Alarms, sondern weil mich jemand anruft.

Eine seltsame Festnetznummer.

Es könnte die Fluggesellschaft sein. Oder meine Vermieterin, die den Termin für morgen bestätigen will. Ich zögere trotzdem mit dem Rangehen.

Er würde nicht von irgendwo anders anrufen, weil er weiß, dass ich nicht rangehe, wenn er es von seinem Handy macht, oder? Nein, er ruft gar nicht an, weil er mir nichts mehr zu sagen hat ...

»Morgenthaler?«, sage ich unsicher und warte auf das erlösende Ertönen einer nicht vertrauten Stimme.

»Ernsthaft?! Du schleichst so feige davon?!«

Ich kneife die Augen zusammen, als würde mir Remos Stimme Schmerzen bereiten. Tut sie auch. Aber ich will ihn das nicht hören lassen. Es ist mir lieber, er hält mich für feige und egoistisch als für weinerlich.

»Entschuldige. Ich wollte es dir sagen, aber du bist verschwunden und ich musste …«

»Bullshit! Einen Scheiß wolltest du!«, brüllt Remo. Der Lautsprecher an meinem Handy vibriert von der Lautstärke. Ich halte es ein Stück weg von meinem Ohr. »Du hattest unzählige Gelegenheiten, es mir zu sagen! Aber du hattest nie vor, wirklich mit mir zu reden!«

Was er mir unterstellt, stimmt. Auch wenn ich es bis jetzt nicht zugeben wollte.

Nein, ich hatte nie vor, dieses Gespräch mit Remo zu führen – ich habe mir immer nur eingeredet, ich würde es versuchen, aber ich habe nur auf die erstbeste Gelegenheit gewartet, um abzuhauen, nachdem ich mich von allen anderen verabschiedet habe.

»Was hätte es gebracht?«, setze ich in beherrschtem Tonfall an, weil ich nicht die Nerven wegschmeißen will. »Es tut mir leid, dass ich nicht ›Auf Wiedersehen‹ gesagt habe, aber mehr hätte es nicht zu sagen gegeben.«

»Ach …«, entgegnet Remo in bissigem Tonfall. »Mehr hätte es nicht zu sagen gegeben? Wir hätten nichts zu besprechen gehabt? Du bist so feige, Melanie!«

»Ich bin nicht feige!«, fauche ich und wundere mich selbst darüber, wie kalt meine Stimme klingt. »Machen wir uns nichts vor, Remo! Du bist gekränkt, weil ich mich nicht verabschiedet habe – ja, das war ziemlich bescheuert von mir. Aber tu nicht so, als ob du immer mehr gewollt hättest als Sex und Spaß! Du willst nichts weiter von mir und du musst dich dafür auch nicht rechtfertigen!«

Er schnaubt. »Okay. Wann zum Teufel habe ich dir das Gefühl gegeben, nur Sex von dir zu wollen?! Als ich darauf bestanden habe, dass du in meinem Bett schläfst?! Als ich dir jeden Scheißtag geschrieben habe, was ich gerade mache und ob du mit mir essen gehen willst?! Als ich Luca fast an die Gurgel gesprungen wäre, weil er mit dir schlafen wollte?! Denkst du, ich nehme jemanden mit in das abgefuckte Loch, in dem ich gewohnt habe, wenn ich damit rechne, dass er dann einfach aus meinem Leben verschwindet?!«

Ich stehe auf und laufe auf die Toiletten, weil ich die Tränen nicht mehr halten kann und mich dafür schäme. Am Flughafen heulen ist so ein Klischee – ich will das nicht, aber ich kann es nicht steuern. Ich kann nur kontrollieren, die Tränen lautlos fließen zu lassen.

Ich weiß nicht, warum ich nicht einfach auflege. Oder doch: Ich will ihn Lügen strafen, damit es nicht mehr so wehtut.

»Tu nicht so, als wärst du ständig eifersüchtig und romantisch gewesen! Das warst du nie, Remo! DU warst derjenige, der mich gefragt hat, ob ich diskret mit deinem besten Freund vögeln will!«, erinnere ich ihn und brülle dabei gegen mein eigenes jämmerlich aussehendes Spiegelbild an.

»Du warst am Anfang doch nur scharf auf Pascal! Denkst du, ich bin blöd?! Du hättest ihm ewig nachgeschmachtet, wenn du nicht gewusst hättest, wie er tickt! Ja, es war mir egal, ob du mit ihm vögelst, weil es dabei nur um Sex ging und du Grenzerfahrungen machen wolltest! Von mir aus! Du bist jung und wolltest die Zeit hier nutzen, um dich ein wenig auszuleben – das war nur fair, ich hatte auch verdammt viel bedeutungslosen Sex in der Vergangenheit! Aber du kannst mir nicht erzählen, dass das mit Pascal für dich dasselbe war wie das mit mir!«

Nein. Es war nie dasselbe. Von Anfang an nicht. Er denkt, ich hätte mich in der ersten Nacht mehr von Pascal angezogen gefühlt als von ihm – das stimmt aber nicht. Nur weil ich mir verboten habe, dass es durch meine Gedanken streift, heißt das nicht, dass dieses Gefühl nicht da war.

»Du hast das nie so gesagt ... nie thematisiert«, werfe ich ihm vor und kneife die Augen zusammen.

Er schreit wieder. »Was habe ich nicht?! Das Offensichtliche angesprochen!? Doch! Aber du wolltest es nicht hören! Jedes Mal, wenn ich dir gesagt habe, dass Pascal nichts für dich ist, hast du mir erzählt, dass du sowieso gehst und dann alles egal ist!«

»Es war mir nie egal!«, schluchze ich und klinge dabei so wütend, weil ich meine Stimme nicht mehr unter Kontrolle habe.

»Denkst du, ich weiß das nicht?! Ich bin doch nicht blöd! Du wolltest mit mir zusammen sein, bist aber so scheißfeige, dass du einfach abhaust! Wieso?!«

Ich beginne, den Kopf zu schütteln, und kann nicht mehr aufhören. »Du willst keine Fernbeziehung. Du willst mit niemandem zusammen sein, der tausend Kilometer weit weg wohnt. Niemand will das.«

»Ja! Red dir das ein! Die Entfernung! Hinter deinen Kilometern kannst du dich hervorragend verkriechen! Hast du immer getan!«

»Nein ...«

»Doch! Weil du eine Scheißangst vor Zurückweisung hast! Lässt du dich auf nichts ein, kannst du auch nichts verlieren! Eine großartige Art, sein Leben zu führen! Hauptsache, dir kann niemand wehtun und du kannst dich rauswinden, wenn es zu ernst wird! Hast du auch nur eine Sekunde lang darüber nachgedacht, wie es für mich ist, zu erfahren, dass du dich von jedem hier verabschiedet hast außer von mir?!«

Ja. Ja, das habe ich – unterschwellig, aber oft. Ich habe mir eingeredet, es würde ihn nicht kümmern.

Remo hat recht: Ich habe Angst vor Zurückweisung, deshalb laufe ich weg. Wenn er mir einfach ›Leb wohl‹ gesagt hätte, hätte er mir den Teil meines Herzens gebrochen, der sich immer gewünscht hat, dass er mich halten will. Hätte er mich halten wollen, hätte ich Panik bekommen, dass er mich irgendwann verlässt oder betrügt, und wäre erst recht abgehauen.

Es hat für uns nie eine Lösung gegeben, die funktioniert hätte – und es ist meine Schuld, ich weiß.

»Denkst du, ich würde dir jetzt auf den Flughafen hinterherkommen und dich anflehen, dir alles noch mal durch den Kopf gehen zu lassen?«, fragt er und klingt plötzlich so tonlos ruhig, dass ich Gänsehaut bekomme und mir wünsche, er würde noch schreien. Er wird nicht mehr laut, weil die Emotionen in ihm abklingen. Das ist auch sein gutes Recht.

»Nein. Nein, das denke ich nicht ...«, gestehe ich, weil ich das auch gar nicht verdient hätte.

Mir wird bewusst, wie weh ich ihm getan habe. Ich wollte mich davonschleichen und mir niemals eingestehen, dass ich genau wusste, dass da mehr zwischen uns ist. So jemandem läuft man nicht hinterher ...

»Dann kriegst du, was du willst, Mel. Verschwinde, es ist mir egal. Das wolltest du die ganze Zeit hören, oder? Gratulation, du hast mich so weit. Und du musst nicht mal ›Auf Wiedersehen‹ sagen. Ich mache es dir so einfach, wie du es haben wolltest ...«

Er legt auf.

Das ist das Letzte, das ich Remo sagen höre.

Ich weiß.

Unhappy Endings sind scheiße.

Aber sie existieren.

Ich denke, wir schreiben das Ende selbst, schon lange bevor wir es kommen sehen. Indem wir mutige Entscheidungen treffen oder feige. Es ist nur fair, dafür den Lohn zu ernten oder den Sturm.

Ich schlucke den Schmerz, den ich verursacht habe, am Ende selbst. Aber ich hatte einen guten Start und eine berauschend schöne Mitte.

Was macht man daraus? Klüger werden. Vorzugsweise.

Tut es trotzdem weh? Und wie! Das haben die bescheuerten Unhappy Endings so an sich.

TEACH ME LOVE

»Mel, wenn du mir noch einmal so einen Scheiß erzählst, gehe ich!«

»Ich lese nur vor, was hier steht!«

Ich lasse meinen Finger über die winzigen Zeilen gleiten und wiederhole mich. »Stecken Sie Schraube in Loch und halbe Drehung kommen Imbus nahe Kante festziehen!«

Mateo überdreht die Augen und schnaubt. »Da passt keine einzige Schraube in die gottverdammten Löcher!«

»Drehst du auch nur halb? Und nahe der Kante?«

Er funkelt mich an wie das Mädchen aus *Der Exorzist* – nachdem der Dämon in sie eingezogen ist. »Wo hast du die dämliche Kommode gekauft?!«

»Im Internet«, gestehe ich kleinlaut. »Sie war so schön altrosa und ungewöhnlich ... und billig.«

»Ja! Weil Affen die Montageanleitung geschrieben haben!«

Er fuchtelt genervt mit dem Schraubenzieher herum. Ich knie mich neben ihn auf den Teppich und zeige ihm die Bildbeschreibung.

»Hier, guck mal. So soll es am Ende aussehen.«

Mateo mustert die Bilder mit hochgezogenen Brauen und blickt dann zu mir. Seine Lippen zucken. »Mel. Deine Kommode sieht aus, wie eine Vagina.«

Ich reiße ihm die Anleitung weg. »So ein Schwachsinn! Überhaupt nicht! Weißt du überhaupt, wie eine Vagina aussieht?«, maule ich beleidigt.

Mateo lacht, legt den Schraubenzieher weg und stützt sich mit den Händen hinter dem Rücken ab. »Ja! Genau so! Du hast dir eine riesige Holzvagina gekauft! Die kann dir kein Schwuler zusammenschrauben – such dir einen Hetero!«

Ich lache und seufze dann resignierend, bevor ich aufstehe und in die Küche gehe. Es ist höchste Zeit, eine Flasche Wein zu öffnen.

Ich kann Mateo nicht verübeln, dass er keinen Bock mehr hat. Wir schrauben hier schon die ganze Woche an Möbeln herum und schleppen Kisten.

Dass er mir hilft, weiß ich wirklich zu schätzen. Wir sind schon seit dem ersten Semester befreundet. Mateo war zwar zwischendurch mal eine Zeit lang an der Uni in Barcelona, aber als er wiedergekommen ist, haben wir uns genauso gut verstanden wie immer. Man kann durchaus an Freundschaften anknüpfen, auch wenn sie eine Weile auf Eis liegen.

Ich schnappe mir zwei Gläser und eine Weinflasche und ignoriere, dass ich noch immer keine Muse hatte, alle Kartons auszuräumen.

Hier gibt es noch viel zu tun, aber ich habe eigentlich keine Eile. Es macht mir nichts aus, dass es noch nicht allzu wohnlich ist. Ich würde mich wahrscheinlich selbst dann nicht schnell einleben, wenn alles fertig wäre.

Es ist fast acht Tage her, seit ich im Flughafenklo einen Heulkrampf bekommen habe, aber ich kann noch immer nicht daran denken, ohne alles zu fühlen, was ich damals gefühlt habe. Nicht schön. Und alles andere als angenehm, also verbiete ich mir eigentlich, mich zu erinnern.

Immer klappt das nicht.

Als Olli mir vor ein paar Tagen das Foto von mir und Remo beim Tanzen geschickt hat, ist wieder alles über mir eingebrochen und ich habe mit meiner Ereignisbewältigung bei null angefangen.

Olli hat geschrieben, dass Remo sich seltsam verhält oder dass er durch den Wind ist – irgendetwas in dieser Art. Ich konnte die Nachricht nur überfliegen, weil es zu wehgetan hat, etwas über ihn zu hören.

Ich rede mir aber ein, dass er längst mit der Sache abgeschlossen hat, weil er viel zu stark und stoisch ist, um sich von so etwas lange runterziehen zu lassen. Es ist nur fair, dass er mich schneller vergisst als ich ihn.

Ich gehe zurück in mein Schlafzimmer und reiche Mateo ein Glas Wein. Als ich mich neben ihn auf den Teppich setzen will, stoße ich mir das Schienbein an meiner widerspenstigen neuen Kommode.

»Ahh! Scheiße!«

»Jetzt weißt du, warum Vaginen mir Angst machen«, meint Mateo lachend, während ich die Yogahose hochkrempel, um zu prüfen, ob man den Knochen durch die Wunde sehen kann.

Kann man zum Glück nicht, ich entdecke nur einen kleinen Kratzer.

»Mel, du hast da was …«, tönt Mateo plötzlich und verzieht angewidert den Mund, als er auf mein Bein zeigt.

Ich mustere mein Schienbein erschrocken. »Wo?! Was?!«

Ich will schon den paranoiden ›Da ist eine Spinne‹-Modus anwerfen, aber dann würde Mateo hier auch nicht mehr sitzen, sondern nach Hause laufen.

»Da. Der Flokati an deinem Bein. Sind dir die regulären Verhütungsmittel ausgegangen?«

»Haha«, entgegne ich tonlos und ziehe die Hose wieder über mein Schienbein.

So schlimm sieht es nicht aus. Da sind vielleicht ein paar feine Härchen, die ich nicht abrasiert habe, weil ich einfach keinen Bock hatte.

»Mel, du musst echt mal wieder raus. Ich weiß, du hast Liebeskummer, aber Möbel, die wie Genitalien aussehen, shoppen und sich einen Pelz stehen lassen, sind keine akzeptablen Bewältigungsmethoden.«

Ich habe Mateo erzählt, was in der Schweiz vorgefallen ist. Er ist auch der Meinung, dass ich es verkackt habe, aber er gibt sich wirklich alle Mühe, mich aufzuheitern und abzulenken. Ein wahrer Freund ist jemand, der dir ehrlich sagt, wenn du ein Idiot bist, danach aber erst recht einen mit dir trinken geht. Ich weiß das zu schätzen, aber mir ist nicht nach Ausgehen zumute.

»Ich bin müde. Und heute Abend läuft DSDS«, erkläre ich und weiß, wie langweilig ich klinge. Ich bin aber niemand, der seinen Kummer in Partys erstickt.

Mateo überdreht die Augen. Ich zwicke ihm in die Seite.

»Keine Angst, ich betrinke mich dabei«, versichere ich.

»Na dann. Aber wenn ich hier mal reinkomme und dich ›All by myself‹ singen höre, lassen wir alles stehen und liegen und reisen den Chippendales hinterher!«

Ich grinse. »Alles klar.«

Das summende Geräusch lässt mich aufschrecken. Ich habe mich noch nicht an meine neue Türglocke gewöhnt. Sie klingt, als würde jemand einen Stromschlag bekommen.

»Erwartest du jemanden?«, will Mateo wissen und rafft sich auf.

»Ja. Eine letzte Lieferung von dem Zeug, das ich bei meinen Großeltern hatte. Und den Typen, der das Rohr verlegt.«

Der schwarzhaarige Halbspanier prustet los. »Gott, ich hoffe, es ist der Typ, der dir sein Rohr verlegt!«

Ich stehe auch auf und ziehe die Augenbrauen hoch. »Ich erwarte einen Klempner, keinen Callboy! Das Rohr unter meiner Spüle ist kaputt.«

Er grinst noch immer wie der versaute Witze reißende Idiot, der er ist. »Und wie das kaputt ist! Geh und rasier es schnell, bevor er kommt!«

Ich schubse Mateo gegen den Türstock, durch den wir gerade beide laufen.

Er kichert den ganzen Weg hinunter zum Hauseingang. Mein Summer ist kaputt. Ich muss die Tür händisch öffnen. Aber Mateo und ich sind daran gewöhnt, die Treppe zum zweiten Stock hinauf und hinunter zu laufen. In den letzten Tagen haben wir das ziemlich oft gemacht.

Zur Enttäuschung meines treuen Helfers, der gern noch ein paar anzügliche Anspielungen gemacht hätte, hat nicht der Klempner, sondern der DHL-Mann geklingelt. Die letzten drei großen Kisten kommen an. Was mich froh macht, weil ich mich nach dem Duschen endlich nicht mehr mit dem Bettlaken trocken rubbeln muss.

Weil wir nicht drei Kisten gleichzeitig tragen können, lassen wir eine vorerst am Straßenrand zurück. Ich hoffe, sie wird nicht geklaut.

»Lass die Haustür ruhig offen«, sage ich zu Mateo, der sich zum Glück nicht die Kiste mit den Handtüchern, sondern die mit den Büchern geschnappt hat. Wer dreimal die Woche ins Fitnessstudio geht, kann das aber locker ab.

Er stapelt die Kisten auf meinem Turm im Wohnzimmer und läuft dann wieder los, um die letzte zu holen.

Ich bin Mateo so dankbar für seine Hilfe, dass ich mir schon die ganze Zeit überlege, wie ich mich angemessen revanchieren könnte. Eigentlich wollte ich ihn mal zum Steakessen einladen, aber vielleicht sollte ich damit warten, bis Olli mich besuchen kommt.

Die beiden würden meiner Meinung nach sehr gut zusammenpassen. Ich muss Olli nur die Komplexe ausreden, die die meisten Männer bekommen, wenn sie Mateo zum ersten Mal sehen. Er ist kein arrogantes Arschloch, er sieht nur wie eines aus. Und an seinen Humor muss man sich auch erst gewöhnen, aber das dürfte Olli nicht schwerfallen – wir sind auch auf derselben Wellenlänge.

Ich höre auf, in der Kiste zu wühlen, und gehe ins Schlafzimmer, weil ich von dort aus auf die Straße vor der Haustür sehen kann.

Kein Mateo, keine Kiste.

Normalerweise braucht er nicht länger als zwei Minuten, um einmal runter und wieder rauf zu laufen, selbst mit Last. Es sind aber bestimmt schon fünf Minuten vergangen.

Wahrscheinlich telefoniert er im Treppenhaus. Wenn er das tut, habe ich mehr als genug Zeit, schon mal die Laken in der Schublade unter meinem Bett zu verstauen. Sie klemmt aber. Ich beginne, dagegen zu donnern, als würde sie sich von Schlägen beeindruckt zeigen.

»Mel?« Mateo kommt so schnell und leicht atemlos ins Schlafzimmer gelaufen, dass ich mich überrascht zu ihm umdrehe. Er steht im Türrahmen und grinst. »Deine Kiste steht im Wohnzimmer! Ich muss gehen. Ruf mich morgen an!«

»Du gehst schon?«

»Jap! Aber keine Angst, du bist nicht allein. Ich hab den Mann, der das Rohr verlegt, reingelassen. Tschü!«

»Warte!«

Ich kann gar nicht so schnell nach ihm rufen, wie er verschwindet. Ich rüttle noch einmal an der klemmenden Schublade, lasse es aber sein, weil ich den Handwerker nicht warten lassen möchte.

Mateos Grinsen und seinem plötzlichen Verschwinden zufolge hat er den Klempner für süß befunden. Keine Ahnung, was er sich erhofft, aber so schnuckelig der Typ mit dem Werkzeugkoffer auch ist, ich spiele hier heute keinen Siebzigerjahre-Porno nach.

Mein Blick fällt zuerst auf die Kiste, die Mateo so abenteuerlich auf die anderen gestapelt hat, dass ich Angst habe, dass der Turm kollabiert.

Ich greife schnell danach und sehe den Handwerker aus dem Augenwinkel neben der Haustür stehen.

»Hallo! Die Küche ist da hinten! Ich denke, das Rohr leckt, es ist immer feucht.«

»Das ist normal. Kaputt ist es nur, wenn es beim Lecken nicht feucht wird«, entgegnet eine raue, dunkle Stimme, die mich vollkommen aus dem Konzept bringt.

Der Turm aus Kisten fällt um. Meine CD-Sammlung schlittert über den Laminatboden.

Ich starre ihn an, als wäre er ein Geist. Er kann aber gar nicht real sein. Das macht keinen Sinn.

Remo bückt sich nach einer der Hüllen, die ihm vor die Füße gerutscht ist. Während er sich das Cover ansieht, sind meine Augen noch immer so groß, als würde ein echter Wolf vor meiner Tür stehen.

»Echt jetzt? Spice Girls?«

»Ja … hatten ein paar gute Songs.«

Remo zieht eine Braue hoch und setzt sich in Bewegung. Er legt die CD auf dem Tisch vor dem Sofa ab und dreht sich dann zu mir.

Dieser Moment ist so unwirklich, dass mein Verstand absolut blockiert ist. Mir schießen zu viele Fragen auf einmal durch den Kopf.

»Mateo hat mich reingelassen«, erklärt er. »Ich dachte kurz, du hättest mich gegen eine spanische Version von mir ersetzt.«

»Mateo ist schwul«, entgegne ich viel zu schnell und eindringlich.

Remo nickt. Und ich fühle mich bescheuert, weil er das auch schon vor meinem Tourette-Anfall wusste.

Sie haben sich anscheinend kurz unterhalten und man braucht nicht unbedingt das am besten adjustierte Schwulenradar der Welt zu haben, um zu merken, dass der hübsche schwarzhaarige Mann mit den gezupften Augenbrauen schwul ist.

Ich schüttle den Kopf, um meine Gedanken endlich am Wirbeln zu hindern.

»Wieso bist du hier?«, stelle ich die brennendste aller Fragen, die sich mir aufdrängen.

Remo zuckt mit den Schultern. »Ich war gerade in der Gegend.«

»Hier? In Wien? Wieso?«

»Seminar.«

Ich hoffe, ich starre ihn nicht wirklich so enttäuscht an, wie es sich anfühlt. Wieso sollte er aber auch nur wegen mir hier sein? Aber er ist in meiner Wohnung. Und hat sich die Mühe gemacht, meine Adresse herauszufinden – was wahrscheinlich nicht sehr mühevoll war, weil mein Vater sie bestimmt freudestrahlend rausgegeben hat. Ich bin trotzdem überglücklich. Und verdammt nervös.

Als ich den Blick von ihm losreißen kann, räuspere ich mich. Ich höre selbst, dass ich viel zu schnell spreche, aber ich kann das nicht kontrollieren.

»Willst du etwas trinken? Ich habe eigentlich nur Wein hier. Und Wasser. Aber ich kann in den Laden an der Ecke laufen und uns etwas besorgen. Es sei denn, du bist nur ganz kurz hier. Oder du hast schon beim Seminar ausreichend getrunken und hast keinen Durst. Dann macht es wohl keinen Sinn. Außer du …«

»Mel!«, unterbricht er die schnellen banalen Sätze, in die ich mich flüchten wollte. Ich kann das hier einfach noch nicht ganz glauben. »Es gibt kein Seminar. Du weißt, warum ich hier bin«, unterstellt er mir.

Ich verbiete meinem Herz das Flattern und schüttle den Kopf. »Nein. Ich weiß es nicht. Ich dachte nicht, dass du jemals wieder mit mir sprechen willst. Unser letztes Telefonat war …«

»Ich war wütend«, sagt Remo und sieht dann so gedankenverloren an mir vorbei wie damals, als wir in seiner Wohnung waren. »Ich habe mich wie ein vorwurfsvolles Arschloch verhalten, weil du dich wie ein feiges Arschloch verhalten hast. Beißen und zurückbeißen … ich hatte dich von Anfang an gewarnt.«

Ja, das hat er. Aber es stimmt nicht. Er hält nicht an diesem Wie-du-mir-so-ich-dir-Prinzip fest, sonst hätte er mich genauso hängen lassen wie ich ihn. Es tut mir leid. Und ich bin so grenzenlos froh, dass er hier ist.

»Es war meine Schuld. Ich hätte nicht einfach so abhauen dürfen. Ich hätte mit dir reden sollen, aber ich war … zu feige. Du hattest schon recht mit dem, was du mir an den Kopf geworfen hast.«

»Ich weiß«, entgegnet er und schmunzelt mich selbstsicher an. »Ich habe in den letzten Tagen darüber nachgedacht und bin immer wieder zum selben Schluss gekommen: Du hast eine beschissene Beziehung hinter dir, du bist jung und dämlich. Das war einfach eine schlechte Mischung.«

»Hast du mich gerade dämlich genannt?!«, frage ich und funkle ihn an.

Remo grinst. Er spürt auch, dass sich das kampflustige Knistern zwischen uns natürlicher und besser anfühlt als das betretene Entschuldigen.

Mein Herz beginnt plötzlich, angenehm schnell und fest zu schlagen. Ich erlaube ihm das Flattern.

»Mach dir nichts draus. Ich habe beschlossen, dass ich älter und klüger bin und damit dafür verantwortlich, dass es uns beiden gut geht und sich keiner von uns mehr wie ein Idiot verhält.«

Dieses selbstbewusste, komödiantisch klugscheißerische Auftreten hat mich immer in den Wahnsinn getrieben. Die gute, spannende Art von Wahnsinn, die man wieder und wieder erleben will, weil man einen Narren an ihr frisst.

Er sieht mich so lange herausfordernd an, bis er endlich das Leuchten in meinen Augen sieht, das er sehen will. Er nickt mir sogar auffordernd zu. Ich soll loslegen. Nicht wieder mit dem Entschuldigen. Damit, unseren Dialogen wieder ihren kampflustigen Reiz zurückzugeben.

»Ach. Und wie lauten deine Anweisungen, mein Meister, wenn du schon die Kontrolle über unser Leben übernimmst?«, frage ich und verschränke die Arme vor der Brust.

Remo schmunzelt zufrieden. »Also erstens: Du musst mich nicht unbedingt Meister nennen. Aber du kannst ›Schätzchen‹ sagen, wir sind jetzt zusammen.«

Ich fühle mein Gesicht glühen. Dass er es einfach so raushaut, überrascht mich, obwohl ich weiß, dass man bei ihm mit allem rechnen muss. Vor allem mit unverhohlener Offenheit.

»Was?«

»Na ja. Du kannst auch bei ›Meister‹ bleiben, aber eher im Bett. Sag bloß nicht ›Bärchen‹ – das klingt fett. Allgemein keine Tiernamen. Doch: Vielleicht ›Wolf‹, das mag ich irgendwie.«

Ich weiß eigentlich gar nicht, was hier gerade passiert – oder doch, ich weiß es: Remo schlägt das Unhappy Ending k. o., das ich uns eingebrockt habe.

Mir war schon lange klar, dass er ein sehr unkonventioneller, aber konsequenter Problemlöser ist, aber dieser Auftritt schlägt einfach alles. Ich weiß nicht, ob ich schon jemals so glücklich war.

»Was ist mit Mozzarella? Darf ich dich jetzt so nennen?«

»Nein, dann mache ich sofort wieder Schluss.«

»Habe ich überhaupt irgendein Mitspracherecht bei deinem ›Wir sind zusammen‹-Beschluss?«, frage ich, nicht weil ich so bescheuert wäre, irgendeinen Einspruch zu äußern, sondern weil er erwartet, dass ich stichle.

»Natürlich. Du hast volles Mitspracherecht. Es sei denn, du willst mir jetzt irgendeinen Schwachsinn erzählen und abstreiten, dass du mich liebst. Ich habe deine Glüh-Level schon beim Snowboarden auf hundert Prozent aufgestuft. Leider bist du in der Nacht darauf wirklich in Flammen aufgegangen. Mach das nie wieder.«

Ich blinzle ihn verliebt an und neige den Kopf etwas zur Seite. Dazu fällt mir einfach kein dummer Spruch ein.

Ja, und wie ich in dich verschossen bin …

Remo lächelt. »Willst du wissen, wann ich bei hundert Prozent war?«, fragt er und sieht meine Augen leuchten.

Ja, ich würde gern hören, seit wann du dir so sicher mit uns beiden bist, dass du mir sogar verzeihst, dass ich kneifen wollte …

»Als du beim Parkour an diesem Barren gehangen hast«, sagt er, lacht sich schlapp und bringt meine verliebt glühende Miene zum Vereisen. »Die Garfield-Nummer war herrlich! Total bescheuert, aber sehr süß.«

Echt jetzt? Das war dein emotionales Schlüsselerlebnis?

Mein Freund ist ein Horst …

Während Remo noch lacht, gehe ich auf ihn zu und greife nach den Knöpfen an seinem Mantel. »Bleibst du hier?«, frage ich, weil wir zwar geklärt haben, dass wir zusammen sein wollen und ich ihn nicht ›Bärchen‹ oder ›Mozzarella‹ nennen darf, aber nicht, wie lange er bei mir ist und wie wir die tausend Kilometer zwischen uns handhaben werden.

»Ich kann übers Wochenende bleiben. Dann trete ich die Heimreise an, die du immer als so lang verteufelt hast, als würde man vom Auenland nach Mordor reisen. Eine Stunde zwanzig mit dem Flieger. Ich könnte dich sogar besuchen kommen, wenn ich am Nachmittag mal keinen Unterricht halte.«

Remo packt den Kragen meiner Weste und drückt mich an sich. Ich lege die Arme um seine Schultern und atme diesen betörend guten Duft ein, der immer von ihm ausgeht. Kein Mann hat jemals so berauschend gerochen – zumindest nicht für mich.

Als ich sehe, dass er die Augen schließt, um mich zu küssen, lege ich ihm eine Hand an die Wange. Mir wird erst bewusst, wie sehr ich ihn vermisst habe, als diese Leere in mir plötzlich verschwindet.

Wie einfach man manchmal Dinge im Leben ändern kann, wenn jemand nur mutig genug ist, um das Ende einfach nicht als Ende anzuerkennen. Remo war aber schon immer gut darin, Mauern einzureißen, vor denen jeder andere umgedreht hätte, um einen leichteren Weg einzuschlagen.

Wie bin ich nur an so einen umwerfenden Mann geraten? Richtig: Ich habe mich in das brummende Arschloch im Turnsaal verliebt, das mich ›Speckröllchen‹ genannt hat. Liebe kann so herrlich bescheuert sein ...

Seine Lippen fühlen sich kühl an, aber nur weil mein Kopf noch immer so überhitzt ist. Wahrscheinlich glühen meine Wangen.

Ich streife ihm den Mantel ab und drücke mich an seinen Körper.

»Wo steht dein Bett?«, will Remo wissen, als sich unsere Lippen voneinander lösen.

Ich blicke hinüber zu meiner Schlafzimmertür. Ja, ich will diesen Tag auch feiern, ich muss aber vorher noch ...

Als er mich plötzlich hochhebt und sich in Bewegung setzt, protestiere ich.

»Warte!«

Seine Lippen wandern schon zu meinem Dekolleté. »Nein«, knurrt er gegen meine Haut.

»Doch! Lass mich runter!«

Er reagiert nicht. Was ich heiß finden würde, wenn ich nicht wirklich eine kurze Pause erzwingen müsste.

»Remo, lass mich runter oder du hörst mein Safeword!«

Er sieht zu mir auf, lässt mich los, zieht aber vorwurfsvoll eine Braue nach oben. »Echt jetzt? Ich darf deinen Arsch haben, dich mit einem Lineal versohlen, aber wenn ich total netten Pärchensex mit dir haben will, zeigst du mir die rote Karte? Du setzt sehr seltsame Prioritäten, mein Schatz. Find ich gut! Okay, wir machen es hart!«

Bevor Remo mich packen kann, husche ich zur Seite und mache eine stoppende Geste. »Warte! Ich muss zuerst ins Bad! Gib mir fünf Minuten! Du wirst es mir danken!«

»Ziehst du wieder ein Kostüm an?«

»Nein, ich rasier mir eines weg.«

Er grinst. »Gut. Dann weiß ich zumindest, dass du mit niemandem gevögelt hast, seit du abgereist bist.«

Der heißeste Lehrer der Welt zieht sich das T-Shirt über den Kopf und zeigt mir seinen Astralkörper, der mich garantiert dazu bringt, mich zu beeilen.

Bevor ich unter die Dusche steigen will, höre ich Remo herzhaft lachen. Er hat offensichtlich die Montageanleitung meiner Kommode gefunden. Das beschert mir mindestens fünf blöde Sprüche zu meinem Einrichtungsgeschmack. Und ich will sie alle hören.

Wenn man einem Menschen begegnet, der einen nicht nur zum Stöhnen, sondern auch zum Lachen bringt, hat man einen sehr wertvollen Schatz gefunden.

Meiner ist ein brummender Wolf.

ÜBER DIE AUTORIN

Jasmin Romana Welsch wurde 1989 in Graz geboren und lebt auch heute noch mit ihrem Freund und ihrer Hündin Yuki in der Steiermark. Obwohl sie bereits im Teenageralter das Schreiben für sich entdeckte, begann sie ein Jurastudium. Erst nach der Veröffentlichung ihres ersten Romans widmete sich die junge Autorin gänzlich der Schriftstellerei. Aus ihrer Feder stammen mehrere Jugendbücher, in denen sich fast immer humoristische, aber auch dramatische Akzente wiederfinden.

Kontakt
Homepage: www.jasminromanawelsch.com
Facebook: www.facebook.com/ JRWelsch

Weitere Bücher der Autorin:

Küss mich (Sammelband)
13. Juli 2017, Sternensand Verlag
530 Seiten, broschiert
€ 14,95 [D]
Liebesroman
Als Taschenbuch

Absolution: Wie man eine Sünde überlebt
28. Februar 2016, Sternensand Verlag
224 Seiten, broschiert
€ 12,95 [D]
Urban Fantasy
Als Taschenbuch und E-Book

Krieger des Lichts Reihe
20. Oktober 2017, Sternensand Verlag
616 Seiten, broschiert
€ 16,95 [D]
Urban Fantasy
Als Taschenbuch

C. M. Spoerri & Jasmin Romana Welsch
Conversion (Band 1): Zwischen Tag und Nacht
28. August 2016, Sternensand Verlag
424 Seiten, broschiert
€ 12,95 [D]
Jugendroman-Dystopie
Als Taschenbuch und E-Book

Weitere New Adult Romane aus unserem Sortiment:

C. M. Spoerri
Unlike: Von Goldfischen und anderen Weihnachtskeksen
12. Dezember 2016, Sternensand Verlag
348 Seiten, broschiert
€12,95 [D]

New Adult Liebesroman
Als Taschenbuch und e-Book

Klappentext:
Evan hat in seinem Leben schon viel Mist gebaut, doch seit fünf Jahren ist es ihm gelungen, nicht mehr auf die schiefe Bahn zu geraten. Er wohnt in New York, hat einen Job, eine Wohnung, keine nervigen Freunde … alles wäre eigentlich so weit in Ordnung – abgesehen von der bescheuerten Weihnachtszeit, die gerade in vollem Gange ist. Und ausgerechnet jetzt mischt sich auch noch der schwule Nachbar in sein Leben ein. Dieser kann nicht mehr mit ansehen, wie Evan sich abkapselt, und plant deswegen über eine Single-Plattform ein Date für ihn. Sara, eine Londoner Studentin, wird für eine ganze Woche anreisen. Allerdings in der falschen Annahme, dass sie mit Evan gechattet hat und er sich auf ihren Besuch ebenso freut wie sie. Als wäre das nicht schon verheerend genug, ist Sara auch noch das komplette Gegenteil von ihm. Sie LIEBT Weihnachten und kommt einzig und allein nach New York, um hier den romantischsten Urlaub ihres Lebens zu verbringen – zusammen mit Evan.

C. M. Spoerri
Emlia: Dein Weg zu mir
1. Mai 2016, Sternensand Verlag
328 Seiten, broschiert
€12,95 [D]

New Adult Liebesroman

Als Taschenbuch und e-Book

Klappentext:
Partys. Reisen. Flirten. Das bestimmt den Alltag von Emilia dos Santos – bis sie vom plötzlichen Tod ihrer Eltern erfährt. Mit einem Mal ist ihr sorgloses Leben vorbei. Sie soll nach alter Familientradition das Weingut im Napa Valley weiterführen und sieht sich damit einer Verantwortung gegenüber, der sie sich nicht gewachsen fühlt. Ganz und gar nicht. Da hilft es auch wenig, dass ihr Jugendfreund Alejandro wieder auftaucht und sie unterstützen will. Denn seine Nähe verwirrt und verunsichert Emilia nicht nur, sondern stellt sie zusätzlich vor die unangenehme Aufgabe, ihren bisherigen Lebensstil zu hinterfragen ...

C. M. Spoerri
Melinda: Dein Weg zu mir
13. März 2017, Sternensand Verlag
360 Seiten, broschiert
€12,95 [D]

New Adult Liebesroman
Als Taschenbuch und e-Book

Klappentext:
Nur ein Kuss. Kein Licht. Keine Namen. Seit sechs Jahren hat Melinda keinen Mann mehr geküsst. Als die Studentin auf der Hochzeit einer Bekannten in einem dunklen Zimmer einem Fremden gegenübersteht, fasst sie den Entschluss, den Schritt aus ihrer Männer-Abstinenz zu wagen. Schließlich ist sie bereits einundzwanzig, die drei Regeln, auf die sie sich einigen, klingen harmlos und sie würde dem Unbekannten nie wieder begegnen. Leider scheint das Glück nicht auf Melindas Seite zu sein. Ein paar Tage später stellt sich der Mann, den sie im Dunkeln geküsst hat, als ihr neuer Chef heraus und obendrein als DER Playboy des Napa Valleys: Armando Pérez.

Besucht uns im Netz:

www.sternensand-verlag.ch

www.facebook.com/sternensandverlag